HEYNE <

Das Buch

Obwohl das Motiv unklar ist, führt eine Zeugenaussage Oberinspektor Pitt dazu, dass der angesehene und ehrwürdige Offizier John Adinett für den Mord an einem Freund zum Tode verurteilt wird.

Statt der Anerkennung für seine Beweisführung erhält Pitt überraschend die Mitteilung, dass er seiner Funktion als Oberinspektor enthoben ist und auf unbestimmte Zeit zu einer Sondereinheit ins Londoner East End strafversetzt wird. Doch was ist der Grund für diese sonderbare Degradierung Pitts? Und wer oder was steckt dahinter? Ist es wirklich der berüchtigte »Innere Kreis«, ein geheimes Bündnis von politisch einflussreichen Männern, die sich für die Verurteilung ihres Mitglieds Adinett rächen wollen?

Entschlossen, die Versetzung ihres Mannes nicht hinzunehmen, begibt sich Pitts Ehefrau Charlotte eigenmächtig auf die Suche nach Adinetts Mordmotiv, hält sie dies doch für den Schlüssel zur Klärung aller mysteriösen Vorgänge.

Die Autorin

Anne Perry, 1938 in London geboren, lebt und schreibt in Portmahomack, Schottland. Ihre historischen Kriminalromane um Oberinspektor Pitt und seine kluge Ehefrau Charlotte zeichnen ein lebendiges und hintergründiges Bild des spätviktorianischen London.

Weitere Inspektor-Thomas-Pitt-Romane im Heyne Taschenbuch:

Das Mädchen aus der Pentecost Alley (01/10851) *Der blaue Paletot* (01/10582), *Mord im Hyde Park* (01/10487), *Belgrave Square* (01/9864), *Schwarze Spitzen* (01/9758), *Der weiße Seidenschal* (01/9574), *Ein Mann aus bestem Hause* (01/9378), *Das Geheimnis der Miss Bellwood* (01/13235), *Eine geschlossene Gesellschaft* (01/13109), *Schatten über Bedford Square* (01/13594) und *Nebel über der Themse* (01/13799).

Anne Perry

Die Verschwörung von Whitechapel

Roman

Aus dem Englischen
von K. Schatzhauser

WILHELM HEYNE VERLAG
MÜNCHEN

HEYNE ALLGEMEINE REIHE
Band-Nr. 01/13929

Die Originalausgabe
THE WHITECHAPEL CONSPIRACY
erschien bei Ballantine Books, New York

Für Hugh und Anne Pinnock
in Freundschaft

Umwelthinweis:
Dieses Buch wurde auf
chlor- und säurefreiem Papier gedruckt.

Taschenbucherstausgabe 04/2004

Printed in Germany 2004
Umschlagillustration: akg-images, Berlin
Umschlaggestaltung: Hauptmann und Kampa Werbeagentur,
München–Zürich, unter Verwendung
eines Kupferstichs von London, 1750
Gesetzt aus der Clarendon und Sabon bei
Franzis print & media GmbH, München
Druck und Bindung: GGP Media, Pößneck
http//www.heyne.de

ISBN: 3-453-87404-8

Kapitel 1

Auf der Zuschauertribüne des Kriminalgerichts Old Bailey herrschte drangvolle Enge. Längst waren alle Plätze besetzt, und immer noch mussten die Saaldiener Menschen abweisen, die hineinwollten. An diesem 18. April 1892, dem ersten Montag nach Ostern, begann in London nicht nur wie immer die Saison, sondern man verhandelte auch die Anklage wegen Mordes an dem Forschungsreisenden und Altertumskundler Martin Fetters. Es war der dritte Verhandlungstag im Verfahren gegen den Beschuldigten John Adinett, einen mit zahlreichen Orden dekorierten Offizier.

Als Zeuge vernommen wurde Thomas Pitt, Oberinspektor der Polizeiwache in der Bow Street.

Der Vertreter der Anklage Ardal Juster, ein etwa vierzig Jahre alter dunkelhaariger, hoch gewachsener schlanker Mann, der recht gut aussah, erhob sich von seinem Platz im Saal und trat dem Zeugenstand gegenüber. Dabei bewegte er sich mit der Anmut einer Raubkatze.

»Fangen wir doch einmal von vorn an, Mr. Pitt.« Bei diesen Worten sah er zum Zeugenstand empor. »Wo genau befanden Sie sich zu jener Zeit? Wer hat Sie hinzugezogen?«

Pitt straffte sich ein wenig. Davon abgesehen, dass auch er ziemlich groß war, ähnelte er Juster in keiner Beziehung. Seine Haare waren zu lang, die Taschen seines Jacketts ausgebeult, und die Krawatte hing schief. Es hatte ihm nie zugesagt, als Zeuge vor Gericht aussagen zu müssen, obwohl er es schon zwanzig Jahre lang tat, denn diese Aufgabe war ihm zugefallen, seit er als einfacher Streifenbeamter bei der Polizei angefangen hatte. Stets war ihm bewusst gewesen, dass jedes Mal zumindest der Ruf eines Menschen auf dem Spiel stand, wenn nicht seine Freiheit. In diesem Fall ging es sogar um das Leben des Angeklagten Adinett. Es fiel ihm nicht schwer, dessen kaltem und gleichmütigem Blick von der Anklagebank standzuhalten. Er würde die Wahrheit sagen. Nichts weiter. Was die Folgen daraus betraf – über sie hatte er keine Gewalt. Das hatte er sich schon gesagt, bevor er die wenigen Stufen zum Zeugenstand emporgestiegen war, aber getröstet hatte ihn das nicht.

Über dem Saal lastete Stille. Kein Laut war von den Zuschauerbänken zu hören. Niemand hustete.

»Doktor Ibbs hat mich gerufen«, gab Pitt dem Vertreter der Anklage zur Antwort. »Ihm kamen die Umstände von Mr. Fetters Tod verdächtig vor. Da er schon bei anderen Gelegenheiten mit mir zusammengearbeitet hatte, wusste er, dass er sich auf meine Verschwiegenheit verlassen konnte, sofern er sich geirrt haben sollte.«

»Ich verstehe. Würden Sie uns sagen, wie es weiterging, nachdem Sie Doktor Ibbs' Anruf bekommen hatten?«

John Adinett saß reglos auf der Anklagebank. Zwar war er dürr, wirkte aber kräftig, und auf seinen Zügen lag die Selbstsicherheit, die mit Können und dem Recht einhergeht, Privilegien in Anspruch zu nehmen. Manch einer von denen im Saal, die ihn schätzten und bewunderten, war fassungslos, dass man ihm eine solche Tat zur Last legte. Es konnte sich nur um einen Irrtum handeln. Bestimmt würde Adinetts Anwalt im nächsten Augenblick die Freilassung seines Mandanten beantragen, und man würde sich wortreich bei ihm entschuldigen.

Pitt holte tief Luft.

»Ich habe unverzüglich von der Great Russell Street aus Mr. Fetters' Haus in der Coram Street aufgesucht«, begann er. »Es war kurz nach fünf Uhr nachmittags. Doktor Ibbs wartete im Vestibül auf mich, und wir sind nach oben in die Bibliothek gegangen, wo man den Toten gefunden hatte.« Während er das sagte, trat ihm die Szene so deutlich vor Augen, als erstiege er erneut die vom Sonnenlicht überflutete Treppe und ginge an der riesigen chinesischen Vase mit Bambusdekor, an den Bildern mit Blumen und Vögeln und den vier reich verzierten Holztüren mit ihren geschnitzten Rahmen vorüber zur Bibliothek. Im Licht des späten Nachmittags, das durch die hohen Fenster hereinfiel, hatte der Orientteppich rot geleuchtet und waren die Goldbuchstaben auf den Rücken der Bücher, welche die Regale füllten, deutlich hervorgetreten. Auch sah man, wie abgewetzt das Leder der schweren Klubgarnitur war.

Gerade wollte Juster eine neue Frage stellen, als Pitt fortfuhr: »Die Leiche eines Mannes lag in der hinteren Ecke des Raumes. Von der Tür aus konnte man Kopf und Schultern nicht sehen, weil dazwischen einer der großen Ledersessel stand. Dabei war er, wie mir Doktor Ibbs sagte, schon ein Stück beiseite gerückt worden, damit der Butler an Mr. Fetters herankam, weil er gehofft hatte, er könne noch helfen …«

Reginald Gleave, der den Angeklagten verteidigte, erhob sich von seinem Platz und wandte sich an den Richter. »My Lord, sicherlich ist sich Mr. Pitt darüber im Klaren, dass er hier lediglich äußern darf, was ihm aus eigener Anschauung bekannt ist. War er als Augenzeuge zugegen, als der Sessel beiseite geschoben wurde?«

Der Richter wirkte müde. Ihm war klar, dass es bei diesem Prozess auf Hauen und Stechen gehen würde, eine Aussicht, die ihn mit Unbehagen erfüllte. Nichts würde unkommentiert bleiben, und sei es noch so belanglos.

Pitt merkte, wie ihm vor Ärger über sich selbst die Röte ins Gesicht stieg. Selbstverständlich war ihm das bekannt. Er hätte besser aufpassen müssen. Auf keinen Fall hatte er sich einen Fehler zuschulden kommen lassen wollen, und schon war ihm einer unterlaufen. Er war unruhig. Seine Handflächen waren feucht. Juster hatte gesagt, alles komme auf seine Aussage an, denn die Anklage habe sonst niemanden, auf den sie sich voll und ganz verlassen könne.

Der Richter sah zu Pitt hin.

»Er hat Recht, Oberinspektor – auch wenn es den Geschworenen dann möglicherweise nicht ganz klar erscheint.«

»Gewiss, my Lord.« Pitt hörte, wie gepresst seine Stimme klang. Zwar ging das auf die Anspannung zurück, doch würden andere es für den Ausdruck von Verärgerung halten. Er ließ seine Gedanken zu dem hellen Raum zurückkehren. »Da das oberste Bücherbrett ziemlich hoch lag, gab es eine kleine Bibliotheksleiter auf Rollen. Sie lag etwa einen Meter von den Füßen der Leiche entfernt am Boden, sowie drei Bücher. Eins von ihnen war geschlossen, die beiden anderen lagen geöffnet mit dem Rücken nach oben. Einige Blätter waren umgeknickt.« Er konnte es vor sich sehen, während er es sagte. »Auf dem obersten Bücherbrett klaffte eine Lücke von entsprechender Größe.«

»Haben Sie aus diesen Beobachtungen irgendwelche Schlussfolgerungen gezogen, und haben diese Sie veranlasst, der Sache weiter nachzugehen?«, fragte Juster. Es klang harmlos.

»Das Ganze erweckte den Anschein, als wäre Mr. Fetters mit der Leiter umgefallen, als er nach einem Buch gegriffen und dabei das Gleichgewicht verloren hat«, gab Pitt zurück. »Doktor Ibbs' Worten nach hatte Fetters eine Schürfwunde seitlich am Kopf, und ein Bruch der Halswirbelsäule hatte den Tod herbeigeführt.«

»Genau das hat er auch ausgesagt«, stimmte Juster zu. »Deckt sich das mit dem, was Sie selbst gesehen haben?«

»Ursprünglich habe ich das angenommen ...«

Schlagartig trat Unruhe im Saal ein, und die Atmosphäre wurde feindselig.

»... doch bei näherem Hinsehen sind mir einige kleine Unstimmigkeiten aufgefallen, die mich zweifeln ließen, sodass ich der Sache weiter nachgegangen bin«, endete Pitt.

Juster hob die schwarzen Brauen. »Was waren diese Unstimmigkeiten? Bitte erläutern Sie die näher, damit wir Ihre Schlussfolgerungen nachvollziehen können, Mr. Pitt.«

Das war eine unübersehbare Mahnung. Der ganze Fall stand und fiel mit diesen Einzelheiten, die nichts waren als bloße Indizien. Trotz wochenlanger Nachforschungen hatte sich kein Motiv gefunden, nichts, das Adinett hätte veranlassen können, Martin Fetters zu schaden. Die beiden Männer gehörten derselben Gesellschaftsschicht an, waren wohlhabend, weit gereist, hatten einen großen gemeinsamen Bekanntenkreis und wurden von jedem, der sie kannte, gleichermaßen geachtet. Sie schienen ähnliche Ansichten zu vertreten, waren eng miteinander befreundet gewesen und hatten sich für eine Gesellschaftsreform eingesetzt.

Pitt hatte sich innerlich schon oft auf die Situation vorbereitet, in der er sich jetzt befand: nicht etwa, um dem Gericht einen Gefallen zu tun, sondern um seiner selbst willen. Er hatte sich genauestens alle Einzelheiten angesehen, bevor er auch nur erwogen hatte, den Fall zur Anklage zu bringen.

»Als Erstes waren da die Bücher, die am Boden lagen.« Er erinnerte sich, wie er sich danach gebückt und sie aufgehoben hatte. Beim Anblick des zerkratzten Leders und der geknickten Seiten hatte er Ärger empfunden. »Alle drei beschäftigten sich mehr oder weniger mit demselben Thema. Eines war eine Übersetzung von Homers *Ilias*, das zweite eine Geschichte des Osmanischen Reiches, und im dritten ging es um Handelswege im Nahen Osten.«

Mit gespieltem Erstaunen sagte Juster: »Ich verstehe nicht, inwiefern dieser Umstand bei Ihnen Zweifel erregt haben kann. Würden Sie uns das erklären?«

»Nun, die übrigen Bücher auf dem obersten Brett waren erzählende Literatur«, gab Pitt zur Antwort. »*Waverley* von Sir Walter Scott, viele Bände Dickens und ein Werk von Thackeray.«

»Und Ihrer Ansicht nach gehört die *Ilias* nicht dazu?«

»Die Werke auf dem mittleren Bücherbord beschäftigten sich mit dem Griechenland der Antike«, erklärte Pitt, »vor allem mit Troja – Schliemanns Grabungen und Forschungen, Kunstgegenständen und historischen Fragen. Eine Ausnahme bildeten lediglich drei Bände Jane Austen, die eigentlich auf das oberste Brett gehört hätten.«

»Was mich betrifft, würde ich jederzeit dafür sorgen, Romane immer in Griffweite zu haben, vor allem die von Jane Austen«, sagte Juster achselzuckend und mit feinem Lächeln.

»Vielleicht nicht, wenn Sie sie schon gelesen hätten«, gab Pitt zurück. Er war so angespannt, dass er das Lächeln nicht erwidern konnte. »Als Altertumskundler, dessen Interesse ganz besonders dem Griechenland Homers gilt, würden Sie wohl kaum die meisten Ihrer Bücher zu dem Thema auf die mittleren Bretter und lediglich drei davon auf das oberste zu den Romanen stellen.«

»Da haben Sie Recht«, bestätigte Juster. »Es wirkt nicht nur exzentrisch, um es vorsichtig zu sagen, sondern ist wohl auch unnötig unbequem. Was haben Sie getan, als Ihnen die Sache mit den Büchern aufgefallen ist?«

»Ich habe mir Mr. Fetters Leichnam genauer angesehen und den Butler, der ihn gefunden hatte, gebeten, mir genau zu berichten, was vorgefallen war.« Pitt sah zum Richtertisch hinüber, um zu sehen, ob man ihn würde weitersprechen lassen.

Mit einem Nicken sagte der Richter: »Reden Sie weiter, wenn es zur Sache gehört.«

Reginald Gleave saß mit fest zusammengepressten Lippen auf seinem Platz. Seine breiten Schultern hingen herab. Er wartete auf seinen Auftritt.

»Er hat mir gesagt, etwa zehn Minuten, nachdem Mr. Adinett das Haus verlassen habe, sei aus der Bibliothek nach ihm geläutet worden«, berichtete Pitt. »Auf dem Weg dorthin habe er einen Aufschrei und einen Aufprall gehört und nach dem Öffnen der Tür zu seiner Bestürzung gesehen, dass Mr. Fetters' Füße und Knöchel hinter dem schweren Ledersessel in der Ecke hervorsahen. Er sei sogleich zu ihm geeilt, um nach ihm zu sehen. Meine Frage, ob er die Lage der Leiche verändert habe, hat er verneint und erklärt, er habe lediglich den Sessel ein wenig beiseite gerückt, um zu Mr. Fetters zu gelangen.«

Unruhig begannen einige Zuhörer auf ihren Stühlen herumzurutschen.

Diese Einzelheiten schienen ihnen äußerst unerheblich, wies doch in ihren Augen nichts davon auf Leidenschaft oder Gewalttat hin und schon gar nicht auf Mord.

Adinett sah Pitt mit zusammengezogenen Brauen unverwandt an. Seine Lippen waren leicht geschürzt.

Juster zögerte. Er merkte, dass ihm die Geschworenen die Gefolgschaft aufkündigten. Das ließ sich an seinem Gesicht ablesen. Zwar ging es hier um Fakten, weit mehr aber noch um Überzeugungen.

»Was meinen Sie mit ›ein wenig‹, Pitt?« Seine Stimme klang scharf.

»Er hat es mir gezeigt«, gab Pitt zur Antwort, »genau bis zur Teppichkante. Das sind etwa achtundzwanzig Zentimeter.« Ohne auf Justers nächste Frage zu warten, fuhr er fort. »Er muss also zuvor in einem so ungünstigen Winkel gestanden haben, dass weder das Licht vom Fenster noch von der Gaslampe dorthin fallen konnte, außerdem war er so nah an der Wand, dass man sich nicht dahinter bewegen konnte und der Zugang zu einem großen Teil des Bücherregals versperrt war – und zwar zu dem, der die Reise- und Kunstbücher enthielt, von denen mir der Butler versicherte, dass Mr. Fetters sie des Öfteren zu Rate zog.« Er sah Juster an. »Ich bin zu dem Ergebnis gekommen, dass der Sessel üblicherweise nicht dort stand, und habe den Teppich auf Abdrücke der Sesselfüße untersucht und welche gefunden.« Er holte tief Luft. »Außerdem war der Teppichflor teilweise flach gedrückt. Ein genauerer Blick auf Mr. Fetters' Schuhe hat mir dann gezeigt, dass sich Fasern im Absatz verhakt hatten, die allem Anschein nach von diesem Teppich stammten.«

Diesmal erhob sich Gemurmel im Saal. Reginald Gleaves Lippen drückten sich noch fester aufeinander. Vermutlich steckte dahinter weniger Besorgnis, als Ärger und die Entschlossenheit, auf keinen Fall aufzugeben. Pitt sprach weiter. »Doktor Ibbs hatte mir gesagt, Mr. Fetters habe sich seiner Vermutung nach zu weit vorgebeugt, das Gleichgewicht verloren, sei von der Bibliotheksleiter gestürzt und dabei mit dem Kopf an die Regalkante gestoßen. Die Wucht des Aufpralls, hinter der sein ganzes Körpergewicht stand, habe nicht nur die Abschürfungen und eine Ohnmacht hervorgerufen, sondern ihm auch die Halswirbelsäule gebrochen. Ich habe überlegt, dass die Bewusstlosigkeit ebenso gut Ergebnis eines Schlags auf den Schädel sein konnte. Anschließend konnte der Täter alles im Raum so angeordnet haben, dass es den Anschein erweckte, als wäre Fetters gestürzt.« Man hörte, wie manche Zuhörer den Atem scharf einsogen. Es klang wie ein lautes Rascheln. Eine Frau stöhnte auf.

Einer der Geschworenen beugte sich mit gerunzelter Stirn vor.

Während Pitt weitersprach, merkte er, dass seine Angespanntheit zunahm. Schweiß bedeckte seine Handflächen.

Im gleichen Ton wie zuvor erläuterte er. »Jemand konnte Bücher, die seiner Interessenlage entsprachen, herausgezogen, auf den Boden geworfen und die Lücken durch Bücher vom obersten Bord aufgefüllt haben, damit es so aussah, als habe Fetters die Leiter benutzen müssen. Dann war der Sessel nahe an die Ecke herangeschoben und die Leiche so hingelegt worden, dass er sie zur Hälfte verbarg.«

Gleave sah mit übertrieben ungläubiger Miene erst Pitt, dann Juster und schließlich die Geschworenen an. Eine glänzende schauspielerische Leistung. Natürlich wusste er längst, was Pitt sagen würde.

Juster zuckte die Achseln. »Und wer soll das gewesen sein?«, erkundigte er sich schließlich. »Mr. Adinett war bereits gegangen, und als der Butler die Bibliothek betrat, befand sich außer Mr. Fetters niemand darin. Zweifeln Sie die Aussage des Butlers etwa an?«

Pitt wählte seine Worte sorgfältig. »Ich bin überzeugt, dass er die Wahrheit gesagt hat, soweit sie ihm bekannt war.«

Gleave sprang auf. »My Lord, Oberinspektor Pitts Annahmen mit Bezug auf die Wahrheitsliebe des Butlers gehören nicht zur Sache und sind hier unangebracht. Die Geschworenen hatten selbst Gelegenheit, die Aussage des Butlers zu hören und sich ein Bild von dessen Wahrheitsliebe zu machen.«

Ein tiefes Rot trat auf Justers Wangen. Es kostete ihn sichtlich Mühe, sich zu beherrschen. »Mr. Pitt, wir wollen nicht weiter zu ergründen versuchen, was meinen ehrenwerten Freund so sehr zu verärgern scheint. Sagen Sie uns bitte, was Sie getan haben, nachdem Sie zu dieser ungewöhnlichen Theorie gelangt waren?«

»Ich habe mich umgesehen, um festzustellen, ob es noch etwas anderes Bemerkenswertes gab«, sagte Pitt, während er sich genau zu erinnern versuchte, um eine möglichst treffende Beschreibung zu liefern. »Auf einem Tischchen am anderen Ende der Bibliothek stand ein Tablett mit einem halb vollen Glas Portwein. Ich habe den Butler gefragt, wann Mr. Adinett das Haus verlassen habe, und er hat es mir gesagt. Dann habe ich ihn gebeten, den Sessel wieder dort hinzustellen, wo er sich bei seinem Eintritt befunden hatte, und alle Handgriffe möglichst genau zu wiederholen.« Er sah vor seinem inneren Auge den verblüfften Ausdruck des Mannes und erinnerte sich an dessen Zögern. Obwohl es ihm ganz offensichtlich dem Toten gegenüber pietätlos schien, war er steif und schwerfällig Pitts Wunsch nachgekommen, bemüht, sich nicht anmerken zu lassen, was er dabei empfand.

»Ich stand hinter der Tür«, fasste Pitt zusammen. »Als der Butler hinter den Sessel gehen musste, um an Mr. Fetters' Kopf zu gelangen, verließ ich die Bibliothek und ging durch den Vorraum in den Raum gegenüber.« Er hielt inne, damit Juster das Stichwort aufgreifen konnte.

Jetzt hörten alle Geschworenen aufmerksam zu. Keiner rührte sich, keiner ließ den Blick schweifen.

»Hat Ihnen der Butler nachgerufen?« Auch Juster achtete genau auf seine Wortwahl.

»Nicht sofort«, gab Pitt zur Antwort. »Ich habe gehört, wie er in der Bibliothek ganz normal weitersprach. Dann aber schien er zu merken, dass ich nicht mehr dort war, ist in den Vorraum gekommen und hat nach mir gerufen.«

»Und daraus schließen Sie, dass er nicht gesehen hat, wie Sie den Raum verließen?«

»Ja. Ich habe das Experiment mit vertauschten Rollen noch einmal durchgespielt. Als ich mich hinter den Sessel kauerte, konnte ich ihn nicht hinausgehen sehen.«

»Aha.« In Justers Stimme lag unüberhörbare Befriedigung, und er nickte ganz leicht. »Aus welchem Grund haben Sie den gegenüberliegenden Raum aufgesucht, Mr. Pitt?«

»Weil die Entfernung zwischen der Tür zur Bibliothek und der Treppe etwa sechs Meter beträgt«, erklärte Pitt und sah dabei den Treppenabsatz vor sich, durch dessen Fenster am anderen Ende helles Licht hereinfiel. Er erinnerte sich an die Rot- und Gelbtöne des Buntglases. »Falls der Butler um Hilfe geklingelt hätte, wäre ich höchstwahrscheinlich dem, der daraufhin nach oben geeilt wäre, auf der Treppe begegnet, bevor ich das Haus verlassen konnte.«

»Und was hätten Sie getan, um zu erreichen, dass man Sie

nicht sehen konnte?«, beendete Juster den Gedankengang. »Nehmen wir an, Sie hätten etwa eine Viertelstunde zuvor für alle sichtbar das Haus verlassen, wären durch den Nebeneingang zurückgekehrt, hätten sich die Treppe emporgeschlichen und es so eingerichtet, dass der Mord wie ein Unfall wirkte – wäre es da möglich –«

Unruhe trat ein. Eine Frau schrie erstickt auf.

Gleave sprang mit hochrotem Gesicht auf. »My Lord! Das ist unerhört. Ich –«

»Sie wissen genau, Mr. Juster«, stimmte ihm der Richter ungehalten zu, »dass Ihr Vorgehen unzulässig ist! Wenn ich Ihnen solche Freiheiten einräume, muss ich das auch bei Mr. Gleave tun, und das dürfte Ihnen kaum recht sein.«

Juster machte ein schuldbewusstes Gesicht, wirkte aber nicht sehr überzeugend. Pitt nahm an, dass er sich keine besonders große Mühe gegeben hatte.

»Ist Ihnen irgendetwas Ungewöhnliches aufgefallen, während Sie sich gegenüber aufhielten?«, fragte Juster schlicht und sah erneut zu den Geschworenen hinüber. »Um was für einen Raum handelt es sich da überhaupt?« Er hob die schwarzen Brauen.

»Um ein Billardzimmer«, gab Pitt zur Antwort. »Ich habe am Rand der Tür einen frischen Kratzer gesehen, der sich von der Klinke aus in einer gekrümmten Linie nach oben zog.«

»Eine sonderbare Stelle für diese Art von Beschädigung«, merkte Juster an. »Vermutlich hätte sie bei geschlossener Tür nicht entstehen können?«

»Nein, nur wenn sie offen stand«, stimmte ihm Pitt zu. »In dem Fall aber dürfte es sehr schwer gewesen sein, am Tisch Billard zu spielen.«

Juster stemmte mit einer eckig wirkenden Bewegung die Hände in die Hüften.

»Heißt das, dass sie jemand beim Betreten oder Verlassen des Raumes hervorgerufen haben könnte?«

Wieder sprang Gleave mit gerötetem Gesicht auf. »Es wurde bereits gesagt, dass es nicht einfach war, bei offener Tür Billard zu spielen. Damit dürfte sich die Frage doch wohl von selbst beantworten, my Lord? Jemand ist, während er bei geöffneter

Tür Billard spielte, mit dem Queue an die Tür gestoßen und hat sie verkratzt – eben weil es schwierig war, wie Mr. Pitt so scharfsinnig und so gänzlich überflüssigerweise dargelegt hat!« Er lächelte breit und ließ dabei seine makellosen Zähne blitzen.

Im Gerichtssaal herrschte atemlose Stille.

Pitt sah zu Adinett hinüber, der vorgebeugt dasaß, ohne sich im Geringsten zu rühren.

Juster blickte so unschuldig drein wie ein kleiner Junge, was allerdings nicht zu seinen Zügen passte. Er sah zu Pitt hin und fragte, als wäre ihm dieser Gedanke bisher noch nicht gekommen: »Haben Sie diese Möglichkeit erwogen, Oberinspektor?«

Pitt erwiderte den Blick. »Durchaus. Das Mädchen, das in dem Zimmer sauber machte und Staub wischte, hat mir versichert, der Kratzer sei am Vormittag noch nicht da gewesen, und seither habe niemand das Zimmer benutzt.« Er zögerte. »Es befand sich weder Schmutz noch Wachs oder Möbelpolitur in diesem Kratzer. Er war so frisch, dass man das rohe Holz sehen konnte.«

»Haben Sie ihr geglaubt?« Juster hob entschuldigend die Hand zu Gleave. »Verzeihung. Bitte beantworten Sie die Frage nicht, Mr. Pitt. Wir werden das Mädchen zu gegebener Zeit persönlich befragen, und die Geschworenen werden sich selbst ein Bild von ihrer Wahrheitsliebe machen können ... und beurteilen, ob sie ihre Arbeit versteht. Vielleicht kann uns auch die arme Witwe Fetters sagen, ob sie ein gutes Hausmädchen ist oder nicht.«

Im Saal hörte man Laute der Verlegenheit, Gereiztheit und unterdrücktes Gelächter. Die Spannung war gebrochen. Es wäre für Gleave Zeitverschwendung gewesen, jetzt das Wort zu ergreifen, und man sah seinem Gesicht mit den finster zusammengezogenen Brauen an, dass ihm das bewusst war.

Der Richter holte tief Luft und stieß sie wortlos wieder aus.

»Was haben Sie danach getan, Oberinspektor?«, fragte Juster in munterem Ton.

»Ich habe mich erkundigt, ob Mr. Adinett einen Stock bei sich hatte«, sagte Pitt. Bevor Gleave Einwände erheben konnte, fügte er rasch hinzu. »Das war der Fall. Der Lakai hat das bestätigt.«

Juster lächelte. »Nun, vielen Dank. Bevor mein ehrenwerter Freund die Frage stellt, will ich das selbst tun. Sind Sie auf jemanden gestoßen, der Zeuge eines Streits, einer Auseinandersetzung oder einer Meinungsverschiedenheit zwischen Mr. Adinett und Mr. Fetters geworden wäre?«

»Ich habe danach gefragt, aber niemand hatte dergleichen mitbekommen«, gab Pitt zu und musste bekümmert daran denken, wie große Mühe er sich gegeben hatte. Nicht einmal Mrs. Fetters, die inzwischen überzeugt war, dass man ihren Mann ermordet hatte, konnte sich erinnern, dass er und Adinett irgendwann gestritten hatten, und sie hätte auch keinen Grund gewusst, warum ihm Adinett hätte schaden wollen. Die Sache war ebenso verwirrend wie schrecklich.

»Und dennoch haben Sie aus diesen dürftigen Hinweisen den Schluss gezogen, dass Martin Fetters einem Mord zum Opfer gefallen ist, und zwar von John Adinetts Hand?«, setzte Juster mit weit aufgerissenen Augen und sanfter Stimme nach. Er hob die schmalen Hände mit den langen Fingern und zählte die Punkte auf. »Man hat den Sessel in der Bibliothek bewegt, auf den Regalen waren drei Bücher am falschen Platz, auf einem Teppich war eine kleine Fläche niedergedrückt, Textilfasern hatten sich im Schuhabsatz des Toten verfangen, und im Holz der Tür zum Billardzimmer fand sich ein frischer Kratzer? Würden Sie wollen, dass jemand, auf diese Indizien gestützt, für das schrecklichste aller Verbrechen verurteilt wird?«

»Dass er vor Gericht gestellt wird«, verbesserte Pitt und spürte, wie ihm die Röte heiß ins Gesicht stieg. »Meiner Überzeugung nach passt zu all diesen Tatsachen nur eine Erklärung: Der Angeklagte hat Martin Fetters im Streit getötet und anschließend alles so arrangiert, dass –«

»My Lord«, sagte Gleave laut, mit erhobenen Armen. Er war aufgesprungen.

»Kein Einspruch«, sagte der Richter fest. »Was Indizien angeht, ist Oberinspektor Pitt Fachmann. Das hat er im Laufe von zwanzig Dienstjahren bei der Polizei bewiesen.« Er lächelte trübselig. »Es ist Aufgabe der Geschworenen, sich selbst ein Bild von seiner Wahrheitsliebe und seiner Tüchtigkeit zu machen.«

Ein flüchtiger Blick zur Geschworenenbank zeigte Pitt, dass der Obmann leicht nickte. Sein Gesicht war glatt und gelassen, sein Blick ruhig.

Eine Frau auf der Zuschauergalerie lachte und schlug dann die Hände vor den Mund.

Gleaves Gesicht wurde tiefrot.

Juster verneigte sich und bedeutete Pitt mit einer Handbewegung fortzufahren.

»– dass es wie ein Unfall aussah«, beendete dieser seinen Satz. »Ich nehme an, dass er anschließend die Bibliothek verlassen und die Tür geschlossen hat und nach unten gegangen ist, um sich von der Dame des Hauses zu verabschieden. Danach hat ihn der Butler zur Tür begleitet. Auch der Lakai hat gesehen, wie er das Haus verließ.«

Der Geschworenen-Obmann und sein Nachbarn sahen einander an, dann wandten beide ihre Aufmerksamkeit erneut Pitt zu.

Dieser setzte seine Darlegung fort.

»Adinett ist dann wohl ein Stück die Straße entlanggelaufen und ist nach vielleicht dreißig Metern durch den Garten zum Seiteneingang gegangen, durch den er ins Haus gelangte. Man hat einen Mann, auf den seine Beschreibung zutrifft, genau zu diesem Zeitpunkt dort gesehen. Er hat erneut die Bibliothek aufgesucht und gleich nach dem Eintreten dem Butler geläutet.«

Wieder herrschte atemlose Stille im Saal. Aller Augen ruhten auf Pitt.

»Beim Eintreten des Butlers stand Adinett hinter der geöffneten Tür, sodass man ihn nicht sehen konnte«, fuhr er fort. »Als der Butler hinter den Sessel zu Mr. Fetters ging, hat Adinett den Raum verlassen und für den Fall, dass der Butler Alarm schlug und weitere Dienstboten die Treppe hinaufkamen, das Billardzimmer aufgesucht. Als niemand mehr auf dem Treppenabsatz war, hat er es verlassen und in seiner Eile mit dem Stock an die Tür gestoßen. Er ist dann ungesehen aus dem Haus gegangen.«

Man hörte ein Stöhnen und das Rascheln von Stoff, als sich die Menschen im Saal nach der Anspannung wieder regten.

»Danke, Oberinspektor.« Juster verneigte sich kaum wahrnehmbar. »Lauter Indizien, aber, wie Sie gesagt haben, die einzige Lösung, die zu allen Tatsachen passt.« Er warf einen kurzen Blick auf die Geschworenen und sah dann wieder Pitt an. »Zwar wäre es unseren Zwecken dienlich, dem Gericht mitzuteilen, warum es zu dieser schrecklichen Tat gekommen ist, doch sind wir dazu nicht verpflichtet. Wir müssen lediglich darlegen, wie es sich verhielt, und das haben Sie meiner Ansicht nach in bewundernswerter Weise getan. Wir sind Ihnen zu Dank verpflichtet.« Betont gemächlich drehte er sich um und ließ Gleave vortreten.

Angespannt wandte sich Pitt diesem zu und wartete auf den Angriff, der unbedingt kommen musste.

»Nach der Mittagspause, würde ich vorschlagen, my Lord«, sagte Gleave mit gewinnendem Lächeln. Die Vorfreude auf seinem angespannten Gesicht war unverkennbar. »Ich werde weit länger brauchen als die kurze Viertelstunde, die uns bis dahin noch zur Verfügung steht.«

Dieses Manöver überraschte Pitt nicht. Juster hatte immer wieder gesagt, dass der Prozess mit Pitts Aussagen stand und fiel und er daher damit rechnen müsse, dass sich Gleave nach Kräften bemühen würde, seine Indizien in der Luft zu zerreißen. Was ihm bevorstand, beschäftigte ihn so sehr, dass ihm der Lammbraten mit Gemüse in der Gaststätte gleich um die Ecke vom Kriminalgericht nicht so recht schmeckte, und er ließ die Hälfte übrig, was in keiner Weise seiner Gewohnheit entsprach.

»Er wird versuchen, alles ins Lächerliche zu ziehen oder zu bestreiten«, sagte Juster, der Pitt gegenüber am Tisch saß. Auch er schien kaum Appetit zu haben. Seine Hand zuckte auf der polierten Tischfläche, als hindere ihn lediglich die Höflichkeit daran, nervös darauf herumzutrommeln. »Das Hausmädchen dürfte ihm kaum gewachsen sein. Sie hat schon genug Angst, dass sie vor Gericht aussagen muss, ohne dass noch ein ›Herr‹ ihre Intelligenz und Ehrlichkeit in Zweifel zieht. Wenn er ihr sagt, dass sie Montag nicht von Dienstag unterscheiden kann, stimmt sie ihm höchstwahrscheinlich sogar zu.«

Pitt nahm einen kleinen Schluck aus seinem Apfelweinglas. »Bei dem Butler wird er damit auf Granit beißen.«

»Das ist mir klar«, gab ihm Juster Recht und verzog das Gesicht zu einer Grimasse. »Gleave wird sich das auch sagen und es daher auf andere Weise probieren. Ich an seiner Stelle würde dem Mann beispielsweise schmeicheln, ihn ins Vertrauen ziehen, eine Möglichkeit finden, ihm klarzumachen, dass es Fetters' Andenken schaden würde, als Mordopfer zu gelten, während das bei einem Unfall nicht der Fall sei. Ich bin selbst als Strafverteidiger zugelassen und kann mich daher gut in Gleaves Lage versetzen. Ich würde darauf wetten, dass er genau so vorgeht. Schließlich ist es sein Beruf, das Wesen eines Menschen auszuloten und Schwächen aufzudecken.«

Pitt hätte das gern bestritten, wusste aber, dass der Vertreter der Anklage Recht hatte. Es war Gleaves breitem Gesicht anzusehen, dass ihm nichts entging und er eine Schwachstelle wittern konnte wie ein Bluthund eine Fährte. Er verstand sich auf alles, was nötig war, konnte einem Zeugen schöntun und drohen, konnte sondieren und die Widerstandskraft schwächen.

Dieses Bewusstsein machte Pitt wütend. Seine Appetitlosigkeit ging ebenso auf Empörung wie auf Sorge vor einem Fehlschlag zurück. Seiner festen Überzeugung nach hatte Adinett Martin Fetters ermordet, und wenn es ihm nicht gelang, die Geschworenen davon zu überzeugen, würde der Täter das Gericht nicht nur als freier Mann verlassen, sondern auch mit untadeligem Ruf.

Er kehrte in den Zeugenstand zurück, entschlossen, dem Angriff standzuhalten, mit dem er rechnete, sich zu beherrschen und Gleave keine Gelegenheit zu geben, ihn zu manipulieren oder in Verlegenheit zu bringen.

»Nun, Mr. Pitt«, begann Gleave, der sich mit leicht gespreizten Beinen vor ihm aufgebaut hatte. »Dann wollen wir uns doch einmal Ihre sonderbare Beweiskette näher ansehen, der Sie so viel Bedeutung beimessen und aus der Sie eine solche Schauergeschichte herauslesen.« Er zögerte, aber nur, um seine Worte wirken zu lassen. Die Geschworenen sollten Gelegenheit haben, seinen Sarkasmus zu erfassen, und sich darauf einstellen, dass er genau in diesem Stil weitermachen würde. »Doktor Ibbs hat Sie also gerufen, ein Mann, der Sie mehr oder weniger zu bewundern scheint.«

Fast hätte Pitt eine scharfe Erwiderung von sich gegeben, merkte aber noch rechtzeitig, dass Gleave genau darauf hinauswollte. Diese Falle war leicht zu erkennen.

»Offensichtlich wollte er wohl auf keinen Fall irgendwelche bedeutsamen Tatsachen außer Acht lassen«, fuhr Gleave mit kaum wahrnehmbarem Nicken fort und verzog den Mund ein wenig. »Entweder war er nervös und hat seinen eigenen Fähigkeiten nicht getraut, oder er wollte Unfrieden stiften, indem er den Eindruck erweckte, ein Verbrechen wäre geschehen, wo es in Wahrheit eine Tragödie zu beklagen gab.« Der Ton, in dem er das sagte, machte deutlich, dass er Ibbs für unfähig hielt.

Juster erhob sich. »My Lord, Mr. Pitt ist kein Fachmann in Bezug auf ärztliche Ethik und Verhaltensweisen. Er kann unmöglich wissen, warum ihn Doktor Ibbs hat kommen lassen, sondern weiß lediglich, was dieser gesagt hat, und das haben wir hier gehört. Er ist zu dem Ergebnis gekommen, dass die Annahme eines Unfalls nicht zu den Tatsachen passte, die er vorfand, und hat daher völlig zu Recht eine polizeiliche Untersuchung eingeleitet.«

»Ihrem Einwand wird stattgegeben«, sagte der Richter. »Mr. Gleave, hören Sie auf zu spekulieren, und stellen Sie Fragen zur Sache.«

»My Lord«, murmelte Gleave und sah dann Pitt scharf an. »Hat Ibbs die Vermutung ausgesprochen, es könne sich um einen Mord handeln?«

Erneut erkannte Pitt die offenkundige Falle. »Nein. Er hat gesagt, dass er sich seiner Sache nicht sicher sei, und mich nach meiner Meinung gefragt.«

»Sie sind nicht Arzt, sondern Polizeibeamter, nicht wahr?«

»Selbstverständlich.«

»Hat Sie je ein Arzt nach Ihrer medizinischen Meinung gefragt? Beispielsweise, wenn es um die Feststellung einer Todesursache ging?« Der unter der Harmlosigkeit verborgene Sarkasmus war unüberhörbar.

»Nein. Lediglich nach meinen Ansichten dazu, wie bestimmte Indizien zu bewerten sein könnten«, antwortete Pitt zurückhaltend. Ihm war klar, dass ihm erneut eine Falle gestellt wurde, sah aber nicht, worin sie bestand.

»Genau«, sagte Gleave nickend. »Wenn Doktor Ibbs Sie also hinzugezogen hat, weil er Zweifel hatte, sagt Ihnen gewiss doch Ihre Intelligenz, dass er vermutete, es handele sich möglicherweise nicht um einen Unfall, sondern um ein Verbrechen ... etwas, wobei man die Polizei benachrichtigen musste.«

»Ja.«

»Dann waren Sie also ein wenig unaufrichtig, nicht wahr, als Sie mir erklärt haben, er habe Ihnen nicht gesagt, dass er ein Verbrechen vermutete? Ich möchte nicht gerade sagen, dass Sie gelogen haben, aber der Gedanke drängt sich auf, Mr. Pitt.«

Pitt spürte, wie ihm das Blut in den Kopf stieg. Er hatte eine Falle erkannt und war, indem er ihr auswich, geradewegs in die nächste getappt. Jetzt stand er als jemand da, der Vorurteile hatte, und genau das hatte Gleave erreichen wollen. Was konnte er jetzt noch sagen, um diesen Eindruck zu verwischen oder zumindest die Dinge nicht noch schlimmer zu machen?

»Wenn sich Fakten unterschiedlich deuten lassen, bedeutet das nicht zwangsläufig, dass es sich um ein Verbrechen handelt«, sagte er bedächtig. »Möbel werden aus vielen Gründen verschoben, ohne dass dahinter eine böse Absicht stecken muss.« Er suchte nach Worten. »Bisweilen geschieht das im Versuch zu helfen, mit der Absicht, einen Unfall weniger fahrlässig erscheinen zu lassen, den Hinterbliebenen Vorwürfe zu ersparen oder eine Indiskretion zu verbergen. Es mag sogar vorkommen, dass man damit einen Selbstmord vertuschen möchte.«

Gleave schien überrascht. Er hatte wohl nicht mit einer solchen Antwort gerechnet.

Auf keinen Fall durfte Pitt sich durch diesen kleinen Erfolg dazu verleiten lassen, seine Deckung zu vernachlässigen.

»Wann ist der Teppichflor Ihrer Ansicht nach flach gedrückt worden?«, nahm Gleave den Angriff wieder auf.

»Irgendwann nachdem man ihn gebürstet hatte. Der Aussage des Mädchens nach war das zuletzt am Vormittag geschehen«, gab Pitt zur Antwort.

Gleave machte ein harmloses Gesicht. »Könnte es einen anderen Grund haben, als dass jemand eine Leiche darüber geschleift hat?«

Im Saal ertönte nervöses Gelächter.

»Selbstverständlich«, stimmte Pitt zu.

Gleave lächelte. »Und ließe sich die Herkunft der Fasern an Mr. Fetters' Absatz auch auf andere Weise erklären? Könnte beispielsweise Mr. Fetters über den Teppich gestolpert sein, weil dieser an einer Stelle eine Welle bildete? Oder könnte er sich die Schuhe ausgezogen haben, während er in einem Sessel saß? Hatte der Teppich Fransen, Mr. Pitt?«

Gleave wusste sehr wohl, dass das der Fall war.

»Ja.«

»Eben.« Gleave fuchtelte mit beiden Händen durch die Luft. »Entschuldigen Sie bitte das Wortspiel, aber ist das nicht ein ziemlich dünner Faden, an dem Sie einen Ehrenmann, einen tapferen Offizier, einen Patrioten und einen Gelehrten wie John Adinett hängen wollen?«

Unruhe entstand im Saal. Menschen drehten die Köpfe zu Adinett hinüber, und Pitt erkannte auf ihren Gesichtern Respekt, Neugier, aber keinen Hass. Er sah zur Geschworenenbank. Die Männer dort verhielten sich zurückhaltender, es waren sich ihrer Verantwortung bewusste nüchterne Menschen. Sie saßen steif da, mit hohem, weißem Kragen, glatt gekämmtem Haar, sauber gestutztem Backenbart und festem Blick. Er beneidete sie nicht um ihre Aufgabe. Er hatte nie über einen anderen Menschen richten wollen. Selbst ihr Obmann sah besorgt drein. Er hatte die Hände auf der Bank vor sich verschränkt.

Gleave lächelte.

»Würde es Sie überraschen, zu erfahren, Mr. Pitt, dass das Hausmädchen, das damals im Billardzimmer sauber gemacht hat, mit Bezug auf den Kratzer, den Sie so passenderweise entdeckt haben, nicht mehr so sicher ist, ob es überhaupt ein neuer war? Inzwischen sagt sie, er könne auch vorher schon da gewesen sein, und sie habe ihn möglicherweise nicht bemerkt.«

Pitt wusste nicht recht, was er auf die umständlich gestellte Frage antworten sollte.

»Ich kenne sie nicht gut genug, um zu wissen, ob mich das überraschen sollte oder nicht«, sagte er zurückhaltend. »Zeugen ändern bisweilen ihre Aussage ... aus diesem oder jenem Grund.«

Gleave sah gekränkt drein. »Was wollen Sie damit sagen, Sir?«

Juster unterbrach ihn erneut. »My Lord, mein geschätzter Herr Kollege hat den Zeugen gefragt, ob er überrascht sei. Der Zeuge hat diese Frage beantwortet und dabei auf nichts angespielt.«

Gleave wartete nicht auf die Mahnung des Richters. »Sehen wir uns doch einmal an, was uns in diesem ungewöhnlichen Fall bleibt. Mr. Adinett hat seinen alten Freund Fetters besucht. Sie haben eineinhalb angenehme Stunden in der Bibliothek verbracht, danach ist Mr. Adinett fortgegangen. Ich nehme an, dass Sie mit mir bis hierher übereinstimmen?« Er hob fragend die Brauen.

»Ja«, sagte Pitt.

»Gut. Also weiter: Etwa zwölf bis fünfzehn Minuten später wurde aus der Bibliothek geläutet. Der Butler ist hingegangen und hat aus der Bibliothek einen Aufschrei und ein lautes Geräusch gehört. Als er öffnete, sah er zu seiner Bestürzung seinen Herrn am Boden liegen, neben ihm die umgestürzte Bibliotheksleiter. Ganz natürlich schloss er daraus auf einen Unfall – wie sich zeigte, war er tödlich. Er sah keinen anderen Menschen in der Bibliothek. Er ging hinaus und holte Hilfe. Sind Sie bis hierher einer Meinung mit mir?«

Pitt zwang sich zu einem Lächeln. »Ich weiß nicht. Ich war bei der Aussage des Butlers nicht anwesend.«

»Stimmt es mit den Ihnen bekannten Tatsachen überein?«, stieß Gleave hervor, während Gelächter durch den Saal lief.

»Ja.«

»Danke. Es handelt sich hier nicht um einen Anlass, bei dem Sie die Zuschauer unterhalten und etwas vorführen sollen, was Sie möglicherweise für witzig halten, Mr. Pitt, sondern um eine ausgesprochen ernsthafte Angelegenheit.«

Pitt wurde tiefrot. Empört beugte er sich über das Geländer vor.

»Sie haben mir eine unmögliche Frage gestellt!«, hielt er Gleave vor. »Ich habe deutlich darauf hingewiesen. Falls Sie das

Publikum auf der Galerie mit Ihrer Torheit erheitert haben, ist das Ihre eigene Schuld – nicht meine.«

Gleaves Ausdruck verdüsterte sich. Mit einem solchen Vergeltungsschlag hatte er nicht gerechnet. Glänzender Schauspieler, der er war, schluckte er seinen Ärger rasch herunter.

»Als Nächstes haben wir Doktor Ibbs' Übereifer. Er hat Sie aus Gründen hinzugezogen, die uns unbekannt sind«, fuhr er fort, als wäre nichts gewesen. »Sie sind seinem Ruf gefolgt und haben all die bewussten rätselhaften kleinen Hinweise entdeckt. Der Sessel stand nicht da, wohin Sie ihn gestellt hätten, wenn dieser schöne Raum Ihrer wäre«, sagte er mit vor Hohn triefender Stimme. »Der Butler ist der Ansicht, dass er woanders gestanden hatte. Dann gab es eine Druckstelle auf dem Teppich.« Mit einem Lächeln auf den Zügen sah er zu den Geschworenen hin. »Die Bücher waren nicht so angeordnet, wie sie es gewesen wären, wenn es Ihre wären.« Er gab sich keine Mühe, seinen Spott zu verbergen. »Das Glas Portwein war noch nicht ausgetrunken, und trotzdem hatte Mr. Fetters nach dem Butler geläutet. Warum, werden wir nie erfahren – aber ist es Ihre Aufgabe, sich darüber den Kopf zu zerbrechen?« Er sah zu den Geschworenen hin. »Steht John Adinett wegen solcher unzusammenhängenden Belanglosigkeiten unter Mordanklage?« Staunen zeichnete sich auf seinen Zügen. »Ich denke, das ist übertrieben! Meine Herren, wir haben es hier mit Behauptungen zu tun, die sich ein offenbar unterbeschäftigter Arzt und ein Polizeibeamter, der sich einen Namen machen möchte, und sei es auf Kosten eines Toten und um den Preis einer zum Himmel schreienden Anklage gegen dessen Freund, aus den Fingern gesogen haben. Diesen Unsinn sollten Sie zurückweisen!«

»Sind Sie mit Ihrer Verteidigung fertig?«, erkundigte sich Juster mit lauter Stimme. »Es sieht ganz so aus, als wären Sie schon beim Schlussplädoyer.«

»Obwohl ich kaum mehr brauche, bin ich das ganz und gar nicht!«, gab Gleave zurück. »Aber von mir aus dürfen Sie Ihren Zeugen gern weiter befragen.«

»Nun, viel gibt es nicht mehr zu fragen«, sagte Juster und nahm Platz. »Mr. Pitt, war das Hausmädchen seiner Sache sicher, als Sie sie zum ersten Mal nach dem Kratzer an der Tür zum Billardzimmer gefragt haben?«

»Absolut.«

»Also muss irgendetwas die Frau seither veranlasst haben, ihre Meinung zu ändern?«

Pitt leckte sich die Lippen. »Ja.«

»Was das nur sein mag?«, sagte Juster achselzuckend und fuhr dann rasch fort: »Und auch der Butler war sicher, dass der Sessel in der Bibliothek verrückt worden war?«

»Ja.«

»Ob er es sich inzwischen anders überlegt hat?«, wollte Juster mit ausgebreiteten Händen wissen. »Ach, das können Sie naturgemäß nicht wissen. Nun, das hat er nicht. Auch der Stiefelputzer ist völlig sicher, die Schuhe seines Herrn so gründlich geputzt zu haben, dass keine Fäden vom Teppich daran hingen, sei es aus der Mitte oder von den Fransen.« Er machte ein Gesicht, als komme ihm plötzlich ein Einfall. »Ach, übrigens, stammten die Fäden, die Sie da gefunden hatten, von den Fransen, oder war es weicher Flor?«

»Weicher Flor, von der gleichen Farbe wie in der Mitte«, sagte Pitt.

»Aha. Wir haben die Schuhe gesehen, aber nicht den Teppich.« Er lächelte. »Vermutlich wäre das zu umständlich. Auch die Bibliotheksregale mit den falsch eingeordneten Büchern können wir nicht sehen.« Nachdenklich verzog er das Gesicht. »Welchen Grund hätte jemand, der sich mit der Geschichte des Altertums beschäftigt und in ferne Länder reist, sich ganz besonders für Troja interessiert, die Ruinen, den Zauber und die Sagen im Zusammenhang mit dieser Stadt, die für unsere Kultur so große Bedeutung hat, drei der lebendigsten Beschreibungen, die es davon gibt, so in seinen Bücherschrank zu stellen, dass er jedes Mal auf eine Leiter steigen muss, um daran zu gelangen? Ganz offensichtlich wollte er an diese Bücher gelangen, denn wäre er sonst zu Tode gestürzt, als er sie herunterholte?« Er hob die Schultern und fügte mit dramatischem Effekt hinzu: »Nur dass es sich so eben nicht verhalten hat!«

An jenem Abend fand Pitt keine Ruhe. Er ging im Garten seines Hauses auf und ab, rupfte hier und da Unkraut aus, erfreute sich an den Blumen und betrachtete das frische Grün der Bäume, doch nichts vermochte seine Aufmerksamkeit längere Zeit zu fesseln.

Charlotte kam mit besorgtem Gesicht heraus und trat neben ihn. Das Licht der Abendsonne schimmerte wie ein Heiligenschein um ihr rötliches Haar. Die Kinder waren im Bett, im Haus war es still. Es wurde allmählich kühl.

Er wandte sich ihr zu und lächelte. Er brauchte nichts zu erklären. Sie hatte den Fall von Anfang an mitverfolgt und kannte den Grund seiner Besorgnis, auch wenn sie nicht wusste, welch finstere Vorahnungen ihn bedrückten. Er hatte ihr verschwiegen, was für schreckliche Folgen es hätte, wenn die Geschworenen Adinett freisprächen, weil sie Pitt für unfähig hielten und überzeugt waren, dass er aufgrund persönlicher Voreingenommenheit handelte und die Sache zur Anklage gebracht hatte, um seine Ruhmsucht zu befriedigen oder weil er sich andere Vorteile davon versprach.

Während sie sich über alltägliche Dinge unterhielten, schritten sie langsam über die Rasenfläche und wieder zurück. Was gesagt wurde, war unerheblich, wichtig war Charlottes Wärme, ihre Anwesenheit, dass sie ihn weder mit Fragen bedrängte noch ihre eigenen Befürchtungen äußerte.

Am folgenden Tag machte Gleave es sich zur Aufgabe, darzustellen, wie absurd die Annahme sei, sein Mandant könne die Tat begangen haben. Er hatte bereits versucht, die Aussage Doktor Ibbs' und der verschiedenen Dienstboten herunterzuspielen, denen die von Pitt angeführten winzigen Veränderungen aufgefallen waren, wie auch die des Passanten auf der Straße, der gesehen hatte, dass jemand, auf den Adinetts Beschreibung mehr oder weniger passte, das Haus durch den Seiteneingang betreten hatte. Jetzt rief er Leumundszeugen für Adinetts lauteren Charakter auf. An ihnen herrschte kein Mangel, was er deutlich hervorhob. Er ließ einen nach dem anderen auftreten, Männer aus den verschiedensten Lebensbereichen: Militärs, Politiker, Angehörige der höheren Gesellschaft und sogar einen Vertreter der Kirche.

Der letzte der von ihm aufgebotenen Zeugen, der ehrenwerte Lyall Birkett, ein schlanker, blonder Herr mit klugen, aristokratischen Zügen und von zurückhaltender Art, war ein typisches Beispiel für alle anderen. Noch bevor er den Mund auftat, war jedem im Saal klar, dass seine Worte uneingeschränkt glaubwürdig waren. Er hegte nicht den geringsten Zweifel daran, dass John Adinett schuldlos war, ein rechtschaffener Mann, den man in ein Netz aus Intrigen und unglücklichen Zufällen verwickelt hatte.

Pitt durfte nach dem Ende seiner eigenen Befragung im Gerichtssaal bleiben, und da er als Leiter der Polizeiwache in der Bow Street niemandem darüber Rechenschaft schuldete, wie er seine Zeit einteilte, beschloss er, sich auch den Rest der Verhandlung anzuhören.

»Seit zwölf Jahren«, antwortete Birkett auf Gleaves Frage, wie lange er Adinett kenne. »Wir sind uns zum ersten Mal im Offiziersklub begegnet. Männer, die man dort trifft, sind in der Regel über jeden Zweifel erhaben.« Die Andeutung eines Lächelns trat auf seine Züge. Es ging weder auf Nervosität zurück, noch wollte er sich damit einschmeicheln, auch sollte es nicht lustig wirken – es war einfach ein Hinweis auf seine Umgänglichkeit. »Die Welt ist klein, nicht wahr? Auf dem Schlachtfeld erweist sich der Wert eines Mannes – da dauert es nicht lange, bis man merkt, auf wen man sich verlassen kann und auf wen nicht. Man fragt ein wenig herum und stößt ziemlich bald auf jemanden, der denjenigen kennt, um den es geht.«

»Ich denke, das verstehen wir alle«, sagte Gleave voll Überschwang. Auch er lächelte, und zwar zur Geschworenenbank hinüber. »Auf dem Schlachtfeld, wenn es um das eigene Leben oder vielleicht um Schlimmeres geht – die Angst vor Verstümmelung, Siechtum und lebenslangen Schmerzen –, zeigt sich der wahre Wert eines Mannes, sein Mut, seine Treue und seine Ehre.« Der Ausdruck tiefen Kummers trat auf sein Gesicht. Er drehte sich so, dass ihn die Zuschauer auf der Galerie wie auch die Geschworenen sehen konnten. »Und haben Sie unter Ihren Kameraden im Offiziersklub Nachteiliges über John Adinett gehört, Mr. Birkett? Irgendetwas?«

»Kein Wort.« Nach wie vor behandelte Birkett die Sache gelassen. In seiner Stimme lag weder Staunen noch Nachdruck. Er hielt das Ganze für nichts weiter als einen lächerlichen Irrtum, der sich spätestens in ein oder zwei Tagen aufklären würde.

»Aber die Männer kannten Mr. Adinett?«, forschte Gleave nach.

»Natürlich. Er hatte in Kanada gedient und sich dort glänzend bewährt. Bei einem Aufstand im Landesinneren, der mit der Hudson Bay Company zu tun hatte, hat er sich so hervorgetan, dass er eine Auszeichnung bekam. Das hat mir Fraser gesagt und erklärt, man habe Adinett wegen seiner Tapferkeit und seiner Kenntnis des Landes hinzugezogen. Immerhin ist das da eine riesige Wildnis.« Er hob die blonden Brauen. »Gewiss ist Ihnen das bekannt. Da in der Gegend um die Thunder Bay kann man mit Männern ohne grenzenlose Vorstellungskraft, Ausdauer, Loyalität, Intelligenz und Tapferkeit nichts anfangen.«

Gleave nickte. »Und was ist mit Aufrichtigkeit?«

Jetzt wirkte Birkett doch erstaunt. Seine Augen weiteten sich. »Die gilt als selbstverständlich, Sir. Einen unehrlichen Mann kann man nicht brauchen. Einen Fehler hier und da kann jeder einmal begehen, aber eine Lüge wäre unverzeihlich.«

»Entsprechendes gilt vermutlich auch für Treue gegenüber Freunden und Kameraden?« Gleave bemühte sich, den Eindruck zu erwecken, als habe er diese Frage mehr zufällig gestellt und wisse die Antwort darauf nicht. Doch er lief keine Gefahr, sein Spiel zu überreizen. Mit Ausnahme Justers, Pitts und des Richters durchschaute niemand im Saal das bei einer Verhandlung übliche Theaterspiel hinreichend, um zu erkennen, worauf Gleave hinauswollte.

»Treue ist kostbarer als das eigene Leben«, sagte Birkett schlicht. »Ich würde John Adinett alles anvertrauen, was ich besitze, mein Haus, meinen Grundbesitz, meine Frau, meine Ehre, und ich müsste keine Sekunde lang befürchten, das Geringste davon einzubüßen.«

Gleave war mit sich zufrieden, und dazu hatte er auch allen Grund. Die Geschworenen hingen voll Bewunderung an Birketts Lippen, und einige von ihnen sahen Adinett zum ersten Mal richtig an. Die Waage neigte sich zu Gleaves Gunsten, und er kostete bereits die Süße des Sieges.

Pitt sah, dass der Geschworenen-Obmann die Stirn krauste.

»Kannten Sie zufällig Mr. Fetters?«, erkundigte sich Gleave wie beiläufig, während er sich dem Zeugen wieder zuwandte.

»Flüchtig.« Birketts Züge verdüsterten sich, und eine so deutlich erkennbare Trauer legte sich auf sein Gesicht, dass sie niemand für unecht halten konnte. »Ein großartiger Mann. Es ist paradox, dass er auf der Suche nach dem Alten und Schönen die Welt bereist hat, um die Ruhmestaten der Vergangenheit für die Gegenwart zu bewahren, und dann in seiner eigenen Bibliothek den Tod fand.« Er stieß leise den Atem aus. »Ich habe seine Aufsätze über Troja gelesen und muss gestehen, dass sich damit für mich eine neue Welt aufgetan hat. Ich hatte das vorher nie so ... unmittelbar vor mir gesehen. Ich vermute, dass die Lust am Reisen und eine leidenschaftliche Anteilnahme an den Schätzen anderer Kulturen Fetters und Adinett verbunden haben.«

»Halten Sie es für möglich, dass sie sich über einen Punkt in diesem Zusammenhang gestritten haben?«, fragte Gleave. Man konnte an seinen Augen ablesen, dass er sich der Antwort sicher war.

Verblüfft sagte Birkett: »Um Gottes willen, nein! Fetters war ein Fachmann auf seinem Gebiet, während Adinett zu denen gehört, die voll Bewunderung jenen zuschauen, welche die Entdeckungen machen. Er hat Fetters in den höchsten Tönen gerühmt, hatte aber keinerlei Ehrgeiz, ihm nachzueifern. Es genügte ihm, sich an dessen Leistungen zu erfreuen.«

»Danke, Mr. Birkett«, sagte Gleave mit einer leichten Verneigung. »Sie haben alles bestätigt, was wir bereits von anderen eindrucksvollen Männern aus allen Gesellschaftsschichten gehört haben. Jeder von ihnen hatte über Mr. Adinett ausschließlich Gutes zu sagen. Ich weiß nicht, ob mein verehrter Herr Kollege noch eine Frage an Sie richten möchte – ich jedenfalls habe keine mehr.«

Juster zögerte nicht. Die Geschworenen entglitten ihm, und

Pitt merkte, dass ihm das bewusst war. Nur flüchtig legte sich der Schatten der Unentschlossenheit auf sein Gesicht, dann war er wieder er selbst.

»Danke«, sagte der Vertreter der Anklage verbindlich und wandte sich Birkett zu.

Pitt spürte, wie ihm die Besorgtheit die Brust zuschnürte; Birkett war unangreifbar, wie alle Leumundszeugen bisher. In den vergangenen zwei Tagen hatte Gleave den Angeklagten damit, dass er gezeigt hatte, welche Männer ihn bewunderten und ihm so in Freundschaft ergeben waren, dass sie sogar vor Gericht aussagten, nahezu über jeden Zweifel erhaben gemacht. Ein Angriff auf Birkett würde die Geschworenen nur gegen Juster aufbringen, sie aber auf keinen Fall dazu veranlassen, den dürftigen Fakten Glauben zu schenken.

Juster lächelte. »Mr. Birkett, Sie sagen, dass Adinett seinen Freunden absolut treu war.«

»Absolut«, bestätigte Birkett nickend.

»Und das bewundern Sie?«, fragte Juster.

»Selbstverständlich.«

»Mehr als Treue Ihren eigenen Grundsätzen gegenüber?«

»Nein.« Birkett wirkte leicht verwirrt. »Das habe ich damit nicht sagen wollen, Sir. Sollte ich diesen Eindruck erweckt haben, geschah das völlig ohne meine Absicht. Wer seine Grundsätze nicht höher stellt als alles andere, taugt nichts. Ein Freund würde nichts anderes von einem erwarten – jedenfalls niemand, den ich als meinen Freund bezeichnen würde.«

»Mir geht es ebenso«, gab ihm Juster Recht. »Man muss tun, was man für richtig hält, sogar um den Preis, einen Freund oder die Wertschätzung der Menschen zu verlieren, an denen einem liegt, so schrecklich das sein mag.«

»My Lord«, sagte Gleave und erhob sich ungeduldig. »All das klingt ungeheuer moralisch, nur ist das keine Frage! Sofern mein verehrter Kollege auf etwas hinauswill, sollte man ihn auffordern, das zu sagen.«

Der Richter sah Juster fragend an.

Dieser ließ sich nicht aus der Ruhe bringen. »Das, worauf ich hinauswill, ist äußerst wichtig, my Lord. Adinett stellte seine Grundsätze und Überzeugungen höher als jede Freundschaft. Anders gesagt, hätte er eine Freundschaft, ganz gleich, wie lange sie dauerte oder wie tief sie ging, seinen Überzeugungen geopfert, sofern es sich als nötig erwiesen hätte, zwischen diesen beiden zu entscheiden. Wir haben festgestellt, dass das Opfer, Martin Fetters, sein Freund war. Ich danke Mr. Gleave dafür, dass er dargelegt hat, dass für Adinett Freundschaft nicht das höchste Gut war, sondern er bereit wäre, sie seinen Grundsätzen zu opfern, sofern er sich gezwungen sähe, sich zwischen dem einen und dem anderen zu entscheiden.«

Gemurmel erhob sich. Einer der Geschworenen sah verwirrt drein, dann aber trat der Ausdruck plötzlichen Verstehens auf seine Züge. Der Obmann stieß seufzend den Atem aus, und er entspannte sich erkennbar.

»Es ist nicht erwiesen, dass es einen solchen Konflikt gegeben hätte!«, begehrte Gleave auf und tat einen Schritt nach vorn.

»Aber auch nicht, dass es ihn nicht gab!«, erwiderte Juster und wandte sich ihm zu.

Der Richter brachte beide mit einem Blick zum Schweigen.

Juster dankte Birkett und kehrte an seinen Platz zurück. Diesmal ging er völlig entspannt und stolzierte sogar ein wenig.

Am nächsten Tag führte Gleave den letzten Stoß gegen Pitt. Vor der Geschworenenbank stehend, sagte er: »Dieser ganze auf mehr als dürftige Indizien gestützte Prozess steht und fällt mit der Aussage eines einzigen Mannes, nämlich mit der von Oberinspektor Thomas Pitt.« Seine Stimme klang verächtlich. »Was bleibt eigentlich, wenn Sie einmal von dem absehen, was er sagt? Ich brauche es nicht ausdrücklich zu sagen – nichts, nicht das Geringste!« Er zählte an den Fingern ab. »Ein Mann hat einen anderen Mann auf der Straße gesehen, der in einen der Gärten gegangen ist. Das kann John Adinett gewesen sein, doch ebenso ist es möglich, dass er es nicht war.« Er hob einen zweiten Finger. »Ein Kratzer an einer Tür, der unter Umständen schon seit Tagen da war und der seine Entstehung vermutlich der ungeschickten Handhabung eines Billard-Queues verdankt.« Ein dritter Finger wurde gehoben. »In einer Bibliothek ist ein Sessel von seinem Platz verrückt worden, wofür es zahlreiche Gründe geben kann.« Ein vierter Finger. »Bücher finden sich nicht an der Stelle, an die sie gehören.« Achselzuckend machte er eine wegwerfende Handbewegung. »Vielleicht hatte man sie nicht zurückgestellt, und das Hausmädchen hatte sie dorthin getan, wo sie eine Lücke sah – vermutlich liest sie keine Sagen des klassischen Altertums. Ihr ging es darum, dass alles ordentlich aussah, nicht aber um die Anordnung der Bücher im Regal. Womöglich kann sie gar nicht lesen! Ein Faden von einem Teppich hängt an einem Schuhabsatz.« Er riss die Augen weit auf. »Wie mag er dort hingelangt sein? Wer kann das wissen? Und das Absurdeste von allem: ein halbes Glas Portwein. Mr. Pitt will uns weismachen, man könne daran erkennen, dass Mr. Fetters keinen Anlass gehabt habe, nach seinem Butler zu läuten. In Wahrheit bedeutet es lediglich, dass Mr. Pitt nicht an den Umgang mit Dienstboten gewöhnt ist – das aber hätten wir uns auch so gedacht, denn er ist Polizeibeamter.« Das letzte Wort sprach er mit unüberhörbarer Verachtung aus.

Im Gerichtssaal herrschte Stille.

Gleave nickte.

»Ich würde gern mehrere Zeugen aufrufen, die Mr. Pitt gut kennen und bereit sind, Ihnen zu sagen, was für ein Mensch er ist, damit Sie selbst beurteilen können, was seine Aussagen wert sind.«

Pitts Herz sank, als er Albert Donaldsons Namen hörte und die ihm wohl bekannte Gestalt den Gerichtssaal durchqueren und in den Zeugenstand treten sah. Auch wenn er fülliger und ergrauter war als vor fünfzehn Jahren, als er Pitts Vorgesetzter gewesen war, war sein Gesichtsausdruck genauso, wie sich Pitt an ihn erinnerte, und ihm war klar, dass Donaldsons Geringschätzung nach wie vor nicht erloschen war.

Die Aussage ergab genau das, was Pitt erwartet hatte.

»Sie sind im Ruhestand und waren früher Angehöriger der Polizei der Stadt London, Mr. Donaldson?«, begann Gleave.

»So ist es.«

Gleave nickte leicht.

»Gab es zu Ihrer Zeit als Leiter der Polizeiwache in der Bow Street dort einen Streifenpolizisten namens Thomas Pitt?«

»Ja.« An Donaldsons Gesichtsausdruck ließ sich ablesen, was er dachte.

Gleave lächelte. Er entspannte sich sichtlich.

»Was für ein Mensch war er damals, Mr. Donaldson? Ich nehme an, dass Sie oft Gelegenheit hatten, mit ihm zusammenzuarbeiten? Eigentlich müsste man wohl sagen, dass er Ihnen Rechenschaft schuldig war?«

»Der? Der war niemandem Rechenschaft schuldig!«, gab Donaldson hasserfüllt zurück und warf einen Blick auf Pitt. Schon beim Hereinkommen hatte er gesehen, wo er im Saal saß. »Hat getan, was ihm beliebte. Wusste immer alles besser und hat sich von keinem was sagen lassen.«

Er hatte viele Jahre auf diese Möglichkeit gewartet, Rache zu nehmen – wegen der zahlreichen Gelegenheiten, bei denen Pitt aufsässig gewesen war, sich über von ihm als kleinlich und einschränkend empfundene Vorschriften hinweggesetzt hatte, oder wegen der Fälle, die Pitt eigenmächtig bearbeitet hatte, ohne seine Vorgesetzten zu informieren. Damit hatte er sich ins Unrecht gesetzt, das war Pitt durchaus bewusst, jetzt, da er selbst Leiter der Wache war.

»Wäre ›von sich eingenommen‹ der richtige Ausdruck, um ihn zu beschreiben?«, fragte Gleave.

»Durchaus«, gab Donaldson sofort zurück.

»Querköpfig?«, fuhr Gleave fort.

Juster erhob sich halb von seinem Sitz, überlegte es sich dann aber anders.

Der Obmann der Geschworenen beugte sich mit gerunzelter Stirn vor.

Adinett saß reglos auf der Anklagebank.

»Trifft ebenfalls zu«, sagte Donaldson nickend. »Er wollte alles immer auf seine Weise erledigen, der vorgeschriebene Dienstweg hat ihn nicht interessiert. Er wollte allen Ruhm für sich, das war von Anfang an unübersehbar.«

Als Gleave den Zeugen aufforderte, Beispiele für Pitts Selbstherrlichkeit, seinen übertriebenen Ehrgeiz und für Gelegenheiten zu nennen, bei denen er sich über Vorschriften hinweggesetzt hatte, ließ sich Donaldson nicht zweimal bitten. Er lieferte eine solche Fülle von Material, dass schließlich sogar Gleave der Ansicht war, es sei genug. Er schien leicht zu zögern, als es darum ging, den Zeugen Juster zu überlassen, aber ihm blieb keine Wahl.

Juster begann das Kreuzverhör mit erkennbarer Befriedigung.

»Sie konnten wohl den Streifenbeamten Pitt nicht ausstehen, Mr. Donaldson?«, fragte er unschuldig.

Das zu bestreiten erschien Donaldson widersinnig, denn dazu hatte er seine Abneigung viel zu deutlich gezeigt.

»Wie soll man jemanden leiden können, der einem die Arbeit unmöglich macht?«, gab er störrisch zur Antwort.

»Hatte es damit zu tun, dass er zumindest gelegentlich in unorthodoxer Weise an die Fälle heranging?«, fragte Juster.

»Er hat sich nicht um die Vorschriften gekümmert«, verbesserte ihn Donaldson.

»Hat er Fehler gemacht?« Juster sah ihn unverwandt an.

Donaldson errötete leicht. Ihm war klar, dass sich Juster anhand von Pitts Personalakte informieren konnte und das vermutlich sogar schon getan hatte.

»Na ja, nicht mehr als die meisten anderen.«

»Genauer gesagt, weniger als die meisten anderen«, verbesserte ihn Juster. »Ist Ihnen ein Fall bekannt, in dem jemand, der aufgrund von Pitts Beweismaterial verurteilt worden war, später für schuldlos befunden wurde?«

Der Obmann der Geschworenen entspannte sich.

»Ich verfolge nicht alle seine Fälle!«, wandte Donaldson ein. »Ich habe Besseres zu tun, als mich mit der Arbeit eines jeden ehrgeizigen Streifenpolizisten zu beschäftigen.«

Juster lächelte. »Dann werde ich es Ihnen sagen, denn es gehört zu meinen Aufgaben zu wissen, wem ich vertrauen kann und wem nicht«, sagte er. »Die Antwort heißt nein. Während Pitts Dienstzeit in dieser Stellung wurde niemand je aufgrund seiner Aussagen zu Unrecht verurteilt.«

»Weil wir gute Verteidiger haben!« Donaldson warf einen Seitenblick auf Gleave. »Gott sei Dank!«

Juster nahm das mit breitem Lächeln zur Kenntnis, wobei

man seine glänzenden Zähne bewundern konnte. Ihn würde man nicht dazu provozieren, vor Geschworenen Gefühlsausbrüche zu zeigen.

»Pitt war also ehrgeizig.« Juster sagte das mehr als Feststellung und weniger als Frage.

»Das habe ich gesagt, und zwar außerordentlich!«, knurrte Donaldson.

Der Vertreter der Anklage steckte lässig die Hände in die Taschen. »Vermutlich haben Sie Recht. Er hat die Stellung eines Oberinspektors erreicht und ist für eine äußerst wichtige Wache verantwortlich, nämlich die in der Bow Street. Damit ist er in der Hierarchie höher gestiegen als Sie, nicht wahr?«

Donaldsons Gesicht wurde tiefrot. »Ich hab auch keine Frau aus besseren Kreisen geheiratet, die Beziehungen hat!«

Juster machte ein überraschtes Gesicht, wobei seine schwarzen Augenbrauen emporschossen. »Ach, hat er Sie auch gesellschaftlich überflügelt? Wie ich gehört habe, stammt sie nicht nur aus bester Familie, sondern ist auch klug, bezaubernd und sieht gut aus. Ich denke, es fällt uns nicht schwer, nachzuvollziehen, was Sie empfinden, Mr. Donaldson.« Er wandte sich ab. »Danke, ich habe keine weiteren Fragen.«

Gleave erhob sich, kam dann aber wohl zu dem Ergebnis, dass er die Situation nicht retten konnte, und setzte sich wieder.

Donaldson verließ den Zeugenstand mit nach wie vor gerötetem Gesicht und hängenden Schultern. Er sah nicht zu Pitt hinüber, während er dem Ausgang entgegenstrebte.

Gleave rief seinen nächsten Zeugen auf. Dessen Meinung von Pitt war nicht besser als die Donaldsons, allerdings aus anderen Gründen. Seine Abneigung hing mit einem Fall zusammen, in dem einer seiner Freunde lange unter Verdacht gestanden hatte, bis sich schließlich ziemlich spät seine Schuldlosigkeit herausgestellt hatte. In diesem Fall hatte Pitt nicht besonders umsichtig und überlegt gearbeitet. Diesen Zeugen konnte Juster nicht so ohne weiteres aus der Fassung bringen.

Die Aussagen eines dritten Zeugen schilderten Pitt als eingebildet und befangen. Er ließ kein gutes Haar an dem, was Pitt in früheren Jahren geleistet hatte.

»Er ist also Sohn eines Wildhüters, sagten Sie?«, fragte Gleave mit betont neutraler Stimme.

Pitt erstarrte. Er erinnerte sich an Gerald Slaley und wusste, was ihm bevorstand, hatte aber keine Möglichkeit, es zu verhindern. Er musste einfach sitzen bleiben und es über sich ergehen lassen.

»So ist es. Man hat seinen Vater wegen Diebstahls deportiert«, erläuterte Slaley. »Wenn Sie mich fragen, war Pitt von Anfang an gegen uns Gutsbesitzer voreingenommen. Er hat es auf uns abgesehen und geradezu einen Kreuzzug gegen uns geführt. Sie brauchen sich nur seine Fälle anzusehen, dann merken Sie das selbst. Deswegen haben ihn die Leute, die ihn in das Amt gehievt haben, überhaupt groß werden lassen: Er sollte gegen die Besitzenden und Mächtigen vorgehen ... immer dann, wenn sie das für angebracht hielten. Und er hat sie kein einziges Mal enttäuscht.«

»Aha.« Gleave nickte zustimmend. »Auch ich habe mir Mr. Pitts Werdegang angesehen.« Er sah zu Juster und dann wieder auf Slaley. »Dabei ist mir in der Tat aufgefallen, wie häufig es in seinen Fällen gegen Prominente geht. Sofern mein verehrter Kollege das nicht glauben will, bin ich gern bereit, sie zu nennen.«

Juster schüttelte den Kopf. Er dachte nicht daran, es dahin kommen zu lassen. Zu viele dieser Fälle waren in der Öffentlichkeit bekannt geworden, und es war durchaus möglich, dass sich Geschworene dadurch gegen Pitt einnehmen ließen. Man wusste nie, mit wem sie befreundet waren oder wem ihre Bewunderung galt.

Gleave war zufrieden. Er hatte Pitt als ehrgeizig und verantwortungslos hingestellt, als jemanden, der sein Tun nicht auf Anstand gründete, sondern auf Verbitterung und Rachsucht dafür, dass man seinen Vater wegen eines Verbrechens verurteilt hatte, schuldlos, wie Pitt nach wie vor überzeugt war. Diesen Punkt konnte Juster nicht aus der Welt schaffen.

Der Vertreter der Anklage trug sein Schlusswort vor.

Der Verteidiger kam als Letzter noch einmal zu Wort und rief in seinem Plädoyer den Geschworenen erneut ins Gedächtnis, dass lediglich Pitts Aussagen auf eine Schuld des Angeklagten hinwiesen, »und nichts darüber hinaus«.

Die Geschworenen zogen sich zur Beratung zurück.

An jenem Abend kamen sie zu keiner Einigung.

Am nächsten Tag kehrten sie schließlich vier Minuten vor Mittag aus dem Beratungszimmer zurück.

»Sind Sie zu einer Entscheidung gelangt?«, fragte der Richter ernst.

»Ja, my Lord«, erklärte der Obmann. Er hielt den Kopf hoch erhoben, sah aber weder zu Gleave hinüber, der zuversichtlich lächelte, noch zur Anklagebank oder zu Juster, der unbeweglich dastand und den Kopf mit dem schwarzen Haar leicht geneigt hielt.

»Und ist diese Entscheidung einstimmig gefallen?«, fragte der Richter.

»Ja, my Lord.«

»Befinden Sie den Angeklagten John Adinett des Mordes an Martin Fetters für schuldig oder nicht schuldig?«

»Schuldig, my Lord.«

Justers Kopf ruckte hoch.

Gleave entfuhr ein Wutschrei. Fast wäre er aufgesprungen.

Adinett saß versteinert da, als verstehe er nicht, was da vor sich ging.

Fassungslosigkeit breitete sich unter den Zuhörern aus, und Journalisten eilten den Ausgängen entgegen, um ihren Redaktionen zu berichten, dass das Unglaubliche geschehen war.

»Wir werden Berufung einlegen«, übertönte Gleaves Stimme das allgemeine Durcheinander.

Der Richter gebot Ruhe. Als endlich eine schreckliche Stille eintrat, ließ er vom Gerichtsdiener das schwarze Barett holen, das er aufsetzte, bevor er die Todesstrafe gegen John Adinett aussprach.

Pitt saß erstarrt da. Es war zugleich ein Sieg und eine Niederlage. Sein Ansehen war vor der Öffentlichkeit in Fetzen gerissen worden, ganz gleich, was die Geschworenen geglaubt hatten oder nicht. Aber es war ein gerechtes Urteil. Er zweifelte nicht an Adinetts Schuld, obwohl er sich nicht denken konnte, warum der Mann die Tat begangen hatte.

Und obwohl er bei so vielen Verbrechen die Untersuchung geleitet hatte und so viele entsetzliche und tragische Wahrheiten ans Tageslicht befördert hatte, war er nie bereit gewesen, jemanden dem Henker auszuliefern. Strafe war angebracht; er wusste, dass sie wichtig war: für den Schuldigen, für das Opfer und für die Gesellschaft. Sie war der Beginn eines Heilungsprozesses. Aber er hatte es nie für richtig gehalten, dass man das Leben eines Menschen nahm, keines Menschen, auch nicht das John Adinetts.

Er verließ das Gerichtsgebäude, und während er die Newgate Street entlanggging, kam er sich nicht wie ein Sieger vor.

Kapitel 2

Lady Vespasia Cumming-Gould«, kündigte der Lakai an. Dazu brauchte er nicht einmal einen Blick auf die Einladung zu werfen, denn sie war allen Dienstboten sämtlicher hochherrschaftlichen Häuser Londons bekannt. Immerhin war sie einst die schönste Frau ihrer Generation gewesen und die unerschrockenste dazu. Vielleicht war sie es nach wie vor. Nach Ansicht mancher Menschen konnte ihr niemand das Wasser reichen.

Sie trat durch die Doppeltür ein und blieb auf der obersten Stufe der Treppe stehen, die sich anmutig hinab zum Ballsaal schwang. Obwohl er bereits zu drei Viertel gefüllt war, unterbrach ihr Auftreten das unablässige Summen der Unterhaltungen für eine Weile. Noch jetzt vermochte sie die Aufmerksamkeit der Menschen auf sich zu lenken.

Sie hatte sich nie der Mode unterworfen, war ihr doch nur allzu bewusst, dass alles, was ihr stand, weit besser war als der jeweils letzte Schrei. Die in dieser Saison üblichen Wespentaillen mit den angedeuteten Tournüren waren schön und gut, solange man darauf achtete, dass die Ärmel nicht zu üppig wurden. Zu ihrem Kleid aus austernfarbenem Satin, dessen Ärmel und dessen Einsatz am Ausschnitt aus elfenbeinfarbener Brüsseler Spitze bestanden, trug sie wie immer ein Perlenkollier und Perlenohrringe. Ihr silbriges Haar war schon für sich genommen ein Diadem. Nachdem sie einen Augenblick lang den Blick ihrer hellen grauen Augen über den Saal hatte gleiten lassen, begann sie, die Anwesenden zu grüßen und deren Grüße entgegenzunehmen.

Natürlich kannte sie fast alle, die über vierzig waren, wie sie auch ihnen bekannt war – und sei es nur vom Hörensagen. Unter ihnen befanden sich Freunde, aber auch Feinde. Wer bestimmte Grundsätze vertrat oder auch nur zu seinen Freunden hielt, erregte unvermeidlich Missgunst oder Boshaftigkeit anderer. Sie war immer von ganzem Herzen und mit all ihrer beträchtlichen Klugheit für ihre Überzeugungen eingetreten, allerdings nicht immer unbedingt mit besonderem diplomatischem Geschick.

Im Laufe des letzten halben Jahrhunderts hatten sich die Dinge, für die sie sich einsetzte, geändert. Überhaupt hatte sich alles in ihrem Lebensumfeld verändert. Wie hätte beispielsweise die junge, hingebungsvolle und eher fantasielose Königin Viktoria vorhersehen können, dass eine gewisse Lillie Langtry, Schauspielerin von Beruf, dadurch skandalöses Aufsehen erregen würde, dass sie zur Mätresse des Kronprinzen avancierte? Oder was hätte wohl der stets würdevoll auftretende Prinzgemahl Albert über den vor Witz sprühenden exzentrischen Oscar Wilde gesagt, der so voll Leidenschaft schrieb und dessen Worte bei allem Glanz so seicht sein konnten?

Vieles hatte sich zwischen damals und heute verändert, schreckliche Kriege hatten das Leben ungezählter Männer gefordert und der Zusammenprall von Weltanschauungen wahrscheinlich noch mehr. Erdteile waren erschlossen worden, Reformträume waren aufgeblüht und vergangen. Darwin hatte die Grundlagen des Lebens infrage gestellt.

Vespasia neigte den Kopf leicht vor einer älteren Herzogin, blieb aber nicht stehen, um mit ihr zu sprechen. Sie hatten einander schon vor langer Zeit alles gesagt, was es zu sagen gab, und keiner von beiden schien es die Mühe wert, es noch einmal zu wiederholen. Vespasia fragte sich, warum jene um alles in der Welt bei diesem diplomatischen Empfang anwesend war. Es schien sich um eine erlesene Gesellschaft zu handeln, und sie musste einen Augenblick überlegen, bis sie darauf kam, was all diese Menschen miteinander gemeinsam haben mochten. Dann ging ihr auf, dass alle von ihnen eine gewisse Unterhaltungsgabe besaßen ... mit Ausnahme der Herzogin.

Der Kronprinz war unübersehbar, und das keineswegs nur wegen seiner Vespasia wohl vertrauten Erscheinung, war sie ihm doch öfter begegnet, als sie hätte sagen können. Er fiel auch dadurch auf, dass die Menschen einen gewissen Abstand von ihm wahrten, sodass ihn eine Art achtungsvoller Aura umgab. Ganz gleich, wie lustig eine Geschichte oder wie interessant der jeweilige Klatsch sein mochte – weder drängte man sich an den Thronfolger heran, noch wagte man, etwas zu sagen, was seine Stimmung trüben konnte.

Lächelte da etwa gerade Daisy Warwick zu ihm hinüber? Ziemlich kess, fand Vespasia. Vielleicht vermutete das junge Ding, dass bereits jeder der Anwesenden ihre enge Beziehung zu ihm kannte und es niemandem wirklich etwas ausmachte. Während Heuchelei nicht zu Daisys Schwächen gehörte, zählte sie Diskretion andererseits nicht immer zu ihren Tugenden. Zweifellos war sie schön, und sie wirkte auch bewundernswert elegant.

Vespasia hatte es nie für erstrebenswert gehalten, Geliebte eines Angehörigen der Königsfamilie zu sein. Ihrer Ansicht nach überwog das Risiko einer solchen Beziehung bei weitem die damit verbundenen Vorteile, und dann war nicht einmal sicher, ob sie Vergnügen bereiten würde. Dem Thronfolger gegenüber empfand sie weder Zu- noch Abneigung, doch gehörte ihre Sympathie seiner Gattin. Auch wenn die arme Prinzessin wegen ihrer Taubheit in einer eigenen Welt eingeschlossen war, blieb ihr gewiss nicht verborgen, was für ein Lebemann ihr Gemahl war.

Eine weit größere Tragödie aber, die sie möglicherweise mit weniger Frauen teilte, auch wenn es nach wie vor viel zu viele waren, bedeutete der Tod ihres Erstgeborenen zu Anfang des Jahres. Da der Herzog von Clarence ganz wie seine Mutter mit an Taubheit grenzender Schwerhörigkeit geschlagen war, hatte zwischen ihnen ein inniges Verhältnis bestanden, das sie in ihrer nahezu lautlosen Welt eng aneinander band. Jetzt musste sie ihren Kummer allein tragen.

Einige Schritte von Vespasia entfernt lachte der Kronprinz

herzlich über etwas, das ihm ein hoch gewachsener Mann mit einer leicht gebogenen kräftigen Nase erzählt hatte. Auf seinem eindrucksvollen Gesicht, das Klugheit und Ungeduld zeigte, lag im Augenblick nichts als Heiterkeit. Zwar war er Vespasia noch nicht vorgestellt worden, doch wusste sie, dass es sich um Charles Voisey handelte. Ein hochgebildeter Mann, Richter am Appellationsgericht, von den meisten seiner Kollegen geachtet, aber auch ein wenig gefürchtet.

Jetzt fiel der Blick des Kronprinzen auf sie, und seine Züge leuchteten vor Freude auf. Zwar war sie eine volle Generation älter als er, aber Schönheit hatte ihn schon immer bezaubert, und er konnte sich durchaus an ihre jungen und hoffnungsfrohen Jahre erinnern, in denen sie am bezauberndsten gewesen war. Inzwischen war er des Wartens auf die Königswürde müde, wollte nichts mehr von der Verantwortung wissen, solange man ihm das mit dem Amt des Herrschers verbundene Ansehen versagte. Er entschuldigte sich bei Voisey und trat auf sie zu.

»Lady Vespasia«, sagte er mit ungeheuchelter Freude. »Ich bin froh, dass es Ihnen möglich war, zu kommen. Ohne Sie hätte dem Abend das gewisse Etwas gefehlt.«

Sie sah ihm kurz in die Augen, bevor sie in einem Hofknicks versank, wobei sie den Rücken gerade hielt, was ihr nach wie vor mit vollkommener Anmut gelang.

»Danke, Königliche Hoheit. Es ist eine glänzende Soiree.« Flüchtig ging ihr durch den Kopf, dass die Abendgesellschaft, was das betraf, so vielen anderen in jenen Tagen ähnelte: Alles war in verschwenderischer Fülle vorhanden, erlesene Speisen, erstklassige Weine, Dienerschaft, wohin das Auge blickte, Musik, schimmernde Kronleuchter, hunderte von frischen Blumen. An nichts war gespart worden, und es war unmöglich, sich vorzustellen, was den Glanz noch hätte steigern können. Wie oft aber hatte es früher bei einem Bruchteil des Aufwandes mehr Gelächter und Freude gegeben, dachte sie sehnsuchtsvoll.

Es war wohl bekannt, dass der Thronfolger seit Jahren weit über seine finanziellen Verhältnisse lebte. Jedermann kannte seine ausschweifenden Gesellschaften, seine Jagdwochenenden und seine Besuche beim Pferderennen, bei denen Vermögen aufs Spiel gesetzt, gewonnen und verloren wurden, und weder seine glänzenden Abendgesellschaften mit ihrer Unzahl von Gästen noch seine übermäßig großzügigen Geschenke an die eine oder andere Favoritin brachten irgendjemanden aus der Fassung. Viele erwähnten all das nicht einmal mehr.

»Kennen Sie Charles Voisey?«, fragte er Vespasia. Da Voisey neben ihm stand, war es ein Gebot der Höflichkeit, ihn vorzustellen. »Voisey, Lady Vespasia Cumming-Gould. Wir kennen einander schon unendlich lange. Am besten wäre es, all die Jahre zu raffen.« Er machte eine Handbewegung. »Wir sollten einfach die langweiligen Zwischenräume herausnehmen und nur das Gelächter und die Musik zurückbehalten, angenehme Abendgesellschaften, gute Gespräche und vielleicht den einen oder anderen Tanz. Dann hätten wir ungefähr das richtige Alter, nicht wahr?«

Sie lächelte. »Das ist der beste Vorschlag, den ich seit Jahren gehört habe, Sir«, sagte sie begeistert. »Es würde mir nicht einmal etwas ausmachen, einen Teil des Traurigen oder sogar der Auseinandersetzungen zu bewahren – aber all die langweiligen Stunden sollten wir streichen, die vielen nichts sagenden Phrasen, das Herumstehen, die höflichen Lügen. Allein damit würden Jahre verschwinden.«

»Da haben Sie wirklich Recht!«, stimmte er voll Überzeugung zu. »Bis zu diesem Augenblick war mir gar nicht klar, wie sehr Sie mir gefehlt haben. Ich werde nicht zulassen, dass es wieder geschieht. Ich verbringe Jahre meines Lebens unter dem Joch der Pflicht. Sie dürfen mir glauben, das gefällt den Menschen, mit denen ich sie verbringe, ebenso wenig wie mir! Alles, was wir sagen, ist vorhersehbar, wir warten auf die Antwort des anderen und geben dann die nächste ebenso vorhersehbare Äußerung von uns.«

»Bedauerlicherweise gehört das zu den königlichen Pflichten, Sir«, gab Voisey zu bedenken. »Ich kann mir nicht denken, wie sich das ändern ließe, solange wir einen Thron und einen Herrscher darauf haben.«

»Voisey ist Berufungsrichter«, erläuterte der Prinz. »Vermutlich legt er deshalb so großen Wert auf Traditionen. Wenn man etwas bisher nicht getan hat, sollte man besser gar nicht damit anfangen.«

»Im Gegenteil«, gab Voisey zurück. »Ich stehe neuen Ideen aufgeschlossen gegenüber, sofern sie gut sind. Ohne Fortschritt gibt es kein Leben.«

Vespasia sah interessiert zu ihm hin. Für einen Menschen, der sich von Berufs wegen so sehr mit der Vergangenheit beschäftigte, erschien ihr das ein bemerkenswerter Standpunkt zu sein.

Er erwiderte ihr Lächeln nicht, wie das ein weniger selbstsicherer Mensch wohl getan hätte.

Der Prinz war mit seinen Gedanken bereits woanders. Seine Bewunderung für die Vorstellungen anderer schien enge Grenzen zu haben.

»Gewiss«, tat er die Sache leichthin ab. »Die Zahl neuer Erfindungen ist unglaublich. Kein Mensch hätte sich vor zehn Jahren vorstellen können, was man heutzutage alles mit der Elektrizität anstellt.«

Auf Voiseys Gesicht trat die Andeutung eines Lächelns. Er sah Vespasia flüchtig an, bevor er zurückgab: »In der Tat, Sir. Man fragt sich, was jetzt noch alles kommen kann.« Er war durchaus höflich, doch hörte sie in seiner Stimme eine Spur von Herablassung. Er schien ein Mann der Ideen, großer Entwürfe, geistiger Umwälzungen zu sein. Bei Einzelheiten hielt er sich nicht auf: Die waren etwas für minder bedeutende Menschen, solche, die das Leben von einer weniger hohen Warte aus betrachteten als er.

Als jetzt ein berühmter Architekt und seine Frau zu ihnen traten, wandte sich die Unterhaltung allgemeinen Themen zu. Der Prinz warf einen bedauernden Blick auf Vespasia, in dem ein Anflug von Heiterkeit aufblitzte, dann spielte er seine Rolle beim Austausch von Belanglosigkeiten.

Vespasia fand eine Möglichkeit, sich zu entschuldigen, und stieß auf ihrem Weg durch den Saal auf einen Politiker, den sie seit vielen Jahren kannte. Er hatte einen Charakterkopf und machte einen gelangweilten und zugleich belustigten Eindruck. Einst hatten sie für dies und jenes Seite an Seite gekämpft, Siege und Niederlagen und so manche absurde Situation erlebt.

»Guten Abend, Somerset«, sagte sie mit aufrichtiger Freude. Sie hatte ganz vergessen, wie gut sie ihn hatte leiden können. Er hatte ebenso gewaltige Niederlagen eingesteckt wie Erfolge errungen, und beides hatte er mit Würde getragen.

»Lady Vespasia«, die Augen in seinem von tiefen Furchen durchzogenen Gesicht leuchteten auf. »Endlich ein vernünftiger Mensch!« Er hauchte einen Kuss auf die ihm hingehaltene Hand. »Wie gern würde ich mit Ihnen erneut gegen etwas zu Felde ziehen, aber ich glaube, nicht einmal wir wären noch dazu in der Lage.« Mit einem Blick umfasste er den prächtigen Saal, der sich immer mehr füllte. Man hörte Gelächter, Diamanten blitzten, im Schein der schweren Kristalllüster schimmerten Seidenstoffe, blasse Haut, Spitze und Brokat. Seine Augen wurden hart. »Das alles hier richtet sich selbst zugrunde ... es sei denn, die Leute nehmen in den nächsten ein, zwei Jahren Vernunft an.« In seiner Stimme lag Bedauern und Verwirrung. »Warum wollen sie das eigentlich nicht sehen?«

»Sind Sie wirklich dieser Ansicht?« Einen Augenblick lang nahm sie an, er habe mit seinen Worten eine dramatische Wirkung erzielen wollen und deshalb ein wenig übertrieben. Dann sah sie seine fest aufeinander gepressten Lippen und seinen umschatteten Blick. »Meinen Sie ...«

Er wandte sich ihr zu. »Es sei denn, Bertie beschneidet seine Ausgaben deutlich«, er wies flüchtig mit dem Kopf zum Kronprinzen hin, der drei Schritt entfernt über einen Witz lachte, den jemand gemacht hatte, »und die Königin kehrt ins öffentliche Leben zurück, um sich wieder um ihr Volk zu kümmern.« Wieder erscholl Lachen aus kürzester Entfernung. Carlisle senkte die Stimme. »Viele von uns erleiden Verluste, Vespasia. Die meisten verlieren im Leben etwas, was sie lieben und schätzen. Wir können es uns nicht leisten, einfach aufzugeben und nichts mehr zu tun. Das Land besteht aus einer Hand voll Aristokraten, einigen hunderttausend Ärzten, Anwälten und Geistlichen, ein oder zwei Millionen Ladenbesitzern und Händlern dieser oder jener Art und Bauern. Außerdem gibt es Dutzende von Millionen gewöhnlicher Männer und Frauen, die vom frühen Morgen bis zum späten Abend arbeiten, weil ihnen nichts anderes übrig bleibt, um diejenigen zu ernähren, für die sie verantwortlich sind, Alte wie Junge. Während Männer sterben und Frauen das Herz bricht, machen wir weiter wie immer.«

Irgendwo am anderen Ende des Saales setzte Musik ein. Man hörte Gläser klirren.

»Man kann die Menschen nicht aus beliebiger Entfernung führen«, fuhr er fort. »Sie gehört nicht mehr zu uns. Sie hat es dahin kommen lassen, dass keine Beziehung mehr zwischen ihr und uns besteht. Und Bertie gehört nur allzu sehr zu uns, mit seinen Begierden – nur dass er sie nicht mit seinem eigenen Geld stillt, wie wir das müssen!«

Es war Vespasia klar, dass er mit allem, was er sagte, Recht hatte, doch hatte sie es bisher von niemandem so unbeschönigt gehört. Somerset Carlisle machte vor nichts Halt. Sie kannte seinen Hang zum Bizarren nur allzu gut. Unwillkürlich fiel ihr ein, was für groteske Versuche er unternommen hatte, um Reformen durchzusetzen. Sie begriff, dass er weder scherzte noch übertrieb, dazu kannte sie ihn zu gut.

»Wenn nicht bestimmte Leute ihren Willen bekommen«, fügte er kaum hörbar hinzu, wobei in seiner Stimme tiefes Bedauern mitschwang, »wird Viktoria die letzte Herrscherin auf dem englischen Thron sein, glauben Sie mir. Man spürt im Land eine Unruhe, die tiefer geht als alles, was wir in über zweihundert Jahren erlebt haben. Mancherorts herrscht eine geradezu unglaubliche Armut, ganz zu schweigen von der antikatholischen Stimmung und der Angst vor den liberalen Juden, die nach den 48er Revolutionen in Europa nach London geströmt sind. Außerdem ist da nach wie vor die ungelöste irische Frage.«

»Gewiss«, stimmte sie ihm zu. »Aber mit den meisten dieser Dinge hatten wir schon immer zu tun. Warum bedrückt Sie das gerade jetzt?«

Somerset schwieg eine Weile. Andere Gäste kamen an ihnen vorüber. Manche sagten einige Worte, die Übrigen nickten grüßend, ohne sich in ihre Unterhaltung einzumischen.

»Ich weiß nicht recht«, sagte er schließlich. »Da kommt Verschiedenes zusammen. Nehmen wir einmal den Faktor Zeit. Prinz Albert ist vor über dreißig Jahren gestorben, und seither hat die Königin ihre Rolle als Herrscherin nicht wirklich ausgefüllt. Das ist eine lange Zeit. Unterdessen ist eine ganze Generation herangewachsen, deren Angehörige den

Eindruck gewinnen, dass wir recht gut ohne einen Monarchen auskommen können.« Er hob eine Schulter ein wenig. »Nicht, dass ich dieser Ansicht wäre. Meiner Meinung nach schützt die bloße Existenz eines Herrschers, ob er nun etwas tut oder nicht, vor so manchem Machtmissbrauch. Das ist uns möglicherweise nicht so recht bewusst, weil uns dieser Schild so lange davor bewahrt hat. Natürlich muss es unbedingt eine konstitutionelle Monarchie sein, mit einem Premierminister als Kopf und einem König als Herz. Ich halte es für ausgesprochen klug, nicht beide Funktionen in einer Person zusammenzufassen.« Er lächelte ein wenig kläglich. »Der Vorteil dabei ist, wir können es uns anders überlegen, wenn uns aufgeht, dass sich unser Kopf geirrt hat, ohne dabei gleich Selbstmord zu begehen.«

»Außerdem hängt es mit unserer nationalen Identität zusammen«, sagte sie ebenso leise wie er. »Seit über tausend Jahren sitzt in unserem Lande ein Monarch auf dem Thron, und die Tradition der Monarchie reicht noch weiter in die Vergangenheit. Ich glaube nicht, dass ich das geändert sehen möchte.«

»Auch ich nicht.« Er lächelte sie mit einem Mal offen an, wobei sein ganzes Gesicht aufleuchtete. »Dafür bin ich zu alt.« Er war mindestens fünfunddreißig Jahre jünger als sie.

Sie warf ihm einen Blick zu, der ihn auf zwanzig Schritt hätte erstarren lassen müssen, doch war ihr klar, dass er das nicht tun würde.

Ein schlanker Mann trat auf sie zu, kaum größer als Vespasia, dessen fülliges dunkles Haar an den Schläfen von silbernen Strähnen durchzogen wurde. Unter der langen Nase waren zu beiden Seiten seines sinnlichen Mundes tiefe Falten eingegraben. Seine dunklen Augen ließen sein Gesicht klug und leicht gelangweilt erscheinen, so als habe er zu viel vom Leben gesehen und als sei seine Geduld am Ende.

»'n Abend, Narraway.« Somerset sah ihn interessiert an. »Lady Vespasia, darf ich Ihnen Victor Narraway vorstellen, den Leiter unseres Sicherheitsdienstes? Ich weiß nicht, ob das ein Geheimnis ist oder nicht, aber Sie kennen ja eine Menge Leute, die Sie fragen könnten, wenn Sie das interessierte. Lady Vespasia Cumming-Gould.«

Narraway verneigte sich ehrerbietig.

»Ich dachte, Sie wären viel zu sehr damit beschäftigt, Anarchisten aufzuspüren, und hätten gar keine Zeit für Tanz und Geplauder«, sagte Carlisle trocken. »Heißt das, dass England heute Nacht sicher ist?«

Narraway lächelte. »Nicht alle Gefahren lauern in den finsteren Winkeln der verrufenen Viertel des Londoner Ostens«, gab er zur Antwort. »Um wirklich gefährlich zu sein, müssten diese Ungeheuer sehr viel längere Fangarme haben.«

Vespasia sah ihn aufmerksam an. Ob er wohl ähnliche Ansichten wie Carlisle hatte? Es gelang ihr nicht, die Belustigung in seinen Augen von der Trauer darin zu trennen. Kurz darauf sagte er etwas über den Außenminister, das Gespräch nahm eine andere Wendung und wurde banal.

Während liebliche Walzerklänge im Hintergrund ertönten, genoss Vespasia eine Stunde später einen hervorragenden Champagner. Als sie eine Weile allein saß, fiel ihr auf, dass sich nur wenige Schritte von ihr entfernt der Kronprinz mit einem vierschrötigen Mann in mittleren Jahren unterhielt, dessen Haar sich erkennbar zu lichten begann. Das Gespräch schien sich um Zucker zu drehen.

»Tatsächlich, Sissons?«, fragte der Prinz mit zwar höflichem, aber erkennbar uninteressiertem Gesichtsausdruck.

»Zum größten Teil durch den Londoner Hafen«, gab der Mann zurück. Er hatte ein angenehmes, ernstes Gesicht. »Natürlich handelt es sich bei der Herstellung von Zucker um einen sehr personalintensiven Industriezweig.«

»Was Sie nicht sagen. Ich muss zugeben, dass ich davon keine Ahnung hatte. Vermutlich nehmen wir solche Dinge als selbstverständlich hin. Ein Löffel Zucker in den Tee und so weiter.«

»Oh, Zucker findet sich in vielem«, sagte Sissons. Man merkte, dass ihm die Sache am Herzen lag. »In Kuchen und Gebäck aller Art, Törtchen, und Sie würden sich wundern, wo noch. Bei manchem würde das niemand vermuten. Beispielsweise verbessert eine Prise Zucker den Geschmack von Tomaten mehr, als man glauben sollte.«

»Wirklich?« Der Prinz hob die Brauen ein wenig, um den

Anschein zu erwecken, als interessierten ihn diese Dinge. »Ich hatte immer gedacht, dafür nimmt man Salz.«

»Zucker ist besser«, versicherte ihm Sissons. »Der größte Kostenfaktor sind die Arbeitskräfte, verstehen Sie.«

»Wie bitte?«

»Arbeitskräfte, Sir«, wiederholte Sissons. »Deswegen eignet sich das Gebiet um Spitalfields so gut. Dort suchen tausende von Männern Arbeit ... es ist eine nahezu unerschöpfliche Reserve. Natürlich explosiv.«

»Explosiv?« Es war deutlich zu sehen, dass der Prinz nach wie vor nicht verstand.

Vespasia merkte, dass auch andere in Hörweite dieser Unterhaltung folgten, die zu nichts führte. Einer von ihnen war Lord Randolph Churchill. Sie kannte ihn schon seit langem, wenn auch nur flüchtig, und da sie auch schon seinen Vater gekannt hatte, wusste sie, mit welcher Intelligenz und Hingabe er an seinen politischen Überzeugungen festhielt.

»Ein richtiger Mischmasch«, erläuterte Sissons. »Nicht nur mit Bezug auf die Herkunft, sondern auch, was den Glauben betrifft. Dort leben Katholiken, Juden und natürlich auch Iren. Viele Iren. Die Leute haben praktisch nichts gemeinsam, als dass sie Arbeit brauchen.«

»Ich verstehe.« Es kam dem Prinzen allmählich vor, als hätte er der Höflichkeit Genüge getan und könne darangehen, das Gespräch zu beenden, das ihm außerordentlich langweilig zu sein schien.

»Auf jeden Fall muss die Sache Gewinn abwerfen«, fuhr Sissons fort. Seine Stimme klang eindringlich, sein Gesicht war gerötet.

»Nun, ich denke, dass Ihnen das als Betreiber zweier Fabriken gelingt«, sagte der Prinz mit angenehmem Lächeln, als wolle er die Sache damit abschließen.

»Nein!«, stieß Sissons hervor und tat einen Schritt auf den Prinzen zu, während sich dieser einen Schritt von ihm entfernte. »Ich betreibe sogar drei Zuckersiedereien. Aber ich habe nicht gesagt, dass sie Gewinn abwerfen, sondern es meine Aufgabe ist, zu erreichen, dass sie das tun, weil sonst über tausend Menschen ihre Arbeit verlieren. Das würde zu unvorstellbaren

Unzuträglichkeiten führen.« Er sprach schneller. »Ich ahne nicht einmal, wo das enden würde. Nicht in jenem Teil der Stadt – die Leute können doch sonst nirgendwo hin.«

»Warum sollten sie fortgehen wollen?«, fragte der Prinz mit gekrauster Stirn.

Vespasia zuckte zusammen. Sie hatte eine ziemlich genaue Vorstellung von der die Seele zerstörenden Armut bestimmter Teile Londons, insbesondere im Osten. Die elendesten Viertel von allen waren Spitalfields und Whitechapel.

»Nun, um woanders Arbeit zu finden«, sagte Sissons, der allmählich immer erregter sprach. Schweiß stand ihm auf der Stirn und der Oberlippe und glänzte im Lichtschein. »Ohne Arbeit müssen sie verhungern. Sie sind jetzt weiß Gott schon nahe genug daran.«

Der Prinz sagte nichts. Die Situation war ihm erkennbar peinlich. Das, worüber der Mann da sprach, war in dieser Umgebung, angesichts der Zurschaustellung von Luxus ein äußerst unpassendes Thema. Wie geschmacklos, Männer mit Champagnerkelchen in der Hand und mit Diamantschmuck behängte Frauen daran zu erinnern, dass wenige Kilometer von ihnen entfernt tausende nichts zu essen und für die Nacht kein Dach über dem Kopf hatten. Es verursachte ihnen Unbehagen.

»Ich muss unbedingt im Geschäft bleiben!« Sissons' Stimme hob sich ein wenig und wurde so über dem Geräusch der übrigen Unterhaltungen und dem Rhythmus der fernen Musik deutlich hörbar. »Ich muss unbedingt alle Außenstände hereinbekommen … damit ich die Leute weiter bezahlen kann.«

Der Prinz sah verwirrt drein. »Selbstverständlich. Ja … das muss wohl sein. Sehr gewissenhaft von Ihnen.«

Sissons schluckte. »Alle … Sir.«

»Gewiss … Unbedingt.« Inzwischen wirkte der Prinz erkennbar unglücklich. Sein sehnlicher Wunsch, dieser widersinnigen Situation zu entfliehen, ließ sich mit Händen greifen.

Randolph Churchill nahm sich die Freiheit heraus, dazwischenzutreten. Das überraschte Vespasia nicht. Er und der Prinz kannten einander schon seit vielen Jahren, und ihre Beziehung hatte so manches Auf und Ab erlebt. Als sie einander

1876 in der Aylesford-Affäre hasserfüllt gegenübergestanden hatten, war Churchill vom Prinzen sogar auf Pistolen gefordert worden. Das Duell sollte in Paris stattfinden, weil es in England verboten war. Es war sechzehn Jahre her, dass der Prinz öffentlich erklärt hatte, er werde sich künftig weigern, das Haus von Menschen zu betreten, die Angehörige der Familie Churchill einluden. Als Ergebnis hatte nahezu die ganze Gesellschaft die Familie geschnitten.

Irgendwann aber war die Feindschaft zu Ende gewesen. Randolphs Gattin Jenny hatte den Prinzen so bezaubert, dass sie schließlich eine seiner zahlreichen Mätressen geworden war. Er machte Jenny nicht nur teure Geschenke, er ließ sich auch gern bei Abendgesellschaften im Haus der Churchills am Connaught Place sehen. Fortan leuchtete über Randolph die Sonne der königlichen Gunst. Er bekleidete nicht nur als Führer des Unterhauses und Schatzkanzler zwei der höchsten Ämter im Lande, er war dem Prinzen auch persönlich engstens verbunden, begleitete ihn zu Sportveranstaltungen und gesellschaftlichen Ereignissen, erteilte ihm Ratschläge und besaß in jeder Beziehung sein uneingeschränktes Vertrauen.

Jetzt griff er ein, um eine unangenehme Situation aufzulösen.

»Natürlich müssen Sie das … äh … Sissons«, sagte er munter. »Die einzige Möglichkeit, Geschäfte zu machen, was? Aber jetzt wollen wir uns amüsieren. Nehmen Sie noch ein Glas Champagner, er ist exzellent.« Er wandte sich dem Prinzen zu. »Ich muss Sie beglückwünschen, Sir, Sie haben eine glänzende Wahl getroffen. Ich weiß wirklich nicht, wie Sie das fertig bringen.«

Der Thronfolger blühte förmlich auf. Hier hatte er es mit seinesgleichen zu tun, einem Mann, auf den er sich verlassen konnte – nicht nur in der Politik, sondern auch in gesellschaftlichen Angelegenheiten.

»Ja, nicht schlecht, was? Da habe ich einen guten Fang gemacht.«

»Einfach glänzend«, lobte Churchill und lächelte. Er war mittelgroß, hatte regelmäßige Gesichtszüge und einen weit ausladenden hochgezwirbelten Schnurrbart, der ihn bedeutend erscheinen ließ. Er war exquisit gekleidet und hielt sich mit unübersehbarem Stolz. »Ich würde sagen, dazu muss unbedingt etwas Delikates auf den Tisch. Darf ich Ihnen etwas kommen lassen, Sir?«

»Nein … nein, ich komme schon mit.« Der Prinz ergriff die günstige Gelegenheit zu fliehen. »Ich muss unbedingt mit dem französischen Botschafter reden. Ordentlicher Mann. Sie entschuldigen uns, Sissons.« Mit diesen Worten wandte er sich um und schritt mit Churchill so rasch davon, dass Sissons nichts anderes übrig blieb, als etwas Unverständliches zu murmeln und sich zurückzuziehen.

»Verrückt«, sagte Somerset Carlisle leise zu Vespasia.

»Wer? Der Zuckerfritze?«

»Nicht, soweit ich weiß.« Er lächelte. »Zwar extrem langweilig, aber wenn das Verrücktheit ist, müsste man das halbe Land einsperren. Ich meine Churchill.«

»Ach, natürlich«, bemerkte sie beiläufig. »Sie sind bestimmt nicht der Erste, der das sagt. Zumindest weiß er, wo sein Vorteil liegt, und damit steht er erheblich besser da als in der leidigen Aylesford-Sache. Wer ist eigentlich der Mann mit den grauen Haaren, der so herüberstarrt?« Sie drehte den Kopf in die Richtung, um zu zeigen, wen sie meinte, und wandte sich dann wieder Carlisle zu. »Ich kann mich nicht erinnern, ihn schon einmal gesehen zu haben, und ich würde sagen, er strahlt eine geradezu missionarische Leidenschaft aus.«

»Ihm gehört eine Zeitung«, gab Carlisle Auskunft. »Thorold Dismore. Ich zweifle, dass er mit der Art einverstanden wäre, wie Sie ihn beschreiben. Er ist Republikaner und überzeugter Atheist. Aber Sie haben durchaus Recht, an ihm ist etwas Predigerhaftes.«

»Ich habe noch nie von ihm gehört«, gab sie zur Antwort. »Und dabei dachte ich, ich kenne alle Londoner Zeitungsverleger.«

»Ich bezweifle, dass Sie sein Blatt lesen würden. Es ist zwar durchaus gut, aber er scheut nicht davor zurück, seine Ansichten deutlich durchblicken zu lassen.«

»Was Sie nicht sagen.« Mit fragend gehobenen Brauen fuhr sie fort: »Und warum sollte mich das hindern, die Zeitung zu lesen? Ich habe nie geglaubt, dass jemand Nachrichten weitergibt, ohne seine eigenen Vorurteile mit einfließen zu lassen. Sind seine schlimmer als die von anderen?«

»Ich denke schon. Außerdem spricht er sich gelegentlich offen dafür aus, dass man etwas tun sollte, um ihnen zum Durchbruch zu verhelfen.«

»Oh.« Es entfuhr ihr wie ein kalter Luftstoß. Es hätte sie nicht überraschen dürfen. Sie sah aufmerksamer zu dem Mann hin. Er hatte scharfe Gesichtszüge, wirkte intelligent und wie jemand, den starke Überzeugungen beflügeln. Sie war überzeugt, dass er niemandem weichen würde und sein freundliches Wesen als Maske für etwas diente, das sich als entsetzlich erweisen konnte. Aber erste Eindrücke konnten täuschen.

»Wollen Sie ihn kennen lernen?«, fragte Carlisle.

»Schon möglich«, gab sie zur Antwort. »Aber ich möchte auf keinen Fall, dass er das erfährt.«

Carlisle lächelte breit. »Dafür werde ich sorgen«, versprach er. »So weit kommt es noch, dass ich ihm Gelegenheit gebe, sich etwas einzubilden. Sofern es überhaupt zu dieser Begegnung kommt, wird er überzeugt sein, dass es sein Einfall war, und er wird mir zutiefst dankbar sein, dass ich sie vermittelt habe.«

»Somerset, manchmal sind Sie fast ein wenig unverschämt«, sagte sie und merkte, dass sie ihn sehr gut leiden konnte. Er war tapfer, hatte sonderbare Vorstellungen, stand unerschütterlich zu seinen Überzeugungen und war hinter dem oberflächlichen Äußeren von angenehmer Einzigartigkeit. Sie hatte schon immer etwas für Exzentriker übrig gehabt.

Mitternacht war schon vorüber. Gerade als Vespasia überlegte, ob sie nicht gehen sollte, hörte sie eine Stimme, die jede Vorstellung von Zeit aufhob und sie um ein volles halbes Jahrhundert nach Rom zurückversetzte, wo sie einen unvergesslichen Sommer durchlebt hatte. Es war 1848, das Jahr, in dem auf dem ganzen europäischen Festland Revolutionen tobten. In dieser gesetzlosen Zeit voller Hochgefühl waren Träume von Freiheit wie ein Feuerbrand über Frankreich, Deutschland, Österreich-Ungarn und Italien dahingeflogen, doch nur allzu bald einer nach dem anderen unterdrückt worden. Das Militär hatte den Menschen das Rückgrat gebrochen, die vom Volk errichteten Barrikaden gestürmt und die Reform unter seinen Stiefeln zertrampelt. In Rom waren das die Soldaten Kaiser Napoleons III. gewesen. Es dauerte nicht lange, bis allenthalben die Könige und der Papst ihre einstige Macht zurückgewonnen hatten.

Beinahe hätte sich Vespasia nicht umgewandt. Bei der Stimme, die sie da angesprochen hatte, konnte es sich nur um einen Widerhall handeln. Sicher spielte ihr die Erinnerung einen Streich. Vermutlich lag das an einer täuschend ähnlichen Klangfarbe irgendeines italienischen Diplomaten, der vielleicht aus der gleichen Gegend oder sogar derselben Stadt stammte wie er. Sie war überzeugt gewesen, ihn ebenso vergessen zu haben wie das ganze wilde Jahr voll Leidenschaft und Hoffnung, Mut und Qual, an dessen Ende der Verlust gestanden hatte.

Zwar war sie seither wieder in Italien gewesen, aber nie in Rom. Stets hatte sie das zu vermeiden gewusst, ohne den Grund dafür zu sagen. Dieser Teil ihres Lebens war vom übrigen abgesondert, es war eine Existenz, die nichts mit der Wirklichkeit ihrer Ehe, ihren Kindern oder London zu tun hatte. Nicht einmal der Nervenkitzel, den sie in jüngster Zeit mit dem außergewöhnlichen Polizeibeamten Thomas Pitt erlebt hatte, konnte daran etwas ändern. Wer hätte gedacht, dass die hochadlige Vespasia Cumming-Gould, die mit der Hälfte der europäischen Königshäuser versippt und verschwägert war, gemeinsame Sache mit dem Sohn eines Wildhüters machen würde, der bei der Polizei arbeitete? Ihr war bekannt, dass sich die Hälfte der Menschen, die sie kannte, von der Sorge darum lähmen ließen, was andere denken mochten, womit sie sich jegliche Leidenschaft und Lebensfreude vorenthielten, aber natürlich auch Qualen aus dem Wege gingen. Schließlich wandte sie sich entgegen ihrer ursprünglichen Absicht doch zu dem Mann um, der gerade das Wort an jemanden gerichtet hatte. Es war eine Art unwillkürliche Reaktion.

Wenige Schritte von ihr entfernt sah sie einen Mann etwa ihres Alters. Damals war er Mitte zwanzig gewesen, schlank, dunkel, geschmeidig wie ein Tänzer und mit einer Stimme, die sie noch heute in ihren Träumen hörte.

Jetzt waren seine Haare grau, er war ein wenig fülliger geworden, aber immer noch drahtig, und der Schwung seiner Brauen war ebenso unverändert wie sein Lächeln.

Als hätte er ihren Blick gespürt, wandte er sich einen Moment beiseite.

Er erkannte sie sofort, ohne eine Sekunde zu zögern.

Mit einem Mal empfand sie Angst. Konnte die Wirklichkeit der Erinnerung je standhalten? Hatte sie sich mehr eingeredet, als wirklich geschehen war? Bestand zwischen der Frau, die sie in jungen Jahren gewesen, und der, die sie jetzt war, auch nur eine annähernde Ähnlichkeit? Oder würde sich zeigen, dass Zeit und Erfahrung sie zu weise gemacht hatten, als dass sie den Traum jetzt noch sehen könnte? Wäre es nicht besser, den Mann in der Leidenschaft der Jugend zu sehen, wie er von der Sonne Roms beschienen, mit der Waffe in der Hand auf den Barrikaden gestanden hatte, bereit, für die Sache der Republik zu sterben?

Er kam auf sie zu.

Panik überflutete sie wie eine Welle, aber die Gewohnheit, die ein Leben lang geübte Selbstzucht und eine widersinnige Hoffnung hinderten sie, sich abzuwenden und einfach davonzugehen.

Er blieb vor ihr stehen.

Das Herz schlug ihr im Halse. Sie hatte oft in ihrem Leben geliebt, bisweilen mit Feuer, bisweilen mit Lachen, gewöhnlich voll Zärtlichkeit, aber niemanden so wie Mario Corena.

»Lady Vespasia«, redete er sie förmlich mit dem Titel an, auf den sie Anspruch hatte, als wären sie bloße Bekannte. Doch seine Stimme war sanft und liebkoste die Silben. Immerhin war es ein römischer Name, den sie trug, hatte er damals scherzend gesagt.

Sollte sie ihm ebenso korrekt antworten? Nach all dem, was sie miteinander an Hoffnungen, Leidenschaft und Tragödie erlebt hatten, kam es ihr vor, als würde sie damit etwas verleugnen. Niemand konnte sie hören.

»Mario …« Es war seltsam, seinen Namen wieder zu sagen. Das letzte Mal hatte sie ihn mit tränenerstickter Stimme und nassen Wangen in der Dunkelheit geflüstert. Die Truppen des französischen Kaisers waren in Rom einmarschiert, Mazzini hatte sich ergeben, um das Volk zu retten. Garibaldi war nach Norden gezogen, Venedig zu, seine schwangere Frau kämpfte in Männerkleidern an seiner Seite, trug ein Gewehr wie jeder andere. Der Papst war zurückgekehrt und hatte alle Reformen rückgängig gemacht, mit einer einzigen Handbewegung Schuld, Freiheit und auch die Seele ausgelöscht.

All das lag in der fernen Vergangenheit. Italien war inzwischen geeint; wenigstens das war erreicht worden.

Er suchte in ihren Augen, in ihren Zügen. Sie hoffte, er werde nicht sagen, dass sie nach wie vor schön war. Er war der einzige Mann, für den das nie von Bedeutung gewesen war.

Sollte sie rasch etwas sagen, ihm zuvorkommen? Sie hätte es unerträglich gefunden, wenn er jetzt etwas Abgedroschenes gesagt hätte. Sofern aber sie den Mund auftat, würde sie nie erfahren, was er gesagt hätte. Für Spielchen war keine Zeit.

»Ich habe mir oft vorgestellt, wie es wäre, wenn wir einander wieder begegneten«, sagte er schließlich, »allerdings nie angenommen, dass es dazu kommen würde ... bis heute.« Er zuckte kaum wahrnehmbar die Achseln. »Ich bin seit einer Woche hier in London. Es war mir unmöglich, nicht an dich zu denken. Immer wieder habe ich überlegt, ob ich nach dir suchen sollte oder ob es besser wäre, Träume ruhen zu lassen. Dann hat jemand deinen Namen genannt, und mit einem Schlag stand die ganze Vergangenheit wieder vor mir, als wäre es gestern gewesen. Ich hatte vermutet, dass du hier sein würdest.« Er sah sich in dem herrlichen Saal mit den glatten Säulen und schimmernden Kronleuchtern um, den Musik und von Wein beschwingtes Gelächter erfüllten.

Sie wusste genau, was er meinte. Das war ihre Welt, von Geld und Privilegien bestimmt, die in den Familien weitervererbt wurden. Vielleicht waren sie irgendwann in ferner Vergangenheit einmal verdient worden, aber auf keinen Fall von den dort anwesenden Männern und Frauen.

Ohne weiteres hätte sie sich wieder den alten Kämpfen widmen können, doch wollte sie das nicht. Damals in Rom hatte sie mit der gleichen Verzweiflung wie er an die Revolution geglaubt. Auch sie hatte sich für den Umsturz abgemüht, während der Belagerung Tag und Nacht in Krankenhäusern gearbeitet, den Soldaten Wasser und Lebensmittel gebracht und am Ende an der Seite der Letzten, die noch Widerstand leisteten, Gewehre abgefeuert. Sie hatte begriffen, warum Mario zum Schluss, als er sich zwischen der Liebe zu ihr und der zur Republik entscheiden musste, seine Ideale gewählt hatte. Der damit verbundene Schmerz war nie vollständig vergangen, nicht einmal nach all diesen Jahren, aber noch schlimmer wäre es gewesen, wenn er sich anders entschieden hätte. Sie hätte ihn nicht auf die gleiche Weise lieben können, weil sie wusste, woran er in Wahrheit glaubte.

Sie erwiderte sein Lächeln, dann stieg ein leises Lachen in ihr auf.

»Du bist mir gegenüber im Vorteil. Ich hätte nicht einmal in meinen törichtesten Träumen geglaubt, dich hier zu sehen, praktisch Schulter an Schulter mit dem englischen Thronfolger.«

In seinen sanft blickenden Augen lag die Erinnerung an alte Späße, in die sich Tränen wegen ihrer unmöglichen Träume mischten. »*Touché*«, gab er zu. »Das Schlachtfeld ist inzwischen überall.«

»Das war es schon immer, mein Lieber«, gab sie zur Antwort. »Hier ist es nur komplizierter. Kaum etwas ist so einfach, wie es uns damals erschienen ist.«

Er hielt ihrem Blick stand. »Es *war* einfach.«

Sie überlegte, wie wenig er sich geändert hatte. Es waren nur oberflächliche Einzelheiten: die Haarfarbe, die in seine Haut eingegrabenen Linien. Er mochte weiser geworden sein, die eine oder andere Narbe davongetragen haben, aber in ihm lebte dieselbe Hoffnung so stark wie eh und je, zusammen mit all den alten Träumen.

Sie hatte vergessen, dass Liebe so überwältigend sein konnte.

»Wir wollten eine Republik«, fuhr er fort. »Eine Stimme für das Volk. Grund und Boden für die Armen, ein Obdach für Menschen, die auf den Straßen schliefen, Krankenhäuser für die Kranken, Luft und Licht für die Insassen von Gefängnissen und Irrenhäusern. Es war einfach, sich das vorzustellen, einfach, es zu tun, als wir die Macht hatten … für eine kurze Weile, bevor sich die Tyrannei wieder festsetzte.«

»Ihr hattet die Möglichkeiten nicht«, erinnerte sie ihn. Er hatte es verdient, dass man ihm die Wahrheit nicht vorenthielt, doch durfte man dabei nicht herablassend sein. Letzten Endes wäre die Republik gescheitert, ob nun die französischen Heere gekommen wären oder nicht, weil die Besitzenden nicht genug Geld zur Verfügung gestellt hätten, um die kränkelnde Wirtschaft in Gang zu halten.

Schmerz trat auf seine Züge.

»Ich weiß.« Er sah sich in dem herrlichen Saal um, in dem sie standen, von Musik und Geplauder umgeben. »Allein mit dem, was die Diamanten hier drin wert sind, hätten wir mehrere Monate durchhalten können. Was glaubst du, was bei solchen Banketten im Laufe einer Woche aufgetischt wird? Wie viel über den Hunger hinaus gegessen und wie viel fortgeworfen wird, weil es übrig war?«

»Genug, um die Armen Roms zu ernähren«, gab sie zur Antwort.

»Und was ist mit den Armen hier in London?«, fragte er trocken.

In ihrer Antwort schwang die bittere Wahrheit. »Für sie würde es nicht genügen.«

Er sah stumm auf die Menge. Sein Gesicht schien müde vom langen Kampf gegen die Trägheit der Herzen. Sie wusste, was er vor vielen Jahren in Rom gedacht hatte, und merkte, während sie ihn ansah, dass sich seine Überzeugungen in keiner Weise geändert hatten. Damals war ihm der Papst mit den Kardinälen ein Dorn im Auge gewesen, jetzt war es der Kronprinz mit seinen Hofschranzen, Bewunderern und Trabanten. Wenn man davon absah, dass es hier um die Krone des britischen Weltreichs und nicht um die Tiara des Papstes ging, gab es keinen Unterschied – derselbe Glanz, dieselbe Gleichgültigkeit, der bedenkenlose Einsatz von Macht, die menschliche Schwäche.

Was hatte ihn nach London geführt? Wollte sie das wissen? Besser nicht. Dieser Augenblick war kostbar. Hier, inmitten der oberflächlichen Pracht des lauten Ballsaals, spürte sie die Wärme der Sonne Roms auf dem Gesicht, den Staub der Ewigen Stadt, und unter ihren Füßen die Pflastersteine, auf denen die

Marschtritte der Legionen nachhallten, die jeden Winkel der Erde erobert und »Ave Caesar!« gebrüllt hatten, während sie mit rot leuchtenden Helmbüschen und stolz zum Himmel gereckten Legionsadlern im Triumph vorüberzogen. Dort waren christliche Märtyrer den Löwen vorgeworfen und der Apostel Petrus mit dem Kopf nach unten gekreuzigt worden, dort hatten Gladiatoren gekämpft und Michelangelo die Sixtinische Kapelle ausgemalt.

Sie wollte nicht zulassen, dass die Vergangenheit die Gegenwart verdüsterte, denn dazu war sie zu kostbar, zu sehr in ihrem Traum verwoben.

Nein, sie würde ihn lieber nicht fragen.

Dann war der Augenblick vorüber, sie waren nicht länger allein. Ein gewisser Richmond trat zu ihnen, stellte seine Frau vor, und gleich darauf kamen auch Charles Voisey und Thorold Dismore, womit sich das Gespräch allgemeinen Dingen zuwandte. Es war belanglos und ein wenig belustigend, bis Mrs. Richmond irgendetwas über Troja und Schliemanns Aufsehen erregende Entdeckungen sagte. Vespasia bemühte sich, der Gegenwart und deren Banalitäten ihre Aufmerksamkeit zu schenken.

»Bemerkenswert«, sagte Dismore, »wie unbeirrbar der Mann sein Ziel verfolgt.«

»Und was sie da alles entdeckt haben!«, begeisterte sich Mrs. Richmond. »Agamemnons Maske, den Halsschmuck, den vermutlich Helena getragen hat. Damit werden die Gestalten auf eine Weise lebendig, wie ich mir das nie vorgestellt hatte ... Es sind mit einem Mal richtige Menschen aus Fleisch und Blut, ganz wie wir. Es ist eine sonderbare Empfindung zu sehen, wie sie aus dem Reich der Sagen heraustreten und zu Sterblichen werden, mit einem Leben, das greifbare Dinge hinterlässt, von Menschenhand gefertigte Gegenstände.«

»Immer vorausgesetzt, dass das alles stimmt«, sagte Voisey vorsichtig.

»Daran dürfte es doch kaum Zweifel geben«, begehrte sie auf. »Haben Sie einen von Martin Fetters' großartigen Aufsätzen gelesen? Der Mann ist brillant. Wenn er darüber schreibt, sieht man die Dinge richtig vor sich.«

Einen Augenblick herrschte Schweigen.

»Ja«, sagte Dismore kurz angebunden. »Ein herber Verlust.«

»Ach je!« Mrs. Richmond wurde tiefrot. »Ich hatte ganz vergessen. Wie unangenehm. Ist es nicht entsetzlich ... Da ist er ... gestürzt ...« Sie verstummte, wusste offensichtlich nicht, wie sie fortfahren sollte.

»Natürlich ist er gestürzt«, sagte Dismore mit scharfer Stimme. »Gott allein weiß, wie die Geschworenen zu diesem absurden Schuldspruch kommen konnten. Aber der Fall geht in die Berufung, und bestimmt wird das Urteil revidiert.« Er sah zu Voisey hinüber.

Auch Richmond wandte sich ihm zu.

Voisey erwiderte den Blick.

Mario Corena sah verwirrt drein.

»Corena kann nichts dazu sagen«, erklärte Voisey knapp. Sein Gesicht war bleich, seine Lippen zusammengepresst. »Ich werde höchstwahrscheinlich zu den Richtern gehören, die über den Fall zu entscheiden haben, wenn er neu verhandelt wird. Eins ist sicher: Der verdammte Polizist Pitt ist ein verantwortungsloser Ehrgeizling, der offenbar nicht damit zurecht kommt, dass andere mehr Geld haben und von höherer Abkunft sind als er. Er scheint entschlossen, die Macht, die ihm sein Amt verleiht, auszunutzen. Vermutlich ist er nie darüber hinweggekommen, dass man seinen Vater wegen Diebstahls deportiert hat, und so rächt er sich jetzt an der Gesellschaft. Es ist schrecklich, wie anmaßend Ignoranten werden, wenn man ihnen ein wenig Verantwortung anvertraut.«

Es kam Vespasia vor, als hätte man sie geohrfeigt. Einen Augenblick lang wusste sie nicht, was sie sagen sollte. Sie hörte den Zorn in Voiseys Stimme, sah den Eifer in seinen Augen. Ihr eigener Zorn stand dem seinen nicht nach.

»Ich wusste gar nicht, dass Sie ihn kennen«, sagte sie mit eisiger Stimme. »Aber sicherlich würde ein Richter wie Sie nie und nimmer über jemanden urteilen, ganz gleich, welchen Standes oder welcher Abkunft er ist, wenn er nicht hieb- und stichfeste Beweise hätte. Gewiss würde er sich nicht von den Worten oder Taten anderer beeinflussen lassen und schon gar nicht von seinen eigenen Empfindungen. Gerechtigkeit muss für alle gleich sein, sonst ist es keine.« Unüberhörbar schwang in ihrer Stimme Sarkasmus. »Daher muss ich annehmen, dass Sie ihn weit besser kennen als ich.«

Voiseys Gesicht war so bleich, dass die Sommersprossen darauf geradezu hervorstachen. Er sog den Atem ein, sagte aber nichts.

»Er hat in meine Familie hineingeheiratet«, schloss Vespasia. Es war zwar eine ziemlich weitläufige Verwandtschaft, aber das musste sie nicht unbedingt sagen. Ihr inzwischen verstorbener Großneffe war Pitts Schwager gewesen.

Angesichts dieses beispiellosen Fauxpas, der Mr. Voisey da unterlaufen war, blieb Mrs. Richmond der Mund offen stehen. Einen Augenblick lang schien die Situation sie zu belustigen, dann aber merkte sie, wie ernst alle die Sache nahmen. In der Luft lag eine Spannung wie vor einem Gewitter.

»Wirklich bedauerlich«, sagte Dismore in das Schweigen hinein. »Wahrscheinlich hat der Mann seine Pflicht getan, wie er sie verstand. Trotzdem wird die Berufungsinstanz das Urteil zweifellos revidieren.«

»Äh ... ja«, fügte Richmond hinzu. »Zweifellos.«

Voisey schwieg dazu.

Kapitel 3

Gut drei Wochen später kam Pitt früh aus der Bow Street nach Hause und widmete den Feierabend der Gartenarbeit. Der Mai war einer der herrlichsten Monate, er brachte eine Fülle von blassen Blüten, frisches Laub und herrlich blühende Tulpen hervor. Der schwere Geruch von Goldlack lag in der Luft und ließ sich fast wie Samt mit Händen greifen. Lupinen begannen zu blühen, hohe Stängel mit Rosa-, Blau- und Lilatönen, und mindestens ein halbes Dutzend Blüten des Türkenmohns öffneten sich, zart und bunt wie farbige Seide.

Obwohl es reichlich Unkraut zu jäten gab, verbrachte er mehr Zeit damit, die Pracht zu bewundern, als wirklich zu arbeiten. Er hoffte, dass Charlotte mit ihrer Hausarbeit fertig war und bald herauskommen würde, und als er hörte, wie die Terrassentür geöffnet wurde, wandte er sich voll Vorfreude um. Dann aber sah er, dass Ardal Juster mit finsterer Miene über den Rasen auf ihn zukam.

Sein erster Gedanke war, die Berufungsinstanz könne irgendeinen Verfahrensfehler entdeckt und das Urteil wegen Formmängeln aufgehoben haben. Er hielt es für ausgeschlossen, dass neues Beweismaterial aufgetaucht war, denn er hatte den Fall gründlichst untersucht und jeden befragt, von dem er annahm, dass er etwas dazu auszusagen hatte.

Juster blieb vor ihm stehen und sog tief den Geruch nach feuchter Erde und Blüten ein. Nach einem flüchtigen Blick nach links und rechts zu den Blumenbeeten hob er das Gesicht dem Sonnenlicht entgegen, das am anderen Ende der Rasenfläche durch das Kastanienlaub leuchtete.

Gerade, als Pitt etwas sagen wollte, um die Spannung aufzulösen, begann sein Besucher: »Adinett ist mit seiner Berufung nicht durchgekommen«, sagte er ruhig. »Morgen wird es in den Zeitungen stehen. Ein Mehrheitsvotum – vier zu eins. Voisey hat es verkündet. Er war einer der vier. Als Einziger hat Abercrombie dagegen gestimmt.«

Pitt begriff nicht, warum Juster so finster dreinblickte, als verkündete er eine Niederlage und nicht einen Sieg. Er konnte sich das höchstens damit erklären, dass auch Juster, ganz wie er, die Todesstrafe als etwas ansah, das den herabsetzte, der sie verhängte, ganz davon abgesehen, dass sie ihrem Opfer keine Möglichkeit ließ, seine Tat zu sühnen, keine Zeit, sich zu ändern. Das änderte nichts an seiner festen Überzeugung, dass Adinett ein abscheuliches Verbrechen begangen hatte, doch hatte ihn von Anfang an die Frage beschäftigt, was der Grund dafür gewesen sein mochte. Immerhin war es denkbar, dass sich die Angelegenheit anders darstellte, wenn man die ganze Wahrheit wüsste.

Aber auch, wenn das nicht der Fall war, ließ sich nicht leugnen, dass diese Art der Bestrafung jene, die sie verhängten, mehr erniedrigte als den, der sie erlitt.

Auf Justers von der Abendsonne beschienen Zügen lag tiefe Besorgnis. Seine Augen blickten matt und glanzlos.

»Man wird ihn hängen«, sagte Pitt.

»Selbstverständlich«, gab Juster zur Antwort. Das Gesicht nach wie vor finster verzogen, stieß er die Hände in die Taschen. »Deswegen bin ich auch nicht gekommen. Morgen können Sie es in der Zeitung lesen. Ganz davon abgesehen wissen Sie über die Sache ebenso viel wie ich. Ich bin gekommen, um Sie zu warnen.«

Pitt war verblüfft. Trotz des lauen Abends überlief ihn ein Schauer.

Juster biss sich auf die Lippe. »In der Beweisführung gibt es nicht die geringste Lücke, aber viele wollen nicht glauben, dass jemand wie John Adinett zu einer solchen Tat fähig war. Hätten wir denen ein Motiv liefern können, sähe die Sache unter Umständen anders aus.« Er sah Pitts Gesichtsausdruck. »Damit meine ich nicht den Mann auf der Straße – der ist zufrieden, wenn Gerechtigkeit geschieht ... vielleicht freut er sich sogar, dass es einem Mann in Adinetts Position ebenso gehen kann, wie es ihm selbst gehen würde. Solchen Menschen braucht man nichts zu erklären.« Er blinzelte ein wenig in die Sonne. »Ich meine Männer aus Adinetts Gesellschaftsschicht, mächtige Männer.«

Pitt war immer noch unsicher. »Da die Berufungsinstanz das Urteil nicht revidiert hat, war sie doch offenbar sowohl von Adinetts Schuld als auch von einem einwandfreien Verlauf des Verfahrens überzeugt. Schon möglich, dass denen das gegen den Strich geht, aber was können sie noch tun?«

»Sie für Ihre Unerschrockenheit züchtigen«, sagte Juster und lächelte schief. »Und möglicherweise auch mich – falls sie zu der Ansicht gelangen, dass ich auf Anklageerhebung gedrängt habe, ohne wirklich dazu genötigt gewesen zu sein.«

Die laue Abendbrise ließ das Laub der Kastanie rauschen, und ein Dutzend Stare stieg mit schwirrendem Flügelschlag auf.

»Ich dachte, diese Leute hätten mir bereits im Zeugenstand jede Kränkung zugefügt, die ihnen in den Sinn kam«, sagte Pitt. Der Gedanke an die gegen seinen Vater vorgebrachten Beschuldigungen erfüllte ihn mit Zorn und Schmerz. Es hatte ihn überrascht, dass er nach wie vor so sehr darunter litt. Er hatte angenommen, diese Dinge in den Hintergrund gedrängt zu haben, merkte jetzt aber, dass die Wunde keineswegs verheilt war. Es erstaunte ihn, wie leicht es gefallen war, sie erneut aufzureißen.

Juster sah unglücklich drein. Seine Wangen waren rötlich überhaucht. »Tut mir Leid, Pitt. Ich dachte, Sie hinreichend auf die möglichen Unannehmlichkeiten vorbereitet zu haben, das aber scheint nicht der Fall zu sein. Wie es aussieht, ist die Sache noch längst nicht ausgestanden.«

Ein Unbehagen erfüllte Pitt, und es fiel ihm einen Augenblick lang schwer, Luft zu holen. »Was könnten die denn groß tun?«

»Ich weiß es nicht. Doch vergessen Sie nicht, Adinett hat einflussreiche Freunde ... Zwar reicht ihre Macht nicht aus, ihn vor dem Galgen zu retten, aber sie werden ihre Niederlage keinesfalls tatenlos hinnehmen. Ich wollte, ich könnte Ihnen sagen, womit Sie rechnen müssen, aber ich weiß es selbst nicht.« Er ließ die Schultern leicht hängen. Seine Niedergeschlagenheit war in seinen Augen zu lesen.

»Das würde ohnehin nichts ändern«, sagte Pitt. »Wenn wir es so weit kommen lassen, dass wir einen Fall nicht mehr zur Anklage bringen, weil der Tatverdächtige einflussreiche Freunde hat, taugt das Gesetz nichts, und wir taugen auch nichts.«

Juster lächelte mit trübselig herabgezogenen Mundwinkeln. Natürlich hatte Pitt Recht – aber um welchen Preis? Ihm war klar, dass er seine Worte leicht sarkastisch gemeint und mit ihnen auch seine Besorgnis hatte übertönen wollen. Er hielt ihm die Hand hin. »Ich bin vor Gericht als Strafverteidiger zugelassen. Sollten Sie je der Ansicht sein, dass ich Ihnen helfen kann, melden Sie sich. Ich meine das ernst, Pitt.«

»Danke«, sagte Pitt aufrichtig. Immerhin war es möglich, dass er eines Tages auf diesen Rettungsanker angewiesen war.

Juster nickte. »Schöne Blumen. So muss ein Garten aussehen, alles voller Farbenpracht. Schnurgerade Reihen in Beeten sind mir zuwider. Von allem anderen abgesehen, erkennt man dann viel zu leicht, was falsch gemacht worden ist.«

Pitt zwang sich zu einem Lächeln. »Ganz meine Meinung.«

Sie standen beieinander, nahmen die Färbung des Abendhimmels in sich auf, das träge Summen der Bienen, Kinderlachen aus der Ferne und das Zwitschern der Vögel. Sie konnten den Duft des Goldlacks fast schmecken.

Schließlich verabschiedete sich Juster, und Pitt trat nachdenklich ins Haus.

Vor den Morgenzeitungen hatte sich Pitt gefürchtet. Eine Schlagzeile in riesengroßen Lettern schrie heraus, dass Adinetts Berufung abgewiesen worden war und man ihn in drei Wochen hinrichten werde. Obwohl Pitt das bereits bekannt war, wirkte es gedruckt weit eindringlicher auf ihn. Es blieb keine Möglichkeit mehr, vor den Tatsachen auszuweichen.

Gleich auf der ersten Seite brachte das Blatt einen langen

Kommentar aus der Feder von Adinetts Verteidiger Reginald Gleave. Da er nahezu unmittelbar unter der Schlagzeile stand, musste jeder ihn sehen. Gleave machte kein Hehl daraus, dass er nach wie vor von der Schuldlosigkeit seines Mandanten überzeugt war, und geißelte die Entscheidung als eins der eklatantesten Fehlurteile der britischen Justiz im gegenwärtigen Jahrhundert. Er erklärte, eines Tages werde das Volk tiefste Scham darüber empfinden, dass die hohen Herren in seinem Namen ein so entsetzliches Unrecht begangen hatten.

Ohne den Berufungsrichtern einen Vorwurf zu machen, bedachte er den Richter der Erstinstanz mit einigen äußerst unfreundlichen Äußerungen. Die Geschworenen behandelte er mit Nachsicht, seien sie doch in juristischen Dingen Laien, die sich, ohne es zu merken, von den wahrhaft Schuldigen hatten an der Nase herumführen lassen. Als einen von ihnen nannte er Ardal Juster, während er Pitt als Hauptverantwortlichen schmähte:

»... ein gefährlicher Eiferer, der die Macht seines Amtes missbraucht hat, um seinen privaten Rachefeldzug gegen die besitzenden Klassen zu führen. Auslöser war die Verurteilung seines Vaters wegen Diebstahls zu einer Zeit, als Pitt noch zu jung war, um die Notwendigkeit und Richtigkeit eines solchen Verfahrens einzusehen.

In seiner Tätigkeit hat er den Herrschenden auf jede nur denkbare Weise Steine in den Weg gelegt, und zwar immer so, dass man ihn nicht seines Postens entheben konnte, denn damit wäre er der Macht verlustig gegangen, auf die er so versessen ist. Man gebe sich keinen Täuschungen über seine Motive hin: nicht nur muss er eine Frau unterhalten, die einen aufwändigen Lebensstil gewohnt ist, er ist auch von brennendem Ehrgeiz besessen und möchte am liebsten selbst den feinen Herrn spielen.

Wir dürfen aber von den Hütern des Gesetzes erwarten, dass sie unvoreingenommen sind, jeden gleich behandeln, niemanden fürchten und niemanden begünstigen. Das ist das Wesen des Rechtsstaates und letzten Endes der Kern aller Freiheit.«

Pitt überflog den Rest des Artikels, der in diesem Ton weiterging.

Den Marmeladenlöffel in der Hand, sah Charlotte über den Frühstückstisch zu ihm her. Was sollte er ihr sagen? Wenn sie den Artikel sah, würde sie zuerst wütend werden und anschließend womöglich Angst um ihn bekommen. Falls er ihn aber versteckte, war ihr klar, dass etwas nicht in Ordnung war, und das wäre noch schlimmer.

»Thomas?«, drang ihre Stimme in seine Gedanken.

»Gleave hat einen ziemlich heimtückischen Artikel über den Fall verfasst«, sagte er. »Er hat es wohl persönlich genommen, dass Adinett mit seiner Berufung nicht durchgekommen ist. Er war sein Verteidiger, das weißt du sicher noch. Möglicherweise ist der Mann tatsächlich von der Schuldlosigkeit seines Mandanten überzeugt.«

Sie hatte seinem Gesichtsausdruck mehr entnommen, als in seinen Worten lag, und sah ihn aufmerksam und besorgt an.

Er zwang sich zu einem Lächeln. »Ist noch Tee da?« Er legte die Zeitung zusammen und zögerte einen Augenblick. Wenn er sie mitnahm, brachte sie es glatt fertig, aus dem Haus zu gehen und selbst eine zu kaufen. Außerdem würde sie sich Sorgen machen, weil er versucht hatte, ihr diesen Schmähartikel vorzuenthalten. Er ließ das Blatt auf dem Tisch liegen.

Sie legte den Marmeladenlöffel hin und goss ihm Tee ein. Auch wenn sie nichts weiter sagte, war ihm klar, dass sie den Artikel lesen würde, kaum dass er aus dem Haus war.

Um die Mitte des Nachmittags bat der stellvertretende Polizeipräsident Cornwallis Pitt zu sich. Schon als er bei ihm eintrat, merkte Pitt, dass etwas ganz und gar nicht in Ordnung war. Er vermutete, dass es um einen sehr schwierigen und delikaten Fall ging, etwa so wie der Mord an Fetters, eine Angelegenheit, in die eine hochstehende Persönlichkeit verwickelt war. Mit derlei hatte er in letzter Zeit des Öfteren zu tun gehabt.

Cornwallis, ein drahtiger mittelgroßer Mann, stand erkennbar unruhig hinter seinem Schreibtisch. Er hatte den größten Teil seines Lebens in der Marine verbracht und machte nach wie vor den Eindruck, es passe besser zu seinem Wesen, Männer auf See zu befehligen und den Elementen die Stirn zu bieten, als sich der öffentlichen Meinung und der Tücke der Politiker zu stellen.

»Sir?«, sagte Pitt infragendem Ton.

Cornwallis machte einen zutiefst unglücklichen Eindruck. Er sah aus, als habe er lange überlegt, was er sagen könne, aber noch nicht die richtigen Worte gefunden.

»Ein neuer Fall?«, erkundigte sich Pitt.

»Ja … und nein.« Cornwallis sah ihn unverwandt an. »Wie zuwider mir das alles ist! Ich habe den ganzen Morgen dagegen angekämpft, mich aber nicht durchsetzen können. Keine Seeschlacht hat mir je so viel Unbehagen bereitet. Wenn ich wüsste, was ich tun kann, um das abzubiegen – ich täte es.« Er schüttelte leicht den Kopf. »Aber ich fürchte, ich würde es nur schlimmer machen, wenn ich der Sache weiter nachginge.«

Pitt wusste nicht, wovon der andere sprach, und fühlte sich durch dessen erkennbares Unbehagen sonderbar betroffen.

»Ein Fall, sagen Sie? Um wen geht es dabei?«

»Ja, im Londoner Osten«, gab Cornwallis zurück. »Ich ahne nicht im Entferntesten, um wen es dabei geht. Wenn man glauben darf, was man mir gesagt hat, sitzt da die Hälfte aller Anarchisten in London.«

Pitt holte tief Luft und sammelte sich. Wie allen höheren Polizeibeamten und einem großen Teil der Öffentlichkeit war ihm das Treiben der Anarchisten auf dem europäischen Kontinent bekannt. Immerhin hatte es in verschiedenen Hauptstädten dort wie auch in London mehrere Bombenanschläge gegeben. Die französischen Behörden hatten eine Liste mit Bildern von fünfhundert Anarchisten in Umlauf gesetzt, die gesucht wurden. Einzelnen wurde bereits der Prozess gemacht.

»Wer ist tot?«, fragte er. »Und warum werden wir da mit hinzugezogen? Das East End gehört doch gar nicht zu unserem Bezirk.«

»Niemand ist tot«, gab Cornwallis zurück. »Der Sicherheitsdienst ist eingeschaltet.«

»Ach, geht es um die Iren?« Pitt wusste nicht, was er denken sollte. Wie jedem anderen war auch ihm die verwickelte irische Frage vertraut, er wusste alles über die Fenier, kannte die weit in die sagenhafte Vergangenheit hineinreichende Kette von Gewalttaten, Tragödien und blutigen Auseinandersetzungen, unter der Irland seit dreihundert Jahren litt. Er wusste, welches Maß an Unruhe in bestimmten Teilen Londons herrschte und dass man eine Spezialabteilung der Polizei eingesetzt hatte, die sich mit Bombendrohungen, Mordanschlägen oder auch kleineren Unruhen beschäftigte. Anfangs war sie als ›Sicherheitsdienst Irland‹ bezeichnet worden.

»Eigentlich nicht«, sagte Cornwallis. »Es sind ganz allgemein politische Schwierigkeiten, nur möchte niemand, dass man sie ›politisch‹ nennt, weil das in der Öffentlichkeit Unruhe hervorrufen würde.«

»Und was haben wir damit zu tun?«, wollte Pitt wissen. »Ich verstehe das nicht.«

»Setzen Sie sich erst mal.« Cornwallis wies auf den Sessel auf der anderen Seite seines Schreibtisches und nahm selbst auch Platz.

Pitt folgte der Aufforderung.

»Es geht nicht um uns«, sagte Cornwallis aufrichtig, »sondern um Sie.« Bei diesen Worten wandte er den Blick nicht ab, sondern sah seinen Untergebenen offen an. »Sie sind mit sofortiger Wirkung von der Leitung der Wache in der Bow Street entbunden und dem Sicherheitsdienst zugeteilt.«

Pitt war wie vor den Kopf geschlagen. Das war doch ganz und gar unmöglich. Wie konnte man ihn aus der Bow Street abberufen? Er hatte sich nichts zuschulden kommen lassen. Er wollte aufbegehren, fand aber keine Worte.

Cornwallis' Lippen bildeten eine schmale Linie, als leide er unter einem körperlichen Schmerz. »Die Anweisung kommt von ganz oben«, sagte er ruhig. »Ich habe versucht, mich dagegenzustellen, habe nach den Gründen gefragt, aber es ist mir unmöglich, etwas dagegen zu unternehmen. Die Männer, um die es geht, kennen sich alle. Ich gehöre nicht zu ihnen, bin ein Außenseiter.« Er suchte Pitts Blick, als wolle er feststellen, ob dieser begriff, worum es ging.

»Ein Außenseiter ...«, wiederholte Pitt mechanisch. Alte Erinnerungen stürmten gleich einer dunklen Welle auf ihn ein. Er hatte es schon früher mit verdeckter Korruption zu tun gehabt, mit Männern, deren geheime Bindungen stärker waren als alles, was Ehre oder Pflicht gebot, Männer, die einer das Verbrechen des anderen deckten, sich gegenseitig Vorteile zuschanzten und alle anderen bei diesen Machenschaften ausschlossen. Diese Gruppe war als der ›Innere Kreis‹ bekannt. Schon früher hatten seine langen Fangarme nach ihm gegriffen, aber seit einigen Jahren hatte er kaum noch an diese Gruppe gedacht. Jetzt teilte ihm Cornwallis mit, dass er sie sich zum Feind gemacht hatte.

Eigentlich durfte ihn das nicht überraschen. Er hatte diesen Leuten im Laufe der Zeit einige schwere Schläge versetzt. Wahrscheinlich hatten sie nur auf eine Gelegenheit gewartet, sich zu rächen, und dazu gab ihnen Pitts Aussage vor Gericht eine hervorragende Möglichkeit.

»Gute Freunde von Adinett?«, fragte er.

Cornwallis nickte kaum wahrnehmbar. »Zwar weiß ich das nicht, würde aber jede Wette eingehen, dass Sie Recht haben.« Auch er vermied es, die Gruppe mit Namen zu nennen, aber beide wussten genau, womit sie es zu tun hatten. Cornwallis sog den Atem laut ein. »Sie sollen sich bei Mr. Victor Narraway an der Anschrift melden, die ich Ihnen nenne. Er leitet den Sicherheitsdienst im East End und wird Ihnen genaue Anweisungen geben.« Er verstummte.

Würde er ihm jetzt sagen, dass auch Narraway zu diesem Inneren Kreis gehörte? Falls ja, war Pitt mehr auf sich allein gestellt, als er angenommen hatte.

»Ich würde Ihnen gern mehr über den Mann sagen«, fuhr Cornwallis betrübt fort. »Aber für Außenstehende ist der gesamte Sicherheitsdienst so etwas wie ein Buch mit sieben Siegeln.« Abneigung lag auf seinen Zügen. Zwar mochte ihm die Notwendigkeit eines Geheimdienstes einleuchten, aber dessen Existenz war seinem Wesen ebenso zuwider wie den meisten Engländern.

»Ich war der Ansicht, der Ärger mit den Feniern habe nachgelassen«, sagte Pitt offen heraus. »Was könnte ich in Spitalfields tun, was die eigenen Leute des Sicherheitsdienstes nicht ohnehin viel besser in den Griff bekommen?«

Cornwallis beugte sich über seinen Schreibtisch hinweg zu

ihm vor. »Das Ganze hat nicht das Geringste mit den Feniern oder den Anarchisten zu tun, und auch Spitalfields spielt dabei keine Rolle.« Er sprach leise und mit Nachdruck. »Die wollen Sie einfach aus der Bow Street raushaben. Die sind fest entschlossen, Sie zugrunde zu richten, sofern sie eine Möglichkeit dazu finden. Zumindest haben Sie da im East End eine Arbeit, für die Sie bezahlt werden. Man wird Ihrer Frau einen bestimmten Betrag zur Verfügung stellen, über den sie verfügen kann. Falls Sie klug und mit dem nötigen Geschick zu Werke gehen, schaffen Sie es vielleicht sogar, in Whitechapel unterzutauchen. Glauben Sie mir, das wäre für die nächste Zeit das Beste, was Sie tun könnten. Es ... es wäre mir wirklich lieber, wenn die Dinge anders lägen.«

Pitt wollte aufstehen und merkte, dass ihn seine Beine nicht trugen. Ihm lag die Frage auf der Zunge, wie lange man ihn wohl ins East End verbannen würde, damit er dort Phantomen nachjagte, ohne jede Würde, ohne jede Befehlsgewalt, ohne die Art von Leben, an die er inzwischen gewöhnt war – und die er sich verdient hatte! Er war nicht sicher, ob er die Antwort würde ertragen können. Ein Blick auf Cornwallis' Gesicht zeigte ihm, dass dieser ohnehin keine Antwort für ihn hätte.

»Und ich soll im ... East End leben?«, fragte er. Er hörte seine eigene Stimme. Der Schock ließ sie ausgedörrt und brüchig klingen, als hätte er tagelang kein Wort von sich gegeben. Er hatte diese Art zu sprechen schon von anderen gehört, denen er Unerträgliches hatte mitteilen müssen.

Er schüttelte sich. Das hier war nicht unerträglich. Keiner seiner Lieben war verletzt oder tot. Zwar hatte er sein Heim eingebüßt, aber Charlotte, Daniel und Jemima wohnten nach wie vor darin. Nur er würde fehlen.

Die Art, wie man ihn behandelte, war von einer zum Himmel schreienden Ungerechtigkeit! Er hatte nichts Unrechtes getan, sich nicht einmal ein Versehen zuschulden kommen lassen! Der Verurteilte war nachweislich schuldig. Er hatte den Geschworenen das Beweismaterial unvoreingenommen vorgelegt, sie hatten es gewürdigt und eine Entscheidung gefällt.

Warum nur mochte Adinett Fetters umgebracht haben? Nicht einmal Juster war ein Motiv eingefallen. Nach Ansicht aller waren die beiden denkbar eng befreundet gewesen, zwei Männer, die nicht nur eine Leidenschaft für Reisen in ferne Länder und für Gegenstände aneinander band, die sie wegen ihrer Beziehung zu Geschichte und Sagenwelt hoch schätzten, sie hatten auch viele Ideale und Träume für eine bessere Zukunft miteinander geteilt. Sie strebten eine weniger gewalttätige und offenere Gesellschaft an, die allen die Möglichkeit bot voranzukommen.

Juster hatte überlegt, ob es bei ihrem Streit um Geld oder eine Frau hätte gehen können. Er hatte in beide Richtungen gesucht und nicht den geringsten Hinweis gefunden. Niemand hatte bis zu jenem Tag auch nur den Hauch einer Meinungsverschiedenheit zwischen den beiden bemerkt. Man hatte keine erhobenen Stimmen gehört. Als der Butler den Portwein in die Bibliothek gebracht hatte, schien zwischen den beiden Männern bestes Einvernehmen zu bestehen.

Aber Pitt war sicher, dass er sich nicht geirrt hatte, was die Tatsachen betraf.

»Pitt ...« Cornwallis saß nach wie vor über den Tisch gebeugt und sah ihn mit ernster Miene an.

Pitt wandte ihm erneut seine Aufmerksamkeit zu. »Sir?«

»Ich werde tun, was ich kann.« Die Situation schien ihm peinlich zu sein, als wisse er, dass das nicht genügte. »Halten Sie durch! Seien Sie auf der Hut! Und ... und trauen Sie um Gottes willen keinem Menschen.« Er hatte die Hände auf der polierten Eichenplatte verschränkt. »Gott ist mein Zeuge, wie gern ich etwas für Sie tun würde! Aber ich weiß ja nicht einmal, mit wem wir es da zu tun haben.«

Pitt erhob sich. »Da kann man nichts machen«, sagte er ausdruckslos. »Wo finde ich diesen Victor Narraway?«

Cornwallis gab ihm ein Blatt mit einer Adresse darauf: 14 Lake Street, Mile End New Town – am Rande der Gegend von Spitalfields. »Aber gehen Sie zuerst nach Hause, suchen Sie an Kleidung und persönlichen Gegenständen zusammen, was Sie brauchen. Seien Sie mit allem vorsichtig, was Sie Ihrer Frau sagen ... Auf keinen Fall –« Er verstummte, hatte es sich offenbar anders überlegt. »Und vergessen Sie nicht, es gibt Anarchisten«, sagte er stattdessen. »Wirkliche, mit Dynamit.«

»Vielleicht haben die da ja etwas vor.«

»Möglich ist es. Nach dem Blutigen Sonntag auf dem Trafalgar Square kann mich nicht mehr viel überraschen. Allerdings liegt das mehr als vier Jahre zurück.« Pitt ging zur Tür. »Ich weiß, dass Sie getan haben, was Sie konnten.« Die Worte fielen ihm schwer. »Der Innere Kreis ist ein Krebsgeschwür, das im Verborgenen wuchert. So viel weiß ich ... Ich hatte einfach nicht mehr daran gedacht.« Ohne auf eine Antwort zu warten, ging er hinaus, achtete nicht auf die Menschen, an denen er vorüberkam, hörte nicht einmal die Stimmen derer, die ihn ansprachen.

Da er sich davor fürchtete, es Charlotte sagen zu müssen, tat er es lieber gleich.

»Was gibt es?«, fragte sie, als er in die Küche kam.

Sie stand an dem großen schwarzen Herd. Sonnenlicht erfüllte den Raum, es roch nach frischem Brot und der sauberen Wäsche, die auf einer Vorrichtung zum Lüften unmittelbar unter der Decke hing. Auf der Anrichte stand blau-weißes Porzellan und mitten auf dem gescheuerten Holztisch eine Schale mit Obst. Archie, der rötlich getigerte Kater, lag im leeren Wäschekorb und putzte sich, und sein Bruder Angus schlich hoffnungsfroh über die Fensterbank zu dem Milchkrug, der neben Charlotte stand.

Die Kinder waren in der Schule, und Gracie war vermutlich oben oder zu einer Besorgung unterwegs. Hier in seinem Heim fühlte sich Pitt wohl, hier fand sich alles, was in seinem Leben angenehm war. Wenn er aus der Welt des entsetzlichen Verbrechens hierher zurückkehrte, wo ihn Normalität und frohes Lachen empfingen, das Bewusstsein, geliebt zu werden, konnte er vergessen, was er tagsüber erlebt hatte.

Wie sollte er ohne das leben? Wie ohne Charlotte?

Einen Augenblick lang erfüllte ihn blinde Wut gegen die ungreifbaren Männer, die ihm das angetan hatten. Es war unfassbar, dass man ihm gleichsam aus dem Hinterhalt nehmen konnte, was er am meisten liebte, dass sie die Möglichkeit hatten, ohne jemandem Rechenschaft ablegen zu müssen, in sein Leben einzudringen und es zu zerstören, wie man dürres Gras niedertrampelt. Am liebsten hätte er es ihnen mit Gleichem vergolten, aber von Angesicht zu Angesicht, damit sie den Grund wussten und er in ihren Augen erkennen konnte, dass sie begriffen, warum ihnen das geschah.

»Thomas, was gibt es?« In Charlottes Stimme lag unüberhörbar Angst. Mit fragendem Blick hatte sie sich zu ihm umgedreht, das Tuch noch in der Hand, mit dem sie sich vor der Hitze des Backofens schützte. Halb unbewusst sah er, dass Angus den Krug erreicht hatte und begann, sich an der Milch gütlich zu tun.

»Man hat mich dem Sicherheitsdienst zugeteilt«, sagte er.

»Was bedeutet das?«, wollte sie wissen. »Ich weiß nicht, was der Sicherheitsdienst tut.«

»Man setzt ihn gegen Bombenwerfer und Anarchisten ein«, erklärte er. »Bis zum letzten Jahr waren das vor allem Fenier. Inzwischen geht es gegen jede Art von Unruhestifter oder politischem Attentäter.«

»Warum ist das so schrecklich?« Sie sah ihn an, bemüht zu verstehen, welche Empfindungen hinter seinen Worten steckten. Sie zweifelte nicht, dass er litt, wollte aber den Grund dafür wissen.

»Ich bin dann nicht mehr in der Bow Street und arbeite auch nicht mehr mit Cornwallis zusammen. Mein Vorgesetzter ist ein gewisser Narraway ... und meine Dienststelle liegt in Spitalfields.«

Sie krauste die Stirn. »Spitalfields? Der Ostteil der Stadt. Heißt das, du musst dann jeden Morgen zur Wache von Spitalfields fahren?«

»Nein ... ich soll dort als gewöhnlicher Bürger leben.«

Allmählich trat Verstehen in ihre Augen, dann der Ausdruck von Verlorenheit und Wut.

»Aber das ist ... ungeheuerlich!«, sagte sie ungläubig. »Das können die doch nicht tun! Das ist schreiendes Unrecht! Wovor haben sie denn Angst? Glauben die, dass eine Hand voll Anarchisten eine Gefahr für ganz London bedeutet?«

»Es hat in Wahrheit nichts mit der Jagd auf Anarchisten zu tun«, erklärte er. »Ich soll bestraft werden, weil John Adinett zum Inneren Kreis gehört und ich im Verfahren gegen ihn ausgesagt habe, bei dem er zum Tode verurteilt worden ist.«

Ihr Mund wurde schmal. Alle Farbe war aus ihren Lippen gewichen. »Ich weiß. Hören die etwa auf Leute wie Gleave mit seinem Zeitungsartikel? Das ist doch lachhaft. Adinett war schuldig – dafür kannst du doch nichts!«

Er sagte nichts.

»Na schön«, sagte sie mit von Tränen erstickter Stimme und wandte sich ab. »Ich weiß, dass das nichts damit zu tun hat. Kann denn niemand helfen? Das Unrecht schreit zum Himmel!« Dann drehte sie sich wieder um. »Vielleicht Tante Vespasia –«

»Nein.« Der Schmerz in ihm war nahezu unerträglich. Er sah sie an, wie sie vor ihm stand, hochrot vor Zorn und Verzweiflung. Ihre Frisur begann sich aufzulösen, Tränen standen in ihren Augen. Wie sollte er es ertragen, allein in Spitalfields zu leben, ohne sie jeden Tag nach Feierabend zu sehen, ohne mit ihr zu reden oder zu scherzen, vor allem, ohne sie zu berühren, ohne ihre Wärme in seinen Armen zu spüren?

»Es ist ja nicht für ewig!« Das sagte er, um sie zu trösten, aber auch sich selbst. Er musste unbedingt den Blick auf die Zeit danach gerichtet halten, wann auch immer das sein würde. Er würde das keinen Tag länger als nötig ertragen. Bestimmt würde es eine Gelegenheit geben, etwas dagegen zu unternehmen, jedenfalls nach einer Weile.

Sie sog die Luft hörbar ein. Sie konnte ihre Tränen nicht mehr zurückhalten und suchte in ihrer Schürze nach einem Taschentuch.

Mit einem Mal war er unentschlossen. Ursprünglich war es seine Absicht gewesen, seine Sachen zusammenzupacken und sich sofort auf den Weg zu machen, um den Abschied nicht in die Länge zu ziehen. Das wäre das Einfachste, zumindest für die Kinder. Jetzt aber wollte er bleiben, solange es möglich war, und, da das Haus leer war, sich noch einmal in Liebe mit seiner Frau vereinigen, zum letzten Mal für eine lange Zeit.

Würde das den Abschied erleichtern ... oder würde es ihn erschweren, wenn er gehen musste – bald?

Er verjagte diese Gedanken, schloss Charlotte in die Arme, küsste sie, drückte sie so fest an sich, dass sie leise aufschrie, worauf er gerade so viel nachgab, dass es sie nicht schmerzte. Dann gingen sie nach oben.

Als er fort war, setzte sich Charlotte vor den Spiegel im Schlafzimmer und bürstete sich die Haare. Sie hatte ohnehin die wenigen Nadeln herausnehmen müssen, die noch darin waren, um sich neu zu frisieren. Sie sah fürchterlich aus. In ihren geröteten Augen brannten nach wie vor die Tränen, nicht mehr nur solche des Entsetzens und der Einsamkeit, sondern auch solche der Wut.

Sie hörte, wie die Haustür ins Schloss fiel, dann ertönten Gracies Schritte in der Diele.

Rasch nahm sie die Haare hoch, schob flink die Nadeln hinein und ging nach unten.

Gracie stand mitten in der Küche. »Was is denn da passiert?«, fragte sie entsetzt. »Ihr Brot is ganz verbrannt. Sehn Se nur.« Dann begriff sie, dass etwas Schwerwiegendes geschehen sein musste. »Hat's mit Mr. Pitt zu tun? Ihm is doch nix zugestoßen?« Alle Farbe war aus ihrem Gesicht gewichen.

»Nein!«, gab Charlotte rasch zur Antwort. »Es geht ihm gut, ich meine, er ist unverletzt.«

»Was is es dann?«, bohrte Gracie nach. Sie war starr, ihre Schultern waren angespannt, ihre kleinen Hände zu Fäusten geballt.

Charlotte setzte sich. Das Vorgefallene ließ sich nicht in wenigen Worten berichten. »Man hat ihn von der Leitung der Wache in der Bow Street entbunden und zum Sicherheitsdienst im East End abkommandiert.« Nie wäre sie auf den Gedanken gekommen, ihrem Dienstmädchen etwas vorzuenthalten. Gracie war vor über sieben Jahren als dreizehnjähriges unterernährtes, heimatloses Waisenkind ins Haus gekommen. Zwar hatte sie damals weder lesen noch schreiben können, war aber im Besitz einer scharfen Zunge und eisern entschlossen gewesen, aus ihrem Leben etwas zu machen. In ihren Augen gab es keinen großartigeren Menschen als Pitt, niemand verstand seine Arbeit besser als er. Sie fühlte sich allen Dienstmädchen in Bloomsbury überlegen, weil sie für diesen Mann arbeiten durfte. Diejenigen unter ihnen, die für einen bloßen Lord arbeiteten, taten ihr aufrichtig Leid, denn nicht nur kannte deren Leben keine Aufregung und keinen Sinn, ihre Arbeitgeber waren in ihren Augen auch nichts weiter als nutzlose Tagediebe.

»Worum geht es bei diesem Sicherheitsdienst?«, fragte sie misstrauisch. »Und wieso er?«

»Ursprünglich hatte es mit den irischen Bombenwerfern zu tun«, erklärte Charlotte das Wenige, was sie wusste. »Jetzt arbeitet diese Einheit mehr gegen Anarchisten und Nihilisten, glaube ich.«

»Was sind das für Leute?«

»Anarchisten wollen jegliche Regierung abschaffen und ein großes Durcheinander anrichten –«

»Dazu muss man keine Regierung abschaffen«, sagte Gracie herablassend. »Und was ist mit den anderen ›-isten‹?«

»Nihilisten? Die wollen alles zerstören.«

»Was für 'nen Sinn soll das haben? Dann haben die Torfköpfe doch selber nix mehr.«

»Ja, es ist sinnlos«, stimmte Charlotte zu. »Ich glaube, dass sich diese Leute mehr von ihrer Empörung als von ihrem Verstand leiten lassen.«

»Und denen soll Mr. Pitt also das Handwerk legen?« Gracie sah ein wenig hoffnungsvoller drein.

»Er wird es versuchen. Und um sie aufzuspüren, muss er in Spitalfields leben.«

Gracie war entsetzt. »Leben! In Spitalfields leben? Wissen die Leute denn nich, wie's da zugeht? Da wohnt der Abschaum! Es starrt vor Dreck und stinkt zum Himmel! Kein Mensch ist da seines Lebens sicher.« Ihre Stimme wurde immer lauter. »Aber nich wegen Räubern oder Mördern oder weil man im Dunkeln überfallen werden kann – die Leute sterben da an fürchterlichen Krankheiten wie Pocken und so. Wer da 'n paar Bomben reinschmeißt, würde der Welt 'nen Gefallen tun. Sie müssen den Leuten unbedingt sagen, dass das nich geht. Für wen halten die Mr. Pitt eigentlich? Für 'nen x-beliebigen Greifer, der zu sonst nix taugt?«

»Diesen Leuten sind die Verhältnisse dort bekannt«, sagte Charlotte. Aufs Neue kam ihr das Elend ihrer Situation zu Bewusstsein. »Gerade deshalb hat man ihn dort hingeschickt, zur Strafe, weil er die Indizien im Fall Adinett entdeckt und vor Gericht darüber ausgesagt hat. Ich sagte ja schon: Man hat ihm die Leitung der Wache in der Bow Street entzogen.«

Gracie krümmte sich wie unter einem Hieb. Sie wirkte sehr klein und schmal. Sie zweifelte Charlottes Worte nicht an – dafür hatte sie im Leben zu viel Ungerechtigkeit miterlebt.

»Damit tun die ihm bitter Unrecht«, sagte sie ruhig. »Aber man wird ihm ja wohl in dem Dienst was zahlen, oder?«

»Gewiss. Allerdings weiß ich nicht, wie viel!« An diesen Punkt, der Gracie sofort eingefallen war, hatte Charlotte noch gar nicht gedacht. Gracie war zu lange arm gewesen, als dass sie das je vergessen würde. Nicht nur bittere Kälte hatte sie als Kind gelitten, sondern sie wusste auch, wie weh Hunger tat. Sie hatte von anderen fortgeworfene Reste aufgelesen und sich glücklich geschätzt, wenn sie eine Scheibe Brot ergattern konnte. In einer solchen Situation plant niemand für den nächsten Tag, ganz zu schweigen von der nächsten Woche.

»Sicher genügt es uns!«, sagte Charlotte betont munter. »Möglicherweise können wir uns keinen Luxus leisten, werden aber genug zu essen haben. Außerdem ist bald Sommer, da brauchen wir nicht mehr so viel Kohlen. Es gibt einfach eine Weile keine neuen Kleider, kein neues Spielzeug und keine Bücher.«

»Und kein Hammelfleisch«, fügte Gracie hinzu. »Heringe sind gut und obendrein billig. Ich weiß auch, wo man gute Suppenknochen und so kriegt. Wir kommen schon durch.« Sie holte tief Luft. »Trotzdem is das bitteres Unrecht, was die da mit ihm machen.«

Es den Kindern zu erklären war nicht leicht. Die zehneinhalbjährige Jemima war nicht mehr ganz so pummelig wie früher; in ihrer schlanken Gestalt war bereits die junge Frau zu erahnen, die sie bald werden würde.

Der zwei Jahre jüngere Daniel war kräftiger gebaut, aber mit seiner weichen Haut auf jeden Fall noch ein Kind, auch wenn sich die Gesichtszüge langsam deutlicher herausbildeten. Der Haarwirbel an seinem Hinterkopf war ebenso widerspenstig wie bei Pitt.

Charlotte hatte ihnen gesagt, dass ihr Vater eine ganze Weile nicht nach Hause kommen würde, und sich bemüht, ihnen klarzumachen, dass das nicht seine eigene Entscheidung war und sie alle ihm entsetzlich fehlen würden.

»Warum macht er es denn«, fragte Jemima sofort, »wenn er es doch gar nicht will?« Sie sträubte sich gegen diese Vorstellung, und alles in ihrem Gesicht zeigte ihren Widerwillen.

»Manchmal muss jeder etwas tun, was er nicht möchte«, gab Charlotte zur Antwort. Sie bemühte sich, ihre Stimme neutral klingen zu lassen, denn ihr war klar, dass die Kinder auf jeden Fall die Empfindung hinter den Worten hören würden. Sie musste alles in ihren Kräften Stehende tun, um ihren eigenen Kummer vor ihnen zu verbergen. »Es hat mit Pflicht und damit zu tun, was sich gehört.«

»Warum denn er?«, ließ Jemima nicht locker. »Das könnte doch auch jemand anders machen. Ich will nicht, dass er fortgeht.«

Charlotte liebkoste sie tröstend. »Ich auch nicht. Aber wenn wir uns das zu Herzen nehmen, ist es für euren Papa umso schwerer. Ich habe ihm gesagt, dass wir alle lieb zueinander sein werden und versuchen wollen, es auszuhalten, bis er wiederkommt. Er weiß, dass er uns fehlt.«

Jemima dachte eine Weile darüber nach, unsicher, ob sie die Dinge hinnehmen sollte oder nicht.

»Macht er da auch Jagd auf böse Menschen?«, ließ sich Daniel zum ersten Mal vernehmen.

»Ja«, bestätigte Charlotte rasch. »Man muss sie an ihrem Tun hindern, das kann niemand so gut wie er.«

»Warum?«

»Weil er sehr klug ist. Andere probieren das schon eine ganze Weile, haben aber nichts erreicht. Deswegen hat man euren Papa da hingeschickt.«

»Aha. Dann ist das sicher in Ordnung.« Nach längerem Nachdenken fragte er: »Ist es gefährlich?«

»Er muss nicht mit ihnen kämpfen«, sagte Charlotte mit größerer Gewissheit, als sie empfand. »Er soll nur dahinterkommen, wer sie sind.«

»Und muss er allein dafür sorgen, dass sie aufhören?«, fragte Daniel sachlich mit hochgezogenen Brauen.

»Nein«, beruhigte ihn Charlotte. »Er sagt anderen Polizisten Bescheid, und dann machen sie das zusammen.«

»Bestimmt?« Daniel entging nicht, dass sich seine Mutter Sorgen machte, auch wenn er nicht wusste, warum.

Sie zwang sich zu einem Lächeln. »Natürlich. Glaubst du mir das nicht?«

Er nickte. »Doch. Aber ich will nicht ohne ihn sein.«

Es gelang ihr, das Lächeln beizubehalten. »Ich auch nicht.«

Pitt fuhr mit der Bahn in den Norden von Spitalfields. An der Adresse, die ihm Cornwallis gegeben hatte, fand er ein kleines Haus hinter einem Laden. Victor Narraway, ein dürrer Mann mit vollem dunklen Haar, das von grauen Strähnen durchzogen war, erwartete ihn bereits. Der Mann wirkte klug und zugleich äußerst gefährlich.

Er musterte Pitt aufmerksam.

»Setzen Sie sich«, forderte er ihn auf und wies auf den einfachen Holzstuhl dem seinen gegenüber. Außer den beiden Stühlen standen nur noch ein Tisch und eine Kommode dort, deren Schubladen sämtlich geschlossen waren. Pitt vermutete, dass es sich um eine frühere Spülküche handelte.

Er nahm Platz. Er hatte seinen abgetragensten Anzug an. Normalerweise trug er ihn, wenn er sich unauffällig in den ärmeren Stadtteilen bewegen wollte. Das war schon lange nicht mehr nötig gewesen, da er inzwischen andere mit dieser Aufgabe betraute. Er fühlte sich unbehaglich, unsauber und in jeder Hinsicht im Nachteil. Es war, als hätte man ihm die Jahre seiner Erfolge entrissen, als wären diese ein Traum oder eine Wunschvorstellung.

»Ich habe nicht den Eindruck, dass Sie mir viel nützen können«, sagte Narraway finster.« Aber man soll ja einem geschenkten Gaul nicht ins Maul schauen. Man hat Sie mir zugewiesen, und ich darf jetzt zusehen, wie ich damit zurecht komme. Bisher war ich der Ansicht, Ihre Spezialität sei die diskrete Behandlung von Skandalen in der feinen Gesellschaft. Spitalfields dürfte kaum das richtige Pflaster für Sie sein.«

»Ist es auch nicht«, gab Pitt mürrisch zurück. »Meines war Bow Street.«

»Und wo zum Teufel haben Sie so zu sprechen gelernt?« Narraway hob die Brauen. Zwar sprach er selbst ausgesprochen gepflegt, das Vorrecht derer, die in die Mittelschicht hineingeboren wurden und eine gute Ausbildung bekamen, aber nicht besser als Pitt.

»Ich habe gemeinsam mit dem Sohn des Hauses Unterricht bekommen«, gab Pitt zur Antwort. Noch jetzt stand das Bild deutlich vor seinen Augen, das Sonnenlicht, das durch die Fenster hereinfiel, der Privatlehrer mit Rohrstock und Brille, die endlosen Wiederholungen, bis er zufrieden war. Zuerst hatte er sich dagegen aufgelehnt, dann aber hatte es ihn gefesselt. Inzwischen war er dankbar.

»Ein Glück für Sie«, sagte Narraway mit feinem Lächeln. »Falls Sie uns hier von Nutzen sein wollen, müssen Sie das aber so schnell wie möglich ablegen. Zwar sehen Sie aus wie ein Hausierer oder Landstreicher, aber sobald Sie den Mund auftun, könnte man glauben, dass Sie geradewegs aus Oxford kommen.«

»Ich kann durchaus wie ein Hausierer sprechen, wenn ich das will«, gab Pitt zur Antwort. »Allerdings nicht wie einer von hier. Das zu probieren wäre ausgesprochen dumm – die kennen ihre eigenen Leute.«

Narraways Züge entspannten sich zum ersten Mal, und ein Anflug von Wohlwollen trat in seine Augen. Es war nichts als ein erster Schritt. Er nickte.

»Kaum jemand in London macht sich eine Vorstellung davon, wie ernst die Lage hier ist«, sagte er finster. »Die meisten vermuten zwar, dass es eine allgemeine Unruhe gibt, aber es ist weit mehr.« Aufmerksam sah er Pitt an. »Hier geht es nicht um verrückte Einzelgänger mit einer Stange Dynamit, obwohl wir auch mit denen zu tun haben.« Einen Augenblick lang trat ein spöttischer Ausdruck auf sein Gesicht. »Erst vor ein oder zwei Monaten hatten wir mit einem zu tun, der Dynamit durch die Toilette spülen wollte und damit das Abflussrohr verstopft hat. Seine Wirtin hat einen Rohrreiniger kommen lassen. Der arme Teufel hatte keine Ahnung, was er da gefunden hatte, und dachte, er könnte damit Risse in der Wand ausbessern oder dergleichen. Er hat es zum Trocknen auf den Dachboden gelegt und das halbe Haus damit in die Luft gejagt.«

Es war eine Farce, aber eine bittere mit tödlichem Ausgang.

Selbst wenn man über diese groteske Situation lachte, blieb die Tragödie.

»Wenn wir nicht hinter einzelnen Nihilisten her sind«, fragte Pitt, »hinter wem dann?«

Narraway lächelte, entspannte sich ein wenig und schlug die Beine übereinander. »Die irische Frage macht uns schon lange zu schaffen, und ich nehme nicht an, dass das Problem in absehbarer Zeit verschwindet. Es ist aber zurzeit nicht unsere Hauptsorge. Zwar gibt es immer noch einige Fenier, aber die verhalten sich ziemlich ruhig, und wir haben im letzten Jahr nur wenige festgenommen. Seit längerem beobachten wir aber eine allgemeine Stimmung gegen die Katholiken.«

»Ist sie gefährlich?«

Narraway erkannte den Zweifel auf Pitts Zügen. »Nicht für sich genommen«, sagte er schroff. »Sie müssen noch eine Menge lernen. Am besten fangen Sie damit an, dass Sie den Mund halten und zuhören! Besorgen Sie sich irgendeine Arbeit, um Ihre Anwesenheit hier glaubwürdig zu machen. Ziehen Sie dann durch die Straßen. Halten Sie die Augen offen und den Mund zu. Achten Sie auf alles, was geredet wird. Hier herrscht eine Atmosphäre der Verbitterung, die vor zehn oder fünfzehn Jahren noch nicht da war. Erinnern Sie sich an den Blutigen Sonntag von '87 und die Morde in Whitechapel im Herbst danach? In den vier Jahren, die seitdem vergangen sind, hat sich vieles verschlimmert.«

Selbstverständlich erinnerte sich Pitt wie jeder andere an den Herbst der Jahre 1887 und 1888, doch war ihm nicht klar gewesen, dass Gewalttaten nach wie vor in der Luft lagen. Er hatte angenommen, dabei habe es sich um isolierte Ausbrüche gehandelt, wie sie von Zeit zu Zeit auftreten. Ob Narraway übertrieb, womöglich, um sich wichtig zu machen? Zwischen den einzelnen Abteilungen der für die Aufrechterhaltung der öffentlichen Ordnung zuständigen Kräfte gab es viel Rivalität. Jeder bemühte sich, sein eigenes Gebiet nicht nur abzugrenzen, sondern auch auf Kosten der anderen zu vergrößern.

Narraway las in seinen Zügen, als hätte er seine Gedanken laut ausgesprochen.

»Bitte keine übereilten Schlüsse. Seien Sie ruhig skeptisch, aber tun Sie, was man Ihnen sagt. Ich weiß nicht, ob Donaldson mit dem, was er im Zeugenstand über Sie gesagt hat, Recht hatte. Jedenfalls gehorchen Sie mir, solange Sie hier beim Sicherheitsdienst sind – andernfalls schicke ich Sie zurück. Sie können dann zusehen, wie Sie den Rest Ihres Lebens zusammen mit Ihrer Familie in Spitalfields oder einem entsprechenden Ort fristen. Habe ich mich deutlich genug ausgedrückt?«

»Ja, Sir«, gab Pitt zur Antwort. Er sah entsetzt, auf was für einem gefährlichen Weg er sich befand. Er hatte keine Freunde und viel zu viele Feinde. Auf keinen Fall konnte er es sich leisten, Narraway eine Handhabe zu liefern, damit ihn dieser auf die Straße setzte.

»Na bitte.« Narraway schlug die Beine wieder übereinander. »Dann hören Sie mir gut zu. Von mir aus können Sie denken, was Sie wollen, aber sofern Sie das hier überleben oder mir gar von Nutzen sein wollen, wird getan, was ich sage.«

»Ja, Sir.«

»Und hören Sie mit diesem affigen Gehabe auf!«, knurrte ihn Narraway an. »Wenn ich einen sprechenden Papagei haben wollte, würde ich mir einen kaufen!« Seinem Gesicht war nicht anzusehen, was er dachte. »Hier im East End herrscht ein Ausmaß an Armut und Verzweiflung, das sich die Leute im übrigen London nicht vorstellen können. Männer, Frauen und Kinder verhungern oder sterben an Krankheiten, die Folgen des Hungers sind.« Vor unterdrückter Wut klang seine Stimme rau. »Die meisten Neugeborenen sterben schon bald, nur die allerwenigsten kommen durch. Unter solchen Voraussetzungen gilt das Leben eines Menschen nicht viel. Hier gelten andere Werte. Wo die Menschen nicht viel zu verlieren haben, kommt es leicht zu Konflikten. Eine Situation, in der hunderttausend Menschen nichts zu verlieren haben, ist wie ein Pulverfass, das jederzeit hochgehen kann, und dann haben wir eine Revolution.«

Er sah Pitt unverwandt an. »In einer solchen Situation bedeuten die Katholiken, die Nihilisten und die Juden eine ebenso große Gefahr wie die Anarchisten mit ihrem Dynamit. Sie sind der Funke, der die Explosion auslösen kann, selbst wenn das nicht ihre Absicht sein sollte. Dazu genügt der kleinste Anlass.«

»Was ist denn mit den Juden?«, erkundigte sich Pitt neugierig.

»Das sieht anders aus, als wir gedacht hatten«, gab Narraway zurück. »Hier leben ziemlich viele liberale Juden, die nach den fehlgeschlagenen 48er Revolutionen vom europäischen Festland gekommen sind. Wir hatten angenommen, dass sie ihre Unzufriedenheit mit einschleppen, das hat sich aber bislang nicht bewahrheitet.« Er zuckte kaum wahrnehmbar die Achseln. »Das heißt aber nicht, dass es nicht noch dahin kommen kann. Hinzu kommt, dass es hier eine ausgeprägte antisemitische Stimmung gibt, die sich vorwiegend aus Angst und Unwissenheit speist. Wenn es den Leuten schlecht geht, suchen sie nach einem Sündenbock und verfallen als Erstes auf Menschen, die erkennbar anders sind als sie selbst, denn bei denen fällt das am leichtesten.«

»Ich verstehe.«

»Vermutlich nicht«, sagte Narraway herablassend. »Aber wenn Sie Augen und Ohren offen halten, werden Sie dahinterkommen. Ich habe für Sie in der Heneagle Street eine Unterkunft bei einem gewissen Isaak Karansky besorgt. Er ist ein polnischer Jude, der in der Gegend geachtet wird. Dort müssten Sie einigermaßen sicher sein und die Möglichkeit haben, sich umzusehen, umzuhören und etwas in Erfahrung zu bringen.«

Narraways Anweisungen waren nach wie vor ziemlich allgemein gehalten, und so hatte Pitt keine rechte Vorstellung, was von ihm erwartet wurde. Er war es gewöhnt, genau umrissene Fälle zu untersuchen, hatte bisher mit Dingen zu tun gehabt, die bereits geschehen waren, es war seine Aufgabe gewesen, die näheren Umstände zu ermitteln, festzustellen, wer die Tat begangen hatte, auf welche Weise der Täter vorgegangen war und möglichst auch die Gründe dafür. Der Versuch, etwas über unbekannte Dinge zu erfahren, die unter Umständen in der Zukunft stattfinden würden oder auch nicht, war etwas völlig anderes und für ihn gänzlich ungreifbar. Wo sollte er anfangen? Es gab nichts zu untersuchen, niemanden zu befragen und – wichtiger noch – er hatte keinerlei Befugnisse. Das war das Schlimmste von allem.

Erneut übermannte ihn der Eindruck, schon früher versagt zu haben und das auch künftig zu tun. Er würde der Aufgabe auf keinen Fall gewachsen sein, denn sie erforderte Fähigkeiten und Kenntnisse, die er nicht besaß. Er war fremd am Ort, ein krasser Außenseiter in Bezug auf alles, worauf es ankam. Man hatte ihn nicht dorthin geschickt, weil man annahm, er werde von Nutzen sein, sondern als Strafe dafür, dass er die Anklage gegen Adinett unterstützt und damit Erfolg gehabt hatte. Nur ein Gutes hatte die Sache: Es war eine Art Anstellung, mit der er ein gewisses Einkommen für Charlotte und die Kinder verdienen konnte. Allerdings überlagerten Angst und Wut seine Dankbarkeit.

Er musste es versuchen! Er brauchte mehr Informationen von Narraway, und sei es um den Preis, dass er seinen Stolz hintanstellte und ihn fragte. Wenn er diesen trübseligen winzigen Raum erst verlassen hatte, war es dafür zu spät. Er wäre, was seine Tätigkeit anging, mehr auf sich allein gestellt als je in all den Jahren zuvor.

»Sind Sie der Ansicht, dass es jemanden gibt, der die Dinge mit Absicht zu einem Ausbruch von Gewalt treibt, oder würde es einfach durch diesen oder jenen Zufall dazu kommen?«, fragte er.

»Wie immer ist Letzteres durchaus möglich«, teilte ihm Narraway mit. »Nur dürfte es diesmal anders sein, doch würde man vermutlich dafür sorgen, dass es trotzdem wie ein spontaner Ausbruch aussieht. Es gibt weiß Gott genug Armut und Ungerechtigkeit, um eine solche Sache am Kochen zu halten, wenn der Ausbruch erst einmal erfolgt ist. Das Ausmaß an religiöser Intoleranz und Rassenhass reicht für einen offenen Krieg auf der Straße ohne weiteres aus. Das zu verhindern ist unsere Aufgabe, Pitt. Auf diesem Hintergrund erscheint ein Mord mehr oder weniger ziemlich banal, nicht wahr, fast unbedeutend – natürlich nicht denen, die er trifft, und denen, die unter seinen Folgen leiden, was?« Seine Stimme klang wieder scharf. »Und sagen Sie mir bloß nicht, dass alle Tragik oder Ungerechtigkeit auf Einzelne zurückgeht – das weiß ich durchaus! Selbst eine noch so gute Gesellschaft ist unfähig, die Folgen von Neid, Habgier und Wut, lauter Äußerungen von Einzelpersonen, aufzuheben, und ich glaube, es gibt auf der ganzen Welt keine, die dazu je imstande sein wird. Wir haben es hier mit der Art von Wahnsinn zu tun, bei dem niemand sicher ist und alles zerstört wird, was sinnvoll und wertvoll ist.«

Pitt sagte nichts. Seine finsteren Gedanken ängstigten ihn.

»Haben Sie je etwas über die französische Revolution gelesen?«, fragte Narraway. »Ich meine die große von 1789, nicht das Fiasko in jüngerer Zeit.«

»Ja.« Ein Schauer überlief Pitt, und er musste wieder an die Stunden im Unterrichtszimmer des großen Herrenhauses denken. Ihm trat vor Augen, was man ihm damals ausgemalt hatte: wie die Straßen von Paris mit dem Blut von Menschen getränkt waren, während die Guillotine tagein, tagaus ihr Werk verrichtete. »Das absolute Entsetzen«, sagte er.

»So ist es.« Narraway presste die Lippen aufeinander. »Paris ist uns sehr nahe, Pitt. Glauben Sie bloß nicht, hier könnte so etwas nicht passieren. Es gibt in unserem Land genug soziale Ungleichheit, das dürfen Sie mir glauben.«

Wider Willen musste Pitt Narraway im Stillen Recht geben. Zwar übertrieb er, doch selbst wenn sich seine Voraussagen nur zum Teil bewahrheiten sollten, wären die Folgen entsetzlich.

»Wozu brauchen Sie mich?«, fragte Pitt, bemüht, seine Stimme gleichmütig klingen zu lassen. »Was soll ich ermitteln?«

»Ich brauche Sie überhaupt nicht!«, stieß Narraway mit plötzlichem Unwillen hervor. »Man hat Sie mir von oben zugeteilt, und ich kenne nicht einmal den genauen Grund dafür. Aber wenn Sie schon mal hier sind, kann ich zumindest versuchen zu erreichen, dass Sie mir nützlich sind. Dieser Isaak Karansky stellt nicht nur eine für die Verhältnisse von Spitalfields recht anständige Unterkunft zur Verfügung, er ist unter seinesgleichen auch ziemlich angesehen. Hören Sie aufmerksam zu, was er sagt, beobachten Sie ihn, versuchen Sie, möglichst viel über ihn herauszubekommen. Wenn Ihnen etwas Nützliches auffällt, sagen Sie es mir. Ich bin jede Woche zu unterschiedlichen Zeiten hier. Sprechen Sie mit dem Flickschuster vorne im Laden. Er kann Mitteilungen an mich weiterleiten. Melden Sie sich nur, wenn es etwas Wichtiges gibt, und tun Sie es auf jeden Fall, wenn Sie den Eindruck haben, dass es wichtig sein könnte! Sie können gar nicht vorsichtig genug sein.«

»Ja, Sir.«

»Gut. Jetzt können Sie gehen.«

Pitt erhob sich und ging zur Tür.

»Pitt!«

Er wandte sich um. »Ja, Sir?«

Narraway sah ihn aufmerksam an. »Passen Sie auf. Sie haben da draußen keine Freunde. Vergessen Sie das keine Sekunde. Trauen Sie niemandem.«

»Nein, Sir. Danke.« Als Pitt hinausging, war ihm trotz der drückenden Atmosphäre in dem Raum kalt. Ihm stieg der süßliche Geruch faulenden Holzes und der Gestank einer offenen Abfallgrube in die Nase. Er fragte sich durch schmale graue Gässchen bis zur Heneagle Street durch. Isaak Karanskys Haus stand an der Ecke der verkehrsreichen Brick Lane, durch die man an der gewaltigen Front einer Zuckersiederei entlang zur Whitechapel Road gelangte. Er klopfte. Als sich nichts rührte, klopfte er erneut.

Ein Mann von Ende fünfzig öffnete ihm. Sein Gesicht wies unübersehbar semitische Züge auf, und sein schwarzes Haar wurde an vielen Stellen grau. Er betrachtete Pitt mit gütigen und klugen Augen, doch die Umstände hatten ihn gelehrt, vorsichtig zu sein.

»Ja?«

»Mr. Karansky?«, fragte Pitt.

»Ja …« Er sprach mit einem leichten Akzent, und in seiner tiefen Stimme lag unüberhörbar Misstrauen.

»Ich heiße Thomas Pitt. Ich bin neu hier und suche eine Unterkunft. Ein Bekannter hat mir gesagt, Sie hätten unter Umständen ein Zimmer für mich.«

»Wie heißt Ihr Bekannter, Mr. Pitt?«

»Narraway.«

»Gut, gut. Wir haben ein Zimmer. Kommen Sie bitte herein, und sehen Sie, ob es Ihnen recht ist. Es ist klein, aber sauber. Meine Frau hält es damit sehr genau.« Er trat beiseite, um Pitt einzulassen. Die Diele war klein, und die Treppe lag nur zwei oder drei Schritt von der Haustür entfernt. Im Haus war es finster, und Pitt überlegte, dass es im Winter dort feucht und bitterkalt sein würde. Doch alles roch sauber, nach irgendeiner Art Politur. Aus der Küche stieg ihm der Duft von Kräutern in die Nase, die er nicht kannte. Die Vorstellung war angenehm, sich in einem Haus aufzuhalten, dessen Bewohner ein Familienleben führten, wo die Frau kochte, putzte, wusch und sich um alles kümmerte.

»Nach oben.« Karansky wies mit der Hand hinauf.

Pitt erstieg vorsichtig die Stufen und hörte sie bei jedem Schritt knarren. Oben zeigte Karansky auf eine Tür, und Pitt öffnete sie. Der Raum dahinter war klein, und das einzige Fenster war von außen so voller Schmutz, dass man kaum hinaussehen konnte. Vielleicht ersparte man sich besser den Anblick und konnte auf diese Weise in der Vorstellung seine eigenen Träume erschaffen.

Die Laken auf dem eisernen Bettgestell wirkten sauber und frisch. Es schien mehrere Decken zu geben. Das halbe Dutzend Schubladen in der hölzernen Kommode, auf der eine Wasserkanne und eine Waschschüssel standen, hatte unterschiedliche Griffe. Ein kleines Stück Spiegelglas hing an der Wand. Einen Schrank gab es nicht, lediglich zwei Haken an der Tür. Am Boden neben dem Bett sah Pitt einen Vorleger.

»Sehr schön«, sagte er. Er fühlte sich um Jahre zurückversetzt, und es kam ihm vor, als wäre er wieder ein kleiner Junge auf dem Lande. Nachdem die Polizei den Vater fortgeführt hatte, war er mit der Mutter aus dem Häuschen des Wildhüters in die Gesinderäume des Herrenhauses gezogen. Damals hatten sie sich glücklich geschätzt. Die meisten anderen hätten sie auf die Straße gesetzt, doch Sir Matthew Desmond hatte sie aufgenommen.

Während er sich in dem Zimmer umsah und wieder an die Armut, die Kälte und die Angst denken musste, kam es ihm vor, als wären die Jahre dazwischen nichts als ein Traum gewesen, als könne er jeden Augenblick aufwachen und müsse sich dem Tag und der Wirklichkeit stellen. Der Geruch im Raum kam ihm seltsam vertraut vor. Dessen Kahlheit ließ ihn daran denken, wie kalt es dort sein würde – bloße Füße auf dem nackten

Boden, Eisblumen auf den Fensterscheiben, kaltes Wasser in der Waschkanne.

Das Haus in der Keppel Street erschien ihm wie etwas, das er sich ausgedacht hatte. Ihm würden die kleinen Behaglichkeiten des Alltags fehlen, an die er sich gewöhnt hatte. Noch viel mehr aber, in geradezu unerträglicher Weise, würde ihm die Wärme fehlen, das Gelächter, die Zuneigung und die Geborgenheit.

»Es kostet zwei Shilling die Woche«, sagte Karansky leise hinter ihm. »Wenn Sie essen wollen, macht das weitere ein Shilling Sixpence. Sie dürfen sich gern mit uns an den Abendbrottisch setzen.«

Beim Gedanken an das, was Narraway über Karanskys Stellung in der Gemeinde gesagt hatte, zögerte Pitt nicht anzunehmen. »Danke, das wäre großartig.« Er nahm die Miete für die erste Woche aus der Hosentasche. Wie Narraway gesagt hatte, musste er sich so schnell wie möglich um eine Arbeit kümmern, um kein Misstrauen zu erwecken. »Wo findet man am besten Arbeit?«

Karansky zuckte viel sagend die Achseln. Auf seinen Zügen lag Bedauern. »›Am besten‹ gibt es nicht. Jeder sieht zu, wo er bleibt. Sie sehen ziemlich kräftig aus. Welche Arbeit sind Sie bereit zu tun?«

Bis zu diesem Augenblick hatte Pitt noch nicht ernsthaft darüber nachgedacht. Erst als er das Geld für die Miete abzählte, ging ihm auf, dass er eine sichtbare Einkommensquelle haben musste, um nicht beargwöhnt zu werden. Schon viele Jahre hatte er nicht mehr körperlich gearbeitet. Zwar belastete seine Tätigkeit bisweilen die Füße, aber ansonsten benutzte er vorwiegend seinen Kopf, vor allem, seit er an die Spitze der Wache in der Bow Street getreten war.

»Ich bin nicht wählerisch«, sagte er. Wenigstens war der Hafen nicht so nahe, sodass er auf keinen Fall Kohlensäcke oder Kisten schleppen musste. »Was ist mit der Zuckerfabrik in der Brick Lane? Ich bin da gerade dran vorbeigekommen, außerdem kann man sie von hier aus riechen.«

Karansky hob eine schwarze Braue. »Die interessiert Sie wohl?«

»Nicht unbedingt. Ich habe nur gedacht, dass man da vielleicht Arbeit für mich hätte. Die brauchen da doch sicher viele Leute, oder nicht?«

»O ja, hunderte«, stimmte Karansky zu. »Jede zweite Familie hier in der Gegend verdient zumindest einen Teil ihres Unterhalts in der Fabrik. Sie gehört einem gewissen Sissons. Er hat drei davon, zwei auf dieser Seite der Whitechapel Road und die dritte auf der anderen.«

Etwas in der Art, wie er das sagte, fiel Pitt auf. Es war ein gewisses lauerndes Zögern.

»Ist das gute Arbeit?«, erkundigte er sich, bemüht, die Frage beiläufig klingen zu lassen.

»Jede Arbeit ist gut«, gab Karansky zur Antwort. »Der Mann zahlt recht ordentlich. Der Arbeitstag ist lang, und die Arbeit kann hart sein, aber man kann davon leben, wenn man sich vorsieht. Es ist sehr viel besser, als zu verhungern – solche Leute gibt es hier übergenug. Aber versteifen Sie sich nicht darauf, wenn Sie niemanden kennen, der Ihnen da die Türen öffnet.«

»Tu ich nicht. Wo könnte ich mich sonst noch umsehen?«

»Sie wollen es also gar nicht erst probieren?«

»Doch, gern. Aber Sie haben gesagt, ich soll mich nicht darauf verlassen.«

Man hörte ein Geräusch vor der Tür, und Karansky wandte sich um. An ihm vorüber sah Pitt eine hübsche Frau auf dem Treppenabsatz stehen. Sie war etwa im gleichen Alter wie Karansky, aber ihr dichtes Haar war noch dunkel. Auf ihrem Gesicht lag ein Ausdruck von Mattigkeit und Sorge, und der Blick ihrer Augen wirkte gehetzt, als wäre Angst ihre ständige Begleiterin. Trotzdem waren ihre Züge schön, und sie strahlte eine tiefe Würde aus.

»Ist Ihnen das Zimmer recht?«, fragte sie zögernd.

»Es ist in Ordnung, Lea«, versicherte ihr Karansky. »Mr. Pitt wird bei uns bleiben. Er will sich morgen nach einer Arbeit umsehen.«

»Saul braucht Hilfe«, sagte sie und sah an ihrem Mann vorbei zu Pitt hin. »Können Sie Dinge tragen? Die Arbeit ist nicht schwer.«

»Er hat sich nach der Zuckerfabrik erkundigt«, teilte ihr Karansky mit. »Vielleicht möchte er lieber dort arbeiten.«

Sie sah überrascht drein, bekümmert, als hätte ihr Mann etwas getan, was sie enttäuschte. »Wäre es bei Saul nicht besser?« Ihr Gesichtsausdruck zeigte, dass sie deutlich mehr meinte, als ihre Worte sagten, und dass sie voraussetzte, er werde sie verstehen.

Karansky zuckte die Achseln. »Sie können beides versuchen, wenn Sie möchten.«

»Sie haben gesagt, dass ich in der Zuckerfabrik keine Stelle bekomme, wenn ich da niemanden kenne«, erinnerte ihn Pitt.

Schweigend sah ihn Karansky eine Weile an, als versuche er dahinter zu kommen, ob man Pitt trauen könne, und als sei er sich seiner Sache nicht sicher.

Seine Frau brach das Schweigen.

»In der Zuckerfabrik ist es nicht gut, Mr. Pitt. Saul bezahlt zwar nicht so viel, aber die Arbeit ist besser, glauben Sie mir.«

Pitt versuchte abzuwägen, ob es besser wäre, sich für die Sicherheit und das zu entscheiden, was der gesunde Menschenverstand riet, oder eine Gelegenheit zu suchen, die ihm die Möglichkeit gab zu entdecken, was an den Zuckersiedereien so gefährlich war, von denen die Hälfte der Menschen in der näheren Umgebung mittelbar oder unmittelbar zu leben schien.

»Was macht Saul?«, fragte er.

»Er ist Seidenweber«, antwortete Karansky.

Karansky schien beinahe zu erwarten, dass er sich für die Zuckersiederei interessierte und sich trotz seiner Warnung um eine Anstellung dort bemühte. Ihm fiel ein, was Narraway zum Thema Vertrauen gesagt hatte.

»Ich denke, ich gehe morgen mal zu ihm, und wenn ich Glück habe, gibt er mir vielleicht Arbeit. Ganz gleich was, es ist besser als nichts, und wenn es nur für ein paar Tage ist.«

Mrs. Karansky lächelte. »Ich sag es ihm. Er ist ein guter Bekannter. Er wird etwas für Sie finden. Vielleicht nicht viel, aber es ist so sicher, wie etwas in diesem Leben nur sein kann. Jetzt haben Sie bestimmt Hunger. Wir essen in einer Stunde. Kommen Sie dann herunter.«

»Danke«, nahm Pitt die Einladung an und erinnerte sich an den Geruch aus der Küche. Die Vorstellung, erneut hinaus auf die säuerlich riechenden, grauen Straßen zu gehen, auf denen das Elend zu Hause war, stieß ihn ab. »Das tu ich gern.«

Kapitel 4

Pitt war zwar auch früher schon gelegentlich über Nacht nicht zu Hause gewesen, dennoch empfand Charlotte eine Art Einsamkeit wie nie zuvor. Vielleicht hatte es damit zu tun, dass sie diesmal nicht wusste, wann er zurückkehren würde – und ob er überhaupt zurückkehren würde. Wenn, dann mit Sicherheit nur für kurze Zeit.

Sie lag lange wach, zu empört, als dass sie hätte schlafen können. Sie warf sich im Bett herum und zerrte so lange an den Laken, bis sie völlig zerwühlt waren. Schließlich stand sie gegen zwei Uhr auf, um das Bett frisch zu beziehen. Eine halbe Stunde später schlief sie endlich ein.

Als sie im hellen Licht des Morgens erwachte, hatte sie Kopfschmerzen. Sie war entschlossen, etwas zu unternehmen. Keinesfalls konnte sie die Dinge einfach hinnehmen; das wäre ihr unerträglich erschienen. Was da ablief, war von vorn bis hinten ungerecht – natürlich in erster Linie Pitt gegenüber, aber auch gegenüber der ganzen Familie.

Sie kleidete sich an und ging nach unten in die Küche, wo Gracie bereits am Tisch saß. Durch die offene Tür der Spülküche fiel ein Sonnenstrahl auf den frisch geputzten Fußboden. Die Kinder waren bereits zur Schule gegangen. Charlotte war verstimmt, weil sie sie nicht verabschiedet hatte, zumal an diesem Tag.

»Morgen, Ma'am.« Gracie stand auf und ging zum Wasserkessel hinüber, der auf dem Herd sang. »Ich mach schnell frischen Tee.« Schon während sie das sagte, goss sie siedendes Wasser in die Kanne und kam damit an den Tisch, auf dem zwei Tassen bereitstanden. »Daniel und Jemima waren heute Morgen sehr brav. Ich hab mir die Sache mit Mr. Pitt durch den Kopf gehen lassen, und ich finde, wir müssen was tun. Was die da mit ihm machen, is nich recht.«

»Ganz meine Meinung«, pflichtete ihr Charlotte bei und setzte sich ihr gegenüber. Der Tee zog ihr viel zu langsam.

»Toast?«, erkundigte sich Gracie.

»Später«, sagte Charlotte und schüttelte leicht den Kopf. Er schmerzte immer noch. »Ich habe die halbe Nacht überlegt, mir ist aber nichts eingefallen, was wir unternehmen könnten. Soweit ich weiß, hat der stellvertretende Polizeipräsident meinem Mann diese Sache in Spitalfields besorgt, zum einen, weil er da in Sicherheit ist, aber auch, damit er irgendeine Art von Einkommen hat. Die Leute, denen er in die Quere gekommen zu sein scheint, sähen es am liebsten, wenn ihm gar nichts bliebe, und wüssten nur allzu gern, wie sie an ihn herankommen könnten.« Am liebsten hätte sie ihre Befürchtungen nicht in Worte gefasst, doch musste sie sie erklären. »Möglicherweise hätten sie auf der Straße einen Unfall inszeniert oder etwas in der Art …«

Gracie reagierte erstaunlich gelassen auf diese Vorstellung; vielleicht hatte sie in ihrer Jugend im East End zu viele Tote gesehen. Sie kannte alle Gesichter der Armut, auch wenn all das in ihrer Erinnerung inzwischen ein wenig verblasst sein mochte. Ihre Wut aber war unübersehbar. Ihr schmales Gesichtchen wurde hart, und sie presste die Lippen fest aufeinander.

»Is das der Lohn dafür, dass er seine Arbeit ordentlich gemacht und diesen Adinett an den Galgen gebracht hat? Was woll'n die denn von ihm? Hätte er etwa sagen sollen, dass der Kerl Mr. Fetters umgebracht hat, wär ganz in Ordnung? Oder hätte er sich dumm stellen und so tun sollen, wie wenn nichts passiert wär?«

»Vermutlich hat man genau das von ihm erwartet«, antwortete Charlotte. »Ich nehme an, dass so manchem Arzt nichts aufgefallen wäre. Es war einfach Pech für diese Leute, dass Ibbs Unrecht gewittert und ausgerechnet Thomas gerufen hat.«

»Was für einer is dieser Adinett überhaupt?«, fragte Gracie mit gehobenen Brauen. »Und warum soll er für den Mord nich bestraft werden?«

»Er gehört zum Inneren Kreis«, sagte Charlotte. Bei diesen Worten lief ihr ein Schauer über den Rücken. »Ist der Tee immer noch nicht so weit?«

Gracie sah sie aufmerksam an. Vermutlich wollte sie feststellen, wie sich Charlotte fühlte. Sie goss den Tee ein. Er war recht schwach und viel zu heiß, aber allein der Geruch tat Charlotte wohl.

»Soll das heißen, die kommen damit durch, dass sie jemand umbringen? Passiert denen nix?« Gracie war außer sich vor Empörung.

»Ja, solange sich ihnen kein sehr tapferer oder unvorsichtiger Mensch in den Weg stellt, der dann ebenfalls beseitigt wird.« Charlotte versuchte, an der Tasse zu nippen, merkte aber gleich, dass sie sich den Mund verbrennen würde, und noch mehr Milch würde den Geschmack verderben.

»Und was könn' wir tun?« Gracie sah sie mit großen Augen an. »Wir müssen beweisen, dass Mr. Pitt Recht hatte! Wir wissen nich, wer zu dem Kreis da gehört, aber wir wissen, dass es von uns mehr wie von denen gibt.« Ihr kam gar nicht in den Sinn anzunehmen, Pitt hätte sich irren können. Es war ihr nicht einmal der Mühe wert, diese Möglichkeit zu bestreiten.

So elend Charlotte sich fühlte, sie musste unwillkürlich lächeln. Gracies Treue half ihr im Augenblick mehr als der Tee. Auf keinen Fall durfte sie weniger tapfer oder zuversichtlich sein als die junge Frau. Damit das Schweigen nicht zu lange dauerte, sagte sie das Erste, was ihr in den Sinn kam.

»Was dies Verfahren so schwierig gemacht hat, war, dass niemand das Motiv für Adinetts Tat kannte. Die beiden Männer waren seit Jahren miteinander befreundet, und niemand wusste etwas von einem Streit zwischen ihnen, weder am Tag der Tat noch zu irgendeinem anderen Zeitpunkt. Manche Leute konnten einfach nicht glauben, dass Adinett ein Motiv hätte haben können. Nichts wies auf Gefühle hin, alles gründete sich auf Sach-Indizien. Zwar waren es ziemlich viele, aber keins von ihnen schien besonders bedeutungsvoll zu sein.« Sie nahm einen kleinen Schluck Tee. »Einige der Zeugen sind umgefallen, als es ans Schwören ging und der Verteidiger sie ins Kreuzverhör genommen und versucht hat, ihre Aussage als unglaubwürdig hinzustellen.«

»Dann müssen wir eben rauskriegen, warum er das gemacht hat«, sagte Gracie schlicht. »Bestimmt hat er 'nen Grund gehabt, umsonst hat er das sicher nich gemacht.«

Charlotte begann nachzudenken. In den Zeitungen hatte kaum etwas über die beiden Männer gestanden. Von ihrer Achtbarkeit war die Rede gewesen, ihrer gesellschaftlichen Stellung und davon, wie unverständlich die ganze Angelegenheit war. Sofern die Anklage Recht hatte, und daran zweifelte sie nicht im Geringsten, musste es weit mehr geben, etwas so Unvorstellbares und Abscheuliches, dass es zum Mord an dem einen und zur Todesstrafe für den anderen geführt hatte. »Welchen Grund könnte jemand dafür haben, dass er nicht einmal dann zu seiner eigenen Verteidigung sagt, warum er einen Freund umgebracht hat, wenn er dafür gehängt werden soll?«, überlegte sie laut.

»Weil ihn das nich entschuldigen würde«, sagte Gracie. »Sonst hätte er es gesagt.«

Charlotte hing ihren Gedanken nach, während sie erneut an der Teetasse nippte. »Warum bringt jemand einen Freund um – einen Menschen, in den er nicht verliebt und mit dem er auch nicht verwandt ist, sodass er nicht hoffen darf, etwas von ihm erben zu können?«

»So was machen Leute, die einen hassen oder Angst vor ihm haben«, sagte Gracie. »Oder solche, die scharf auf was sind, was er hat, er es aber nich hergeben will. Oder Leute, die verrückt vor Eifersucht sind.«

»Gehasst haben die beiden einander nicht«, sagte Charlotte und griff nach Brot und Messer. »Sie waren seit Jahren eng befreundet, und niemand weiß von einem Streit.«

»Vielleicht doch Eifersucht?«, schlug Gracie vor. »Wenn ihn nun Fetters zusammen mit seiner Frau erwischt hätte?«

»Möglich«, sagte Charlotte nachdenklich, während sie die Butterschale und das Marmeladenglas zu sich heranzog. »So etwas würde er nicht zu seiner Verteidigung anführen – erstens könnte ihn das nicht entschuldigen, und zweitens würde man ihn dafür umso mehr verachten. Allerdings könnte er es bestreiten und sagen, Fetters habe sich das nur eingebildet und sei nicht bereit gewesen, sich seine Erklärungen anzuhören, sondern über ihn hergefallen.« Sie holte tief Luft. Während sie in das Brot biss, merkte sie, dass sie Hunger hatte. »Allerdings würde er das kaum von der Bibliotheksleiter herunter tun, oder? Jedenfalls würde ich als Geschworene das nicht glauben.«

»Sie als Frau wären aber keine Geschworene«, machte Gracie sie aufmerksam. »Außerdem muss man Hausbesitzer sein und Geld haben.«

Charlotte sagte nichts darauf. »Wo du gerade von Geld sprichst: Und was ist mit Geld als Motiv?«

Gracie schüttelte den Kopf. »Ich kann mir nix vorstellen, über was ich mich von 'ner Leiter runter streiten würde, schon gar nich, wenn se Räder hat.«

»Ich ebenso wenig«, gab ihr Charlotte Recht. »Was auch immer es gewesen sein mag, Adinett hat sich große Mühe gegeben, es zu verbergen und den Eindruck zu erwecken, als hätte er nichts damit zu tun. Also muss es etwas gewesen sein, dessen er sich schämt.« Sie standen wieder am Anfang.

»Wir müssen mehr rauskriegen«, sagte Gracie. »Und Sie sollten erst mal ordentlich frühstücken. Wollen Se was Warmes? Ich könnte Ei auf Toast machen.«

»Nein, das genügt, vielen Dank«, lehnte Charlotte ab. »Vielleicht wäre es ohnehin besser, Eier künftig nur noch zu den Hauptmahlzeiten auf den Tisch zu bringen. Schließlich leben hier im Hause keine schwer arbeitenden Männer, sondern nur Frauen und Kinder.«

Gracie nahm das kommentarlos hin. Sie wusste, was Armut war.

»Ich denke, ich suche die Witwe einmal auf«, sagte Charlotte, nachdem sie eine weitere Scheibe Toast gegessen hatte. »Thomas hat gesagt, sie sei sehr umgänglich und von Adinetts Schuld voll und ganz überzeugt. Vielleicht möchte sie ebenso dringend wissen wie ich, warum ihr Mann sterben musste. Ich an ihrer Stelle würde das auf jeden Fall wissen wollen!«

»Ein guter Einfall.« Gracie begann, den Tisch abzuräumen, und trug Butter und Marmelade zurück in die Speisekammer. »Bestimmt weiß sie was über Adinett und 'ne Menge über ihren armen Mann. Sicher is es für sie entsetzlich. Wenn ich jemand verlieren würde, den ich liebe, würde ich garantiert nich gern den ganzen Tag allein im Haus rumsitzen, Fenster zu, Spiegel verhängt und alle Uhren angehalten, wie wenn ich selber tot wär! Schlimm genug, dass man Schwarz tragen muss. Ich war bei der Beerdigung von meinem Opa in Schwarz und musste mich die ganze Zeit ins Gesicht schlagen, um 'n bisschen Farbe zu kriegen. Sonst hätt ich so ausgesehen, dass sie mich beerdigt hätten un nich ihn.«

Wider Willen musste Charlotte lächeln. Sie stand auf, goss ein wenig Milch für Archie und Angus in eine Untertasse und kratzte dann in den Katzennapf, was vom Vorabend an Hackfleisch und Kartoffelbrei übrig geblieben war. Schnurrend drückten sich die beiden an ihre Beine und stürzten sich dann heißhungrig auf die Mahlzeit.

Als Charlotte sicher war, dass Gracie alles hatte, was sie für den Rest des Tages brauchte, ging sie wieder nach oben, um sich umzuziehen. Es kam ihr vor, als hätte sich Gracie ihren Aufgaben gegenüber sonderbar teilnahmslos gezeigt, doch da auch sie selbst gegenwärtig kein besonderes Interesse daran hatte, war das nicht weiter wichtig.

Zum Ausgehen entschied sie sich für ein gut geschnittenes, weich fließendes dunkelgrünes Kleid, das sie gekauft hatte, weil sie es nicht nur eine Saison lang tragen würde. Es schmeichelte ihr nicht nur, es war auch so zurückhaltend, dass sie es ohne weiteres bei einem Besuch in einem Trauerhaus tragen konnte. Ein gemusterter oder heller Stoff wäre unangebracht gewesen.

Ihrer Frisur wandte sie besondere Aufmerksamkeit zu, denn ihrer Überzeugung nach fiel oder stand damit ihre ganze Erscheinung. Für alles andere würden eine gute Haltung und ein freundliches Lächeln sorgen. Es hatte ziemlich lange gedauert, bis sie gelernt hatte, sich selbst zu frisieren.

Da sie mit ihrem Geld haushalten musste, nahm sie statt einer Droschke den Pferde-Omnibus und ging den Rest des

Weges zu Fuß. Ohnehin war es ein herrlicher Tag. Natürlich wusste sie von Pitt, wo Martin Fetters gelebt hatte, außerdem hatte die Anschrift in den Zeitungen gestanden. Abgesehen von den vorgezogenen Vorhängen, unterschied sich das ansehnliche Haus in der Coram Street zwischen Woburn Place und Brunswick Square in nichts von den anderen. Falls nach Fetters' Tod Stroh auf der Fahrbahn gelegen hatte, um das Geräusch der vorüberkommenden Kutschen und Fuhrwerke zu dämpfen, war davon nichts mehr zu sehen.

Ohne zu zögern, ging Charlotte die Treppe zur Haustür empor und betätigte den Klopfer. Sie hatte keine Vorstellung, ob Mrs. Fetters sie hereinbitten oder ihren Besuch als zudringlich betrachten würde. Sie machte sich aber auch keine Gedanken darüber, denn was ihr Vorhaben betraf, sah sie keine andere Möglichkeit.

Ein feierlich wirkender Butler öffnete und sah sie mit höflicher Teilnahmslosigkeit an.

»Meine Dame?«

Sie hatte sich zurechtgelegt, was sie sagen wollte. »Guten Morgen.« Sie hielt ihm ihre Karte hin. »Würden Sie die bitte freundlicherweise Ihrer Herrin geben und sie fragen, ob sie mir einige Augenblicke ihrer Zeit widmen kann? Die Angelegenheit, in der ich komme, ist für mich äußerst wichtig und unter Umständen auch für sie selbst. Es hat mit meinem Mann, Oberinspektor Thomas Pitt, zu tun, der die Nachforschungen im Fall von Mr. Fetters' Tod geführt hat. Er selbst kann leider nicht kommen.«

Der Butler sah erstaunt drein. »Ich verstehe.« Er schien nach passenden Worten zu suchen. Es war deutlich zu sehen, dass ihm die Situation nicht vertraut war und er noch immer unter den Nachwirkungen der letzten zwei Monate stand. Er speiste sie nicht mit der höflichen Floskel ab, dass er erst nachsehen müsse, ob die Dame im Hause sei, sondern sagte: »Natürlich erinnere ich mich an Ihren Gatten. Er hat uns sehr zuvorkommend behandelt. Ich werde Sie meiner Herrin melden. Wenn Sie bitte inzwischen im Damenzimmer Platz nehmen wollen.«

Er geleitete sie in einen kleinen, freundlichen Raum, in den die Morgensonne fiel. An den Wänden hingen der Mode entsprechend chinesische Drucke, und auf den Möbeln stand mit goldenen Chrysanthemen bemaltes Porzellan. Nach wenigen Minuten kehrte der Butler zurück und führte sie in einen in Grün und Rosa gehaltenen Raum, der auf den Garten hinausging. Man sah ihm an, dass es das Boudoir der Hausherrin war. Juno Fetters, eine gut aussehende, füllige Frau, trat würdevoll auf. Zwar war sie brünett, doch hatte sie eine sehr helle Haut. Selbstverständlich trug sie von Kopf bis Fuß Schwarz, was ihr besser stand als den meisten Frauen.

»Mrs. Pitt«, sagte sie neugierig. »Treten Sie bitte näher, und machen Sie es sich bequem. Ich habe die Tür offen gelassen, weil die Luft draußen so angenehm ist.« Sie wies zum Garten hin. »Aber falls Ihnen kalt ist, schließe ich sie gern wieder.«

»Nein, vielen Dank«, sagte Charlotte und setzte sich ihr gegenüber. »Es ist gut so. Das Gras duftet ebenso herrlich wie Blumen, und manchmal rieche ich es sogar lieber.«

Die andere sah sie beunruhigt an. »Buckland sagte mir, dass Mr. Pitt nicht selbst kommen kann. Ich hoffe, ihm fehlt nichts.«

»Keineswegs«, versicherte ihr Charlotte. Sie musterte das intelligente, eigenwillige Gesicht ihres Gegenübers und beschloss, ihr die Wahrheit zu sagen, abgesehen von Pitts Aufenthaltsort, über den sie selbst so gut wie nichts wusste. »Man hat ihn aus der Bow Street abkommandiert und in geheimer Mission woanders hingeschickt. Es ist eine Art Strafe, weil er gegen Adinett ausgesagt hat.«

Auf Juno Fetters' Züge legte sich der Ausdruck von Erstaunen und dann Zorn.

»Das ist ungeheuerlich!« Sie benutzte dasselbe Wort wie Charlotte, um die Situation zu kommentieren. »Mit wem kann man reden, um das rückgängig zu machen?«

»Mit niemandem.« Charlotte schüttelte den Kopf. »Thomas hat sich mit diesem Fall Feinde geschaffen, Männer, die viel Macht besitzen. Wahrscheinlich ist es sogar besser, wenn er eine Weile aus ihrem Gesichtsfeld verschwindet. Ich bin gekommen, weil er Sie sehr schätzt und er annimmt, dass Ihr Mann auch Ihrer Ansicht nach einem Mord zum Opfer gefallen ist und nicht etwa einem Unfall.« Sie versuchte, in den Zügen der anderen zu lesen, und erkannte unverhüllten Kummer darin. Sie hatte das bedrückende Gefühl, in ihre Privatsphäre eingedrungen zu sein.

»Davon bin ich in der Tat fest überzeugt«, sagte Mrs. Fetters ruhig. »Anfangs war das anders, da war ich einfach benommen. Ich konnte überhaupt nicht erfassen, was da geschehen war. Martin ist nicht ... war nicht ungeschickt. Hinzu kommt, dass er nie im Leben seine Bücher über Troja und Griechenland auf das oberste Brett gestellt hätte. Das ergibt überhaupt keinen Sinn. Auch die anderen Punkte, auf die Ihr Mann hingewiesen hat, leuchten mir ein: der Sessel, der nicht an seinem Platz stand, und die Teppichfäden an seinem Schuh.« Sie zwinkerte mehrere Male und bemühte sich, ihre Gefühle zu beherrschen.

Charlotte sprach, um der Witwe Gelegenheit zu geben, sich zu fassen und sie vielleicht sogar ein wenig von ihren schmerzlichen Gedanken abzulenken. Gewiss trat ihr beim Gedanken an die Schuhe das Bild vor Augen, wie man ihren toten Mann auf dem Rücken über den Boden geschleift hatte – eine unerträgliche Vorstellung.

»Mir ist klar, dass Sie sicherlich bei der Verhandlung oder vorher etwas gesagt hätten, wenn Ihnen bekannt gewesen wäre, warum Adinett das getan hat.« Sie beugte sich ein wenig vor. »Hatten Sie inzwischen Zeit, noch einmal darüber nachzudenken?«

»Ich habe sonst kaum etwas zu tun«, sagte Mrs. Fetters, um ein Lächeln bemüht. »Aber mir fällt nichts ein.«

»Ich muss es wissen.« Charlotte hörte die Dringlichkeit in ihrer eigenen Stimme. Eigentlich hatte sie sich nicht so vollständig preisgeben wollen, doch beim Anblick des Kummers der anderen war auch der ihre durchgebrochen. »Es ist für mich die einzige Möglichkeit, den Leuten zu beweisen, dass das Urteil gerecht ist und mein Mann weder überheblich noch verantwortungslos war, sondern völlig frei von Vorurteilen an die Sache herangegangen ist. Er hat die Indizien des Falles vorgetragen und hatte Recht damit. Keiner von denen, auf die es ankommt, darf auch nur den geringsten Zweifel daran haben.«

»Wie wollen Sie das erreichen?«

»Ich werde mich bemühen, möglichst viel über John Adinett

und, sofern Sie mir dabei behilflich sind, über Ihren Mann in Erfahrung zu bringen, damit ich beweisen kann, warum es zu der Tat gekommen ist.«

Juno Fetters holte tief Luft und sah Charlotte viel sagend an. »Auch ich würde das gern wissen. Martin wird mir immer fehlen, und nichts kann mich über seinen Tod hinwegtrösten, aber wenn ich die Zusammenhänge verstehen könnte, würde mir das doch ein wenig helfen.« Sie schüttelte leicht den Kopf. »Ich wäre nicht so verwirrt, wenn ich sehen könnte, welchen Anlass es für die Tat gab. Das Ganze wirkt so ... unvollständig. Klingt Ihnen das absurd? Meine Schwester hat mir geraten, ich solle eine Weile verreisen, damit ich versuchen kann zu vergessen ... ich meine, auf welche Art und Weise es geschehen ist. Aber das möchte ich nicht! Ich möchte den Grund erfahren!«

Draußen im Garten sangen die Vögel, und der leichte Windhauch trug den Duft von Gras herein.

»Kannten Sie Mr. Adinett gut? War er oft hier?«

»Mindestens ein- oder zweimal im Monat, manchmal sogar öfter.«

»Konnten Sie ihn gut leiden?«, erkundigte sich Charlotte, weil sie begreifen musste, welche Gefühle bei der Sache eine Rolle gespielt hatten. Fühlte sich die Frau von einem Freund verraten oder durch einen Mann beraubt, der ihr ziemlich fremd war? Würde sie ärgerlich reagieren, wenn Charlotte in das Leben dieser Menschen einzudringen versuchte?

Die Frage schien Juno Fetters gewisse Schwierigkeiten zu bereiten. Sie überlegte eine Weile, bevor sie eine sorgfältig abgewogene Antwort gab.

»Ich bin nicht ganz sicher. Anfangs fand ich ihn wohl recht sympathisch, denn er war durchaus interessant. Außer Martin hatte ich niemanden je mit solcher Begeisterung über Reisen in ferne Länder reden hören.« Ihr Gesicht leuchtete bei der Erinnerung auf. »In seinen Worten schwang Leidenschaft mit, und er konnte die großen Weiten Kanadas auf eine Weise beschreiben, dass dem Zuhörer ihre Schrecken wie auch ihre Schönheit lebhaft vor Augen standen, selbst mitten in London. Das war bewundernswert. Ich merkte, dass ich ihm gern zuhörte, auch wenn ich ihm dabei nicht unbedingt in die Augen sehen wollte.«

Diese plastische Art, sich auszudrücken, erschien Charlotte sonderbar. Da sie den Prozess nicht als Zuschauerin im Gerichtssaal verfolgt hatte, konnte sie sich lediglich mithilfe von Abbildungen in der Zeitung eine Vorstellung von Adinett machen, der auf dem Foto streng und beherrscht wirkte. Warum sollte er nicht imstande sein, seine Empfindungen so zu verbergen, dass es einem dabei unbehaglich wurde?

Was für ein Mensch er wohl war? Sie konnte sich nicht erinnern, dass sie je die Wahrheit in einem Mordfall hatte ermitteln müssen, bei dem ihr die beiden Hauptbeteiligten völlig unbekannt waren. Bei früheren Gelegenheiten war es immer darum gegangen, festzustellen, welche von mehreren Personen schuldig war. Diesmal kannte sie den Schuldigen, würde ihm aber nie begegnen und nie einen Teil seiner Wirklichkeit unmittelbar miterleben, war auf die Beobachtungen Dritter angewiesen.

Sie hatte gelesen, dass Adinett zweiundfünfzig Jahre alt war, doch lieferte ihr das Foto in der Zeitung keinen Hinweis darauf, ob er groß oder klein war, von dunklem oder eher hellem Teint.

»Wie würden Sie ihn mir beschreiben, damit ich ihn in einer Menschenmenge erkennen könnte?«, fragte sie.

Mrs. Fetters dachte eine Weile nach. »Als militärisch«, sagte sie mit einer Stimme, in der Gewissheit lag. »Von ihm ging eine Art Macht aus, die den Anschein erweckte, als hätte er sie in den größten Gefahren erprobt. Ich kann mir nicht vorstellen, dass er vor irgendjemandem Angst hätte. Er ... er ... hat sich auch nie in den Vordergrund gespielt. Verstehen Sie, was ich damit sagen will? Das gehörte zu den Dingen, die Martin am meisten an ihm bewunderte.« Erneut füllten sich ihre Augen mit Tränen, die sie ärgerlich wegblinzelte. »Auch ich habe ihn geachtet«, fügte sie rasch hinzu. »Er besaß eine ungewöhnliche Charakterstärke, die anziehend wirkte, mich aber zugleich auch ängstigte.«

»Ich glaube, ich verstehe«, sagte Charlotte nachdenklich. »Solche Menschen erscheinen unverletzlich, ein wenig anders als wir. Nun, jedenfalls anders als ich. Ich ertappe mich hin und wieder dabei, dass ich zu viel rede. Das geht auf mein Bedürfnis zurück, andere zu beeindrucken.«

Juno Fetters lächelte. Mit einem Mal wirkten ihre Züge warm und lebendig. »Nicht wahr? Wir glauben, dass andere unsere Schwächen sehen, weil wir selbst uns ihrer bewusst sind.«

»War er groß?« Charlotte merkte, dass sie in der Vergangenheit von ihm sprach, als wäre er bereits tot. In Wirklichkeit saß er irgendwo in einer Zelle, vermutlich in Newgate, und wartete darauf, dass die vom Gesetz vorgeschriebenen drei Sonntage vorübergingen – dann würde man ihn hängen. Die Vorstellung verursachte ihr Übelkeit. Und wenn sich nun alle geirrt hatten und er in Wahrheit schuldlos war?

Juno Fetters, die nichts von Charlottes Gedankengängen ahnte, fiel nicht auf, welche Veränderung in ihrer Besucherin vorgegangen war.

»Ja, weit größer als mein Mann«, gab sie zur Antwort. »Allerdings war Martin nicht besonders groß, höchstens drei oder vier Zentimeter größer als ich.«

Ohne jeden Grund erstaunte das Charlotte. Ihr ging auf, dass sie sich ein völlig anderes Bild von ihm gemacht hatte. Sofern ein Foto des Opfers in den Zeitungen erschienen war, hatte Charlotte es nicht gesehen.

Möglicherweise war der Witwe ihre Überraschung aufgefallen. Jedenfalls fragte sie zögernd: »Möchten Sie ihn sehen?«

»Ja ... bitte.«

Juno Fetters stand auf, öffnete den Laden eines kleinen Rollschreibtisches, nahm ein Foto in einem silbernen Rahmen und hielt es ihr mit zitternder Hand hin.

Charlotte nahm es. Hatte Juno es im Schreibtisch aufbewahrt, um keine schwarze Schleife darum legen zu müssen, so als lebte er für sie nach wie vor? Sie hätte es wohl ebenso gehalten. Die unerträgliche Vorstellung, Pitt könnte tot sein, rauschte als so gewaltige Welle über sie hin, dass sie einen Augenblick lang ganz benommen war.

Dann sah sie das Bild an. Martin Fetters hatte kräftige Gesichtszüge, eine breite Nase und große dunkle Augen, in denen Humor zu liegen schien. Sie konnte sich vorstellen, dass er recht aufbrausend war. Zwar hatten er und Adinett viele gemeinsame Interessen, aber soweit sie sehen konnte, unterschieden sie sich ihrem Wesen nach grundlegend. Das einzige gemeinsame Merkmal war die kühle Art, wie sie in die Kamera blickten, die in ihrem Ausdruck erkennbare Hingabe an ein bestimmtes Ziel. Sie konnte sich durchaus vorstellen, dass auch Martin Fetters Menschen Unbehagen bereitet hatte, aber eher durch seine Aufrichtigkeit. Vermutlich hatte er die Fähigkeit besessen, tiefe Freundschaften einzugehen.

Sie reichte das Foto mit einem Lächeln zurück. Sie wusste nicht, was sie hätte sagen können, um den Schmerz über den Verlust dieses einzigartigen Mannes zu mindern.

Mrs. Fetters stellte das Foto an seinen alten Platz zurück. »Wollen Sie die Bibliothek sehen?« In dieser Frage schimmerten viele Facetten. Dort hatte er gearbeitet, dort waren seine Bücher, der Schlüssel zu seinem Denken. Er war aber dort auch ermordet worden.

»Gern.« Charlotte stand auf und folgte Juno Fetters ins Vestibül und die Treppe hinauf. Als sie sich dem Raum näherten, erstarrte Juno sichtlich, dann aber ergriff sie die Klinke und stieß die Tür auf.

Schon beim Eintreten merkte man, dass es sich um ein Zimmer handelte, in dem sich ein Mann aufzuhalten pflegte. Überall sah man Leder, kräftige Farben herrschten vor, drei der Wände waren mit Bücherregalen bedeckt. Das Messinggitter vor dem offenen Kamin trug ein grünes Lederpolster. Auf dem Tisch am Fenster stand ein als ›Tantalus‹ bezeichneter verschließbarer Flaschenständer, davor drei saubere Gläser.

Charlottes Blick wanderte erst zu dem schweren Ledersessel, der links in der gegenüberliegenden Ecke stand, dann zu der polierten Holzleiter, die dicht an das Regal geschoben war. Sie bestand lediglich aus drei Stufen mit einer langen Stange in der Mitte, an der man sich festhalten konnte. Selbst ein hoch gewachsener Mann konnte ohne dieses Hilfsmittel die obersten Bücherborde nicht erreichen. Wenn Martin Fetters nur wenig größer gewesen war als seine Frau, hatte er auf die oberste Stufe der Leiter steigen müssen, um die Titel auf den Buchrücken ganz oben lesen zu können. Schon deshalb war es äußerst unwahrscheinlich, dass er dort die Bücher aufbewahrte, die er am häufigsten benutzte.

Charlotte wandte sich dem schweren Sessel zu, der jetzt knapp zwei Meter von der Ecke entfernt im Zimmer stand. Bei der Lage des Fensters und der Anordnung der Gaslampen an der Wand war das die natürlichste Stellung für jemanden, der in diesem Sessel lesen wollte.

Juno Fetters folgte ihrem Gedankengang. »Hier hat er gestanden«, sagte sie und schob den Sessel mit ihrem ganzen Gewicht weiter, bis er sich nicht einmal mehr einen Meter von den Regalen und der Wand entfernt befand. »Martin lag mit dem Kopf dahinter. Die Leiter stand dort.« Sie wies auf die andere Seite.

Charlotte ging zu der Stelle, wo Fetters' Kopf wohl gelegen hatte, und quetschte sich auf Händen und Knien hinter den Sessel. Sie versuchte zur Tür hinüberzublicken und merkte, dass sie von dort aus nichts von dem sehen konnte, was sich an der gegenüberliegenden Wand befand. Dann stand sie wieder auf.

Juno Fetters sah aufmerksam zu ihr hin. Keine der beiden Frauen brauchte ihrer Überzeugung Worte zu verleihen, dass alles genau so abgelaufen war, wie Pitt es dargelegt und die Geschworenen es akzeptiert hatten. Etwas anderes wäre gar nicht möglich gewesen.

Charlotte musterte gründlich die Bücher und las die Titel. Die Themen aller auf den am leichtesten erreichbaren Regalbrettern hatten, wie sie nach wenigen Minuten merkte, etwas Gemeinsames.

Am weitesten entfernt von dem abgenutztesten Sessel standen Bücher über Technik, Stahlerzeugung und Seeverkehr; es folgten Sprachen, Bräuche und Topographie des Mittleren Ostens im Allgemeinen und der Türkei im Besonderen. Dann kamen Bücher über einige der großen Städte der Antike: Ephesus, Pergamon, Izmir, außerdem Byzanz unter den verschiedenen Namen, mit der man jene Stadt seit der Zeit Kaiser Konstantins bis in die Gegenwart bezeichnet hatte.

Es gab noch weitere Bücher über Geschichte und Kultur des Islam in der Türkei. Sie reichten von Glauben, Literatur, Architektur und Kunst seit den Tagen Sultan Saladins über die anderen großen Herrscher des Reiches bis hin zu dessen gegenwärtiger schwieriger politischer Lage.

Juno Fetters sah ihr zu.

»Mit seinen Reisen hat Martin angefangen, als er in der Türkei Eisenbahnen baute«, sagte sie ruhig. »In jener Zeit hat er John Turtle Wood kennen gelernt und ist durch ihn auf die Archäologie gestoßen. Nach einer Weile hat er gemerkt, dass er dafür eine Begabung hatte.« Stolz lag in ihrer Stimme und Sanftheit in ihren Augen. »Er hat einige wunderbare Dinge entdeckt. Er hat mir immer alles gleich gezeigt, wenn er damit heimkam. Er hat dann mit den Gegenständen in der Hand hier in diesem Zimmer gestanden ... Er hatte schöne, kräftige und zugleich fein geformte Hände. Er hat die Fundstücke langsam hin- und hergedreht, ist mit den Fingern über ihre Oberfläche gefahren, hat mir gesagt, woher sie stammten, wie alt sie waren und was für Menschen sie verwendet hatten.«

Sie holte Luft und fuhr fort: »Er hat mir alles beschrieben, was er über deren Alltagsleben wusste. Ich erinnere mich noch genau an eine Keramik. Es war nicht, wie ich zuerst dachte, ein Essgefäß, sondern eine Art niedriger Krug für Spezereien. Vielleicht ist meine Fantasie mit mir durchgegangen, aber als ich ihn so erregt vor mir sah, konnte ich mir richtig vorstellen, wie es war, als die schöne Helena Männer mit einer solchen Leidenschaft erfüllte, dass zwei Völker ihretwegen in den Krieg gezogen sind und eins davon zugrunde gerichtet wurde.«

Charlotte spürte, was es bedeutet, den Mann zu verlieren, den man liebt, der voller Leben, Träume und Pläne war. Sie war zornig über das Unrecht, das man Pitt angetan hatte, und begehrte dagegen auf, dass Männer, deren Namen sie nicht einmal wusste, die Macht hatten, ihm so vieles zu nehmen.

»Wo hat er Adinett kennen gelernt?«, erkundigte sie sich. So interessant Archäologie war, durfte sie ihre Zeit nicht mit solchen Dingen verschwenden.

Juno kam wieder zur Sache.

»Das war viel später. Martin hat eine Menge von Wood gelernt, ist dann aber über ihn hinausgewachsen. Er ist Heinrich Schliemann begegnet und hat mit ihm zusammengearbeitet. Von den Deutschen hat er allerlei neue Methoden gelernt.« Auf ihrem Gesicht lag Begeisterung. »Das waren die besten Archäologen. Statt hier und da ein Stückchen haben sie immer das ganze Gelände kartiert und aufgenommen, sodass sich anschließend jeder ein Bild vom Alltag damals machen konnte, nicht nur von einem Haushalt oder vielleicht einem Teilaspekt des Lebens, wie man ihn beispielsweise an einem Tempel oder einem Palast ablesen kann.« Ihre Stimme wurde leiser. »Martin war ganz begeistert.«

»Wann war das?«, fragte Charlotte und nahm in einem der Sessel Platz.

Juno setzte sich ihr gegenüber. »Ach je ... ich glaube nicht, dass ich noch weiß, wann Martin Mr. Wood kennen gelernt hat, aber ich erinnere mich genau, dass sie 1863 mit der Grabung in Ephesus angefangen haben. Ich glaube, das Britische Museum hat das Gelände dann '69 gekauft, und sie haben mit der Arbeit am Diana-Tempel begonnen. Im Jahr darauf hat Martin wohl Schliemann kennen gelernt.« Ihre Augen blickten in die Ferne. »Auf jene Zeit geht seine Liebe zu Troja und dem Projekt zurück, die Stadt zu finden. Er konnte lange Passagen von Homers Ilias auswendig hersagen ...« Sie lächelte. »In der englischen Übersetzung, nicht im Original. Anfangs dachte ich, es würde mich langweilen, aber das war nicht der Fall. Ihm lag so viel daran, dass ich mich unwillkürlich auch dafür interessiert habe.«

»Und Adinett war ein Fachmann auf demselben Gebiet?«, fasste Charlotte nach.

Juno sah verblüfft drein. »Aber nein! Überhaupt nicht. Vermutlich ist er nie im Mittleren Osten gewesen. Soweit ich weiß, hatte er keinerlei Beziehung zur Archäologie, denn ich bin sicher, dass mir Martin das gesagt hätte.«

Charlotte war verwirrt. »Ich dachte, sie waren gute Freunde, die viel Zeit miteinander verbrachten ...«

»Das stimmt«, bestätigte Juno. »Aber was sie gemeinsam hatten, waren Ideale, eine gewisse Bewunderung für andere Völker und Kulturen. Adinett beschäftigte sich mit Japan, seit sein älterer Bruder zur britischen Gesandtschaft in Jedo entsandt wurde – ich glaube, so hieß damals die Hauptstadt. Soweit ich weiß, haben reaktionäre Kräfte, die es darauf abgesehen hatten, alle Ausländer aus dem Lande zu vertreiben, die Gesandtschaft angegriffen.«

»Er war im Fernen Osten?« Charlottes Ansicht nach war diese Mitteilung für sie völlig wertlos, aber da sie nicht über den geringsten Hinweis auf ein Tatmotiv verfügte, war sie bereit, an Material zusammenzutragen, was sie konnte.

Juno schüttelte den Kopf. »Das glaube ich nicht. Ihn hat einfach die Kultur Japans fasziniert. Er hat ziemlich lange in Kanada gelebt und sich dort mit einem Japaner in der Hudson-Bay-Handelsgesellschaft angefreundet. Ich weiß nicht, wie er heißt. Er nannte ihn immer ›Shogun‹.«

»Er hat über ihn gesprochen?«

»O ja.« Ihr Gesicht war ausdruckslos. »Er war wirklich interessant. Ich habe mir all seine Geschichten angehört. Ich sehe ihn noch, wie er mir gegenüber am Esstisch saß und uns über seine Reisen durch Kanadas Schneewüsten berichtet hat. Er hat uns das Licht geschildert, die Kälte, den endlosen Polarhimmel, die Tiere der Wildnis und vor allem die Schönheit des Landes.«

Man hörte ihrer Stimme an, mit welcher Liebe er das geschildert haben musste.

»Es hat wohl 1870 unter Anführung eines Franko-Kanadiers namens Louis Riel einen kurzlebigen Aufstand in Manitoba gegeben. Die Leute haben sich dagegen aufgelehnt, dass die Briten alles an sich rissen, und den einen oder anderen getötet.« Sie verzog das Gesicht. »Daraufhin haben die Briten unter Colonel Wolesley eine Strafexpedition losgeschickt. Adinett und Shogun haben sich freiwillig bereit erklärt, ihr als Führer ins Landesinnere zu dienen. Von der Thunder Bay aus, knapp siebenhundert Kilometer nördlich von Toronto, haben sie die Leute über tausend Kilometer weit geführt. Über diese Expedition hat er oft gesprochen.«

Auch wenn das weit interessantere Tischgespräche als die üblichen gewesen sein mochten, konnte Charlotte darin nichts entdecken, was mit dem Mord an Fetters zu tun haben könnte. Wie nur war es zu einem so heftigen Streit gekommen, dass er in einen Mord gemündet hatte?

»Wurde der Aufstand niedergeschlagen?« Sie vermutete das, hatte es aber nicht gehört.

»Ja. Allem Anschein nach sogar äußerst erfolgreich.« Juno

sah Charlottes verwirrten Blick. »Adinett hat eine sehr enge Beziehung zu den Franko-Kanadiern entwickelt«, erklärte sie. »Er hat oft und mit großer Wärme von ihnen gesprochen. Er war voller Bewunderung für das Republikanertum der Franzosen und die Leidenschaft, mit der sie nach Freiheit und Gleichheit strebten. Er ist oft nach Frankreich gereist, war noch vor wenigen Monaten dort. Die Leidenschaft, mit der die beiden eine Gesellschaftsreform anstrebten, war der eigentliche Kern dessen, was er mit Martin gemeinsam hatte.« Sie lächelte bei der Erinnerung. »Sie haben stundenlang darüber geredet und nach Möglichkeiten gesucht, wie sich das verwirklichen ließe. Martin hat die Urdemokratie im Griechenland der Antike auf diesen Gedanken gebracht, während sich Adinett vom revolutionären Idealismus der Franzosen inspirieren ließ, aber ihre Ziele waren sehr ähnlich.« Wieder füllten sich ihre Augen mit Tränen. »Ich verstehe einfach nicht, was zu einem Streit zwischen ihnen geführt haben könnte!« Ihre Augenlider zuckten, und ihre Stimme begann zu zittern. »Könnte es sein, dass wir uns irren?«

Charlotte war nicht bereit, diesen Gedanken auch nur zu erwägen.

»Ich weiß nicht. Überlegen Sie doch bitte, ob sich Mr. Fetters aus irgendeinem Grund über ihn geärgert oder über eine Meinungsverschiedenheit zwischen ihnen gesprochen hat.« Allerdings schien ihr diese Fährte nicht viel versprechend. Wer außer einem Verrückten würde sich bis aufs Blut mit jemandem über die Frage streiten, welches von zwei fremden Ländern die bessere Form der Demokratie entwickelt hatte?

»Geärgert nicht«, sagte Juno und sah Charlotte an. »Aber ihn schien etwas zu bedrücken. Ich würde sagen, er hat sich Sorgen gemacht, doch mehr war das wirklich nicht. Andererseits wirkte er, wenn er in seine Arbeit vertieft war, immer ein wenig geistesabwesend.« Mit geradezu beschwörender Stimme sagte sie: »Er war einfach brillant, hat immer wieder antike Stücke gefunden, auf die vor ihm offenbar niemand geachtet hatte. Er konnte den Dingen ihren Wert ansehen. In letzter Zeit hat er mehr darüber geschrieben, für verschiedene Zeitschriften, hat Kongresse besucht und dergleichen. Er war ein begnadeter Redner, die Leute haben ihm gern zugehört.«

Charlotte konnte sich das leicht vorstellen. Selbst auf dem Foto hatte sein intelligentes Gesicht begeistert gewirkt.

»Es tut mir so Leid ...« Die Worte waren ihr entfahren, bevor sie sich deren Folgen überlegen konnte.

Juno schluckte, und es dauerte eine ganz Weile, bevor sie sich wieder in der Hand hatte.

»Ich bitte um Entschuldigung«, sagte sie und schüttelte leicht den Kopf. »Er hat sich um etwas gesorgt, wollte aber nicht mit mir darüber sprechen. Wenn ich in ihn zu dringen versuchte, wurde er abweisend. Ich habe nicht die geringste Ahnung, worum es ging. Ich nahm an, es hätte mit einer der Vereinigungen von Altertumsforschern zu tun, denen er angehörte. Zwischen ihnen herrscht ein nicht besonders edler Wettstreit, müssen Sie wissen.«

Charlotte war verwirrt. All das kam ihr eher alltäglich und harmlos vor.

»Aber Adinett interessierte sich nicht für Altertümer?«, fragte sie erneut.

»In keiner Weise. Er hörte Martin zu, doch nur, weil sie gute Freunde waren. Es war ihm anzusehen, dass es ihn manchmal langweilte.« Juno sah sie mit umschatteten Augen an. »Es nützt wohl alles nichts.«

»Soweit ich sehe, nein«, gab Charlotte zu. »Aber es muss einen Grund geben! Wir wissen nur nicht, wo wir suchen sollen.« Sie stand auf. Für den Augenblick würde sie nichts weiter erfahren, und sie hatte die Zeit ihrer Gastgeberin schon zu lange in Anspruch genommen.

Auch diese erhob sich, so langsam, als sei sie vor Mattigkeit zu keiner Bewegung fähig.

Charlotte erkannte zwar die Einsamkeit der Trauer, in der diese Frau gefangen war, wusste aber nicht, wie sie helfen konnte. Da sie einander erst seit knapp zwei Stunden kannten, war es ausgeschlossen, dass sie ihr anbot, ihr noch Gesellschaft zu leisten. Außerdem wollte sie möglicherweise lieber mit ihrem Kummer allein bleiben. Vielleicht war die Notwendigkeit, einer Fremden gegenüber höflich zu sein, das Letzte, wonach ihr der Sinn stand ... aber ohne weiteres war auch das Gegenteil möglich, denn das würde sie zwingen, sich zu beherrschen, und sie für eine Weile beschäftigen, ohne dass sie von ihren Erinnerungen gequält wurde. Der gesellschaftliche Brauch, der vorsah, dass sich frisch verwitwete Frauen von der Öffentlichkeit fern hielten, mochte gut gemeint sein und ihre Tugend bewahren, doch verstärkte er ihren Kummer auf eine Weise, wie es kaum ein anderes Mittel vermocht hätte. Möglicherweise war er hauptsächlich für die anderen Leute eingeführt worden, blieb ihnen doch auf diese Weise die Peinlichkeit erspart, mit der Witwe reden zu müssen, an den Tod gemahnt und daran erinnert zu werden, dass er letztlich zu jedem von uns kommt.

»Dürfte ich wohl gelegentlich wiederkommen?«, fragte Charlotte. Ihr war klar, dass sie mit einer abschlägigen Antwort rechnen musste, aber zumindest lag die Entscheidung jetzt bei der anderen.

Der Ausdruck von Hoffnung trat auf Junos Züge. »Bitte ... ich ...« Sie holte tief Luft. »Ich möchte wissen, was wirklich geschehen ist. Und ... ich möchte nicht immer nur hier herumsitzen müssen!«

Charlotte lächelte ihr zu. »Danke. Sollte mir eine auch nur im Entferntesten aussichtsreiche Fährte einfallen, werde ich mich bei Ihnen melden.« Dann wandte sie sich der Tür zu, im Bewusstsein, bisher so gut wie nichts getan zu haben, was Pitt helfen konnte.

Gracie hatte ihre eigenen Pläne. Kaum war Charlotte aus dem Haus, als sie alles stehen und liegen ließ, um ebenfalls zu gehen. Dazu legte sie nicht nur ihr bestes Umschlagtuch um und setzte den besseren ihrer beiden Hüte auf, sondern sie nahm sich auch so viel Geld, wie sie für den Pferde-Omnibus brauchte.

Nach gut zwanzig Minuten hatte sie die Polizeiwache in der Bow Street erreicht, deren Leiter bis zum Vortag Pitt gewesen war. Sie ging die Stufen hinauf, als zöge sie in den Krieg, und so fühlte sie sich auch, während sie hineinging. Als Kind hatte sie einen möglichst großen Bogen um Polizeiwachen und die Männer darin gemacht, jetzt aber suchte sie mit voller Absicht eine auf. Allerdings wäre sie für das, was ihr am Herzen lag, auch in die Hölle gegangen, wenn es keine andere Möglichkeit gegeben hätte, ihr Ziel zu erreichen. So groß war ihre

Wut, dass sie es mit jedem beliebigen Gegner aufgenommen hätte.

Sie trat an den Tisch des wachhabenden Beamten, der sie kaum zur Kenntnis nahm.

»Ja, Miss? Kann ich was für Sie tun?« Während er das sagte, kaute er weiter auf seinem Bleistift herum.

»Ja, bitte«, sagte sie höflich. »Ich würde gern mit Wachtmeister Tellman sprechen. Es is sehr dringend und hat mit 'nem Fall zu tun, an dem er arbeitet. Ich muss ihm was sagen.« Selbstverständlich hatte sie sich diese Erklärung aus den Fingern gesogen, aber sie musste unbedingt mit ihm sprechen, und dazu war jeder Vorwand recht. Sie würde ihm die Situation zu gegebener Zeit erklären.

Der Mann schien nicht beeindruckt. »Aha. Und was wäre das?«

»Was sehr Wichtiges«, gab sie zurück. »Es is Wachtmeister Tellman bestimmt nich recht, wenn Sie ihm nich sagen, dass ich hier bin. Ich heiß Gracie Phipps. Sagen Sie ihm das einfach – dann kann er ja selber entscheiden, ob er mit mir sprechen will oder nich.«

Der Mann musterte sie lange und überlegte, dass das junge Mädchen mit den kampflustigen Augen trotz seiner geringen Größe lästig werden konnte. Er wusste so gut wie nichts über Tellmans Privatleben, da dieser ausgesprochen einsilbig war, und so beschloss er, es lieber nicht darauf ankommen zu lassen. Er wusste aus Erfahrung, dass Tellman sehr unangenehm werden konnte, wenn man ihm mit etwas in die Quere kam.

»Warten Sie hier.«

Nach nicht einmal fünf Minuten erschien Tellman mit dem gewohnten mürrischen Ausdruck auf dem Gesicht in der Wachstube. Er war so korrekt gekleidet wie immer und schien sich in seinem engen Kragen und mit dem glatt zurückgekämmten Haar nicht recht wohl zu fühlen. Seine eingefallenen Wangen waren leicht gerötet. Ohne weiter auf den Kollegen zu achten, trat er zu Gracie.

»Was gibt es?«, fragte er halblaut. »Was wollen Sie hier?«

»Feststellen, was Sie tun«, gab sie zur Antwort.

»Was ich tue? Ich bearbeite Einbrüche.«

Ihre Brauen schossen in die Höhe. »Was Besseres ha'm Se wohl nich zu tun? Und dabei hat man Mr. Pitt auf die Straße gesetzt und Gott weiß wohin geschickt, und seine Frau weiß nich aus noch ein. Die Kinder ha'm kein' Vater im Haus ... und Sie rennen hinter Einbrechern her!«

»Hier geht es nicht um Kleinigkeiten«, sagte er ärgerlich, aber immer noch leise. »Wir haben es hier mit einem ausgewachsenen Safeknacker zu tun.«

»Und das is 'n Grund?« Ihr Abscheu war vernichtend. »Irgend'n blöder Geldschrank is Ihnen wichtiger wie das, was man Mr. Pitt angetan hat?«

»Ist es nicht!« Sein Gesicht war bleich vor Zorn. Dieser Zorn galt zu gleichen Teilen ihr, ihrer Fehleinschätzung seines Wesens und der Ungerechtigkeit, mit der man Pitt behandelt hatte. »Aber ich kann nichts daran ändern!«, sagte er ungehalten. »Die werden ja wohl nicht auf mich hören, oder? Man hat bereits einen anderen auf den Platz gesetzt, obwohl der Stuhl noch warm war. Dieser Wetron hat mir gesagt: ›Lassen Sie es gut sein, denken Sie nicht weiter darüber nach – was passiert ist, ist passiert‹«.

»Und Sie tun natürlich auch treu un brav, was der von Ihnen verlangt!«, fuhr sie ihn mit blitzenden Augen an. »Dann muss ich mich wohl alleine um die Sache kümmern, was?« Sie biss sich auf die Lippe, damit diese nicht verräterisch zitterte. »Ich bin tief enttäuscht von Ihnen. Ich hatte mich auf Ihre Hilfe verlassen und dachte, dass Sie trotz Ihrem ständigen Gemurre und Gemaule irgendwo doch 'ne treue Seele sind ... oder zumindest auf Anstand achten ... und was man da gemacht hat, war nich einwandfrei!«

»Natürlich nicht!«, sagte er mit gepresster Stimme. »Es ist bitteres Unrecht, aber dahinter steht die Macht. Wenn Sie wüssten, was für Leute das sind, würden Sie nicht herkommen und so tun, als würde es genügen, dass ich sage, man sollte Mr. Pitt Gerechtigkeit widerfahren lassen, worauf die dann erwidern, ›aber selbstverständlich‹, und alles würde anders. Mr. Wetron hat gesagt, ich soll die Sache auf sich beruhen lassen. Mit Sicherheit hat er ein Auge auf mich, um zu sehen, ob ich mich daran halte. Ich würde mich gar nicht wundern, wenn er selbst einer von denen wäre!«

Gracie sah Tellman verblüfft an. In seinen Augen lag eindeutig Furcht, und einen Moment lang war auch sie verängstigt. Sie wusste, dass er viel für sie empfand, auch wenn er es sich selbst nicht eingestehen mochte, und dass es ihm sicher sehr schwer fiel, ihr so offen zu zeigen, wie ihm zumute war. Sie beschloss, ein wenig freundlicher zu ihm zu sein.

»Schön, aber wir müssen was tun! Wir können die Sache nich einfach laufen lassen. Er is nich mal mehr zu Hause.« Ihre Stimme bebte. »Die ha'm ihn nach Spitalfields geschickt. Da soll er nich nur arbeiten, sondern muss da auch wohnen.«

Tellman, der nach wie vor stocksteif dastand, verzog das Gesicht, als hätte man ihn geohrfeigt. »Das war mir nicht bekannt.«

»Jetzt wissen Sie's! Und was wollen wir dagegen tun?« Sie sah ihn flehend an. Es fiel ihr ausgesprochen schwer, ihn um einen Gefallen zu bitten, denn er sträubte sich nicht nur zu zeigen, was er für sie empfand, es gab auch zahlreiche Unterschiede zwischen ihnen. Dennoch hatte sie keinen Augenblick gezögert, ihn aufzusuchen. Sie sah ihren natürlichen Verbündeten in ihm. Mit einem Mal fragte sie sich, wieso es ihr so leicht gewesen war, ihn aufzusuchen, doch sie zweifelte nicht daran, dass sie damit richtig gehandelt hatte.

Sofern ihm das ›wir‹ aufgefallen war und er sich fragte, wieso sie sich bei diesem Vorgehen mit einbezog, ließ sich das auf seinem Gesicht nicht ablesen. Er sah zutiefst unglücklich drein. Nach einem Blick über die Schulter zu dem Kollegen am Schreibtisch, der neugierig herüberstarrte, fasste er Gracie mit den Worten ›Wir wollen rausgehen‹ am Arm und zog sie geradezu durch die Tür und die Stufen hinab. Auf dem Gehweg würden höchstens uninteressierte Passanten hören, was sie zu bereden hatten.

»Ich weiß nicht, was wir tun könnten!«, wiederholte er. »Der Innere Kreis steckt dahinter! Für den Fall, dass Sie noch nichts von den Leuten gehört haben, will ich es Ihnen sagen: Es handelt sich um eine Geheimorganisation, bei der eine Hand die andere wäscht. Sie besteht aus lauter mächtigen Männern in hoher Position, die sich gegenseitig decken – soweit das möglich ist, sogar gegen die Justiz. Sie hätten auch Adinett vor dem Galgen bewahrt, wenn ihnen nicht Mr. Pitt einen Strich durch die Rechnung gemacht hätte, und das verzeihen sie ihm nie. Es ist nicht das erste Mal, dass er sie verärgert hat.«

»Un wer is das?« Gracie wollte sich nicht anmerken lassen, wie sehr diese Vorstellung sie ängstigte. Jemand, der so viel Macht hatte, dass er Pitt auf diese Weise außer Gefecht setzen konnte, musste mit dem Teufel im Bunde stehen.

»Hören Sie mir eigentlich nicht zu? Das weiß niemand! Das ist es ja gerade!«, sagte Tellman verzweifelt. »Jeder, der hier im Lande über Macht verfügt, könnte es sein.«

Sie merkte, dass sie erschauerte. »Wolln Se damit etwa sagen, dass es vielleicht sogar der Richter selber sein könnte?«

»Genau das! Diesmal allerdings war er es nicht, sonst hätte er eine Möglichkeit gefunden, Adinett herauszuhauen.«

Sie straffte sich. »Trotzdem, wir müssen was tun. Wir können auf keinen Fall zulassen, dass er irgendwo in 'nem Dreckloch sitzt und nie wieder nach Hause darf. Soll das heißen, dass dieser Adinett den Mann nich umgebracht hat – wie hieß der noch mal?«

»Fetters. Doch, umgebracht hat er ihn. Wir wissen nur nicht, warum.«

»Dann müssen wir das eben rauskriegen, und zwar so schnell wie möglich«, sagte sie. »Sie sind Kriminalpolizist. Wo fangen wir an?«

Gemischte Gefühle traten auf Tellmans Gesicht: Zögern, Wut, Stolz, Sanftheit und Angst.

Beschämt begriff Gracie, was sie da von ihm erwartete. Sollten ihre Bemühungen fehlschlagen, hatte sie im Vergleich zu ihm kaum etwas zu verlieren. Nachdem ihn der neue Oberinspektor angewiesen hatte, nicht mehr an Pitt zu denken und der Sache nicht weiter nachzugehen, würde Tellman hingegen in einem solchen Fall seine Anstellung verlieren, weil er gegen die Anweisung gehandelt hatte. Sie wusste, wie mühselig er sich in diese Position emporgearbeitet hatte. Er hatte von niemandem Protektion erwartet und auch keine bekommen. Er besaß keine Angehörigen und nur wenige Freunde. Er war stolz und einsam, ein Mann, der sich vom Leben nicht viel erhoffte, seinen Zorn über Ungerechtigkeiten beherrschte und mit Recht stolz auf seinen Gerechtigkeitssinn war.

Pitts Beförderung in die Stelle eines Vorgesetzten hatte ihn schwer gewurmt. Als Sohn eines Wildhüters war Pitt nicht besser als Tellman und hunderte von Kollegen in der Polizei; er gehörte nicht den gehobenen Kreisen an. Dennoch war im Laufe ihrer Zusammenarbeit zwischen ihnen eine Loyalität gewachsen, über die sie keine Worte verloren, und sie zu verraten, hätte gegen Tellmans Gefühl für Anstand verstoßen. In einem solchen Fall würde er sich selbst nicht mehr im Spiegel ansehen können, das wusste Gracie.

»Wo fangen wir an?«, fragte sie noch einmal. »Wenn der Mann das gemacht hat, hatte er auch 'nen Grund dafür. Niemand is so blöd, dass er hergeht und einfach jemand umbringt, außer er steckt in 'ner Sackgasse, aus der er sonst nich rauskann.«

»Das ist mir klar.« Er stand, tief in Gedanken versunken, mitten auf dem Gehweg, während Fahrzeuge aller Art durch die Bow Street fuhren und Fußgänger in den Rinnstein treten mussten, um an ihm und Gracie vorbeizukommen. »Wir haben damals getan, was wir konnten, um hinter das Motiv zu kommen. Es gab nicht den geringsten Hinweis auf einen Streit welcher Art auch immer.« Er schüttelte den Kopf. »Es gab keine Differenzen wegen Geld oder Frauen, keine Rivalität im Geschäftsleben, Sport oder dergleichen. Sogar politisch waren die beiden einer Meinung.«

»Na, da ha'm wir eben nich gründlich genug gesucht!« Gracie stand unerschütterlich da. »Was würde Mr. Pitt tun, wenn er hier wär?«

»Was er sowieso getan hat«, gab Tellman zur Antwort. »Er hat all ihren Gemeinsamkeiten nachgespürt, um zu sehen, worüber sie sich möglicherweise hätten streiten können. Wir haben mit ihren sämtlichen Freunden und Bekannten gesprochen und keinen ausgelassen, das Haus durchsucht, alle Papiere durchgesehen. Da war nichts.«

Den Blick erhoben, stand sie im hellen Sonnenschein da und kaute auf ihrer Lippe. Sie sah aus wie ein müdes, zorniges Kind, das jeden Augenblick in Tränen ausbrechen kann. Sie war immer noch viel zu dürr und musste die meisten ihrer Kleider kürzen, um nicht über ihren Saum zu stolpern.

»Man bringt niemand einfach so um, für nix und wieder nix«, wiederholte sie eigensinnig. »Er hat das von einem Augenblick auf 'n andern gemacht, also muss unmittelbar davor was gewesen sein. Sie müssen rauskriegen, was in der Woche vor dem Mord passiert is, an jedem einzelnen Tag. Da is bestimmt was!« Sie brachte es nicht über sich, ›bitte‹ zu sagen.

Tellman zögerte, nicht aus Ungefälligkeit, sondern einfach, weil ihm nichts Sinnvolles einfiel, was er hätte tun können.

Sie sah ihn unverwandt an. Er musste ihr unbedingt etwas antworten, und mit einer Weigerung wäre sie auf keinen Fall zufrieden. Sie begriff die Schwierigkeiten nicht. Sie hatte keine Vorstellung von dem, was Pitt und er bereits unternommen hatten. Sie sah nur die Treue zu ihrem Herrn, ihr ging es darum, für die Menschen zu kämpfen, die sie liebte, die zu ihrem Leben gehörten.

Er wollte nicht wirklich zum Leben anderer Menschen gehören und war nicht bereit, sich einzugestehen, dass ihm an Pitt lag. Natürlich war Ungerechtigkeit unerträglich, aber die Welt war voll davon. In manchen Fällen konnte man dagegen ankämpfen, in anderen nicht. Es war Torheit, seine Zeit und seine Kraft mit Kämpfen zu vergeuden, die sich ohnehin nicht gewinnen ließen.

Gracie wartete. Sie war auf keinen Fall bereit zu glauben, dass er sich ihrer Bitte verschließen würde.

Er öffnete den Mund, um zu sagen, wie sinnlos das Ganze sei und dass sie das Ganze nicht verstehen könne, sagte aber stattdessen, was sie hören wollte.

»Ich werde feststellen, was Adinett in den letzten Tagen vor der Tat getan hat.« Es war einfach lachhaft! Was für eine Art Polizeibeamter war er eigentlich, dass ihn so eine halbe Portion von Hausmädchen dazu bringen konnte, sich lächerlich zu machen? »Ich weiß aber nicht, wann ich dazu komme!«, fuhr er trotzig fort. »Erst, wenn ich Zeit habe! Wenn mich Wetron auf die Straße setzt, ist keinem geholfen.«

»Natürlich nicht«, sagte sie mit einem Nicken. Dann bedachte sie ihn mit einem so strahlenden Lächeln, dass sein Herz schneller schlug. Er spürte, wie ihm das Blut ins Gesicht stieg, und zugleich verabscheute er sich wegen seiner Weichherzigkeit.

»Ich komme und sag Bescheid, wenn ich etwas gefunden habe«, knurrte er. »Und jetzt gehen Sie und stören mich nicht weiter bei der Arbeit!« Ohne sie noch einmal anzusehen, machte er kehrt, ging die Stufen empor und verschwand durch die Tür in der Wache.

Gracie holte tief Luft. Von neuer Hoffnung erfüllt, fuhr sie mit dem Pferde-Omnibus zurück in die Keppel Street.

Nach Feierabend kaufte Tellman bei einem Straßenhändler wie fast täglich eine warme Pastete und aß sie auf seinem Weg durch die Endell Street. Er musste sorgfältig darauf achten, keine Spuren zu hinterlassen, nicht nur um seiner Sicherheit willen, sondern aus dem einfachen Grund, dass er nicht weitermachen konnte, wenn man dahinter kam, dass er auf eigene Faust Nachforschungen betrieb.

Wer könnte wissen, was Adinett getan hatte, mit wem er zusammengetroffen war, wo er sich in der Zeit unmittelbar vor Fetters' Tod aufgehalten hatte? Adinett hatte geschworen, er sei in keiner Weise von seinem üblichen Verhalten abgewichen.

Tellman biss in die Pastete und achtete darauf, dass nichts auslief.

Adinett war vermögend und hatte daher seinen Lebensunterhalt nicht verdienen müssen. Er konnte mit seiner Zeit tun und lassen, was er wollte. Soweit man wusste, hatte er regelmäßig verschiedene Klubs aufgesucht, vorwiegend solche, deren Mitglieder Forschungsreisen unternahmen oder gleich ihm Offiziere waren. Aber er war auch Mitglied der National Geographic Society und ähnlicher Vereinigungen gewesen. So sah nun einmal das Leben von Menschen aus, die ein Vermögen geerbt hatten und sich dem Müßiggang widmen konnten. Tellman verachtete das mit allem Zorn eines Mannes, der von klein auf mit ansehen musste, dass die meisten Menschen gezwungen waren, vom Morgengrauen bis zum späten Abend zu arbeiten, und trotzdem froren und nicht genug zu essen hatten.

Er kam an einem Zeitungsjungen vorüber.

»Zeitung, Sir?«, fragte dieser. »Mr. Gladstone hat die Arbeiterschaft im Land beleidigt, sagt Lord Salisbury. Manche sollen 'n Achtstundentag kriegen – vielleicht!« Er grinste breit. »Oder wie wär's mit der neuen Nummer von *Orgien und Untergang*, alles über die Korruption im alten Rom?«, fügte er hoffnungsfroh hinzu.

Tellman kaufte ihm die Abendausgabe ab, nicht wegen der Nachrichten über die bevorstehenden Wahlen, sondern weil er sehen wollte, was man über die Anarchisten berichtete.

Während er den Schritt wieder beschleunigte, wandte er sich erneut seiner Aufgabe zu. Es würde ihn zutiefst befriedigen, wenn er nicht nur herausbekäme, warum Adinett den Mord begangen hatte, sondern auch die Beweise dafür fände, damit jeder in London das erfuhr, ganz gleich, ob sie das wissen wollten oder nicht.

Er hatte Übung darin, Menschen zu beschatten, war aber bisher immer als Polizeibeamter aufgetreten. Bei dieser Aufgabe unauffällig vorzugehen war etwas völlig Neues für ihn. Dazu musste er vermutlich den einen oder anderen bitten, einen Dienst zu erwidern, den er diesen Menschen früher getan hatte, und in manchen Fällen sogar im Voraus seinerseits um diesen oder jenen Gefallen bitten.

Er beschloss, mit dem anzufangen, was am nächsten lag, nämlich bei den Droschkenkutschern. Jeder von ihnen fuhr gewöhnlich in bestimmten Stadtbezirken, und höchstwahrscheinlich hatte Adinett, der selbst keine Kutsche besaß, Droschken benutzt. In dem Fall dürfte er mehrfach mit demselben Kutscher gefahren sein.

Sollte er allerdings den Pferde-Omnibus oder gar die Untergrundbahn bevorzugt haben, gäbe es praktisch keine Möglichkeit, etwas darüber zu erfahren, wo er sich aufgehalten hatte.

Die beiden ersten Droschkenkutscher, auf die Tellman stieß, konnten ihm nichts sagen, und der dritte verwies ihn an andere.

Es war halb zehn. Er war müde, seine Füße schmerzten, und er ärgerte sich, dass er einem törichten Impuls nachgegeben hatte. Als er dem siebten Droschkenkutscher gegenüberstand, einem kleinen grauhaarigen Mann mit einem trockenen Husten, musste er unwillkürlich an seinen Vater denken, der den ganzen Tag als Träger auf dem Fischmarkt von Billingsgate gearbeitet und anschließend die halbe Nacht bei jedem Wetter eine Droschke gefahren hatte, um seine Familie durchzubringen. Vielleicht war es diese Erinnerung, die ihn veranlasste, den Mann freundlich anzusprechen.

»Haben Sie ein bisschen Zeit?«, fragte er.

»Wo wollen Sie denn hin?«, erkundigte sich der Mann.

»Eigentlich nirgends«, gab Tellman zurück. »Ich brauche einige Angaben, um einem Freund zu helfen, der in Schwierigkeiten ist. Übrigens hab ich Hunger.« Das stimmte zwar nicht, diente ihm aber als taktvoller Vorwand, den Mann zu einem kleinen Imbiss einzuladen. »Haben Sie Zeit, mit mir eine heiße Pastete zu essen und ein Glas Bier zu trinken?«

»Heute war 'n schlechter Tag. Ich kann mir keine Pasteten leisten«, teilte ihm der Kutscher mit.

»Ich zahle«, gab ihm Tellman zu verstehen. Zwar hatte er wenig Hoffnung, etwas Nützliches zu erfahren, aber er sah nach wie vor das müde Gesicht seines Vaters vor seinem inneren Auge. Es war, als könne er eine Schuld gegenüber der Vergangenheit abtragen.

Der Kutscher zuckte die Achseln. »Wie Sie wollen.« Er ließ Pferd und Droschke stehen, folgte Tellman zum nächsten Straßenhändler und ließ sich gern zur Pastete einladen. »Was wollen Sie wissen?«

»Steigen oft Leute in der Marchmont Street bei Ihnen ein?«

»Ja, warum?«

Tellman hatte ein Foto Adinetts mitgebracht, das er nach dem Abschluss der Untersuchung nicht weggeworfen hatte. Er nahm es aus der Tasche und zeigte es dem Kutscher.

»Haben Sie diesen Mann schon einmal gefahren?«

Der Kutscher warf einen Blick darauf. »Is das nich der Kerl, der den Mann umgebracht hat, der alte Pötte und so ausgräbt?«

»Ja.«

»Polizei?«

»Ja – aber ich bin nicht im Dienst. Ich habe ja schon gesagt, ich will einem Freund helfen. Das ist nichts Offizielles. Mir ist auch klar, dass Sie mir nichts zu sagen brauchen. Wahrscheinlich verliere ich meine Anstellung, wenn man dahinterkommt, dass ich der Sache weiter nachgehe.«

Der Kutscher sah ihn interessiert an. »Und warum machen Sie das dann?«

»Sag ich doch, ein Freund von mir ist in Schwierigkeiten«, wiederholte Tellman.

Der Mann sah ihn mit gehobenen Brauen von der Seite an. »Wenn ich Ihnen helfe, helfen Sie mir dann auch – Sie wissen schon, wenn Sie im Dienst sind?«

»Kommt darauf an, ob Sie was für mich tun können oder nicht«, erklärte Tellman.

»Ich hab ihn drei- oder viermal gefahren. Sah immer schneidig aus und hatte die Nase hoch in der Luft – wie ein alter Offizier oder so. War aber immer höflich und hat gute Trinkgelder gegeben.«

»Wohin haben Sie ihn gefahren?«

»Hierhin und dahin. Meist ins West End, zu Klubs von den feinen Herren.«

»Was für Klubs waren das? Können Sie sich an Adressen erinnern?« Tellman wusste selbst nicht, warum er dieser Spur folgte. Selbst wenn er die Namen aller Klubs gewusst hätte, die Adinett aufzusuchen pflegte – was würde ihm das nützen? Er hatte keine Befugnis, hineinzugehen und zu fragen, mit wem er dort gesprochen hatte. Und selbst wenn er das herausbekam, hatte es immer noch nichts zu bedeuten. Aber er konnte Gracie sagen, dass er sich Mühe gegeben hatte.

»Genau nich. Bei einem war ich noch nie gewesen, hatte irgendwas mit Frankreich zu tun, genauer gesagt, Paris. Es war 'ne Jahreszahl.«

Tellman verstand nicht. »Eine Jahreszahl? Was wollen Sie damit sagen?«

»Irgendwas mit 17.« Der Mann kratzte sich am Kopf und schob sich den Hut in den Nacken, »1789 … so hieß der.«

»Sonst noch irgendwohin?«

»Ich könnte noch 'ne Pastete vertragen.«

Tellman bestellte eine, mehr, um dem Mann zu Gefallen zu sein, als ihn zu schmieren. Die Information war ohnehin wertlos.

»Zu 'ner Zeitung«, fuhr der Kutscher fort, nachdem er die Hälfte der Pastete gegessen hatte. »Zu der, die es immer mit Reformen und so hat. Er is dann mit dem Mann rausgekommen, dem sie gehört. Der heißt Dismore – das weiß ich, weil ich den in der Zeitung gesehen hab.«

Diese Mitteilung überraschte Tellman nicht weiter, denn er wusste bereits, dass Adinett mit Thorold Dismore bekannt war.

Jetzt verzog der Kutscher das Gesicht und sagte: »Was ich aber wirklich komisch fand, war, dass 'n Herr wie er in die Cleveland Street fahren wollte, noch hinter Spitalfields, am anderen Ende der Mile End Road. Er war ganz aufgeregt, als hätte er was Großartiges entdeckt. In Spitalfields, Whitechapel oder Mile End gibt es aber nichts Großartiges, das weiß jeder.«

Tellman war verblüfft. »Sie haben ihn zur Cleveland Street gefahren?«

»Ja ... hab ich gesagt. Zweimal!«

»Wann?«

»Kurz bevor er bei diesem Zeitungsmann war. Er war ganz aufgeregt. Ein oder zwei Tage danach hat er den armen Kerl umgebracht. Is doch komisch, was?«

»Danke«, sagte Tellman. Es war ihm ernst. »Vielen Dank. Ich würde Ihnen gern irgendwo hier in der Nähe ein Glas Bier spendieren.«

»Gerne, besten Dank.«

Kapitel 5

Das Leben in der Heneagle Street fiel Pitt ausgesprochen schwer, obwohl sich Isaak und Lea Karansky die größte Mühe gaben, ihm alles so angenehm wie möglich zu machen, und ihn stets freundlich behandelten, wenn sie ihn sahen, was meist bei den Mahlzeiten der Fall war. Zwar war Lea eine glänzende Köchin, doch waren die Lebensgewohnheiten anders als bei ihm zu Hause. Er konnte nicht Tee trinken, wann ihm danach war, gegessen wurde zu festgesetzten Stunden, und es gab weder Kuchen noch selbst gebackenes Brot mit Butter und Marmelade. Alles war anders, als er es gewohnt war, und der Schlaf, in den er abends vor Erschöpfung fiel, war nicht im Geringsten erholsam.

Charlotte und die Kinder fehlten ihm mehr, als er für möglich gehalten hatte, sogar Gracie vermisste er; doch tröstete ihn das Bewusstsein ein wenig, dass Charlotte immerhin jede Woche das nötige Geld bekam.

Immer wieder erinnerten Isaaks und Leas Beisammensein, ihre Blicke, die von Jahren des gemeinsamen Verstehens zeugten, ihr gelegentliches Lachen, die Art, wie sie ihren Mann mahnte, auf seine Gesundheit zu achten, die Sanftheit, mit der er sie berührte, Pitt nachdrücklich an seine Einsamkeit.

Gegen Ende der ersten Woche überwältigte ihn eine andere Empfindung so sehr, dass sein Kopf schmerzte und sein Magen sich zusammenzog.

Er hatte das Angebot angenommen, in der Werkstatt des

Seidenwebers Saul zu arbeiten. Dazu waren keine speziellen Fähigkeiten erforderlich. Von ihm wurde erwartet, dass er Kisten und Ballen schleppte, den Boden fegte, Dinge holte oder brachte und Botendienste leistete. Es war die anspruchsloseste Aufgabe in der Werkstatt, und entsprechend gering war die Bezahlung, aber eine solche Arbeit war besser als nichts und körperlich vermutlich immer noch leichter als eine in der Zuckersiederei. Außerdem bot sie ihm weit mehr Möglichkeiten, sich auf der Straße umzuhören und umzusehen, ohne Aufsehen zu erregen. Allerdings war ihm nicht klar, welchen Sinn das haben sollte. Immerhin zeigte die Festnahme der Anarchisten Nicoll und Mowbray, dass die Männer des Sicherheitsdienstes ihre Aufgabe durchaus verstanden und keinesfalls auf die Unterstützung von Außenseitern wie Pitt angewiesen waren.

Als er an jenem Abend in seine Unterkunft zurückkehrte, in der er sich nach wie vor nicht wirklich zu Hause fühlte, ertönten vor ihm laute Stimmen. Unverkennbar wurde gestritten, und schon nach wenigen Augenblicken fiel etwas klirrend zu Boden. Vermutlich war eine Flasche zu Bruch gegangen. Darauf folgten ein Schmerzenslaut und eine Schimpfkanonade. Eine Frau kreischte.

Pitt begann zu rennen.

Das Gebrüll ging weiter, dann hörte man, wie Fässer zu Boden stürzten. Ein Wutschrei übertönte den allgemeinen Lärm.

Als Pitt um die Ecke bog, sah er etwa zwei Dutzend Menschen, die zum Teil durch ein Fuhrwerk verdeckt waren, dessen hintere Ladeklappe sich gelöst hatte. Während über die Fahrbahn rollende Fässer den Verkehr in beide Richtungen behinderten, prügelten Männer aufeinander ein. Pitt sah, dass einige Fässer auch zerbrochen waren und ihr Inhalt sich auf die Straße ergossen hatte.

Leute kamen aus Läden und Werkstätten, und mindestens die Hälfte von ihnen griff in die allgemeine Schlägerei ein. Frauen standen daneben und feuerten die Kampfhähne an. Eine bückte sich, hob einen losen Pflasterstein auf und schleuderte ihn so heftig, dass ihre zerfetzten braunen Röcke wehten.

»Hau ab, alte Katholensau«, schrie sie einer anderen Zuschauerin zu. »Verzieh dich nach Irland, wo du hingehörst.«

»Ich bin nich irischer wie du, verdammte Heidin!«, keifte die andere zurück und drosch mit einem Besenstiel so kräftig auf ihre Gegnerin ein, dass er auf deren Rücken zerbrach und sie durch den Aufprall in die Gosse geschleudert wurde, wo sie eine Weile nach Luft schnappend sitzen blieb. Dann raffte sie sich auf und fluchte gotteslästerlich.

»Papistin«, ertönte es woanders. »Hure!«

Mit aller Kraft Beleidigungen hervorstoßend, stürzte sich ein weiteres halbes Dutzend Männer und Frauen in die Menge. Schmuddelige Kinder hüpften begeistert auf und ab und feuerten diejenigen in der Menge an, die ihnen sympathisch waren.

Nach einer Weile ertönte das Schrillen einer Polizeipfeife, und schon bald näherten sich schwere Schritte.

Pitt fuhr herum. Es war nicht seine Aufgabe einzugreifen, selbst wenn er dazu imstande gewesen wäre. Als er sah, dass ein Polizeibeamter auf die Streithähne zueilte, tat er einen Schritt zurück in den Eingang zum Hof eines Steinmetzen. Von ihm wurde erwartet, dass er beobachtete. Allerdings war Pitt nicht der Ansicht, dass er Narraway etwas Nützliches würde berichten können. Es dürfte sich einfach um eine der zahllosen hässlichen Straßenszenen handeln, die hier wohl an der Tagesordnung waren und niemanden überraschten.

Weitere Polizisten kamen und begannen, die aufeinander eindreschenden Männer zu trennen. Als Lohn ihrer Mühe bezogen sie ihrerseits Schläge. Der Hass auf die Polizei schien der einzige gemeinsame Nenner der Menge zu sein.

»Verdammtes Greiferpack!«, stieß ein Mann hervor und fuhr mit den Fäusten durch die Luft, bereit, sie jeden in Reichweite spüren zu lassen. »Ihr blöden Säcke könnt ja nich mal 'ne Fliege fangen, geschweige denn Verbrecher!«

Einer der Beamten schlug mit seinem Stock nach ihm, ohne ihn zu treffen.

Pitt blieb im Dunkel des Torbogens. Sein Blick erfasste die heruntergekommenen und halb zerfallenen Gebäude, die der Rauch tausender von Kaminen mit einer schwarzen Schmutzschicht bedeckt hatte, notdürftig instand gesetzte Fenster zu beiden Seiten der Straße, in deren Pflaster zahlreiche Steine fehlten, Gossen, die von Unrat überquollen. Ein Geruch nach Fäulnis und Abwässern lag in der Luft. Die Prügelei ging weiter. Sie hatte nichts mit einem plötzlichen Wutausbruch zu tun, sondern war das Ergebnis von dumpfem Zorn und Hass, die sich im Laufe von Jahren angestaut hatten und sich jetzt Luft machten. Die Polizei würde mit ihren Knüppeln Ruhe schaffen ... bis zum nächsten Mal.

Pitt wandte sich ab und ging mit gesenktem Kopf davon, bevor er jemandem auffiel. Er würde sich merken, was er gesehen und gehört hatte. Er hatte den Hut in die Stirn gezogen und die Hände in die Taschen gesteckt. An der ersten Ecke bog er ab, obwohl ihn das von seinem Ziel, der Heneagle Street, wegführte. Von Anfang an hatte er die allgemeine Unruhe gespürt, die Unbeherrschtheit in den Stimmen der Menschen, hatte mitbekommen, wie rasch sie Anstoß nahmen. Jetzt war er Zeuge geworden, wie dicht unter der Oberfläche die Wut lag, jederzeit bereit auszubrechen. Als Auslöser genügte eine Kränkung oder eine negative Äußerung.

Diesmal war die Polizei schnell gekommen und hatte eine gewisse Ordnung wiederhergestellt, doch war damit nichts erreicht. Verblüfft hatte Pitt gesehen, wie sich die gegen die Katholiken gerichtete Stimmung binnen weniger Sekunden entladen hatte. Sie musste schon lange unter der Oberfläche gebrodelt haben. Während er jetzt an kleinen Läden vorüberging, in deren schmalen Schaufenstern Waren aufgestapelt waren, fielen ihm andere Äußerungen ein, die er gehört hatte, Schimpfwörter gegen die ›Papisten‹, die nicht in gutmütigem Spott gefallen waren, sondern voll Gehässigkeit, und diese hatten nicht gezögert, es den sie Schmähenden mit Zins und Zinseszins heimzuzahlen.

Ihm fielen auch Gesprächsfetzen ein, denen er entnommen hatte, dass die Religionszugehörigkeit der Grund war, wenn bestimmte Geschäftsabschlüsse nicht zustande kamen, bestimmte Menschen nicht eingeladen wurden, ja, dass man Menschen in Schwierigkeiten sogar jede Hilfe versagte, weil sie sich zu einem anderen Glauben bekannten.

Die antisemitische Hetze überraschte ihn weniger, denn diesen Hass und Groll, diese Herabsetzungen und Vorwürfe kannte er schon von früher.

Er betrat die erste Gaststätte, die an seinem Wege lag, und setzte sich mit einem Krug Apfelwein an einen Tisch in der Nähe der Theke.

Zehn Minuten später kam ein schmächtiger junger Mann herein.

»He, Charlie!«, sagte der Schankkellner neugierig. »Was hast du denn angestellt?« Damit wies er auf die Hand des Mannes, die mit einem blutgetränkten Fetzen verbunden war.

»Mich hat 'ne verdammte Ratte gebissen«, gab dieser wütend zurück. »Ich krieg 'ne Halbe. Wenn ich halb so viel verdienen würde, wie mir für meine Arbeit eigentlich zusteht, würd ich sagen, bring mir auch 'nen Schluck Whisky! Aber welcher arme Sack hier in Spitalfields kriegt schon, was er wert ist?«

»Du hast Arbeit. Du hast es besser wie so mancher andere«, sagte ein blasser Mann verbittert und hob den Blick von seinem Bierglas. »Du weißt ja nich, wie gut's dir geht.«

Wütend wandte sich Charlie zu ihm um. Sein Gesicht rötete sich. »Nennst du das gut gehen, wenn mich 'n habgieriger Chef Tag und Nacht für 'nen Hungerlohn schuften lässt und sich mit dem mästet, was er an uns armen Säcken verdient?« Er sog scharf die Luft ein. »Und Feiglinge wie du weigern sich, mit uns für Gerechtigkeit zu kämpfen. So kommen wir nie auf 'nen grünen Zweig. Leute wie dich muss nur einer schief ansehen – schon macht ihr die Augen zu und stellt euch tot!«

»Und Leute wie du sorgen dafür, dass wir eines Tages auf der Straße liegen!«, blaffte der andere und hielt sich an seinem Glas fest, als könnte ihm das Sicherheit bieten. Der in seinen Augen glühende Zorn vermochte nicht die Beklemmung zu überdecken, die ihn wohl Tag und Nacht beherrschte: Angst vor Hunger, Kälte und Verachtung, Angst vor Kränkung, vor allem aber die Sorge, alles zu verlieren.

Ein blonder Mann, der Pitts Anwesenheit offensichtlich nicht als bedrohlich ansah, mischte sich ein. »Was würdest du denn machen, Charlie, wenn alle bei euch mitmachen würden?«, fragte er herausfordernd.

Charlie sah ihn an, überlegte sorgfältig mit nach wie vor wütend verzogenem Gesicht. »Dann würde sich hier manches ändern, Wally«, gab er zurück. »Jeder Arbeiter würde kriegen, was ihm zusteht, und nich bloß, was ihm irgend'n altes Schwein nur deshalb lässt, weil ihm 'n verhungerter Arbeiter gar nix nützen würde!«

Wally hustete in sein Bierglas. »Träum weiter«, sagte er gelangweilt. Es war klar, dass er solche leeren Worte nur allzu oft gehört hatte.

Charlie setzte seinen leeren Zinnkrug so fest auf, dass er eine Einkerbung im Holz der Theke hinterließ. »Ach ja?«, sagte er streitlustig. »Wenn wir hier mehr richtige Männer hätten und nich nur 'nen Haufen Waschlappen, wie all die Katholen und Juden, die hier rumkriechen, könnten wir für das kämpfen, was uns zusteht, so wie's die Franzmänner in Paris gemacht ha'm! Schneid 'n paar von den feinen Pinkeln die Kehle durch, dann wirst du seh'n, wie schnell die sich das anders überlegen.«

Ein dunkelhaariger Mann sagte kopfschüttelnd: »So was solltest du nich sagen. Damit machst du es nur schlimmer. Die Wände haben Ohren.«

»Schlimmer!«, brach es aus Charlie heraus. »Schlimmer wie das hier? Wie woll'n die uns denn alle einbuchten, wenn wir uns einig sind?« Seine Stimme hob sich. Wut und Enttäuschung lagen in seinen Worten. »Eine Hand voll Nichtstuer im West End, die den Hals nich voll kriegen können, trampeln auf hunderten und tausenden von uns rum und fressen sich auf unsere Kosten die Wampe so voll, dass sie kaum die Hose zukriegen. Und die verdammten Greifer sind auf ihrer Seite«, fügte er hinzu. »Sonst hätten die doch den Massenmörder von Whitechapel längst gekascht, der vor 'n paar Jahren die armen Weiber umgebracht hat. Unter Garantie ist das einer von denen!« Herausfordernd sah er sich um, ob jemand zu widersprechen wagte.

Mit einem Mal herrschte Stille im Raum. Kälte schien von den Wänden herabzukriechen. Pitt merkte, dass die Männer am Nebentisch nicht mehr miteinander sprachen. Noch jetzt, fast vier Jahre später, wagte niemand etwas über den Mörder von Whitechapel zu sagen. Niemand riss je Witze über ihn, und in den Varietés gab es weder Lieder noch Anspielungen zu diesem Thema.

»So was solltest du nich sagen!«, mahnte ein grauhaariger Mann mit rauer Stimme. Sein Gesicht war kalkweiß.

»Ich sag, was ich will«, gab Charlie zurück. Das Blut war ihm in die Wangen gestiegen.

Jemand lachte auf und brach mittendrin ab.

Ein Mann mit hängenden Schultern erhob sich und hielt sein Glas hoch. »Ich trink auf heute!«, sagte er und grinste breit. »Denn morgen kannst du schon tot sein.« Dann leerte er sein Glas mit einem Zug.

»Halt's Maul, Dummkopf!«, zischte ihm sein Nachbar aufgebracht zu. Er hatte die Hand auf dem Tisch zur Faust geballt.

Der andere ließ sich widerwillig auf seinen Stuhl sinken. Sein Grinsen verschwand. »Ich sag nix«, knurrte er. »Unser Tag kommt schon noch. Und zwar bald.«

»Dann wollen wir sehen, wie viel Zucker die fressen können!«, stieß der andere zwischen den Zähnen hervor.

»Sag noch einmal ›Zucker‹, und ich schlag dir die Zähne ein«, drohte der Erste aufgebracht. Seine Stimme klang, als ob er völlig nüchtern wäre. »Ich üb schon mal an dir, was all die Ausländer kriegen, die unsere Stadt vergiften und sich nehmen, was von Rechts wegen uns gehört.«

Diesmal gab es keine Antwort.

Pitt war alles an dieser Gaststätte verhasst, der Geruch, die plötzliche Wut, die in der Luft lag, die niedergeschlagene Stimmung, das Licht der Gasbeleuchtung, das sich in den zerbeulten Zinnkrügen spiegelte, der abgestandene Geruch des Sägemehls auf dem Fussboden, aber es war seine Aufgabe, zuzuhören. Er sank noch tiefer in sich zusammen und nahm einen Schluck von seinem Apfelwein.

Eine halbe Stunde später kamen zwei unsaubere Straßenmädchen auf der Suche nach Kundschaft herein. Sie sahen erschöpft aus, waren aber trotzdem aufdringlich, und mit einem Mal empörte sich Pitt ebenso sehr wie Charlie über die Armut und die Verzweiflung, die Frauen dazu trieb, durch die Straßen und Gaststätten zu ziehen und sich Fremden anzubieten. Diese Art des Geldverdienens war für die verkommenen

Frauen obendrein häufig nicht ungefährlich, doch ging es schnell, war leichter als die Arbeit in einer der ausbeuterischen Fabriken und – zumindest kurzfristig gesehen – deutlich einträglicher.

Grelles Gelächter hallte im Raum.

Am Nebentisch ertränkte ein Mann, der nicht nach Hause gehen wollte, denn er hätte seiner Frau mitteilen müssen, dass er seinen Arbeitsplatz verloren hatte, seine Sorgen im Alkohol. Vermutlich vertrank er das Wenige, das ihm noch blieb, die Miete für die nächste Woche, das Essen für den nächsten Tag. Graue Hoffnungslosigkeit lag auf seinem Gesicht.

Ein junger Bursche, ein gewisser Joe, berichtete einem anderen namens Percy, wie er genug zu sparen gedachte, um einen eigenen Karren zu erwerben, um Besen weiter im Westen der Stadt zu verkaufen, wo es sicherer sei und er mehr verdienen könne. Eines Tages werde er fortziehen und woanders eine Unterkunft finden, vielleicht in Kentish Town, wenn nicht gar in Pinner.

Pitt erhob sich, um das Lokal zu verlassen. Mehr würde er kaum erfahren, und bestimmt würde nichts dabei sein, was Narraway nicht ohnehin wusste. Im Londoner Osten herrschten Elend und hilflose Wut, der geringste Anlass genügte, um einen Aufruhr losbrechen zu lassen. Man würde ihn mit Gewalt niederschlagen, und dabei würden hunderte ums Leben kommen. Danach würde die Wut unter der Oberfläche weiterglimmen bis zum nächsten Mal.

Die Zeitungen würden den einen oder anderen Bericht bringen, Politiker ihr Bedauern äußern und sich dann wieder an die ernsthafte Aufgabe machen, dafür zu sorgen, dass alles möglichst blieb, wie es war.

Mit hängenden Schultern und gesenktem Kopf stapfte Pitt zurück zur Heneagle Street.

Zumindest auf den ersten Blick schienen die Äußerungen über die Zuckersiederei mit dem Übrigen, was gesagt worden war, nichts zu tun zu haben. Doch waren sie mit solcher Bitterkeit und solchem Nachdruck hervorgestoßen worden, dass er noch Tage später daran denken musste. Aus Gesprächsfetzen, die er an verschiedenen Orten, an die ihn seine Arbeit führte, aufgeschnappt hatte, wusste er, wie viele Menschen auf die eine oder andere Weise von den drei Zuckersiedereien in Spitalfields abhingen. Das Geld, das sie dort verdienten, wurde in den Läden, den Schänken und auf den Straßen des Viertels ausgegeben.

Steckte hinter diesen Äußerungen mehr als die bloße Bitterkeit über diese Art von Abhängigkeit und die Angst, man könne ihnen die einzige Einkommensquelle nehmen? Oder war da noch etwas anderes? War der Hinweis, dass der Tag der Abrechnung kommen würde, nichts als Maulheldentum und Empörung? Gründete er sich womöglich auf Tatsachen?

Pitt musste an Narraways Worte denken, man habe es nicht nur mit dem üblichen Groll zu tun, sondern sehe sich einer zunehmenden Gefahr gegenüber. Die Umstände hatten sich geändert, die Bevölkerung war gemischter als früher, und das hatte zu einer explosiveren Atmosphäre geführt.

Aber was hätte er Narraway sagen können? Dass er mit seinen Befürchtungen Recht hatte? In dem Fall hieß die Lösung Reform und nicht Polizeieinsatz. Die Grundlagen zu ihrer Zerstörung hatte die Gesellschaft selbst gelegt – die Anarchisten legten lediglich das Feuer an die Lunte.

Vielleicht, überlegte Pitt, könnte es nützlich sein, sich die Zuckersiederei in der Brick Lane etwas genauer anzusehen. Es mochte lohnen, etwas mehr über sie in Erfahrung zu bringen, die Stimmung der Männer zu erkunden, die dort arbeiteten.

Welche bessere Möglichkeit dazu gäbe es, als so zu tun, als suche er selbst dort eine Anstellung? Zwar verstand er nichts von der Zuckerfabrikation, aber vielleicht gab es eine einfache Aufgabe, die er erledigen konnte.

Früh am nächsten Morgen suchte er das sechsstöckige Gebäude auf, von dessen quadratischen Fenstern aus man einen Blick über ganz London hatte. Der Geruch nach Zuckerrohrsirup lag in der Luft. Es roch, als faulten Tonnen um Tonnen von Kartoffeln.

Pitt konnte ohne weiteres in den Hof eintreten. Riesige Fässer waren dort aufgestapelt, und Fuhrwerke, die gerade vom Hafen heraufgekommen waren, wurden entladen. Männer schleppten und hoben, knarrend drehten sich Kräne.

Mit den Worten: »He, was willst du hier?«, stellte sich ihm

ein vierschrötiger Mann in den Weg. Er trug eine verschossene braune Hose und eine speckige Lederweste.

»Ich heiße Thomas Pitt und suche Arbeit.« Das entsprach fast der Wahrheit.

»Ach ja? Was kannst du denn?« Er musterte Pitt abschätzig von Kopf bis Fuß. »Du bis nich von hier.« Es klang wie eine Beschuldigung. »Wir ha'm übrigens genug Leute«, schloss er.

Pitt ließ den Blick über die hohen Mauern des Gebäudes gleiten, den gepflasterten Hof, die riesigen Tore im Erdgeschoss, die weit offen standen und durch die unablässig Männer hineingingen und herauskamen.

»Arbeitet ihr die ganze Nacht durch?«, fragte er neugierig.

»Nur an den Kesseln. Da darf das Feuer auf keinen Fall ausgeh'n. Warum fragst du? Willst du Nachtschicht schieben?«

Das war zwar keineswegs Pitts Absicht, aber seine Neugier veranlasste ihn, weiter zu fragen.

»Wieso, gibt es auf der Nachtschicht Arbeit?«

Der Mann sah ihn an. »Möglich. Willst du einspringen, wenn einer von den Leuten krank wird?«

»Ja«, sagte Pitt sofort.

»Wo wohnst du denn?«

»Heneagle Street, hier gleich um die Ecke.«

»Mhm. Na ja, vielleicht geben wir dir Bescheid ... oder vielleicht auch nicht. Meld dich da drin.« Er wies auf eine kleine Tür in der Seite des Gebäudes.

»Wird gemacht«, gab Pitt zurück. »Danke.«

Mehrere Tage lang meldete sich niemand. Die Arbeit in Sauls Seidenweberei war abwechslungsreicher, als er angenommen hatte. Er bewunderte die leuchtend bunten feinen Fäden und sah zu, wie daraus Brokat gewebt wurde, wobei herrliche Muster entstanden.

Saul beobachtete ihn belustigt. Im Unterschied zu sonst wirkten die Züge seines dunklen, schmalen Gesichts entspannt.

»Sie sind wohl nicht von hier«, sagte er eines Montagnachmittags Anfang Juni. »Warum tun Sie diese Arbeit? Es ist nicht Ihr Beruf.«

»Von irgendetwas muss ich leben«, erwiderte Pitt und wandte sich ab. Er mochte Saul, der immer sehr anständig zu ihm gewesen war, erinnerte sich aber auch an Narraways Mahnung, keinem Menschen zu trauen. »Isaak hat gesagt, es sei schwer, in der Zuckerfabrik Arbeit zu finden, wenn man dort niemand kennt.«

»Das stimmt«, gab ihm Saul Recht. »Alle wollen Arbeit, und auch das Leben eines Straßenhändlers ist hart. Man macht sich leicht Feinde. Jeder hat seinen eigenen Bezirk, und schon so manchem hat man die Kehle durchgeschnitten, weil er im Bezirk eines anderen erwischt worden ist.«

Pitt fragte sich, welche Art Druck Narraway ausgeübt haben mochte, um Saul zu veranlassen, dass er ihm Arbeit gab. Ihm fiel auf, dass die meisten Juden, zu denen er bei seinen Botengängen kam, ihre eigenen Leute beschäftigten. Allerdings war das auch bei anderen Minderheiten üblich.

»Das glaube ich«, sagte er und lächelte. »Die Straße zu fegen ist hier in Spitalfields auch kein Zuckerlecken.«

»Es gibt Schlimmeres«, knurrte Saul.

Pitt sah ihn ungläubig an.

»Das können Sie ruhig glauben«, sagte Saul mit unerwartetem Nachdruck, wobei seine Augen glänzten. »Zugegeben, Spitalfields ist arm, schmutzig und stinkt zum Himmel, aber man ist hier sicherer als an so manchem Ort, wo ich gelebt habe ... jedenfalls im Augenblick. Hier kann man seine Meinung sagen, lesen, wonach einem der Sinn steht, und auf die Straße gehen, ohne dass man Angst haben muss, verhaftet zu werden.« Mit hängenden Schultern und angespanntem Gesicht beugte er sich vor. »Vielleicht wird man ausgeraubt, von Straßenlümmeln und religiösen Eiferern überfallen ... das kommt vor.« Er stieß einen leisen Seufzer aus. »Das ist aber wahrscheinlich an anderen Orten auch nicht besser. Zumindest passiert es hier nur von Zeit zu Zeit und ist nicht staatlich organisiert«, fügte er mit schiefem Lächeln hinzu. »Manche Polizisten sind bestechlich und die meisten unfähig – aber heimtückisch sind sie nicht, wenn man von Einzelfällen absieht.«

»Bestechlich?«, fragte Pitt unwillkürlich. Im nächsten Augenblick bedauerte er seine Äußerung.

Saul schüttelte den Kopf. »Sie sind wirklich nicht von hier, was?«

Pitt sagte nichts.

»Hier passiert so allerlei«, fuhr Saul fort. »Man zieht am besten den Kopf ein und kümmert sich um seine eigenen Angelegenheiten. Sollten Herren aus dem Westen hier auftauchen, ist es das Beste, Sie sehen sie nicht und wissen nichts davon. Haben Sie verstanden?«

»Sie meinen, wegen Frauen?« Pitt war überrascht. Es gab zwischen dem Haymarket und dem Hyde Park und auch an anderen Orten des Westens mehr als reichlich gehobene Prostituierte. Dafür brauchte niemand hierher zu kommen, wo es finster, schmutzig und möglicherweise auch gefährlich war.

»Unter anderem.« Saul biss sich auf die Lippe und ließ seinen Blick schweifen. »Hauptsächlich sind es Dinge, nach denen man besser nicht fragt. Wie gesagt, am besten weiß man von nichts.«

Pitts Gedanken überstürzten sich. Sprach der Mann von privaten Lastern oder über Pläne zum öffentlichen Aufruhr, den Narraway befürchtete?

»Wenn es etwas mit mir zu tun hat, geht es mich auch an«, sagte Pitt.

»Dann müssen Sie eben wegsehen.« Sauls Gesicht war ernst, die Eindringlichkeit seines Rats war unüberhörbar.

»Bombenwerfer gehen jeden an«, sagte Pitt ruhig. Im selben Augenblick fürchtete er, zu weit gegangen zu sein.

Saul war verblüfft. »Wer spricht von Bombenwerfern! Ich meine Herren aus dem West End, die nachts in großen schwarzen Kutschen durch Spitalfields fahren und Dinge tun, vor denen der Teufel Reißaus nehmen würde.« Seine Stimme zitterte. »Wer seine Arbeit tut und seine Nase nur in die eigenen Angelegenheiten steckt, dem passiert nichts. Falls die Polizei Sie fragen sollte, wissen Sie von nichts. Sie haben nichts gehört und nichts gesehen. Noch besser ist, Sie waren gar nicht da!«

Pitt ging der Sache nicht weiter nach. Am Abend, es war gegen Ende der Mahlzeit, kam ein Bekannter Isaaks blutend und mit zerrissenen Kleidern an die Tür.

»Samuel, was ist passiert?«, fragte Lea bestürzt und sprang von ihrem Stuhl am Esstisch auf, als Isaak den Mann hereinführte. »Man könnte glauben, dass dich ein Fuhrwerk überfahren hat.« Sie sah ihn besorgt an und überlegte, was sie für ihn tun könnte.

»Ich hatte Ärger mit ein paar Männern von hier«, sagte Samuel und betupfte sich mit einem blutbefleckten Taschentuch die Lippen. Als er zu lächeln versuchte, zuckte er zusammen.

»Lass mich mal sehen«, sagte Lea. »Isaak, hol mir Wasser und Salbe.«

»Hat man dich ausgeraubt?«, fragte Isaak, ohne ihrer Aufforderung zu folgen.

Samuel zuckte die Achseln. »Ich lebe. Es könnte schlimmer sein.«

»Wie viel?«, fragte Isaak.

»Darauf kommt es jetzt nicht an«, wies Lea ihn zurecht. »Darüber reden wir später. Hol jetzt Wasser und Salbe. Der Mann hat Schmerzen, und sein ganzes Hemd ist voll Blut. Weißt du, wie schwer es ist, das aus gutem Stoff herauszubekommen?«

Pitt wusste, wo die Pumpe und die Wasserkanne war. Er ging zur Hintertür hinaus und kehrte bald darauf mit der Kanne voll Wasser zurück. Er hatte keine Vorstellung, ob es sauber war.

Als er zurückkam, hatten Lea und Isaak die Köpfe zusammengesteckt und sprachen leise miteinander. Samuel hatte sich mit geschlossenen Augen auf dem Stuhl zurückgelehnt. Die Unterhaltung brach ab, als Pitt den Raum betrat.

»Ah, gut, gut«, sagte Isaak rasch und nahm die Kanne. »Vielen Dank.« Er stellte sie hin, goss eine kleine Menge in einen sauberen Topf und setzte ihn aufs Feuer. Lea hatte die Salbe bereits zur Hand.

»Es ist zu viel«, sagte sie und nahm offenbar den Gesprächsfaden an der Stelle auf, an der ihn Pitts Eintreten unterbrochen hatte. Es schien ihr nichts auszumachen, dass er noch im Raum war. Ihre Finger umklammerten den Salbentopf, während sie leise sagte: »Wenn du diesmal so viel gibst, was ist dann beim nächsten Mal? Und es gibt ein nächstes Mal, das ist sicher.«

»Darüber denken wir nach, wenn es so weit ist«, sagte Isaak fest. »Gott wird geben.«

Lea stieß einen Laut der Ungeduld aus. »Er hat dir bereits ein

Gehirn gegeben! Benutze es. Es wird immer schlimmer, das weißt du ebenso gut wie jeder andere«, sagte sie mit Nachdruck. »Die Katholiken und Protestanten gehen sich gegenseitig an die Gurgel, überall wimmelt es von Bombenwerfern, einer ist verrückter als der andere, und jetzt heißt es schon, sie wollen die Zuckerfabrik in die Luft jagen …« Lea hatte Pitt, der an der Kommode lehnte, den Rücken zugekehrt.

»Ach was, kein Mensch will die Zuckerfabrik in die Luft jagen!«, widersprach Isaak mit eindringlicher Stimme und warf ihr einen warnenden Blick zu.

»Ach! Und woher willst du das wissen?«, fragte sie mit gehobenen Brauen.

»Warum sollten sie?«, gab er mit ruhiger Stimme zurück.

»Brauchen die etwa einen Grund?«, fragte sie verblüfft. Sie hob die Schultern. »Es sind Anarchisten. Sie hassen jeden.«

»Uns geht das nichts an«, erklärte er. »Wir kümmern uns um unsere eigenen Angelegenheiten.«

»Wenn die Zuckerfabrik in die Luft gejagt wird, geht das jeden an!«, gab sie zurück.

»Genug, Lea«, sagte er in einem Ton, der anzeigte, dass er das Gespräch beenden wollte. Es klang wie ein Befehl. »Kümmere dich um Samuel. Ich geb ihm etwas Geld, damit er nicht mittellos dasteht. Die anderen werden auch helfen. Jeder tut, was er zu tun hat.«

Sie sah ihn eine Weile an, als wollte sie weitersprechen, doch etwas in seinem Gesicht brachte sie davon ab.

Das Wasser begann zu sieden, und Pitt nahm es vom Herd, damit sich Lea um Samuels Verletzungen kümmern konnte.

Eine Stunde später bot er in dem Raum, in dem Isaak seine Buchführung zu erledigen pflegte, seinem Wirt einige Shilling als Beitrag zur Unterstützung Samuels an. Er war hocherfreut, als Isaak das Geld annahm. Es bedeutete, dass er dazugehörte.

Tellman sagte niemandem etwas über sein Interesse an John Adinett oder seine Unterhaltung mit dem Droschkenkutscher. Erst drei Tage später konnte er die Sache weiterverfolgen, denn Wetron hatte ihn eingehend über die Arbeit an seinem gegenwärtigen Fall befragt und einen genauen Nachweis für die damit zugebrachte Zeit verlangt. Er hatte dem Vorgesetzten die gewünschten Auskünfte korrekt und ohne unnötige Freundlichkeit erteilt. Der Mann saß auf Pitts Stuhl, auf den er kein Anrecht hatte. Möglicherweise hatte er diese Position nicht angestrebt, aber das entschuldigte ihn in Tellmans Augen nicht. Er hatte ihm verboten, Kontakt zu Pitt aufzunehmen und sich weiter mit dem Fall Adinett zu beschäftigen. Das ging ihm gegen den Strich, und so sah er dem Mann mit stummer Auflehnung in das glatt rasierte Mondgesicht.

Am späten Dienstagnachmittag hatte er wieder etwas Zeit für sich. Als Erstes kaufte er bei einem Straßenhändler ein Schinkenbrot und einen Becher frischen Pfefferminztee. Während er langsam in Richtung Oxford Street ging, überlegte er gründlich.

Er war die Notizen, die er im Verlauf der Untersuchung gemacht hatte, noch einmal durchgegangen und hatte dabei festgestellt, dass es in Adinetts Tagesablauf gewisse Zeiträume gab, über die nichts bekannt war – bisweilen immerhin vier oder fünf Stunden. Damals war ihnen das nicht wichtig erschienen, weil ihr Ziel darin bestanden hatte, möglichst viele Einzelheiten zusammenzutragen und die Indizien zu erhärten. Festzustellen, wo sich Adinett jeweils aufgehalten hatte, gehörte nicht zu ihren Aufgaben.

Tellman verlangsamte den Schritt. Er hatte keine Vorstellung, wohin er ging, ihm kam es darauf an, Pitt zu helfen und nicht mit leeren Händen vor Gracie dazustehen.

Welchen Grund mochte ein Mann wie John Adinett gehabt haben, dreimal in die Cleveland Street zu fahren? Wer lebte dort? Frönte er möglicherweise irgendwelchen Perversionen, die Fetters auf die eine oder andere Weise entdeckt hatte?

Noch während er sich die Frage stellte, verneinte er sie. Warum hätte so etwas Fetters überhaupt interessieren sollen? Wenn sein Tun nicht gegen die Gesetze verstieß, ging es niemanden etwas an, und möglicherweise nicht einmal dann.

Aber vielleicht hatte Fetters etwas über Adinett in Erfahrung gebracht, was er keinesfalls wissen durfte, beispielsweise eine Straftat. Aber welche mochte das sein?

Er ging etwas rascher. Vielleicht ließ sich die Antwort in der

Cleveland Street finden. Dieser Punkt war bisher als Einziger nicht aufgeklärt.

In der Oxford Street bestieg er einen Pferde-Omnibus in Richtung Osten und stieg in Holborn um. Noch während er Spitalfields und Whitechapel entgegenfuhr, ging er die Frage immer wieder durch.

Die Cleveland Street erwies sich als ganz gewöhnliche Straße: Wohnhäuser und Läden, alt und schmutzig, aber vergleichsweise achtbar. Wen mochte Adinett dreimal besucht haben?

Tellman betrat das erste Geschäft. Es war eine Eisenwarenhandlung.

»Was kann ich für Sie tun, Sir?« Ein müde wirkender Mann mit schütterem Haar hob den Blick von einem Kessel, den er flickte.

Tellman kaufte einen Löffel, den er eigentlich nicht brauchte. »Meine Schwester überlegt, sich hier niederzulassen«, log er. »Ich hab ihr versprochen, mich mal umzusehen. Ist das hier eine ruhige Gegend?«

Der Mann dachte einen Augenblick nach, den runden Metallflicken in der einen Hand, den Kessel in der anderen.

Tellman wartete.

Der Mann seufzte. »Früher war das hier ruhig«, sagte er betrübt. »Seit fünf oder sechs Jahren nicht mehr. Hat Ihre Schwester Kinder?«

»Ja«, sagte Tellman rasch.

»Dann sollte sie besser ein paar Straßen weiter suchen.« Er wies mit dem Kopf in die angegebene Richtung. »Vielleicht im Norden oder im Osten. Möglichst weit von der Brauerei und der Mile End Road weg. Da ist zu viel los.«

Tellman zog die Stirn kraus. »Sie hatte an die Cleveland Street gedacht. Die Häuser sehen hier ganz ansprechend aus. Vermutlich kommen sie auch preislich hin. Aber Sie sagen, dass es hier unruhig ist?«

»Jeder, wie er will«, zuckte der Mann die Achseln. »Ich wohn nu mal hier, aber ich würd jetzt nich hierher zieh'n.«

Tellman beugte sich vor und fragte leise: »Heißt das, dass es hier Häuser mit schlechtem Ruf gibt?«

Der Mann lachte. »Früher mal. Die sind jetzt weg. Warum?«

»War nur so ein Gedanke.« Tellman tat einen Schritt zurück. »Und woher kommt dann der ganze Verkehr? Sie haben gesagt, dass in letzter Zeit hier viel los war.«

»Was weiß ich«, schränkte der Mann seine frühere Auskunftsfreude ein. Er hatte es sich offenbar anders überlegt. »Vermutlich sind es einfach Besucher.«

»Kutschen und so?« Tellman bemühte sich, unschuldig dreinzusehen.

Das war ihm wohl nicht gelungen, denn er bekam keine weitere Auskunft. »Nich mehr wie woanders auch.« Der Mann wandte seine Aufmerksamkeit erneut dem Kessel zu und mied Tellmans Blick. »Inzwischen is es ruhiger. Vor 'ner Weile war hier ziemlich viel los. Vergessen Sie am besten, was ich gesagt hab. Soweit ich weiß, is hier im Augenblick sowieso nix zu verkaufen, aber wenn der Preis stimmt, sollten Sie ruhig zugreifen.«

»Danke«, sagte Tellman höflich. Es hatte keinen Sinn, sich jemanden zum Feind zu machen. Er konnte nie wissen, ob er nicht noch einmal mit dem Mann würde sprechen wollen. Er verließ den Laden und ging langsam die Straße entlang, sah von einer Seite zur anderen und überlegte, was Adinett dort gesucht haben mochte und aus welchem Grund.

Er sah mehrere Wohnhäuser, ein, zwei Läden, ein Maleratelier, einen kleinen Hof mit der Werkstatt eines Böttchers, einen Tonpfeifenmacher und einen Schuster. Es hätte eine beliebige von tausend Straßen in den ärmeren Vierteln Londons sein können. In der Luft lag der süßliche, abgestandene Geruch, der von der Brauerei herüberwehte.

Am Ende der Straße, wo die Devonshire Street abging, blieb er stehen und kaufte bei einem Straßenhändler ein belegtes Brot.

»Da hab ich aber Glück gehabt, dass Sie da sind«, knüpfte er ein Gespräch an. »Verkaufen Sie hier viel? Ich seh kaum jemand.«

»Meistens hör ich unten an der Mile End Road auf«, gab der Händler zurück. »Ich bin auf dem Heimweg. Sie haben das Letzte erwischt.« Er lächelte und zeigte seine schadhaften Zähne.

»Ich such schon den ganzen Abend nach einem Freund von meinem Chef«, sagte Tellman säuerlich. »Der hat bei dem vor ein paar Wochen seine Uhrkette verloren. ›Fahren Sie hin und suchen Sie sie‹, hat er mir gesagt. ›Ich hab die da bestimmt liegen lassen.‹ Dann hat er mir die Adresse von dem Mann aufgeschrieben, und ich hab den Zettel verloren.«

»Wie heißt der denn?«, fragte der Straßenhändler und sah Tellman mit großen, blauen Augen an.

»Keine Ahnung, hab den Zettel verloren, bevor ich ihn lesen konnte.«

»'ne Uhrkette?«

»Ja. Warum? Wissen Sie, wo die sein könnte?«

Der Mann zuckte die Achseln und zeigte erneut die Zähne. »Nee. Wie sieht Ihr Chef denn aus?«

Tellman gab ihm eine Beschreibung Adinetts. »Groß, ist sehr gut gekleidet, hat einen kleinen Schnurrbart. Geht mit hoch erhobenem Kopf, die Schultern nach hinten gedrückt, ganz wie ein Offizier.«

»Den hab ich gesehen.« Der Mann sah selbstzufrieden drein. »Aber nich in den letzten Wochen«, fügte er hinzu.

»Er war also hier?« Tellman bemühte sich, nicht zu eifrig zu erscheinen, konnte aber die Neugier in seiner Stimme nicht unterdrücken. »Sie haben ihn gesehen?«

»Sag ich doch. Sagten Sie nich, er wär Ihr Chef und hätte Sie geschickt, damit Sie seine Uhrkette suchen?«

»Ja. Aber wenn Sie ihn gesehen haben, wissen Sie vielleicht, in welchem Haus er war?« Tellman versuchte, seinen Fehler wieder gutzumachen. »Er ist ziemlich aufbrausend, und wenn ich ohne die Kette oder eine gute Erklärung wiederkomme, warum ich sie nicht habe, wird er sagen, dass ich sie gestohlen habe.«

Mitfühlend schüttelte der Straßenhändler den Kopf. »Manchmal bin ich froh, dass ich keinen Chef hab. Es gibt gute Tage und schlechte Tage, aber niemand sitzt mir im Nacken.« Er wies die Straße hinab. »Das Haus da drüben. Nummer sechs. Tabak und Süßwaren. Da kommt und geht so manch einer. In dem Haus da war auch der ganze Ärger vor vier oder fünf Jahren.«

»Was für ein Ärger?«, fragte Tellman beiläufig, als interessiere es ihn nicht wirklich.

»Tag und Nacht sind Kutschen gekommen, und manchmal hat es auch Schlägereien gegeben«, antwortete der Mann. »Inzwischen is in Spitalfields viel mehr los. Aber damals war es hier ziemlich schlimm. Ständig wurde rumgebrüllt und geflucht.« Er verzog das Gesicht. »Das Komische war nur, die waren alle nich von hier! Kein Einziger.« Er sah Tellman fragend an. »Warum sollte ein Haufen Fremder herkommen, bloß um zu streiten? Danach waren sie, husch, gleich wieder weg.«

Tellman spürte, wie ihm das Herz in der Brust schlug.

»Beim Tabakhändler?« Seine Stimme gehorchte ihm nicht. Es war lächerlich. Vermutlich hatte es nichts zu bedeuten.

»Soweit ich weiß.« Der Straßenhändler nickte und sah ihn nach wie vor aufmerksam an. »Jedenfalls war Ihr Chef bei dem drin. Er hat mich dasselbe gefragt wie Sie, und wie ich es ihm gesagt hab, ist er los, als wenn der Teufel hinter ihm her wär.«

»Aha. Vielen Dank. Hier.« Tellman nahm eine Sixpence-Münze aus der Tasche. Seine Finger zitterten. Das Trinkgeld war übertrieben hoch, aber er empfand mit einem Mal Zuversicht, und er war dankbar. »Trinken Sie ein Bier auf mein Wohl. Wahrscheinlich haben Sie mir viel Ärger erspart.«

»Danke.« Der Mann nahm die Münze und ließ sie sogleich verschwinden. »Auf Ihre Gesundheit.«

Tellman nickte und ging rasch zur angegebenen Stelle. Von außen sah das Haus aus wie alle anderen – ein kleiner Tabak- und Süßwarenladen mit Wohnräumen im ersten Stock. Was zum Kuckuck mochte John Adinett hier so heftig interessiert haben? Vielleicht lohnte es sich, einmal dort nachzusehen, wenn der Laden geöffnet war. Er würde am nächsten Tag eine Möglichkeit finden zurückzukehren, ohne dass Wetron davon erfuhr.

Mit beschwingten Schritten kehrte er zur Mile End Road zurück.

Es kostete ihn erhebliche Mühe, am nächsten Tag in die Cleveland Street zurückzukehren, und er musste sogar seinen Vorgesetzten belügen. Als er vor dem Haus stand, schien der Laden wie tausend andere zu sein.

Er kaufte für drei Pence Pfefferminzbonbons und versuchte, ein Gespräch mit dem Inhaber anzuknüpfen, aber außer dem Wetter gab es nur wenig Gesprächsstoff. In seiner Verzweiflung kam er von der Hitze auf Fieber zu sprechen und äußerte, wie schrecklich es sei, dass der arme Prinzgemahl Albert an Typhus gestorben war.

»Niemand ist seines Lebens sicher«, sagte er und kam sich töricht dabei vor.

»Wie auch?«, fragte der Mann kummervoll und kaute auf seiner Lippe herum. »Der königlichen Familie geht es in mancher Hinsicht nicht besser wie Ihnen oder mir. Sicher, die können sich besseres Essen und bessere Kleidung leisten.« Dabei befingerte er den dünnen Stoff seines Jacketts. »Aber sie werden krank wie wir und sterben wie wir. Die können einem Leid tun.« Dies offenkundige Mitleid erschien Tellman sonderbar bei einem Mann in einer solchen Gegend, der schwer für seinen Lebensunterhalt arbeiten musste und offensichtlich kaum etwas besaß. An einem solchen Ort hätte er keinesfalls Mitgefühl für diejenigen erwartet, die alles zu haben schienen.

»Meinen Sie, dass die genauso Ärger haben wie wir?«, fragte er mit möglichst unbeteiligter Stimme.

»Jemand wie Sie kann doch kommen und gehen, wie er will, stimmt's?«, fragte der Mann und sah Tellman mit überraschend hellen grauen Augen an. »Kann glauben, wonach ihm der Sinn steht, Katholik, Protestant, Jude oder gar nix. An 'nen Gott mit sechs Armen, wenn ihm danach ist. Und die Frau, die so jemand heiratet, kann auch glauben, worauf sie Lust hat, oder etwa nicht?«

Mit einem Mal sah Tellman Gracies kleines Gesicht mit den leuchtenden Augen und dem kräftigen Kinn vor sich. Sogleich ärgerte er sich über seine Schwäche. Das war lachhaft. Sie waren in nichts einer Meinung. Bestimmt würde sie das Mitgefühl des Tabakhändlers teilen. Ihr schien das Dasein eines Dienstboten völlig in Ordnung zu sein, während Tellman die bloße Vorstellung empörte, jemand, ob Mann oder Frau, könne genötigt sein, Dinge für andere zu holen oder zu bringen, sie mit ›gnä'ger Herr‹ und ›gnä'ge Frau‹ anzureden und hinter ihnen sauber zu machen.

»Selbstverständlich!«, sagte er weit schärfer, als es seine Absicht gewesen war. »Aber ich würde keine Frau heiraten wollen, die meine Überzeugungen nicht teilen kann. Wichtiger als die Religion ist, ob sich Menschen richtig oder falsch verhalten, ob sie wissen, was sich gehört und was nicht.«

Der Mann lächelte und schüttelte geduldig den Kopf.

»Wenn Sie sich verlieben, is es Ihnen bestimmt egal, woher sie kommt oder was sie glaubt, dann wollen Sie einfach mit ihr zusammen sein.« Seine Stimme klang sanftmütig. »Wenn Sie sich mit ihr über Recht und Unrecht streiten, lieben Sie sie nich. Sie kann dann 'ne gute Freundin sein, aber heiraten werden Sie sie nich.« Erneut den Kopf schüttelnd, sagte er: »Außer sie hat Geld oder dergleichen – dagegen hat ja wohl keiner was, oder?« Seiner Stimme war anzuhören, was er davon hielt.

Tellman war gekränkt. »Ich würde nie für Geld heiraten!«, sagte er aufgebracht. »Ich halte es einfach für wichtig, dass jemand einen Sinn für Recht und Unrecht hat. Wenn man sein ganzes Leben mit einem Menschen zubringen und Kinder mit ihm aufziehen will, muss man in solchen Dingen schon derselben Meinung sein.«

Der Tabakhändler seufzte tief auf. Sein Lächeln verschwand. »Sie könnten Recht haben. Sich verlieben kann weiß Gott für reichlich Kummer sorgen, wenn man nich dieselbe Überzeugung hat und aus verschiedenen Gesellschaftsschichten stammt.«

Als die Ladentür hinter ihm aufging, steckte Tellman ein Pfefferminzbonbon in den Mund und sah sich automatisch um. Er kannte den Mann, der da hereinkam, konnte ihn aber nicht unterbringen.

Mit den Worten »Guten Tag, Sir«, wandte sich der Tabakhändler dem neuen Kunden zu. »Sie wünschen?«

Der Mann zögerte, sah auf Tellman, dann wieder auf den Tabakhändler. »Der Herr war vor mir da«, sagte er höflich.

»Ich habe ihn schon bedient«, gab der Tabakhändler zurück. »Was kann ich für Sie tun?«

Mit einem erneuten Blick auf Tellman sagte der Mann: »Nun ja. Ein halbes Pfund Tabak …«

Der Tabakhändler riss die Augen weit auf. »Ein halbes

Pfund? Gern, Sir. Welche Sorte? Ich hab alles da – Virginia, Orient –«

»Virginia«, fiel ihm der Mann ins Wort und nahm Geld aus der Tasche.

Tellman wusste, dass er die Stimme schon einmal gehört hatte. Es dauerte eine Weile, bis ihm einfiel, wo das gewesen war. Der Mann war Lyndon Remus, ein Journalist, der Pitt im Fall des Mordes am Bedford Square nicht von den Fersen gewichen war und ihm unablässig Fragen gestellt hatte. Er hatte in einem Artikel auf einen möglichen Skandal hingewiesen und damit viel Schaden angerichtet.

Was der hier in Mile End wollte? Bestimmt keinen Tabak kaufen, und schon gar nicht ein halbes Pfund. Der Mann konnte Virginia nicht von Orient unterscheiden. Offenbar hatte er etwas anderes gewollt und war bei Tellmans Anblick auf diesen Ausweg verfallen.

»Danke«, sagte Tellman zu dem Tabakhändler. »Auf Wiedersehen.« Er trat auf die Straße hinaus und ging knapp fünfzig Meter weiter. Dort stellte er sich in eine Toreinfahrt, von wo aus er Remus herauskommen sehen konnte, ohne selbst entdeckt zu werden.

Nach etwa zehn Minuten fragte er sich, ob der Tabakladen womöglich einen Hinterausgang hatte. Was konnte Remus so lange dort wollen? Auf diese Frage gab es nur eine annähernd sinnvolle Antwort – er war aus demselben Grund da wie er. Er witterte eine Geschichte, einen Skandal, vielleicht eine Erklärung für einen Mord. Es musste mit John Adinett zu tun haben, denn es war unwahrscheinlich, dass in diesem kleinen Tabakladen zwei Mörder ein und aus gegangen waren.

Die Zeit verging. Nach weiteren zehn Minuten kam Remus endlich heraus. Er sicherte vorsichtig nach links und rechts, überquerte dann die Straße und ging in Richtung Süden. Er kam auf Armeslänge an Tellman vorbei und blieb mit einem Mal stehen, als ihm aufging, wen er vor sich hatte.

Tellman lächelte. »Na, einer guten Geschichte auf der Spur, Mr. Remus?«, fragte er.

Auf Remus' sommersprossiges Gesicht trat der Ausdruck blanken Unverständnisses. Dann gewann er seine Fassung zurück. »Weiß nicht«, sagte er lässig. »Ich habe viele Ideen, doch sind die im Augenblick noch unausgereift. Aber wenn Sie hier sind, hat das vielleicht etwas zu bedeuten.«

»Leck-«, setzte Tellman an.

»Na, hören Sie mal!«, begehrte Remus auf.

»Leckereien«, fuhr Tellman unbeirrt fort. »Ich hab in dem Laden Pfefferminzbonbons gekauft.«

Remus' Gesichtsausdruck glättete sich.

»Ach so.«

»Besser als Tabak«, fuhr Tellman fort. »Ich kann keine zwei Tabaksorten auseinander halten – und Sie auch nicht.«

»Ist das eigentlich Ihr Bezirk?«, wich Remus einer Antwort aus. »Sie arbeiten wohl immer noch am Fall Adinett? Ein interessanter Mann.« Seine Augen zogen sich zu schmalen Schlitzen zusammen. »Aber warum der ganze Ärger? Er ist doch verurteilt. Was wollen Sie da noch?«

»Ich?«, tat Tellman erstaunt. »Nichts. Wieso? Gibt es Ihrer Ansicht nach etwas aufzuklären?«

»Das Motiv«, sagte Remus. »War Fetters hier?«

»Wie kommen Sie darauf? Hat Ihnen der Tabakhändler etwas in der Richtung gesagt?«

Remus hob die Brauen. »Danach habe ich ihn nicht gefragt.«

»Sie sind also nicht hinter Fetters her«, schloss Tellman.

Einen Augenblick lang war Remus aus dem Konzept gebracht. Er hatte mehr verraten, als es seine Absicht gewesen war. Er fasste sich rasch wieder und sah Tellman mit schlauem Lächeln an. »Fetters und Adinett – das ist doch ein und dasselbe, oder?«

»Sie haben nicht gesagt, dass Sie hinter Mr. Adinett her sind«, sagte Tellman.

Remus schob die Hände in die Taschen und setzte sich langsam in Richtung auf die Mile End Road in Bewegung. Tellman ging neben ihm her.

»Im Augenblick springt doch eigentlich nichts dabei heraus, oder?«, fragte Remus nachdenklich. »Weder für Sie noch für mich. Er müsste schon einen wirklich interessanten Grund gehabt haben, Fetters umzubringen, damit es sich für mich lohnt, darüber zu schreiben. Und wenn keine Beziehung zu einem anderen Verbrechen besteht, noch dazu einem ziemlich bedeutenden, würden Sie der Sache auch nicht weiter nachgehen … oder?«

Tellman hatte nicht die geringste Absicht, Remus etwas über Pitt zu sagen. »Klingt vernünftig«, gab er ihm Recht. »Immer vorausgesetzt, ich wollte nicht einfach Pfefferminzbonbons kaufen.«

»Wenn das mal stimmt«, sagte Remus mit schiefem Lächeln und beschleunigte den Schritt ein wenig. Sie gingen eine Weile schweigend nebeneinander her und überquerten eine Gasse, die auf die Brauerei zuführte. »Aber sehen Sie sich vor! Es gibt eine ganze Reihe einflussreicher Leute, die versuchen werden, Ihnen in den Arm zu fallen. Vermutlich hat Pitt Sie geschickt?«

»Und Sie sind im Auftrag von Mr. Dismore hier?«, gab Tellman zurück. Ihm waren die Worte des Droschkenkutschers eingefallen, der Adinett nach dessen letztem Besuch in der Cleveland Street zu Mr. Dismores Zeitung hatte fahren müssen.

Einen Augenblick wusste Remus nicht, was er sagen sollte, dann aber gab er harmlos zur Antwort: »Ich bin niemandem Rechenschaft schuldig. Ich dachte, einem so aufmerksamen Kriminalbeamten wie Ihnen wäre das bekannt!«

Tellman knurrte. Er war nicht sicher, was er glauben sollte, vermutete aber, dass der Journalist annahm, er sei einem Fall auf der Spur, über den er ihm nichts sagen wollte.

An der Mile End Road verabschiedete sich Remus und verschwand in der Menge der Menschen, die nach Westen strebten.

Einer Eingebung folgend, entschloss sich Tellman, ihm auf den Fersen zu bleiben. Das war schwieriger, als er angenommen hatte, teils wegen der vielen Fuhrwerke, hauptsächlich aber, weil Remus seine Absicht erkannt zu haben schien und sich die größte Mühe gab, ihn abzuschütteln.

Er musste mehrere Male ziemlich rasch laufen, hier und da jemanden bestechen und hätte ihn ohne eine Portion Glück dennoch aus den Augen verloren. Eine halbe Stunde später folgte er ihm in einer Droschke über die London Bridge. Unmittelbar hinter dem Bahnhof ließ Remus anhalten, stieg aus, entlohnte den Kutscher, eilte die Treppe zum Guy's Hospital empor und verschwand im Eingang.

Auch Tellman zahlte und ging in das Krankenhaus. Remus war nirgendwo zu sehen.

Tellman ging zur Pforte, beschrieb Remus und fragte den Pförtner, wohin er gegangen sei.

»Er hat sich nach der Verwaltung erkundigt«, erfuhr er. »Da entlang, Sir«, erklärte er und verdeutlichte die Auskunft mit einer Handbewegung.

Tellman dankte ihm und ging in die angegebene Richtung, fand aber trotz allen Suchens keine Spur von Remus, sodass er schließlich das Krankenhaus nach einer halben Stunde des Umherirrens durch die Gänge verließ und mit der Bahn nach Norden fuhr. Kurz vor sechs Uhr traf er in der Keppel Street ein.

Er wartete mehrere Minuten an der Hintertür, bis er den Mut aufbrachte anzuklopfen. Am liebsten hätte er eine Möglichkeit gehabt, mit Gracie zu sprechen, ohne Charlotte zu begegnen. Es war ihm peinlich, dass er nichts unternommen hatte, um Pitt zu helfen. Bestimmt war Charlotte bekümmert, und er wusste nicht, was er sagen oder tun könnte.

Lediglich die sehr lebhafte Vorstellung von Gracies Zorn verhinderte, dass er auf dem Absatz kehrtmachte und davonging. Irgendwann würde er ihr gegenübertreten müssen. Wenn er es hinausschob, würde es nur schwieriger. Er holte tief Luft, stieß den Atem aus, klopfte aber immer noch nicht an. Vielleicht sollte er noch mehr herausbekommen, bevor er mit ihr sprach?

Allzu viel hatte er schließlich nicht vorzuweisen. Er hatte nicht die geringste Vorstellung, was Remus im Guy's Hospital gewollt hatte, konnte es nicht einmal erraten.

Die Tür öffnete sich, und Gracie stieß einen lauten Schrei aus, als sie fast mit ihm zusammengestoßen wäre. Ein emaillierter Kochtopf fiel ihr aus der Hand und schepperte auf der steinernen Stufe.

»Ungeschickter Tölpel!«, fuhr sie ihn an. »Wozu stehen Sie hier und halten Maulaffen feil? Was ist mit Ihnen los?«

Er bückte sich, hob den Topf auf und gab ihn ihr. »Ich bin gekommen, um Ihnen zu erzählen, was ich herausgefunden habe«, sagte er schroff. »Und Sie sollten gute Töpfe nicht einfach fallen lassen. Das Email splittert ab, und dann sind sie nicht mehr zu gebrauchen.«

»Er wär mir nich runtergefallen, wenn Sie mir nich so ’nen Schreck eingejagt hätten«, hielt sie ihm vor. »Warum ha’m Se denn nich geklopft wie ’n normaler Mensch?«

»Das wollte ich ja gerade!« Eine richtige Lüge war das nicht. Natürlich hätte er irgendwann geklopft.

Sie maß ihn von Kopf bis Fuß. »Dann kommen Sie besser rein. Ich hoffe, Sie haben genug zu sagen, damit sich das auch lohnt.« Sie drehte sich um, sodass ihre Röcke schwangen, und trat ins Haus zurück. Er folgte ihr durch die Spülküche in die Küche und schloss beide Türen hinter sich. Von Charlotte war nichts zu sehen.

»Und reden Sie nich so laut!«, mahnte ihn Gracie, als könnte sie seine Gedanken lesen. »Die Gnädige is oben und liest Daniel und Jemima was vor.«

»Jemima kann selbst lesen«, sagte er verwirrt.

»Klar kann sie das!«, sagte sie, um Geduld bemüht. »Aber ihr Papa is nich zu Hause, und wir haben lange nix von ihm gehört. Kein Mensch weiß, was mit ihm is – ob sich jemand um ihn kümmert oder so. Da tut es Kindern gut, wenn man ihnen was vorliest!« Sie zog die Nase hoch und wandte sich ab, damit er nicht sehen konnte, dass ihr die Tränen über das Gesicht liefen. »Was haben Sie also rausgekriegt? Vermutlich woll’n Se ’ne Tasse Tee? Und ’n Stück Kuchen?«

»Gern.« Er nahm am Tisch Platz, während sie den Wasserkessel aufsetzte, die Teekanne, zwei Tassen und mehrere Stücke frischen Johannisbeerkuchen auf den Tisch stellte, wobei sie ihm ständig den Rücken zugekehrt hielt.

Er beobachtete ihre flinken Bewegungen, ihre schmalen Schultern unter dem Baumwollkleid, die Taille, die er mit den Händen hätte umschließen können. Wie gern hätte er sie getröstet, aber sie war viel zu stolz, als dass sie das zugelassen hätte. Was hätte er auch sagen können? Nie und nimmer würde sie ihm glauben, wenn er sagte, dass alles gut würde. In ihrem nahezu einundzwanzigjährigen Leben hatte sie so manche Tragödie miterlebt. Bisweilen siegte die Gerechtigkeit, aber keineswegs immer.

Er musste etwas sagen. Die Küchenuhr tickte. Allmählich begann der Kessel zu summen. In der Küche war es so warm und wohlriechend wie immer. Wie oft war er hier rundum glücklich gewesen, hatte sich richtig behaglich gefühlt, mehr als an jedem anderen Ort, an den er sich erinnern konnte.

Sie stellte die Teekanne mit solchem Nachdruck auf den Tisch, dass er fürchtete, sie werde in Stücke gehen.

»Sagen Sie es mir jetzt oder nicht?«, wollte sie wissen.

»Ja doch!«, knurrte er, verärgert über sein Begehren, sie zu berühren, freundlich zu ihr zu sein, liebevoll die Arme um sie zu legen und sie an sich zu drücken. Nach längerem Räuspern begann er: »Adinett hat mindestens dreimal die Cleveland Street in Mile End aufgesucht. Beim letzten Mal war er ganz offensichtlich über etwas erregt. Er ist von dort unmittelbar zu Thorold Dismore gegangen, dem Verleger der Zeitung, die immer gegen die Königin vom Leder zieht und behauptet, dass der Kronprinz zu viel Geld verbraucht.«

Sie stand ganz still, die Brauen gefurcht. Sie sah verwirrt drein.

»Was will 'n feiner Herr wie Mr. Adinett in Mile End? Huren gibt's sehr viel näher reichlich, und außerdem sind die nicht so verlottert! Ganz davon abgesehen riskiert er da draußen, dass man 'n um die Ecke bringt.«

»Als ob ich das nicht wüsste. Das ist aber noch nicht alles. Er hat dort kein Bordell aufgesucht, sondern einen Tabakladen.«

»Er is nach Mile End gefahren, um Tabak zu kaufen?«, fragte sie ungläubig.

»Nein«, korrigierte er sie. »Bestimmt wollte er da etwas anderes, aber ich weiß noch nicht, was. Als ich heute Nachmittag noch einmal dort war, kam doch tatsächlich Lyndon Remus in den Laden spaziert, der Journalist, der all den Unrat ausgegraben hat, als Mr. Pitt am Mordfall am Bedford Square gearbeitet hat.« Er beugte sich eindringlich vor und stützte die Ellbogen auf die gescheuerte Tischplatte. »Er hat kein Wort gesagt, solange ich da drin war, ist aber zwanzig Minuten geblieben, nachdem ich weg war. Ich weiß das, weil ich auf ihn gewartet habe. Ich habe ihn auch angesprochen.«

Fasziniert lauschte sie mit weit aufgerissenen Augen und hatte die Teekanne ganz vergessen. Erst das Pfeifen des Kessels brachte sie in die Gegenwart zurück. Sie zog ihn vom Feuer und vergaß ihn sofort wieder.

»So?«, fragte sie. »Was wollte er denn? Was is an Cleveland Street so Besonderes?«

»Das weiß ich noch nicht. Aber er ist ein Spezialist für Skandale, und ich nehme an, dass er einem auf der Spur ist. Er hat mich gefragt, was ich dort wollte. Wahrscheinlich war er ziemlich verblüfft, mich da zu sehen, und glaubt jetzt wohl, dass er auf der richtigen Fährte ist. Es hat mit Adinett zu tun, das hat er so gut wie zugegeben.«

Gracie setzte sich ihm gegenüber. »Weiter«, drängte sie.

»Ich bin ihm dann nach. Er hat mich abzuschütteln versucht, es aber nicht geschafft.«

»Und wo is er hin?« Sie ließ sein Gesicht nicht aus den Augen.

»Ans Südufer der Themse, in die Verwaltung vom Guy's Hospital … da hab ich ihn aus den Augen verloren.«

»Guy's Hospital«, wiederholte sie gedehnt. Schließlich stand sie auf, goss den Tee auf und stellte ihn auf den Tisch. »Warum nur wollte er verhindern, dass Sie erfahren, wohin er gegangen is?«

»Weil es etwas mit Adinett zu tun hat«, gab er zurück. »Und mit der Cleveland Street. Aber der Teufel soll mich holen, wenn ich weiß, was das ist.«

»Das müssen wir eben rauskriegen«, sagte sie, ohne zu zögern. »Wir müssen beweisen, dass Mr. Pitt Recht hatte, dass Adinett schuldig ist, und wir müssen den Grund wissen. Wollen Se 'n Stück Kuchen?«

»Ja, bitte.« Er nahm das größte Stück von dem Teller, den sie ihm hinhielt. Was das betraf, hatte er schon lange mit der Förmlichkeit gebrochen. Gracie buk den besten Kuchen, den er je gegessen hatte.

Sie sah ihn ernst an. »Sie kriegen doch bestimmt raus, was es is, nich wahr – ich meine, was wirklich passiert is und warum.«

Tellman wünschte, dass sie nur einen Bruchteil so viel Bewunderung für ihn aufbrachte wie für Pitt. Der Ausdruck auf ihrem Gesicht, auch wenn er auf Verzweiflung zurückging, war herrlich und zugleich beängstigend. Würde er diese Erwartung erfüllen können? Er wusste nicht recht, wie er weiter vorgehen sollte. Was hätte Pitt an seiner Stelle getan?

Er konnte Pitt gut leiden, das musste er sich eingestehen, auch wenn es ihm in Bezug auf dutzende von Dingen unmöglich war, mit ihm übereinzustimmen. Meist aber war Pitt ganz vernünftig, trotz gewisser Absonderlichkeiten, an die man sich erst gewöhnen musste.

Aber ganz gleich, was daraus werden mochte, Tellman war ein Bestandteil von Pitts Leben. Er hatte zu oft an seinem Tisch gesessen, an zu vielen Fällen gemeinsam mit ihm gearbeitet. Und dann war da noch Gracie.

»Natürlich tu ich das«, sagte er, den Mund voll Kuchen.

»Und Sie bleiben diesem Remus auf der Fährte?«, setzte sie nach. »Der is hinter der Sache her ... Die Gnädige versucht, mehr über die Witwe von Fetters rauszukriegen, hat aber bis jetzt noch nix. Ich sag Ihnen Bescheid, wenn es so weit is.« Sie sah müde und furchtsam aus. »Sie geben doch nich auf, oder?«, drängte sie erneut. »Auf keinen Fall! Wenn wir's nich machen, kümmert sich niemand um Mr. Pitt.«

»Ich habe es Ihnen versprochen«, sagte er und sah sie unverwandt an. »Ich bekomme es heraus. Jetzt essen Sie selbst etwas von Ihrem Kuchen. Sie sehen ja erbärmlich aus. Und gießen Sie den Tee ein!«

»Er hat noch nich lange genug gezogen.« Doch sie goss ihn trotzdem ein.

Kapitel 6

Charlotte schlug die Morgenzeitung mehr aus Einsamkeit als aus Interesse an den Einzelheiten über die bevorstehende Unterhauswahl auf. Man ging sehr hart mit dem Premierminister Gladstone ins Gericht und warf ihm vor, mit Ausnahme der Selbstverwaltung Irlands alle politischen Fragen zu vernachlässigen und keinerlei Bemühungen zur Einführung des achtstündigen Arbeitstages zu unternehmen. Aber Charlotte rechnete ohnehin nicht damit, dass den Zeitungen daran lag, jemandem gerecht zu werden.

Als Nächstes kam die Nachricht von einem tragischen Eisenbahnunglück bei Guiseley im Norden. Zwei Menschen waren ums Leben gekommen und mehrere schwer verletzt worden.

Die New Oriental Bank Corporation hatte sich gezwungen gesehen, ihre Zahlungen einzuschränken. Der Silberpreis war stark gesunken, und die Bank hatte beträchtliche Verluste an den Märkten von Melbourne und Singapur erlitten. Auch die Liquidation der Waffenfabrik Gatling Gun hatte sich negativ auf sie ausgewirkt. Den entscheidenden Stoß aber hatte ihr ein Wirbelsturm auf Mauritius versetzt.

Charlotte sparte sich den Rest. Ihr Blick wanderte über die Seite abwärts und blieb an der Mitteilung hängen, dass John Adinett um acht Uhr an jenem Vormittag hingerichtet werden sollte.

Unwillkürlich sah sie auf die Küchenuhr. Es war Viertel vor acht. Hätte sie die Zeitung doch erst später aufgeschlagen –

schon eine halbe Stunde hätte genügt. Warum hatte sie nicht daran gedacht, die Tage abgezählt und heute einfach nicht in die Zeitung gesehen?

Adinett hatte nicht gezögert, Martin Fetters zu töten, und je mehr Charlotte über Fetters erfuhr, desto mehr war sie überzeugt, dass er ihr sympathisch gewesen wäre. Er war begeisterungsfähig gewesen, hatte das Leben mutig beim Schopf gepackt, seine bunte Vielfalt geliebt. Stets hatte er sich bemüht, möglichst viel über andere Menschen in Erfahrung zu bringen, und seinen Schriften hatte sie entnommen, dass er großen Wert darauf legte, sein Wissen mit anderen zu teilen, damit möglichst niemand von dem ausgeschlossen blieb, was ihn so fesselte. Sein Tod bedeutete nicht nur für seine Frau, die Archäologie und die Altertumskunde einen Verlust, sondern auch für jeden, der ihn kannte.

Trotzdem machte Adinetts Hinrichtung nichts besser. Charlotte zweifelte, dass sich andere dadurch künftig von Verbrechen abschrecken lassen würden. Das Einzige, was einen Menschen von einem Verbrechen abhalten konnte, war die Gewissheit, bestraft zu werden, nicht aber die Schwere der Strafe. Da aber jeder Straftäter annahm, er werde davonkommen, hatte die lediglich angedrohte Strafe keinerlei Wirkung.

Gracie kam durch die Spülküche herein. Sie hatte dem Fischhändler an der Hintertür Heringe abgekauft.

»Die gibt es zum Abendessen«, sagte sie munter, während sie durch die Küche in die Speisekammer eilte und den Topf dort abstellte. In Gedanken verloren redete sie mit sich selbst, überlegte laut, was sie zu welcher Mahlzeit auf den Tisch bringen wollte, wie viel Mehl und Kartoffeln sie noch im Hause hatten und ob noch genug Zwiebeln da waren. Sie verbrauchten zurzeit viele davon, um die sehr einfachen Speisen geschmacklich zu verbessern.

Charlotte, der es so vorkam, als ob sich Gracie in letzter Zeit oft Sorgen machte, nahm an, dass es mit Tellman zu tun hatte. Auch wenn sie ihn nicht selbst gesehen hatte, wusste sie, dass er vor einigen Tagen abends da gewesen war. Sie hatte seine Stimme gehört und nicht stören wollen. Das Bewusstsein, dass Tellman in der Küche saß, ganz so, als wäre Pitt noch zu Hause, verstärkte ihr Gefühl der Einsamkeit.

Sie freute sich für Gracie, und ihr war bewusst, wahrscheinlich mehr als Gracie selbst, dass Tellman vergeblich gegen seine Gefühle für sie ankämpfte. Gegenwärtig fiel es ihr schwer, sich über etwas zu freuen. Pitts Abwesenheit setzte ihr sehr zu. Die Abende, an denen sie im Bewusstsein dasaß, dass sie seine Schritte nicht hören würde, kamen ihr endlos vor. Niemand war da, dem sie von ihrem Tag berichten konnte. Natürlich gab es nicht immer aufregende Ereignisse, doch hatte sie auch über unwichtige Dinge sprechen können – eine neue Blume im Garten, Klatsch, den sie gehört hatte, vielleicht einen Scherz. War etwas nicht so abgelaufen, wie es sollte, hätte sie vielleicht auch nicht darüber geredet, doch das Bewusstsein, dass sie es hätte tun können, hatte ihren Ärger erträglicher gemacht, ihn als etwas erscheinen lassen, was man nicht so ernst zu nehmen brauchte. Es war sonderbar, aber sie hatte stets den Eindruck gehabt, als sei eine Freude, die man nicht mit einem anderen teilen konnte, nur halb so beglückend und jedes Missgeschick, das man allein ertragen musste, doppelt so schlimm.

Doch weit mehr als ihre Einsamkeit quälte sie die Angst um Pitt, die tägliche Sorge, ob er genug aß, nicht fror, ob es jemanden gab, der für ihn wusch. Hatte er wenigstens eine einigermaßen behagliche Unterkunft gefunden? Ihre wirkliche Sorge galt seiner Sicherheit, nicht nur vor den Anarchisten, Bombenwerfern oder hinter was für Leuten auch immer er da her sein mochte, sondern in erster Linie vor seinen verborgenen und weit mächtigeren Feinden im Inneren Kreis.

Die Uhr schlug. Sie nahm es unterschwellig wahr. Gracie kratzte mit dem Schürhaken die Asche vom Ofenrost und legte mehr Kohlen auf.

Charlotte bemühte sich, möglichst nicht an all das zu denken, sich nichts vorzustellen. Tagsüber gelang ihr das auch recht gut, doch sobald sie im Bett lag, suchten die Ängste sie heim. Sie war körperlich nicht müde genug und seelisch völlig erschöpft. Noch nie war sie in Spitalfields gewesen, dennoch stellte sie sich das Leben dort recht plastisch vor: ungesunde enge Straßen mit Gestalten, die in finsteren Eingängen lauerten, ein Leben voller Gefahren.

Nachts wachte sie häufig auf, hörte jedes Knarren im Haus, spürte die Leere neben sich im Bett, fragte sich, wo Thomas sein mochte, ob er auch wach war und unter seiner Einsamkeit litt.

Manchmal schien es ihr unmöglich, um der Kinder willen so zu tun, als ob alles in Ordnung wäre, dann wieder war es eine Pflicht, für die sie dankbar war. Wie viele Frauen hatten sich im Laufe von Jahrhunderten tapferer gebärdet, als sie waren, wenn ihre Männer in den Krieg mussten, auf schwankenden Schiffsplanken Waren über die Meere transportierten oder davongelaufen waren, weil sie sich der Verantwortung entziehen oder von Frau und Kindern einfach nichts mehr wissen wollten? Zumindest durfte sie sicher sein, dass Thomas nichts von all dem war und zurückkehren würde, sobald er eine Möglichkeit dazu hatte – oder sobald sie eine so überzeugende Antwort auf die Frage fand, warum Adinett Martin Fetters ermordet hatte, dass die Öffentlichkeit nicht daran zweifeln und nicht einmal die Angehörigen des Inneren Kreises die Augen davor verschließen konnten.

Sie legte die Zeitung beiseite und stand gerade in dem Augenblick vom Stuhl auf, als Daniel und Jemima hereingestürmt kamen und ihr Frühstück haben wollten. Sollte es nicht genug zu tun geben, wenn die Kinder in der Schule waren, würde sie etwas finden oder sich etwas ausdenken.

Die Küchenuhr schlug – Viertel nach acht. Bei den acht Schlägen der vollen Stunde hatte sie nicht daran gedacht. Jetzt war John Adinett wohl tot, sein Hals gebrochen, ganz wie bei Martin Fetters. Man würde ihn in einem Grab beisetzen, das nicht in geweihter Erde lag, und seine Seele würde sich vor dem Weltenrichter verantworten müssen.

Sie lächelte den Kindern zu und ging daran, ihnen Frühstück zu machen.

Während Charlotte schon zum zweiten Mal in dieser Woche den Wäscheschrank neu einräumte, kam Gracie kurz nach zehn herauf, um ihr mitzuteilen, dass Mrs. Radley da sei. Eigentlich war das unnötig, denn Emily folgte ihr auf dem Fuße. In ihrem dunkelgrünen Reitkleid mit einem dunklen hohen Hut und einer Jacke, die so erstklassig geschnitten war, dass sie jede Linie ihrer schlanken Figur betonte, sah sie umwerfend elegant aus. Ihre Wangen waren von der Anstrengung des Treppensteigens leicht gerötet. Das blonde Haar, das sich unter der festen kleinen Hutkrempe gelöst hatte, drehte sich in der feuchten Luft zu Löckchen.

»Was tust du da?«, fragte Emily mit einem Blick auf die Berge von Laken und Kissenbezügen.

»Ich suche heraus, was geflickt werden muss«, teilte ihr Charlotte mit. Mit einem Mal kam ihr der Gedanke, dass sie im Vergleich zu ihrer Schwester unansehnlich und unordentlich aussah. »Hast du vergessen, wie man das macht?«

»Ich bin nicht sicher, dass ich es je gewusst habe«, gab Emily von oben herab zu verstehen. Sie hatte finanziell und gesellschaftlich ebenso weit über ihrem Stand geheiratet wie Charlotte darunter. Ihr erster Mann, ein vermögender Aristokrat, lebte schon eine ganze Weile nicht mehr, und Emily hatte nach einer angemessenen Trauerzeit ihre Einsamkeit durch eine neue Ehe beendet. Ihr zweiter Gatte sah gut aus und war charmant. Zwar war er nahezu besitzlos, hatte sich aber durch Emilys Ehrgeiz dazu bringen lassen, für das Unterhaus zu kandidieren und war inzwischen Abgeordneter.

Gracie verschwand wieder nach unten.

Charlotte kehrte ihrer Schwester den Rücken und machte sich erneut daran, Kissenbezüge zusammenzulegen und sauber in den Schrank zu räumen.

»Ist Thomas noch fort?«, erkundigte sich Emily. Sie sprach unwillkürlich leiser.

»Was glaubst du denn?«, gab Charlotte mit einer gewissen Schärfe in der Stimme zurück. »Ich habe dir ja gesagt, dass es länger dauern wird. Niemand hat eine Ahnung, wie lange.«

»Genau genommen, hast du mir sehr wenig gesagt«, erklärte Emily, nahm ihrerseits einen Kissenbezug zur Hand und legte ihn ordentlich zusammen. »Das klang alles ziemlich geheimnisvoll, und du kamst mir auch ziemlich verstört vor. Ich wollte einfach mal nachsehen, ob es dir gut geht.«

»Und was wirst du tun, wenn das nicht der Fall ist?« Charlotte nahm sich eins der Laken vor.

Emily ergriff das andere Ende. »Ich gebe dir Gelegenheit, einen Streit mit mir vom Zaun zu brechen, damit du so richtig auf jemandem rumhacken kannst. Es sieht ganz so aus, als ob du im Augenblick genau das brauchst.«

Charlotte sah sie an, ohne weiter auf das Laken zu achten. Zwar gab sich Emily Mühe, munter zu wirken, doch sah sie in den Augen der Schwester Besorgnis, und ihre kesse Antwort war in keiner Weise lustig gemeint.

»Ich komme zurecht«, sagte Charlotte etwas freundlicher. »Um Thomas mache ich mir allerdings Sorgen.« Die beiden Schwestern hatten an vielen seiner Fälle mitgewirkt, und so konnte sich auch Emily gut in die Situation einfühlen. Außerdem wusste sie, was Angst war, und sie hatte gelegentlich etwas über den Inneren Kreis gehört. Charlotte konnte ihr nicht sagen, wo sich Pitt aufhielt, wohl aber, warum.

»Und was steckt dahinter?« Emily spürte, dass es mehr gab, als ihr Charlotte anvertraut hatte, und in ihrer Stimme schwang Sorge mit.

»Der Innere Kreis«, sagte sie leise. »Ich glaube, Adinett hat zu ihnen gehört. Eigentlich bin ich meiner Sache sogar sicher. Die werden Thomas nie verzeihen, dass er den Mann überführt hat.« Sie zitterte ein wenig. »Gerade heute Morgen hat man ihn gehängt.«

»Ich weiß. Einige Zeitungen haben wieder einmal über die Schuldfrage spekuliert: ob er es überhaupt getan hat. Offenbar kann sich niemand ein Motiv für einen solchen Mord denken. Hat Thomas auch keine Vorstellung?«, fragte sie mit düsterer Stimme.

»Nein.«

»Versucht er, es denn festzustellen?«

»Das kann er nicht«, sagte Charlotte und sah zu den Wäschestücken, die auf dem Fußboden lagen. »Man hat ihn von seinem Posten in der Bow Street abgelöst und … und ihn ins East End geschickt … wo er Jagd auf Anarchisten machen soll.«

»Was?« Emily war entsetzt. »Das ist ja ungeheuerlich! Und an wen habt ihr euch gewandt?«

»Niemand kann etwas dagegen unternehmen. Cornwallis

hat bereits alles versucht, was in seinen Kräften steht. Im East End ist Thomas vor denen sicher, soweit das möglich ist, denn niemand weiß, wo er sich dort aufhält.«

»Im East End, und man weiß nicht, wo?« An Emilys entsetztem Gesicht ließ sich nur allzu deutlich ablesen, welche Gefahren sie sich ausmalte.

Charlotte sah beiseite. »Ich weiß. Alles Mögliche könnte ihm passieren, und es würde Tage dauern, bevor ich es wüsste.«

»Nichts wird ihm passieren«, sagte Emily rasch. »Und mir leuchtet ein, dass er dort immer noch sicherer ist als an einem Ort, wo sie ihn aufspüren könnten.« In ihrer Stimme lag mehr gespielter Mut als Überzeugung. Rasch fuhr sie fort: »Was können wir tun, um zu helfen?«

»Ich war bei der Witwe Fetters«, sagte Charlotte und sprach in ebenso zuversichtlichem Ton wie ihre Schwester. »Aber sie weiß nichts. Ich versuche gerade, mir zu überlegen, was ich als Nächstes tun könnte. Es muss etwas geben, worüber die beiden Männer in Streit geraten sind, aber je mehr ich über Martin Fetters erfahre, desto überzeugter bin ich, dass er ein ungewöhnlich friedliebender Mensch war, der niemandem etwas zuleide getan hat.«

»Dann suchst du eben nicht an den richtigen Stellen«, sagte Emily offen heraus. »Vermutlich hast du an all die Motive gedacht, auf die man üblicherweise verfällt: Geld, Erpressung, eine Frau, Rivalität um eine Anstellung oder dergleichen?« Sie sah verwirrt drein. »Was war eigentlich die Basis ihrer Freundschaft?«

»Reisen in ferne Länder und politische Reformen, soweit seine Frau weiß.« Charlotte legte das letzte Laken zusammen. »Möchtest du eine Tasse Tee?«

»Nicht unbedingt. Aber ich würde lieber in der Küche sitzen, als hier vor dem Wäscheschrank herumzustehen«, gab Emily zurück. »Kann man sich über Reisen eigentlich ernsthaft in die Haare geraten?«

»Das bezweifle ich. Außerdem sind sie nicht einmal in dieselben Länder gereist. Mr. Fetters war im Nahen Osten und Adinett in Frankreich, außerdem hatte er sich früher einmal in Kanada aufgehalten.«

»Dann steckt bestimmt die Politik dahinter.« Emily folgte ihr die Treppe hinunter und durch den Flur in die Küche. Sie beglückwünschte Gracie zu ihrem Kuchen, dessen Duft den Raum füllte. Normalerweise hätte sie nie im Leben das Wort an ein Dienstmädchen gerichtet, doch sie wusste, dass die Beziehung zwischen ihrer Schwester und Gracie anders war als üblich.

Charlotte setzte den Wasserkessel auf. »Beide waren Befürworter von Reformen«, fuhr sie fort.

Emily setzte sich, wobei sie die Schöße ihrer Jacke so ausbreitete, dass sie nicht knittern konnten. »Ist das nicht jeder? Jack sagt, dass die Situation allmählich zum Auswachsen ist.« Sie sah auf ihre eleganten und bei aller Kleinheit erstaunlich kräftigen Hände, die auf dem Tisch lagen. »Im Lande hat immer eine gewisse Unruhe geherrscht, aber zurzeit ist es viel schlimmer als noch vor zehn Jahren. So viele Ausländer kommen nach London, und es gibt nicht genug Arbeit. Vermutlich treiben die Anarchisten schon seit Jahren ihr Unwesen, doch inzwischen sind es mehr denn je, und sie sind ausgesprochen gewalttätig.«

All das war Charlotte bekannt. Die Zeitungen hatten oft genug darüber berichtet, vor allem im Zusammenhang mit dem Prozess gegen einen französischen Anarchisten namens Ravechol, der versucht hatte, ein Restaurant in die Luft zu sprengen. Sie wusste auch, dass solche Leute in London vorwiegend im East End tätig waren, wo die Armut am deutlichsten zutage trat und die Unzufriedenheit der Menschen am größten war. Genau das war ja der Vorwand gewesen, unter dem man Pitt dorthin geschickt hatte.

»Was ist?«, fragte Emily rasch, als sie Charlottes Gesichtsausdruck sah.

»Sind die deiner Meinung nach wirklich gefährlich? Ich meine, gefährlicher als einzelne Verrückte?«

Emily überlegte einen Augenblick, bevor sie antwortete. Charlotte fragte sich, ob sie das tat, um nachzudenken, was sie wusste, die richtigen Worte zu finden, oder, schlimmer noch, ob sie taktvoll sein wollte. Falls das der Fall war, konnte sie sich denken, wie verheerend ihre spontane Antwort ausgefallen wäre. Es gehörte nicht zu Emilys Art, um den heißen Brei herumzureden, was nicht ausschloss, dass sie mitunter unaufrichtig war – offen gestanden war sie auf dem Gebiet eine Meisterin.

»Ehrlich gesagt, macht sich Jack, glaube ich, ziemliche Sorgen«, begann sie, als Gracie den Tee serviert hatte. »Nicht wegen der Anarchisten, denn das sind nur Einzelne, wohl aber wegen der allgemeinen Situation. Die Monarchie ist zurzeit ausgesprochen unbeliebt, wie du weißt, und das nicht nur bei Menschen, von denen man das erwarten würde, sondern auch bei solchen, die ausgesprochen wichtige Ämter bekleiden und von denen du es womöglich nicht glauben würdest.«

»Unbeliebt?« Charlotte war verblüfft. »Wieso das? Ich kenne zwar Leute, die der Ansicht sind, dass die Königin weit mehr tun sollte, aber das sagen die seit dreißig Jahren. Meint Jack, dass sich das sehr geändert hat?«

»Geändert vielleicht nicht.« Emily sprach in sehr ernsthaftem Ton und wog ihre Worte sorgfältig ab. »Aber er sagt, es ist sehr viel schlimmer geworden. Bekanntlich wirft der Kronprinz mit Geld nur so um sich, und dabei ist das meiste davon geliehen. Er hat enorme Schulden bei allen möglichen Leuten. Es sieht so aus, als könnte er nicht damit aufhören, und falls ihm bewusst sein sollte, welchen Schaden er damit anrichtet, scheint ihm das nichts auszumachen.«

»Sprichst du von politischem Schaden?«, fragte Charlotte.

»Auf lange Sicht bestimmt.« Emily senkte die Stimme. »Manche glauben, dass es mit der Monarchie hier im Lande aus ist, wenn die Königin stirbt.«

Erstaunt fragte Charlotte: »Wirklich?« Es war ein überraschend unangenehmer Gedanke. Sie wusste selbst nicht recht, warum er ihr nicht gefiel. Mit der Monarchie würde ein Teil des Glanzes dahingehen, hätte das Leben weniger Farbe. Auch wenn man selbst die Gräfinnen und Herzoginnen nie zu sehen bekam und es für sie keinerlei Möglichkeit gab, je als Dame von Adel oder gar als Prinzessin aufzutreten, müsste doch durch deren Abwesenheit alles in einheitlichem Grau erscheinen. Sie war überzeugt, dass die Menschen immer Helden brauchen würden, ob wirkliche oder falsche. Nichts an der Aristokratie war wesensgemäß besonders edel, doch würde man die Helden, die dann deren Stelle einnehmen würden, nicht unbedingt wegen ihrer Tugendhaftigkeit oder ihrer Leistungen auswählen. Es war ohne weiteres möglich, dass man dabei nach ihrer Schönheit oder ihrem Reichtum vorging. Dann wäre der Zauber grundlos dahin – und ohne dass damit etwas gewonnen wäre.

All diese Erwägungen waren ziemlich töricht, und das war ihr auch klar. Entscheidend war, dass ein Wechsel eintrat, aber Veränderungen, die auf Hass gründeten, erregten Furcht, denn häufig kam es dazu, ohne dass man richtig begriff, aus welchem Grunde, und ohne dass man darüber nachgedacht hatte. Es gab so vieles, was sich nicht vorhersehen ließ.

»Jedenfalls sagt Jack das.« Emily sah aufmerksam zu ihr her. Ihren Tee schien sie vergessen zu haben. »Am meisten macht ihm Sorge, dass es starke royalistische Interessengruppen gibt, die alles tun werden, um zu erreichen, dass alles bleibt, wie es ist – ›Und damit meine ich wirklich alles‹, hat er gesagt!« Sie biss sich auf die Lippe. »Als ich ihn gefragt habe, wie man das verstehen müsse, wollte er zuerst nicht mit der Sprache herausrücken. Er hat sich, wie soll ich sagen, in sich selbst zurückgezogen, wie immer, wenn er sich nicht wohl in seiner Haut fühlt. Es klingt sonderbar, doch es schien mir, als hätte er Angst.« Sie hörte unvermittelt auf, sah wieder auf ihre Hände hinab, als hätte sie etwas gesagt, wofür sie sich schämte. Vielleicht hatte sie nicht so viel von Dingen preisgeben wollen, die der Privatsphäre angehörten.

Ein kalter Schauer überlief Charlotte. Es gab ohnehin schon zu vieles, wovor man sich fürchten musste. Sie wollte mehr erfahren, aber es war sinnlos, weiter in Emily zu dringen. Bestimmt hätte sie ihr mehr gesagt, wenn sie eine Möglichkeit dazu gesehen hätte. Dieser Gedanke verstärkte Charlottes Gefühl der Einsamkeit.

»Wie wichtig einem trotz aller Schwierigkeiten das ist, was man hat, merkt man erst so richtig, wenn andere es zu zerstören versuchen und ihre eigenen Vorstellungen durchsetzen wollen«, sagte sie betrübt. »Ich habe nichts gegen Veränderungen, aber bitte nicht zu viele auf einmal. Was meinst du – sind kleine Veränderungen möglich, oder ist das eine Frage von alles oder nichts? Muss man alles in Stücke schlagen, um einen Wandel zu bewirken?«

»Das kommt auf die Menschen an«, gab Emily mit betrübtem Lächeln zurück. »Wenn man sich anpasst, ist es vielleicht nicht nötig, doch wenn man wie Marie Antoinette stolz den Kopf reckt, heißt die Entscheidung unter Umständen tatsächlich: Krone oder Guillotine.«

»War sie wirklich so dumm?«

»Das weiß ich nicht. Es ist nur ein Beispiel. Niemand wird unserer Königin den Kopf abschlagen, jedenfalls nehme ich das nicht an.«

»Vermutlich haben die Franzosen das auch nicht angenommen«, sagte Charlotte trocken.

»Wir sind hier nicht in Frankreich.« Emilys Stimme klang entschieden, sogar ein wenig ärgerlich.

»Sag das unserem König Karl I.«, gab Charlotte zurück und dachte an das traurige und zugleich herrliche Porträt, das Van Dyck von diesem Unglückseligen gemalt hatte, der noch auf dem Schafott nicht von seinen Überzeugungen lassen wollte.

»Das war damals keine Revolution«, wandte Emily ein.

»Aber ein Bürgerkrieg. Ist das etwa besser?«, hielt Charlotte dagegen.

»Das sind doch alles nur Worte! Politiker haben Angstträume, und wenn es nicht um das Thema ginge, wäre es ein anderes – Irland, die Steuern, der Achtstundentag oder die Stadtentwässerung.« Sie zuckte elegant die Schultern. »Wozu würden wir diese Männer brauchen, wenn es keine Probleme zu lösen gäbe.«

»Wahrscheinlich brauchen wir sie gar nicht ... jedenfalls meistens.«

»Genau davor haben sie Angst.« Emily erhob sich. »Möchtest du mit uns in die Nationalgalerie kommen und dir die Ausstellung ansehen?«

»Nein danke. Ich werde noch einmal Juno Fetters aufsuchen. Vielleicht hast du Recht – wahrscheinlich ist es eine Frage der Politik.«

Charlotte traf kurz nach elf in der Coram Street ein. Zwar war das eine äußerst unpassende Stunde, aber hier ging es nicht um einen Höflichkeitsbesuch, und außerdem durfte sie sicher sein, dass sie auf niemanden anders treffen würde und ihre Gegenwart erklären musste. Das sah sie als entscheidenden Vorteil an.

Juno Fetters war entzückt, sie zu sehen, und gab sich keine Mühe, das zu verbergen. Man sah ihr an, wie froh sie war, Gesellschaft zu haben.

»Kommen Sie herein!«, sagte sie erfreut. »Bringen Sie irgendwelche Neuigkeiten?«

»Leider nicht.« Charlotte hatte ein schlechtes Gewissen, weil sie nichts erreicht hatte. Immerhin wog der Verlust dieser Frau deutlich schwerer als ihr eigener. »Ich habe viel hin und her überlegt, aber außer weiteren Gedanken, in welcher Richtung man suchen könnte, ist dabei nichts herausgekommen.«

»Kann ich etwas tun?«

»Vielleicht.« Charlotte nahm in dem angebotenen Sessel Platz. Sie befanden sich im selben wunderschönen Gartenzimmer wie beim vorigen Mal, doch da es heute kühler war, blieb die Tür geschlossen. »Es sieht ganz so aus, als hätten Ihr Gatte und Mr. Adinett in erster Linie das Bestreben gemeinsam gehabt, eine politische Reform herbeizuführen, die beiden gleichermaßen am Herzen zu liegen schien.«

»Ja, das war Martin sehr wichtig«, stimmte Juno zu. »Er hat über das Thema viele Aufsätze verfasst und sich bei jeder Gelegenheit dazu geäußert. Seiner festen Überzeugung nach dachten viele wie er, und er war sicher, dass es eines Tages so weit kommen würde.«

»Haben Sie noch Aufsätze von ihm?«, erkundigte sich Charlotte. Sie war nicht sicher, wozu ihr die nützlich sein könnten, aber etwas Besseres fiel ihr nicht ein.

»Sie müssten sich unter seinen Papieren befinden.« Juno erhob sich. »Die Polizei hat sie natürlich durchsucht, aber sie sind nach wie vor alle in seinem Schreibtisch im Arbeitszimmer. Ich ... ich habe es nicht übers Herz gebracht, sie noch einmal zu lesen.« Sie sagte das leise, dann verließ sie, von Charlotte gefolgt, den Raum und ging quer durch das Vestibül ins Arbeitszimmer.

Es war kleiner als die Bibliothek, und da der Raum auch keine hohen Fenster hatte, war er nicht besonders hell. Dennoch wirkte er angenehm und war allem Anschein nach häufig benutzt worden. An einer Wand stand ein Regal voller Bücher; einige weitere Bände lagen auf der ledernen Schreibunterlage des Schreibtischs. Weitere Regale waren mit Papieren und Mappen voll gestopft.

Juno blieb stehen. Der Glanz auf ihrem Gesicht war erloschen. »Ich weiß nicht, was wir hier finden könnten«, sagte sie hilflos. »Der Polizei ist lediglich die eine oder andere Notiz mit Bezug auf eine Zusammenkunft aufgefallen und zwei oder drei Mitteilungen, die John ... Mr. Adinett aus Frankreich geschickt hat. Sie waren nicht im Geringsten persönlich, nur ausgesprochen lebendige Beschreibungen bestimmter Orte in Paris. Das meiste hatte mit der Revolution zu tun. Martin hatte einige Artikel über eben diese Orte verfasst, und Adinett hat geschrieben, wie viel stärker sie ihn mit diesen Bildern vor Augen beeindruckten als früher.« Ihre Stimme begann zu zittern. Vermutlich dachte sie daran, dass noch vor kurzem alles anders gewesen war.

Sie trat an das Regal hinter dem Schreibtisch und nahm einige Zeitschriften heraus, die sie durchblätterte. »Hier drin stehen die verschiedensten Artikel. Wollen Sie sie lesen?«

»Ja, gern«, sagte Charlotte, wieder, weil sie nicht recht gewusst hätte, wo sie anfangen sollte. Sie hatte die Absicht, sie einfach zu überfliegen.

Juno schob ihr die Zeitschriften hinüber. Auf dem Umschlag sah Charlotte, dass sie bei Thorold Dismore erschienen waren. Sie schlug das erste Heft auf und begann zu lesen. In dem Artikel beschrieb Martin Fetters, wie er bei einem Rundgang durch Wien die Stellen aufgesucht hatte, an denen die Revolutionäre des 48er Aufstandes gekämpft hatten, um die Regierung des recht einfältigen Kaisers Ferdinand zu einer Gesetzesreform zu bewegen, deren Ziel es war, die drückende Steuerlast zu vermindern und die krassen gesellschaftlichen Unterschiede abzumildern.

Entgegen ihrer ursprünglichen Absicht, sich lediglich einen flüchtigen Eindruck von Fetters' Vorstellungen zu machen, las sie den Text Wort für Wort. Vor ihrem inneren Auge erstand ein so lebhaftes Bild von Leid und Kummer, dass sie ganz vergaß, wo sie sich befand. Sie hörte in ihrem inneren Ohr Martin Fetters' Stimme, sah die Begeisterung auf seinen Zügen, als er die Männer und Frauen beschrieb, die da gekämpft hatten. Sie spürte seine Empörung über ihre schließliche Niederlage und die Sehnsucht, dass man ihre Ziele eines Tages erreichen möge.

Sie wandte sich dem nächsten Artikel zu, den er in Berlin verfasst hatte. Im Wesentlichen enthielt er die gleichen Gedanken. Der ganze Artikel atmete seine Liebe zur Schönheit der Stadt und zur Besonderheit ihrer Bewohner, deren Versuche, die uneingeschränkte Macht des preußischen Militärs ein wenig einzuschränken, und am Schluss erneut das Scheitern.

In einem dritten Artikel berichtete er aus Paris. Möglicherweise war es der, auf den sich Adinett in den von Pitt aufgefundenen Briefen bezog. Er war deutlich länger als die beiden vorigen. Aus jedem der gedruckten Worte sprach die tiefe Liebe zu einer herrlichen Stadt, die unter einer Schreckensherrschaft litt, eine Hoffnung, die so lebendig war, dass es schmerzte. Fetters hatte alle entscheidenden Orte besucht: Er hatte Dantons Haus aufgesucht, dessen letzten Weg auf dem Schinderkarren zur Guillotine verfolgt, nachgezeichnet, wie er in dem Augenblick zu wahrer Größe emporwuchs, in dem er bereits alles verloren hatte und mit ansehen musste, wie die Revolution ihre Kinder fraß, und zwar nicht nur deren Leib, sondern, weit schrecklicher, auch deren Geist.

Er hatte in der Rue St. Honoré vor dem Haus gestanden, in dem Robespierre bei einem Tischler gewohnt hatte, eben jener Robespierre, der tausende in den Tod geschickt, aber das Werkzeug der Vernichtung zum ersten Mal gesehen hatte, als er selbst auf seinem letzten Weg der Guillotine entgegenfuhr.

Fetters war durch die Straßen gezogen, in denen die Studenten im Zuge der Revolution des Jahres 1848, die einen so hohen Blutzoll gefordert und so wenig bewirkt hatte, auf die Barrikaden gestiegen waren. Charlotte war den Tränen nahe, als sie den Bericht zu Ende gelesen hatte, und musste sich überwinden, den nächsten zur Hand zu nehmen. Doch hätte Juno sie in ihrer Lektüre unterbrochen und die Hefte zurückverlangt, sie wäre sich beraubt und mit einem Mal allein vorgekommen.

Fetters schrieb aus Venedig, das ihm selbst unter dem Joch der Habsburger als schönste Stadt der Welt erschien, und aus Athen, einst die bedeutendste aller Stadtrepubliken, Wiege der Vorstellung von Demokratie. Nur noch ein Abklatsch des alten Ruhmes war geblieben und nichts vom Geist jener Zeit.

Schließlich schrieb er aus Rom, wieder über die 48er Revolution, den kurzen Glanz einer aufs Neue erweckten römischen Republik, den die Heere Napoleons III. und die Rückkehr des Papstes ausgelöscht hatten. Die leidenschaftliche Sehnsucht nach Freiheit und Gerechtigkeit war ebenso unterdrückt worden wie die Hoffnung, man werde der Stimme des Volkes Gehör verschaffen. Er schrieb, wie das Haupt des Kampfes für eine Republik, Giuseppe Mazzini, in einem Raum des Vatikanpalasts lebte und Rosinen aß, berichtete, dass er jeden Tag frische Blumen haben musste. Er schrieb über die Taten Garibaldis und dessen von Leidenschaft glühende Frau, die am Ende der Belagerung gestorben war, wie auch über den Vorkämpfer der republikanischen Idee, Mario Corena, der bereit gewesen war, alles für das Wohl der Allgemeinheit hinzugeben: sein Geld, seine Ländereien und, sofern es nötig war, auch sein Leben. Hätte es doch nur mehr Leute wie ihn gegeben – der Kampf wäre nicht verloren gegangen.

Als Charlotte den letzten Artikel auf den Schreibtisch zurücklegte, waren ihre Gedanken angefüllt mit Heldentum und Tragödie, waren Gegenwart und Vergangenheit miteinander verschmolzen, vor allem aber glaubte sie, Martin Fetters' Stimme zu hören, sah seine Überzeugungen vor sich, seine Persönlichkeit, seine lebensbejahende, leidenschaftliche Liebe zur Freiheit des Einzelnen im Rahmen eines zivilisierten Ganzen.

Sofern ihn John Adinett tatsächlich so gut gekannt hatte, wie allgemein behauptet wurde, musste er einen mehr als triftigen Grund gehabt haben, einen solchen Mann zu töten. Es musste etwas so Übermächtiges gewesen sein, dass es sich über Freundschaft, Bewunderung und die gemeinsame Liebe zu Idealen hinwegzusetzen vermochte. Sie konnte sich nicht denken, was das hätte sein können.

Dann kam ihr ein Gedanke, flüchtig wie ein Schatten, der über die Sonne dahinzieht: War es möglicherweise gar kein Mord gewesen? Hatte Adinett womöglich die Wahrheit gesagt?

Sie hielt den Blick gesenkt, damit Juno nichts von ihrem Verdacht merkte. Es kam ihr vor, als habe sie Pitt mit diesem Gedanken betrogen.

»Einzigartig«, sagte sie. »Es kommt mir nicht nur so vor, als wäre ich selbst dabei gewesen und hätte mitbekommen, was auf den Straßen jener Städte geschehen ist, es ist mir auch fast ebenso zu Herzen gegangen wie ihm selbst.«

Der Anflug eines Lächelns trat auf Junos Züge. »Ja, so war er – so voller Leben, dass ich nie auf den Gedanken gekommen wäre, er könnte wirklich sterben.« Sie sagte das mit leiser Stimme, wie von ferne. Es klang beinahe überrascht. »Es kommt einem irgendwie lächerlich vor, dass um einen herum alles so weitergeht wie immer. Ich bin selbst gespalten – teils möchte ich Stroh auf die Straße streuen und allen Leuten sagen, sie sollen langsam fahren, teils möchte ich so tun, als wäre es nie geschehen, als wäre er wieder auf einer Reise und würde in wenigen Tagen zurückkehren.«

Charlotte hob den Blick zu ihr und erkannte, wie es in ihrem Gesicht arbeitete. Wie gut sie das verstehen konnte! Ihre eigene Einsamkeit bedeutete nur einen Bruchteil dessen, was diese Frau litt. Pitt lebte, hielt sich nur wenige Kilometer entfernt in Spitalfields auf. Falls er sich dazu entschloss, die Arbeit bei der Polizei aufzugeben, könnte er nach Hause kommen, wann es ihm beliebte. Das aber wäre keine Lösung. Charlotte musste unbedingt den Beweis dafür finden, dass er mit seiner Beschuldigung Adinetts Recht hatte, musste den Grund dafür nennen können und alle von der Richtigkeit dieses Beweises überzeugen.

Unter Umständen empfand auch Juno dies dringende Bedürfnis, vielleicht waren die Schatten auf ihrem Gesicht Ergebnis der Furcht vor dem, was sich über ihren Mann herausstellen würde. Es musste unfassbar ... und zumindest für Adinett unerträglich gewesen sein.

Und geheim! Lieber hatte sich Adinett hängen lassen, als darüber zu sprechen, nicht einmal, um sich zu verteidigen.

»Ich glaube nicht, dass die Lösung hier liegt«, sagte Charlotte schließlich. »Trotzdem fangen wir wohl am besten in diesem Zimmer an.« Einen anderen Ort dafür hätte sie ohnehin nicht gewusst.

Bereitwillig öffnete Juno eine Schublade des Schreibtischs nach der anderen. Da bei einer der Schlüssel fehlte, ließ sie ein Messer aus der Küche bringen, um sie öffnen zu können, wobei ein Stück Holz absplitterte.

»Ärgerlich«, sagte sie und biss sich auf die Lippe. »Wahrscheinlich kann man das nicht reparieren.«

Sie begannen mit dem Inhalt jener Schublade, weil Mr. Fetters sie als Einzige gesichert zu haben schien.

Nachdem Charlotte drei Briefe gelesen hatte, begann sich allmählich ein Muster abzuzeichnen. In jedem waren die Worte sorgfältig gewählt, ein flüchtiger Blick hätte nichts Bemerkenswertes darin entdeckt – offen gestanden waren sie eher trocken. Es ging darin um die politische Reform eines nicht namentlich bezeichneten Landes, dessen Führer mit ihren Namen und nicht mit ihren Amtsbezeichnungen genannt wurden. Es waren theoretische Erwägungen, ohne jede Leidenschaft, reine Ideale. Man hätte das für die Art von gedanklicher Übung halten können, die man in einer Prüfung niederschreibt.

Der erste Brief stammte von Charles Voisey, Richter der Berufungsinstanz.

Mein lieber Fetters!

Ich habe Ihren Aufsatz mit größtem Interesse gelesen. Sie sprechen darin zahlreiche Punkte an, denen ich zustimme. Über andere hatte ich bisher nicht nachgedacht, doch muss ich sagen, dass Sie mit Ihren Schlussfolgerungen Recht haben.

Auf anderen Gebieten kann ich mich Ihnen nicht rückhaltlos anschließen, verstehe aber, warum Sie zu ihren Ergebnissen gelangt sind. Ich an Ihrer Stelle würde die Dinge möglicherweise genauso sehen, wenn auch nicht ganz so extrem.

Danke für das Fundstück, das heil angekommen ist und jetzt mein häusliches Arbeitszimmer schmückt. Es ist einfach herrlich und erinnert mich beständig an die Großtaten der

Vergangenheit und den Geist bedeutender Männer, denen wir so viel verdanken ... Ganz wie Sie gesagt haben, ist es etwas, wofür wir der Geschichte Rechenschaft schulden, auch wenn wir selbst das nicht so sehen mögen.

Ich freue mich auf weiteren Gedankenaustausch mit Ihnen.

In alter Verbundenheit

Charles Voisey

Das nächste Schreiben, das einen ähnlichen Ton anschlug, stammte von Thorold Dismore, dem Zeitungsverleger. Auch er war voll Bewunderung für Fetters' Arbeit und ermutigte ihn, eine weitere Reihe von Artikeln zu verfassen. Der Brief war recht jungen Datums, sodass die Artikel vermutlich nicht mehr geschrieben worden waren. Dabei lag der Rohentwurf von Fetters' Antwortbrief, mit dem er das Angebot des Verlegers annahm. Es ließ sich unmöglich sagen, ob er ihn abgeschickt hatte.

Mit bekümmertem Blick hielt Juno einen Brief hoch, den sie aus dem Stapel herausgenommen hatte. Sein Verfasser war Adinett. Charlotte las:

Lieber Martin,

was für ein großartiger Artikel! Kein Lob ist zu hoch für die Leidenschaftlichkeit, die daraus spricht. Nur jemand, der nichts von dem empfindet, was den zivilisierten Menschen vom Barbaren unterscheidet, wäre imstande, sich nicht an deinen Worten zu begeistern. Sie feuern wohl jeden an, mit aller Kraft an der Schaffung einer besseren Welt mitzuwirken.

Ich habe ihn mehreren Leuten gezeigt, die ich aus Gründen, die du dir denken kannst, hier nicht nenne, und sie sind ebenso voller Bewunderung dafür wie ich.

Ich denke, wir haben allen Grund zur Hoffnung. Die Zeit, in der wir nur träumen durften, ist wohl vorbei.

Bis Samstag.

John

Charlotte hob den Blick.

Juno sah sie mit großen schmerzerfüllten Augen an. Dann suchte sie in einem anderen Papierstapel nach weiteren Artikeln.

Charlotte las sie mit immer größerer Unruhe. Die Hinweise auf Reformen wurden von Mal zu Mal deutlicher. Mit geradezu jubilierender Leidenschaft wurde die römische Revolution des Jahres '48 hervorgehoben, die Republik der römischen Antike als Ideal gepriesen und wurden Könige als Leitbilder der Tyrannei verteufelt. Die Aufforderung, nach dem Sturz der Monarchie eine neuzeitliche Republik zu gründen, war unüberhörbar.

Es gab ungenaue Hinweise auf eine Geheimgesellschaft, deren Mitglieder kein anderes Ziel kannten, als die Vorrechte und den Reichtum des Königshauses mit allen Mitteln zu bewahren. Man konnte zwischen den Zeilen lesen, dass diese Männer durchaus bereit seien, bei einer ernsthaften Bedrohung der Monarchie Blut zu vergießen.

Charlotte legte das letzte Blatt aus der Hand und sah zu Juno hinüber, die mit bleichem Gesicht und gesenkten Schultern dasaß und kaum hörbar fragte: »Halten Sie das für möglich? Könnten die wirklich geplant haben, hier in England eine Republik zu errichten?«

»Ja ...« Es war Charlotte klar, dass ihre Antwort schroff wirkte, aber es zu bestreiten hätte eine Lüge bedeutet, die weder sie noch Juno geglaubt hätten.

Juno saß reglos da und beugte sich ein wenig vor, als müsse sie sich auf den Tisch stützen. »Nach ... nach dem Tod der Königin?«

»Vielleicht.«

Sie schüttelte den Kopf. »Das ist zu früh. Sie kann doch jeden Tag sterben, immerhin ist sie über siebzig. Und was haben diese Leute mit dem Kronprinzen vor?«

»Darüber steht hier nichts«, sagte Charlotte ganz leise. »Ich vermute, dass sie sich gehütet haben, das schriftlich niederzulegen, sofern es sich um einen konkreten Plan und nicht nur um Träume handelt. Vor allem, wenn es eine Geheimgesellschaft ist, wie es heißt.«

»Ich habe durchaus Verständnis für eine Reform«, sagte Juno und suchte nach Worten. »Auch ich bin dafür. Es gibt entsetzliche Armut und Ungerechtigkeit. Sonderbar, dass sie nichts über Frauen sagen!« Sie versuchte zu lächeln, doch misslang ihr das. »Sie sagen nichts darüber, dass Frauen mehr Rechte oder eine gewisse Mitsprache haben sollen, nicht einmal dann, wenn es um ihre leiblichen Kinder geht.« Sie schüttelte den Kopf. Ihre Lippen bebten. »Aber *das* will ich nicht!« Sie wies mit einer Hand auf die Papiere, als wolle sie sie von sich schieben. »Ich weiß, dass Martin voller Bewunderung für die Ideale einer Republik war, für die Gleichheit, die dort herrscht, aber ich bin nie auf den Gedanken gekommen, dass er damit unser Land meinen könnte! Ich will nicht ... ich will eine so große Veränderung nicht.« Sie schluckte. »Nicht mit Gewalt. Mir liegt sehr viel an dem, was wir haben. Es macht unser Wesen aus ... immerhin waren wir schon immer so.« Sie sah bittend auf Charlotte, wollte, dass diese sie verstand.

»Aber uns geht es auch gut«, sagte Charlotte. »Und wir sind eine sehr kleine Minderheit.«

»Musste er deshalb sterben?« Juno stellte die Frage, die zwischen ihnen im Raum hing. »Dann hat Adinett wohl dieser Geheimgesellschaft angehört und Martin wegen seines ... wegen seines Planes umgebracht, eine Republik zu gründen?«

»Das würde erklären, warum er nicht einmal dann etwas gesagt hat, als es darum ging, sich zu verteidigen.« Charlottes Gedanken jagten sich. Waren die Angehörigen des Inneren Kreises monarchistisch gesinnt? Steckte das dahinter, und war Adinett hinter die Pläne seines Freundes gekommen, hatte er entdeckt, dass sich dessen hoher Gedankenflug nicht nur auf den Glanz der Vergangenheit oder die Tragödien des Jahres '48 bezog, sondern auch die unmittelbar bevorstehende Zukunft meinte?

Doch selbst wenn das stimmte – inwiefern könnte das Thomas helfen?

Nach wie vor saß Juno da und starrte ausdruckslos vor sich hin. Irgendetwas in ihr war zerstört. Sie hatte an dem Mann, den sie so viele Jahre geliebt hatte, mit einem Mal eine völlig andere Seite erkannt, die alles infrage stellte und in einem neuen, gefährlichen Licht erscheinen ließ.

Sie tat Charlotte zutiefst Leid, und das hätte sie auch gern gesagt. Doch das konnte als Herablassung aufgefasst werden, als wollte sie sagen, sie allein habe diese Entdeckung gemacht und Juno sei daran nicht beteiligt gewesen, sondern habe lediglich die passive Rolle einer Zuschauerin gespielt.

»Haben Sie einen Tresor?«, fragte sie.

»Nein. Meinen Sie, dass darin noch mehr zu finden wäre?«, fragte Juno mit kläglicher Stimme.

»Ich weiß nicht. Auf jeden Fall denke ich, dass Sie diese Briefe und Papiere in einem Tresor aufbewahren sollten, da sich diese Schublade nicht mehr verschließen lässt. Vernichten würde ich sie einstweilen nicht, weil wir im Augenblick noch mutmaßen, was sie wirklich bedeuten. Wir können uns irren.«

Junos Augen blieben glanzlos. »Was Sie da sagen, entspricht nicht Ihrer Überzeugung und auch nicht meiner. Martin hat die Reform sehr am Herzen gelegen. Ich kann mich gut erinnern, was er über die Unterschiede zwischen Republiken und Monarchien gesagt hat. Er hat den Kronprinzen und die Königin kritisiert und erklärt, wenn die Königin dem englischen Volk auf gleiche Weise verantwortlich wäre wie andere Amtsinhaber, hätte man sie schon vor Jahren entlassen. Wer außer ihr könne es sich leisten, seine Pflichten nur deshalb zu vernachlässigen, weil er seinen Ehegatten verloren habe?«

»Niemand«, stimmte Charlotte zu. »Viele sagen das. Auch ich bin dieser Ansicht. Das bedeutet aber nicht, dass mir eine Republik lieber wäre … und selbst dann noch würde ich nicht unbedingt jedes Mittel gutheißen, sie durchzusetzen.«

Mit ernstem Gesicht legte Juno die Papiere zusammen. »Hier findet sich kein Beweis«, sagte sie leise, als schmerze es sie, diese Worte von sich zu geben.

Charlotte wartete unsicher, während sie sich vorsichtig an die nächste Folgerung herantastete. Bevor sie so weit war, sprach Juno.

»Bestimmt gibt es irgendwo noch weitere Papiere, die Genaueres aussagen. Ich muss sie finden, muss wissen, was er vorhatte … man könnte glauben, er habe kein anderes Ziel gehabt.«

Charlotte fragte angespannt: »Sind Sie sicher?«

»Würden Sie es nicht wissen wollen?«, entgegnete Juno.

»Doch ... ich denke schon. Aber was ich meinte, war, sind Sie sicher, dass es noch weitere gibt?«

»Aber ja.« In ihrer Stimme lag kein Zweifel. »Das hier sind nur Schnipsel und Notizen. Schon möglich, dass ich nicht genau weiß, woran Martin gearbeitet hat, aber ich weiß, wie er gearbeitet hat. Er war äußerst genau. Er hat sich nie auf sein Gedächtnis verlassen.«

»Und wo könnte das sein?«

»Ich weiß –« Das Mädchen kam herein, um zu melden, dass Mr. Reginald Gleave da sei und um Entschuldigung für die unpassende Stunde bitte, doch müsse er sie unbedingt sprechen und könne wegen dringender Verpflichtungen die übliche Besuchszeit nicht einhalten.

Juno sah verblüfft drein. Sie wandte sich Charlotte zu.

»Ich warte, wo es Ihnen recht ist«, sagte Charlotte rasch.

Juno schluckte. »Ich werde ihn im Gesellschaftszimmer empfangen«, sagte sie dem Mädchen. »Lassen Sie mir fünf Minuten Zeit, dann können Sie ihn hineinführen.« Sobald das Mädchen gegangen war, fragte sie Charlotte: »Was um Himmels willen kann er wollen? Er war Adinetts Verteidiger.«

»Sie sind nicht gezwungen, ihn zu empfangen«, sagte Charlotte voll Mitgefühl, doch war ihr klar, dass sie sich damit eine Gelegenheit entgehen ließe, mehr zu erfahren. Juno war erschöpft, hatte Angst vor dem, was sie womöglich entdecken würde, und fühlte sich völlig allein. »Wenn Sie wollen, gehe ich zu ihm und sage, dass Sie sich nicht wohl fühlen.«

»Nein ... nein. Aber ich wäre dankbar, wenn Sie bei mir bleiben könnten. Meinen Sie nicht auch, dass das durchaus schicklich ist?«

Charlotte lächelte. »Selbstverständlich.«

Gleave machte ein verblüfftes Gesicht, als er sich unversehens zwei Damen gegenübersah. Da er Juno nicht kannte, war er einen Augenblick lang unsicher, wer die Hausherrin war.

»Ich bin Mrs. Fetters«, stellte sich Juno kühl vor. »Das ist meine gute Freundin, Mrs. Pitt.« Ihre Stimme klang trotzig, und sie hatte das Kinn herausfordernd gereckt. Bestimmt würde Gleave die Beziehung zu Thomas Pitt erkennen.

An dem Ärger, der in seinen Augen aufflammte, sah Charlotte, dass er verstanden hatte.

»Wie geht es Ihnen, Mrs. Fetters? Mrs. Pitt? Ich wusste gar nicht, dass Sie miteinander bekannt sind.« Er deutete eine Verbeugung an.

Charlotte betrachtete ihn aufmerksam. Seine breiten Schultern und sein Stiernacken ließen ihn größer erscheinen, als er war. Zwar war ihr sein Gesicht nicht sympathisch, doch lag darauf unverkennbar der Ausdruck von Intelligenz und einem unbeugsamen Willen. War dieser Mann lediglich ein leidenschaftlicher Strafverteidiger, der einen Fall – seiner festen Überzeugung nach zu Unrecht – verloren hatte, oder gehörte er einer gewalttätigen Geheimgesellschaft an, die weder vor Mord noch vor öffentlichem Aufruhr zurückschreckte, um ihre Ziele durchzusetzen?

Sie musterte sein Gesicht, sah ihm in die Augen, kam aber zu keinem Ergebnis.

»Was kann ich für Sie tun, Mr. Gleave?«, fragte Juno mit einem leichten Zittern in der Stimme.

Gleaves Blick wanderte zwischen ihr und Charlotte hin und her. »Zuallererst möchte ich Ihnen mein tief empfundenes Beileid aussprechen. Ihr Gatte war in jeder Hinsicht ein großartiger Mensch. Natürlich lässt sich der Kummer keines anderen mit dem Ihren vergleichen, dennoch darf ich sagen, dass sein Tod uns alle ärmer gemacht hat. Er war ein Mann von großen geistigen Gaben und von hoher Moral.«

»Danke«, sagte sie höflich, doch klang es fast ungehalten. Beiden war klar, dass er nicht gekommen war, um der Witwe das mitzuteilen, ganz davon abgesehen, dass es besser gewesen wäre, zu schreiben. Das wäre nicht nur eindrucksvoller gewesen, sondern auch weniger lästig.

Gleave senkte den Blick, als fühle er sich unbehaglich.

»Mrs. Fetters, mir liegt daran, Ihnen klarzumachen, dass ich John Adinett verteidigt habe, weil ich von seiner Schuldlosigkeit überzeugt war, und nicht etwa, weil ich mir für den Fall seiner Schuld irgendeine Rechtfertigung seiner Tat zurechtgelegt hätte.« Er hob rasch den Blick. »Es ist mir nach wie vor nahezu unmöglich, mir vorstellen, dass er einer solchen Tat fähig gewesen sein sollte, denn es gab dafür ... keinen ... Grund!«

Schaudernd merkte Charlotte, dass er Juno bei diesen Worten eindringlich musterte. Seine Augen tasteten ihr Gesicht so genau ab, dass ihm vermutlich nicht der leiseste Atemzug entging, kein noch so winziges Zucken ihrer Wimpern. Er beobachtete sie wie ein Raubtier seine Beute. Er war gekommen, um zu erfahren, wie viel sie wusste, wollte offenbar sehen, ob sie etwas herausbekommen, erraten oder vermutet hatte.

Charlotte hoffte, dass ihm Juno auf keinen Fall etwas sagte, sich unwissend und notfalls dumm stellte. Ob es besser wäre, einzugreifen und die Dinge selbst in die Hand zu nehmen? Oder würde er daraus schließen, dass sie Angst hatte, was die Vermutung nahe legte, dass sie etwas wusste? Sie atmete tief ein und stieß die Luft wieder aus.

»Nein«, sagte Juno gedehnt. »Natürlich nicht. Ich muss gestehen, ich begreife es selbst nicht.« Es kostete sie Mühe, sich zu entspannen. Ihre verkrampften Hände lösten sich, und sie lächelte sogar ein wenig. »Ich habe die beiden immer nur als die besten Freunde erlebt.« Sie sagte nichts weiter, überließ es ihm, den Faden aufzunehmen.

Damit hatte er sichtlich nicht gerechnet. Einen Augenblick lang trat der Ausdruck von Unsicherheit auf seine Züge, verschwand aber sofort wieder. Gelöst fragte er: »Sie also auch?« Er erwiderte ihr Lächeln und vermied es, Charlotte anzusehen. »Ich wüsste gern, ob Sie irgendeine Vorstellung davon haben, was sich in so tragischer Weise auf die Beziehung der beiden Männer ausgewirkt haben könnte. Mir ist klar, dass es dabei nicht um Beweismaterial geht«, fügte er eilig hinzu, »sonst hätten Sie das den zuständigen Stellen mitgeteilt. Aber vielleicht vermuten Sie etwas, aus der Kenntnis Ihres Mannes heraus.«

Juno schwieg.

Gleaves Stimme klang glatt, aber erneut sah Charlotte den Anflug von Unsicherheit auf seinen Zügen. Offensichtlich hatte er nicht damit gerechnet, dass das Gespräch eine solche Wendung nehmen könnte. Er konnte es nicht steuern, wie es wohl seine Absicht gewesen war. Juno brachte ihn dazu, mehr zu sagen, als er gewollt hatte, weil sie selbst fast nichts sagte. Jetzt musste er sein Interesse erklären.

»Ich bitte um Entschuldigung, dass ich der Sache weiter nachgehe, Mrs. Fetters. Der Fall lässt mir keine Ruhe, weil er so ... ungelöst erscheint. Ich ...« Er schüttelte den Kopf. »Es kommt mir vor, als hätte ich versagt.«

»Ich glaube, niemand hat das wirklich verstanden, Mr. Gleave«, gab Juno zur Antwort. »Ich würde die Sache gern für Sie aufklären, kann das aber leider nicht.«

»Auch für Sie muss das sehr betrüblich sein.« Mitgefühl schwang in seiner Stimme. »Der Wunsch zu verstehen ist Teil des Kummers.«

»Sehr gütig«, sagte sie schlicht.

Jetzt flammte der Funke wieder in ihm auf, wenn auch so schwach, dass man es kaum merken konnte. Charlotte begriff, dass Juno ein Fehler unterlaufen war. Sie hatte sich zurückhaltend statt offen gezeigt. Ob sie nicht doch eingreifen sollte? Oder würde sie damit alles nur schlimmer machen? Wieder konnte sie den Impuls, etwas zu sagen, nur mit Mühe unterdrücken. War dieser Gleave wirklich nur ein Strafverteidiger, der den Prozess um einen seiner Ansicht nach schuldlosen Mandanten verloren hatte, was ihm seine Kollegen möglicherweise verübelten? Oder gehörte er einer mächtigen und schrecklichen Geheimgesellschaft an und war gekommen, um festzustellen, wie viel die Witwe wusste, ob es Papiere gab – Beweismaterial, das unter allen Umständen vernichtet werden musste?

»Ich muss gestehen«, sagte Juno mit einem Mal, »dass ich gern wüsste, warum ... was ...« Sie schüttelte den Kopf, und Tränen traten ihr in die Augen. »Warum Martin gestorben ist. Und ich weiß es nicht! Es ergibt überhaupt keinen Sinn.«

Gleave antwortete auf die einzige ihm mögliche Art. »Ich bedaure außerordentlich, Mrs. Fetters. Es war nicht meine Absicht, Sie zu bekümmern. Wie ungeschickt von mir, das Thema überhaupt anzusprechen. Bitte vergeben Sie mir.«

Sie schüttelte den Kopf. »Ich verstehe durchaus, Mr. Gleave. Sie haben an Ihren Mandanten geglaubt und sind gewiss ebenfalls bekümmert. Ich habe nichts zu vergeben. Offen gesagt, hätte ich Sie gern gefragt, ob Ihnen das Motiv für die Tat bekannt ist, aber natürlich dürften Sie das nicht einmal dann sagen, wenn Sie es wüssten. Nun haben Sie zumindest deutlich gemacht, dass Sie nicht mehr wissen als ich, und dafür danke ich Ihnen. Vielleicht kann ich die Sache jetzt doch auf sich beruhen lassen und mich anderen Dingen zuwenden.«

»Ja ... ja, das wäre am besten«, stimmte er zu und sah Charlotte zum ersten Mal offen an. Mit seinen klug wirkenden dunklen Augen schien er ihre Gedanken lesen zu wollen. Möglicherweise lag in ihnen sogar eine Warnung.

»Es war sehr angenehm, Ihre Bekanntschaft zu machen, Mrs. Pitt.« Obwohl er nichts weiter sagte, schwang in den Worten unverkennbar eine Botschaft mit.

»Ganz meinerseits, Mr. Gleave«, antwortete sie freundlich.

Kaum hatte sich die Tür hinter ihm geschlossen, als sich Juno mit bleichem Gesicht und am ganzen Leibe zitternd Charlotte zuwandte.

»Er wollte wissen, was wir gefunden haben!«, sagte sie mit belegter Stimme. »Deswegen ist er doch gekommen, nicht wahr?«

»Ich denke schon«, stimmte ihr Charlotte zu. »Das bedeutet, dass Sie mit Ihrer Annahme, es müsse etwas geben, Recht haben. Ich weiß zwar nicht, wo, aber es ist wichtig!«

Ein Schauer überlief Juno. »Dann müssen wir es finden! Wollen Sie mir helfen?«

»Selbstverständlich.«

»Vielen Dank. Ich werde überlegen, wo wir suchen können. Darf ich Ihnen eine Tasse Tee anbieten? Ich brauche jetzt unbedingt eine!«

Bisher hatte Charlotte Tante Vespasia nichts von dem gesagt, was Pitt widerfahren war. Es war ihr peinlich. Auch wenn der Grund nicht etwa in einem Dienstversäumnis lag, eher ganz im Gegenteil, hielt sie es für besser, wenn andere nichts von dieser unangenehmen Geschichte erfuhren, vor allem Menschen, an deren guter Meinung Pitt viel lag, und zu denen gehörte Vespasia auf jeden Fall.

Doch mittlerweile belastete das Ganze Charlotte so sehr, dass sie es nicht mehr allein ertragen konnte. Da sie sonst niemandem traute und auch bei keinem anderen Menschen die Fähigkeit voraussetzte, die Zusammenhänge zu erfassen und ihr zu raten, suchte sie Vespasia am Tag nach ihrem Besuch bei Juno Fetters auf. Das Mädchen ließ sie ein. Vespasia saß noch im ganz in Gelb und Gold gehaltenen Frühstückszimmer und forderte Charlotte auf, zumindest eine Tasse Tee mit ihr zu trinken.

»Du siehst ziemlich mitgenommen aus, meine Liebe«, sagte sie freundlich, während sie eine hauchdünne Toastscheibe mit ein wenig Butter und reichlich Aprikosenkonfitüre bestrich. »Vermutlich bist du gekommen, um mit mir über den Grund dafür zu sprechen?«

Charlotte war froh, dass sie sich nicht zu verstellen brauchte. »Ja. Eigentlich geht das schon seit drei Wochen so, aber erst gestern habe ich gemerkt, wie schwerwiegend das Ganze ist. Ich weiß nicht mehr ein noch aus.«

»Hat Thomas keine Meinung dazu?«, fragte Vespasia mit gerunzelter Stirn und vergaß ganz ihren Toast.

»Man hat ihm das Kommando über die Wache in der Bow Street genommen und ihn zum Sicherheitsdienst nach Spitalfields geschickt«, stieß Charlotte hervor. In ihren Worten schwang all der Kummer mit, den sie empfand, all die Angst und Unsicherheit, die sie vor den Kindern und zum Teil sogar vor Gracie verbergen musste.

»Das Allerschlimmste ist, dass er dort auch leben muss. Ich habe ihn seitdem nicht mehr gesehen. Ich kann ihm nicht einmal schreiben, weil ich nicht weiß, wo er sich aufhält! Er schreibt mir zwar, aber ich habe keine Möglichkeit, ihm zu antworten!«

»Das tut mir sehr Leid, meine Liebe«, sagte Vespasia mit bekümmertem Gesicht. Sofern sie außerdem Zorn empfand, war das zweitrangig. Sie hatte im Laufe ihres Lebens zu viel Ungerechtigkeit erlebt, als dass es irgendetwas gab, was sie hätte überraschen können.

»Es handelt sich um einen Racheakt der Oberen wegen seiner Aussage im Prozess gegen John Adinett«, erklärte Charlotte.

»Aha.« Vespasia biss ein wenig von ihrer Toastscheibe ab. Das Mädchen brachte frischen Tee und goss Charlotte eine Tasse ein.

Als sie gegangen war, setzte Charlotte ihren Bericht fort. Sie erklärte, dass sie entschlossen sei, das Motiv für den Mord an Martin Fetters zu finden, und aus diesem Grund dessen Witwe aufgesucht hatte. Dann berichtete sie, so genau sie konnte, über den Inhalt der in Fetters' Schreibtisch gefundenen Papiere und Gleaves Besuch.

Nach längerem Schweigen sagte Vespasia: »Das ist eine äußerst unangenehme Geschichte. Du hast durchaus Grund, dich zu fürchten, denn die Sache ist höchst gefährlich. Ich neige dazu, deine Ansicht zu teilen, was den Zweck von Reginald Gleaves Besuch bei Mrs. Fetters angeht. Wir müssen annehmen, dass er persönliche Interessen damit verfolgt und unter Umständen bereit ist, rücksichtslos vorzugehen, um sein Ziel zu erreichen.«

»Du meinst, er würde vor Gewalttätigkeit nicht zurückschrecken?«, fragte Charlotte in einem Ton, dem anzuhören war, dass sie es selbst vermutete.

Vespasia ließ sie nicht im Unklaren. »Sofern ihm keine andere Möglichkeit bleibt. Es ist unerlässlich, dass du mit größter Vorsicht zu Werke gehst.«

Unwillkürlich musste Charlotte lächeln. »Jeder andere hätte gesagt, ich solle die Finger davon lassen.«

In Vespasias silbernen Augen blitzte es auf. »Und hättest du dich daran gehalten?«

»Nein.«

»Gut. Wenn du jetzt ›Ja‹ gesagt hättest, wäre das entweder die Unwahrheit gewesen, und ich kann es gar nicht leiden, wenn man mich belügt, oder es hätte gestimmt, und dann wäre ich von dir fürchterlich enttäuscht gewesen.« Sie beugte sich ein wenig über den polierten Tisch vor. »Aber meine Warnung meine ich sehr ernst, Charlotte. Ich weiß nicht, was auf dem Spiel steht, nehme aber an, dass es sehr viel ist. Der Kronprinz ist günstigstenfalls das Opfer schlechter Berater, unter Umständen aber auch ein Verschwender, dem es gleichgültig ist, ob er damit seinen guten Ruf aufs Spiel setzt. Viktoria nimmt ihre Pflichten schon lange nicht mehr ernst. Mit dieser Haltung haben die beiden der Verbreitung von republikanischem Gedankengut Vorschub geleistet. Mir war bisher allerdings weder klar, dass sich auch Männer wie Martin Fetters bereits davon haben anstecken lassen, noch dass die Dinge so weit gediehen sind, wie das der Fall zu sein scheint. Was du da entdeckt hast, dürfte darauf hinweisen, dass die Bereitschaft, gewalttätig vorzugehen, schon ziemlich weit fortgeschritten ist.«

Charlotte merkte, dass sie mehr oder weniger gehofft hatte, Vespasia werde ihr sagen, sie irre sich und es gebe eine andere Lösung, die eher auf der persönlichen Ebene lag. Es wäre ihr lieber, wenn sie gesagt hätte, für die gegenwärtige Gesellschaftsordnung bestehe keine Gefahr. Jetzt war auch diese Hoffnung dahin.

»Muss man die Männer, die entschlossen sind, die Monarchie um jeden Preis am Leben zu erhalten, unter den Angehörigen des Inneren Kreises suchen?«, fragte Charlotte. Sie hatte unwillkürlich leise gesprochen, obwohl nicht zu befürchten stand, dass jemand zuhören konnte.

»Das ahne ich nicht«, gab Vespasia zu. »Ich weiß nicht, welche Ziele die Leute verfolgen, zweifle aber nicht, dass sie bereit sind, sie rücksichtslos durchzusetzen. Auf jeden Fall scheint es mir das Beste zu sein, wenn du mit niemandem darüber sprichst. Zwar halte ich Cornwallis für einen Ehrenmann, doch kann ich letzten Endes auch bei ihm nicht wissen, was für ein Mensch er wirklich ist. Wenn die Dinge so liegen, wie du vermutest, haben wir es mit einer überaus mächtigen Clique zu tun, der es auf einen Mord mehr oder weniger nicht ankommt. Ich hoffe, auch Mrs. Fetters hält sich an das, was ich gesagt habe, und schweigt jedem gegenüber.«

Charlotte fühlte sich benommen. Die Sache, der sie anfangs lediglich aus persönlicher Empörung über die Pitt angetane Ungerechtigkeit nachgegangen war, hatte sich mit einem Mal zu einer Verschwörung entwickelt, die ohne weiteres alles bedrohen konnte, was sie kannte.

»Was sollen wir tun?«, fragte sie besorgt und sah Vespasia an.

»Ich habe keine Ahnung«, gestand diese. »Jedenfalls noch nicht.«

Nachdem Charlotte verwirrt und zutiefst unglücklich gegangen war, blieb Vespasia lange in ihrem Frühstückszimmer sitzen und sah durch das Fenster hinaus auf den Rasen. Sie hatte Königin Viktorias gesamte Regierungszeit miterlebt. Vierzig Jahre zuvor schien kein Land auf der Welt stabiler zu sein als England. Allein dort waren alle Werte unerschütterlich und behielt das Geld seinen Wert. Sonntag für Sonntag läuteten die Kirchenglocken, predigten die Geistlichen über Gut und Böse, und nur wenige zweifelten an deren Worten. Jeder wusste, wohin er gehörte, und nahm das als gegeben hin. Die Zukunft dehnte sich endlos vor den Menschen.

Diese Welt war dahingegangen wie die Pracht von Sommerblumen.

Sie wunderte sich, wie sehr es sie entrüstete, dass man Pitt seine Stellung und sein Familienleben genommen und ihn nach Spitalfields geschickt hatte, wo er höchstwahrscheinlich von nicht besonders großem Nutzen war. Sofern Cornwallis der Mann war, für den sie ihn hielt, war Pitt dort zumindest vor der Rache des Inneren Kreises so sicher, wie das überhaupt möglich war. Das zumindest war beruhigend.

Aber was konnte *sie* tun? Zwar bekam sie nicht mehr so unendlich viele Einladungen wie früher, doch waren es immer noch genug, dass sie daraus auswählen konnte. Heute hatte sie die Möglichkeit, zu einem Gartenfest in Astbury House zu gehen, sofern ihr der Sinn danach stand. Eigentlich hatte sie absagen wollen und das am Vortag auch Lady Weston schon angekündigt. Aber sie wusste, dass sich unter den Gästen Randolph Churchill und Ardal Juster befanden. Sie würde die Einladung wohl doch annehmen. Vielleicht war ja auch Somerset Carlisle da. Er war der Einzige, dem sie trauen konnte.

Der Nachmittag war angenehm warm, und die Gärten standen in voller Blüte. Es konnte keinen schöneren Tag für eine Gesellschaft im Freien geben. Als Vespasia ziemlich spät eintraf, wie das ihrer Gewohnheit entsprach, belebten den Rasen bereits herrliche Kleider aus Seide und Musselin sowie mit Blumen, Gaze und Tüll verzierte Hüte, groß wie Wagenräder. Wie alle anderen musste auch sie Acht geben, um nicht von einem der vielen nachlässig geschwungenen Sonnenschirme aufgespießt zu werden.

Sie trug ein mit Grau abgesetztes lavendelfarbenes Kleid und einen Hut, dessen Krempe sich auf einer Seite, einem Vogel gleich, zum Himmel emporschwang und auf der anderen kokett nach unten neigte. Eine solche Kreation vorzuführen durfte nur eine Frau wagen, die sich nicht das Geringste aus der Meinung anderer machte.

»Großartig, meine Liebe!«, sagte Lady Weston kalt. »Dieser Hut ist bestimmt einmalig.« Damit meinte sie, dass er aus der Mode war und sich außer ihr bestimmt keine andere Frau damit zeigen würde.

»Danke«, gab Vespasia mit einem hinreißenden Lächeln zurück. »Wie großzügig von Ihnen.« Abfällig ließ sie den Blick an Lady Westons einfallslosem blauen Kleid auf und ab wandern. »Eine herrliche Gabe.«

»Wie bitte?«, erkundigte sich Lady Weston verwirrt.

»Die Bescheidenheit, die darin liegt, andere zu bewundern«, erklärte Vespasia, raffte mit erneutem Lächeln die Röcke und verließ Lady Weston, die erst jetzt merkte, dass sie unterlegen war, und sich darüber grün und blau ärgerte.

Sie sah den Zeitungsverleger Thorold Dismore mit dem Zuckerfabrikanten Sissons. Die Unterhaltung schien Dismore außerordentlich zu interessieren. Sissons war kaum wiederzuerkennen. Während er im Gespräch mit dem Kronprinzen tölpelhaft, geistlos und von tödlicher Langeweile gewesen war, sah er jetzt geradezu von Begeisterung beflügelt aus.

Einen Augenblick lang sah Vespasia interessiert hin und fragte sich, welches Thema die beiden wohl so sehr fesseln mochte. Zwar war Dismore, dem Wohlstand und gesellschaftliche Position in die Wiege gelegt worden waren, ein Exzentriker, doch setzte er sich für bestimmte Ziele leidenschaftlich ein, wenn dazu auch nicht gerade politische Reformen gehörten. Er war ein glänzender Redner und konnte mitunter recht witzig sein.

Sissons hatte sich sein Vermögen selbst erarbeitet. Vielleicht gehörte er zu den Menschen, die in Gegenwart von Berühmtheiten förmlich erstarren, sei es ein Genie, eine hinreißende

Schönheit oder, wie bei der Königlichen Hoheit, eine Persönlichkeit von hohem Rang.

So gern sie gewusst hätte, was die beiden zusammengeführt hatte, sie sollte es nie erfahren, denn unvermittelt sah sie sich Charles Voisey gegenüber. Er sah belustigt zu ihr her, wobei er die Augen gegen die Sonne zusammenkniff. Sie konnte seinem Gesicht nicht entnehmen, was er empfand, hatte keine Vorstellung, ob ihm ihre Anwesenheit angenehm oder unangenehm war, ob er sie bewunderte oder verachtete oder sie gar aus seinen Gedanken strich, sobald er sie nicht mehr sah. Dieser Gedanke behagte ihr ganz und gar nicht.

»Guten Tag, Lady Vespasia«, sagte er höflich. »Ein wunderschöner Garten.« Er sah sich in der Fülle von Formen und Farben um, ließ den Blick zu den sauber gestutzten Hecken wandern, den bunten Beeten, dem glatten Rasen und verweilte schließlich bei einigen leuchtend lila Iris, durch deren geschwungene Kelchblätter das Licht schimmerte. Ihr Duft lag schwer in der warmen Luft. »Richtig englisch«, fügte er hinzu.

Damit hatte er Recht. Unwillkürlich musste sie an die Hitze Roms denken, die dunklen Zypressen, das Geräusch, mit dem das Wasser der Fontänen herabplätscherte, wie Musik auf Steinen. Tagsüber hatte sie die Augen vor der grellen Sonne schließen müssen, doch abends wurde das Licht sanft, ocker- und rosenfarben, tauchte alles in eine Schönheit, unter der die Wunden von Gewalttat und Vernachlässigung heilten.

Das aber hatte mit Mario Corena zu tun, nicht mit dem Mann, der ihr jetzt gegenüberstand. Hier ging es um eine andere Schlacht, um andere Ideale. Jetzt musste sie an Pitt und die beispiellose Verschwörung denken, deren Opfer er geworden war.

»Da haben Sie Recht«, gab sie mit ebenso distanzierter Höflichkeit zurück. »Diese wenigen Wochen des Hochsommers haben etwas ganz besonders Üppiges. Vielleicht liegt es daran, dass sie so kurz sind und man ihrer nicht sicher sein darf. Schon morgen kann es regnen.«

Sein Blick glitt zur Seite. »Das klingt schwermütig, Lady Vespasia, und auch ein wenig traurig.«

Sie sah auf sein Gesicht. Das scharfe Sonnenlicht ließ jeden

Makel deutlich werden, jede Spur von Leidenschaft, Unbeherrschtheit oder Schmerz. Wie nahe es ihm wohl gegangen war, dass man Adinett gehängt hatte? Damals bei dem Empfang, bevor der Fall in die Berufung gegangen war, hatte in seiner Stimme unverhüllte Wut gelegen. Trotzdem hatte er mit der Mehrheit jener Richter gestimmt, die sich für eine Verurteilung ausgesprochen hatten. Allerdings war das Abstimmungsergebnis vier zu eins gewesen. Angenommen, er stand auf der anderen Seite, dann wäre, wenn er anders gestimmt hätte, seine wahre Haltung ans Licht gekommen, ohne dass sich am Ergebnis etwas geändert hätte. So etwas würde einen Menschen wie ihn zutiefst erbittern.

War er einfach von der Schuldlosigkeit des Mannes überzeugt, war es ein Fall persönlicher Freundschaft, oder ging es um gemeinsame politische Überzeugungen? Die Anklage hatte zu keinem Zeitpunkt ein Motiv nennen, geschweige denn beweisen können.

»Ist das so schwer zu verstehen?«, gab sie zur Antwort. »Ein Teil der Freude, die wir an den Dingen empfinden, geht doch auf das Bewusstsein zurück, dass alles nur allzu rasch vorüber sein wird, sowie auf die Gewissheit, dass es wiederkommt, auch wenn wir es nicht alle miterleben werden.«

Er sah sie jetzt aufmerksam an. Die Maske beiläufiger Höflichkeit war gefallen. »Auch jetzt erleben wir es nicht alle mit, Lady Vespasia.«

Sie dachte an Pitt in Spitalfields, an Adinett in seinem Grab sowie an die namenlosen Millionen, die nicht von Blumen umgeben im Licht der Sonne standen. Sie befand, dass keine Zeit für Nettigkeiten war, und stimmte ihm mit den Worten zu: »Im Gegenteil, Mr. Voisey, nur die wenigsten. Aber zumindest ist es da, und das bedeutet Hoffnung. Es ist besser, die Blumen blühen für wenige als überhaupt nicht.«

»Solange wir zu den wenigen gehören!«, gab er umgehend zurück. Diesmal war die Leidenschaft auf seinen Zügen unverkennbar.

Ohne sich durch seine Ruppigkeit verstimmen zu lassen, antwortete sie mit einem Lächeln. Ihr war klar, dass in seinen Worten eine Anschuldigung mitschwang.

In seinen Augen flackerte Zweifel auf. Vielleicht hatte er einen Fehler begangen. Sie hatte sehen wollen, auf welcher Seite er stand, und er hatte es ihr gezeigt. Dann aber entspannten sich seine Züge, und er lächelte ihr breit zu, wobei er seine blendend weißen Zähne entblößte.

»Natürlich, wie könnten wir sonst davon sprechen, außer in Träumen? Doch ich weiß, dass Sie sich gleich mir um Reformen bemüht haben und Ungerechtigkeit auch Ihnen zuwider ist.«

Jetzt war die Reihe an ihr, unsicher zu sein. Er war nicht leicht zu durchschauen, aber vielleicht machte ihn seine Integrität so vielschichtig. Unmöglich war das nicht.

Hatte Adinett Martin Fetters getötet, um zu verhindern, dass es in England zu einer republikanischen Revolution kam? Das wäre etwas völlig anderes als eine Reform mittels einer Gesetzesänderung durch die dazu bevollmächtigten Volksvertreter.

Vespasia erwiderte das Lächeln, und diesmal meinte sie es aufrichtig.

Kurz darauf trat Lord Randolph Churchill zu ihnen, und das Gespräch verließ die persönliche Ebene. Angesichts der so kurz bevorstehenden Unterhauswahl kam natürlich die Politik zur Sprache: Gladstone und der ganze Ärger mit der Selbstbestimmung Irlands, das Anwachsen anarchistischer Tendenzen auf dem europäischen Festland und die Bombenwerfer in London.

»Das East End ist das reinste Pulverfass«, sagte Churchill leise zu Voisey. Augenscheinlich hatte er vergessen, dass Vespasia ebenfalls hören konnte, was er sagte. »Da braucht nur jemand den zündenden Funken hineinzuwerfen, und alles geht in die Luft.«

»Und was unternehmen Sie?«, erkundigte sich Voisey mit besorgter Stimme.

»Ich muss wissen, wem ich trauen kann und wem nicht«, gab Churchill voll Verbitterung zurück.

Vorsichtig sagte Voisey: »Die Königin muss aus ihrer Zurückgezogenheit herauskommen und sich dem Volk erneut zuwenden. Außerdem muss der Kronprinz seine Schulden zahlen und aufhören, so verantwortungslos zu leben, als gäbe es kein Morgen.«

»Wenn das alles wäre, hätte ich keine Probleme«, gab Churchill zurück. »Ich kannte Warren und Abberline auch bis zu einem gewissen Grade, aber was Narraway angeht, habe ich meine Zweifel. Gewiss, er ist klug, doch ich weiß nicht, auf welcher Seite er stehen würde, wenn es zum Schwur kommt.«

Voisey lächelte.

Einige hübsche junge Frauen in spitzenbesetzten pastellfarbenen Kleidern kamen mit schwingenden Röcken lachend vorüber und bemühten sich beim Anblick der Gruppe um ein geziemenderes Verhalten.

Vespasia beneidete sie nicht um ihre hoffnungsvolle und unschuldige Jugend. Sie hatte ein erfülltes Leben geführt und bedauerte nur wenig. Sie mochte gelegentlich selbstsüchtig gewesen sein oder töricht gehandelt haben, doch Feigheit hatte sie sich trotz aller Widrigkeiten nie vorzuwerfen brauchen, sie hatte sich immer allem gestellt.

Zu ihrer Enttäuschung konnte sie Somerset Carlisle nicht unter den Anwesenden entdecken. Als sie merkte, dass sie schon ziemlich lange dort gestanden hatte und sich gerade entschuldigen und weitergehen wollte, hörte sie erneut Churchills Stimme hinter einer Rosenlaube. Er sprach in drängendem Ton. Nur mit Mühe konnte sie verstehen, was er sagte.

»… nicht wieder zur Sprache kommen! Die Sache ist erledigt. So etwas passiert nicht wieder.«

»Das will ich hoffen!«, sagte eine andere Stimme im Flüsterton. Sie war so verzerrt, dass Vespasia sie nicht erkennen konnte. »Noch eine solche Verschwörung könnte das Ende bedeuten – und das sage ich nicht so einfach dahin.«

»Sie sind alle tot, Gott steh uns bei«, sagte Churchill mit belegter Stimme. »Was haben Sie denn geglaubt, was wir tun würden – etwa uns erpressen lassen? Wo würde das enden?«

»Im Grab«, kam die Antwort, »und dort gehört es auch hin.«

Schließlich wandte sich Vespasia ab. Sie verstand nicht, was diese Worte zu bedeuten hatten.

Einige Schritte vor ihr berichtete Lady Weston einem Bewunderer von Oscar Wildes jüngstem Stück *Lady Windermeres Fächer*. Beide lachten.

Vespasia trat ins Sonnenlicht hinaus zu ihnen. Diesmal drängte sie sich bewusst in die Unterhaltung anderer hinein. Sie war banal, witzig und alltäglich, und sie sehnte sich danach, daran teilzunehmen. Solange das möglich war, wollte sie an Dingen festhalten, die ihr vertraut waren.

Kapitel 7

Die Aufklärung der Unzahl von Einbrüchen, mit der man Tellman betraut hatte, ging an die Grenzen seiner Geduld. Während er Fragen stellte und sich die ihm vorgelegten Bilder von Schmuck ansah, waren seine Gedanken bei Pitt in Spitalfields und bei der Frage, was Adinett in der Cleveland Street getan haben mochte, dass sich Lyndon Remus so brennend dafür interessierte.

Sein Verstand sagte ihm, dass er die Einbrüche nicht aufklären würde, wenn er sich nicht auf seine Arbeit konzentrierte, und ihm das nur noch mehr Ärger eintragen würde. Doch seine Gedanken ließen sich davon nicht beeindrucken, sie kehrten immer wieder an ihren Ausgangspunkt zurück. Sobald es ihm möglich war, mit der Tagesarbeit aufzuhören, verließ er die Wache in der Bow Street, was in keiner Weise seiner üblichen Arbeitshaltung entsprach, und begann sich ein Bild von Remus zu machen. Er erkundete dessen Lebensgewohnheiten und stellte fest, wo er wohnte, wo er gewöhnlich aß, welche Gaststätten er aufsuchte und an welche Blätter er seine Berichte vorwiegend verkaufte. Das Muster, das sich dabei herausstellte, hatte sich im Laufe des letzten Jahres geändert – die Zahl der an Thorold Dismore verkauften Artikel hatte immer mehr zugenommen, bis er in den Monaten Mai und Juni schließlich fast nur noch für ihn gearbeitet hatte.

Erst gegen Mitternacht, als die Gaststätten bereits geschlossen waren, hatte Tellman den Eindruck, Remus jederzeit aufspüren zu können, wenn er ihn brauchte. Er würde seinem Vorgesetzten am nächsten Morgen eine Lüge auftischen, was er noch nie getan hatte, denn diesmal würde keine der üblichen Ausflüchte genügen, um zu erklären, was er tun würde. Falls man ihm auf die Schliche kam, würde er sich eine entsprechende Rechtfertigung ausdenken müssen.

Trotz seines durchaus bequemen Bettes schlief er schlecht und wachte früh wieder auf. Zum Teil ging das darauf zurück, dass ihm unaufhörlich Vorstellungen davon durch den Kopf gingen, welche persönlichen Laster oder Geheimnisse Adinett nach Mile End geführt haben mochten, derentwegen Martin Fetters ihn dann unter Druck gesetzt hatte. Doch nichts von all dem schien zu dem Eindruck zu passen, den ihm der kleine Tabakladen in jener ganz alltäglich wirkenden Straße gemacht hatte.

Er bereitete sich rasch eine Tasse Tee und kaufte ein belegtes Brot beim ersten Straßenhändler, an dem er vorüberkam, während er zur Straßenecke vor Remus' Wohnung in der Nähe der Pentonville Road eilte, damit er ihm auf seinen Wegen durch die Stadt folgen konnte.

Er musste nahezu zwei Stunden warten, bis Remus schließlich frisch rasiert aus dem Haus trat. Der saubere weiße Kragen war so hoch und steif, dass er kaum bequem sein konnte, und sein zurückgekämmtes Haar war noch feucht, als er wenige Schritte von Tellman entfernt vorüberschritt, der mit gesenktem Kopf in einer Toreinfahrt stand und sich vom langen Warten ziemlich zermürbt und wütend fühlte. Offensichtlich konzentrierte sich Remus auf das Ziel, dem er entgegenstrebte, denn er schien nichts um sich herum wahrzunehmen.

Tellman folgte ihm in fünfzehn Schritt Abstand, bereit, diesen zu verkürzen, wenn die Straßen belebter wurden und er damit rechnen musste, ihn aus den Augen zu verlieren.

Nach einem knappen Kilometer musste er ein Stück rennen und hätte trotzdem fast den Pferde-Omnibus verpasst, den Remus bestiegen hatte. Schwer atmend ließ er sich auf einen Platz neben einem dicken Mann in einem gestreiften Mantel fallen, der ihn belustigt musterte. Innerlich verwünschte Tellman seine übergroße Vorsicht, denn Remus hatte sich nicht ein einziges Mal umgesehen.

Es war Tellman durchaus klar, dass die Angelegenheit, in der er Remus verfolgte, möglicherweise nicht das Geringste mit Pitt zu tun hatte. Unter Umständen sah Remus sie bereits als abgeschlossen an, weil er gefunden hatte, was er suchte – oder weil seine Suche ergebnislos geblieben war. Jeden Morgen hatte Tellman die Zeitungen auf Artikel durchforscht, die mit Adinett oder Martin Fetters zu tun hatten, aber nichts gefunden – und auch sonst keinen, der auf Remus als Verfasser hinwies. Alle Blätter walzten die entsetzlichen Vergiftungsfälle von Lambeth auf der ersten Seite breit aus. Allem Anschein nach waren bereits sieben junge Prostituierte diesem heimtückischen Anschlag zum Opfer gefallen. Entweder hatte diese jüngste Abscheulichkeit die Ereignisse in der Cleveland Street und um sie herum in den Hintergrund gedrängt, oder Remus war noch immer auf der Fährte. Diesmal schien sie ihn nach St. Pancras zu führen.

Als Remus ausstieg, folgte ihm Tellman vorsichtig und in gehörigem Abstand, doch auch jetzt sah sich Remus nicht um. Es war um die Mitte des Vormittags, die Straßen waren voller Menschen, und der Verkehr kam nur mühsam voran.

Remus überquerte die Straße, gab dem kleinen Jungen, der mit seinem Besen die Stelle von Pferdeäpfeln freihielt, ein Trinkgeld und beschleunigte den Schritt, kaum dass er die gegenüberliegende Seite erreicht hatte. Kurz darauf eilte er die Stufen des Krankenhauses von St. Pancras empor.

Schon wieder ein Krankenhaus! Dabei wusste Tellman nach wie vor nicht, was Remus im Guy's Hospital am Südufer der Themse gewollt hatte.

Er folgte ihm im Laufschritt und war froh, dass er daran gedacht hatte, eine dunkle Tuchmütze aufzusetzen, die er sich tief ins Gesicht ziehen konnte. Wieder erkundigte sich Remus an der Pforte und machte sich dann mit raschen Schritten zur Verwaltung auf. Was mochte er suchen? Dasselbe wie im Guy's Hospital? War er hergekommen, weil er es dort nicht gefunden hatte? Oder gab es etwas zu vergleichen?

Während Tellman Remus folgte, der mit schwingenden Armen durch den Korridor eilte, überlegte er, warum sich der Journalist nicht nach den hinter ihm hallenden Schritten umsah.

Zwei ältere Krankenschwestern mit erschöpften Gesichtern kamen ihnen entgegen. Die eine trug einen mit einem Deckel verschlossenen Eimer. Er schien schwer zu sein, denn er zog ihren Arm herunter. Die andere hielt ein Bündel schmutziger Laken im Arm und blieb immer wieder stehen, um die Enden aufzuheben, die sie beim Gehen behinderten.

Remus wandte sich nach rechts, eilte eine kleine Treppe empor und klopfte an. Die Tür wurde geöffnet, und er trat ein. Auf einem Schild sah Tellman, dass es sich um die Registratur des Krankenhauses handelte.

In einer Art abgeteiltem Warteraum stützte sich ein kahlköpfiger Mann auf eine Theke. Hinter ihm standen Regale voller Akten. Drei weitere Personen schienen auf Angaben zu hoffen, eine ältere Frau mit einem ramponierten Strohhut und zwei Männer. Sie trugen schlecht sitzende dunkle Anzüge und sahen einander ähnlich. Möglicherweise waren sie Brüder.

Remus stellte sich hinten an und trat vor Ungeduld von einem Fuß auf den anderen.

Tellman näherte sich der Tür, bemüht, so wenig wie möglich aufzufallen. Er hielt den Kopf gesenkt und sah zu Boden, sodass der Mützenschirm sein Gesicht verbarg.

Er konnte sehen, wie Remus hinter dem Rücken die Hände ungeduldig öffnete und schloss. Was beschäftigte ihn innerlich so sehr, dass er es nicht einmal merkte, wenn man ihm folgte? Tellman roch fast die Erregung des Mannes. Er ahnte nicht im Geringsten, worum es ihm ging, vermutete aber, dass es mit John Adinett zu tun hatte.

Die beiden Brüder hatten erfahren, was sie wissen wollten, und gingen gemeinsam hinaus. Jetzt kam die Frau an die Reihe. Es dauerte einige Minuten, bis sie abgefertigt war und Remus endlich an die Theke treten konnte.

»Guten Morgen«, sagte er munter zu dem Angestellten. »Man hat mir gesagt, dass Sie mir Angaben über Patienten machen können. Soweit ich gehört habe, wissen Sie mehr über dies Krankenhaus als jeder andere.«

»So?« Der Mann ließ sich offenbar nicht ohne weiteres um den Finger wickeln. »Was wünschen Sie?« Er schob die Unterlippe vor. »Vermutlich geht es nicht um irgendwelche Angehörigen, sonst würden Sie das einfach sagen, und auch nicht darum, was es hier kostet, denn das könnten Sie ohne die geringste Schwierigkeit erfahren. Sie sehen mir nicht wie jemand aus, der für irgendwelche Sachen auf meine Hilfe angewiesen ist.«

Remus stutzte, reagierte aber rasch. »So ist es. Ich bin einem Mann auf der Spur, der möglicherweise Bigamist ist. Jedenfalls hat mir das eine Dame gesagt. Ich selbst bin mir der Sache nicht so sicher.«

Der Angestellte setzte zu einer Bemerkung an, überlegte es sich aber offensichtlich anders und fragte: »Und Sie nehmen an, dass er sich hier aufhält, Sir? Ich habe hier in der Registratur ausschließlich die Akten früherer Patienten; die der gegenwärtigen befinden sich auf der Station.«

»Nein«, gab Remus zur Antwort. »Aber ich nehme an, dass er hier gestorben sein könnte. Damit wäre die Sache ohnehin erledigt.«

»Name?«

»Crook. William Crook«, sagte Remus mit leicht zittriger Stimme. Er schien kurzatmig zu sein, und Tellman sah, dass ihm der steife Kragen hinten im Nacken tief ins Fleisch drückte. »Ist er gegen Ende vorigen Jahres hier gestorben?«, fuhr Remus fort.

»Und wenn es so wäre?«, gab der Mann zurück.

»Sagen Sie es mir bitte.« Remus beugte sich steif über die Theke, die Stimme erhoben. »Ich … ich muss es wissen.«

»Ja, ist er, der Arme«, antwortete der Mann in achtungsvollem Ton. »Das passiert in jedem Jahr Dutzenden. Sie hätten das ohne die geringste Mühe auch in einem öffentlichen Archiv erfahren können.«

»Das ist mir bekannt.« Remus ließ sich nicht abweisen. »An welchem Tag?«

Der Mann rührte sich nicht.

Remus legte eine halbe Krone auf die Theke. »Sehen Sie nach, und sagen Sie mir, welcher Religion er angehörte.«

»Welcher Religion?«

»Ja, ist das so schwer zu verstehen? Und was für Angehörige er hatte: wer ihn besucht hat und wer noch lebt.«

Der Mann sah auf die halbe Krone. Diese zweieinhalb Shilling waren eine Menge Geld und leicht verdient. Er wandte sich zu den Regalen um, nahm ein blau eingebundenes Hauptbuch heraus und schlug es auf. Remus ließ ihn nicht aus den Augen. Er hatte nach wie vor nichts von Tellmans Anwesenheit bemerkt und auch nicht, dass ein schmaler Mann mit blondem Haar kurz nach ihnen eingetreten war.

Tellman überlegte fieberhaft. Wer mochte dieser William Crook sein, und was hatte dessen Tod in einem Krankenhaus zu bedeuten? Oder seine Religionszugehörigkeit? Wenn er im vorigen Jahr gestorben war, was konnte er da mit Adinett oder Martin Fetters zu tun haben? Hatte ihn Adinett möglicherweise ermordet, und Fetters hatte davon gewusst? Dann wäre das Motiv klar.

Der Angestellte hob den Blick. »Er ist am vierten Dezember verschieden. Seine Witwe Sarah, die hier ihre Angaben gemacht hat, sagt, dass er römisch-katholisch war.«

Remus beugte sich noch weiter vor. Er sprach beherrscht, doch klang seine Stimme ein wenig schärfer als zuvor. »Römisch-katholisch. Sind Sie sicher? Steht das da?«

Aufgebracht sagte der Mann: »Hab ich Ihnen doch gerade gesagt.«

»Und wo hat er gewohnt, bevor er hierher kam?«

Der Angestellte sah auf das Blatt und zögerte.

Remus verstand und legte mit hartem Geräusch einen weiteren Shilling auf die Theke.

»In der St. Pancras Street Nummer 9«, sagte der Mann.

»In der St. Pancras Street!« Remus war offenkundig verblüfft und fragte ungläubig: »Sind Sie sicher? Nicht in der Cleveland Street?«

»In der St. Pancras Street«, wiederholte der Angestellte.

»Wie lange war er da?«, fragte Remus.

»Woher soll ich das wissen?«, fragte der Mann zurück.

»Und Nummer 9, sagten Sie?«

»Ja.«

»Danke.« Remus wandte sich um und ging hinaus, den Kopf nachdenklich gesenkt. Er merkte nicht einmal, dass Tellman hinter ihm den Raum verließ, ohne seinerseits an die Theke getreten zu sein.

Tellman folgte ihm in geringer Entfernung auf die Straße. Remus war erkennbar nach wie vor unaufmerksam, diesmal vermutlich aus Enttäuschung und Verwirrung. Ohne zu zögern, schritt er mit großen Schritten die St. Pancras Street entlang. Am Haus Nummer 9 klopfte er und trat einen Schritt zurück, um zu warten.

Tellman blieb auf der anderen Straßenseite stehen. Wäre er hinübergegangen und so nahe herangetreten, dass er hören konnte, was gesagt wurde, wäre seine Gegenwart Remus wohl trotz dessen Unaufmerksamkeit aufgefallen.

Eine ungewöhnlich hoch gewachsene Frau – Tellman schätzte sie auf über einen Meter achtzig – öffnete die Tür. Sie sah zum Fürchten aus.

Angesichts Remus' äußerst zuvorkommenden und achtungsvollen Verhaltens wurde sie, wie es aussah, zugänglicher. Sie sprachen einige Minuten miteinander, dann machte Remus eine angedeutete Verbeugung, lüftete den Hut, wandte sich um und ging rasch fort. Dabei schien er so aufgeregt zu sein, dass er einige Male ins Stolpern geriet. Tellman hatte die größte Mühe, ihm schnell genug zu folgen.

Er sah, dass Remus zum Bahnhof St. Pancras ging und diesen durch den Haupteingang betrat.

Tellman tastete in seinen Taschen nach den Münzen und spürte drei halbe Kronen, zwei Shilling und einige Pennys. Wahrscheinlich würde Remus nur eine oder zwei Stationen weit fahren, sodass es wohl ziemlich leicht war, ihm zu folgen – aber lohnte sich das Risiko? Vermutlich handelte es sich bei der hoch gewachsenen Frau in der Tür des Hauses Nummer 9 um William Crooks Witwe Sarah. Was mochte sie Remus gesagt haben, dass er mit einem Mal so munter wirkte? Vielleicht, dass es sich um eben den William Crook handelte, der früher einmal in der Cleveland Street gewohnt hatte? Oder dass irgendeine andere enge Beziehung zwischen ihm und jener Straße bestand? Das Gespräch an der Haustür hatte eine ganze Weile gedauert. Offenbar hatte sie mehr gesagt, als er wissen wollte. Etwas über Adinett?

Remus trat an den Fahrkartenschalter.

Zumindest konnte Tellman feststellen, wohin er wollte. Die

Anwesenheit weiterer Menschen in der Bahnhofshalle gab ihm die Möglichkeit, näher heranzugehen, ohne Aufmerksamkeit zu erregen. Er versteckte sich hinter einer jungen Frau mit einer Tuchtasche, die einen hellblauen weiten Rock trug.

»Einmal zweiter Northampton hin und zurück«, sagte Remus rasch und erregt. »Wann geht der nächste Zug?«

»Erst in einer Stunde, Sir«, teilte ihm der Mann am Schalter mit. »Das macht vier Shilling, acht Pence. Umsteigen in Bedford.«

Remus gab ihm das Geld und nahm seine Fahrkarte entgegen.

Tellman wandte sich rasch ab und verließ den Bahnhof. Dabei überlegte er: Northampton? Das war sehr weit! Welche mögliche Verbindung konnte da bestehen? Hinzufahren würde ihn Zeit und Geld kosten, und beides konnte er sich nicht leisten. Er neigte nicht zu impulsiven Handlungen. Hinzu kam, dass es ein äußerst großes Risiko bedeutete, Remus dorthin zu folgen.

Ohne sich bewusst für etwas entschieden zu haben, ging er die St. Pancras Street in Richtung auf das Krankenhaus zurück. Bis zur Abfahrt des Zuges blieb eine volle Stunde. Selbst wenn er sich eine Dreiviertelstunde im Krankenhaus aufhielt, blieb ihm notfalls immer noch genug Zeit, zum Bahnhof zurückzukehren, eine Fahrkarte zu kaufen und den Zug zu erreichen.

Wer war dieser William Crook? Warum war seine Religionszugehörigkeit von Bedeutung? Wonach hatte Remus Crooks Witwe gefragt, abgesehen von einer Verbindung mit der Cleveland Street? Tellman war wütend auf sich, weil er der Sache nachging, und auf alle anderen, weil Pitt in Schwierigkeiten war und niemand etwas dagegen unternahm. Überall herrschte Ungerechtigkeit, doch die Menschen kümmerten sich nur um ihre eigenen Angelegenheiten, ohne nach links und rechts zu sehen.

Er überlegte, wie er Gracie mitteilen würde, dass all das keinen rechten Sinn ergab und möglicherweise ohnehin nichts mit Adinett zu tun hatte. Jedes Mal, wenn er sich dic richtigen Worte zu überlegen versuchte, klangen sie wie billige Ausflüchte. Er konnte ihr Gesicht so deutlich vor sich sehen, dass es ihn verblüffte. Er sah alles ganz genau, die Farbe ihrer Augen, den Lichtschimmer auf ihrer Haut, die Schatten ihrer Wimpern, die Art, wie sie immer ein oder zwei Strähnen ihres Haares an der rechten Schläfe ein wenig zu fest nach hinten zog. Die Form ihres Mundes war ihm ebenso vertraut wie sein eigener im Rasierspiegel.

Sie würde einen Fehlschlag nicht hinnehmen, sondern ihn dafür verachten. Er sah den Ausdruck in ihren Augen schon vor sich, und es schmerzte so sehr, dass er zu dem Ergebnis gelangte, er dürfe es nicht so weit kommen lassen.

Er kehrte um und ging in Richtung Westen auf das Haus mit der Nummer 9 zu. Wenn er anfing, über das nachzudenken, was er da tat, würde er seine Entschlusskraft verlieren, und so überlegte er erst gar nicht. Er ging zur Tür des Hauses und klopfte an, seinen Dienstausweis in der Hand.

Die Riesin öffnete.

»Ja?«

»Guten Morgen, Ma'am«, sagte er und merkte, dass ihm fast der Atem stockte. Er zeigte ihr seinen Ausweis.

Die Frau sah ihn mit unbeweglichem Gesicht aufmerksam an. »Schön, Wachtmeister Tellman, was wollen Sie?«

Sollte er es mit der Autorität seines Amtes oder mit einem gewinnenden Lächeln versuchen? Es war schwierig, einer Frau ihrer Größe und ihres Auftretens gegenüber Amtsautorität einzusetzen, und noch nie im Leben war ihm weniger zum Lächeln zumute gewesen. Er musste etwas sagen, er merkte an ihrem Gesichtsausdruck, dass sie ungeduldig wurde.

»Ich untersuche ein äußerst schweres Verbrechen, Ma'am«, sagte er mit größerer Festigkeit, als er empfand. »Vor etwa einer halben Stunde bin ich einem Mann hierher gefolgt, mittelgroß, leicht rötliches Haar, ein scharf geschnittenes Gesicht. Ich nehme an, dass er Ihnen bestimmte Fragen über den verstorbenen Mr. William Crook gestellt hat.« Er holte tief Luft. »Ich muss unbedingt wissen, was für Fragen das waren und was Sie ihm gesagt haben.«

»Ach ja? Und warum, Wachtmeister?« Sie hatte einen ausgeprägten schottischen Westküstenakzent, der ihm überraschend angenehm in den Ohren klang.

»Den Grund kann ich Ihnen aus Gründen der Amtsverschwiegenheit nicht nennen, Ma'am. Ich muss einfach wissen, was Sie ihm gesagt haben.«

»Er hat mich sehr eindringlich gefragt, ob wir früher einmal in der Cleveland Street gelebt haben. Am liebsten hätte ich es ihm nicht gesagt.« Sie seufzte. »Aber welchen Sinn hat das? Meine Tochter Annie hat da in einem Tabakladen gearbeitet.« Der entsetzliche Kummer, der dabei auf ihr Gesicht trat, erschütterte Tellman. Dann sah ihr Gesicht wieder so aus wie zuvor, und er hörte, wie er sie weiter fragte: »Was wollte er noch wissen, Mrs. Crook?«

»Ob ich mit einem J. K. Stephen verwandt bin«, sagte sie. Ihre Stimme klang matt, als habe sie keinen Willen mehr, gegen das Unausweichliche anzukämpfen. »Mein Mann war mit ihm verwandt, seine Mutter war seine Kusine.«

Tellman wusste nicht, was er denken sollte. Von einem J. K. Stephen hatte er noch nie gehört.

»Aha.« Er wusste lediglich, dass die Sache Remus ungeheuer wichtig war, sonst wäre er nicht umgehend zum Bahnhof gegangen, um eine Fahrkarte nach Northampton zu kaufen. »Danke, Mrs. Crook. Hat er sonst nichts weiter gefragt?«

»Nein.«

»Hat er Ihnen einen Grund genannt, warum er das wissen wollte?«

»Er hat behauptet, das wäre nötig, damit eine große Ungerechtigkeit aus der Welt geschafft wird. Ich hab ihn nicht gefragt, worum es da ging. Es könnte etwas X-Beliebiges sein.«

»So ist es. Was die Ungerechtigkeit betrifft, hat er allerdings Recht ... immer vorausgesetzt, dass es ihm wirklich um die geht.« Er neigte den Kopf. »Guten Tag, Ma'am.«

»Guten Tag.« Sie schloss die Tür.

Auf der langweiligen Fahrt nach Northampton ging Tellman im Kopf alle Möglichkeiten durch, die ihm als Grund für Remus' Unternehmen einfielen. Sie wurden von Minute zu Minute fantastischer. Vielleicht war das Ganze sinnlos, eine gigantische Luftblase? Die Sache mit der Ungerechtigkeit war möglicherweise nichts anderes als ein Kniff, um Mrs. Crook zum Reden zu bringen. Vielleicht ging es Remus lediglich um einen Skandal? Schließlich war das im Fall des Mordes am Bedford Square genau so gewesen. Zeitungen waren auf Skandalgeschichten erpicht, weil sie damit ihre Auflage steigern konnten.

Aber Adinett hatte das Haus in der Cleveland Street bestimmt nicht deshalb aufgesucht, es voll Erregung verlassen und sich auf den Weg zu Dismore gemacht. Das Elend anderer Menschen als solches interessierte ihn nicht.

Nein, es gab einen anderen Grund, und Tellman musste ihn finden.

In Northampton stieg Remus aus und nahm eine Droschke. Tellman nahm die nächste und wies den Kutscher an, seinem Kollegen zu folgen. Während es in raschem Trab durch die im Sonnenlicht daliegenden Straßen des Provinzstädtchens ging, beugte sich Tellman gespannt vor. Die Wagen hielten schließlich vor einem finsteren Gebäude, das sich als Irrenanstalt herausstellte.

Tellman wartete draußen am Tor, wo man ihn nicht sehen konnte. Als Remus fast eine Stunde später wieder auftauchte, war sein Gesicht vor Erregung gerötet, seine Augen glänzten, und er schritt so kräftig aus, dass er es wohl kaum gemerkt hätte, wenn er mit Tellman zusammengestoßen wäre.

Sollte er Remus wieder folgen und sehen, wohin er jetzt ging, oder festzustellen versuchen, was er gerade in Erfahrung gebracht hatte? Unbedingt Letzteres. Abgesehen von allem anderen blieb ihm nicht mehr viel Zeit, um zum Bahnhof zurückzukehren und den letzten Zug nach London zu erreichen. Es würde ohnehin nicht einfach sein, Wetron zu erklären, warum er den ganzen Tag fort gewesen war.

Er ging ins Büro der Anstalt und zeigte seinen Dienstausweis. Die Lüge kam ihm leicht über die Lippen. »Ich untersuche einen Mordfall. Ich bin von London einem Mann hierher gefolgt, etwa meine Größe, um die dreißig, rötliches Haar, nussbraune Augen. Sie sollten mir alles sagen, wonach er Sie gefragt hat und welche Auskünfte Sie ihm gegeben haben.«

Der Mann zwinkerte überrascht und hob seine blassblauen Augen zu Tellman, wobei seine Hand mit dem Gänsekiel mitten in der Luft verharrte.

»Der hat sich nach keinem Mord erkundigt«, begehrte er auf. »Der arme Schlucker ist auf ganz natürliche Weise gestorben, wenn man es natürlich nennen kann, dass er sich zu Tode gehungert hat.«

»Zu Tode gehungert?« Tellman wusste zwar nicht, was er erwartet hatte, doch auf keinen Fall Selbstmord. »Von wem sprechen Sie?«

»Natürlich von Mr. Stephen. Nach dem hat er sich erkundigt.«

»Mr. J. K. Stephen?«

»Genau der.« Er zog die Nase hoch. »Armer Kerl. Total verrückt. Aber sonst wär er ja wohl auch nicht hier gewesen, oder?«

»Und er hat sich zu Tode gehungert?«

»Hat einfach nichts mehr gegessen«, stimmte der Mann mit betrübtem Gesicht zu. »Keinen einzigen Happen.«

»War er krank? Vielleicht konnte er nicht essen?«, bohrte Tellman nach.

»Doch, der konnte essen, aber er hat einfach damit aufgehört.« Wieder zog er die Nase hoch. »Am vierzehnten Januar. Das weiß ich noch genau, weil genau an dem Tag die Nachricht kam, dass der arme Herzog von Clarence tot war. Wahrscheinlich hatte es damit zu tun. Er hatte den Herzog richtig gut gekannt und immer über ihn geredet. Malstunden hatte er ihm gegeben, hat er gesagt.«

»Tatsächlich?« Tellman wusste nicht, was er davon halten sollte. Je mehr er erfuhr, desto weniger Sinn machte das Ganze. Ihm kam es unwahrscheinlich vor, dass der Mann, der sich dort zu Tode gehungert hatte, tatsächlich den ältesten Sohn des Kronprinzen gekannt haben sollte. »Sind Sie Ihrer Sache sicher?«

»Natürlich! Was wollen Sie wissen?« Er kniff die Augen argwöhnisch zusammen; auch in seiner Stimme war Misstrauen zu hören. Wieder zog er die Nase hoch, dann suchte er nach einem Taschentuch.

Tellman beherrschte sich mit Mühe. Er durfte sich die Sache nicht verderben.

»Ich muss ganz sicher sein, dass ich den richtigen Mann habe«, log er und hoffte, dass es glaubwürdig klang.

Der Mann hatte sein Taschentuch gefunden und schnäuzte sich ausgiebig.

»Er war 'n Lehrer des Prinzen«, erklärte er. »Wahrscheinlich hat der arme Teufel es sich zu Herzen genommen, wie er gehört hat, dass der Prinz tot war. Er war sowieso nicht ganz richtig im Kopf.«

»Wann ist er gestorben?«

»Am dritten Februar«, sagte der Mann und steckte das Taschentuch ein. »'n schrecklicher Tod.« Auf seinen Zügen lag Mitleid. »Der arme Kerl schien dem Burschen, hinter dem Sie her sind, wichtig zu sein, aber der Teufel soll mich holen, wenn ich weiß, warum! Irgend'n armer Verrückter will sterben – vor Kummer, soweit ich weiß –, und er stürmt hier raus wie 'n Jagdhund, der hinter 'nem Hasen her is. Er hat vor Aufregung gezittert, ganz ehrlich. Mehr weiß ich nicht.«

»Danke, Sie haben mir sehr geholfen.« Mit einem Mal fiel Tellman der Zugfahrplan ein. »Danke«, wiederholte er, verließ den Raum und eilte im Laufschritt durch den Korridor nach draußen, wo er eine Droschke suchte, die ihn zum Bahnhof bringen konnte.

Er bekam den Zug im letzten Augenblick und lehnte sich zufrieden im Sitz zurück. Die erste Stunde verbrachte er damit, alles zu notieren, was er in Erfahrung gebracht hatte, und die zweite mit dem Versuch, sich eine glaubhafte Geschichte für den kommenden Tag auszudenken, die einerseits nicht allzu sehr von der Wahrheit abwich und Wetron andererseits davon überzeugte, dass er einer dienstlichen Aufgabe nachgegangen war. Es gelang ihm nicht.

Warum hatte der arme Stephen nicht mehr leben wollen, als er vom Tod des jungen Herzogs von Clarence erfahren hatte? Und wieso interessierte sich Remus dafür? Zwar war das eine tragische Geschichte, aber offenkundig hatte dieser Stephen bereits als geisteskrank gegolten, sonst hätte man ihn nicht dort im Irrenhaus eingesperrt.

Und was hatte all das mit William Crook zu tun, der im vorigen Dezember im Krankenhaus von St. Pancras eines ganz und gar natürlichen Todes gestorben war? In welcher Beziehung stand das alles zu dem Tabakladen in der Cleveland Street? Vor allem aber: Was hatte John Adinett damit zu tun?

In London sprang Tellman auf den Bahnsteig und sah sich nach Remus um. Fast hatte er die Hoffnung aufgegeben, ihn zu entdecken, als er sah, dass er langsam zwei Wagen vor ihm ausstieg. Vermutlich war er unterwegs eingeschlafen. Er machte sich auf den Weg zum Ausgang, anfangs auf etwas unsicheren Füßen.

Wieder folgte ihm Tellman, trotz der Gefahr, entdeckt zu werden. Zum Glück war es an den langen Sommerabenden um kurz vor neun noch hell genug, um jemanden auf einer ziemlich belebten Straße auch aus mehr als zwanzig Metern Entfernung im Auge zu behalten.

Remus suchte ein Gasthaus auf und bestellte etwas zu essen. Er schien es nicht eilig zu haben. Tellman wollte schon gehen, weil er annahm, dass auch Remus bald heimkehren würde, doch dann sah dieser auf die Uhr und bestellte noch ein Glas Bier.

Er wollte sich also mit jemandem treffen, entweder dort oder anderswo.

Tellman wartete. Eine Viertelstunde später erhob sich Remus, verließ das Lokal und winkte einer Droschke. Sie war fast schon außer Sichtweite, als auch Tellman eine fand. Er forderte den Kutscher auf, keinesfalls den Anschluss zu verlieren.

Es ging in Richtung Regent's Park, weit weg von der Gegend, in der Remus lebte. Tellman hielt seine Taschenuhr hoch, um sie im Schein der nächsten Straßenlaterne, an der sie vorüberkamen, abzulesen. Es war fast halb zehn und wurde rasch dunkler.

Mit einem Mal blieb die Droschke stehen. Tellman sprang hinaus. »Was gibt es?«, fragte er und sah in die Dämmerung. Mehrere Droschken standen in der Straße neben dem Park.

»Die da!«, wies der Fahrer nach vorn. »Das ist die, hinter der Sie her sind. Das macht einen Shilling und drei Pence, Sir.«

Die Sache wurde allmählich teuer. Tellman verwünschte sich wegen seiner Begriffsstutzigkeit, zahlte rasch und eilte auf die Gestalt zu, die er undeutlich vor sich sehen konnte. Er erkannte den Mann an der eiligen Art auszuschreiten. Er war fast sicher, unmittelbar vor einer wichtigen Entdeckung zu stehen.

Sie befanden sich in der Albany Street, kurz vor dem Eingang zum Park. Tellman konnte den äußeren Rundweg deutlich sehen, hinter dem sich der Rasen in der Dämmerung bis zu den Bäumen des fast einen halben Kilometer entfernten Zoologischen Gartens erstreckte.

Remus ging auf den Eingang des Parks zu. Einmal sah er sich um, und Tellman verhielt den Schritt. Es war das erste Mal, dass Remus anzunehmen schien, man könne ihm folgen. Tellman blieb nichts anderes übrig, als ganz natürlich mit schwingenden Armen weiterzugehen. Er beschleunigte sogar den Schritt ein wenig.

Auch Remus setzte seinen Weg fort, sah sich jetzt suchend um. Erwartete er jemanden, oder fürchtete er, beobachtet zu werden?

Tellman suchte den Schatten der Bäume auf und blieb ein wenig zurück.

Einige Spaziergänger schlenderten noch zu zweit oder zu dritt durch den Park. Ganz in der Nähe sah er einen überdurchschnittlich großen Mann. Remus hielt kurz inne, spähte in die Dämmerung, schien mit dem Ergebnis seiner Beobachtung zufrieden zu sein und schritt erneut rasch aus.

Tellman folgte ihm in so kurzem Abstand, wie er es für vertretbar hielt.

Remus blieb vor dem Mann stehen.

Nur allzu gern hätte Tellman gehört, worüber die beiden redeten, doch dazu sprachen sie zu leise. Obwohl er mit in die Stirn gezogener Mütze bis auf wenige Meter an sie heranging, verstand er nichts, sondern sah lediglich den Gesichtsausdruck der Männer. Remus hörte dem anderen mit größter Aufmerksamkeit zu und sah sich nicht einmal um, als Tellman auf der anderen Seite des Weges an ihm vorüberging.

Das Gesicht des äußerst elegant gekleideten Mannes, mit dem Remus sprach, lag im Schatten seiner Hutkrempe. Überdies hatte er auch seinen Mantelkragen hochgestellt, sodass seine Züge nicht zu erkennen waren. Tellman sah lediglich, dass er auf Hochglanz polierte erstklassig geschnittene

Schuhe trug und der Mantel aus teurem Stoff ihm wie angegossen saß. Wahrscheinlich hatte allein der mehr gekostet, als ein einfacher Polizeiwachtmeister in Monaten verdiente.

Tellman folgte dem äußeren Rundweg, bis er den Park am Ausgang zur Albany Street verlassen konnte. An der nächsten Haltestelle nahm er einen Pferde-Omnibus und kehrte nach Hause zurück. Ihm schwirrte der Kopf. Nichts von dem, was er im Laufe des Tages erfahren hatte, schien zusammenzupassen, doch war er inzwischen sicher, dass es eine Lösung gab. Er musste sie lediglich finden.

Am nächsten Morgen schlief er länger, als er beabsichtigt hatte, und erreichte die Wache in der Bow Street gerade noch rechtzeitig zum Dienstbeginn. Dort wartete bereits die Mitteilung auf ihn, dass er sich sofort bei Wetron melden solle. Mit einem unguten Gefühl suchte er ihn auf.

Es war Pitts Dienstzimmer, auch wenn man seine persönlichen Habseligkeiten weggeräumt hatte und Wetrons in Leder gebundene Bücher dastanden. An der Wand hing ein Kricketschläger, vermutlich ein Erinnerungsstück, und auf dem Schreibtisch stand eine Fotografie in einem Silberrahmen, die eine hübsche blonde Frau in einem Spitzenkleid zeigte.

»Ja, Sir?«, sagte Tellman ergeben.

Die farblosen Augenbrauen gehoben, lehnte sich Wetron in seinem Sessel zurück.

»Würden Sie mir berichten, wo Sie sich gestern aufgehalten haben, Wachtmeister? Offensichtlich war es Ihnen nicht möglich, Inspektor Cullen zu informieren …«

Tellman wusste bereits, was er sagen wollte, fand es aber nach wie vor schwierig. Er schluckte. »Ich hatte bisher keine Möglichkeit, ihm etwas zu sagen, Sir. Ich war einem Verdächtigen auf der Fährte und hätte ihn aus den Augen verloren, wenn ich die Verfolgung abgebrochen hätte.«

»Und wie heißt dieser Verdächtige, Wachtmeister?« Wetron sah ihn aufmerksam an. Er hatte sehr helle blaue Augen.

Tellman fischte einen Namen aus seiner Erinnerung. »Vaughan, Sir. Er ist als Hehler bekannt.«

»Ich weiß, wer Vaughan ist«, sagte Wetron scharf. »Hatte er

die aus dem Hause Bratby entwendeten Juwelen?« In seiner Stimme lag unüberhörbar Zweifel.

»Nein, Sir.« Tellman hatte erwogen, ob er die Geschichte ein wenig ausschmücken sollte, doch wuchs dadurch die Gefahr, bei der Unwahrheit ertappt zu werden. Schade, dass Wetron diesen Vaughan kannte. Damit hatte er nicht gerechnet. Hoffentlich konnte niemand beweisen, dass sich Vaughan gestern woanders aufgehalten hatte – beispielsweise im Gewahrsam einer anderen Polizeiwache!

Wetrons Lippen bildeten eine schmale Linie. »Das überrascht mich. Wann haben Sie Oberinspektor Pitt zuletzt gesehen, Wachtmeister Tellman? Sie sollten lieber bei der Wahrheit bleiben.«

»Am letzten Tag, an dem er hier in der Bow Street Dienst getan hat, Sir«, gab er rasch Auskunft und ließ in seiner Stimme Gekränktheit mitschwingen. »Bevor Sie fragen, möchte ich gleich hinzufügen, dass ich ihm auch weder geschrieben noch auf irgendeine andere Weise mit ihm Kontakt aufgenommen habe.«

»Ich hoffe, das entspricht der Wahrheit, Wachtmeister.« Wetrons Stimme klang eisig. »Ihre Anweisungen waren ja wohl deutlich genug.«

»Ja«, stimmte Tellman mürrisch zu.

Wetron fuhr fort. »Vielleicht sind Sie so gütig, mir zu sagen, wie es kommt, dass der für das betreffende Revier zuständige Streifenbeamte Sie vorgestern Nachmittag am Haus Oberinspektor Pitts gesehen hat.«

Ein kalter Schauer überlief Tellman. »Gewiss, Sir«, sagte er ruhig und hoffte, dass keine verräterische Röte auf sein Gesicht trat. »Ich mache Pitts Hausmädchen den Hof, sie heißt Gracie Phipps. Ich habe sie besucht. Sicher hat der Kollege berichtet, dass ich das Haus durch die Küchentür betreten habe. Ich habe mit ihr eine Tasse Tee getrunken und bin dann gegangen. Mrs. Pitt habe ich nicht gesehen. Vermutlich war sie oben bei den Kindern.«

»Sie werden nicht überwacht, Tellman!«, blaffte ihn Wetron an, wobei sich seine Wangen röteten. »Es war reiner Zufall, dass man Sie gesehen hat.«

»Gewiss, Sir«, gab Tellman ausdruckslos zurück.

Wetron sah ihn an und sah dann auf die Papiere, die auf dem Schreibtisch vor ihm lagen. »Melden Sie sich jetzt bei Cullen. Es ist wichtig, etwas gegen Einbruchsdiebstähle zu unternehmen. Die Leute erwarten von uns, dass wir ihr Eigentum schützen. Dafür werden wir schließlich bezahlt.«

»Selbstverständlich, Sir.«

»Meinen Sie das etwa sarkastisch, Tellman?«

Tellman riss die Augen weit auf. »Nein, Sir, nicht im Geringsten. Ich bin sicher, dass uns die Herren im Unterhaus dafür bezahlen.«

»Unverschämter Kerl!«, knurrte Wetron. »Seien Sie vorsichtig, Tellman. Sie sind nicht unersetzlich.«

Klugerweise schluckte Tellman diesmal seine Antwort herunter und machte sich auf den Weg zu Cullen, um ihm eine hoffentlich befriedigende Erklärung für seine Abwesenheit und dafür zu liefern, dass er nichts zu berichten hatte.

Es war ein langer, heißer und äußerst schwieriger Tag, den Tellman hauptsächlich damit zubrachte, von einer ergebnislosen Befragung zur nächsten zu ziehen. Erst kurz vor sieben Uhr am Abend hatte er die Möglichkeit, die Keppel Street aufzusuchen. Da ihm vom vielen Laufen die Füße schmerzten, nahm er den Pferde-Omnibus. Er brannte darauf, Gracie zu berichten, was er am Vortag in Erfahrung gebracht hatte.

Zum Glück hielt sich Charlotte wieder oben bei den Kindern auf. Es sah ganz so aus, als habe sie es sich angewöhnt, ihnen um diese Stunde vorzulesen.

Es roch herrlich nach frisch gewaschener Baumwolle, denn Gracie hatte gerade angefangen, Wäsche zu falten.

»Nun?«, fragte sie, kaum dass er eingetreten war.

»Ich bin Remus gefolgt.« Er setzte sich an den Tisch, löste die Schürsenkel seiner hohen Schuhe und hoffte, sie werde bald den Kessel aufsetzen, um Tee zu machen. Hunger hatte er auch, denn Cullen hatte ihm seit dem Mittag keine Gelegenheit gegeben, etwas zu essen.

»Wohin?« Sie sah ihn gespannt an und schien die Bettwäsche völlig vergessen zu haben.

»Zum Krankenhaus von St. Pancras. Da hat er sich nach dem

Tod eines gewissen William Crook erkundigt«, antwortete er und lehnte sich behaglich zurück.

Mit verständnislosem Gesicht fragte sie: »Wer ist das?«

»Das weiß ich selbst nicht«, gab er zu. »Jedenfalls ist er da Ende vorigen Jahres eines natürlichen Todes gestorben. Remus schien es für wichtig zu halten, dass er Katholik war. Außerdem spielt es möglicherweise eine Rolle, dass er eine Tochter hatte, die bei dem Tabakhändler in der Cleveland Street gearbeitet hat, und dass seine Mutter eine Kusine von Mr. Stephen war, der sich im Irrenhaus von Northampton zu Tode gehungert hat.«

»Wovon reden Sie eigentlich?«, fragte sie entgeistert.

Er berichtete ihr von der Bahnfahrt nach Northampton und was er dort in Erfahrung gebracht hatte. Sie saß schweigend da und sah ihn unverwandt an. »Und der war also Lehrer bei dem armen Prinzen Eddy, der kürzlich gestorben is?«

»So heißt es«, bestätigte er.

Sie krauste die Stirn. »Was hat das denn mit der Cleveland Street zu tun? Was wollte Adinett da?«

»Ich weiß es nicht«, musste er erneut zugeben. »Aber Remus scheint sicher zu sein, dass sich dahinter etwas Bestimmtes verbirgt. Sie hätten sein Gesicht sehen sollen, dann wäre Ihnen das auch klar. Wie ein Bluthund auf der Fährte. Er hat praktisch vor Aufregung gezittert, und er hat gestrahlt wie ein Kind bei der Weihnachtsbescherung.«

»Irgendwas in der Cleveland Street muss das alles in Gang gesetzt haben«, sagte sie nachdenklich und verzog das Gesicht. »Und Fetters und Adinett haben davon gewusst.«

»So sieht es aus«, gab er ihr Recht. »Und ich bin entschlossen festzustellen, was das war.«

»Aber vorsichtig!«, mahnte sie ihn mit besorgtem Blick. Unwillkürlich streckte sie über den Tisch hinweg die Hand nach ihm aus.

»Keine Sorge«, antwortete er. »Remus hat nicht gemerkt, dass ich ihm gefolgt bin.« Er legte seine Hand auf ihre und merkte überrascht, wie klein sie war. Wie die eines Kindes. Sie entzog sie ihm nicht, und einen Augenblick lang konnte er an nichts anderes denken.

»Nich Remus, Dummkopf«, flüsterte sie aufgeregt. »Ihr

neuer Chef, der auf Mr. Pitt seinem Stuhl sitzt. Der packt Sie, wenn Sie aus der Reihe tanzen, und wo landen Sie dann? Auf der Straße, mit nix!«

»Ich werde aufpassen«, versprach Tellman. Unwillkürlich schauderte er. Er konnte es sich nicht leisten, dass sich Cullen noch einmal über ihn beschwerte oder dass ihn jemand sah, wo er nichts zu suchen hatte. Seit seinem vierzehnten Lebensjahr hatte er sich bemüht, die Stellung zu erreichen, die er jetzt innehatte, und sofern er bei der Polizei entlassen würde, würde er nicht nur sein Einkommen einbüßen, sondern möglicherweise auch keine andere Stelle finden, weil ihm niemand Referenzen geben würde. Auf der anderen Seite gab es nichts anderes, was er gern getan hätte oder hätte tun können. Sein ganzes Leben wäre beeinträchtigt, alle Werte, für die er gelebt hatte, wären in ihr Gegenteil verkehrt.

Und wie konnte er ohne Anstellung und dann auch bald ohne Unterkunft je so werden, wie er sein wollte, ein Mann wie Pitt mit einem Heim und einer Frau ... wie konnte er der Mann sein, als den sich Gracie ihn wünschte?

Er sprach weiter, um seine trüben Gedanken zu vertreiben. Jetzt hatte er sich auf die Sache eingelassen, ganz gleich, was sie ihn kosten würde. Er musste hinter die Wahrheit kommen, um Pitts willen, um Gracies willen, um seiner Selbstachtung willen.

»Nach der Rückkehr aus Northampton hat Remus in einer Gaststätte zu Abend gegessen, statt gleich nach Hause zu gehen. Weil er immer wieder auf die Uhr gesehen hat, habe ich angenommen, dass er noch irgendwohin wollte – und richtig, er ist dann mit einer Droschke zum Regent's Park gefahren, wo er offenkundig mit einem Mann verabredet war.«

»Was für ein Mann war das?«, fragte sie leise. Sie hielt ihre Hand ganz still, so, als solle er nicht merken, dass sie nach wie vor unter der seinen lag.

»Ziemlich groß und sehr gut gekleidet«, gab er zur Antwort. Er spürte die kleine Hand unter seinen Fingern und hatte das Bedürfnis, sie fester zu halten. »Den Mantelkragen hatte er hochgeschlagen – mitten im Sommer – und die Melone tief in die Stirn gezogen. Ich konnte also sein Gesicht nicht richtig sehen. Obwohl ich nur ein paar Schritte entfernt stand, habe ich kein Wort von dem mitbekommen, was sie gesagt haben, denn sie haben praktisch geflüstert.«

Sie nickte, ohne ihm ins Wort zu fallen.

»Dann ist Remus aufgeregt ganz schnell wieder gegangen. Er muss da hinter einer großen Sache her sein. Falls die mit Adinett zu tun hat, könnten wir da sicher den Beweis für die Richtigkeit von Mr. Pitts Angaben finden.«

»Ich weiß was«, sagte sie eilfertig. »Ich bleib ihm auf den Fersen. Kein Greifer merkt was, falls aber doch, denkt er sich nix dabei.«

»Das können Sie nicht«, hielt er dagegen.

Sie zog ihre Hand fort. »Und ob ich kann. Zumindest kann ich's mal probieren. Er kennt mich nich und würde auch nix dabei finden, wenn er mich sieht. Außerdem ... Sie können es mir nich verbieten.«

»Ich könnte Mrs. Pitt sagen, dass sie Sie nicht aus dem Haus lässt«, erklärte er und lehnte sich erneut zurück.

»Das würden Sie nie tun!« Das Entsetzen auf Gracies Zügen wirkte geradezu komisch. »Soll Mr. Pitt etwa auf alle Zeiten in Spitalfields bleiben? Und was is mit all den Lügen, die man über ihn verbreitet hat?«

»Schön, aber passen Sie gut auf!«, mahnte er sie. »Halten Sie Abstand. Merken Sie sich einfach, wohin er geht, und kommen Sie nach Hause, sobald es dunkel wird! Gehen Sie in kein Gasthaus.« Er suchte in seinen Taschen, nahm all sein Kleingeld heraus und legte es auf den Tisch. »Sie brauchen Geld für Droschken oder Pferde-Omnibusse.«

Ihrem Gesicht war deutlich anzusehen, dass sie daran nicht gedacht hatte. Sie blickte ihn an und kämpfte erkennbar mit sich, ob sie annehmen sollte oder nicht.

»Nehmen Sie schon«, gebot er ihr. »Zu Fuß können Sie ihm nicht folgen. Sollte er wieder die Stadt verlassen, geben Sie die Verfolgung auf, verstanden?« Er sah sie streng an. Sein Magen zog sich zusammen. »Sie steigen mir auf keinen Fall in einen Zug! Niemand würde wissen, wo Sie sich aufhalten! Wenn Ihnen etwas zustieße, wüssten wir nicht einmal, wo wir suchen müssen.«

Sie schluckte. »Schön«, sagte sie mit kläglicher Stimme. »Ich halte mich daran.«

Er war nicht sicher, ob er ihr glauben durfte. Verblüfft merkte er, wie groß seine Angst war, dass ihr etwas geschehen könnte. Er setzte an, um ihr zu sagen, dass sie die Sache lieber ganz unterlassen sollte, dann aber ging ihm auf, wie albern das klingen würde. Er hatte kein Recht, über sie zu bestimmen: Sie wäre die Erste, die ihm das klarmachen würde. Außerdem würde sie in dem Fall merken, was er für sie empfand, und das durfte er auf keinen Fall zulassen. Er wusste nicht einmal, wie er selbst damit fertig werden sollte, ganz davon zu schweigen, wie er es ihr erklären könnte. Eine Freundschaft war das Äußerste, was er sich zutraute. Selbst in einem solchen Fall war es nötig, sich in einer Weise zu öffnen, die ihn schmerzen würde. Mit solchen Beziehungen war immer ein Verlust an Unabhängigkeit verbunden, und gerade seine Unabhängigkeit hatte ihm stets ein Gefühl von Sicherheit vermittelt.

Dennoch bewunderte er sie wegen ihrer Bereitschaft, Remus an seiner Stelle zu beschatten. Ein Gefühl der Wärme erfüllte ihn beim Gedanken daran. Auch die Gewissheit, jemandem trauen zu dürfen, vermittelte eine Art Sicherheit.

»Seien Sie vorsichtig«, sagte er noch einmal.

»Auf jeden Fall!« Sie bemühte sich, empört zu wirken, sah ihm aber noch eine ganze Weile in die Augen, bis sie schließlich aufstand, um für sich selbst und ihn etwas zu essen zu machen.

Am nächsten Morgen bat sie Charlotte um einen freien Tag und erklärte, sie habe etwas ziemlich Eiliges zu erledigen. Sie hatte sich auch eine plausible Erklärung zurechtgelegt, doch es schien Charlotte ganz recht zu sein, dass sie sich allein verschiedenen Arbeiten im Haushalt widmen konnte, die sie von ihren Ängsten ablenkten. Sofern sie Pläne hatte, selbst etwas in der Angelegenheit zu unternehmen, teilte sie Gracie davon nichts mit.

Gracie machte sich so bald wie möglich davon. Auf keinen Fall wollte sie in ein Gespräch verwickelt werden, in dem sie womöglich ihre Absichten verriet.

Es war kurz vor zehn. Sie wusste nicht recht, wo sie um diese Tageszeit Lyndon Remus finden konnte, und beschloss daher, einfach in der Cleveland Street zu beginnen.

Es war eine lange Fahrt mit dem Pferde-Omnibus. Sie war froh, dass Tellman ihr Geld gegeben hatte, denn das war unerlässlich, doch fühlte sie sich unbehaglich, es angenommen zu haben. Andererseits musste unbedingt etwas unternommen werden, um Mr. Pitt zu helfen, da waren persönliche Empfindungen zweitrangig. Sie und Tellman konnten ihre Beziehung später klären, und falls sich das als zu schwierig erwies, würde sie zusehen müssen, wie sie damit zurechtkam.

An der Endhaltestelle in der Mile End Road stieg sie aus. Es war fünf nach elf. Sie ging zu Fuß bis zur Cleveland Street. Es gab dort nichts Bemerkenswertes zu sehen. Die Straße machte einen recht achtbaren Eindruck. Auf jeden Fall war sie deutlich breiter und gepflegter als die, in der sie geboren und aufgewachsen war. Zwar hielt sie keinem Vergleich mit der Keppel Street stand, aber das war nicht anders zu erwarten, denn sie lag immerhin im East End.

Wo fing man am besten an? Sollte sie einfach in den Tabakladen gehen oder erst einmal bei Leuten Erkundigungen einholen? Das mittelbare Vorgehen schien ihr günstiger. Wenn sie gleich hineinging und nichts erreichte, konnte sie danach nicht mehr unauffällig herumfragen.

Sie sah sich um. Ihr Blick fiel auf die abgetretenen Gehwege, das holprige Straßenpflaster, die von Schmutzkrusten bedeckten Backsteinfassaden der Häuser. Hier und da waren in den oberen Stockwerken Scheiben zerbrochen oder Fenster mit Brettern zugenagelt. Träge stieg Rauch aus diesem und jenem Kamin auf. Eingänge zu Hinterhöfen und Nebengässchen gähnten dunkel.

Was für Geschäfte gab es dort noch? Einen Tonpfeifenmacher und die Werkstatt eines Silberschmiedes. Von Pfeifen verstand sie ebenso wenig wie von Silber, traute sich aber am ehesten zu, über sie ein Gespräch anzuknüpfen. Also ging sie auf die andere Straßenseite und betrat den Laden. Ihre Geschichte hatte sie fertig im Kopf.

»Guten Morgen, Miss. Kann ich etwas für Sie tun?«, fragte der junge Mann hinter der Theke. Er mochte ein oder zwei Jahre älter sein als sie selbst.

»Morgen«, antwortete Gracie munter. »Ich hab gehört, Sie

ha'm die besten Pfeifen östlich von der St. Paul's Kathedrale. Natürlich is das Geschmackssache, aber ich will was Besonderes für meinen Papa. Was haben Sie denn da?«

Der junge Mann, dem das Haar verwegen in die Stirn fiel, lächelte breit. »So so. Na ja, wer Ihnen das erzählt hat, hatte Recht.«

»Is schon 'ne Weile her«, versetzte sie ihm sogleich einen Dämpfer. »Er lebt nich mehr, der arme William Crook. Sagt Ihnen der Name was?«

»Eigentlich nich.« Er zuckte die Achseln. »Aber hier kommen hunderte durch. An was für 'ne Pfeife hatten Se denn so gedacht?«

»Vielleicht hat seine Tochter sie für ihn gekauft?«, spann sie ihren Faden weiter. »Die hat hier im Tabakladen gearbeitet.« Sie wies zum anderen Ende der Straße. »Haben Sie die vielleicht gekannt?«

Sein Gesicht erstarrte. »Annie? Natürlich. War 'n anständiges Mädchen. Ha'm Se se in letzter Zeit geseh'n? Vielleicht sogar noch dies Jahr?« Er sah sie flehend an.

»Wieso – ist Se denn nich mehr hier?«, gab sie zurück.

»Seit fünf Jahren hat sie hier keiner mehr geseh'n«, sagte er betrübt. »Eines Tages gab's 'nen entsetzlichen Streit. 'n Haufen Fremde, richtige Schlägertypen, ha'm von einem Augenblick auf 'n andern damit angefangen. Mit zwei Kutschen sind se gekommen, eine vor Nummer fuffzehn, wo früher der Maler gelebt hat, und die andere vor Nummer sechs. Ich weiß das so genau, weil ich selber draußen auf der Straße war. Zwei Männer sind zum Maler rein und ha'm 'n paar Minuten später 'nen jungen Kerl rausgebracht. Er hat geschrien wie am Spieß und um sich geschlagen, aber es hat ihm nix geholfen. Sie ha'm 'n in den Wagen gepackt und sind auf und davon, wie wenn der Teufel hinter ihnen her wär.«

»Und die anderen?«, fragte sie atemlos.

Er beugte sich über die Theke vor. »Wie gesagt, sind die in Nummer sechs rein, ha'm die arme Annie da rausgezerrt und weggebracht. Seitdem hab ich sie nich mehr geseh'n und, soweit ich weiß, auch sonst keiner.«

Sie machte ein nachdenkliches Gesicht. Wieso interessierten

sich Remus und John Adinett für eine Sache, die so lange zurücklag?

»Wer war denn der Mann, den die da mitgenommen hatten?«, erkundigte sie sich.

Er zuckte die Achseln.

»Was weiß ich. Auf jeden Fall 'n feiner Pinkel. Hatte Geld wie Heu und war hochelegant. Ganz ruhig. Sah gut aus, war groß und hatte schöne Augen.«

»Ob er Annies Liebhaber war?«, riet sie drauflos.

»Wird wohl so gewesen sein. Oft genug is er hergekommen.« Sein Gesicht verdüsterte sich, und sein Ton wurde trotzig. »Trotzdem war sie 'n anständiges Mädchen. Katholisch. Sie brauchen also gar nix Böses denken, denn das würde sowieso nich stimmen.«

»Vielleicht eine tragische Liebe?«, sagte sie, als sie das Mitgefühl auf seinen Zügen erkannte. »Wenn er kein Katholik war, hatten die Familien vielleicht was dagegen.«

»Schon möglich.« Er nickte mit traurigen Augen und abwesendem Blick. »Jedenfalls 'ne Affenschande. Und was für 'ne Pfeife woll'n Se jetzt für Ihren Papa?«

Sie konnte sich keine Pfeife leisten. Sie musste Tellman möglichst viel von seinem Geld zurückgeben, und er hatte bestimmt keine Verwendung für eine Tonpfeife. Außerdem wollte sie auf keinen Fall, dass er rauchte.

»Am besten frag ich ihn noch mal«, sagte sie bedauernd. »So was kann man ja nich gut zurückbringen, wenn es nich das Richtige is. Danke für die Beratung.«

Bevor er den Mund auftun konnte, um sie zu überreden, hatte sie sich umgewandt und den Laden verlassen.

Sie kehrte zur Mile End Road zurück, einfach weil sie den Weg kannte, dort Leute unterwegs waren und sie nicht wusste, was in der anderen Richtung lag.

Wohin sollte sie jetzt gehen? Remus konnte sonstwo sein. Wie viel von dem, was sie da erfahren hatte, er wohl wusste? Wahrscheinlich alles. Es schien allgemein bekannt zu sein und war auch nicht schwer herauszubekommen. Aber vermutlich wusste Remus außerdem, was dahintersteckte! Er war voll Hochgefühl gewesen und hatte sich nach William

Crooks Tod erkundigt. Aber auch daran war nichts weiter sonderbar.

Von der Cleveland Street aus hatte er zuerst das Guy's Hospital aufgesucht, um sich dort zu erkundigen. Wonach? Etwa nach William Crook? Das festzustellen gab es nur eine Möglichkeit: Sie musste selbst hingehen. Sie würde sich eine gute Geschichte zurechtlegen müssen, um ihr Interesse an dieser Frage zu erklären.

Sie brauchte die ganze Rückfahrt nach Westen und dann südwärts über die London Bridge in Richtung Bermondsey. Erst kurz bevor sie das Krankenhaus erreichte, hatte sie ihre Geschichte fertig. Wenn man schon log, war es besser, dafür zu sorgen, dass alles zusammenpasste.

Sie kaufte bei einem Straßenhändler eine Pastete und eine Limonade und sah auf die Themse, während sie aß und trank. Es war ein heller, windiger Tag, den viele Leute zu genießen schienen. Man sah Ausflugsdampfer auf dem Wasser, Fahnen wehten, Menschen hielten ihre Hüte fest. Irgendwo in der Nähe ertönte die muntere Weise eines nicht besonders gleichmäßig gedrehten Leierkastens. Ein halbes Dutzend Jungen spielte laut rufend und kreischend Fangen. Ein Paar ging Arm in Arm vorüber, so dicht nebeneinander, dass die Röcke der jungen Frau die Hosenbeine ihres Begleiters streiften.

Als Gracie ihre Pastete aufgegessen hatte, straffte sie sich und machte sich in Richtung Borough High Street auf den Weg zum Krankenhaus.

Dort ging sie sofort zur Verwaltung, legte ihr Gesicht in Falten und gab sich die größte Mühe, kläglich dreinzublicken. Das hatte sie schon vor vielen Jahren geprobt, bevor sie die Stellung in Pitts Haus angetreten hatte. Damals war sie klein und schmächtig gewesen, meist auch schmutzig, und es hatte bestens gewirkt. Jetzt war das nicht mehr so einfach, denn inzwischen war sie jemand. Sie stand im Dienst des besten Kriminalbeamten von ganz London – und das bedeutete, auf der ganzen Welt –, auch wenn er zurzeit in Ungnade gefallen war.

»Was kann ich für dich tun?«, fragte der alte Mann hinter der Theke und sah ihr über den Brillenrand ins schmale Gesicht. Er schien sie für ein kleines Mädchen zu halten.

»Bitte, Sir, ich möcht wissen, was mit mei'm Opa passiert is.« Sie vermutete, dass William Crook im entsprechenden Alter gewesen war.

»Wurde der hier als Patient eingeliefert?«, fragte der Mann freundlich.

»Ich glaub ja.« Sie schniefte. »Ich hab gehört, dass er tot is, bin aber nich sicher.«

»Wie hieß er denn?«

»William Crook. Das muss schon 'ne Weile her sein, ich hab's aber grade erst erfahren.« Wieder schniefte sie.

»William Crook«, wiederholte er ratlos und schob die Brille hoch, damit er durch die Gläser sehen konnte. »So ohne weiteres kann ich mich nicht an ihn erinnern. Bist du sicher, dass man ihn hergebracht hat?«

Sie bemühte sich, verloren und verlassen dreinzublicken. »So hat man mir das gesagt. War hier denn kein Crook? Nie?«

»Das weiß ich natürlich nicht.« Er verzog angestrengt das Gesicht. »Wir hatten hier ewig lange 'ne Annie Crook. Sir William, das is der Leibarzt der Königin, hat se selbst hergebracht. Die arme Kleine war völlig verrückt. Er hat für sie getan, was er konnte, aber es hat nix genützt.«

»Annie war hier?« Gracie schluckte, bemüht, sich ihre Erregung nicht anmerken zu lassen.

»Kennst du die denn?«

»Klar.« Sie rechnete rasch. »Meine Tante. Ich hab sie nur nie kennen gelernt. Die ... die is vor Jahren verschwunden, so um '87 oder '88 rum. Keiner hat mir gesagt, dass sie verrückt war. Na ja, kann man ja auch verstehen.«

»Tut mir Leid.« Er schüttelte bedächtig den Kopf. »So was kann jedem passieren. Das hab ich auch dem jungen Mann gesagt, der neulich nach ihr gefragt hat. Aber er war kein Verwandter.« Er lächelte ihr zu. »Sie hätte nirgends besser aufgehoben sein können als hier, bestimmt. Soll ich immer noch nach deinem Opa sehen?«

»Nein, danke. Vielleicht hab ich mich ja auch geirrt.«

»Tut mir Leid«, wiederholte er.

»Ja, mir auch.« Sie wandte sich um und verließ den Raum.

Sie schloss die Tür leise hinter sich und eilte davon, bevor der Mann merken konnte, wie aufgeregt sie war.

Draußen auf der Straße eilte sie zur Haltestelle der Pferde-Omnibusse, so schnell ihre Füße sie trugen. Jetzt musste sie rasch nach Hause zurückkehren und versuchen, ihre Arbeit so gut wie möglich aufzuholen. Wenn sie Glück hatte, würde Tellman am Abend kommen, und sie konnte ihm sagen, was sie herausgefunden hatte. Er wäre bestimmt tief beeindruckt. Während sie im Sonnenschein in der Schlange wartete, ohne sich von der kräftigen Brise beeindrucken zu lassen, trällerte sie ein Liedchen vor sich hin.

»Wo waren Sie?«, fragte Tellman. Sein Gesicht war bleich und angespannt.

»In der Cleveland Street«, gab Gracie zurück und goss den Tee ein. »Remus beobachte ich dann morgen.«

»Auf keinen Fall! Sie bleiben hier, wo Sie in Sicherheit sind, und tun Ihre Arbeit!«, gab er schroff zurück und beugte sich über den Tisch. Unter seinen Augen lagen tiefe Schatten. Seine Wangen waren eingefallen. Sie hatte ihn noch nie so müde gesehen.

Eigentlich war sie nicht bereit, sich von ihm sagen zu lassen, was sie tun oder lassen sollte. Andererseits gefiel es ihr, dass er sich um sie Sorgen machte und nicht wollte, dass sie in Gefahr geriet. Es war ein angenehmes Gefühl. Sie hörte die Besorgnis aus seiner Stimme heraus und begriff, dass es ihm damit ernst war. Sie sah in seinen Augen, dass ihr Wohl ihm wirklich am Herzen lag. Ihn mochte das ärgern, und vielleicht bestritt er es sogar im nächsten Augenblick, doch das Bewusstsein bereitete ihr Wohlbehagen.

»Woll'n Se nich hören, was ich rausgekriegt hab?«, fragte sie. Sie konnte es nicht abwarten, ihm alles zu berichten.

»Was?«, knurrte er und nahm einen Schluck aus der Teetasse.

»Es gibt eine gewisse Annie Crook, die Tochter von William Crook, der in St. Pancras gestorben is.« Ihre Worte überstürzten sich. »Man hat das arme Ding vor ungefähr fünf Jahren aus dem Tabakladen in der Cleveland Street entführt und ins Guy's

Hospital gebracht, weil sie angeblich verrückt war. Niemand hat sie je wieder zu sehen gekriegt.« Gracie hatte den Kuchen geholt, aber in ihrer Aufregung ganz vergessen, ihm ein Stück abzuschneiden. »Jemand, der Sir William heißt und bei der Königin Arzt is, hat behauptet, sie wär verrückt und er könnt ihr nich helfen. Auch nach ihr hat vor kurzem jemand gefragt. Wahrscheinlich Remus. Das is aber noch nich alles! Man hat damals aus dem Haus von dem Maler in der Cleveland Street auch 'nen jungen Mann verschleppt, 'n gut gekleideten feinen Herrn. Er soll bei der Entführung wild um sich geschlagen haben.«

»Wissen Sie, um wen es sich da gehandelt hat?« Die Angaben hatten ihn förmlich elektrisiert, sodass er weder an seinen Zorn noch an den Kuchen dachte.

»Der Junge im Laden von dem Pfeifenmacher hat gemeint, das wär der Liebhaber von dieser Annie gewesen«, sagte sie. »Er weiß es aber nich genau. Er hat auch gesagt, dass sie 'n anständiges Mädchen war, katholisch, und ich soll keine Skandalgeschichten über sie erzählen, weil das nich stimmen würde.« Sie holte tief Luft. »Vielleicht stecken die Familien dahinter, weil sie katholisch war und er nich?«

»Was könnte das mit Adinett zu tun haben?«, sagte Tellman mit finsterer Miene und gespitzten Lippen.

»Ich weiß nich! Lassen Sie's mich rauskriegen!«, bat sie. »Scheinbar gibt's ja 'ne Menge Leute, die nich ganz richtig im Kopf sind. Zum Beispiel der Arme, der in Northampton gestorben is. Glauben Sie, dass das Verrücktsein bei der Geschichte 'ne Rolle spielt? Vielleicht hat Mr. Fetters auch darüber Bescheid gewusst.«

Er schwieg eine Weile. »Möglich«, sagte er schließlich. Aber es klang nicht überzeugend.

»Se ha'm wohl Angst, was?«, fragte sie leise. »Dass es vielleicht nix mit Mr. Pitt zu tun hat und wir ihm nich helfen können?« Sie wünschte, sie hätte etwas sagen können, um ihn zu trösten, aber dies war die Wahrheit, und da sie beide in die Sache verstrickt waren, brauchten sie einander nichts vorzumachen.

Sie sah ihm an, dass er es fast bestritten hätte, dann aber überlegte er es sich anders.

»Ja«, gab er zu. »Remus ist überzeugt, dass er hinter einer großen Sache her ist, aber ich kann nicht richtig glauben, dass das der Grund für den Mord Adinetts an Fetters war. Auf der anderen Seite sehe ich nicht, wie Fetters sonst in diese Geschichte hineinpassen könnte.«

»Wir kriegen das raus«, sagte sie entschlossen. »Er muss es ja aus irgend'nem Grund gemacht haben. Wär doch gelacht, wenn wir nich dahinterkommen würden.«

Er lächelte. »Gracie, Sie wissen nicht, wovon Sie reden«, sagte er leise, aber das Leuchten in seinen Augen strafte seine Worte Lügen.

»Und ob ich das weiß«, hielt sie dagegen, beugte sich vor und gab ihm einen sanften Kuss. Dann sah sie rasch beiseite und nahm das Messer, um ihm ein Stück Kuchen abzuschneiden. Auf diese Weise sah sie nicht, wie ihm die Röte ins Gesicht stieg und seine Hand so sehr zitterte, dass er die Tasse lieber nicht vom Tisch nahm, um nichts zu verschütten.

Kapitel 8

Pitt arbeitete weiter in der Werkstatt des Seidenwebers und erledigte so viele Botengänge wie möglich, wobei er Augen und Ohren offen hielt. Nachts übernahm er von Zeit zu Zeit eine Wache in der Zuckersiederei. Bei diesen Gelegenheiten hörte er, im Schatten des großen Gebäudes stehend, außer dem beständigen Zischen der Tag und Nacht in Gang gehaltenen Dampfkessel gelegentlich Schritte, die auf den Pflastersteinen widerhallten. Der Geruch des als Melasse bezeichneten zähflüssigen Zucker-Rückstandes lag in der Luft wie eine übermäßig süße Fäulnis.

Manchmal unternahm er, seine Laterne in der Hand, einen Kontrollgang durch die Korridore im Inneren des Gebäudes. Die Stockwerke waren bewusst niedrig gehalten, um auf der gegebenen Grundfläche möglichst viele Geschosse unterzubringen. Er war von Schatten umgeben und hörte eine Unzahl leiser Geräusche. Mit den Männern, die dort arbeiteten, redete er kaum, sie sahen in ihm ohnehin einen Außenseiter. Um akzeptiert zu werden und ihr rückhaltloses Vertrauen zu genießen, hätte er Jahre dort verbringen müssen.

Immer häufiger spürte er unter der Oberfläche vermeintlich alltäglicher Gespräche unterdrückten Zorn, und zwar überall – in der Fabrik, auf den Straßen, in Geschäften und Gaststätten. Vor einigen Jahren hätte nichts weiter dahinter gesteckt, es wäre das übliche Murren gewesen, mit dem sich Menschen ihre Alltagssorgen von der Seele reden. Jetzt aber schwang darin unterschwellig die Bereitschaft zur Gewalttätigkeit mit, eine aufgestaute Wut, die sich jederzeit entladen konnte.

Am meisten Sorge aber bereitete ihm das immer wieder am Biertisch zu hörende Geflüster, bald werde sich etwas ändern, das ihm wie eine hier und da aufzuckende Hoffnung vorkam. Diese Männer waren keine Opfer des blinden Geschicks, sondern Tatmenschen, die ihr Leben selbst in die Hand nahmen.

Auch die bunte Vielfalt der Menschen, die dort in Spitalfields lebten, war ihm bewusst. Unter ihnen befanden sich Flüchtlinge aus allen Ländern Europas, die sich aus finanziellen, rassischen, religiösen oder politischen Gründen einer Verfolgung entzogen hatten. Er hörte ein Dutzend Sprachen und sah die verschiedensten Gesichter.

Am fünfzehnten Juni, einen Tag nachdem eine Serie von Vergiftungen in Lambeth alle Schlagzeilen bestimmt hatte, kehrte Pitt erschöpft ziemlich spät in die Heneagle Street zurück. Isaak wartete schon auf ihn. Sein Gesicht zeugte von Sorge, unter seinen Augen lagen tiefe Schatten, als habe er schon seit vielen Nächten nicht genug geschlafen.

Pitt hatte eine gewisse Zuneigung zu ihm entwickelt, die nicht nur darauf zurückging, dass ihn Narraway an diesen Menschen empfohlen hatte. Isaak war klug, belesen und redete gern. Vielleicht genoss er es, nach dem Abendessen, wenn sich Lea noch in der Küche zu schaffen machte oder bereits zu Bett gegangen war, mit Pitt noch eine Weile beisammenzusitzen, weil dieser eigentlich nicht nach Spitalfields gehörte. Sie unterhielten sich über allerlei Fragen zu Philosophie und Glaubensdingen. Pitt erfuhr von ihm viel über die Geschichte seines Volkes in Russland und Polen. Bisweilen berichtete Isaak mit trockenem Humor und voll Selbstironie, oft aber waren die Geschichten, die er zu erzählen hatte, unvorstellbar traurig.

Offensichtlich wollte er auch heute Abend mit Pitt reden, aber nicht wie sonst unverbindlich über dies und jenes.

»Lea ist nicht da«, sagte er und sah Pitt mit seinen dunklen Augen aufmerksam an. »Sarah Levin ist krank, und sie ist zu ihr gegangen. Sie hat uns etwas zu essen hingestellt, aber es ist kalt.«

Pitt lächelte ihm zu und ging mit ihm in die kleine Küche, wo der Tisch bereits gedeckt war. Sein blank gescheuertes Holz, die einzigartigen Düfte in dem Raum, waren ihm bereits ebenso vertraut wie Leas Stickerei auf dem Leinenzeug, Isaaks Bild als junger Mann oder das Streichholzmodell einer polnischen Synagoge, das unter der Last der Jahre ein wenig eingeknickt war.

Kaum hatten sie sich gesetzt, begann Isaak schon zu sprechen. »Ich bin froh, dass Sie für Saul arbeiten«, sagte er, während er für Pitt und sich Brot abschnitt. »Sie sollten sich nachts nicht in der Zuckerfabrik aufhalten. Das ist kein guter Ort.«

Pitt kannte Isaak inzwischen gut genug, um zu wissen, dass das lediglich die Einleitung war. Die entscheidenden Dinge würden noch folgen.

»Saul ist ein guter Mensch.« Pitt nahm das Brot. »Danke.« Dann fuhr er fort: »Ich sehe mich gern in der Nachbarschaft um, doch in der Fabrik bekomme ich eine völlig andere Seite der Dinge zu Gesicht.«

Eine Weile aß Isaak schweigend.

»Es wird Ärger geben«, sagte er mit einem Mal, den Blick auf seinen Teller gerichtet. »Großen Ärger.«

»In der Zuckerfabrik?« Pitt musste an das denken, was er in den Bierlokalen gehört hatte.

Isaak nickte. Mit einem Mal sah er Pitt offen an. »Es ist etwas Schreckliches, Pitt. Ich weiß nicht, was, aber ich habe Angst. Gut möglich, dass man uns die Schuld daran gibt.«

Pitt brauchte nicht zu fragen, wen Isaak mit ›uns‹ meinte – die jüdischen Einwanderer, die leicht erkennbar waren und sich nur allzu gut als Sündenböcke eigneten. Von Narraway hatte er bereits erfahren, dass der Sicherheitsdienst sie verdächtigte, doch bildeten sie seiner Beobachtung nach im Londoner Osten eher ein stabilisierendes Element. Sie kümmerten sich um ihre eigenen Angelegenheiten, führten Läden und kleine Handwerksbetriebe und gaben damit anderen Menschen Arbeit. Das hatte er auch Narraway gesagt, nichts aber über ihre Geldsammlung für in Schwierigkeiten geratene Glaubensbrüder. Er sah es als Ehrensache an, dass er das für sich behielt.

»Niemand redet offen darüber,« fuhr Isaak fort, »es wird

immer nur gemunkelt. Aber gerade deshalb bin ich überzeugt, dass es ernst gemeint ist.« Er sah Pitt aufmerksam an. Auf seinen Zügen lag Angst. »Irgendetwas braut sich zusammen. Ich weiß nicht, was es ist, aber es sind nicht die verrückten Anarchisten wie sonst. Die kennen wir, und auch die Leute aus der Zuckerfabrik kennen sie.«

»Katholiken?«, fragte Pitt zweifelnd.

Isaak schüttelte den Kopf. »Nein, sie kochen zwar auch vor Wut, wollen aber ganz wie wir ein Zuhause, Arbeit, weiterkommen und ein besseres Leben für ihre Kinder. Was würde es ihnen nützen, wenn sie die Zuckerfabrik in die Luft jagten?«

»Ach, geht es um Dynamit?«, fragte Pitt, dem plötzlich ein Schauer über den Rücken lief, während er sich vorstellte, wie eine Flammenwand halb Spitalfields einschloss. Wenn in allen drei Zuckersiedereien Sprengladungen hochgingen, würden ganze Straßenzüge brennen.

»Ich weiß nicht, was es ist oder wann es sein wird«, gab Isaak zu, »aber bestimmt wird etwas geplant, und zwar genau dann, wenn es zu einem wichtigen Geschehen kommt, das mit Spitalfields zu tun hat. Die beiden Ereignisse sollen aufeinander aufbauen.«

»Haben Sie irgendeine Vorstellung, wer dahinter stecken könnte?«, erkundigte sich Pitt. »Weiß man irgendwelche Namen?«

Isaak schüttelte den Kopf. »Nur einen, und bei ihm bin ich nicht sicher, in welchem Zusammenhang er steht.«

»Wie heißt der Mann?«

»Remus.«

»Remus?«, fragte Pitt verblüfft. Der einzige Remus, den er kannte, war ein Journalist, dessen Spezialität Skandale und Spekulationen waren. Unter der Einwohnerschaft Spitalfields' konnte es keine Skandale geben, die einen solchen Mann interessierten. Vielleicht hatte Pitt ihn falsch eingeschätzt, und er hatte doch mit Politik zu tun. »Danke«, sagte er. »Vielen Dank dafür.«

»Es ist nicht viel«, tat Isaak seinen Dank mit einer Handbewegung ab. »England war gut zu mir, ich bin jetzt hier zu Hause.« Er lächelte. »Ich spreche sogar gut Englisch, nicht wahr?«

»Unbedingt«, stimmte Pitt zu. Er meinte es ehrlich.

Isaak lehnte sich zurück. »Jetzt erzählen Sie mir über den Ort, wo Sie aufgewachsen sind, auf dem Lande, mit den Wäldern, den Feldern und dem weiten offenen Himmel.«

Mit einem Blick auf den unabgeräumten Tisch fragte Pitt: »Und was ist damit?«

»Lassen Sie es stehen. Das macht Lea schon. Sie tut so was gern. Sie wird ärgerlich, wenn sie mich in der Küche sieht.«

»Waren Sie denn schon mal da drin?«, fragte Pitt zweifelnd.

Isaak lachte. »Nein ...« Er lächelte schief. »Aber ich bin sicher, dass sie ärgerlich wäre!« Er deutete auf einen Stapel Weißzeug, der auf einem kleinen Tischchen lag. »Das sind Ihre frischen Hemden. Sie arbeitet gut, nicht wahr?«

»Ja«, stimmte Pitt zu, während er an die Knöpfe dachte, die sie angenäht hatte, und an ihr scheues zufriedenes Lächeln, als er ihr gedankt hatte. »Wirklich sehr gut. Sie können sich glücklich schätzen.«

Isaak nickte. »Das ist mir bewusst, mein Freund. Das ist mir bewusst. Jetzt erzählen Sie mir aber über diesen Ort auf dem Lande. Beschreiben Sie ihn mir! Wie schmeckt die Luft am frühen Morgen? Wie riecht sie? Sagen Sie mir alles über die Vögel, die Luft, über alles! Damit ich träumen und mir vorstellen kann, dort zu sein.«

Früh am nächsten Morgen hörte Pitt auf dem Weg zur Werkstatt des Seidenwebers Schritte hinter sich. Als er sich umwandte, sah er Tellman weniger als zwei Meter von sich entfernt. Angstvoll krampfte sich sein Magen bei der Vorstellung zusammen, Charlotte oder den Kindern könne etwas zugestoßen sein. Dann aber sah er Tellmans Gesicht. Es wirkte müde, verkündete jedoch kein Unheil.

»Was gibt es?«, fragte er fast im Flüsterton. »Was tun Sie hier?«

Tellman fiel neben ihm in gleichen Schritt und sagte, ebenfalls sehr leise: »Ich bin hinter Lyndon Remus her.« Pitt zuckte zusammen, als er den Namen hörte, doch merkte Tellman nichts davon. »Er ist in etwas verwickelt, was mit Adinett zu tun hat«, fuhr er fort. »Ich weiß noch nicht, was es ist, aber dic

Sache lässt mich nicht los. Adinett war in dieser Gegend hier, ein Stückchen weiter im Osten. Genau gesagt, in der Cleveland Street.«

»Was wollte er da?« Pitt blieb unvermittelt stehen.

»Man könnte glauben, dass Remus hinter einer Geschichte her war, die da vor fünf oder sechs Jahren passiert ist«, gab Tellman zur Antwort. »Man hat eine junge Frau aus einem Tabakladen entführt, ins Guy's Hospital gebracht und da festgestellt, dass sie verrückt war. Es sieht ganz so aus, als wäre er damit stracks zu Thorold Dismore gegangen.«

»Dem Zeitungsmenschen?«, fragte Pitt, während er weiter ausschritt. Er wich einem Haufen Unrat aus und sprang gerade rechtzeitig auf den Gehweg zurück, um nicht von einem schwankenden Fuhrwerk voller Fässer angefahren zu werden.

»Ja«, bestätigte Tellman, als er ihn eingeholt hatte. »Aber seine Anweisungen bekommt er von jemandem, mit dem er sich im Regent's Park getroffen hat. Es ist ein Herr, der sich ganz ausgesucht kleidet. Da muss viel Geld dahinter stecken.«

»Haben Sie eine Vorstellung, wer das sein könnte?«

»Nein.«

Während er eine Weile schwieg, wirbelten Pitt die Gedanken wild durch den Kopf. Er hatte beschlossen, nicht weiter über den Fall Adinett nachzudenken, doch hatte er ihn natürlich nicht losgelassen, und immer wieder hatte er sich bemüht, einen Sinn in dem Verbrechen zu sehen, das nicht zum Wesen des Täters zu passen schien. Er wollte verstehen, vor allem aber wollte er beweisen, dass er Recht gehabt hatte.

»Waren Sie in der Keppel Street?«, fragte er.

»Natürlich«, gab Tellman zur Antwort, bemüht, mit ihm Schritt zu halten. »Es geht allen gut, doch Sie fehlen ihnen.« Er sah beiseite. »Gracie hat etwas über diese junge Frau aus der Cleveland Street in Erfahrung gebracht. Sie war katholisch und hatte einen Liebhaber, der wie ein Herr aussah. Auch der ist verschwunden.«

Pitt spürte die Schwingungen von Stolz und Befangenheit in Tellmans Stimme. Bei einer anderen Gelegenheit hätte er darüber gelächelt.

»Ich gebe Ihnen Bescheid, sobald ich weitergekommen bin«,

fuhr Tellman fort, geradeaus vor sich hinblickend. »Ich muss jetzt zurück. Wir haben einen neuen Leiter der Wache in der Bow Street ... er heißt Wetron.« In seiner Stimme bebte Abscheu. »Ich weiß nicht, was das alles soll, aber ich traue keinem über den Weg, und Sie sollten das auch nicht tun. Kommen Sie jeden Morgen hier entlang?«

»Meistens.«

»Ich halte Sie über alles auf dem Laufenden, was ich herausbekomme. Wo kann ich Sie finden?«

Pitt gab ihm die Adresse. Tellman blieb unvermittelt stehen und wandte sich Pitt zu. Seine Augen waren finster, seine Wangen wirkten im grauen Licht noch eingefallener als sonst. »Geben Sie gut Acht.« Dann drehte er sich auf dem Absatz um, als hätte er zu viel gesagt und als wäre ihm die Besorgnis peinlich, die er gezeigt hatte, und ging in die Richtung davon, aus der er gekommen war.

Gracie war nach wie vor entschlossen, Lyndon Remus zu folgen. Da sie aber nicht die Absicht hatte, das jemanden wissen zu lassen, musste sie Charlotte einen anderen Grund für ihren Wunsch angeben, das Haus schon so früh zu verlassen und möglicherweise den ganzen Tag fortzubleiben. Es kostete viel Vorstellungskraft, sich ständig Entschuldigungen auszudenken, und sie log ungern. Wäre es nicht unerlässlich gewesen, um Pitt vor der Ungerechtigkeit zu bewahren und ihm sein Heim zurückzugeben, hätte sie nicht im Traum daran gedacht.

Schon kurz nach Morgengrauen stand sie auf, um im großen Küchenherd Feuer zu machen, Wasser zu erhitzen und die Küche blitzblank zu putzen, bevor jemand anders herunterkam.

Sogar die Katzen waren erstaunt, sie um halb fünf zu sehen, und schienen ihren Einfall keineswegs zu schätzen, zumal Gracie ihrem Schlummer im Wäschekorb ein Ende setzte, ohne ihnen ein Frühstück hinzustellen.

Als Charlotte um halb sieben herunterkam, hatte Gracie ihre Geschichte bereit.

»Morgen, Ma'am«, sagte sie munter. »Tasse Tee?«

»Guten Morgen«, gab Charlotte zur Antwort und sah sich erstaunt in der Küche um. »Warst du die halbe Nacht auf?«

»Bin 'n bisschen früher aufgestanden«, sagte Gracie mit beiläufig klingender Stimme und schob den Kessel wieder auf das Feuer, um das Wasser erneut zum Sieden zu bringen. »Ich würde Sie gerne um 'nen Gefallen bitten.« Ihr war klar, dass Charlotte wusste, wie Tellman zu ihr stand, denn sie hatten das in der Vergangenheit gemeinsam genutzt, allerdings von der Notwendigkeit getrieben, mit den Ermittlungen eines Falles weiterzukommen. Sie holte tief Luft, denn jetzt würde sie lügen müssen. Sie wandte Charlotte den Rücken zu, weil sie nicht sicher war, ob sie ihr dabei würde in die Augen sehen können.

»Mr. Tellman hat mich eingeladen, mit ihm auf den Jahrmarkt zu gehen, falls ich frei bekommen kann. Ich muss auch noch was erledigen, 'n bisschen einkaufen, nich viel. Falls ich gehen könnte, sobald ich mit der Wäsche fertig bin, wär ich schrecklich dankbar ...« Es klang nicht so gut, wie sie gehofft hatte. Sie wusste, dass es Charlotte immer schwerer fiel, die Einsamkeit und die Sorge zu ertragen, vor allem, da sie selbst kaum etwas tun konnte, um die Situation zu lindern.

Sie war inzwischen mindestens zwei weitere Male bei Juno Fetters gewesen, doch immer noch wussten die beiden Frauen nicht, wo sie nach den fehlenden Papieren suchen könnten. Wohl aber wusste Charlotte inzwischen mehr über Martin Fetters' Werdegang als irgendein anderer Mensch außer Juno. Sie hatte Gracie über John Adinetts Reisen, militärische Fähigkeiten und die Abenteuer berichtet, die er bei der Erkundung Kanadas erlebt hatte, doch ließ sich darin kein Grund dafür erkennen, dass der eine den anderen ermordet hatte. Sie hatten gemeinsam über die schrecklichen und gefährlichen Gedanken gesprochen, oft bis spät in den Abend, wenn die Kinder schon im Bett waren, doch ohne Beweis nützte alles nichts.

Jetzt war es Gracies Aufgabe, das nächste Bindeglied zwischen John Adinett und den Kräften von Anarchie oder Unterdrückung zu finden, oder was auch immer er in der Cleveland Street gesucht und worüber sich Remus so erregt gezeigt hatte.

Sie konnte sich nicht vorstellen, was das sein mochte, wusste nur, dass es Tellmans Überzeugung nach schrecklich, gefährlich und weitreichend war.

»Gewiss«, antwortete Charlotte auf ihre Bitte. In ihrer Stimme lag ein Zögern, vielleicht sogar Neid, aber sie sagte nichts weiter.

»Vielen Dank«, sagte Gracie. Ihr wäre es lieber gewesen, sie hätte bei der Wahrheit bleiben können. Sie lag ihr schon auf der Zunge, doch dann würde Charlotte sie vermutlich nicht gehen lassen, und das durfte nicht sein. Sie musste sich zusammennehmen und ihr Vorhaben zu Ende führen!

Sie hatte noch einen großen Teil des Geldes, das ihr Tellman gegeben hatte, außerdem besaß sie noch ein wenig eigenes. Sie war bereit, Remus zu folgen, wohin auch immer er sich wenden mochte, und so wartete sie um acht vor seinem Haus auf ihn.

Es war ein angenehmer Vormittag und schon ziemlich warm. Blumenverkäufer, die bei Tagesanbruch in die Stadt gekommen waren, priesen ihre Sträuße an. Gracie war froh, dass sie nicht den ganzen Tag an irgendwelchen Straßenecken herumstehen und darauf hoffen musste, jemand werde ihr etwas abkaufen.

Die Botenjungen aller möglichen Lieferanten kamen mit Körben voller Fisch, Fleisch und Gemüse vorüber, gingen an die Hintertüren der Häuser und klopften dort. An der nächsten Kreuzung sah sie einen Milchwagen. Eine schmale Frau ging mit einer vollen Kanne in der Hand, deren Gewicht sie auf einer Seite herunterzog, auf ihr Haus zu.

Ein Zeitungsjunge stellte sich an die Straßenecke und rief von Zeit zu Zeit die neuesten Schlagzeilen über die bevorstehende Unterhauswahl aus. Im amerikanischen Bundesstaat Minnesota hatte ein Wirbelsturm dreiunddreißig Menschen das Leben gekostet. Was die Öffentlichkeit betraf, war Adinett bereits vergessen.

Lyndon Remus trat aus dem Haus und machte sich mit großen Schritten auf den Weg zur Hauptstraße. Gracie hoffte, dass er zur Haltestelle der Pferde-Omnibusse wollte. Droschken waren sehr teuer, und sie bemühte sich, mit Tellmans Geld so haushälterisch wie möglich umzugehen.

Den Kopf vorgereckt, schritt Remus mit schwingenden Armen zielstrebig aus. Er trug eine alte Jacke und ein kragenloses Hemd. Ganz offensichtlich war er nicht auf dem Weg zu besseren Herrschaften. Vielleicht wollte er wieder in die Cleveland Street?

Gracie folgte ihm mit raschen Schritten und musste sogar ein wenig rennen, um ihn einzuholen. Auf keinen Fall durfte sie ihn aus den Augen verlieren. Da er sie nicht kannte, brauchte sie zum Glück nicht auf großen Abstand zu achten.

Sie hatte Recht, er wollte zur Haltestelle. Gott sei Dank! Da sonst niemand dort stand, musste sie mehr oder weniger neben ihm auf den nächsten Pferde-Omnibus warten. Aber sie brauchte sich keine Sorgen zu machen, dass er sich an sie erinnern würde, wenn er sie das nächste Mal sah. Ohne jemanden oder etwas um sich herum wahrzunehmen, spähte er angestrengt auf die Straße und trat dabei ungeduldig von einem Fuß auf den anderen.

In Holborn stieg er in einen Pferde-Omnibus um, der weiter nach Osten fuhr. Fast hätte sie nicht mitbekommen, dass er an der Whitechapel High Street gegenüber dem Bahnhof ausstieg. Wollte er etwa wieder mit der Bahn irgendwo hinfahren? Aber nein, er ging die Court Street entlang zur Buck's Row. Dort blieb er stehen und sah sich um. Gracie folgte seinem Blick, sah aber nichts, was in irgendeiner Weise interessant gewesen wäre. Vor ihnen lag die nach Norden führende Eisenbahnlinie, rechts die Erziehungsanstalt und links die Schnapsbrennerei Smith & Co. Dahinter befand sich ein Friedhof. Hoffentlich war er nicht gekommen, sich Gräber anzusehen.

Möglich war es. Schließlich hatte er sich bereits nach dem Tod von William Crook und J. K. Stephen erkundigt. Folgte er der Fährte der Toten? Waren sie womöglich alle ermordet worden?

Auf der Straße herrschte lebhafter Verkehr, Menschen gingen ihren Verrichtungen nach, Fuhrwerke aller Art fuhren vorüber.

Trotz des warmen Tages und obwohl nicht das leiseste Lüftchen wehte, überlief es Gracie kalt. Hinter was war Remus da her? Woher wusste ein Kriminalpolizist, wie er finden konnte, was er suchte? Vielleicht war Tellman doch klüger, als sie ihm zugebilligt hatte. Diese Aufgabe zu erledigen war gar nicht einfach.

Remus ging weiter und sah sich immer wieder um, als suche er etwas Bestimmtes. Da er aber nicht auf die Nummern der Häuser achtete, war es wohl keine Adresse.

Sie folgte ihm sehr langsam. Sobald er sich umwandte, richtete sie den Blick auf eine Haustür und tat so, als suche auch sie etwas.

Er hielt einen Mann mit einem Lederschurz an und sprach mit ihm. Dieser schüttelte den Kopf und ging rasch weiter zur Thomas Street, an deren Ende Gracie ein Schild sehen konnte, das zum Arbeitshaus von Spitalfields wies. Die riesigen grauen Gebäude, Obdach und Gefängnis zugleich, zeichneten sich vor ihren Augen ab. Als kleines Mädchen hatte sie vor dem Arbeitshaus mehr Angst gehabt als vor dem Gefängnis, denn wen die Armut dort hinführte, vegetierte im bittersten Elend. Sie hatte Menschen gekannt, die lieber auf der Straße gestorben wären, als sich der die Seele abtötenden Knechtung jener Einrichtung auszuliefern.

Remus sprach eine alte Frau an, die ein Wäschebündel trug.

Gracie schob sich so nah heran, dass sie hören konnte, was gesagt wurde. Sie hoffte, er konzentriere sich derart auf seine Suche, dass er ihre Anwesenheit nicht bemerkte. Während sie die Ohren spitzte, sah sie zur anderen Straßenseite hinüber, als warte sie auf jemanden.

»Entschuldigung …«, begann Remus.

»Ja?«, sagte die Frau. Es klang nicht besonders entgegenkommend.

»Wohnen Sie hier in der Gegend?«, fuhr er fort.

»Gleich da vorne«, sagte sie und wies ein Stück weiter.

»Dann können Sie mir vielleicht helfen«, bat Remus mit Nachdruck. »Haben Sie auch vor vier oder fünf Jahren hier gewohnt?«

»Sicher, warum?« Sie verzog misstrauisch und abweisend das Gesicht.

»Kommen viele Kutschen hierher, große, mit vier Rädern, keine Droschken?«, wollte Remus wissen.

Mit verächtlicher Miene stieß sie hervor: »Sehn wir so aus

wie Leute, die Kutschen ha'm? Se könn' von Glück sagen, wenn Se hier 'ne Droschke finden. Am besten laufen Se, wie wir andern auch.«

»Ich möchte jetzt keine Kutsche!« Er fasste sie am Arm. »Ich suche jemanden, der vor vier Jahren hier in der Gegend eine gesehen hat.«

Ihre Augen weiteten sich. »Und woher soll ich das wissen? Das interessiert mich nich. Verschwinden Se un lassen Se uns zufrieden! Los, Mann! Hau'n Se ab!« Sie riss sich los und eilte davon.

Remus schien enttäuscht. Sein angespanntes Gesicht wirkte im Licht des Vormittags überraschend jung. Gracie überlegte, wie er wohl zu Hause sein mochte, was er las, was ihm am Herzen lag, ob er Freunde hatte. Was trieb ihn zu dieser Suche an? War es Liebe oder Hass, Geldgier oder Ruhmsucht? Oder einfach Neugier?

Er überquerte die Straße, ging am Pavilion Theatre vorüber und bog nach links in die Hanbury Street ein. Er hielt mehrere Vorüberkommende an, stellte ihnen Fragen. Vermutlich wieder dieselben: über geschlossene Kutschen, mit denen sich feine Herren in jener Gegend auf die Suche nach Amüsement gemacht haben mochten.

Als er geradeaus weiter zur Kirche der Methodisten ging, wahrte Gracie einen größeren Abstand. Endlich schien er jemanden gefunden zu haben, der ihm eine brauchbare Antwort gab, denn er reckte den Kopf, straffte die Schultern und fuchtelte überraschend lebhaft mit den Händen herum.

Wegen der großen Entfernung konnte sie nicht hören, was man ihm gesagt hatte.

Doch selbst wenn jemand eine solche Kutsche gesehen hatte – was hatte das zu bedeuten? Nichts. Jemand mit mehr Geld als Verstand, jemand mit einem zweifelhaften Geschmack, war in dies Stadtviertel gekommen, um nach billigen Frauen Ausschau zu halten. Vielleicht gewann er Lust aus der damit verbundenen Gefahr. Sie hatte gehört, dass es solche Menschen geben solle. Und was hatte es zu bedeuten, falls das Martin Fetters gewesen war? Wen außer seiner Frau würde das aufregen, wenn es bekannt würde?

Wenn es aber nun Remus gar nicht um das Motiv für den Mord an Fetters ging? Vielleicht verschwendete Gracie hier ihre Zeit, oder genauer gesagt, Charlottes Zeit?

Sie kam zu einem Entschluss.

Sie trat aus dem Hauseingang heraus, in dem sie gestanden hatte, und ging auf Remus zu, wobei sie sich bemühte, den Eindruck zu erwecken, als gehöre sie dorthin, kenne ihr Ziel und wisse genau, was sie zu tun habe. Sie war schon fast an ihm vorüber, als er sie ansprach. »Entschuldigung.«

Sie blieb stehen. »Ja?« Ihr Herz hämmerte, und der Atem stockte ihr fast.

»Ich bitte um Verzeihung«, begann er. »Aber leben Sie schon eine Weile hier? Ich suche jemanden, der bestimmte Dinge weiß.«

Sie entschied sich, so zu antworten, dass er sie nicht durch Fragen über jüngere Ereignisse oder die nähere Umgebung entlarven konnte, von der sie nicht viel wusste.

»Ich war 'ne Weile weg.« Sie schluckte. Ihre Stimme klang gepresst. »Vor 'n paar Jahren hab ich hier aber gelebt.«

»Auch vor etwa vier Jahren?«, fragte er eifrig mit leicht gerötetem Gesicht.

»Ja«, sagte sie nachdenklich und sah ihm dabei fest in die braunen Augen. »Damals war ich hier. Was woll'n Se denn?«

»Können Sie sich erinnern, Kutschen hier gesehen zu haben? Ich meine herrschaftliche Kutschen, keine Droschken.«

Sie verzog ihr Gesicht, als ob sie sich konzentrieren müsse. »Meinen Se so private?«

»Ja! Genau!«, sagte er drängend.

Sie sah ihn nach wie vor an und erkannte die unterdrückte Erregung, die Macht, die ihn trieb. Was auch immer er suchen mochte, es schien ihm äußerst wichtig zu sein.

»Vor vier Jahren?«, wiederholte sie.

»Ja!« Es sah aus, als wollte er noch etwas hinzufügen, damit sie endlich sprach. Er unterließ es aber im letzten Augenblick.

Sie gab sich Mühe, genau das zu sagen, was er hören wollte. »Ja. Hier war 'ne große herrschaftliche Kutsche. Genaues kann ich nich sagen, weil's dunkel war, aber um die Zeit war das wohl.« Betont unschuldig fragte sie: »War das jemand, den Sie kennen?«

Er sah sie wie gebannt an. »Ich weiß nicht. Möglich. Haben Sie jemanden gesehen?«, stieß er atemlos hervor.

Sie wusste nicht, was sie darauf antworten sollte, weil sie nicht ahnte, worauf er hinauswollte. Das musste sie herauszubekommen versuchen. Sie entschied sich zu einer nichts sagenden Mitteilung, aus der er herauslesen mochte, was er wollte.

»Es war eine große, schwarze Kutsche, aber unauffällig«, sagte sie. »'türlich mit 'nem Kutscher auf 'm Bock.«

»Ein gut aussehender Mann mit Bart?« Die Erregung in seiner Stimme war unüberhörbar.

Ihr Herz tat einen Hüpfer. Im nächsten Augenblick würde sie die Wahrheit erfahren. Jetzt musste sie besonders vorsichtig sein.

»Ob er gut ausgesehen hat, weiß ich nich.« Sie bemühte sich, ihre Stimme gleichmütig klingen zu lassen. »Aber 'n Bart hatte er wohl.«

»Haben Sie jemanden im Inneren gesehen?« Er gab sich Mühe, ruhig zu wirken, doch seine leuchtenden Augen verrieten ihn. »Hat die Kutsche angehalten? Haben die Leute mit jemandem geredet?«

Sie überlegte in fliegender Eile. Es war wohl nicht wichtig, ob der Mann, um den es ihm zu gehen schien, angehalten hatte oder nicht. Es konnte aus einem beliebigen Grund geschehen sein, und sei es nur, weil er sich nach dem Weg erkundigen musste.

»Ja.« Sie machte eine Handbewegung. »Da vorne. Er hat 'ne Bekannte von mir angesprochen. Die hat gesagt, er hätte nach jemand gefragt.«

»Nach jemandem gefragt?« Seine Stimme klang fast schrill.

Sie konnte die Spannung in ihm beinahe mit Händen greifen.

»War die Person, nach der er sich erkundigt hat, eine Frau?«

Das also wollte er hören. »Ja«, sagte sie leise. »'ne Frau.«

»Wer? Wissen Sie das? Hat sie es gesagt?«

Sie nannte den einzigen weiblichen Vornamen, dem sie in diesem Zusammenhang begegnet war. »Irgend'ne Annie.«

»Annie.« Er keuchte schwer und schluckte, als bekomme er

keine Luft. »Sind Sie da ganz sicher? Und der Nachname? Wissen Sie den auch? Überlegen Sie gut.«

Sollte sie es riskieren, »Annie Crook« zu sagen? Nein. Es war klüger, den Bogen nicht zu überspannen. »Nee. Fing glaub ich mit C an. Sicher bin ich mir da aber nicht.«

Er schwieg, schien wie gelähmt. Sie hörte in einiger Entfernung jemanden lachen, irgendwo bellte ein Hund.

Mit flüsternder Stimme fragte er: »Annie Chapman?«

Sie war enttäuscht. Mit einem Mal war der Sinn des Ganzen dahin. Sie fror innerlich.

»Weiß nich«, sagte sie tonlos, unfähig, ihre Enttäuschung zu verbergen. »Warum? Wer war das? 'n Kerl, der sich 'ne billige Nacht machen wollte?«

»Ist nicht weiter wichtig«, sagte er rasch, bemüht zu verbergen, wie wichtig ihm war, was er erfahren hatte. »Sie haben mir wirklich sehr geholfen. Vielen Dank, ganz herzlichen Dank.« Er suchte in seiner Tasche und hielt ihr ein Drei-Pence-Stück hin.

Das gab ihr die Möglichkeit, Tellman zumindest einen Teil des Geldes zurückzuzahlen, das sie ausgegeben hatte – wenn sie es nicht noch selbst brauchte, je nachdem, wohin sich Remus als Nächstes wandte.

Er machte kehrt und ging dorthin zurück, woher er gekommen war. Immer wieder musste Gracie rennen, um mit ihm Schritt zu halten. Am unteren Ende der Whitechapel High Street wandte er sich nach Westen und stieg bei der ersten Gelegenheit in einen Pferde-Omnibus. Statt aber zur Stadtmitte zu fahren, wie sie vermutet hatte, stieg er wieder in Holborn um, fuhr südwärts bis zur Themse und dann über die Uferstraße bis zur Wache der Wasserpolizei.

Gracie folgte ihm ins Gebäude, als hätte sie dort selbst etwas zu erledigen. Mit gesenktem Kopf wartete sie hinter ihm. Vorsichtshalber hatte sie ihre Haarnadeln herausgenommen und sich ein wenig Schmutz ins Gesicht gerieben. Damit dürfte sie der jungen Frau, die Remus in der Hanbury Street angehalten hatte, nicht mehr besonders ähnlich sehen, sondern eher den Straßenkindern, die am Themseufer nach Essensresten suchten. Jedenfalls hoffte sie, man werde sie für ein solches Straßenkind halten.

Es erwies sich, dass auch Remus durchaus fantasiebegabt war, denn als ihn der Wachhabende nach seinem Anliegen fragte, tischte er ihm eine Räuberpistole auf, die er nach Gracies Überzeugung speziell für diesen Anlass erfunden hatte.

»Ich suche nach meinem verschwundenen Vetter«, sagte er mit dem Ausdruck tiefer Besorgnis, wobei er sich weit über die Theke vorbeugte. »Ich habe gehört, dass am siebten Februar jemand, auf den seine Beschreibung passt, in der Nähe der Westminster-Brücke fast ertrunken wäre. Seine Kutsche war in einen Unfall verwickelt, der ein kleines Mädchen um ein Haar das Leben gekostet hätte, was er sich so sehr zu Herzen genommen hat, dass er sich umbringen wollte. Wissen Sie etwas darüber?«

»Natürlich«, gab der Beamte zur Antwort. »Hat ja alles in der Zeitung gestanden. Ich würd allerdings nich sagen, dass dieser Nickley Selbstmord begehen wollte.« Er verzog das Gesicht zu einem schiefen Lächeln. »Wer Mantel und Stiefel auszieht, bevor er ins Wasser springt, meint das wohl nich so ernst.« Seine Stimme war voller Verachtung. »Er is 'n Stück weit geschwommen und dann im Ufergebüsch hängen geblieben. Man hat 'n ins Westminster-Krankenhaus gebracht, aber gefehlt hat dem nix.«

Dann stellte Remus eine weitere Frage, und zwar so beiläufig, als sei sie ihm gerade erst eingefallen und als komme es auf die Antwort nicht an.

»Wie hieß eigentlich die Kleine? Ist sie auch heil davongekommen?«

»Ja.« Das ausdruckslose Gesicht des Mannes war voll Mitleid. »Das arme Kind. Viel hat ja nich gefehlt, aber zum Glück is ihr nix passiert. Es hat ihr nur 'nen gewaltigen Schrecken eingejagt, vor allem weil es nich das erste Mal war, dass 'ne Kutsche sie beinah überfahren hätt.« Er schüttelte betrübt den Kopf. »Sie hat gesagt, es wär dieselbe gewesen. Ich nehm aber an, dass sie das nich richtig auseinander halten kann.«

Gracie sah, wie Remus erstarrte. Seine Fingerknöchel traten weiß hervor. »Das zweite Mal? Von derselben Kutsche?« Unwillkürlich stieß er das hervor, als sei ihm die Antwort darauf äußerst wichtig.

Der Wachtmeister lachte. »Natürlich nich! Was weiß 'n kleines Mädchen von sieben oder acht Jahren schon von Kutschen?«

Remus beugte sich weiter vor und fragte: »Und wie heißt sie?«

»Alice«, sagte der Beamte. »Glaub ich jedenfalls.«

»Und weiter?«

Der Wachtmeister sah ihn aufmerksam an. »Was soll das eigentlich? Wissen Se was, was Se uns mitteilen müssten?«

»Aber nein!«, sagte Remus auffällig schnell. »Es handelt sich um eine reine Familienangelegenheit. Mein Vetter ist so eine Art schwarzes Schaf, wissen Sie? Wir wollen, dass die Sache möglichst nicht an die große Glocke gehängt wird. Es würde uns aber helfen, wenn wir den Namen des kleinen Mädchens wüssten.«

Der Beamte sah Remus mit einem Anflug von Misstrauen an. »Ihr Vetter, haben Sie gesagt?«

Jetzt gab es für Remus kein Zurück mehr. »Ja. Er bereitet der Familie nichts als Ärger. Ganz besonders hat er es auf ein kleines Mädchen namens Alice Crook abgesehen. Ich hoffe nur, dass sie das nicht war.« Als Gracie diesen Namen hörte, überlief sie ein Schauer. Remus war nach wie vor auf derselben Fährte, was auch immer er damit bezwecken wollte.

Das Gesicht des Beamten entspannte sich ein wenig. »Leider war sie das doch.«

Remus erstarrte und bedeckte sein Gesicht mit den Händen. Gracie begriff, dass er nicht Kummer verbarg, sondern Jubel. Nach einer Weile fasste er sich wieder und sah den Beamten erneut an.

»Vielen Dank, dass Sie sich die Zeit genommen haben«, sagte er knapp, machte auf dem Absatz kehrt und eilte hinaus. Gracie musste ihm erneut nachlaufen, um ihn nicht aus den Augen zu verlieren. Sofern sie dem Beamten überhaupt aufgefallen war, nahm dieser wahrscheinlich an, dass sie zu dem sonderbaren Mann gehörte.

Remus entfernte sich jetzt von der Themse und sah immer wieder nach links und rechts, als suche er etwas.

Gracie blieb so weit wie möglich zurück und hielt sich hinter dem Rücken anderer Menschen verborgen – Arbeiter, Touristen, Boten, Zeitungsjungen und Straßenhändler. Mit einem Mal änderte Remus die Richtung, ging auf ein Postamt zu und trat ein. Sie folgte ihm.

Sie sah, wie er einen Bleistift nahm und rasch mit zitternden Händen etwas notierte. Er faltete das Blatt zusammen, kaufte eine Marke und steckte den Brief in den Kasten. Dann machte er sich wieder mit großen Schritten auf den Weg. Erneut musste Gracie von Zeit zu Zeit rennen, um ihn wieder einzuholen.

Sie war hocherfreut, als er in einem Gasthaus einkehrte, um etwas zu essen. Ihre Füße brannten, und ihre Beine schmerzten. Eine Pause, in der sie sich hinsetzen, selbst etwas essen und ihn in Ruhe beobachten konnte, war ihr hochwillkommen.

Er bestellte Aalpastete. Staunend sah sie zu, wie er sie bis auf den letzten Rest vertilgte. Er kam ihr dabei unerbittlich vor. Als er fertig war, wischte er sich mit seiner Serviette die Lippen ab. Sie selbst bestellte Schweinefleischpastete, die ihr weit lieber war. Aal erfüllte sie mit Abscheu.

Eine halbe Stunde später brach Remus erneut auf, offenbar zu neuen Taten bereit. Sie folgte ihm wieder, entschlossen, sich auf keinen Fall abschütteln zu lassen. Inzwischen war es früher Abend, und auf den Straßen drängten sich die Menschen. Sie hatte den Vorteil, dass Remus nichts von ihrer Gegenwart ahnte und so auf sein Ziel konzentriert war, dass er sich nie umsah. Vielleicht fielen ihm ihre leichten Schritte auch nicht auf.

Nachdem sie zweimal ein Stück mit dem Pferde-Omnibus gefahren und eine kurze Strecke zu Fuß gegangen waren, befanden sie sich im Hyde Park, wo Remus vor einer Bank eindeutig auf jemanden wartete.

Fieberhaft überlegte Gracie, womit sie ihre Anwesenheit erklären konnte.

Remus ließ den Blick hin und her schweifen, weil er nicht zu wissen schien, aus welcher Richtung derjenige kommen würde, auf den er wartete. Dabei musste er sie unbedingt sehen und würde sich irgendwann fragen, was sie eigentlich dort wollte.

Was hätte Tellman an ihrer Stelle getan? Er als Kriminalbeamter musste ständig Leuten folgen. Hätte er versucht, sich zu verbergen? Dazu gab es keine Möglichkeit. Kein Baum stand nah genug dafür. Außerdem würde sie aus einem Versteck nicht sehen können, mit wem er zusammentraf. Gab es einen plausiblen Grund für ihre Anwesenheit? Und wenn sie nun ebenfalls auf jemanden wartete? Würde er das glauben? Oder konnte sie sagen, sie habe etwas verloren? Schön und gut, aber warum hatte sie dann nicht gleich angefangen, danach zu suchen, als sie angekommen war? Ach ja – sie hatte gerade erst gemerkt, dass sie es vermisste!

Betont langsam ging sie den Weg zurück, den sie gekommen war, und sah dabei zu Boden, als suche sie nach einem kleinen kostbaren Gegenstand. Nach etwa zwanzig Schritten machte sie kehrt und suchte den Weg erneut ab. Als sie die halbe Strecke zurückgelegt hatte, kam ein Mann auf Remus zu.

Remus trat ihm in den Weg. Der Mann blieb ruckartig stehen und tat dann so, als wolle er um Remus herumgehen und seinen Weg fortsetzen.

Erneut vertrat ihm Remus den Weg und sagte etwas, aber so leise, dass Gracie, die knapp zehn Schritt entfernt war, nichts davon verstehen konnte.

Auf das Gesicht des Mannes trat Verblüffung. Er sah Remus genauer an, als bemühe er sich, ihn zu erkennen. Vielleicht hatte ihn Remus mit seinem Namen angeredet.

Gracie sah zu den beiden hinüber, wagte aber nicht, deren Aufmerksamkeit dadurch auf sich zu lenken, dass sie sich bewegte. Der Mann schien über fünfzig zu sein, sah recht gut aus, war ziemlich groß und hatte einen Bauchansatz. Seine unauffällige Kleidung stammte zwar von einem guten Schneider, war aber nicht luxuriös. Es war etwas, das Pitt hätte tragen können, nur dass an ihm dank seiner Neigung zur Unordnung nichts richtig zu sitzen schien. Dieser Mann wirkte gepflegt, etwa wie ein Regierungsbeamter oder ein leitender Bankangestellter im Ruhestand.

Remus sprach erregt auf den Mann ein, der recht heftig zu antworten schien. Es sah ganz so aus, als ob ihm Remus etwas vorhielte, seine Stimme wurde lauter, erregter, und Gracie hörte einzelne Worte.

»... haben davon gewusst! Sie waren mit ...«

Der andere tat das mit einer raschen Handbewegung ab, aber

sein Gesicht war gerötet, und die Empörung in seiner Stimme klang gespielt.

»Dafür haben Sie keine Beweise! Und wenn Sie …« Seine Stimme wurde wieder leiser, sodass Gracie die nächsten beiden Sätze nicht hörte. »… ein äußerst gefährlicher Weg!«, schloss er.

»Dann sind Sie gleichermaßen schuldig«, stieß Remus wütend hervor, doch in seinen Worten lag unverkennbar Furcht. Als Gracie das merkte, verkrampfte sich ihr Magen, und ihre Kehle zog sich zusammen. Remus hatte offensichtlich große Angst.

An der Haltung des anderen Mannes, in seinem Gesicht, das sie trotz der zunehmenden Schatten des Abendlichts nach wie vor sehen konnte, erkannte sie, dass auch er Angst hatte. Jetzt bestritt er mit ärgerlichen Handbewegungen etwas und schüttelte den Kopf.

»Nein! Lassen Sie es gut sein! Auf keinen Fall!«

»Ich werde dahinter kommen!«, gab Remus zurück. »Ich werde es Stück für Stück ans Tageslicht fördern, und die Welt wird es erfahren! Wir sind nicht bereit, uns länger belügen zu lassen – weder von Ihnen, noch von sonst jemandem.«

Wütend riss der andere den Arm hoch, dann wandte er sich ab und schritt davon, zurück in die Richtung, aus der er gekommen war.

Einen Augenblick lang sah es so aus, als wolle Remus ihm folgen, dann aber überlegte er es sich anders und ging rasch an Gracie vorüber der Straße entgegen. Auf seinen Zügen las sie wütende Entschlossenheit. Fast wäre er mit einem Arm in Arm gehenden Paar zusammengestoßen, das einen Abendspaziergang machte. Er murmelte eine Entschuldigung und eilte weiter.

Gracie folgte ihm im Laufschritt. Er ging so schnell, dass sie unablässig rennen musste. Er überquerte Hyde Park Terrace und setzte seinen Weg nach Norden über die Grand Junction Road in die Praed Street fort, wo er im Bahnhof der Untergrundbahn verschwand.

Beklemmt fragte sich Gracie, was sein Ziel sein mochte und wie weit er wohl fahren würde. Was steckte hinter all dem? Wer war der Mann, mit dem er im Park zusammengetroffen war und dem er Vorwürfe gemacht hatte … und weswegen …

Sie folgte Remus die Treppe hinab und kaufte wie er einen Vier-Penny-Fahrschein. Sie war schon einmal mit der Untergrundbahn gefahren, hatte gesehen, wie die Züge donnernd und kreischend aus der Röhre geschossen kamen und neben dem Bahnsteig anhielten. Starr vor Schreck war sie gewesen und hatte all ihren Mut zusammennehmen müssen, um in diesen Wagen zu steigen und sich unter ohrenbetäubendem Lärm durch die unterirdischen Röhren entführen zu lassen.

Auf keinen Fall durfte sie Remus aus den Augen lassen. Wohin auch immer er wollte, sie würde ihm folgen … um festzustellen, wonach er suchte.

Der Zug kam aus dem schwarzen Loch und hielt an. Gracie stieg hinter Remus ein.

Schwankend setzte sich der Zug in Bewegung. Gracie ballte die Fäuste und presste die Lippen fest aufeinander, um nicht laut aufzuschreien. Alle um sie herum saßen teilnahmslos da, als sei es das Normalste auf der Welt, im Inneren eines Zuges eingesperrt durch Löcher unter der Erde dahinzujagen.

Am Bahnhof Edgware Road stiegen Leute aus, andere stiegen ein. Remus hob nicht einmal den Blick, um zu sehen, wo er war.

An den Stationen Baker Street, Portland Road und Gower Street war es ebenso. Dann kam ein langes Stück bis King's Cross. Danach schien sich der Zug nach rechts zu neigen und donnerte weiter, wurde immer schneller.

Wohin Remus wohl wollte? Welche Beziehung bestand zwischen Adinetts Besuch in der Cleveland Street und der jungen Annie Crook, die dort gelebt hatte und gleich ihrem Liebsten mit Gewalt entführt worden war? Man hatte sie ins Guy's Hospital gebracht, wo sich der Leibchirurg der Königin persönlich um sie gekümmert und erklärt hatte, sie sei verrückt. Was war mit dem jungen Mann geschehen? Wie es aussah, hatte niemand je wieder von ihm gehört.

Und was hatte es mit den Kutschen in Spitalfields auf sich? War der Kutscher derselbe, der die kleine Alice Crook angefahren hatte und dann in die Themse gesprungen war – nachdem er Mantel und Stiefel abgelegt hatte?

Der Zug hielt am Bahnhof Farringdon Street, gleich darauf kam Aldergate Street. Remus sprang auf.

In ihrer Eile, ihm zu folgen, wäre Gracie fast gestürzt.

An der Tür überlegte Remus es sich anders und setzte sich wieder.

Mit hämmerndem Herzen ließ sich Gracie auf irgendeinen Sitz fallen.

Die nächsten Stationen waren Moorgate und Bishopsgate. In Aldgate verließ Remus den Zug. Hinter ihm erstieg Gracie die steile Treppe und trat in die Dunkelheit hinaus. Sie standen am Übergang von der Aldgate Street zur Whitechapel High Street.

Wohin würde Remus sich wenden? Jetzt musste sie sich ganz in seiner Nähe halten. Zwar brannten die Straßenlaternen schon, aber ihr dunkelgelbes Licht reichte nicht weit.

Wollte er etwa wieder nach Whitechapel? Es war ein gutes Stück bis zur Buck's Row am anderen Ende der Whitechapel Road, noch hinter der High Street. Und bis zur Hanbury Street im Norden war es über einen Kilometer.

Doch er wandte sich nach rechts in die Aldgate Street, in Richtung Innenstadt. Ob er eine weitere Verabredung hatte? Gracie musste an den wütenden Ausdruck denken, mit dem er den Mann im Hyde Park verlassen hatte. Aber nicht nur Wut war auf seinen Zügen erkennbar gewesen, sondern auch Erregung und Angst. Die Sache, um die es ging, musste von ungeheurer Bedeutung sein, jedenfalls schien er das anzunehmen.

Völlig überraschend bog er in die schmale Duke Street ein. Dort war es dunkler. Tief senkten sich die Giebelbretter der Häuser. Ein Geruch nach Fäulnis und Abwässern hing in der Luft. Sie merkte, dass sie zitterte. Unmittelbar vor ihnen ragte der riesige Schatten der Kirche des Heiligen Botolph auf. Sie befanden sich am Rand von Whitechapel.

Remus war zielbewusst ausgeschritten, als wisse er genau, wohin er wollte. Jetzt zögerte er und sah nach links. Einen kurzen Augenblick sah sie sein bleiches Gesicht im düsteren Licht. Was suchte er? Etwa die Bettler und Obdachlosen, die sich in die Hauseingänge drückten und nach einem Schlafplatz suchten, Straßendirnen, die auf Gelegenheitskundschaft warteten?

Unwillkürlich musste sie an die großen schwarzen Kutschen denken, nach denen er sich erkundigt hatte. Das Rattern von Rädern auf dem Pflaster wurde immer lauter, schwarze Pferde näherten sich aus der Dunkelheit, der riesige Umriss eines hohen, eckigen Kutschkastens wurde sichtbar, ein Schlag öffnete sich, und ein Mann fragte ... wonach? Nach einer Frau, einer bestimmten Frau. Warum? Welcher Herr in einer Kutsche würde im Dunkel der Nacht hierher kommen, wenn er im Westen der Stadt sauberere Frauen finden konnte, die ihm mehr zu bieten hatten, wo es statt eines Hauseingangs ein Zimmer mit einem Bett darin gab?

Remus ging über die Straße zu einem Gässchen neben der Kirche.

Dort war es pechschwarz, und sie stolperte, während sie ihm folgte. Wohin zum Teufel wollte er nur? Sie wusste, dass er sich noch vor ihr befand, weil sie seine Schritte auf dem Pflaster hörte. Dann sah sie seinen Umriss, als ihn ein Lichtstrahl erfasste. Vermutlich stand um die Straßenecke eine Laterne.

Sie trat auf einen kleinen Platz. Dort stand er regungslos und sah sich um. Flüchtig wurde sein Gesicht vom gelben Licht der Laterne beschienen. Seine Augen waren geweitet, er hatte die Lippen zu einem schrecklichen Lächeln geöffnet, das wie eine Mischung aus Entsetzen und Jubel aussah. Er zitterte am ganzen Leibe. Im Licht der Gaslaterne sah sie, wie er die zu Fäusten geballten Hände ein wenig hob. Die Knöchel schimmerten weiß.

Sie hob den Blick zu dem Schild an der Ziegelmauer oberhalb der Lichtquelle. Mitre Square.

Mit einem Mal überlief sie ein eiskalter Schauer, als hätte der Atem der Hölle sie berührt. Fast wäre ihr Herz stehen geblieben. Jetzt wusste sie, was er hier wollte – in Whitechapel, in der Buck's Row, in der Hanbury Street und nun am Mitre Square. Sie wusste, wen er in der großen schwarzen Kutsche vermutete, die nicht hierher gehörte. Ihr fielen die Namen ein: Annie Chapman, als Dunkle Annie bekannt, Long Liz, Kate, Polly, Black Mary. Remus war hinter dem als Jack the Ripper bekannten Frauenaufschlitzer her! Er lebte noch, und Remus glaubte zu wissen, wo er ihn finden konnte. Das also war die Geschichte, die er in den Zeitungen veröffentlichen und mit der er berühmt werden wollte.

Sie wandte sich ab und rannte so eilig durch das finstere Gässchen davon, dass sie über ihre eigenen Füße stolperte. Ihre Knie schienen unter ihr nachzugeben, sie keuchte, ihre Lunge schmerzte, als schnitte die Luft mit Messern hinein, aber um keinen Preis wollte sie auch nur einen Augenblick länger an diesem Ort des Entsetzens bleiben. Sie hatte Schreckensvisionen, stellte sich die blinde, lähmende Angst der Frauen vor, das Blut, die Qualen, den Augenblick, da sie die Augen des Mannes sahen und wussten, wer er war. Das war das Schlimmste von allem: ins Herz und in die Seele eines Menschen zu blicken, der das getan hatte ... und es wieder tun würde.

Sie stieß mit jemandem zusammen und schrie laut auf, schlug mit ihren Fäusten um sich, traf auf nachgiebiges Fleisch. Dann ertönte ein Knurren und ein Fluch. Sie riss sich los, stürmte in die Duke Street und jagte der Aldgate Road entgegen. Sie wusste nicht, auf wen sie da eingedroschen hatte, und es war ihr gleichgültig. Sie ahnte nicht, ob Remus ihr auf den Fersen war oder nicht, ob er wusste, dass sie ihm gefolgt war. Sie hatte nur den Wunsch, einen Zug oder einen Pferde-Omnibus zu erreichen, Whitechapel und seine Geister und Dämonen hinter sich zu lassen.

Sie sah einen Omnibus in Richtung Westen. Schreiend rannte sie auf die Fahrbahn, sodass die Pferde scheuten und der Kutscher laut fluchte. Es war ihr gleichgültig. Ohne auf sein Gezeter zu achten, stieg sie ein und ließ sich erschöpft auf den ersten freien Sitz fallen.

»Man könnte glauben, der Teufel ist hinter dir her«, sagte ein Mann mit belustigtem Lächeln. Er meinte es freundlich.

Für einen Scherz war das zu nahe an der Wahrheit. »Ja ...«, sagte sie mit belegter Stimme, »... genau so ist es.«

Schließlich erreichte sie das Haus in der Keppel Street, wo Charlotte mit bleichem Gesicht und müden Augen in der Küche auf und ab schritt. Es war nach elf Uhr.

»Wo warst du?«, fragte sie aufgebracht. »Ich hab mir

schreckliche Sorgen gemacht. Wie entsetzlich du aussiehst! Was ist passiert?«

Gracie war so erleichtert, in der Sicherheit, Wärme und Helligkeit der vertrauten Küche mit ihrem Geruch nach sauberem Holz und frischer Wäsche, nach Brot und Kräutern zu sein, zu wissen, dass sich Charlotte um sie sorgte, dass sie in Tränen ausbrach und hemmungslos schluchzte, während Charlotte sie tröstend in die Arme schloss.

Am nächsten Morgen würde sie ihrer Herrin sagen, was sie tagsüber getan hatte, allerdings sorgfältig zurechtgestutzt, und für ihre Lüge um Entschuldigung bitten.

Kapitel 9

Tellman bemühte sich, nicht an Gracie zu denken. Es war schwierig. Immer, wenn er sich einen Augenblick der Entspannung gönnte, trat ihr fröhliches Gesicht vor sein inneres Auge. Da Wetron nur darauf wartete, ihn bei einem Fehler zu ertappen, und wäre er noch so klein, betrieb er seine Ermittlungen zu den verfluchten Einbruchsdiebstählen so intensiv wie möglich. Er konnte es sich nicht leisten, auch nur bei der geringsten Ungenauigkeit ertappt zu werden.

Da ihm das Glück des Tüchtigen hold war, hatte er die Freude zu sehen, dass das Ende des Falles in Sichtweite war.

Auch an Pitt dachte er öfter, als er eigentlich wollte, und zwar voll Unbehagen und Schuldgefühl. Es lag auf der Hand, warum man ihn nach Spitalfields verbannt hatte. Es war lächerlich, anzunehmen, dass seine Anwesenheit dort im Kampf gegen Anarchisten das Geringste bewirkte. Dabei handelte es sich um eine spezialisierte Aufgabe, und der Sicherheitsdienst verfügte über Männer, die dazu bestens imstande waren. Cornwallis mochte in seiner Abkommandierung einen Versuch erkennen, Pitt vor weiteren Gefahren zu bewahren, doch diejenigen, die dafür verantwortlich waren, sahen es wohl als Strafe dafür an, dass er die Geschworenen von Adinetts Schuld überzeugt hatte.

Nach wie vor war er verwundbar, denn er konnte nicht den geringsten Hinweis darauf liefern, welches Motiv Adinett gehabt haben könnte, Fetters zu ermorden. Aus diesem Grund fühlte sich Tellman schuldig, denn obwohl es ihm als Polizeibeamten möglich war, der Wahrheit nachzuspüren, hatte er bisher lediglich in Erfahrung gebracht, dass sich Adinett über irgendetwas im Zusammenhang mit den Vorfällen in der Cleveland Street erregt hatte, die sich unendlich weit zu verzweigen schienen. Bisher hatte Tellman so gut wie nichts von diesem Hintergrund begriffen.

Während er einige Nebenstraßen von der Wache in der Bow Street entfernt in der Nähe des Blumenmarktes Ausschau nach den Hehlern hielt, von denen er wusste, dass sie ebenfalls dort tätig waren, merkte er, dass jemand neben ihn getreten war und ihn ansah.

Gracie!

Seine erste Reaktion war unverhohlene Freude. Als er dann sah, wie bleich sie war und wie unsicher sie dastand, was ganz und gar nicht ihrem Wesen entsprach, sank sein Herz. Er trat zu ihr.

»Was gibt es?«, fragte er eindringlich. »Was tun Sie hier?«

»'nen Strauß Blumen kaufen, was glauben Sie denn? Ich wollte zu Ihnen«, gab sie zurück. Der Klang ihrer Stimme beunruhigte ihn. Jetzt war er sicher, dass etwas Schreckliches geschehen sein musste.

»Geht es um Mr. Pitt? Haben Sie etwas von ihm gehört?« Das war sein erster Gedanke. Er hatte Charlotte seit Pitts Weggang vor über einem Monat kaum gesehen. Vielleicht hätte er mit ihr reden sollen? Aber das wäre aufdringlich gewesen, sogar unverschämt, und außerdem – was hätte er sagen können? Immerhin war sie eine richtige Dame.

Sie erwartete von ihm, dass er die Wahrheit herausbekam und nachwies, dass Pitt Recht gehabt hatte, damit man ihn in der Bow Street wieder in Amt und Würden einsetzte, denn das war der Platz, an den er gehörte. Dabei hatte er kläglich versagt.

Ein Blumenkarren rollte vorüber und hielt ein Dutzend Schritte entfernt an.

»Was gibt es?«, wiederholte er, diesmal eindringlicher. »Gracie!«

Sie schluckte so heftig, dass er es sehen konnte. Jetzt hatte er richtig Angst. Ein zu großer Teil seines Lebens war mit der Keppel Street verbunden. Er konnte das nicht einfach abschütteln und seiner Wege gehen. Nicht nur würde es schmerzen, ihm würde auch etwas fehlen.

»Ich bin Remus gefolgt, wie Sie es mir aufgetragen haben.« Sie sah ihn herausfordernd an.

»Das habe ich nicht getan!«, brach es aus ihm heraus. »Ich habe gesagt, Sie sollen zu Hause bleiben und Ihre Arbeit tun.«

»Zuerst haben Sie gesagt, ich soll ihm folgen«, beharrte sie dickköpfig.

Ein Paar kam an ihnen vorüber. Die Frau roch an einem Strauß Rosen, den sie sich vor das Gesicht hielt.

Tellman sah in Gracies Gesicht und an der Art, wie sie stocksteif dastand, dass sie Angst hatte. Er spürte sie, als hätte sie ihn selbst mit ihrem eisigen Atem gestreift. Er wollte Gracie beschützen, er wollte nicht, dass sie Angst hatte! Zugleich war er wütend, denn er hatte seine Seele so weit geöffnet, dass er verletzlich war.

»Jedenfalls hätten Sie das nicht tun dürfen«, fuhr er sie an. »Sie sollten zu Hause bleiben, wo Sie hingehören, und sich um Mrs. Pitt und den Haushalt kümmern!«

Ihre Augen waren weit geöffnet und dunkel, ihre Lippen zitterten. Er machte alles nur noch schlimmer. Er tat ihr weh und ließ sie mit dem Erlebten allein, ob sie es nun gesehen oder nur gedacht hatte.

»Wo waren Sie denn?«, fragte er ein wenig freundlicher. Es klang brummig, aber in Wahrheit ärgerte er sich über sich selbst, weil er so schwerfällig war, zu viel empfand und zu wenig dachte. Er wusste nicht, wie er sich ihr gegenüber verhalten sollte. Sie war so jung, mindestens ein Dutzend Jahre jünger als er, und zugleich so tapfer und stolz. Ihr näher zu kommen war so ähnlich wie der Versuch, eine Distel zu pflücken, dabei war sie nur eine halbe Portion! Er hatte Zwölfjährige gesehen, die kräftiger gebaut waren! Aber einem mutigeren oder willensstärkeren Menschen war er nie begegnet, und wäre er noch so groß und stark gewesen. »Nun?«, sagte er.

Ihre Augen lösten sich nicht von seinen. Sie achtete nicht auf die Vorübergehenden. »Ich hab Ihr ganzes Geld ausgegeben«, sagte sie. »Und sogar 'n bisschen von dem, was man mir gegeben hat.«

»Haben Sie etwa London verlassen? Ich hatte ausdrücklich gesagt –«

»Nein!«, erwiderte sie rasch und schluckte erneut. »Aber ich brauch nich tun, was Sie mir sagen! Er war in Whitechapel, Remus meine ich – in den Nebenstraßen nach Spitalfields und Limehouse rüber. Er hat rumgefragt, ob vor vier Jahren oder so jemand 'ne große Kutsche gesehen hat, die nich dahin gehörte. Als ob in der Gegend jemand Kutschen oder Pferde hätt! Schusters Rappen, das ja. Wenn's hochkommt, Pferde-Omnibus auf der Hauptstraße.«

Er wusste nicht, was er denken sollte. Immerhin war, was sie da berichtete, nicht entsetzlich. »Nach einer Kutsche hat er sich erkundigt? Und hat er etwas erfahren?«

Einen Augenblick glaubte er, auf ihren Zügen ein Lächeln zu sehen, doch erstarb es im Ansatz. In ihr war ein Entsetzen lebendig, das jeden Anflug von Fröhlichkeit unterdrückte. Es fasste mit einem Schmerz nach ihm, den er kaum zu ertragen vermochte.

»Ja. Er wusste nich, wer ich bin, und ich hab mich von ihm ausfragen lassen, so wie er die anderen gefragt hat«, sagte sie. »Ich hab ihm gesagt, ich hätte vor vier Jahren 'ne große schwarze Kutsche gesehen. Er wollte wissen, ob jemand da drin nach bestimmten Leuten gefragt hätte, und ich hab gesagt, ja.«

»Nach wem?« Seine Stimme klang rau vor Anspannung.

»Ich hab den ersten Namen gesagt, der mir eingefallen is. Ich musste an die junge Frau denken, die man aus der Cleveland Street verschleppt hat, und hab ›Annie‹ gesagt.« Sie zitterte heftig.

»Annie?« Er tat einen Schritt näher auf sie zu. Er wollte sie berühren, sie bei den Schultern fassen, aber da er fürchtete, dass sie ihn zurückstoßen könnte, blieb er ruhig stehen. »Annie Crook?«

Ihr Gesicht war aschfahl. Sie schüttelte kaum wahrnehmbar den Kopf. »Nein … ich hab das erst viele Stunden später begriffen, als ich ihm wieder nach Whitechapel gefolgt bin. Vorher war ich mit ihm bei der Wasserpolizei, danach hat er jemand 'nen Brief geschickt und im Hyde Park 'nen Herrn getroffen und dem was Schreckliches vorgeworfen. Dann hat er sich richtig mit ihm gestritten und is wieder nach Whitechapel gefahren.« Sie hielt atemlos inne, ihre Brust hob und senkte sich.

»Wer denn?«, beharrte er. »Wenn es nicht Annie Crook war, welche Rolle spielt das dann?« Er war enttäuscht, obwohl er keinen Grund dazu hatte. Nur das Entsetzen auf ihren Zügen hinderte ihn daran, beiseite zu sehen. Sie schluckte erneut. »Die Dunkle Annie!«, flüsterte sie kaum hörbar.

»Dunkle ... Annie ...?« Allmählich erfasste er das Entsetzen, so kalt wie das Grab.

»Annie Chapman ... die Jack aufgeschlitzt hat.«

»The ... Ripper?« Er brachte das Wort kaum heraus.

»Ja!«, stieß sie keuchend hervor. »Die anderen Stellen, an denen er nach 'ner Kutsche gefragt hat, waren Buck's Row, wo Polly Nichols umgekommen is, und die Hanbury Street, wo es die Dunkle Annie erwischt hat. Ganz zum Schluss war er am Mitre Square, wo man Kate Eddowes gefunden hat, noch schlimmer zugerichtet wie die anderen.«

Das Grauen erfasste ihn, als wäre etwas namenloses Urzeitliches aus der Dunkelheit hervorgebrochen und stünde jetzt dicht bei ihnen, Tod im Herzen und den Händen.

»Wenn Sie das gewusst haben«, begann er mit sich fast hysterisch überschlagender Stimme, »hätten Sie ihm doch nicht weiter zur Wasserpolizei folgen dürfen und –«

»Ich wusste es doch nicht!«, brach es aus ihr heraus. »Er war zuerst bei der Polizei und hat nach 'nem Kutscher namens Nickley gefragt, der 'n Mädchen von sieben oder acht Jahren überfahren wollte, zweimal, es aber nich erwischt hat.« Sie versuchte, zu Atem zu kommen. »Nach dem zweiten Mal is er in die Themse gesprungen, hat aber vorher die Stiefel ausgezogen. Also wollte der sich gar nich wirklich umbringen, sondern nur erreichen, dass die Leute das glaubten.«

»Was hat das denn damit zu tun?«, fragte er rasch. Er fasste sie am Arm und zog sie an den Rand des Gehwegs, weil zwei Männer vorüberkamen, denen sie im Weg standen. Er ließ sie nicht wieder los.

»Ich hab keine Ahnung«, sagte sie aufgebracht.

Er bemühte sich, einen Zusammenhang in der Geschichte zu erkennen, Verbindungen zu Annie Crook zu sehen, überlegte, was das Ganze mit Adinett und Pitt zu tun haben könnte. Aber aus der tiefsten Tiefe stieg trotz aller Bemühungen, dagegen anzukämpfen, Angst um Gracie wie auch Angst um sich selbst in ihm auf, denn sie bedeutete ihm so viel, dass er weder wusste, wie er damit umgehen sollte, noch, wie er dies überwältigende Gefühl beherrschen konnte.

»Aber Remus weiß es«, sagte sie und sah ihn aufmerksam an. »Er strahlt richtig vor Zufriedenheit – man kann ihn durch ganz London leuchten sehn.«

Er sah sie nach wie vor an.

»Ich hab sein Gesicht am Mitre Square geseh'n, wie er unter 'ner Straßenlaterne gestanden hat«, sagte sie. »Da hat der Ripper Kate Eddowes … umgebracht … und Remus wusste das! Deswegen war er da.«

Mit einem Mal ging Tellman die Bedeutung ihrer Worte auf. »Sie sind ihm in der Dunkelheit dahin gefolgt?« Er war entsetzt. »Allein … zum Mitre Square?« Seine Stimme überschlug sich fast. »Haben Sie denn völlig den Verstand verloren? Überlegen Sie doch nur, was Ihnen hätte passieren können!«

Er schloss die Augen so fest, dass es ihn schmerzte, bemühte sich, die Vorstellungen zu verjagen, die sich in seinem Kopf drängten. Er konnte sich an Bilder der Leichen erinnern, die er vor vier Jahren gesehen hatte, entsetzliche Verstümmelungen der menschlichen Gestalt, die jeglicher Ehrfurcht vor dem Tode Hohn sprachen.

Und Gracie hatte jenen Ort aufgesucht, am späten Abend, auf der Fährte eines Mannes, von dem man nicht wusste, was sich hinter ihm verbarg. »Sie dämliches …«, schrie Tellman, »dämliches …« Ihm fiel kein Begriff ein, der seiner Angst um sie, seiner Wut und seiner Erleichterung und zugleich seinem Zorn über die eigene Verletzlichkeit angemessen Ausdruck verlieh, denn ihm war klar, dass er in seinem Leben keinen glücklichen Augenblick mehr gehabt hätte, wenn ihr etwas zugestoßen wäre.

Er merkte nicht, dass Menschen stehen blieben und ihn neugierig anstarrten, unter ihnen ein älterer Herr, der zögernd auf

Gracie zutrat, da er sich Sorgen um ihre Sicherheit machte. Dann aber kam er wohl zu dem Ergebnis, dass es besser sei, sich nicht einzumischen, und er eilte weiter.

Tellman wollte sich nicht so viele Sorgen um andere Menschen machen müssen, ganz besonders aber nicht um Gracie. Sie konnte ihn nicht besonders gut leiden, von Liebe ganz zu schweigen, war kratzbürstig, in fast allen Dingen, auf die es ankam, verbohrt und wollte unbedingt weiterhin im Hause Pitt das Dienstmädchen spielen! Bei der bloßen Vorstellung, einem anderen Menschen zu dienen, knirschte er mit den Zähnen. Es klang wie ein Messer, das über Glas kratzte.

»Sie sind ja dumm!«, rief er erneut und schwang seinen Arm herum, als wolle er etwas am Boden zerschmettern, nur dass er nichts hatte, was er werfen konnte. »Denken Sie eigentlich nie über das nach, was Sie tun?«

Jetzt war auch sie wütend. Zuvor hatte sie Angst gehabt, aber er hatte sie gekränkt, und sie war nicht bereit, das auf sich sitzen zu lassen.

»Nun, immerhin hab ich rausgekriegt, was Remus wollte, das is mehr wie Sie!«, schrie sie zurück. »Wenn ich dumm bin, was sind dann Sie, he? Und wenn Sie zu wütend sind, um zu begreifen, was ich Ihnen grad gesagt hab, und es zu benutzen, um Mr. Pitt zu helfen, muss ich es eben alleine machen! Ich weiß nich, wie, aber ich mach's! Ich geh noch mal zu Remus und sag ihm ins Gesicht, was ich von ihm weiß, und wenn er mir dann nix sagt –«

»Das tun Sie nicht!« Er packte sie an den Handgelenken, als sie sich zum Gehen wandte, wobei sie fast eine üppige Frau in einem gestreiften Kleid umgerannt hätte.

»Lassen Sie mich los!« Gracie versuchte sich freizumachen, doch Tellman hielt sie fest, und er war deutlich stärker als sie. Sie beugte sich vor und biss ihn mit aller Kraft in die Hand.

Er schrie vor Schmerz auf und ließ sie los. »Kleines Biest!«

Etwas vor sich hin brummelnd, eilte die füllige Frau weiter.

»Behalten Sie Ihre Hände bei sich!«, schrie Gracie ihn an. »Und spar'n Sie es sich, mir zu sagen, was ich tun soll und was nich! Ich gehör kei'm und mach, was ich will! Mir is egal, ob Sie mir und Mr. Pitt helfen oder hier rumsteh'n und mich beschimpfen! Wir kriegen die Wahrheit raus, und wir hol'n ihn zurück – Sie wer'n 's schon seh'n!« Bei diesen Worten wandte sie sich mit wehenden Röcken ab und eilte davon.

Tellman wollte ihr folgen, blieb dann aber stehen. Seine Hand schmerzte. Unwillkürlich hob er sie an den Mund und leckte die Wunde. Er hatte keine Ahnung, was er Gracie sagen könnte. Er fühlte sich wie zermalmt. Er wollte Pitt helfen, weil es sich so gehörte, aber auch um Gracies willen. Sie würde ihm vertrauen müssen, und er würde sich dieses Vertrauens mehr als würdig erweisen.

Aber er machte sich schreckliche Sorgen um sie, und das war ein neues und entsetzliches Gefühl. Er empfand eine kalte Angst wie noch nie im Leben, und sie ließ sein Inneres förmlich erstarren.

Ein Dutzend Schritte von ihm entfernt blieb Gracie stehen und wandte sich ihm erneut zu.

»Woll'n Se wirklich wie'n verdammter Laternenmast da in der Landschaft rumsteh'n?«, fragte sie.

Er ging zu ihr hin. »Diesen Remus kauf ich mir!«, sagte er mit Nachdruck. »Und Sie gehen zurück in die Keppel Street, bevor Mrs. Pitt Sie auf die Straße setzt, weil Sie Ihre Arbeit nicht tun. Vermutlich ist Ihnen noch gar nicht der Gedanke gekommen, dass sie sich um Sie zu Tode sorgt – als ob sie nicht schon genug Kummer hätte!« Er projizierte seine eigenen Empfindungen auf Charlotte. »Wahrscheinlich liegt sie die halbe Nacht wach und malt sich aus, was für grässliche Dinge Ihnen passieren. Sie ist allein, weiß nicht ein noch aus, da müssten Sie ihr eigentlich beistehen.«

Sie sah ihn an und wog ihre Worte ab. »Sie gehen wirklich zu Remus?«, fragte sie.

»Sind Sie taub? Das habe ich gerade gesagt.«

Sie zog die Nase hoch. »In dem Fall hab ich Ihnen alles gesagt, was ich weiß. Ich geh nach Haus un mach Abendessen … vielleicht back ich auch 'nen Kuchen.« Achselzuckend wollte sie davongehen.

»Gracie?«

»Ja?«

»Sie haben das sehr gut gemacht … ehrlich gesagt war das

sogar großartig. Aber wenn Sie so etwas noch einmal tun, versohle ich Ihnen den Hintern so gründlich, dass Sie eine ganze Woche lang im Stehen essen müssen! Haben Sie mich verstanden?«

Sie lächelte ihm breit zu und ging dann endgültig.

Entgegen seiner Absicht musste auch er lächeln. Mit einem Mal empfand er neben der Angst eine Freude, einen wilden heißen Schmerz, den er nie zu verlieren wünschte.

Tellman dachte keinen Augenblick lang daran, sich am Blumenmarkt länger um den Verbleib der gestohlenen Gegenstände zu kümmern. Es war noch früh. Falls er sofort aufbrach, war es möglich, dass er Remus antraf, ihn mit seinem Wissen konfrontierte und entweder durch Drohungen oder Überredung dazu brachte, ihm mitzuteilen, was er ermittelt hatte. Um Pitts willen musste er unbedingt feststellen, welche Beziehung zwischen dieser Sache und Adinett bestand, wie auch um der Sache aller willen, sofern Remus tatsächlich wusste, wer der entsetzlichste Mörder war, der London je heimgesucht hatte – wenn er nicht sogar der entsetzlichste war, der je existiert hatte. Verglichen mit Jack the Ripper verblasste jeder andere Schrecken erregende Name.

Mit gesenktem Kopf ging Tellman rasch davon und sah weder nach rechts noch nach links, um niemandem aufzufallen, der ihn kannte. Wo würde sich Remus um diese Stunde aufhalten? Es war kurz nach neun. Vielleicht war er noch zu Hause? Spät genug war er am Vortag zurückgekommen.

Um Zeit zu sparen, nahm Tellman eine Droschke und nannte dem Kutscher Remus' Anschrift.

Angenommen, er war nicht zu Hause, wo konnte er sich dann aufhalten? Wohin würde er sich an diesem Morgen wenden? Was wusste er bereits, und welche Bestandteile des Puzzles musste er noch finden?

Die Geschichte, der Remus auf der Spur war, hatte etwas mit einem gewissen Nickley zu tun, der allem Anschein nach mit der Kutsche seines Herrn auf der Suche nach den fünf bewussten Frauen durch Whitechapel gefahren war. Irgendjemand hatte sie auf unvorstellbar widerwärtige Weise zugerichtet, nachdem dieser Nickley sie gefunden hatte. Warum gerade diese Frauen und nicht andere? Warum hatte der Mörder aufgehört, als es fünf waren? Es waren ganz gewöhnliche Frauen gewesen, die sich auf die eine oder andere Weise prostituierten. Es gab zehntausende wie sie. Doch wenn er Gracie richtig verstanden hatte, hatte sich jemand, wer auch immer das sein mochte, zumindest nach einer mit ihrem Namen erkundigt!

Das Rütteln der Droschke vermochte nicht, ihn aus seiner Konzentration zu reißen. Offenbar war es nicht einfach so, dass ein Geistesgestörter blindwütig mordete. Es gab einen Plan. Warum hatte man Annie Crook aus dem Tabakladen in der Cleveland Street verschleppt, was steckte dahinter, dass sie plötzlich im Guy's Hospital gelandet war? Dort hatte sich der Leibchirurg der Königin persönlich um sie gekümmert! Was war der Grund dafür? Wer war für die Kosten aufgekommen? Falls sie verrückt war, war sie wohl kaum ein Fall für einen Chirurgen.

Und wer war der junge Mann, den man zur selben Zeit trotz heftiger Gegenwehr aus der Cleveland Street entführt hatte?

Vor Remus' Haus angekommen, entlohnte Tellman den Kutscher, forderte ihn aber auf, noch fünf Minuten zu warten. Dann ging er zur Tür und klopfte an. Die Haushälterin teilte ihm mit, Remus habe das Haus vor zehn Minuten verlassen, doch wisse sie nicht, wohin er gegangen sei.

Tellman dankte ihr und ließ sich vom Droschkenkutscher zum nächstgelegenen Bahnhof bringen. Er wollte mit der Untergrundbahn nach Whitechapel fahren und von dort die wenigen hundert Meter bis zur Cleveland Street gehen.

Auf dem Weg dorthin wälzte er immer wieder die Fragen in seinem Kopf hin und her. Sofern Remus nicht in der Cleveland Street war oder er ihn nicht finden konnte, würde er selbst herumfragen müssen. Einen günstigeren Ort, um damit anzufangen, schien es nicht zu geben. Es sah ganz so aus, als hätte die geheimnisvolle Geschichte mit Annie Crook hier ihren Anfang genommen. Es gab noch mehrere bisher unverbundene Einzelheiten, wie zum Beispiel die Frage, warum es wichtig war, dass es sich bei Annie Crook um eine Katholikin handelte.

Vermutlich war der junge Mann nicht katholisch gewesen, und entweder seine oder ihre Familie hatte Einwände erhoben. Und ihr Vater, William Crook, war im Krankenhaus von St. Pancras gestorben.

Wer war die kleine Alice, die ein Kutscher hatte überfahren wollen, und zwar nicht einmal, sondern gleich zweimal? Und was war der Grund? Was für ein Mann war das, der sich vornahm, ein siebenjähriges Kind aus dem Weg zu räumen?

Ganz offensichtlich gab es noch viel zu erfahren. Wenn Remus Antworten auf diese Fragen hatte, musste Tellman sie auf die eine oder andere Weise aus ihm herausholen.

Wer war der Mann, mit dem Remus im Regent's Park zusammengetroffen war und der ihm allem Anschein nach Ratschläge erteilt und Anweisungen gegeben hatte? Und wer war der Mann, mit dem er sich im Hyde Park gestritten hatte? So wie ihn Gracie beschrieben hatte, war das nicht der Mann aus dem Regent's Park!

Er stieg am Bahnhof Whitechapel aus und ging rasch zur Cleveland Street.

Diesmal war ihm das Glück hold. Remus stand weniger als hundert Schritt von ihm entfernt auf dem Gehweg, als überlege er, welche Richtung er einschlagen sollte.

Tellman beschleunigte den Schritt und erreichte ihn in dem Augenblick, als er sich nach links wenden und zum Tabakladen hinübergehen wollte.

Er fasste ihn am Arm.

»Bevor Sie dahin gehen, würde ich mich gern mit Ihnen unterhalten, Mr. Remus.«

Remus fuhr hoch, als hätte er ihn zu Tode erschreckt.

»Wachtmeister Tellman! Was zum Teufel –« Er unterbrach sich mitten im Satz.

»Ich suche Sie«, beantwortete Tellman die unausgesprochene Frage.

Remus tat unschuldig. »Was wollen Sie von mir?« Er setzte an, um etwas zu sagen, unterließ es aber. Zu heftige Beteuerungen würden nur das Gegenteil dessen bewirken, was er damit zu erreichen hoffte.

»Eine ganze Menge«, sagte Tellman beiläufig, ohne Remus'

Arm loszulassen. Er spürte, wie sich dessen Muskeln unter seinen Fingern spannten. »Wir könnten mit Annie Crook beginnen, dann über ihre Entführung ins Guy's Hospital und das reden, was da mit ihr passiert ist, über den Tod ihres Vaters, den Mann im Regent's Park und den anderen, mit dem Sie sich im Hyde Park gestritten haben ...«

Remus konnte seine Fassungslosigkeit nicht verbergen. Sein Gesicht war weiß wie ein Laken, feine Schweißperlen standen ihm auf Oberlippe und Brauen, doch er sagte nichts.

»Außerdem wäre da noch der Kutscher, der versucht hat, die kleine Alice Crook zu überfahren, und sich dann in die Themse gestürzt hat, wo er allerdings ans Ufer geschwommen ist«, fuhr Tellman fort. »Vor allem aber würde ich gern etwas über den Mann erfahren, der im Herbst '88 mit der Kutsche in der Gegend der Hanbury Street und um Buck's Row herumgefahren ist und fünf Frauen die Kehle durchgeschnitten hat. Eine von ihnen war Katherine Eddowes, die er am Mitre Square aufgeschlitzt hat, genau da, wo Sie sich gestern am späten Abend aufgehalten haben.« Er hielt inne und verstärkte den Griff seiner Hand, weniger, damit Remus nicht fortlief, sondern um ihn auf den Beinen zu halten, denn es kam ihm so vor, als könne der Mann jeden Augenblick in Ohnmacht fallen.

Remus zitterte am ganzen Leibe. Er schluckte wie jemand, der kurz vor dem Ersticken steht.

»Sie wissen, wer Jack ist«, sagte Tellman trocken und fuhr mit rauer Stimme fort: »Er lebt noch ... das stimmt doch?«

Remus nickte heftig, und trotz seiner Angst kehrte eine Art Glanz in seine Augen zurück, fast ein Leuchten. Er schwitzte heftig. »Das wird die Sensation des Jahrhunderts!«, sagte er und leckte sich nervös die Lippen. »Mein Bericht wird die Welt verändern ... das schwöre ich!«

Das bezweifelte Tellman zwar, aber Remus glaubte es ganz offensichtlich. »Wenn wir Jack zu fassen kriegen, genügt mir das«, sagte er ruhig. »Aber Sie sollten besser dies und jenes erklären, und zwar gleich hier an Ort und Stelle.« Da ihm keine hinreichend wirksame Drohung einfiel, unterließ er es, ihn unter Druck zu setzen.

Der alte Mut kehrte in Remus' Augen zurück, und er riss sich los. »Ohne mich können Sie nichts davon beweisen! Sie können von Glück sagen, wenn Sie ihn überhaupt zu fassen kriegen!«

»Vielleicht stimmt ja gar nicht, was Sie behaupten.«

»O doch!«, versicherte ihm Remus. In seiner Stimme lag Gewissheit. »Mir fehlen nur noch einige Einzelheiten. Gull lebt nicht mehr, wie auch Stephen, der arme Kerl ... und Eddy, aber ich werde es trotzdem beweisen. Es ist genug Material da.«

»Wir werden es beweisen«, verbesserte ihn Tellman streng.

»Ich bin nicht auf Sie angewiesen.«

»Aber ja, denn sonst versalze ich Ihnen die Suppe«, drohte ihm Tellman. »Mir ist es einerlei, ob daraus eine Sensationsmeldung wird oder nicht. Die können Sie von mir aus gern haben, aber ich will die Wahrheit aus anderen Gründen wissen, und ich bekomme sie. Ob Sie Ihren Bericht bekommen oder nicht, liegt ausschließlich bei Ihnen.«

»Lassen Sie uns vor allem von dem Laden hier weggehen!«, drängte Remus, wobei er über die Schulter sah. »Wir können es uns nicht leisten, so lange hier herumzustehen, sonst fallen wir auf.«

Mit diesen Worten wandte er sich um und ging wieder in Richtung Mile End Road.

Es war feucht und schwül. Ein Gewitter lag in der Luft.

Tellman eilte ihm nach. »Erklären Sie mir die Sache«, befahl er. »Und keine Lügen. Ich weiß schon ziemlich viel. Nur darüber, wie das alles zusammenhängt, bin ich mir nicht im Klaren ... noch nicht.«

Remus schwieg eine ganze Weile.

»Wer ist Annie Crook?«, fragte Tellman, der neben ihm herging. »Und noch wichtiger: Wo hält sie sich gegenwärtig auf?«

Auf die erste Frage ging Remus nicht ein. »Ich kenne ihren Aufenthalt nicht«, sagte er, ohne ihn anzusehen. Bevor Tellman ärgerlich werden konnte, fügte er hinzu: »Vermutlich ist sie im Irrenhaus. Man hat sie für geistesgestört erklärt und eingesperrt. Ich weiß nicht, ob sie noch lebt. Im Guy's Hospital gibt es keine offiziellen Unterlagen über sie, aber ich weiß, dass man sie da hingebracht hat und dass sie monatelang dort war.«

»Und wer war ihr Liebhaber?«, fuhr Tellman fort, während einige schwere Regentropfen fielen und man in der Ferne den Donner über den Dächern grollen hörte.

Remus verhielt den Schritt so urplötzlich, dass Tellman schon ein ganzes Stück weiter war, bevor er ebenfalls stehen blieb.

Mit weit aufgerissenen Augen stieß Remus ein hohes, schrilles, hysterisch klingendes Lachen aus. Einige Leute auf der Straße drehten sich nach ihm um.

»Schluss!« Tellman hätte ihn am liebsten geohrfeigt, das aber hätte noch mehr Aufsehen erregt. »Hören Sie auf!«

Remus beherrschte sich mit Mühe. »Sie haben ja überhaupt keine Ahnung, Sie raten bloß! Verschwinden Sie. Ich brauche Sie nicht!«

»Doch, Sie brauchen mich«, widersprach ihm Tellman entschieden. »Sie haben weder alle Antworten, noch wissen Sie, wie Sie daran kommen sollen, denn sonst hätten Sie sie schon. Aber Sie wissen genug, um Angst zu haben. Vielleicht kann ich Ihnen bei der Beschaffung dessen helfen, was Sie noch brauchen. Ich bin bei der Polizei und habe andere Möglichkeiten als Sie, Dinge zu erfahren.«

»Polizei!« Remus lachte erneut laut heraus, diesmal voll Spott und Wut. »Polizei? Auch Abberline war bei der Polizei – und Warren! Noch dazu in einer hohen Position ... immerhin stellvertretender Polizeipräsident.«

»Das ist mir alles bekannt«, gab Tellman scharf zurück.

»Natürlich«, stimmte ihm Remus zu und nickte mit leuchtenden Augen. Es regnete heftiger. Die Tropfen waren warm. »Aber wissen Sie auch, was die getan haben? Für den Fall, dass Sie es wissen, muss ich ebenfalls damit rechnen, demnächst mit durchschnittener Kehle in einer von diesen Gassen zu liegen.« Bei diesen Worten tat er einen Schritt zurück, als fürchte er, dass sich Tellman gleich auf ihn stürzen würde.

»Wollen Sie damit sagen, dass Abberline und Warren in die Sache verwickelt waren?«, fragte Tellman.

Remus' Verachtung war vernichtend. »Und wie die das waren! Was glauben Sie, auf welche Weise man das sonst alles hätte vertuschen können.«

Es war widersinnig. »Das ist doch absurd!«, sagte Tellman, ohne auf den Regen zu achten, der sie beide durchnässte. »Warum sollte Abberline Morde vertuschen wollen? Sein Name wäre in die Geschichte eingegangen, wenn er den Fall gelöst hätte. Wer den Mörder von Whitechapel gestellt hätte, hätte verlangen können, was er wollte!«

»Manche Dinge stehen noch höher«, sagte Remus geheimnisvoll. Spannung und Erregung lagen wieder auf seinem Gesicht, und seine Augen leuchteten mit wildem Glanz. Der Regen lief ihm über das Gesicht, und seine Haare hingen in nassen Strähnen herab. Erneut hörte man das Grollen des Donners über den Dächern. »Hinter der Sache steckt mehr als Ruhm oder Geld, das dürfen Sie mir glauben, Tellman. Falls sich zeigt, dass ich Recht habe und das beweisen kann, wird das die Geschichte Englands für alle Zeiten verändern.«

»Unsinn!«, bestritt Tellman seine Worte. Er wollte, dass es nicht stimmte.

Remus wandte sich ab.

Tellman fasste erneut nach seinem Arm und zog ihn zu sich heran. »Warum sollte Abberline die schlimmsten Verbrechen decken, die je in London geschehen sind? Er war ein anständiger Mann.«

»Aus Loyalität.« Remus stieß das Wort rau hervor. »Manche Art von Treue reicht weiter als Leben und Tod, geht so tief, dass sie sich bis in die Hölle erstreckt.« Er führte seine Hand an die Kehle. »Es gibt Dinge, für die manche Leute ... ihre Seele verkaufen würden. Abberline war einer von ihnen. Entsprechendes gilt für Warren und den Kutscher Netley –«

»Was für ein Netley?«, unterbrach Tellman ihn. »Sie meinen Nickley?«

»Nein, er heißt Netley. Der Name Nickley, den er im Westminster-Krankenhaus angegeben hat, war falsch.«

»Was hat er denn mit denen zu tun? Er hat die Kutsche kreuz und quer durch Whitechapel gefahren! Er wusste, wer Jack war, und er kannte die Hintergründe!«

»Natürlich ... er weiß es auch heute noch, und ich wage zu behaupten, dass er das Geheimnis mit ins Grab nehmen wird.«

»Warum wollte er das Kind überfahren – noch dazu gleich zweimal?«

Remus lächelte breit. »Ich hab vorhin schon gesagt, Sie haben keine Ahnung.«

Tellman war verzweifelt. Der Gedanke daran, dass man Pitt von seinem Posten abgelöst hatte, weil er bei der Wahrheit geblieben war, machte ihn wütend. Charlotte saß mit den Kindern allein zu Hause, sorgte und ängstigte sich, und Gracie war eisern entschlossen, ihm ungeachtet aller Gefahren zu helfen. Die Vorstellung, welch eine entsetzliche Ungerechtigkeit man da begangen hatte, war unerträglich.

»Ich habe Zutritt zu einer ganzen Reihe hochrangiger Polizeibeamter«, sagte er ganz ruhig. »Nicht nur Abberline oder Warren, sondern auch noch eine Reihe anderer, und wenn es sein muss, bis ganz nach oben. Die beiden sind pensioniert, aber andere nicht!«

Mit aschfahlem Gesicht und wilden Augen stieß Remus hervor: »Das ... das würden Sie doch nicht tun! Würden Sie die wirklich auf mich ansetzen, obwohl Sie wissen, was die auf dem Kerbholz haben? Obwohl Sie wissen, was die decken?«

»Solange Sie mir nichts sagen, weiß ich nichts darüber«, gab Tellman kalt zurück.

Remus schluckte und fuhr sich mit dem Handrücken über den Mund. Seine Augen flackerten vor Angst. »Kommen Sie mit. Wir brauchen schließlich nicht hier im Regen herumzustehen. Wir können uns da drüben setzen.« Er wies auf ein Gasthaus gegenüber.

Auch wenn der Regen ihn nicht weiter störte, war das Tellman nur allzu recht. Er war schon ein ziemliches Stück zu Fuß gegangen, und sein Mund war wie ausgedörrt.

Ein gezackter Blitz fuhr über den Himmel, gefolgt von einem scharfen Donnerschlag, der klang, als werde etwas zerrissen.

Zehn Minuten später saßen sie, beide bis auf die Haut nass, in einer ruhigen Ecke, ein Glas Bier vor sich, eingehüllt vom Geruch nach Sägespänen und nassen Kleidungsstücken.

»Schön«, sagte Tellman. »Mit wem haben Sie sich im Regent's Park getroffen? Und kommen Sie ja nicht auf den

Gedanken, mich zu belügen, denn wenn ich dahinter komme, kriegen Sie Ärger.«

»Ich weiß nicht, wer er ist«, sagte Remus mit gequältem Gesicht. »Der Mann hat mich auf diese Geschichte gebracht. Ich würde Ihnen nicht sagen, wer er ist, wenn ich es wüsste – aber ich weiß es nicht einmal. Das ist die reine Wahrheit, Gott ist mein Zeuge.«

»Kein guter Anfang, Mr. Remus«, gab ihm Tellman zu verstehen.

»Ich weiß es wirklich nicht!«, begehrte Remus auf. In seiner Stimme lag Verzweiflung.

»Und der Mann im Hyde Park, mit dem Sie sich gestritten und dem Sie vorgeworfen haben, dass er eine Verschwörung deckt? Gehört der auch zu Ihren geheimnisvollen Informanten?«

»Nein, das war Abberline.«

Tellman wusste, dass Abberline mit der Aufklärung der Morde von Whitechapel beauftragt gewesen war. Hatte er Beweismaterial unterdrückt, womöglich gar gewusst, wer der Ripper war, und es nicht gesagt? In dem Fall konnte sich Tellman keine Erklärung denken, die ein so unvorstellbares Verhalten hätte rechtfertigen können.

Remus sah ihn aufmerksam an.

»Warum sollte Abberline das decken?«, fragte Tellman wieder und stieß dann mit der Frage nach, die ihn nicht losließ: »Was hatte Adinett damit zu tun? Wusste er etwa auch Bescheid?«

»Ich glaube schon.« Remus nickte. »Auf jeden Fall war er hinter etwas Bestimmtem her. Er hat sich in der Cleveland Street im Tabakladen und auch in Sickerts Wohnung erkundigt.«

Tellman war verwirrt. »Wer ist Sickert?«

»Der Maler Walter Sickert. In seinem Atelier haben sich die beiden getroffen. Er hatte vor vier Jahren eins in der Cleveland Street«, antwortete Remus.

Tellman riet. »Etwa das Liebespaar? Die katholische Annie Crook und der junge Mann?«

Remus verzog das Gesicht zu einer Grimasse. »Wie zurückhaltend Sie das formulieren! Ja, da haben sie sich getroffen.«

Diesen Worten entnahm Tellman, dass es um mehr als ein

bloßes Zusammentreffen ging, verstand aber nach wie vor nicht, was dahinter steckte. Was hatte all das mit einem Geistesgestörten zu tun, der fünf Frauen ermordet und verstümmelt hatte?

»Was Sie sagen, ergibt keinen Sinn.« Er beugte sich ein wenig über den Tisch zu Remus hinüber. »Wer auch immer dieser ›Jack‹ war – oder ist –, er hatte es auf bestimmte Frauen abgesehen. Er hat namentlich nach ihnen gefragt, zumindest ist das im Fall Annie Chapman belegt. Warum? Warum haben Sie sich in St. Pancras nach dem Tod von William Crook und in Northampton nach dem verrückten Stephen erkundigt? Was hat der mit Jack zu tun?«

»Soweit ich weiß, –« Remus' schmale Hände umkrallten den Bierkrug so fest, dass dieser leicht zitterte und kleine Wellen über seine Oberfläche liefen, »– war er Lehrer des Herzogs von Clarence und mit Walter Sickert befreundet. Er hat die beiden miteinander bekannt gemacht.«

»Den Herzog von Clarence und Walter Sickert?«, fragte Tellman gedehnt.

Mit halb erstickter Stimme stieß Remus hervor: »Trottel! Den Herzog von Clarence und Annie Crook.«

Der Raum drehte sich um Tellman, als befände er sich in einem tosenden Sturm auf dem Meer. Der Sohn des Thronfolgers und eine Katholikin aus dem East End! Andererseits hatte sein Vater, der Kronprinz, überall Mätressen und gab sich nicht einmal besonders viel Mühe, das zu vertuschen.

Remus sah das Nichtverstehen in Tellmans Gesicht.

»Soweit mir bekannt ist, war Clarence – man rief ihn Eddy – ein wenig unbeholfen, wohl wegen seiner Schwerhörigkeit. Außerdem vermuteten seine Freunde, dass er sowohl Männern als auch Frauen zuneigte.«

»Und Stephen ...«, begann Tellman.

»Stimmt. Sein Lehrer Stephen hat ihm eine ganze Reihe von Möglichkeiten nahe gebracht, wie er sich mit Annie amüsieren konnte. Ähnlich seiner Mutter fiel es ihm wegen der Schwerhörigkeit nicht leicht, einer Unterhaltung in Gesellschaft zu folgen.« Zum ersten Mal schwang Mitgefühl in Remus' Stimme. Auf seinen Zügen zeigte sich eine gewisse Trauer. »Aber die

Sache hatte nicht das gewünschte Ergebnis. Die beiden haben sich ineinander verliebt ... es war richtige Liebe. Kurz gesagt, läuft das Ganze darauf hinaus ...« Er sah Tellman mit einem sonderbaren Gemisch von Mitleid und Hochgefühl an. Seine Hände zitterten mehr als vorher. »Es ist anzunehmen, dass die beiden verheiratet waren.«

Tellman ruckte so heftig an seinem Krug, dass das Bier überschwappte und auf den Tisch floss. »Was?«

Remus nickte, am ganzen Leibe zitternd. Seine Stimme war zu einem Flüstern herabgesunken. »Deswegen hat Netley, der Kutscher des armen Eddy, der ihn immer zu Annie in die Cleveland Street gefahren hat, zweimal versucht, das Kind umzubringen. Armes, kleines Geschöpf ...«

»Kind?« Jetzt war alles klar. »Alice Crook ...« Tellman schluckte schwer. »Alice Crook ist die Tochter des Herzogs von Clarence?«

»Wahrscheinlich ... und noch dazu ehelich! Dabei war Annie Katholikin!« Mit kaum noch hörbarer Stimme setzte Remus hinzu: »Sagt Ihnen der Begriff ›Act of Settlement‹ etwas?«

»Was?«

»Das Thronfolgegesetz«, erklärte Remus. Tellman musste sich weit über den Tisch beugen, um seine Worte hören zu können. »Es stammt aus dem Jahre 1701, ist aber nach wie vor in Kraft. Es schließt jeden Angehörigen der Königsfamilie von der Thronfolge aus, der einen Katholiken heiratet! In der Freiheitsurkunde von 1689 steht es ebenso.«

Allmählich begann Tellman das Ausmaß des Ganzen zu begreifen. Ein Schauer überlief ihn. Die Sache gefährdete den Thron, die Stabilität der Regierung und das ganze Land.

»Und deshalb hat man die beiden mit Gewalt auseinander gebracht?« Es war die einzig mögliche Schlussfolgerung. »Man hat Annie entführt und ins Irrenhaus gesteckt ... aber was war mit Eddy? Ist er gestorben oder hat man ... doch wohl nicht ...?« Er brachte die Worte nicht einmal heraus. Mit einem Mal ging ihm auf, wie schrecklich das Dasein eines Prinzen sein konnte – verängstigt, von allen Menschen isoliert, einsam und allein einer Verschwörung ausgeliefert, die ihre Arme in alle Richtungen ausstreckte.

Nach wie vor lag der Ausdruck von Mitleid auf Remus' Zügen.

»Das weiß nur Gott allein.« Er schüttelte den Kopf. »Der Ärmste konnte nur die Hälfte von dem hören, was um ihn herum gesagt wurde, und vielleicht war er auch eher ein bisschen einfältig. Jedenfalls scheint er an Annie und dem Kind richtig gehangen zu haben. Es ist denkbar, dass er sich die Trennung nicht ohne weiteres hat gefallen lassen. Er war fast taub, allein, verwirrt ...« Wieder hielt er inne. Auf seinem Gesicht lag Mitgefühl für einen Mann, den er nie im Leben gesehen hatte, dessen Qualen er sich aber nur allzu lebhaft ausmalen konnte.

Tellman sah auf die verschossenen Anschläge und das Gekritzel an der Wand der Gaststätte, zutiefst dankbar, dass er dort saß und nicht von mörderischen Höflingen bewacht in einem Palast, ein Diener des Throns und Herr über nichts.

»Aber warum die fünf Frauen?«, fragte er schließlich. »Dafür muss es doch einen Grund gegeben haben.«

»Hat es auch«, versicherte ihm Remus. »Genau die wussten über die Sache Bescheid, denn sie waren gute Freundinnen von Annie gewesen. Wenn sie geahnt hätten, was da auf sie zukam, hätten sie sich aus dem Staub gemacht. Aber sie ahnten es nicht. Es heißt, dass sie habgierig waren, zumindest eine von ihnen, und die soll die anderen aufgestachelt haben. Sie haben von Sickert Geld für ihr Stillschweigen verlangt. Er hat das weitergemeldet, und dann haben die Frauen auch Gelegenheit für ihr Stillschweigen bekommen – das eines blutgetränkten Grabes.«

Tellman barg das Gesicht in den Händen und saß bewegungslos da. Sein Inneres war in Aufruhr. Konnte diese entsetzliche Geschichte auf Wahrheit beruhen, oder hieß der eigentlich Geisteskranke Lyndon Remus?

Er hob langsam den Blick und ließ die Hände sinken.

Als könnte Remus seine Gedanken lesen, fragte er: »Sie halten mich wohl für verrückt?«

Tellman nickte. »Ja ...«

»Ich kann nichts von all dem beweisen – vorerst. Aber das kommt schon noch. Es stimmt alles. Sehen Sie sich doch die Tatsachen an.«

»Das tue ich. Die beweisen nichts. Warum hat sich Stephen zu Tode gehungert?«

»Er hat die beiden miteinander bekannt gemacht. Der arme Eddy konnte ziemlich gut malen. Dafür genügten seine Augen, und er musste nichts hören. Stephen war ihm sehr zugetan.« Er zuckte die Achseln. »Vielleicht war er sogar in ihn verliebt. Auf jeden Fall hat es ihm den Rest gegeben, als er hörte, dass Eddy tot war. Gott weiß, was er gedacht haben mag. Vielleicht hat er sich schuldig gefühlt, vielleicht auch nicht. Möglicherweise war es nur der Kummer. Es hat mit der Geschichte nichts zu tun.«

»Und wer hat die Frauen umgebracht?«, hakte Tellman nach.

Remus schüttelte leicht den Kopf. »Das weiß ich nicht. Ich vermute, Sir William Gull, der königliche Leibchirurg.«

»Und Netley hat die Kutsche durch Whitechapel gefahren, Ausschau nach ihnen gehalten, damit Gull sie in Stücke schneiden konnte?« Während Tellman diese Frage stellte, zitterte er trotz der warmen Gaststube vor innerer Kälte. Der Albtraum war übermächtig.

Wieder nickte Remus. »In der Kutsche. Deswegen hat man auch nie viel Blut gesehen und ihn nie auf frischer Tat ertappt.«

Tellman schob den Krug mit dem restlichen Bier beiseite. Die Vorstellung, etwas zu essen oder zu trinken, war ihm unerträglich geworden.

»Wir brauchen nur noch die letzten Einzelheiten«, fuhr Remus fort, der sein Glas ebenfalls nicht anrührte. »Ich muss mehr über Gull erfahren.«

»Der ist tot.«

»Das weiß ich.« Remus beugte sich vor. Das Stimmengewirr um sie herum wurde immer lauter, sodass es schwer war, etwas zu verstehen. »Aber das ändert nichts an der Wahrheit. Ich muss jede nur mögliche Tatsache ermitteln. Alles Spekulieren hilft nichts ohne unwiderlegbare Fakten.« Er sah Tellman aufmerksam an. »Und Sie haben Zugang zu Dingen, die mir verschlossen sind. Die Leute, die mit der Geschichte zu tun haben, kennen mich und sagen mir nichts mehr. Ich habe keinen Vorwand, die Sache weiter zu verfolgen.« Er nickte. »Aber Sie haben die Möglichkeit! Sie könnten sagen, dass es mit einem

Ihrer Fälle zusammenhängt, und die Leute würden Ihnen Auskunft geben.«

»Was brauchen Sie noch, und wozu?«, wollte Tellman wissen. »Und was werden Sie mit all dem Material anfangen, wenn Sie es haben, vorausgesetzt, Sie bekommen es zusammen? Damit zur Polizei zu gehen hat keinen Sinn. Gull ist tot, Abberline und Warren sind pensioniert. Geht es Ihnen um den Kutscher?«

»Mir geht es um die Wahrheit, ganz gleich, in welche Richtung sie weist«, sagte Remus mit finsterer Entschlossenheit. Ein breitschultriger Mann blieb in ihrer Nähe stehen, und Remus wartete, bis er gegangen war. Dann fuhr er fort: »Ich will an den Mann heran, der dahinter steht, von dem die anderen ihre Aufträge bekommen haben. Schon möglich, dass er nie auch nur in die Nähe von Whitechapel gekommen ist, aber er ist die Triebfeder hinter Jack the Ripper. Die anderen waren nur Handlanger.«

Tellman musste die Frage stellen. Noch immer hörte er die Geräusche des Alltagslebens um sie herum – Unterhaltung, Gelächter, das Klirren von Gläsern, das Scharren von Füßen, das Gluckern von Bier. Alles schien so normal und so alltäglich – waren Dinge wie die, über die sie sprachen, überhaupt möglich? Unwillkürlich musste er daran denken, dass es genügen würde, gegenüber einem der Männer in diesem Raum die entsetzlichen Vorfälle von vor vier Jahren zu erwähnen, um schlagartig Stille zu erzeugen. Das Blut würde den Anwesenden aus dem Gesicht weichen und Angst in ihre Augen treten. Noch jetzt würde es jedem vorkommen, als öffne sich eine innere Tür in die finstersten Abgründe der Seele.

»Wissen Sie, wer das ist?« Tellmans Stimme klang belegt. Sein Mund und Hals waren so ausgedörrt, dass er unbedingt etwas trinken musste, aber die bloße Vorstellung ließ ihn schaudern.

»Ich glaube schon«, gab Remus zur Antwort. »Aber ich sage es Ihnen nicht, es hat also keinen Sinn zu fragen. Ich kümmere mich darum, Genaueres herauszubekommen. Sie sehen zu, dass Sie etwas über Gull und Netley erfahren. Lassen Sie Sickert aus dem Spiel.« Sein Gesicht ließ keinen Zweifel daran, dass er es ernst meinte. »Ich gebe Ihnen zwei Tage. Dann treffen wir uns wieder hier.«

Tellman stimmte zu. Ihm blieb keine Wahl, ganz gleich, was Wetron oder sonst jemand tun mochte. Remus hatte Recht: Wenn seine Vermutung stimmte, ging es um eine weit größere Sache als jedes einzelne Verbrechen, weit größer auch als die Aufgabe, die grässlichsten Mordfälle aufzuklären, die London je erlebt hatte.

Dennoch konnte er weder Pitt noch den Grund vergessen, warum er Remus ursprünglich gefragt hatte.

»Und wie viel von all dem war Adinett bekannt?«

Remus schüttelte den Kopf. »Ich weiß es nicht. Ein Teil bestimmt. Er wusste, dass die Leute Annie Crook aus der Cleveland Street ins Guy's Hospital gebracht hatten und auch dass man Eddy fortgeschafft hatte.«

»Und was ist mit Martin Fetters? Welche Rolle spielt er in dieser Geschichte? Was hat er gewusst?«

»Wer ist Martin Fetters?« Einen Augenblick lang schien Remus verwirrt.

»Der Mann, den Adinett umgebracht hat!«, sagte Tellman scharf.

»Ach der!« Remus' Züge hellten sich auf. »Ich habe keine Ahnung. Wenn es andersherum gewesen wäre und er Adinett umgebracht hätte, würde ich sagen, dass Fetters einer von denen war.«

Tellman erhob sich. Was auch immer er tun würde, es musste schnell geschehen. Wenn Wetron auch nur noch ein einziges Mal merkte, dass er seine Arbeit nicht tat, musste er fürchten, entlassen zu werden. Könnte er Wetron oder irgendeinem anderen außer Pitt trauen, würde er sagen, was er wusste, und man würde ihm die nötige Zeit für die Ermittlungen geben und ihm möglicherweise sogar Unterstützung gewähren. Aber er wusste weder, wer dem Inneren Kreis Gefolgschaftstreue schuldete, noch, bis wohin dessen Einfluss reichte. Also war er auf sich allein gestellt.

Er verließ das Gasthaus. Der Regen hatte nachgelassen.

Sofern Sir William Gull diese entsetzlichen Taten begangen hatte, musste Tellman so viel wie möglich über ihn in Erfahrung bringen. Die Gedanken und Bilder jagten sich in seinem Kopf, während er der Hauptstraße entgegen zur nächsten Haltestelle der Pferde-Omnibusse schritt. Es war ihm recht, wenn der Rückweg lange dauerte, denn er musste die Geschichte, die ihm Remus berichtet hatte, erst einmal verarbeiten und sich überlegen, was er als Nächstes tun konnte.

Falls der Herzog von Clarence tatsächlich Annie Crook in welcher Art von Zeremonie auch immer geheiratet hatte und ein Kind aus dieser Verbindung hervorgegangen war, brauchte man sich nicht zu wundern, dass gewisse Leute größten Wert darauf legten, das geheim zu halten. Einmal ganz von den Thronfolgegesetzen abgesehen, konnte es angesichts der im Lande ohnehin herrschenden ausgeprägten antikatholischen Stimmung die Monarchie bis in ihre Grundfesten erschüttern, wenn diese Dinge bekannt wurden, zumal die Angehörigen des Königshauses gegenwärtig nicht besonders beliebt waren.

Wenn sich aber zeigte, dass Parteigänger der Monarchie die grässlichsten Morde des Jahrhunderts begangen hatten, womöglich gar mit Wissen des Königshauses, käme es zu einer Revolution. Die Volkswut würde den Thron und mit ihm unter Umständen sogar die Regierung wegfegen. Was danach kam, konnte niemand wissen, aber man durfte mit einer gewissen Sicherheit annehmen, dass es auch nicht besser wäre.

So oder so bedrückte Tellman die Vorstellung der Gewalttätigkeit, die unermessliche Wut, die dafür sorgen würde, dass mit dem vergleichsweise wenigen Schlechten auch so viel Gutes zugrunde ginge. Wie viele gewöhnliche Menschen, die jetzt ihren täglichen Verrichtungen nachgingen, würden all dessen beraubt, was sie kannten? Zwar würde eine Revolution andere Machthaber nach oben spülen, aber auf keinen Fall für mehr Nahrung, Unterkunft, Kleidung oder menschenwürdige Arbeit sorgen, würde nichts Dauerhaftes bewirken, was das Leben sicherer machte oder es bereicherte.

Wer würde die neue Regierung bilden, wenn die alte dahin war? Wären diese Männer zwangsläufig klüger oder gerechter?

Er stieg aus und ging die Stufen zum Guy's Hospital hinauf. Jetzt blieb keine Zeit zu verlieren. Sobald Remus seiner Ansicht nach genug Material hatte, würde er es veröffentlichen. Dafür würde der Mann im Regent's Park, der ihn auf die Fährte gesetzt hatte, schon sorgen.

Wer mochte das sein? Remus hatte gesagt, er wisse es nicht. Tellman blieb nicht genug Zeit, dem nachzugehen, aber das Motiv des Mannes war unübersehbar: Revolution in England, das Ende aller Sicherheit, wenn nicht gar des Friedens, der einer solchen Situation bei aller Ungerechtigkeit vorzuziehen war.

Es kostete Tellman den Rest des Tages, sich ein Bild von dem inzwischen verstorbenen Leibchirurgen der Königin Sir William Gull zu machen. Aus den Gesprächen mit einem halben Dutzend Menschen, die ihm mitteilten, was sie über ihn wussten, schälte sich allmählich heraus, dass er kein anderes Ziel gekannt hatte, als sich ein möglichst umfangreiches medizinisches Wissen anzueignen, insbesondere über Aufbau und Funktionsweise des menschlichen Körpers. Der Drang zu lernen schien ihn stärker angetrieben zu haben als der Wunsch zu heilen, und sein persönlicher Ehrgeiz war deutlich ausgeprägter als sein Bedürfnis, das Leiden von Mitmenschen zu lindern.

Der Bericht über einen bestimmten Fall erschütterte Tellman besonders. Gull hatte beschlossen, an einem verstorbenen Patienten eine Obduktion vorzunehmen. Da der älteren Schwester des Mannes daran gelegen war, dass der Leichnam nicht verstümmelt wurde, bestand sie darauf, dabei anwesend zu sein.

Gull hatte bei der Obduktion vor ihren Augen das Herz des Mannes herausgenommen und in die Tasche gesteckt, um es mitzunehmen. In dieser Handlungsweise sah Tellman eine unvorstellbare Grausamkeit und eine völlige Missachtung der Empfindungen von Patienten und deren Angehörigen.

Zweifellos aber war Gull ein guter Arzt gewesen, zu dessen Patienten nicht nur die königliche Familie gehört hatte, sondern auch Lord Randolph Churchill mit seinem Haushalt.

Schriftliche Unterlagen über Annie Crooks Aufenthalt im Guy's Hospital waren nicht aufzufinden, doch erinnerten sich drei Mitarbeiter deutlich an sie und sagten, Sir William habe einen Eingriff an ihrem Gehirn vorgenommen, nach dem sie sich an kaum etwas erinnerte. Nach Ansicht dieser Menschen hatte sie sicherlich unter irgendeiner Art geistiger Störung gelitten, zumindest am Ende der hundertsechsundfünfzig Tage ihres Aufenthaltes dort.

Niemand wusste, was aus ihr geworden war. Eine ältere Krankenschwester sagte kummervoll, sie sei nach wie vor empört über das Schicksal dieser jungen Frau, der sie in ihrer Verzweiflung und Verwirrung nicht hatten helfen können.

Tellman verließ das Krankenhaus kurz vor Einbruch der Dunkelheit. Er konnte auf keinen Fall länger warten. Auf die Gefahr hin, Pitts Auftrag in Spitalfields zu gefährden, den er ohnehin für weitgehend sinnlos hielt, musste er ihn auf jeden Fall aufsuchen und ihm mitteilen, was er wusste. Es war weit entsetzlicher als jeder anarchistische Plan, das eine oder andere Gebäude in die Luft zu jagen.

Tellman fuhr mit der Bahn bis zur Aldgate Street und ging dann rasch durch die Whitechapel High Street und die Brick Lane bis zur Ecke der Heneagle Street. Es war durchaus möglich, dass ihn Wetron auf die Straße setzte, wenn er erfuhr, was er dort tat, aber hier ging es um mehr als die berufliche Laufbahn eines Einzelnen, ganz gleich, ob seine oder die Pitts. Er klopfte an die Tür der Karanskys und wartete.

Es dauerte eine Weile, bis ein Mann, den er im düsteren Licht kaum sehen konnte, die Tür eine Handbreit öffnete. Tellman konnte vor dem dunklen Hintergrund nur den Umriss des Kopfes und der Schultern erkennen. Der Mann hatte dichtes Haar und hielt sich ein wenig gebeugt.

»Mr. Karansky?«, fragte Tellman leise.

Misstrauisch kam die Gegenfrage: »Wer sind Sie?«

Entschlossen sagte Tellman: »Wachtmeister Tellman. Ich muss mit Ihrem Mieter sprechen.«

In Karanskys Stimme lag Besorgnis. »Ist seinen Angehörigen etwas zugestoßen?«

»Nein!«, gab Tellman rasch zur Antwort, angenehm berührt von einem plötzlichen Gefühl der Normalität, eines Lebens, in dem es Zuneigung gab und die außerhalb herrschende Dunkelheit etwas Vorläufiges war, das man beherrschte.

»Nein, aber ich habe etwas erfahren, was ich ihm sofort sagen muss. Es tut mir Leid, Sie zu stören«, fügte er hinzu.

Karansky öffnete die Tür weiter. »Kommen Sie herein«, sagte er. »Sein Zimmer ist im oberen Stockwerk. Möchten Sie etwas essen? Wir haben –« Dann hielt er verlegen inne.

Vielleicht hatten sie nur sehr wenig.

»Nein, danke«, lehnte Tellman ab. »Ich habe vorhin schon gegessen.« Das entsprach zwar nicht der Wahrheit, aber das war unerheblich. Man musste die Würde wahren.

Auch wenn Karansky das möglicherweise nicht beabsichtigt hatte, ließ sich die Erleichterung seiner Stimme anhören. »Dann gehen Sie am besten gleich zu Mr. Pitt hinauf. Er ist seit einer halben Stunde da. Manchmal spielen wir ein wenig Schach oder unterhalten uns, aber heute ist er später als sonst gekommen.« Es sah so aus, als wollte er noch etwas hinzufügen, überlegte es sich dann aber wohl anders. Tellman spürte, dass der Mann besorgt war, als rechne er mit etwas Gefährlichem und Widerlichem, gegen das man sich innerlich wappnen müsse. Musste man hier etwa immer auf den Ausbruch von Gewalt gefasst sein? Was für ein Leben war das, wenn man sicher sein durfte, dass gleich die nächste Katastrophe über die Menschen hereinbrechen würde, und die einzige Unsicherheit darin bestand, dass man nicht wusste, wie sie aussah?

Tellman dankte ihm und ging über die schmale Treppe nach oben. Dort klopfte er an die Tür, die ihm Karansky bezeichnet hatte.

Pitts ›Herein‹ klang geistesabwesend, als sei ihm klar, wer da komme, und als rechne er mehr oder weniger damit.

Tellman öffnete.

Pitt saß mit hängenden Schultern tief in Gedanken auf dem Bett. Er sah noch unordentlicher aus als sonst. Sein viel zu langes ungekämmtes Haar hing ihm über den Kragen, aber seine Manschetten waren sauber geflickt, und auf der Kommode lag ein Stapel ordentlich gebügelter frischer Wäsche.

Als Tellman wortlos die Tür schloss, merkte Pitt, dass nicht Karansky hereingekommen war, wie er wohl erwartet hatte, und wandte sich um. Zuerst trat Verblüffung auf sein Gesicht, dann Besorgnis.

»Es ist alles in Ordnung«, sagte Tellman rasch. »Doch ich habe etwas erfahren, was ich Ihnen sofort berichten muss. Es ist …« Er strich sich mit der Hand über das Haar, das wie immer glatt nach hinten gekämmt war. »Genau genommen ist nicht alles in Ordnung.« Er merkte, wie er zitterte. »Es handelt sich um das … das größte … das abscheulichste und schrecklichste Verbrechen, von dem ich je gehört habe, wenn sich die Dinge so verhalten, wie man mir berichtet hat. Und es wird alles mit sich in den Abgrund reißen.«

Bei Tellmans Bericht wich die letzte Farbe aus Pitts Gesicht. Reglos vor Entsetzen saß er da, bis er unbeherrscht zu zittern begann, als wäre die Kälte in seinen Körper gedrungen.

Kapitel 10

Zwar war es fast schon Mitternacht, als Tellman in der Keppel Street eintraf, aber er musste Gracie und Charlotte unbedingt mitteilen, was er wusste, und am nächsten Morgen würde er keine Gelegenheit dazu haben. Diese unvorstellbare Verschwörung war wichtiger als das Wohlergehen oder die Sicherheit eines einzelnen Menschen. Den beiden Frauen diese Dinge vorzuenthalten würde niemandem nützen. Nichts, was er oder Pitt sagte, konnte sie daran hindern, weiter der Wahrheit nachzuforschen und sich damit in Gefahr zu bringen. Die Hingabe an Pitt wie auch das Gefühl für Gerechtigkeit war bei beiden weit stärker ausgeprägt als die Bereitschaft, sich zu fügen, und daher war es unerlässlich, dass sie zumindest wussten, womit sie es zu tun hatten.

Außerdem konnten sie möglicherweise helfen. Das sagte er sich, während er auf der Schwelle stand und den Blick zu den hohen dunklen Fenstern hob. Er war Polizeibeamter, ein Bürger des Landes, dem eine Welle von Gewalttätigkeit drohte, von der es sich unter Umständen über Jahre nicht erholen würde, und selbst dann noch wäre möglicherweise ein großer Teil dessen dahin, was seine Identität ausmachte und was es aus der Vergangenheit an Bewahrenswertem übernommen hatte. Die Sicherheit zweier Frauen, auch wenn er eine von ihnen bewunderte und die andere liebte, war da zweitrangig.

Laut hallte der Messingklopfer in der Stille. Nichts rührte sich auf der Straße. Tellman klopfte erneut, ein drittes und ein viertes Mal. Oben wurde Licht gemacht, und bald darauf kam Charlotte an die Tür. Ihre Augen waren vor Angst geweitet, ihr Haar lag wie ein dunkler Schatten über ihren Schultern.

»Es ist nichts Schlimmes vorgefallen«, sagte Tellman sofort, weil ihm klar war, was sie fürchtete. »Aber ich muss Ihnen unbedingt bestimmte Dinge sagen, und es duldet keinen Aufschub.«

Sie öffnete die Tür weiter, und er folgte ihr ins Haus. Sie rief Gracie und ging mit ihm in die Küche. Mit dem Schürhaken erweckte sie die glimmende Asche zu neuem Leben und legte einige Stücke Kohle auf. Zu spät versuchte er ihr zu helfen und kam sich tölpelhaft vor. Sie lächelte ihm zu und setzte den Kessel auf.

Als Gracie schlaftrunken und mit gelösten Haaren erschien, kam sie Tellman vor wie ein vierzehnjähriges Mädchen. Alle drei nahmen um die Teekanne herum am Tisch Platz, und er berichtete, was er von Lyndon Remus erfahren hatte und was das bedeutete.

Als er schließlich wieder auf die dunkle Straße hinaustrat, um den Heimweg anzutreten, war es fast drei Uhr. Charlottes Angebot, im Wohnzimmer auf dem Sofa zu übernachten, hatte er zurückgewiesen. Es schien ihm nicht richtig, und außerdem brauchte er die Einsamkeit der breiten Straße, um nachzudenken.

Charlotte wachte früh auf. Schmerz erfüllte sie wegen Pitts Abwesenheit. Die Leere neben ihr war von der Art, die man spürt, wenn ein Zahn ausgefallen ist: Die Stelle schmerzt, ist empfindlich, fühlt sich nicht so an, wie es sein müsste.

Dann fiel ihr Tellmans nächtlicher Besuch ein und alles, was er ihnen über die Morde in Whitechapel, über Prinz Eddy, Annie Crook und die entsetzliche Verschwörung des Schweigens berichtet hatte.

Sie setzte sich auf und schob die Decken von sich. Es hatte keinen Sinn, länger liegen zu bleiben. Sie empfand weder innere noch äußere Wärme.

Mechanisch wusch sie sich und zog sich an. Wie sonderbar, dass ein so schlichter Vorgang wie das Bürsten und Aufdrehen ihres Haares so wenig Freude bereitete, wenn Pitt es nicht sehen konnte. Wie hatte er sie mitunter geärgert, indem er Strähnen aus den Nadeln zog. Die Berührung seiner Hände fehlte ihr noch mehr als der Klang seiner Stimme. Der körperliche Schmerz nagte in ihrem Inneren wie Hunger.

Jetzt aber war nicht die Zeit, sich ihren Empfindungen hinzugeben, sie musste sich auf die Aufgabe konzentrieren, die sie zu erledigen hatte. War John Adinett etwa zum Mörder an Fetters geworden, weil Fetters zu denen gehört hatte, welche die Morde von Whitechapel samt der Rolle vertuschen wollten, die das Königshaus dabei gespielt hatte? Dann aber wäre es Adinetts Aufgabe gewesen, den zuständigen Stellen Meldung zu machen, damit dafür gesorgt wurde, dass man Fetters zur Rechenschaft zog.

Das ergab keinen Sinn. Fetters als Republikaner wäre der Erste gewesen, derlei Vorfälle der Öffentlichkeit mitzuteilen. Vermutlich war es genau umgekehrt: Fetters hatte die Sache aufgedeckt, und Adinett hatte ihn getötet, um zu verhindern, dass er die Öffentlichkeit informierte. Das würde auch erklären, warum er sogar dann noch beharrlich geschwiegen hatte, als es darum ging, sein eigenes Leben zu retten. Immerhin war er nicht vor vier Jahren auf der Fährte der Verbrechen in der Cleveland Street gewesen, sondern erst vor wenigen Monaten, nachdem möglicherweise Fetters dort seine Erkundigungen eingezogen hatte. Vermutlich war er dahinter gekommen, dass dieser wusste, wie sich die Dinge verhielten, und bereit war, alles aufzudecken, um seine eigenen Ziele zu fördern. Abgesehen von seinem Wunsch, die Männer zu decken, die jene entsetzlichen Morde begangen hatten, wollte Adinett auch das Geheimnis bewahren, das sie umgab. Gleichgültig, ob er Monarchist war oder nicht, er war gegen die Revolution und alle Gewalttätigkeit und Zerstörung, die sie zwangsläufig mit sich bringen würde.

Während Charlotte diesen Gedanken nachhing, ging sie langsam nach unten. Im Flur vor der Küche hörte sie, wie Gracie mit Töpfen hantierte und Wasser in den Kessel laufen ließ. Es war noch früh, und ihr blieb Zeit für eine Tasse Tee, bevor sie die Kinder weckte.

Gracie fuhr herum, als sie Charlottes Schritte hörte. Müde, wie sie war, lächelte sie Charlotte bei ihrem Eintreten freundlich entgegen. In Gracies Augen lag ein tapferer und entschlossener Ausdruck, der Charlotte hoffnungsfroh stimmte.

Gracie schob sich die losen Strähnen hinter die Ohren und schürte kräftig den Herd, damit das Wasser im Kessel rasch siedete. Sie fuhrwerkte so heftig mit dem Schürhaken herum, als wolle sie einem Todfeind den Bauch aufschlitzen.

Während Charlotte Milch aus der Speisekammer holte, dachte sie laut nach. Sie achtete darauf, wohin sie die Füße setzte, denn die Katzen umstrichen sie, als hätten sie es darauf angelegt, dass Charlotte über sie stolperte. Sie goss ihnen ein wenig Milch in eine Untertasse und zerbröckelte ein kleines Stück frisches Brot, das sie ihnen auf den Fußboden warf. Sie stritten sich darum, schoben es mit den Pfoten hin und her und machten Jagd darauf.

Gracie goss den Tee ein, und die beiden Frauen setzten sich in wohltuender Stille an den Tisch und tranken ihn, obwohl er noch sehr heiß war. Dann ging Charlotte wieder nach oben und weckte die Kinder.

»Wann kommt Papa wieder?«, fragte Jemima, während sie sich das Gesicht wusch, wobei sie mit dem Wasser sehr großzügig umging. »Du hast ›bald‹ gesagt.« Ihre Stimme klang vorwurfsvoll.

Charlotte gab ihr das Handtuch. Was konnte sie sagen? Ihr war klar, dass hinter Jemimas anklagendem Ton in Wahrheit Angst steckte. Etwas hatte in das Leben der beiden Kinder eingegriffen. Sie wussten nicht, was es war, und was man sich nicht erklären kann, macht Angst. Wenn ein Elternteil fortgehen konnte, ohne wiederzukommen, verschwand möglicherweise auch der andere. Was würde weniger Schaden anrichten: die gefährliche Wahrheit mit all ihrer Unsicherheit oder eine Lüge, die es den Kindern gestatten würde, die nächsten Tage ohne Sorge zu erleben, sich aber schließlich gegen Charlotte wenden konnte.

»Mama?«, erinnerte Jemima ungeduldig an ihre Frage.

»Ich hatte gehofft, dass es bald sein würde«, sagte Charlotte, bemüht, Zeit zu gewinnen. »Der Fall ist schwieriger, als Papa gedacht hatte.«

»Warum hat er ihn dann übernommen, wenn er so schlimm ist?«, wollte Jemima mit forderndem Blick wissen.

Was konnte sie darauf antworten? Dass er es nicht gewusst hatte? Dass ihm keine Wahl geblieben war?

Daniel kam herein und zog sich das Hemd über die nassen Haare.

»Was?« Er sah Mutter und Schwester fragend an.

»Weil sich das so gehört«, gab Charlotte zur Antwort. »Für ihn war es richtig, das zu tun.« Sie durfte den Kindern auf keinen Fall sagen, dass sich ihr Vater in Gefahr befand und die Männer des Inneren Kreises ihn aus seiner Position entfernt hatten, um sich für seine Aussage gegen Adinett zu rächen. Auch konnte sie nicht sagen, dass er darauf angewiesen war, die Arbeit zu tun, die man ihm gab, weil seine Angehörigen sonst kein Zuhause hätten, wenn sie nicht gar hungern mussten. Für diese Art von Wirklichkeit waren die Kinder noch zu klein. Auf gar keinen Fall konnte sie zu ihnen über die entsetzlichen Dinge sprechen, die er entdeckt hatte und die alles zu zerstören drohten, was er kannte und worauf er Tag für Tag vertraute. Drachen und Menschenfresser hatten ihren Platz in Märchen, nicht in der Wirklichkeit.

Jemima sah sie fragend an. »Will er denn bald wiederkommen?«

Charlotte hörte aus ihrer Stimme die Sorge heraus, er könne aus eigenem Antrieb gegangen sein. Sie hatte diesen Schatten schon früher gespürt, die unausgesprochene Befürchtung Jemimas, ihn womöglich mit ihrem Ungehorsam vertrieben, seinen Erwartungen nicht entsprochen und ihn enttäuscht zu haben.

»Na klar!«, sagte Daniel ungestüm mit gerötetem Gesicht und glühenden Augen. »Wie kannst du nur so was Dummes sagen!« Seine Stimme klang ärgerlich. Man hörte seinen Zorn darüber, dass die Schwester alles infrage gestellt hatte, was er liebte.

Normalerweise hätte Charlotte ihn gemahnt, nicht so zu sprechen, jetzt aber war sie sich des Zitterns in seiner Stimme nur allzu bewusst, wie auch der Unsicherheit, auf die seine übertrieben zuversichtliche Reaktion zurückging.

Jemima war verletzt und hatte zugleich Sorge, mit ihrer

Befürchtung Recht zu haben. Das war weit schlimmer als die Notwendigkeit, die Würde zu wahren.

Charlotte wandte sich ihr zu. »Natürlich will er wiederkommen«, sagte sie gelassen, als sei jede andere Vorstellung einfältig, und so, dass sie merkte, dass sie sich auf keinen Fall zu ängstigen brauchte. »Er möchte selbst nicht fort sein, doch manchmal ist es eben nicht sehr angenehm, das zu tun, was sich gehört, und man muss auf etwas von dem verzichten, was einem wichtig ist. Aber es ist nur für eine Weile. Bestimmt vermisst er uns mehr als wir ihn, denn zumindest sind wir hier alle zusammen, wo es uns gut geht. Er muss da sein, wo man ihn braucht, und da ist es in keiner Weise so sauber und angenehm wie hier bei uns zu Hause.«

Jemima schien so bedrückt zu sein, dass sie anfing zu hadern. »Aber warum Papa und nicht jemand anders?«

»Weil die Sache schwierig ist und es keinen Besseren gibt«, teilte ihr Charlotte mit. Diesmal war die Antwort einfach. »Wenn jemand der Beste ist, muss er immer seine Pflicht tun, weil es keinen anderen gibt, der sie für ihn tun kann.«

Jemima lächelte. Diese Vorstellung gefiel ihr.

»Hinter was für Leuten ist er her?« Daniel war nicht bereit, sich ohne weiteres abspeisen zu lassen. »Was haben die getan?«

Das ließ sich weniger leicht erklären. »Sie haben es noch nicht getan. Er versucht sie daran zu hindern.«

»Und was haben die vor?«, ließ er nicht locker.

»Sie wollen Gebäude mit Dynamit sprengen«, gab sie zur Antwort.

»Was ist Dynamit?«

»Zeug, mit dem man Sachen in die Luft jagen kann«, teilte ihm Jemima mit, bevor Charlotte Zeit hatte, sich eine Erklärung zu überlegen. »Damit kann man auch Leute umbringen. Das weiß ich von Mary Ann.«

»Wieso das?« Daniel hielt nicht viel von Mary Ann. Mädchen taugten in seinen Augen ohnehin nicht viel, und von solchen Sachen, wie Dinge in die Luft jagen, verstanden sie schon gar nichts.

»Weil die dann in Stücken sind, Dummkopf«, gab sie zurück, froh über die Gelegenheit, sich für die erlittene Kränkung zu rächen. »Du könntest ohne Arme und Beine und ohne Kopf auch nicht leben.«

Damit schien die Sache fürs Erste erledigt, und sie gingen nach unten zum Frühstück.

Irgendwann nach neun Uhr, Daniel klebte gerade ein Boot aus Pappe zusammen, klopfte es an der Haustür. Jemima ging hin, ließ ihre Tante Emily ein und schickte sie in die Küche, wo Charlotte am Spülbecken Kartoffeln schälte.

»Wo ist dein Mädchen?«, fragte Emily und sah sich um.

»Einkaufen«, teilte ihr Charlotte mit und wandte sich ihr zu.

Emily sah sie besorgt an, die blonden Brauen leicht gehoben. »Wie geht es Thomas?«, erkundigte sie sich leise. Es war nicht nötig, Charlotte nach ihrem Ergehen zu fragen, sie konnte die Anspannung in ihrem Gesicht sehen und die Mattigkeit, mit der sie sich bewegte.

»Ich weiß es nicht«, gab Charlotte zur Antwort. »Jedenfalls nicht genau. Er schreibt oft, behält aber wohl vieles für sich, und weil ich sein Gesicht nicht sehen kann, weiß ich nicht, ob es stimmt, wenn er mir mitteilt, dass es ihm gut geht. Für Tee ist es heute wohl zu heiß. Möchtest du lieber etwas Limonade?«

»Gern.« Emily setzte sich an den Tisch.

Charlotte holte Limonade aus der Speisekammer, goss zwei Gläser voll und schob Emily eines hin. Dann setzte sie sich ebenfalls und berichtete alles, was geschehen war – von Gracies Nachforschungen, die sie zum Mitre Square geführt hatten, bis hin zu Tellmans nächtlichem Besuch. Emily unterbrach sie nicht ein einziges Mal, sondern saß mit bleichem Gesicht da, bis Charlotte aufhörte zu sprechen.

»Das ist bei weitem entsetzlicher als alles, was ich mir vorgestellt habe«, sagte Emily schließlich mit zitternder Stimme. »Wer steckt dahinter?«

»Ich ahne es nicht«, gab Charlotte zu. »Es könnte jeder sein.«

»Hat Mrs. Fetters eine Vorstellung?«

»Nein ... nehme ich jedenfalls an. Bei meinem letzten Besuch haben wir Martin Fetters' Papiere gefunden, aus denen hervorgeht, dass er ein glühender Vertreter republikanischer Ideen war. Sollte er von dieser schrecklichen Sache gewusst haben und Adinett Monarchist und mit in sie verwickelt gewesen sein, könnte das erklären, warum er ihn umgebracht hat.«

»Natürlich. Aber wie kannst du das jetzt weiterverfolgen?« Emily beugte sich angespannt vor. »Sei um Himmels willen vorsichtig! Überleg nur, was die alles schon getan haben! Adinett ist zwar tot, aber es sind bestimmt noch eine Menge von ihnen am Leben, und du hast keine Vorstellung, wer sie sein könnten!«

Dagegen ließ sich nichts sagen. Trotzdem war Charlotte entschlossen, etwas zu unternehmen. Wenn sie bedachte, dass Pitt nach wie vor in Spitalfields saß, während Männer, die abscheulicher Verbrechen schuldig waren, straflos ausgehen würden ...

»Man muss etwas tun«, sagte sie ruhig. »Wenn nicht wir es zumindest probieren, wer dann? Außerdem muss ich wissen, ob das die Wahrheit ist. Juno hat das Recht zu erfahren, warum man ihren Mann getötet hat. Es muss Menschen geben, denen diese Dinge am Herzen liegen. Bestimmt weiß Tante Vespasia Rat.«

Emily dachte einen Augenblick nach. »Hast du dir überlegt, was geschehen wird, wenn es stimmt und die Sache durch uns an die Öffentlichkeit gerät?«, fragte sie eindringlich. »Das würde den Sturz der Regierung nach sich ziehen –«

»Wenn die alle unter einer Decke stecken, um das zu vertuschen, hat sie es verdient, abgesetzt zu werden, allerdings durch ein Misstrauensvotum im Unterhaus, nicht durch eine Revolution.«

»Es geht nicht nur um das, was die Leute verdient haben«, sagte Emily sehr ernst, »sondern auch darum, wer dann an ihre Stelle tritt. Sicher, ich will gar nicht bestreiten, dass sich diese Männer so manches haben zuschulden kommen lassen. Aber bevor man sie über die Klinge springen lässt, sollte man doch überlegen, ob die, die man dann bekommt, nicht womöglich noch schlimmer sind.«

Charlotte schüttelte den Kopf.

»Was könnte schlimmer sein als eine Geheimgesellschaft in höchsten Regierungskreisen, die aus Eigeninteresse solche Morde deckt? Das bedeutet doch, dass ihnen Gesetz und Recht nichts gelten. Wen trifft es beim nächsten Mal, wenn ihnen jemand aus welchem Grund auch immer im Wege steht? Wird er dann auch einfach abgeschlachtet, und man deckt die Täter?«

»Das ist doch extrem –«

»Natürlich ist es das«, stimmte ihr Charlotte zu. »Die Leute sind verrückt. Die haben jeden Realitätssinn verloren. Frag jeden, der etwas über die Morde von Whitechapel weiß – ich meine, jemanden, der wirklich Bescheid weiß.«

Emily war bleich. Die Erinnerung an das, was vier Jahre zuvor geschehen war, stand ihr in die Augen geschrieben. »Du hast Recht«, flüsterte sie.

Charlotte beugte sich zu ihr. »Wenn auch wir unser Wissen für uns behalten, machen wir uns zu Mittätern. Dazu aber bin ich nicht bereit.«

»Was wirst du also tun?«

»Zu Juno Fetters gehen und ihr sagen, was ich weiß.«

Emily sah sie verängstigt an. »Bist du sicher?«

Charlotte zögerte. »Ich glaube schon. Bestimmt ist es ihr lieber, zu wissen, dass man ihren Mann umgebracht hat, weil er über diese Sache Bescheid wusste, als weil er eine republikanische Revolution plante – denn das denkt sie im Augenblick.«

Emily riss die Augen weit auf. »Eine republikanische Revolution? Wegen dieser Sache?« Sie sog scharf die Luft ein. »Damit hätte man möglicherweise sogar Erfolg gehabt ...«

Charlotte erinnerte sich an das Foto von Martin Fetters, das ihr Juno gezeigt hatte. Sie dachte an den freimütigen Ausdruck, den Wagemut in seinen klugen Augen. Es war das Gesicht eines Mannes, der seinem Ziel um jeden Preis treu blieb. Sie hatte ihn auf den ersten Blick gut leiden können, so wie ihr auch seine Artikel über die Orte und Menschen der 48er Revolutionen gefallen hatten. Wie er sie beschrieb, handelte es sich dabei um einen edlen Kampf. Er hatte die Dinge so dargestellt, als müsse jeder anständige Mensch, der ein Empfinden für Gerechtigkeit hatte, dafür eintreten. Überrascht merkte sie, wie bitter ihr die Vorstellung erschien, er könnte in England an der Vorbereitung von Gewalttaten mitgewirkt haben, auch wenn es dabei um die Verwirklichung eines Traumes von Menschlichkeit ging. Es war fast so, als hätte ein Freund sie verraten.

Emilys Stimme drang in ihre Gedanken.

»Und Adinett war also gegen die Revolution? Warum hat er Fetters' Pläne dann nicht einfach öffentlich bekannt gemacht?«, fragte sie. »Man hätte dem Mann dann das Handwerk gelegt.« Es klang vernünftig.

»Schon«, gab ihr Charlotte Recht, »aber er war über die Morde von Whitechapel im Bilde und hätte alles aufgedeckt, sobald er die Beweise in der Hand gehabt hätte.«

»Und das will jetzt dieser Remus tun.«

Charlotte erschauerte trotz der Wärme in ihrer gemütlichen Küche. »Das nehme ich an. Er wird ja wohl nicht so dumm sein, diese Leute erpressen zu wollen.« Es war mehr eine Frage als eine Feststellung.

Emily sagte sehr leise: »Ich habe das Gefühl, dass es ziemlich dumm sein könnte, der Sache nachzuspüren.«

Charlotte stand auf. »Ich möchte es wissen ... Ich denke, uns bleibt nichts anderes übrig.« Sie holte tief Luft. »Würdest du dich um die Kinder kümmern, während ich zu Juno Fetters gehe?«

»Natürlich. Wir gehen in den Park«, sagte Emily. Als Charlotte an ihrem Stuhl vorüberkam, fasste Emily ihren Arm so fest, dass es schmerzte. »Sei vorsichtig«, sagte sie. In ihrer Stimme lag Angst.

»Bestimmt«, versprach Charlotte. Es war ihr damit ernst. Alles, was sie besaß, war ihr kostbar – die Kinder, ihr Heim, Emily und Pitt, der irgendwo in den grauen Gassen von Spitalfields hauste. »Das verspreche ich.«

Juno Fetters freute sich, Charlotte zu sehen. Nach wie vor waren ihre Tage von Langeweile erfüllt. Kaum jemand besuchte sie, und es gehörte sich nicht, dass sie sich in der Öffentlichkeit zeigte oder gar irgendwelchen Vergnügungen nachging. Allerdings hatte sie auch gar nicht das Bedürfnis. Da es ihr aber ihre Mittel gestatteten, zahlreiche Dienstboten zu beschäftigen, blieb ihr selbst nichts zu tun. Sie konnte weder den ganzen Tag lesen noch ununterbrochen sticken, es gab nicht beliebig viele

Briefe zu schreiben, und für die Malerei war sie weder begabt, noch interessierte sie sich dafür. So schleppten sich die Stunden Tag für Tag träge dahin.

Sie unterließ es, Charlotte sogleich nach Neuigkeiten oder neuen Gedanken zu fragen, und so kam Charlotte von sich aus auf das Thema zu sprechen, sobald sie im Gartenzimmer Platz genommen hatten.

»Ich habe etwas entdeckt, das ich Ihnen unbedingt mitteilen muss«, begann sie vorsichtig. Sie sah, dass sich Junos Gesicht bei diesen Worten aufhellte. »Allerdings bin ich nicht sicher, ob es sich so verhält. Sollte das aber der Fall sein, würde es vieles erklären. Es scheint widersinnig ... und vor allem ist es möglich, dass wir es nie beweisen können.«

»Das ist zweitrangig«, versicherte ihr Juno rasch. »Ich möchte es vor allem selbst wissen. Ich möchte verstehen, was da vor sich gegangen ist.«

Charlotte sah die dunklen Schatten unter ihren Augen und die Fältchen, die ihr der Kummer ins Gesicht gegraben hatte. Sie lebte mit einem Albtraum. Ihre ganze Vergangenheit, aus der sie hätte Kraft schöpfen müssen, war von Zweifel überlagert. Hatte der Mann, den sie liebte, je existiert, oder war er ein Geschöpf ihrer Vorstellungskraft, jemand, den sie aus einzelnen Eindrücken und Selbsttäuschungen zusammengesetzt hatte, weil sie sich nach Liebe sehnte?

»Ich vermute, dass Ihr Mann die Wahrheit über die grässlichsten Verbrechen entdeckt hat, die je in London oder sonstwo begangen worden sind«, sagte sie ruhig. Sogar in diesem von Sonnenlicht erfüllten Raum griff beim bloßen Gedanken an diese Ereignisse die Finsternis nach ihrem Herzen, als könnte die entsetzliche Gestalt sogar diese Straße mit ihrem blutigen Messer heimsuchen.

»Was für Verbrechen?«, fragte Juno verblüfft.

»Die Morde von Whitechapel«, gab Charlotte mit erstickter Stimme zurück.

Juno schüttelte den Kopf. »Nein ... wie ...?« Sie setzte erneut an. »Ich denke, falls Martin davon gewusst hätte, würde er ...«

»... es gesagt haben«, gab ihr Charlotte Recht. »Deshalb musste Adinett ihn ja auch töten – um genau das zu verhindern.«

»Aber warum nur?« Juno sah sie entsetzt und ratlos an. »Ich verstehe das nicht.«

Mit einfachen, bewegten Worten berichtete ihr Charlotte alles, was sie wusste. Juno hörte ihr zu, ohne sie ein einziges Mal zu unterbrechen.

Mit aschfahlem Gesicht fragte sie dann: »Woher hätte er es wissen sollen?« Es war, als spüre sie selbst den kalten Hauch des Entsetzens, als hätte sie selbst die schwarze Kutsche gesehen, die durch die engen Gassen rumpelte, und einen Blick in die Augen des Mannes geworfen, der solcher Taten fähig war. »Hat er es Adinett gesagt, weil er annahm, dass er ihm trauen könnte? Und hat er erst in jenem letzten Augenblick seines Lebens entdeckt, dass Adinett zu diesen Ungeheuern gehörte?«

Charlotte nickte. »Vermutlich.«

»Und wer steht jetzt hinter Remus?«, fragte Juno.

»Das weiß ich nicht. Vielleicht andere Republikaner …«

»Dann ging es also um Revolution …«

»Ich weiß nicht. Möglich … vielleicht aber auch einfach um Gerechtigkeit?« Sie war zwar nicht davon überzeugt, hätte es aber gern geglaubt. Auf keinen Fall würde sie Juno daran hindern, sich daran zu klammern, sofern ihr das half.

»Es muss noch weitere Papiere geben.« Junos Stimme klang ruhig, offensichtlich nahm sie sich mit äußerster Kraft zusammen. »Ich bin Martins Tagebücher noch einmal durchgegangen und habe dabei gemerkt, dass er sich auf etwas bezieht, was wir bisher nicht gefunden haben. Ich habe noch einmal an allen Stellen gesucht, die mir infrage zu kommen schienen, aber ohne Ergebnis.« Sie sah Charlotte bittend an. Auf ihren Zügen war zu erkennen, welchen Kampf es sie kostete, ihre Angst niederzuhalten. Sie musste die Wahrheit wissen, weil ihre Albträume sonst eine eigene Wahrheit hervorbringen würden – andererseits konnte sie hoffen, solange sie nichts genau wusste.

»Wem hätte er denn vertraut?«, fragte Charlotte. »Wer könnte diese Papiere für ihn aufbewahrt haben?«

»Sein Verleger!«, sagte Juno mit plötzlicher Erregung. »Thorold Dismore! Er ist ein glühender Befürworter der Republik und verhehlt das so wenig, dass man ihn wegen seiner Offenheit für ungefährlich hält. Aber es ist ihm ernst damit, und er ist nicht annähernd so blind oder exzentrisch, wie manche glauben. Bestimmt hat Martin ihm getraut, weil er wusste, dass sie dieselben Ideale hatten und auch Dismore den Mut hat, für seine Überzeugungen einzutreten.«

Charlotte zögerte. »Könnten Sie hingehen und ihn um die Papiere Ihres Mannes bitten, oder ist er als der Verleger deren Eigentümer?«

»Das weiß ich nicht«, gab Juno zu und stand auf. »Aber ich will es gern versuchen. Ich werde ihn bitten, ihm drohen oder was mir sonst noch einfällt. Wollen Sie sozusagen als Anstandsdame mitkommen?«

Charlotte ergriff die Gelegenheit beim Schopf. »Gern!«

Bei Thorold Dismore vorgelassen zu werden war nicht einfach, und sie mussten eine geschlagene Dreiviertelstunde in einem zwar elegant eingerichteten, aber ungemütlichen Vorzimmer warten. Diese Zeit nutzten sie, um zu überlegen, was Juno sagen konnte. Als sie schließlich in Dismores erstaunlich spartanisch eingerichtetes Arbeitszimmer geführt wurden, war sie bereit.

Schwarz stand Juno glänzend. Sie sah weit eindrucksvoller aus als Charlotte, die auf einen solchen Besuch nicht eingestellt und in schlichtem Lindgrün gekommen war.

Dismore trat höflich auf seine Besucherinnen zu. Wie auch immer seine politischen Überzeugungen oder seine Vorstellungen von der richtigen Gesellschaftsform für das Land aussehen mochten, er war ein Herr vom Scheitel bis zur Sohle. Er stammte sogar aus einer Adelsfamilie, legte aber keinen großen Wert auf diese Abkunft.

»Guten Morgen, Mrs. Fetters. Treten Sie bitte näher, und nehmen Sie Platz.« Er wies auf einen Sessel und wandte sich dann an Charlotte.

»Mrs. Pitt begleitet mich«, stellte Juno vor. Eine weitere Erläuterung war nicht nötig.

Dismore begrüßte auch Charlotte und sah sie dabei interessiert an. Sie überlegte, ob er sich von der Verhandlung her an den Namen erinnerte oder ob das Interesse ihrer Person galt. Sie vermutete Ersteres, obwohl sie das plötzliche Aufblitzen in den Augen von Männern auch früher schon wahrgenommen hatte.

Sie erwiderte den Gruß und setzte sich auf den ihr angebotenen Sessel neben Juno.

Nachdem eine Erfrischung angeboten und von den Damen abgelehnt worden war, wandte sich das Gespräch ganz natürlich dem Zweck ihres Besuches zu.

»Mr. Dismore, ich habe mir die Briefe und Aufzeichnungen meines Mannes noch einmal vorgenommen«, sagte Juno mit einem Lächeln. In ihrer Stimme schwang Wärme mit.

Er nickte. Nichts konnte natürlicher sein.

»Dabei ist mir aufgefallen, dass er bei Ihnen mehrere Aufsätze zum Thema der Gesellschaftsreform herausbringen wollte, an der ihm so sehr lag ...«

Ein Anflug von Schmerz trat in Dismores Augen; es war mehr als bloßes Mitgefühl, auf jeden Fall mehr, als die Höflichkeit gebot. Charlotte hätte schwören können, dass er es ernst meinte. Aber hier ging es um weit tiefer reichende und umwälzendere Dinge als Freundschaft, wie lang oder angenehm sie auch gewesen sein mochte. Für diese Männer war das eine Art Krieg, und auf dem Altar des entscheidenden Sieges opferte man sogar Kameraden.

Aufmerksam betrachtete sie Dismores Gesicht, während er zuhörte, wie Juno über die Notizen sprach, die sie gefunden hatte. Er unterbrach sie nicht, wirkte sehr interessiert und nickte ein- oder zweimal.

»Sind Sie im Besitz all dieser Notizen, Mrs. Fetters?«, fragte er, als sie geendet hatte.

»Genau deswegen bin ich gekommen«, sagte sie. »Es sieht ganz so aus, als ob wichtige Teile fehlten, vor allem Verweise auf andere Arbeiten ...« Sie holte tief Luft und zögerte, als wolle sie sich an Charlotte wenden, gab aber dem Impuls nicht nach. »... Verweise auf Personen und Äußerungen, die meiner Ansicht nach von wesentlicher Bedeutung sind, wenn man den Sinn des Ganzen erfassen soll.«

»Ja?« Er saß unnatürlich still.

»Ich habe mir überlegt, ob sich vielleicht bei Ihnen Papiere, Dokumente oder vollständigere frühere Entwürfe befinden.«

Sie lächelte unsicher. »Wenn man das Material zusammenfasste, würde es vermutlich für einen Aufsatz ausreichen.«

Dismore sah sie angespannt an. Als er sprach, klang seine Stimme erregt. »Ich habe hier nur sehr wenig, doch Sie können es natürlich gern einsehen. Sofern es noch mehr gibt, Mrs. Fetters, sollten wir an jeder nur denkbaren Stelle suchen, bis wir alles gefunden haben. Ich bin bereit, jede Mühe auf mich zu nehmen und keine Kosten zu scheuen, um an diese Unterlagen zu kommen ...«

Ein sonderbares Prickeln überlief Charlotte. War das eine verhüllte Drohung?

»Ihr Gatte war ein bedeutender Mann«, fuhr Dismore fort. »Wie ein roter Faden durchzieht sein leidenschaftlicher Glaube an die Gerechtigkeit alles, was er geschrieben hat. Er konnte Menschen dazu bringen, eingefahrene Vorurteile neu zu überdenken.« Wieder verzog er sorgenvoll das Gesicht. »Sein Tod ist ein Verlust für die Menschheit, ein Schlag gegen Ehre und Anstand und die Liebe zum Guten. Einem Mann wie ihm kann man zwar nachfolgen, doch ersetzen kann man ihn nicht.«

»Danke«, sagte Juno gefühlvoll.

Charlotte fragte sich, ob Juno wohl das Gleiche dachte wie sie selbst. War dieser Mann ein Opfer, ein naiver Enthusiast oder ein begnadeter Schauspieler? Je aufmerksamer sie ihn beobachtete, desto weniger war sie ihrer Sache sicher. Von ihm ging nicht die Art offener Bedrohung aus, die sie bei Gleave gespürt hatte, der Eindruck, dass er bereit war, all seine Macht einzusetzen, wenn er es für richtig hielt. Hier spürte sie eher eine beinahe monomane geistige Energie, eine geradezu elektrisierende Leidenschaft und Intelligenz.

Juno war nicht bereit, so rasch klein beizugeben.

»Mr. Dismore, ich wäre Ihnen wirklich dankbar, wenn ich mitnehmen dürfte, was Sie von ihm hier haben, damit ich es mir zu Hause in Ruhe ansehen kann. Mir liegt daran, seinen Nachlass zu ordnen, und ich würde Ihnen dann sozusagen als Erinnerung an ihn ein letztes Werk aus seiner Feder anbieten. Natürlich immer vorausgesetzt, Sie wären bereit, es zu veröffentlichen. Möglicherweise erscheint Ihnen das unverschämt von mir, als ob ...«

»Aber nein!«, unterbrach er sie. »Nicht im Geringsten. Natürlich werde ich alles, was vorliegt, auf die beste mir mögliche Weise veröffentlichen.« Er läutete die Glocke, die auf seinem Schreibtisch stand, und gab dem Sekretär, der daraufhin hereinkam, Anweisung, alle Briefe und Papiere aus Martin Fetters' Hand zu bringen.

Als der Mann hinausgegangen war, nahm Dismore wieder in seinem Sessel Platz und sah Juno freundlich an.

»Ich bin so froh, dass Sie gekommen sind. Darf ich sagen, wie sehr ich Ihre Absicht bewundere, einen Tribut für Martin zusammenzustellen? Er hat von Ihnen stets mit großer Wertschätzung gesprochen, und jetzt sehe ich mit Freude, dass aus ihm nicht nur der liebende Gatte sprach, sondern er auch – gestatten Sie bitte, dass ich das sage – Ihr Wesen völlig richtig eingeschätzt hat.«

Junos Wangen röteten sich, und ihre Augen füllten sich mit Tränen.

Charlotte hätte sie gern getröstet, aber dazu gab es keine Möglichkeit. Entweder sprach Dismore in aller Unschuld, oder es handelte sich um die ausgesuchteste Grausamkeit. Je länger sie ihn beobachtete, desto weniger wusste sie, was sie davon halten sollte. Er saß ein wenig vorgebeugt da, und während er von anderen Artikeln sprach, die Fetters geschrieben hatte, von Reisen, die er an die Orte großer Schlachten gegen die Tyrannei unternommen hatte, leuchtete Begeisterung aus seinen Augen. Jedes Wort, das er sagte, ließ seine eigene, beinahe fanatische Hingabe an die Sache durchschimmern.

War diese glühende Begeisterung für eine republikanische Reform unter Umständen in Wahrheit eine raffinierte Maske? Verbarg sich darunter ein Monarchist, der bereit war, einen Mord zu begehen, um die Verschwörung nicht auffliegen zu lassen, mit der die Untaten von Whitechapel vertuscht werden sollten? Oder stand hinter seinem leidenschaftlich vorgetragenen Wunsch nach einer Reform eine Besessenheit, die so rücksichtslos war, dass er eben diese Verschwörung aufdecken wollte, um die Revolution anzufachen, trotz aller damit verbundenen Gewalt und allen Leides, das sie zwangsläufig zur Folge hätte?

So aufmerksam sie ihn ansah und auf seine Stimme lauschte, sie kam nach wie vor zu keinem Ergebnis.

Den kräftigen braunen Umschlag, in dem die Papiere hereingebracht wurden, gab Dismore ohne das geringste Zögern an Juno weiter. War das ein Hinweis auf seine Ehrlichkeit oder darauf, dass er sie bereits gelesen hatte?

Fast ohne einen Blick darauf zu werfen, nahm sie ihn mit einem angespannten Lächeln entgegen, das verriet, wie viel Kraft es sie kostete, ihre Fassung zu bewahren.

»Danke, Mr. Dismore«, sagte sie. »Natürlich werde ich Ihnen alles zurückgeben, was zu drucken sich lohnt.«

»Bitte, tun Sie das«, sagte er mit Nachdruck. »Ich würde übrigens wirklich gern sehen, was Sie noch haben, und auch, was Sie womöglich noch finden. Darunter könnten Dinge sein, deren Wert sich nicht auf den ersten Blick erschließt.«

»Gewiss«, stimmte sie zu und neigte den Kopf. Er schien noch etwas hinzufügen zu wollen, vielleicht wollte er seiner Bitte mehr Nachdruck verleihen, doch überlegte er es sich anders. Er lächelte ihr voll Wärme zu. »Danke, dass Sie gekommen sind, Mrs. Fetters. Sicher wird es uns gelingen, gemeinsam einen Artikel zusammenzustellen, der in denkbar bester Weise die Erinnerung an Ihren Gatten wach hält, genau so, wie er es sich wünschen würde. Seine Ziele waren wirkliche Freiheit sowie Gerechtigkeit und Gleichheit für jeden, und so wird es kommen! Er war ein bedeutender Mann und ein glänzender Visionär, der überdies den Mut hatte, für seine Überzeugungen einzutreten. Ich betrachte es als eine Gunst, ihn gekannt zu haben und Teil dessen zu sein, was er bewirkt hat. Es ist eine Tragödie, dass er uns so früh genommen wurde, noch dazu in einer Zeit, in der wir ihn so dringend brauchen könnten. Ich teile Ihren Kummer.«

Reglos und mit weit geöffneten Augen stand Juno da. »Danke«, sagte sie. »Danke, Mr. Dismore.«

Nachdem sie das Gebäude verlassen hatten und in der Sicherheit der ersten Droschke saßen, die vorübergekommen war, wandte sie sich an Charlotte, den Umschlag mit den Papieren fest in der Hand.

»Er hat sie gelesen, doch es steht nichts darin.«

»Das nehme ich auch an«, stimmte sie zu. »Was von den Papieren fehlt, ist nicht das, was er uns heute gegeben hat.«

»Glauben Sie, dass sie unvollständig sind?«, fragte Juno und betrachtete den Umschlag. »Ob er den Rest behalten hat? Ich würde schwören, dass er Republikaner ist.«

»Ich weiß nicht recht«, sagte Charlotte. Es war ihr unmöglich gewesen, zu erfassen, wer Dismore wirklich war. In Bezug auf ihn war sie inzwischen unsicherer denn je.

Schweigend fuhren sie zur Coram Street zurück und gingen in Junos Haus gemeinsam alles durch, was ihnen Dismore gegeben hatte. Es waren lebhaft beschriebene Szenen, aus denen Leidenschaft und der Hunger nach Gerechtigkeit sprachen. Wieder einmal war Charlotte zerrissen zwischen ihrer Zuneigung zu Martin Fetters mit seiner Begeisterung, seinem Mut, seinem Bestreben, allen Menschen die Vorrechte einzuräumen, die er genoss, und dem Schrecken vor der dazu nötigen Zerstörung so vieler Dinge, die ihr am Herzen lagen. Nirgends aber fand sich der geringste Hinweis darauf, dass er etwas über die Morde von Whitechapel oder deren Hintergründe gewusst hätte, und auch keinerlei Pläne, die hätten erkennen lassen, dass Remus beauftragt werden sollte, diese Morde an die Öffentlichkeit zu bringen, mit allen Folgen, die sich daraus ergeben würden.

Als Charlotte fort war, machte sich Juno daran, alles noch einmal durchzulesen. Trotz ihrer seelischen Erschöpfung konnte sie die Papiere unmöglich aus der Hand legen.

Während Charlotte zur Haltestelle des Pferde-Omnibusses ging, wirbelte in ihrem Kopf alles durcheinander. Sie wollte dringend mit Pitt sprechen, aber gerade das war nicht möglich. Tellman wusste nur äußerst wenig über die Welt, in der Dismore, Gleave oder die anderen Männer lebten, die wohl die Führung des Inneren Kreises bildeten. Der einzige Mensch, dem sie zurzeit trauen konnte, war Tante Vespasia.

Glücklicherweise war Lady Vespasia nicht nur zu Hause, sondern auch allein. Sie begrüßte Charlotte voll Herzlichkeit, sah ihr aufmerksam ins Gesicht und hörte schweigend zu, während diese berichtete, was Tellman und Gracie in Erfahrung gebracht hatten und wie der jungen Frau am Mitre Square unvermittelt die ganze entsetzliche Bedeutung der Sache aufgegangen war.

Lady Vespasia rührte sich nicht. Das Licht von den Fenstern spielte auf den zarten Linien ihrer Haut, die Zeugnis ihrer Kraft und ihres Alters waren. Sie hatte mit den Jahren noch gewonnen, die Zeit hatte ihren überschäumenden Mut gebändigt, ihr aber auch Verletzungen zugefügt. Sie war Zeugin vieler Schwächen und Fehlschläge ihrer Mitmenschen geworden, hatte jedoch ebenso ihre Erfolge erlebt.

»Die Morde von Whitechapel«, sagte sie leise. In ihrer Stimme schwang namenloses Entsetzen. »Und dieser Remus will die Beweise finden und sie an die Zeitungen verkaufen.«

»Ja – jedenfalls sagt Tellman das. Das wäre die Sensation des Jahrhunderts. Die Regierung wird darüber wahrscheinlich zu Fall kommen, und der Thron nahezu mit Sicherheit«, antwortete Charlotte.

»So ist es.« Ohne sich zu rühren, sah Vespasia mit nahezu blinden Augen in eine Ferne, die gleichwohl eher in ihr als außerhalb ihrer lag. »Dann wird es zu einem Ausbruch von Gewalt und zu einem Blutvergießen kommen, wie England es seit Cromwells Zeiten nicht erlebt hat. Großer Gott, wie viel Übel, um Übel zu vergelten! Man würde dabei eine Verderbnis durch die andere ersetzen, und alles Elend wäre umsonst.«

Charlotte beugte sich ein wenig vor. »Können wir denn nichts dagegen tun?«

»Ich weiß nicht«, gestand Vespasia. »Wir müssen in Erfahrung bringen, wer Remus' Hintermänner sind und welche Rolle Dismore oder Gleave bei der Sache spielen. Was wollte Adinett in der Cleveland Street? Wollte er Remus mit Material versorgen oder ihm in den Arm fallen?«

»Letzteres«, sagte Charlotte spontan. »Das glaube ich jedenfalls …« Dann merkte sie, wie wenig sie in Wahrheit wusste. Fast alles stützte sich auf Vermutungen und Angst. Gewiss waren Fetters und Adinett mit in die Verschwörung verwickelt, doch wusste sie nicht zweifelsfrei, auf welche Weise. Dabei durften sie sich nicht den kleinsten Fehler leisten. Sie berichtete Vespasia von Gleaves Besuch und dessen Wunsch, Martin Fetters' Papiere zu finden. Sie beschrieb, auf welche Weise sie sich durch den Anwalt bedroht fühlte. Während sie all das in diesem lichten, goldenen Zimmer sagte, klang es ihr selbst mehr wie eine Einbildung als etwas Wirkliches.

Doch Vespasia schien ihr abzunehmen, was sie sagte, und hörte weiterhin aufmerksam zu.

Dann berichtete ihr Charlotte von Junos Überzeugung, dass es weitere Papiere geben müsse, von ihrem Besuch bei Thorold Dismore und ihrer Vermutung, er sei ein wahrer Anhänger der Republik und willens, alles, was er finden oder tun konnte, zur Durchsetzung seiner Ziele zu verwenden.

»Möglich«, gab ihr Vespasia mit einem angedeuteten Lächeln Recht. Dabei trat ein vager Ausdruck von Trauer auf ihre Züge. »Es ist ein durchaus edles Bestreben. Ich bin zwar nicht damit einverstanden, aber ich kann vieles davon verstehen und bewundere diejenigen, die sich dafür einsetzen.«

Etwas an der Art, wie sie das sagte, veranlasste Charlotte, nicht mit ihr darüber zu rechten. Mit einem Mal ging ihr auf, um wie viel älter Vespasia war und über einen wie großen Teil von deren Leben sie nichts wusste. Dennoch liebte sie sie mit einer Tiefe des Gefühls, die nichts mit dem Ablauf der Zeit oder mit der Nähe durch Verwandtschaft zu tun hatte.

»Lass uns darüber nachdenken«, sagte Vespasia nach einer Weile. »Versuch möglichst viel zu erfahren, ohne dich dabei in Gefahr zu bringen. Du solltest wirklich äußerst vorsichtig sein, meine Liebe. Wir haben es hier mit Leuten zu tun, denen ein Menschenleben nichts bedeutet, wenn es darum geht, ganzen Völkern das zu bringen, was sie als deren Heil ansehen. Sie sind der Überzeugung, dass der Zweck die Mittel heiligt und sie daher das Recht haben, alles zu tun, was ihrer Ansicht nach nötig ist, um ihre Absichten zu verwirklichen.«

Charlotte fühlte sich in diesem hellen Raum von einer Dunkelheit und einer Kühle umgeben, als wäre die Nacht verfrüht hereingebrochen. Sie stand auf.

»Das werde ich tun. Aber ich muss unbedingt zu Thomas – muss es ihm sagen.«

Vespasia lächelte. »Natürlich. Ich wollte, ich könnte dich begleiten, doch das wird wohl nicht gehen. Bitte grüß ihn von mir.«

Impulsiv trat Charlotte vor, beugte sich über Vespasia und schloss sie in die Arme. Sie gab ihr einen Kuss auf die Wange und ging, ohne dass eine von beiden noch etwas sagte.

Auf dem Rückweg ging Charlotte an Tellmans Wohnung vorbei und wartete zur Bestürzung seiner Wirtin über eine halbe Stunde, bis er schließlich aus der Bow Street zurückkehrte. Ohne Umschweife bat sie ihn, sie am folgenden Morgen nach Spitalfields zu bringen, damit sie Pitt auf seinem Weg zur Arbeit in der Seidenweberei sprechen konnte. Er malte ihr die Gefahren eines solchen Vorhabens aus und die damit verbundenen Unannehmlichkeiten, vor allem aber wies er darauf hin, dass es Pitt bestimmt nicht recht sei, wenn sie dort auftauche. Sie forderte ihn auf, seine Zeit nicht mit Einwänden zu vertun, die nichts bewirken würden, denn sie sei fest entschlossen hinzugehen, ob mit ihm oder ohne ihn. Da ihnen das beiden klar sei, halte sie es für besser, wenn er es einfach hinnähme, damit sie über die Einzelheiten reden und rechtzeitig schlafen gehen konnten.

»Ja, Ma'am«, gab er nach. Sie sah seinem Gesicht an, dass er sich über die Schwere der Situation im Klaren war und er keineswegs nur Einwände erhoben hatte, um sein Gewissen zu beschwichtigen. Er begleitete sie zur Haltestelle des Pferde-Omnibusses.

»Ich hole Sie morgen früh um sechs in der Keppel Street ab«, sagte er. »Wir nehmen eine Droschke zum Untergrundbahnhof und fahren dann bis Whitechapel. Tragen Sie Ihre älteste Kleidung und feste, bequeme Schuhe. Vielleicht könnten Sie sich ein Umschlagtuch besorgen, damit man Ihre Haare nicht sieht, dann fallen Sie unter den Frauen dort weniger auf.«

Charlotte verabschiedete sich von ihm mit einer Mischung aus finsteren Vorahnungen und Vorfreude beim Gedanken, Pitt wiederzusehen.

Zu Hause eilte sie die Treppe empor, wusch sich die Haare, obwohl sie sie unter dem Tuch verbergen wollte, und bürstete sie, bis sie glänzten. Eigentlich hatte sie Gracie nichts von ihrem Vorhaben sagen wollen, brachte es aber nicht fertig. Sie ging früh zu Bett, war jedoch so aufgeregt, dass sie erst lange nach Mitternacht einschlief.

Am Morgen wurde sie ziemlich spät wach und musste sich beeilen. Sie hatte kaum Zeit für eine Tasse Tee. Sie trank ihn zu heiß und ließ die Hälfte stehen, als Tellman an die Tür klopfte.

»Sagen Sie Mr. Pitt, dass er uns schrecklich fehlt, Ma'am«, sagte Gracie rasch und errötete ein wenig.

»Das tue ich«, versprach Charlotte.

Hinter Tellman sah sie den dunklen Umriss einer Droschke. Er wirkte schmal, sein Gesicht war hager, und zum ersten Mal ging ihr auf, wie sehr ihn Pitts Erniedrigung mitgenommen hatte. Er würde es vermutlich nie im Leben zugeben, aber er war Pitt wie auch seiner eigenen Überzeugung von dem, was Recht und Unrecht war, zutiefst ergeben. Er hatte Vorbehalte gegen Menschen mit Weisungsbefugnis, hatte die Schwächen des Systems und die Ungerechtigkeit durchschaut, die auf Klassenunterschiede und Chancenungleichheit zurückging, erwartete aber, dass sich Männer, die in der Hierarchie über ihm standen, an die vom Gesetz vorgegebenen Regeln hielten. Auf keinen Fall wäre er auf den Gedanken gekommen, dass sie einen der Ihren grundlos fallen ließen. Woher Pitt auch immer gekommen sein mochte, er hatte sich seine Stellung aus eigener Kraft erarbeitet. Das schützte ihn nach Tellmans Wertvorstellungen vor Verrat aus den eigenen Reihen.

So sehr er das geringe gesellschaftliche Bewusstsein der Angehörigen der höheren Schichten beklagen mochte, kannte er doch ihre moralischen Werte – jedenfalls hatte er das bisher geglaubt –, und die waren aller Ehren wert. Nur deshalb war es erträglich, sich ihrer Führerschaft zu unterwerfen. Mit einem Mal stimmte all das nicht mehr. Wenn die Angelpunkte einer vorgegebenen Ordnung zerfielen, kam es zu einer neuen und beängstigenden Art von Einsamkeit und zu einem Wirrwarr, das nicht seinesgleichen kannte.

Sie gingen über den vom Tau feuchten Gartenweg zur Straße, wo er ihr in die Droschke half. Während sie schweigend durch die Stadt fuhren, fiel das klare, graue Licht des frühen Morgens auf die Fenster von Häusern und Läden, an denen sie vorüberkamen. Es waren schon viele Menschen unterwegs, Hausmädchen, Boten und Fuhrleute, die frische Waren für die Märkte brachten. Kurz bevor sie den Bahnhof der Untergrundbahn erreichten, sahen sie schon Käuferschlangen vor den Milchwagen.

Im Zug, der donnernd durch die finstere Röhre fuhr, war es nicht nur viel zu laut für eine Unterhaltung, Charlotte war auch schon in Gedanken bei Pitt. Auch wenn er nicht besonders lange fort war, dehnten sich die Wochen ohne ihn hinter ihr wie eine Wüste der Zeit. Sie überlegte, wie er aussehen mochte, ob er müde war, gesund oder krank, glücklich, sie zu sehen. Wie tief hatte ihn die Ungerechtigkeit getroffen? Hatte ihn der Zorn darüber, den er sicherlich empfand, verändert? Dieser Gedanke machte ihr so sehr zu schaffen, dass es sie fast körperlich schmerzte.

Erst als Tellman, der neben ihr saß, aufstand und auf die Tür wies, merkte sie, wie oft sie die Fäuste geballt haben musste, denn ihre Finger schmerzten. Sie stand auf, als der Zug im Bahnhof Aldgate Street ruckend stehen blieb. Den Rest des Weges mussten sie zu Fuß gehen.

Inzwischen war es deutlich heller. Umso deutlicher sah man, dass die Straßen schmutziger waren als in Bloomsbury. Auch drängten sich hier weit mehr Fahrzeuge aller Art. Männer waren auf dem Weg zur Arbeit. Manche von ihnen trotteten mit gesenktem Kopf dahin, andere riefen einander munter etwas zu. Lag wirklich eine Spannung in der Luft, oder bildete sie sich das ein, weil sie wusste, was dort geschehen war, und Angst hatte?

Sie hielt sich dicht an Tellmans Seite, als sie auf der High Street nach Norden abbogen. Er hatte gesagt, sie würden zur Brick Lane gehen, weil Pitt dort auf seinem Weg zur Arbeit vorüberkam. Das also war Whitechapel. Sie dachte an die ursprüngliche Bedeutung des Namens ›weiße Kapelle‹. Wie wenig er doch auf dies schmutzige Industrieviertel passte! Dort gab es enge Straßen und immer wieder scharf abknickende Gässchen, das Auge nahm von Staub bedeckte graue Fenster wahr, von denen viele zerbrochen waren, schmutzigen Rauch, der zahllosen Kaminen entquoll, und die Nase offene Abwasserkanäle und Abfallgruben. So dicht lag das Entsetzen der Vergangenheit unter der Oberfläche, dass sie es schmerzhaft spürte.

Tellman schritt rasch aus, um nicht unter den Männern aufzufallen, die zur Arbeit in den Zuckersiedereien, Lagerhäusern und an den Verladeplätzen eilten. Sie hatte Mühe, mit ihm Schritt zu halten, aber vielleicht war das genau richtig. Um diese Tageszeit gingen Frauen nicht gemessenen Schrittes neben Männern her, als wären sie Liebespaare.

Mit einem Mal ertönte raues Gelächter, als jemand klirrend eine Flasche zerschlug. Das Geräusch war ihr erstaunlich unangenehm. Sie dachte dabei nicht daran, dass ein nützlicher Gegenstand zerbrochen sein konnte, wie sie es zu Hause getan hätte, sondern daran, dass sich die gezackten Enden als Waffe eignen würden.

Inzwischen hatten sie die Brick Lane erreicht.

Als Tellman unvermittelt stehen blieb, fragte sie sich, warum. Dann sah sie Pitt, und ihr Herz schlug schneller. Wie alle Männer dort ging er mit großen Schritten auf der anderen Straßenseite, sah sich aber im Unterschied zu ihnen aufmerksam um, nahm wohl in sich auf, was um ihn herum vorging. Sie hatte ihn lediglich an der vertrauten Art zu gehen erkannt. Er war schäbig gekleidet; seine Jacke hatte auf dem Rücken einen Riss und saß schief wie üblich. Die Krempe seines Hutes war zerbeult. Emily hatte ihm so schöne Schuhe geschenkt, doch er trug ein altes Paar. Links war die Sohle los, und statt Schnürsenkel hatte er Bindfaden eingezogen. Nach einer Weile wandte er sich um und sah sie.

Er zögerte. Er rechnete nicht mit ihr – wahrscheinlich hatte er nicht einmal an sie gedacht –, aber etwas hatte seine Aufmerksamkeit erregt, vielleicht, weil sie einfach dastand, statt zu gehen wie alle anderen.

Sie wollte auf ihn zu eilen, doch Tellman hielt sie mit eisernem Griff am Arm zurück. Sie wollte sich losreißen, begriff dann aber, dass man aufmerksam würde, wenn sie zu Pitt hinüberlief. Er war dort bekannt, und die Leute würden wissen wollen, wer sie war. Was hätte er ihnen antworten können? Es würde nur zu Klatsch und Fragen führen. Also wartete sie mit vor Verlegenheit hochrotem Gesicht, einen Fuß auf dem Randstein.

Ihre kurze Bewegung hatte genügt. Pitt hatte sie erkannt. Er überquerte die Straße, wobei er sich zwischen den Fuhrwerken hindurchschlängeln musste. Als er die beiden erreichte, nickte er ihr kurz zu, tat dann aber, als rede er mit Tellman.

»Was tust du hier?«, fragte er leise. »Was ist passiert?« Sie hörte, welche Empfindungen in seiner Stimme schwangen.

Sie sah ihn aufmerksam an und versuchte sich jede Linie seines Gesichts einzuprägen. Er sah müde aus. Seine Augen lagen tief in ihren Höhlen. Zwar hatte er sich frisch rasiert, aber seine Haut wirkte rau. Wie sehr sehnte sie sich danach, ihn zu trösten, ihn mit nach Hause zu nehmen, in die Wärme einer sauberen Küche, umgeben vom Geruch frischer Wäsche und des gescheuerten Küchentisches, in die Stille des Gartens, wo es nach feuchter Erde und gemähtem Rasen roch, zur Tür, welche die Welt für einige Stunden lang ausschloss! Wie sehnte sie sich danach, ihn in die Arme zu schließen!

Jetzt aber kam es in erster Linie darauf an, den anderen zu zeigen, dass Pitt Recht gehabt hatte. Es war wichtig, das zu beweisen, damit die alte Wunde der Schande seines Vaters verheilen konnte. Wütend, verletzt und hilflos wusste sie weder, was sie sagen sollte, noch, wie sie ihm alles so erklären konnte, dass er es verstand und er die Möglichkeit hatte, sich ebenso zu freuen, weil sie ihm nahe war, sein Gesicht sah und seine Stimme hörte.

»Es ist eine ganze Menge passiert«, sagte Tellman leise. Er nannte Pitt nur dann ›Sir‹, wenn er ihn ärgern wollte, und so brauchte er sich jetzt keine Mühe zu geben, sich durch eine so respektvolle Anrede nicht unabsichtlich zu verraten. »Ich weiß nicht alles, weshalb es besser sein dürfte, wenn Ihnen Mrs. Pitt das sagt. Es handelt sich um Dinge, die Sie unbedingt wissen müssen.«

Pitt hörte den Anflug von Furcht in seiner Stimme, und sein Ärger legte sich. Er sah Charlotte an.

Am liebsten hätte sie ihn gefragt, wie es ihm gehe, ob ihm nichts fehle, wie seine Unterkunft sei, ob ihn seine Wirtsleute ordentlich behandelten, er ein sauberes Bett und genug Kissen habe, genug zu essen bekomme, und wie das Essen sei. Vor allem aber sollte er wissen, dass sie ihn liebte und seine Abwesenheit für sie quälender war und eine größere Einsamkeit bedeutete, als sie sich hätte vorstellen können. Ihr fehlte die

Gemeinsamkeit: das Lachen, das Gespräch mit ihm, das Teilen der guten und der weniger guten Dinge, die der Tag brachte, seine Berührung und einfach das Bewusstsein, dass er da war.

Doch sie sagte, was sie vorbereitet hatte und was ihm Tellman wahrscheinlich ebenso gut hätte selbst sagen können. Sie fasste alles sehr knapp und sachlich.

»Ich war mehrfach bei Martin Fetters' Witwe.« Ohne den verblüfften Ausdruck auf seinem Gesicht zu beachten, fuhr sie rasch fort, bevor er sie unterbrechen konnte: »Ich wollte feststellen, warum man ihn umgebracht hat. Es musste ja schließlich einen Grund dafür geben.« Sie hielt inne, als eine Gruppe von Fabrikarbeiterinnen vorüberkam, die sich laut unterhielten und Pitt, Tellman und Charlotte mit unverhohlener Neugier musterten.

Unbehaglich trat Tellman von einem Fuß auf den anderen.

Pitt tat einen Schritt zur Seite, sodass es aussah, als gehöre Charlotte zu Tellman.

Eine der Frauen lachte, dann zogen sie weiter.

Ein Gemüsefuhrwerk kam die Straße entlang.

Wenn sie lange dort stehen blieben und sich unterhielten, würde das auffallen, und das konnte Pitt gefährlich werden.

»Ich habe die meisten seiner Aufsätze gelesen«, sagte Charlotte knapp. »Er war ein leidenschaftlicher Verfechter der Republik und sogar bereit, an einer Revolution mitzuwirken. Ich nehme an, dass ihn Adinett getötet hat, als er dahintergekommen ist. Vermutlich traute er der Polizei nicht. Möglicherweise hätte ihm niemand geglaubt, oder es bestand, schlimmer noch, die Möglichkeit, dass ihre Spitzen auf Fetters' Seite standen.«

Pitt war wie vor den Kopf geschlagen. »Fetters war ...« Er holte tief Luft, während ihm der Sinn des Gesagten aufging. »So ist das also.« Er blieb eine ganze Weile schweigend stehen und sah sie an. Seine Augen suchten auf ihren Zügen, als wolle er sich jede Einzelheit einprägen und bis zu den Gedanken hinter ihrer Stirn vordringen.

Dann rief er sich in die Gegenwart zurück, erinnerte sich an die belebte Straße und die Erfordernisse des Augenblicks.

Charlotte merkte, dass sie rot wurde, aber es war eine angenehme Wärme, die ihr bis ins innerste Wesen drang.

»In dem Fall hätten wir es mit zwei Verschwörungen zu tun«, sagte Pitt schließlich. »Eine um den Mörder von Whitechapel, der es darum zu tun ist, um jeden Preis den Thron zu schützen, und eine andere der Republikaner, die das genaue Gegenteil erreichen will, ebenfalls um jeden Preis mit unter Umständen noch schrecklicheren Folgen. Und niemand weiß, wer auf welcher Seite steht.«

»Ich habe mit Tante Vespasia darüber gesprochen, und sie lässt dich grüßen.« Bei diesen Worten musste Charlotte denken, wie unzulänglich sie waren, um die Kraft der Empfindungen wiederzugeben, die sie in Vespasia gespürt hatte. Doch zeigte ihr ein Blick auf Pitts Gesicht, dass er verstand. Sie entspannte sich wieder und lächelte ihm zu.

»Was hat sie gesagt?«, wollte er wissen.

»Dass ich vorsichtig sein soll«, gab sie mit kläglicher Stimme zur Antwort. »Tun kann ich ohnehin nichts, sondern mich höchstens weiterhin bemühen, Martin Fetters' fehlende Papiere zu finden. Seine Frau ist sicher, dass es noch welche gibt.«

»Sprich aber mit niemandem sonst darüber«, forderte er sie mit Nachdruck auf und warf einen Blick zu Tellman hinüber. Dann aber ging ihm auf, wie sinnlos es war, zu erwarten, dass er sie daran hindern konnte. An seinem Gesichtsausdruck, einer Mischung aus Gekränktheit und Wut, ließ sich ablesen, wie sehr er unter seiner Hilflosigkeit und darunter litt, dass er in seiner Bewegungsfreiheit eingeschränkt war.

»Bestimmt nicht«, versprach sie spontan, allein schon, damit er sich nicht weiter um sie zu sorgen brauchte, denn sie sah durchaus, wie sehr er darunter litt. »Ich werde mit niemandem sonst darüber sprechen, sondern lediglich zu ihr gehen und ihr beim Suchen helfen.«

Er atmete langsam aus.

»Jetzt muss ich gehen.« Sie blieb reglos stehen, sehnte sich danach, ihn zu berühren, doch immer noch war die Straße voller Menschen. Schon jetzt sah man zu ihnen hinüber. Aller Vorsicht zum Trotz tat sie einen Schritt auf ihn zu.

Pitt hob abwehrend die Hand.

Ein Arbeiter, der auf seinem Fahrrad vorüberkam, pfiff gellend und rief Tellman etwas Unverständliches zu, das mit Sicherheit anzüglich gemeint war. Lachend radelte er weiter.

Tellman fasste Charlotte am Arm und zog sie zurück. Seine Finger schmerzten sie.

Pitt stieß einen Seufzer aus. »Bitte sei vorsichtig«, wiederholte er. »Und sag Daniel und Jemima, dass ich sie lieb habe.«

Sie nickte. »Das wissen sie.«

Nach kurzem Zögern wandte er sich um, ging wieder auf die andere Straßenseite und entfernte sich von ihnen, ohne sich umzusehen.

Charlotte sah ihm nach und hörte wieder Lachen von einigen jungen Leuten an der Ecke.

»Kommen Sie«, sagte Tellman mit Ärger in der Stimme. Diesmal nahm er ihr Handgelenk und zog so heftig daran, dass sie fast das Gleichgewicht verloren hätte. Aufgebracht wollte sie etwas sagen, doch dann begriff sie, wie auffällig sie sich verhielt. Wenn sie sich nicht genauso benahm, wie man es dort von einer Frau erwartete, würde sie alles nur noch schlimmer machen.

»Tut mir Leid«, sagte sie und folgte ihm gehorsam in Richtung Whitechapel High Street. Sie schritt leichter aus als auf dem Herweg, und in ihr breitete sich eine wohlige Wärme aus. Zwar hatten sie einander nicht berührt, aber der Blick in Pitts Augen war eine Liebkosung gewesen, eine Berührung, deren Eindruck nie verblassen würde.

Lady Vespasia hatte nicht besonders viel für Richard Wagner übrig, aber ein Opernbesuch war immer ein glanzvoller gesellschaftlicher Anlass, ganz gleich, was gespielt wurde. Da die Einladung von Mario Corena kam, hätte sie auch dann angenommen, wenn es nur um einen Spaziergang im Regen durch die Hauptgeschäftsstraße gegangen wäre. Zwar würde sie ihm das unter keinen Umständen sagen, doch vermutete sie, dass er es ohnehin wusste. Nicht einmal die entsetzliche Nachricht, die Charlotte gebracht hatte, konnte sie daran hindern, mit ihm in die Oper zu gehen.

Er holte sie um sieben Uhr ab, und sie fuhren gemütlich in der Kutsche, die er für den Abend gemietet hatte. Die Luft war lind, die Straßen waren voller Menschen, die auf ihrem Weg zu Gesellschaften, Abendeinladungen, Bällen, Ausstellungen und Ausflügen auf der Themse sehen und gesehen werden wollten.

Die letzten Sonnenstrahlen fielen durch die Fenster der Kutsche auf Marios lächelndes Gesicht. Die Zeit war gnädig mit ihm gewesen. Seine Haut war nach wie vor glatt, und trotz allem, was er im Laufe seines Lebens verloren hatte, wiesen die Linien in seinem Gesicht nach oben, verrieten keine Bitterkeit. Vielleicht hatte er nie aufgehört zu hoffen, sondern der Hoffnung eine neue Richtung gegeben, wenn ein Kampf verloren ging und er sich einer anderen Aufgabe zuwandte.

Sie musste an die langen goldenen Abende in Rom denken, an denen die Sonne hinter den antiken Ruinen jener Stadt untergegangen war, auf deren Herrschaft Jahrhunderte minder bedeutender Träume gefolgt waren. Dort war die Luft wärmer gewesen, keine Kälte hatte darin gelegen, wohl aber der Geruch von Hitze und Staub. Vespasia erinnerte sich, wie sie miteinander dort spazieren gegangen waren, wo einst der Mittelpunkt der Welt gelegen hatte, Angehörige aller Völker der Erde vorübergezogen waren, um der Macht Tribut zu zollen.

Das war das Zeitalter der Kaiser gewesen. Mario hatte auf einer der alten, schlichten Brücken über den Tiber gestanden, dem Spiel des Lichts auf dem Wasser zugesehen und ihr voller Leidenschaft von der früheren Republik berichtet, die lange vor den Caesaren die Alleinherrscher verjagt hatte. Er liebte die Einfachheit und Ehrenhaftigkeit, mit der alles begonnen hatte, zu einer Zeit, bevor der Ehrgeiz die Römer erfasst und die Macht sie korrumpiert hatte.

Beim Gedanken an Macht und Korruption überlief Vespasia ein kalter Schauer, den auch die Wärme des Abends nicht zu lindern vermochte. Nicht einmal ihre Erinnerungen hatten die Kraft, ihn zu bannen.

Sie dachte an die dunklen Gassen von Whitechapel, an Frauen, die allein auf der Straße waren und die Kutsche hinter sich hörten, sich vielleicht umsahen und den schwarzen Umriss in der Dunkelheit erkannten, wie sich dann der Schlag öffnete, sie einen kurzen Augenblick ein Gesicht sahen und plötzlich den Schmerz spürten.

Sie dachte an den armen Prinzen Edward, eine unbedeutende Spielfigur auf dem Schachbrett der Macht, die hierhin und dorthin geschoben wurde. Die Welt, deren Treiben er nur zur Hälfte hörte und vielleicht auch nur zur Hälfte verstand, missachtete seine Empfindungen und nutzte sie aus. Sie dachte an seine Mutter, ebenfalls nahezu taub, die von vielen bemitleidet und von vielen anderen nicht zur Kenntnis genommen wurde. Wie sie um ihn gelitten haben musste, ohne eine Möglichkeit, ihn zu trösten, geschweige denn zu retten.

Sie näherten sich Covent Garden und dem Opernhaus. An einer Straßenecke stand ein kleines Mädchen mit einem Strauß verwelkter Blumen.

Mario ließ die Kutsche halten, wodurch der Verkehr in beiden Richtungen ins Stocken geriet. Er stieg aus, ging, verfolgt von den Flüchen der Kutscher, zu dem Mädchen hinüber, kaufte den Strauß und kehrte mit einem Lächeln zu Vespasia zurück. Die Blumen waren von Staub bedeckt, ihre Stängel hingen ebenso schlaff herab wie ihre Blütenblätter.

»Den Höhepunkt der Schönheit haben sie überschritten«, sagte er, »und ich habe wohl auch zu viel dafür bezahlt.« In seinen Augen lagen Lachen und Trauer.

Vespasia nahm sie. »Wie sinnig«, gab sie zurück und erwiderte sein Lächeln. Es kam ihr lachhaft vor, dass ihr dabei ein Kloß in der Kehle saß.

Unter lautstarken Verwünschungen der anderen Kutscher fuhren sie weiter.

»Tut mir Leid, dass es ausgerechnet Wagner ist«, sagte er und setzte sich wieder bequem hin. »Ich kann seine Musik nicht ernst nehmen, die immer so feierlich-würdevoll daherkommt. Vor Menschen, die nicht über sich selbst lachen können, habe ich noch mehr Angst als vor solchen, die über alles lachen.«

Sie sah ihn an und begriff die Tiefe seines Gedankens. In seiner Stimme schwang ein Rest der Heftigkeit mit, an die sie sich aus den schrecklichen heißen Tagen der Belagerung erinnerte, kurz vor dem Ende. In jenen einsamen Nächten, in denen sie nur noch warten konnten, weil alles getan war, was sie hätten tun können, war ihnen klar geworden, dass sie den Kampf nicht gewinnen konnten. Der Papst würde zurückkehren, und früher oder später würde die Korruption erbarmungslos wieder ihr Netz über alles legen, als ob nichts gewesen wäre.

Sie aber waren von innerer Leidenschaft durchglüht gewesen und von einer Treue zur Sache, die auch noch kurz vor dem Ende alles gab. Zwar waren die Männer, von denen sie besiegt wurden, stärker und reicher als sie, aber ihr Leben war auch trauriger als das ihre.

»Sie spotten, weil sie es nicht verstehen«, sagte sie und dachte dabei an jene, die vor so langer Zeit ihre und seine Ziele verlacht hatten.

Er sah sie an wie immer, so als gäbe es nur sie.

»Das kommt vor«, stimmte er zu. »Weit schlimmer aber ist es, wenn sie es tun, weil sie durchaus verstehen, aber hassen, was sie nicht bekommen können.« Er lächelte. »Ich weiß noch, wie mir mein Großvater gesagt hat, sofern ich Reichtum oder Ruhm haben wollte, würde es immer Menschen geben, die mich dafür hassten, weil man so etwas immer auf Kosten anderer erwirbt. Wenn ich aber lediglich ein guter Mensch sein wollte, würde mir das jeder gönnen. Ich habe ihm damals nicht widersprochen, teils, weil er mein Großvater war, vor allem aber, weil mir damals noch nicht klar war, wie Unrecht er damit hatte.« Sein Mund spannte sich, und in seine Augen trat eine tiefe Trauer. »Niemand auf der Welt wird so sehr gehasst wie jemand, der eine Tugend besitzt, die andere nicht haben oder die sie gern hätten. Sie ist der Spiegel, der ihnen zeigt, was sie sind, und sie dazu zwingt, auch hineinzusehen.«

Spontan legte sie ihre Hand auf die seine. Sofort schlossen sich seine Finger warm und kräftig um ihre.

»An wen denkst du dabei?«, fragte sie, im Bewusstsein dessen, dass aus ihm nicht nur die Erinnerung sprach, so lieb sie ihm sein mochte.

Mit ernst blickenden Augen wandte er sich ihr zu. Sie waren fast am Ziel angelangt. Gleich würden sie aussteigen und auf den Stufen zum Opernhaus in der Menge der anderen untertauchen, Herren in leuchtend weißen Hemden, in Spitze und Seide gekleidete Damen, deren Juwelen im Lichtschimmer glänzten.

»Nicht an bestimmte Menschen, meine Liebe, wohl aber an

eine bestimmte Epoche.« Er sah sich um. »Das hier kann nicht von Dauer sein, dieser übertriebene Luxus, die Verschwendung und die gesellschaftliche Ungleichheit. Sieh dir die Schönheit gut an, und präge sie dir ein, denn sie hat einen hohen Wert, doch wird ein großer Teil von ihr dahingehen.« Seine Stimme war leise. »Wären diese Menschen ein wenig klüger gewesen und nicht ganz so unmäßig, sie könnten alles behalten. Das ist das Schlimme, wenn sich die Wut schließlich Bahn bricht: Sie zerstört das Gute zusammen mit dem Schlechten.«

Bevor sie weitere Fragen stellen konnte, hielt die Kutsche an. Er stieg aus und hielt ihr, bevor ein Lakai herbeispringen konnte, hilfreich die Hand hin. Während sie durch die Menge der anderen ins Innere des Gebäudes schritten, nickte Vespasia diesem und jenem Bekannten zu.

Sie sahen Charles Voisey, der mit James Sissons tief ins Gespräch versunken dastand. Sissons wirkte nervös und redete beständig auf Voisey ein.

»Der arme Voisey«, sagte Vespasia. »Glaubst du, dass wir moralisch verpflichtet sind, ihn zu erlösen?«

Mario fragte verwirrt: »Ihn erlösen?«

»Von dem Zuckerfabrikanten«, sagte sie, überrascht, dass sie es ihm erklären musste. »Er ist ein unerträglicher Langweiler.«

Eine Mischung von Mitgefühl und Qual legte sich auf Marios Züge, und sie musste sehnsuchtsvoll an Dinge denken, die außer im Traum nie sein konnten, es nicht einmal vor all den Jahren in Rom hatten sein können.

»Du weißt nichts von ihm, meine Liebe, nichts von dem Mann, der hinter dem plumpen Äußeren steckt. Er hat es verdient, nach seinem Herzen und nicht nach seinem gesellschaftlichen Schliff oder Mangel daran beurteilt zu werden.« Er nahm ihren Arm und steuerte sie überraschend kräftig an Voisey und Sissons vorüber nach oben zu ihrer Loge.

Bald darauf nahm Voisey nahezu unmittelbar ihnen gegenüber Platz; Sissons aber sah sie nicht mehr.

Sie wollte die Musik genießen, wollte während dieser kurzen Zeit in Herz und Sinn vollständig eins mit Mario sein, doch ließ sie nicht los, was ihr Charlotte berichtet hatte. Sie ging in

Gedanken jede Möglichkeit durch, und je länger sie das tat, desto weniger zweifelte sie daran, dass das, worauf man Lyndon Remus angesetzt hatte, der Wahrheit entsetzlich nahe kam. Zugleich aber war sie überzeugt, dass man ihn für Zwecke missbrauchte, die er nicht im Entferntesten durchschaute.

Sie traute Marios Herzen und war überzeugt, dass er sich in all den vielen Jahren nicht grundlegend geändert hatte, denn seine Träume waren in seine Seele verwoben. Seinem Kopf aber traute sie nicht. Er war ein Idealist, der dazu neigte, die Welt so zu sehen, wie er sie gern gehabt hätte. Er hatte nicht zugelassen, dass die Erfahrung seine Hoffnung zuschanden werden ließ, und er hatte nicht lernen wollen, sich an der Wirklichkeit zu orientieren.

Sie sah in sein Gesicht, auf dem wie einst Leidenschaft und Hoffnung lagen, und folgte seinem Blick zur königlichen Loge, die an diesem Abend leer war. Wahrscheinlich gab sich der Kronprinz Genüssen hin, die eine Spur weniger ernsthaft waren als das Ringen der dem Untergang geweihten Götter in Walhall.

»Hast du mich mit Absicht in die *Götterdämmerung* eingeladen?«, fragte sie.

Etwas in ihrer Stimme ließ ihn aufhorchen. Vielleicht war es ein Hauch des Bewusstseins, dass die Zeit unerbittlich ablief. Ohne den Anflug eines Lächelns in den Augen sagte er: »Nein ... aber denkbar wäre es. Die Dämmerung äußerst fehlbarer Götter ist angebrochen, denn sie haben die ihnen gebotenen Möglichkeiten nicht genutzt, zu viel Geld verschwendet, das ihnen nicht gehörte, sich Gelder geborgt, die nicht zurückgezahlt worden sind. Anständige Menschen werden deswegen verhungern, und das erregt nicht nur die Wut der Opfer, sondern auch die der anderen Menschen. So etwas bringt Könige zu Fall.«

»Das bezweifle ich.« Sie widersprach ihm nicht gern. »Der Kronprinz ist schon so lange bis über beide Ohren verschuldet, dass die Wut nur noch sehr gedämpft ist und für das, was du angesprochen hast, nicht heiß genug brennt.«

»Das kommt auf die an, bei denen er in der Kreide steht«, sagte Mario ernsthaft. »Bankiers, Spekulanten, Menschen am Hof oder andere Reiche sind das Risiko in gewisser Weise bewusst eingegangen, und man kann sagen, dass sie ihr Schicksal verdient haben. Anders sieht es aus, wenn der Geldgeber dadurch selbst ruiniert worden ist und andere mit sich in den Abgrund reißt.«

Langsam erloschen die Lichter. Stille trat ein. Vespasia merkte es kaum.

»Und ist es wahrscheinlich, dass es dazu kommt, Mario?«

Das Orchester spielte die ersten schicksalsschweren Noten.

Sie spürte, wie sich seine Hand in der Dunkelheit sanft auf die ihre legte. Wann immer er sie berührt hatte, hatte er ihr trotz seiner Kraft nie wehgetan. Lediglich das Herz hatte er ihr gebrochen.

»Natürlich wird es geschehen«, gab er zur Antwort. »Ähnlich Wagners Göttern steuert der Kronprinz auf seine Selbstzerstörung zu und wird ganz Walhall mit sich ins Unglück reißen, Gutes wie Schlechtes. Die Menschen haben sich nie darauf verstanden, dergleichen zu verhindern. Es ist ihre Tragödie, dass sie immer erst dann zuhören wollen, wenn es zu spät ist. Diesmal aber gibt es Männer mit Weitblick und praktischem Verstand. England vernimmt als letzte der Großmächte die Klage des kleinen Mannes über die Ungerechtigkeit, aber vielleicht lernt es gerade deshalb von denen unter uns, denen es nicht gelungen ist, sich Gehör zu verschaffen – vielleicht habt ihr Engländer Erfolg damit.«

Der Vorhang hob sich und zeigte die aufwändige Kulisse. Im Schein der Bühnenbeleuchtung sah Vespasia zu Mario hin und erkannte auf seinen Zügen die Hoffnung, den Mut, es trotz aller verlorenen Schlachten erneut zu versuchen.

Fast wünschte sie um seinetwillen, seine Hoffnung würde sich erfüllen. Die Korruption des alten Systems reichte tief, war aber in vielen Fällen Bestandteil des Lebens. Sie ging auf Unwissenheit und nicht auf bewusste Bosheit zurück, auf Blindheit gegenüber dem Leben, aber nicht auf Grausamkeit. Sie konnte Charles Voiseys Argumente gegen ererbte Vorrechte verstehen, kannte jedoch die Menschennatur gut genug, um zu wissen, dass Machtmissbrauch nicht auf bestimmte Personen beschränkt ist und Könige wie kleine Leute gleichermaßen dafür anfällig sind.

»Tyrannen werden nicht geboren, sondern gemacht, mein Lieber«, sagte sie leise. »Sie nutzen jede Gelegenheit, die sich ihnen bietet, ganz gleich, welche Bezeichnung sie sich dann zulegen.«

Er lächelte. »Du hältst zu wenig vom Menschen. Du musst Vertrauen haben.«

Sie schluckte die Tränen herunter und sagte nichts dagegen.

Kapitel 11

Nach dem Abschied von Charlotte setzte Pitt seinen Weg zur Zuckersiederei fort. Der Übelkeit erregende schwere Geruch stieg ihm in die Nase und würgte ihn in der Kehle, aber nicht einmal die Vorstellung, dass er unter Umständen dort würde Nachtwache halten müssen, konnte das Glück dämpfen, das er empfand, weil er sie gesehen hatte, wenn auch nur kurz. Sie war genau so, wie er sich in den langen, einsamen Nächten an sie erinnert hatte: ihre Wärme, die Linie ihrer Wangen, ihre Lippen, vor allem aber ihr Blick, mit dem sie von ihm Abschied genommen hatte.

Er trat durch das Tor in den von hohen Gebäuden umstandenen Fabrikhof. Männer drängten links und rechts von ihm hinein. Wie fast jeden Morgen war er gekommen, um sich zu erkundigen, ob man ihn in der kommenden Nacht brauchen könne.

»Ja«, gab Billy zurück. Der Ober-Nachtwächter wirkte müde, seine blauen Augen waren stumpf und fast in den Falten seiner Haut versunken.

»Gut«, sagte Pitt und empfand Bedauern. Lieber hätte er die ganze Nacht geschlafen. »Wie geht es deiner Frau?«

Billy schüttelte den Kopf. »Schlecht«, sagte er und bemühte sich zu lächeln.

»Das tut mir Leid.« Pitt meinte es ehrlich. Er fragte jedes Mal und bekam unterschiedliche Antworten. Beiden war klar, dass es mit ihr zu Ende ging. Pitt blieb noch eine Weile und redete mit dem Mann. Billy war einsam und freute sich, wenn sich eine mitfühlende Seele seine Kümmernisse anhörte.

Anschließend eilte Pitt mit Verspätung zu Sauls Seidenweberei. Auch bei seinem ersten Botengang verspätete er sich, weil ein Fuhrwerk seine aus Fässern bestehende Ladung verloren hatte und er dem Lastkutscher beim Wiederaufladen half. Die Freude, die er nach wie vor empfand, ließ ihn die grauen Straßen, die Wut und die Angst um ihn herum nicht wahrnehmen.

Am Abend kehrte er früh in die Heneagle Street zurück. Isaak war noch nicht zu Hause, und Lea machte sich in der Küche zu schaffen.

»Sind Sie das?«, rief sie, als sie seine Schritte auf den untersten Treppenstufen hörte.

Er nahm den kräftigen Geruch aus der Küche wahr, in dem der Duft verschiedener Kräuter lag. Inzwischen hatte er die ungewohnte Kost zu schätzen gelernt.

»Ja«, gab er zur Antwort. »Wie geht es Ihnen?«

Sie antwortete auf Fragen nie direkt. »Haben Sie Hunger? Sie sollten mehr essen ... und nicht immer noch spät nachts in der Fabrik arbeiten. Das ist nicht gut für Sie.«

Er lächelte. »Ja, ich habe Hunger, und heute habe ich die Frühwache.«

»Dann kommen Sie am besten gleich und essen etwas!«

Er ging nach oben, um sich Hände und Gesicht zu waschen. Auf der Kommode lag seine frisch gewaschene Wäsche. Er nahm das oberste Hemd zur Hand und sah, dass Lea die verschlissenen Manschetten gewendet hatte.

Eine Welle des Heimwehs überflutete ihn. Einen Augenblick lang war es so überwältigend, dass er den Raum um sich herum fast nicht wahrnahm. Es war eine einfache häusliche Aufgabe, wie Charlotte sie ständig ausführte. Er hatte gesehen, wie sie ganze Abende damit zugebracht hatte, Kleidungsstücke zu flicken, Kragen oder Manschetten zu wenden, wobei die in winzigen Stichen durch den Stoff hin und her eilende Nadel leise gegen den Fingerhut stieß und silberne Lichtreflexe darauf zauberte.

Dann übermannte ihn namenloser Zorn. Niemand fragte all die Frauen wie Lea Karansky, ob sie eine Revolution wollten oder welchen Preis sie für die Vorstellung anderer von Gesellschaftsreform und Gerechtigkeit zu zahlen bereit waren. Vielleicht wollten sie nichts weiter, als ihre Angehörigen abends in der Sicherheit des eigenen Heims zu wissen und genug Geld, um ihnen etwas Anständiges zum Essen vorsetzen zu können.

Es war Pitt klar, wie viel Zeit es Lea gekostet hatte, sein Hemd zu flicken. Er musste ihr danken, ihr zeigen, dass ihm ihre Freundlichkeit bewusst war, vielleicht mit ihr über etwas Interessantes reden. Oder besser noch, ihr aufmerksam zuhören.

Nach dem Abendessen ging er hinüber zur Zuckersiederei. Auf seinen Zügen lag ein Lächeln der Erinnerung an das, was ihm Lea berichtet hatte. Gerade, als er in den Fabrikhof trat, kam Wally Edwards, mit dem er gemeinsam Wache halten sollte.

»Ach, du wieder!«, sagte Wally fröhlich. »Was tust du eigentlich mit dem vielen Geld? Tagsüber Seide und nachts Zucker – ich kann dir flüstern, dass irgendjemand von deiner Arbeit herrlich und in Freuden lebt.«

»Ja, ich – später mal!«, sagte Pitt augenzwinkernd.

Wally lachte. »Ich hab da 'ne schöne Geschichte über 'nen Kerzenzieher und 'ne alte Frau gehört.« Ohne auf eine Reaktion zu warten, erzählte er sie genussvoll und in allen Einzelheiten.

Eine Viertelstunde später machte Pitt seine erste Runde in seinem Revier, während Wally, noch immer leise in sich hineinlachend, in die Gegenrichtung ging. Nachts arbeitete nur eine Rumpfbelegschaft, die dafür sorgen musste, dass das Feuer unter den Kesseln nicht ausging. Pitt sah in alle Räume, stieg die schmalen Treppen empor. Da die Fenster winzig waren, wirkte das Gebäude bei Tag von außen fast blind. Jetzt wurden sie durch überall brennende Gaslampen erhellt, deren Flammen sorgsam gehütet werden mussten, denn die Rohmasse des Zuckers war hochentzündlich.

In jedem der Räume, durch die er kam, standen große und kleine Bottiche, riesige Kessel und große flache Sudpfannen. Die wenigen Männer, die dort arbeiteten, sahen sich zu ihm um, er sprach einige Worte mit ihnen und ging weiter. Überall lag der Geruch nach fauliger Süße in der Luft. Es kam ihm vor, als werde er ihn nie mehr aus seinen Haaren und seiner Kleidung bekommen.

Eine halbe Stunde später meldete er sich bei Wally. Sie hatten ihren Wasserkessel auf die im Hof brennende Kohlenpfanne gestellt. Auf Fässern sitzend, in denen der Rohzucker von den Westindischen Inseln kam, nahmen sie winzige Schlucke von ihrem Tee, bis er kühl genug war, um ihn richtig zu trinken. Sie erzählten einander lange Geschichten und Witze, die nicht immer sonderlich lustig waren. Darauf aber kam es nicht an; wichtig war die Kameradschaft.

Ein- oder zweimal regte sich etwas im Schatten. Beim ersten Mal ging Wally hin und kam mit der Meldung zurück, es müsse wohl eine Katze gewesen sein. Beim zweiten Mal sah Pitt nach. Einer der Arbeiter, der hinter einem Fässerstapel lag, hatte sich im Schlaf bewegt, wobei ein Fass über das Pflaster gerollt war.

Wieder und wieder machten sie ihre Runde.

Einmal sah Pitt einen Mann davongehen, den er nicht kannte. Er schien älter zu sein als die meisten der Arbeiter, doch ließ das Leben in Spitalfields die Menschen früh altern. Pitt fiel sein kräftig geschnittenes Gesicht von dunklem Teint auf. Der Mann hielt den Blick abgewandt. Als er kurz die Hand wie zum Gruß hob, brach sich das Licht einen flüchtigen Augenblick lang in einem Ring mit einem dunklen Stein. Pitt kehrte in den Hof zurück zu Wally, der wieder den Kessel aufgesetzt hatte.

»Gehen um diese Zeit viele Männer nach Hause?«, erkundigte er sich.

Wally zuckte die Achseln. »'n paar. Is zwar 'n bisschen früh, aber wenn se blei'm, dankt's ihnen auch keiner. Wahrscheinlich will er nach Hause, sich in die Falle hauen. Von mir aus soll er. Ich wär jetzt auch gern in mei'm Bett«, sagte er und nahm den Kessel vom Feuer. »Hab ich dir eigentlich schon mal erzählt, wie ich auf'm Kanal nach Manchester gefahren bin?« Ohne auf Pitts Antwort zu warten, begann er zu erzählen.

Der Mann mit dem Ring ging Pitt nicht aus dem Kopf. Zwei Stunden später sah er bei seiner nächsten Runde im obersten Stockwerk am Ende des Ganges die Tür zu Sissons' Kontor einen Spalt weit offen stehen. Es kam ihm vor, als sei sie bei der vorigen Runde geschlossen gewesen. Hatte sich etwa einer der Arbeiter darin zu schaffen gemacht?

Er stieß die Tür auf und hob seine Blendlaterne. Aus den Fenstern des Raumes, der größer war als die anderen, sah er von der Höhe des sechsten Stocks herab über die Dächer hinweg im schwachen Schimmer des allmählich heraufdämmernden Morgens einen silbrigen Schein. Dort war Süden, dort floss die Themse.

Mit nach wie vor erhobener Laterne sah er sich aufmerksam um.

Sissons saß zusammengesunken an seinem Schreibtisch, sein Gesicht lag auf der polierten Tischplatte. In seiner rechten Hand hielt er eine Pistole. Auf dem Holz des Tisches und dem Leder der Schreibunterlage sah man Blut. Grellweiß und von keinem Blutstropfen berührt lag ein Blatt Papier vor ihm. Das Tintenfass stand rechts in seiner kleinen Vertiefung, der Gänsekiel steckte in seinem Halter, das Federmesser lag daneben.

Mit unbehaglichem Gefühl trat Pitt die zwei Schritte zu Sissons, wobei er sorgfältig darauf achtete, dass alles so blieb, wie es war. Auf dem Boden sah er weder Fußabdrücke noch Blut. Er berührte Sissons' Wange. Sie war fast kalt. Er war wohl schon seit zwei oder drei Stunden tot.

Er drehte sich um und las, was in ordentlicher Buchhalterschrift auf dem Blatt stand.

Obwohl ich alles getan habe, was ich konnte, habe ich versagt. Man hat mich gewarnt, aber ich habe nicht darauf gehört. In meiner Torheit nahm ich an, ein Prinz von Geblüt, der Thronerbe Englands und damit eines Viertels der Welt, würde sein Wort halten. Ich habe ihm Geld geliehen, alles, was ich auftreiben konnte, zu minimalen Zinsen und zu einem bestimmten Zeitpunkt zurückzahlbar. Ich war überzeugt, damit einem Mann aus seiner finanziellen Verlegenheit helfen und gleichzeitig einen kleinen Ertrag erwirtschaften zu können, den ich zum Nutzen meiner Arbeiter in das Unternehmen investieren wollte.

Wie blind ich war! Er hat bestritten, je Geld bekommen zu haben, und ich bin am Ende. Man wird mir die Fabriken nehmen, tausendfünfhundert Männer werden ihre Arbeit verlieren, und alle, die von ihnen abhängen, sind gleich ihnen dem

Untergang geweiht. Das ist meine Schuld, denn ich habe einem Menschen vertraut, der die Bezeichnung Ehrenmann nicht verdient. Ich kann unmöglich weiterleben, kann den Männern nicht ins Gesicht sehen, deren Leben ich zugrunde gerichtet habe.

Mir bleibt nur ein einziger Ausweg. Gott möge mir verzeihen.

James Sissons

Neben dem Brief lag ein Schuldschein über zwanzigtausend Pfund. Er trug die Unterschrift des Kronprinzen. Die beiden Blätter verschwammen vor Pitts Augen. Der Raum schien um ihn zu schwanken, als befände er sich auf hoher See. Er stützte sich auf den Schreibtisch. Niemand konnte Sissons noch helfen. Wenn zu Arbeitsbeginn der erste Angestellte kam, seinen Arbeitgeber und neben ihm den Brief und den Schuldschein fand, würde das größeren Schaden anrichten als ein halbes Dutzend Dynamitladungen. Ein nicht zurückgezahltes Darlehen an den Kronprinzen, damit dieser Wein trinken, seinen Rennstall finanzieren und seinen Mätressen teure Geschenke machen konnte, während hier in Spitalfields eintausendfünfhundert Familien an den Bettelstab gebracht wurden! Läden würden schließen, Geschäftsleute Bankrott machen, Häuser würden mit Brettern vernagelt und Menschen müssten auf der Straße leben.

Es würde zu Aufständen kommen, im Vergleich mit denen der Blutige Sonntag vom Trafalgar Square wie eine Balgerei auf einem Kinderspielplatz aussähe. Was im Osten Londons geschehen würde, ließe sich nur mit einem Vulkanausbruch vergleichen.

Und wenn Remus das letzte Glied der Kette in die Hände bekam, das er brauchte, um zu beweisen, dass der Mörder von Whitechapel im Dienst der Krone gestanden hatte, würde es niemanden interessieren, ob die Königin, der Kronprinz oder wer auch immer davon gewusst oder es gewünscht hatte – es würde eine Revolution geben. Die Volkswut würde die alte Ordnung auf immer hinwegfegen, eine Schreckensherrschaft an ihre Stelle treten, und alles würde zerstört, Gutes wie Schlechtes.

Als Erstes würde das Rechtswesen leiden: Gesetze, die unterdrückten, wie auch solche, die allen den gleichen Schutz gewährten. Danach gäbe es kein Halten mehr. Niemand würde sich durch sein Gewissen von Gewalttaten abhalten lassen.

Pitt griff nach dem Brief. Wenn er ihn zerriss, würde niemand je erfahren, was der Hintergrund von Sissons Tod war. Wenn er ihm die Waffe fortnahm, sie verschwinden ließ, indem er sie in einen der Sirupbottiche warf, sähe es nach Mord aus. Die Polizei würde den Täter nie finden, denn es gab keinen.

Diese Seite der Verschwörung also ließ sich unterdrücken. In Spitalfields brauchte man nicht einmal dann Unruhen zu befürchten, wenn Remus seine Geschichte veröffentlichen sollte. Hier würde sich der Volkszorn gegen Sissons richten, nicht gegen den Thron.

Wollte Pitt das? Seine Hand verharrte über dem Blatt. Angenommen, der Kronprinz hatte Geld geborgt, um seiner Verschwendungssucht zu frönen, und war nicht einmal um den Preis zur Zurückzahlung bereit, dass tausende von Menschen ins Elend gestürzt wurden. Dann verdiente er es, davongejagt und seiner sämtlichen Vorrechte entkleidet zu werden, selbst wenn er dadurch vergleichsweise so mittellos dastünde wie es die Menschen in Spitalfields jetzt schon waren. Sogar wenn er in ein anderes Land fliehen musste, wäre sein Schicksal nicht schrecklicher als das vieler anderer Menschen. Er würde als Fremder einen neuen Anfang machen müssen, ganz wie das Isaak und Lea Karansky und zehntausende ihresgleichen getan hatten. Wenn man es recht bedachte, war letzten Endes ein Menschenleben wie das andere.

Welche Gerechtigkeit läge darin, wenn Pitt diese beispiellose Selbstsucht und schändliche Verantwortungslosigkeit nur deshalb deckte, weil es sich um den Thronerben des Landes handelte? Durch ein solches Verhalten würde er sich mitschuldig machen.

Wenn er es aber unterließ, würde der Strudel der Gewalttätigkeit, die dann ausbrechen würde, zahllose Menschen, die keinerlei Mitspracherecht besaßen, mitreißen; sie würden Opfer einer Zerstörungswut, die möglicherweise eine ganze Generation lang eine Spur von Armut und Elend hinter sich ließe.

In Pitts Gedanken herrschte Aufruhr. Alles, wofür er je gelebt hatte, sprach dagegen, die Wahrheit zu unterdrücken. Doch noch während er daran dachte, schloss sich seine Hand über dem Blatt. Er zerknüllte es, glättete es dann wieder und zerriss es in winzige Schnipsel. Ohne zu wissen, warum, schob er sich den Schuldschein unter das Hemd.

Er zitterte. Kalter Schweiß bedeckte seine Haut. Er hatte sich entschieden, jetzt gab es kein Zurück mehr.

Damit sich Sissons' Tod glaubwürdig als Mord darstellen ließ, musste er dafür sorgen, dass es im Raum dementsprechend aussah. Er hatte oft genug an der Aufklärung von Mordfällen mitgewirkt, um zu wissen, worauf die Polizei achten würde. Sissons war seit mindestens zwei oder drei Stunden tot. Pitt brauchte nicht zu befürchten, dass man ihn verdächtigen würde. Am besten tarnte er das Ganze als Raubüberfall, dann kam ein möglichst großer Personenkreis als Täter infrage. Sofern die Polizei den Eindruck gewann, es handele sich um eine Tat, die auf Hass oder Rache zurückging, würde sie ihn unter Sissons' Bekannten suchen.

Befand sich Geld im Kontor? Zumindest musste der Zustand des Raumes den Anschein erwecken, als hätte jemand danach gesucht, und zwar schnell und entschlossen. Pitt hielt sich schon viel zu lange dort auf. Das durfte keinesfalls jemand merken, denn in einem Fall wie diesem würde jeder normale Mensch unverzüglich Alarm schlagen.

Er riss die Schubladen aus dem Schreibtisch, leerte sie auf dem Boden aus und ließ dann die Akten folgen. Er fand einen geringen Geldbetrag, brachte es aber nicht über sich, ihn einzustecken. Stattdessen legte er das Geld unter eine der Schubladen und schob sie wieder an Ort und Stelle. Es war keine ideale Lösung, aber er musste sich damit zufrieden geben.

Rasch blätterte er einige andere Papiere durch, um zu sehen, ob es weitere Hinweise auf das Darlehen an den Prinzen gab. Es sah ganz so aus, als hätte alles mit der Zuckersiederei und deren Verwaltung zu tun – es waren Aufträge und Quittungen sowie einige Vertragsentwürfe. Ein Brief erregte seine Aufmerksamkeit, denn er kannte die Handschrift. Während er ihn rasch las, überlief ihn ein Kälteschauer.

Mein lieber Freund,

Sie bringen unserer Sache ein äußerst edelmütiges Opfer. Ich kann gar nicht sagen, wie sehr Sie in unserem Kreis bewundert werden. Wenn Sie der Hand eines bestimmten Menschen zum Opfer fallen, wird das einen Brand entzünden, der sich nie löschen lässt. Man wird seinen Schein in ganz Europa sehen und Ihren Namen voll Ehrfurcht auf immer als den eines Helden des Volkes im Gedächtnis bewahren.

Noch dann, wenn Gewalttaten und Tod längst vergessen sind, werden Friede und Wohlstand der einfachen Menschen späterer Generationen Ihr Denkmal sein.

In tiefster Ehrerbietung

Ihr

Die Unterschrift war so unleserlich, dass sie für jeden beliebigen Namen stehen konnte. Blitzartig war Pitt aufgegangen, dass der Verfasser von Sissons' Ruin und wohl auch von seinem bevorstehenden Tod gewusst hatte. Die Formulierung ließ das trotz ihrer Mehrdeutigkeit vermuten.

Auch diesen Brief musste er sofort vernichten. Schon hörte er Schritte im Gang vor der Tür. Er war zu lange fortgeblieben. Bestimmt wollte Wally nachsehen, ob alles in Ordnung war.

Er riss den Brief in Stücke. Um ihn verschwinden zu lassen, blieb keine Zeit mehr, aber zumindest würde man ihn nicht lesen können. Er musste unbedingt eine Möglichkeit finden, die Reste beider Briefe und die Waffe in einen der Bottiche zu werfen.

Auf dem Weg zur Tür fiel ihm ein, woher er die Handschrift kannte. Als ihm die volle Bedeutung dessen aufging, was er da gesehen hatte, geriet er ins Stolpern und stieß gegen den Schreibtisch. Er hatte die Handschrift während der Untersuchung von Martin Fetters' Tod gesehen – sie gehörte John Adinett!

Benommen blieb er einen Augenblick stocksteif stehen. Das Bein, mit dem er an die Tischkante gestoßen war, schmerzte, doch das merkte er kaum.

Wallys Schritte waren unmittelbar vor der Tür zu hören.

Adinett hatte also den Plan gekannt und Sissons wegen seiner Märtyrerrolle in den höchsten Tönen gelobt. Damit war klar, dass er alles andere als der Monarchist war, für den man ihn gehalten hatte – doch warum hatte er dann Martin Fetters getötet?

Die Tür ging auf, und Wally steckte den Kopf herein. Die Laterne in seiner Hand, deren Lichtschein nach oben fiel, ließ sein Gesicht geisterhaft wirken. »Alles in Ordnung, Tom?«, fragte er besorgt.

»Sissons ist tot«, gab Pitt zur Antwort. Er hörte überrascht, wie heiser seine Stimme klang, und merkte, dass seine Hände zitterten. »Sieht ganz so aus, wie wenn ihn jemand erschossen hätte. Ich hol die Polizei. Du bleibst am besten hier und siehst zu, dass sonst keiner reinkommt.«

»Erschossen!«, entfuhr es Wally. »Warum denn bloß?« Er sah zu der Gestalt hinüber, die reglos auf dem Schreibtisch lag. »Großer Gott! Armer Kerl. Und was passiert jetzt?« Pitt hörte seine Besorgnis nicht nur am Klang der Stimme, er sah sie auch auf seinem entsetzten Gesicht.

Die Pistole und die Fetzen der beiden Briefe brannten förmlich in seiner Tasche.

»Keine Ahnung, aber wir sollten besser sofort die Polizei holen.«

»Die sagen bestimmt, dass wir das waren!«, entfuhr es Wally voll panischer Angst.

»Bestimmt nicht«, beruhigte ihn Pitt, obwohl auch er das befürchtete. »Wir haben gar keine Wahl.« Er ging an Wally vorüber zur Tür hinaus und hielt seine Laterne hoch, damit er etwas sehen konnte. Sobald er an einem unbeaufsichtigten Bottich vorüberkam, musste er sich der Pistole entledigen.

Im ersten Raum machte sich ein Arbeiter zu schaffen, der teilnahmslos den Blick hob, und im zweiten war es ebenso. Im nächsten Raum hielt sich niemand auf, und Pitt hob den Deckel des Bottichs, wobei ihm der Geruch der zähen Flüssigkeit in die Nase stieg. Da die Papierfetzen darin bestimmt nicht untergehen würden, er aber auf keinen Fall wollte, dass man sie bei ihm fand, denn man konnte die Briefe mit etwas Mühe bestimmt noch zusammensetzen, musste er sie hineinrühren. So warf er die Stückchen auf die Oberfläche und rührte mit dem Pistolenlauf um, bis nichts mehr von ihnen zu sehen war. Anschließend ließ er die Pistole folgen und sah zu, wie sie langsam sank.

Sobald nichts mehr von ihr zu sehen war, kehrte er in den langen Korridor zurück und eilte nach unten. Er verließ das Gelände durch das Tor und ging durch die Brick Lane in Richtung Whitechapel High Street. Inzwischen hatte sich die Dämmerung über den Himmel ausgebreitet, doch würde es noch eine Weile dauern, bis es hell wurde. Die Straßenlaternen leuchteten wie sterbende Monde am Rande des Gehwegs und warfen bleiche Lichtflecken auf nasse Pflastersteine.

Gleich um die Ecke stieß er auf einen Streifenpolizisten.

»He! Wen haben wir denn hier?«, sagte der Mann und vertrat Pitt den Weg. Er konnte nur seinen Umriss erkennen, weil sie zwischen zwei Straßenlaternen standen, aber er war sehr groß und wirkte in seinem Umhang und mit seinem Helm ausgesprochen massig. Zum ersten Mal im Leben hatte Pitt Angst vor einem Polizeibeamten, und er fühlte sich elend.

»Jemand hat auf Mr. Sissons geschossen«, stieß er mit keuchendem Atem hervor. »Oben in seinem Kontor, in der Fabrik in der Brick Lane.«

»Geschossen?«, fragte der Beamte. »Sind Sie sicher? Is er schwer verletzt?«

»Er ist tot.«

Einen Augenblick war der Mann so verblüfft, dass er nichts sagte, doch fasste er sich rasch. »Dann muss jemand auf die Wache und Inspektor Harper Bescheid sagen. Wer sind Sie, und wie ha'm Sie Mr. Sissons gefunden? Gehören Sie zur Nachtwache?«

»Ja. Mein Name ist Thomas Pitt. Wally Edwards ist bei ihm. Er ist der andere Nachtwächter.«

»Aha. Wissen Sie, wo die Wache von Whitechapel is?«

»Ja. Soll ich den Leuten da Bescheid sagen?«

»Ja. Sagen Sie, Wachtmeister Jenkins hat Sie geschickt, und ge'm Sie zu Protokoll, was Sie in der Fabrik gesehen ha'm. Ich geh da jetzt gleich hin. Verstanden?«

»Ja.«

»Also los.«

Pitt gehorchte und rannte in Richtung Whitechapel davon.

Eine knappe Stunde später war er zurück in der Zuckersiederei, diesmal in einem der anderen ziemlich großen Räume im obersten Stockwerk, wo nun Inspektor Harper die Untersuchung leitete. Harper war mittelgroß, hatte ein stumpfes Gesicht und ein eckiges Kinn. Wachtmeister Jenkins stand an der Tür, Pitt und Wally in der Mitte des Raumes. Das Licht des frühen Morgens schien trüb durch den Rauch der vielen Schornsteine, während man in der Ferne die Sonnenstrahlen auf dem Wasser der Themse tanzen sah.

»Also ... wie heißen Sie?«, begann Harper. »Berichten Sie genau, was Sie gesehen und was Sie getan haben.« Er verzog finster das Gesicht. »Vor allem interessiert mich, was Sie in Mr. Sissons' Privatkontor zu suchen hatten. Es gehört doch wohl nicht zu Ihren Aufgaben, dort hineinzugehen, oder?«

»Die Tür stand offen«, gab Pitt zur Antwort. Seine Hände waren feucht und steif. »Normalerweise ist die Tür zu. Ich dachte, dass etwas nicht in Ordnung wäre.«

»Schon gut, schon gut, Mann! Was also haben Sie genau gesehen?«

Pitt hatte sich innerlich sorgfältig vorbereitet und wiederholte, was er dem wachhabenden Beamten in Whitechapel bereits gesagt hatte.

»Mr. Sissons lag mit dem Oberkörper auf dem Schreibtisch, und ich konnte eine Blutlache sehen, sodass mir gleich klar war, dass er nicht schlief. Einige Schubladen standen halb offen. Sonst war niemand im Raum, und die Fenster waren zu.«

»Warum sagen Sie das? Was für eine Rolle spielt das?«, wollte Harper wissen. »Wir sind hier im sechsten Stock!«

Pitt merkte, dass er rot wurde. Auf keinen Fall durfte er zu rasch reagieren. Schließlich war er Nachtwächter und nicht Polizei-Oberinspektor.

»Keine. Ist mir nur aufgefallen.«

»Haben Sie etwas angefasst?«

»Nein.«

»Sind Sie sicher?« Harper sah ihn scharf an.

»Ja, ganz sicher.«

Harper machte ein misstrauisches Gesicht. »Nun, erschossen hat man ihn mit einer Faustfeuerwaffe – wo ist die?«

Schreckerfüllt merkte Pitt, dass Harper damit die Möglichkeit andeutete, dass Pitt sie an sich genommen hatte. Er spürte, wie ihm das Schuldbewusstsein heiß ins Gesicht stieg. Mit einem Mal ging ihm auf, wie sich andere beim Verhör durch ihn gefühlt haben mussten – Männer, die möglicherweise die Tat nicht begangen hatten, aber andere Geheimnisse zu verbergen hatten.

»Ich weiß es nicht«, sagte er, so ruhig er konnte. »Vermutlich hat der, der ihn erschossen hat, sie wieder mitgenommen.«

»Und wer könnte das Ihrer Ansicht nach sein?«, fuhr Harper fort, die blassblauen Augen auf ihn gerichtet. »Sind nicht Sie beide die Nachtwache? Wer ist gekommen und gegangen? Oder wollen Sie damit sagen, dass es einer der Männer war, die hier arbeiten?«

»Nein!« Wally tat zum ersten Mal den Mund auf. »Warum sollte einer von uns das tun?«

»Gewiss, mit klarem Verstand betrachtet, gibt es keinen Grund dafür«, gab Harper zur Antwort. »Höchstwahrscheinlich hat er sich selbst erschossen, und Mr. Pitt hat geglaubt, er könnte ein kleines Andenken mitnehmen. Die Waffe vielleicht für ein paar Shilling verkaufen. War es eine gute Pistole?«

Verblüfft sah ihn Pitt an. In diesem Augenblick wurde ihm voll Entsetzen klar, dass Harper von vornherein gewusst hatte, was er vorfinden würde. Der Mann gehörte dem Inneren Kreis an und wollte unbedingt Sissons' Tod als Selbstmord hinstellen, ganz gleich, was Pitt getan haben mochte. Pitts Kehle zog sich zusammen, sein Mund war wie ausgedörrt.

Harper lächelte überlegen, ganz Herr der Situation.

Jenkins sagte unsicher: »Wir ha'm keine Beweise dafür, Sir.«

»Aber auch keine dagegen«, sagte Harper scharf, ohne den Blick von Pitt zu lösen. »Wir wollen doch mal sehen, was sich findet, wenn wir uns da näher umschauen, was?«

Wally schüttelte den Kopf. »Sie haben keinen Grund zu sagen, dass Tom die Pistole genommen hat.« Zwar hörte man Angst in seiner Stimme, aber sein Gesicht war starr. »Un Mr. Sissons hat sich nie im Leben selbst umgebracht. Der Schuss is in die rechte Schläfe gegangen, wie wenn er Rechtshänder wär, und das war er auch. Aber seine rechten Finger waren gebrochen und eine Sehne kaputt. Er konnte sie nich krumm machen. Also hätte er mit der Hand auch keine Pistole abfeuern können. Lassen Sie sich 'nen Arzt das ansehen, der sagt Ihnen genau dasselbe.«

Harper war verwirrt und verärgert. Er wandte sich an Jenkins, stieß aber nur auf einen Blick stummer Aufsässigkeit.

»Nun«, sagte er aufgebracht und sah beiseite. »Dann müssen wir eben feststellen, wer sich an unseren beiden aufmerksamen Nachtwächtern vorbeigeschlichen und ihren Arbeitgeber umgebracht hat, was?«

»Ja, Sir!«, sagten beide.

Den Rest des Vormittags brachte Harper damit zu, nicht nur Wally und Pitt nach allen Einzelheiten ihrer Nachtwache zu befragen, sondern auch die Männer der Nachtschicht und viele der Angestellten, die inzwischen zur Arbeit gekommen waren.

Pitt verschwieg ihm, dass er jemanden das Gelände hatte verlassen sehen. Zuerst geschah es mehr aus Instinkt als aus bestimmten Gründen. Noch vierundzwanzig Stunden vorher hätte er nicht geglaubt, er könne einen Polizeibeamten bewusst hintergehen, aber hier bewegte er sich in einer neuen Welt und merkte voll Staunen, dass er in den letzten Wochen Menschen wie Wally Edwards, Saul, Isaak Karansky und den anderen gewöhnlichen Männern und Frauen von Spitalfields ähnlich geworden war, die dem Gesetz nicht trauten, das sie nur selten schützte und dessen Vertretern es nicht gelungen war, den Mörder von Whitechapel zu fassen. Inzwischen schenkte er dem Glauben, was ihm Tellman über die Untersuchung der Fälle gesagt hatte. Er fand es nicht mehr undenkbar, dass Abberline und der stellvertretende Polizeipräsident Warren mit in die Verschwörung verwickelt waren, deren Ausläufer bis zum Thron selbst emporzureichen schienen.

Dahinter aber standen andere Verschwörer als jene, die James Sissons ermordet und dafür gesorgt hatten, dass es so aussah wie ein Selbstmord, und die Lyndon Remus Informationen zuspielten, als deren Ergebnis letztlich der größte Skandal der Geschichte der englischen Monarchie enthüllt und damit die Regierung und die Krone selbst zu Fall gebracht würden.

Jener zweiten Verschwörung gehörte Harper an, dessen war Pitt sicher, und daher brachte er es nicht fertig, ihm mehr zu sagen, als unbedingt nötig war.

Außerdem passte, wie ihm bald aufging, die Beschreibung, die er von der nächtlichen Gestalt liefern konnte, ohne weiteres auf viele Männer, die er kannte: auf Saul, Isaak oder ein Dutzend andere der älteren Männer. Vielleicht wäre Harper nichts lieber, als diesen Vorwand zu nutzen, um die antisemitische Stimmung zu schüren. Wenn er die Schuld für den Untergang der Zuckersiederei den Juden zuschieben konnte, würde das bestens zu seinen Absichten passen. Zwar war das nicht ganz so wirkungsvoll, als wenn man den Kronprinzen als Verantwortlichen hinstellte, aber besser als nichts war es allemal.

Pitt behielt mit seiner Vermutung Recht. Als er gegen Mittag gehen durfte, war klar, dass Harper den Befragten so lange Antworten nahe gelegt und schließlich umformuliert hatte, bis sich aus den Aussagen dreier Angehöriger der Nachtschicht ein eindeutig beobachteter Eindringling herausgeschält hatte: ein schlanker Mann von dunklem Teint und jüdischem Aussehen. Der Gegenstand in seiner Hand, auf dem Licht schimmerte, hätte ohne weiteres ein Pistolenlauf sein können. Er hatte sich auf leisen Sohlen nach oben geschlichen, war nach einer Weile wieder unten aufgetaucht und in der Dunkelheit verschwunden.

Pitt fühlte sich elender und hilfloser denn je zuvor im Leben. Seine Vorstellung vom Gesetz und alles, woran er glaubte, schienen plötzlich unterminiert. Korruption hatte er auch früher schon erlebt, aber das waren Einzelfälle gewesen, bei denen die Triebfeder Habgier oder die Ausbeutung der Schwächen anderer gewesen war. Doch ein solches Krebsgeschwür, das lautlos und ungesehen nicht nur in den Reihen jener um sich gegriffen hatte, die das Recht schufen und verwalteten, sondern sogar auch unter jenen, deren Aufgabe es war, ihm Geltung zu verschaffen, war ihm neu. Es gab keine Zuflucht, niemanden, an den sich ein Opfer um Hilfe wenden konnte.

Während er durch die Brick Lane der Heneagle Street entgegen strebte, merkte er, dass ihn eine tief sitzende Angst erfasst hatte. Dies Gefühl quälte ihn zum ersten Mal seit seinen Kindertagen, als man seinen Vater fortgebracht und er begriffen hatte, dass es keine Instanz gab, die ihn retten konnte, niemanden, der helfen würde. Und auch er selbst hatte nichts bewirken können; sie würden einander nie wiedersehen.

Fast hatte er vergessen, wie entsetzlich dies Gefühl gewesen war, wie bitter die Enttäuschung und die Einsamkeit, die einen Menschen erfassten, wenn er merkte, dass er ans Ende seines Weges gekommen war. Es gab nichts außer dem, was er selbst tun konnte.

Inzwischen aber war er kein Kind mehr, sondern ein Mann. Er konnte und würde etwas dagegen unternehmen! Er änderte die Richtung und ging der Lake Street entgegen, wobei er den Schritt beschleunigte.

Sofern Narraway nicht da war, würde er den Flickschuster auffordern, nach ihm zu schicken. Er würde Narraway zwingen, Farbe zu bekennen, würde zumindest merken, auf welcher Seite dieser stand. Viel hatte er nicht mehr zu verlieren, und falls Remus mit seinen Bemühungen Erfolg hatte, würde ohnehin niemandem mehr etwas bleiben.

Er überquerte die Straße und kam an einem Zeitungsjungen vorüber, der die Schlagzeilen ausrief. Im Unterhaus hatte der Abgeordnete McCartney angefragt, ob der Konflikt zwischen den politischen Parteien in Irland bewirken würde, dass friedliche Bürger nicht zur Abstimmung gehen konnten. Würde man sie schützen?

In Paris hatte man Ravechol anarchistischer Umtriebe für schuldig befunden und zum Tode verurteilt.

In Amerika war Mr. Grover Cleveland erneut als Präsidentschaftskandidat der Demokratischen Partei nominiert worden.

Ein Zeitungsjunge in der Lake Street hielt ein großes Plakat mit der reißerischen Mitteilung in der Hand, James Sissons sei ermordet worden und dahinter stehe eine Verschwörung, die Spitalfields zugrunde richten wolle. Die Polizei habe bereits Zeugen, die in der Zuckerfabrik einen dunkelhaarigen Mann ausländischen Aussehens beobachtet hatten, und sei jetzt auf der Suche nach ihm. Zwar wurde das Wort »Jude« nicht benutzt, doch ging aus der Beschreibung ohne weiteres hervor, dass es einer sein könnte.

Im Laden des Flickschusters hinterließ Pitt die Nachricht,

dass er sofort mit Narraway sprechen müsse. Ihm wurde mitgeteilt, er solle in einer halben Stunde wiederkommen.

Bei seiner Rückkehr wartete Narraway auf ihn. Er saß nicht wie sonst da, sondern stand in dem winzigen Zimmer, als habe er Pitt genau in dem Augenblick erwartet, in dem er eintrat, und als gestatte es seine innere Unruhe nicht, sich zu verhalten wie sonst.

»Nun?«, fragte er, kaum dass Pitt die Tür hinter sich geschlossen hatte.

Mit einem Mal war Pitt unentschlossen. Seine Hände waren kalt und feucht, sein Herz schlug heftig. Narraways Augen schienen ihn zu durchbohren, und er wusste nach wie vor nicht, ob er ihm trauen konnte.

»Sie wollten etwas, Pitt! Was?«, schnitt Narraways Stimme wie ein Messer durch seine Gedanken. Hatte auch er Angst? Er musste vom Mord an Sissons erfahren haben und würde alle Zusammenhänge verstehen. Selbst wenn er dem Inneren Kreis angehören sollte, konnte ein Aufstand nicht in seinem Sinne sein. Pitt hatte keine Möglichkeit, sich an eine andere Stelle zu wenden. Unwillkürlich kam ihm das Sprichwort in den Sinn »Wer mit dem Teufel essen will, muss einen langen Löffel haben«. Er dachte an die fünf Frauen von Whitechapel und die Kutsche, die nachts auf der Suche nach Opfern umhergefahren war. War diese Lösung besser als ein Aufstand oder gar eine Revolution?

»Um Gottes willen, Mann!«, brach es aus Narraway heraus. Seine dunklen Augen blitzten, sein Gesicht war vor Erschöpfung bleich. »Wenn Sie etwas zu sagen haben, dann tun Sie das! Verschwenden Sie meine Zeit nicht.«

Diesmal war seine Angst unübersehbar. Sie lauerte unter der Oberfläche, und Pitt spürte, dass sie wie elektrischer Strom über seine Haut lief.

»Sissons wurde nicht so getötet, wie es die Polizei annimmt.« Ihm war klar, dass er sich mit dieser Aussage ans Messer lieferte. Jetzt gab es kein Zurück mehr. »Ich habe ihn gefunden, und alles deutete auf Selbstmord hin. Er hatte eine Pistole in der Hand, und auf dem Tisch lag ein Brief, in dem er erklärte, sich das Leben genommen zu haben, weil er wegen eines Darlehens, dessen Rückzahlung man ihm verweigerte, ruiniert sei.«

»Aha. Und was ist mit diesem Brief passiert?« Narraways Stimme war leise und fast ausdruckslos.

Pitt spürte, wie sich sein Magen hob.

»Ich habe sie vernichtet.« Er schluckte. »Die Waffe habe ich ebenfalls verschwinden lassen!« Adinetts Brief oder den Schuldschein würde er auf keinen Fall erwähnen.

»Warum?«, fragte Narraway.

»Weil der Kronprinz der Darlehensschuldner war«, gab Pitt zurück.

»Ich verstehe.« Narraway fuhr sich mit der Hand über die Brauen und strich das Haar nach hinten. In dieser Handbewegung lag eine Mattigkeit und eine Tiefe des Verstehens, die Pitts Besorgnis dahinschwinden ließ. Er hatte den Eindruck, endlich zu erkennen, was für ein Mensch Narraway war.

Jetzt setzte er sich und wies auf den anderen Stuhl. »Und was ist das mit dem Juden, den man die Fabrik hat verlassen sehen?«

Pitt lächelte trübselig. »Dahinter steckt Inspektor Harpers Versuch, einen Sündenbock zu finden – allerdings lässt sich dieser nicht ganz so gut für Harper einspannen wie der Kronprinz.«

Narraway hob scharf den Blick. »Was meinen Sie damit?«

Jetzt war ihm jeder Rückweg versperrt. Er musste jede Sicherheit fahren lassen. »Harper gehört zum Inneren Kreis«, begann Pitt. »Er war auf Sissons' Tod eingestellt und hat schon darauf gewartet, dass man ihn rief. Er wollte die Sache als Selbstmord hinstellen und hat behauptet, ich hätte die Waffe gestohlen. Möglicherweise wäre er damit auch durchgekommen, wenn nicht Wally Edwards, der andere Nachtwächter, Einspruch erhoben hätte – und Wachtmeister Jenkins. Wally hat ihm klargemacht, dass Sissons wegen einer alten Verletzung gar nicht in der Lage war, sich zu erschießen: Er konnte die Finger seiner rechten Hand nicht benutzen.«

»Ich verstehe.« Narraways Stimme klang bitter. »Und darf ich all dem entnehmen, dass Sie mir jetzt trauen? Oder sind Sie so verzweifelt, dass Ihnen keine Wahl bleibt?«

Pitt war nicht bereit, weiter zu lügen. Außerdem verdiente Narraway vielleicht, dass man ihm traute. »Ich glaube nicht, dass Ihnen mehr als mir daran liegt, das East End in Flammen aufgehen zu sehen. Verzweifelt bin ich außerdem.«

Schwarzer Humor trat flüchtig in Narraways Augen. »Jetzt muss ich mich wohl bei Ihnen dafür bedanken?«

Pitt hätte ihm gern über die Morde von Whitechapel und das berichtet, was Remus wusste, aber das hieße, das Vertrauen zu weit zu treiben, und was einmal gesagt war, ließ sich nicht zurücknehmen. Also zuckte er nur die Achseln und sagte, statt eine direkte Antwort zu geben: »Können Sie erreichen, dass die Polizei die Sache keinem Unschuldigen in die Schuhe schiebt?«

Narraway stieß ein kurzes Lachen aus. Es klang spöttisch und bitter.

»Nein … kann ich nicht! Ich kann diese Leute nicht daran hindern, einem armen Juden die Schuld an Sissons' Tod zu geben, wenn sie glauben, ihre Schwierigkeiten auf diese Weise lösen zu können.« Er biss sich auf die Lippe, bis sich der Schmerz auf seinen Zügen zeigte. »Aber ich will es versuchen. Jetzt verschwinden Sie, und sehen Sie zu, was Sie selbst tun können. Noch etwas, Pitt!«

»Ja?«

»Sagen Sie niemandem, was Sie getan haben – unter keinen Umständen und ganz gleich, wer festgenommen wird. Sie würden die Sache damit nur verschlimmern, und glauben würde Ihnen ohnehin niemand. Hier geht es nicht um Wahrheit, sondern um Hunger und Angst und darum, das Wenige zu schützen, das man hat, weil es nicht genug ist, um es mit anderen zu teilen.«

»Ich weiß«, gab ihm Pitt Recht. Es ging auch um Macht und politischen Ehrgeiz, aber das sagte er nicht. Sofern Narraway es nicht wusste, war dies nicht der richtige Augenblick, ihm das mitzuteilen, und falls er es wusste, war es nicht nötig. Er ging ohne ein weiteres Wort hinaus.

Kapitel 12

Pitt fühlte sich einsamer als je zuvor. Zum ersten Mal hatte er sich bewusst außerhalb des Gesetzes gestellt. Gewiss, auch vorher hatte er schon gewusst, was Angst war, körperliche wie seelische, aber noch nie war er so zwischen verschiedenen moralischen Vorstellungen hin- und hergerissen worden, hatte noch nie so wenig gewusst, wohin er gehörte.

Er erwachte, weil er fror, und sah, dass er halb entblößt war und sich seine Laken zu einem wirren Bündel verknotet hatten. Das graue Morgenlicht fiel in den Raum. Unten konnte er Leas Schritte hören. Sie hatte Angst. Das hatte er an der Art gemerkt, wie sie ihren Blick abgewendet hatte, an der Anspannung ihrer Hände, die ungeschickter waren als sonst. Er konnte sich vorstellen, wie sie mit sorgenvollem Gesicht mechanisch in der Küche ihren morgendlichen Tätigkeiten nachging, auf Isaaks Schritte lauschte und womöglich fürchtete, dass Pitt kommen würde, vor dem sie sich verstellen müsste. Zwar war es schwer, in einer solchen Zeit der Krise Fremde im Haus zu haben, doch hatte es auch Vorteile. Sie musste das Entsetzen verbergen, das sie von innen zu verzehren drohte. Die Panik wurde hinausgezögert.

Wer auch immer Sissons getötet hatte, legte Wert darauf, das als Selbstmord hinzustellen. Pitt hatte das Beweismaterial manipuliert und sogar bewusst gelogen, damit es wie der Mord aussah, der es war. Er hatte sich entschieden, das, was er für die Wahrheit hielt, zu verbergen, um einen Aufstand zu verhindern, wenn nicht gar eine Revolution. War das etwa lächerlich?

Nein. Er spürte die Gewaltbereitschaft in der Luft, die Angst, die Wut, die schwelende Verzweiflung, die unter dem Einfluss weniger Worte zu lodernder Flamme emporschlagen konnten, wenn der richtige Mensch sie am richtigen Ort zur richtigen Zeit sagte. Wenn Dismore Lyndon Remus' Bericht über den Herzog von Clarence und die Morde von Whitechapel veröffentlichte – und nach ihm alle anderen Zeitungsverleger –, würde der Volkszorn ganz London erfassen. Dann genügte ein halbes Dutzend Männer in entsprechender Position, die dazu bereit und willens waren, die Regierung samt dem Thron zu stürzen ... Tod und Zerfall wären die Folge, und niemand könnte voraussagen, wo das enden würde.

Mit seiner Verfälschung der Wahrheit hatte Pitt den Mann hintergangen, in dessen Haus er wohnte und an dessen Tisch er sein Frühstück einnehmen würde, so wie er dort am Vortag zu Abend gegessen hatte.

Der mit dieser Erkenntnis verbundene Schmerz quälte ihn und zwang ihn aufzustehen. Er ging über den Teppich, den vermutlich Lea mit eigener Hand geknüpft hatte, zur Kommode, goss die Hälfte des Inhalts der Wasserkanne in die Schüssel, tauchte die Hände hinein und benetzte sein Gesicht.

An wen konnte er sich um Hilfe wenden? Von Cornwallis war er abgeschnitten, außerdem waren diesem mit Sicherheit die Hände gebunden. Vielleicht würde ihn jetzt sogar Tellman verachten, denn trotz allem war der Wachtmeister in tiefster Seele konservativ, befolgte streng seine eigenen Regeln, von denen er genau wusste, wie sie aussahen. Bestimmt hatten darin Lügen, die Fälschung von Beweismaterial und Irreführung der Behörden keinen Platz – ganz gleich, welchem Zweck das dienen mochte.

Hatte Pitt nicht selbst immer wieder gesagt, der Zweck heilige die Mittel keineswegs?

Er hatte Narraway zumindest einen Teil der Wahrheit anvertraut. Das machte ihm Angst, verursachte ihm tiefes Unbehagen. Und was war mit Charlotte, der gegenüber er so oft von Integrität gesprochen hatte?

Zitternd stand er eine Weile da, während er tief in Gedanken sein Rasiermesser schärfte. Sich mit kaltem Wasser zu rasieren würde schmerzen – aber die Hälfte der Menschheit rasierte sich kalt!

Was würde Charlotte in Bezug auf Sissons zu ihm sagen? Wichtiger noch, was würde sie denken? Wäre sie von ihm so enttäuscht, dass es einen Teil der Liebe, die er erst vor wenigen Tagen in ihren Augen erkannt hatte, abtöten würde? Man konnte einen Menschen wegen seiner Verletzlichkeit lieben, vielleicht fiel das sogar noch leichter, als wenn er nicht verletzlich war – aber moralische Schwäche und Täuschung waren nicht liebenswert. Was blieb, wenn das Vertrauen dahin war? Man empfand Mitleid … hielt Versprechen, weil sie gemacht worden waren … Und was war mit der Pflicht?

Was hätte sie getan, wenn sie Sissons und den Brief gefunden hätte?

Pitt sah sich in dem kleinen rechteckigen Spiegel an. Sein Gesicht sah aus wie immer, etwas müder, mit ein wenig tieferen Linien darin, aber die Augen waren wie immer und auch der Mund.

Hatte er diese Möglichkeiten stets in sich getragen? Oder lag es daran, dass sich die Welt geändert hatte?

Es würde zu nichts führen, dazustehen und immer wieder über die Dinge nachzugrübeln. Die Ereignisse würden nicht auf ihn warten, und seine unumstößliche Entscheidung hatte er bereits in jenem Augenblick in Sissons' Kontor getroffen. Jetzt musste er retten, was zu retten war.

Während er sich mit dem Rasiermesser über die Wangen fuhr, hatte sich in ihm die Erkenntnis herausgeschält, dass ihm von den wenigen Menschen, denen er traute, nur einer möglicherweise helfen konnte: Tante Vespasia. Ihrer Loyalität war er sich ebenso sicher wie ihres Mutes und – fast ebenso wichtig – ihres Zorns. Sie würde gleich ihm eine alles überwältigende Empörung bei der Vorstellung empfinden, was geschehen würde, wenn ein Aufstand im Londoner Osten losbräche und sich ausbreitete – oder wenn es gelänge, ihn niederzuschlagen und man einen Angehörigen der jüdischen Gemeinde für ein Verbrechen hängte, das er nicht begangen hatte, weil in Vorurteilen befangene und korrupte Menschen das Gesetz anwendeten.

Auch das wäre eine Art Sturz der Regierung, nur dass er tiefer ging. Nach außen hin sähe es aus, als betreffe er nur wenige Menschen, doch würden dadurch nicht letzten Endes alle korrumpiert? Sofern das Gesetz nicht zwischen Schuldlosen und Schuldigen unterschied, sondern die Machthaber sich seiner nach Belieben bedienen konnten, war es schlimmer als nutzlos. Dann war es ein Übel, das sich als etwas Gutes ausgab, bis es schließlich niemanden mehr täuschen konnte und verachtenswert wurde. Sofern es dahin kam, war nicht nur die Wirklichkeit von Recht und Gesetz dahin, sondern auch die Vorstellung beider in den Köpfen der Menschen zerstört.

Seine Rasur war nicht besonders gelungen, doch das störte ihn weiter nicht. Er wusch sich im restlichen kalten Wasser und zog sich an. Er hatte nicht das Herz, Isaak und Lea zum Frühstück gegenüberzutreten, und unter Umständen auch gar nicht die Zeit dazu. Sofern das Feigheit war, zählte es an diesem Tag als lässliche Sünde.

Er sagte hastig ›Guten Morgen‹ und verließ das Haus ohne weitere Erklärung. Eiligen Schrittes ging er durch die Brick Lane über die Whitechapel High Street bis nach Aldgate zum Bahnhof der Untergrundbahn. Ungeachtet der unpassenden Uhrzeit musste er mit Tante Vespasia sprechen.

Die Morgenzeitungen waren voller Berichte über den Mord an Sissons. Es gab sogar eine Tuschzeichnung des angeblichen Mörders. Sie stützte sich auf die Beschreibungen, die Harper den widerstrebenden Arbeitern der Nachtschicht in der Zuckersiederei und einem Mann entlockt hatte, der in der Brick Lane unterwegs gewesen war und jemanden gesehen hatte. Mit ein wenig Fantasie konnte man in dem Gesicht auf der Zeichnung Saul, Isaak oder ein Dutzend anderer Männer sehen, die Pitt kannte. Schlimmer noch als das Bild selbst war die darunter gedruckte Behauptung, der Mord habe mit einem Darlehen zu Wucherzinsen und der Weigerung zu tun, es zurückzuzahlen.

Pitt war aufgebracht und fühlte sich elend, aber ihm war klar, dass es keinen Sinn hatte, etwas dagegen sagen zu wollen. Wer

Angst vor der Armut hatte, war nicht bereit, auf die Stimme der Vernunft zu hören.

Er traf noch vor neun Uhr an Tante Vespasias Haus ein. Sie war noch nicht aufgestanden. Das Mädchen, das an die Tür kam, zeigte sich verblüfft, dass um diese Stunde überhaupt jemand kam – und dann auch noch Pitt in ungewöhnlich schäbigem Aufzug.

»Ich muss dringend mit Lady Vespasia sprechen, sobald sie bereit ist, mich zu empfangen«, sagte er ohne seine übliche Höflichkeit. Seiner Stimme war anzuhören, dass die Sache drängte.

»Ja, Sir«, sagte das Mädchen nach kurzem Zögern. »Treten Sie bitte näher. Ich werde der gnädigen Frau Mitteilung machen.«

Er dankte ihr. Nur gut, dass er schon des Öfteren dort gewesen war, sodass sie ihn kannte. Bisher hatte sich Tante Vespasia gegen keinen seiner Besuche ausgesprochen.

Während das Mädchen ging, blieb er im goldenen Frühstückszimmer stehen, aus dem der Blick in den Garten fiel.

Eine Viertelstunde später kam Vespasia in einem langen elfenbeinfarbenen Morgenmantel aus Seide herunter, das Haar in aller Eile notdürftig aufgesteckt. Auf ihren Zügen lag Besorgnis.

»Ist etwas geschehen, Thomas?«, fragte sie ohne Umschweife. Sie brauchte nicht hinzuzufügen, dass er abgezehrt aussah und ihr klar war, dass ihn kein normales Ereignis um diese Tageszeit und in seinem Zustand dort hingeführt hätte.

»Sogar eine ganze Menge«, gab er zur Antwort, schob ihr einen Stuhl zurecht und hielt ihn, während sie sich setzte. »Es ist schlimmer und gefährlicher als alles, was ich mir je habe träumen lassen.«

Sie wies auf die andere Seite des eleganten achteckigen Tisches. Ursprünglich war nur für eine Person gedeckt gewesen, aber das Mädchen, gewohnt, die Wünsche der Herrin des Hauses zu erahnen, hatte bereits ein zweites Gedeck aufgelegt.

»Dann spann mich nicht länger auf die Folter«, forderte ihn Vespasia auf und sah ihn kritisch an. »Ich vermute, dass du das auch beim Frühstück erzählen kannst?« Es war keine wirkliche

Frage. »Doch ist es wohl zu empfehlen, dass du dich zurückhältst, solange die Dienstboten im Zimmer sind.«

»Danke«, nahm er an. Allmählich löste sich die Verzweiflung ein wenig, die ihn erfüllt hatte, als er gekommen war. Überrascht erkannte er, wie nahe ihm diese bemerkenswerte alte Dame stand, die sich durch Abkunft und Lebenszuschnitt so grundlegend von ihm unterschied. Er betrachtete ihr schön geschnittenes Gesicht mit der zarten Haut, den Augen unter schweren Lidern, den feinen Linien des Alters und begriff, welchen unwiderbringlichen Verlust es auch für ihn bedeuten würde, wenn sie eines Tages nicht mehr da war. Er brachte es nicht einmal in seinen geheimsten Gedanken über sich, dabei das Wort ›tot‹ zu verwenden.

»Thomas ...«, mahnte sie.

»Hast du über den Tod des Zuckerfabrikanten Sissons gelesen?«, fragte er.

»Ja. Wie es aussieht, hat man ihn ermordet«, gab sie zur Antwort. »Die Zeitungen lassen durchblicken, dass jüdische Geldverleiher dahinter stecken. Es sollte mich wirklich wundern, wenn das stimmte. Vermutlich ist es etwas anderes, und du weißt auch schon, was.«

»Ja.« Es war nicht der richtige Zeitpunkt, mit dem, was er wusste, hinter dem Berg zu halten. »Ich habe ihn selbst gefunden. Zuerst dachte ich an Selbstmord, denn vor ihm lag ein Abschiedsbrief.« Er berichtete in knappen Worten, was darin gestanden hatte, und gab ihr dann wortlos den Schuldschein, damit sie ihn selbst las.

Sie warf einen Blick darauf, trat an ihren Sekretär und nahm eine handschriftliche Notiz heraus. Sorgfältig verglich sie beide und lächelte. »Ziemlich ähnlich«, sagte sie. »Aber nicht vollkommen gleich. Möchtest du ihn zurückhaben?«

»Vermutlich ist er bei dir besser aufgehoben«, erwiderte er und empfand zu seiner Überraschung bei diesen Worten eine gewisse Erleichterung.

Er berichtete ihr über Adinetts Brief und welche Schlussfolgerungen er daraus gezogen hatte.

Während er sprach, sah er sie aufmerksam an und merkte, dass sie betrübt und verärgert zu sein schien, aber in keiner

Weise überrascht. Dass sie seinen Worten glaubte, war ihm ein gewisser Trost.

Noch schwerer fiel es ihm, ihr zu sagen, was er getan hatte, doch das auszulassen gab es keine Möglichkeit. Es wäre unentschuldbar gewesen, jetzt persönlichen Empfindlichkeiten nachzugeben.

»Ich habe beide Briefe zerrissen und die Pistole mitgenommen und alles in einen der Zuckerbottiche geworfen«, sagte er zögernd. »Damit es wie Mord aussah.«

Sie nickte kaum wahrnehmbar. »Ich verstehe.«

Er wartete, ob sie noch mehr sagte, vielleicht erklärte, wie sehr seine Handlungsweise sie überraschte, dass sie sich davon distanzierte, aber es kam nichts. Konnte sie so gut verbergen, was sie dachte? Möglich. Vielleicht hatte sie in Laufe der Jahrzehnte so viel Verrat und Hinterlist miterlebt, dass nichts mehr sie zu entsetzen vermochte. Vielleicht aber auch hatte sie von ihm nie etwas anderes erwartet? Wie gut kannte er sie eigentlich? Warum war er so sicher gewesen, dass sie ihn für ehrenhaft hielt und alles, was er tat oder unterließ, sie nicht nur am Rande berührte?

»Du verstehst nicht«, gab er zur Antwort, wobei Schmerz und Zorn in seiner Stimme mitschwangen. »Ich habe von Wally Edwards, dem anderen Nachtwächter, erfahren, dass Sissons eine Verletzung an der rechten Hand hatte. Er wäre also gar nicht im der Lage gewesen, die Pistole abzufeuern und sich auf diese Weise das Leben zu nehmen. Ich habe dafür gesorgt, dass ein als Selbsttötung getarnter Mord wieder als Mord erschien.« Er holte tief Luft. »Außerdem glaube ich, den Täter gesehen zu haben, ahne aber nicht, wer das war. Ich weiß lediglich, dass ich ihm noch nie zuvor begegnet bin.«

Sie wartete, dass er weitersprach.

»Er war in fortgeschrittenem Alter, hatte dunkles, ins Graue spielendes Haar, einen dunklen Teint, ein schmales Gesicht und einen Siegelring mit einem dunklen Stein an der Hand. Sollte es einer der Juden aus der Gegend gewesen sein, war es einer, den ich noch nie zuvor gesehen hatte.«

Sie blieb so lange schweigend sitzen, dass er zu fürchten begann, sie habe seine Worte nicht gehört oder nicht verstanden. Er sah sie erwartungsvoll an. In ihren Augen lag unermessliche Trauer. Ihre Gedanken waren nach innen gerichtet, ohne dass er ahnte, worauf.

Er zögerte, da er nicht wusste, ob er sie unterbrechen sollte oder nicht. Fragen drängten sich in seinem Kopf. Wäre es besser gewesen, sie nicht mit dieser Geschichte zu belästigen? Erwartete er zu viel von ihr, hielt er sie für übermenschlich, und unterstellte er ihr eine seelische Kraft, die sie nicht besitzen konnte?

»Tante Vespasia ...« Dann merkte er betreten, was er gesagt hatte. Sie war nicht seine Tante, sondern die angeheiratete Tante seiner Schwägerin. Er hatte sich zu viel herausgenommen. »Ich –«

»Ich habe dich gehört, Thomas«, sagte sie ruhig. In ihrer Stimme lag weder Zorn noch Gekränktheit, lediglich Verwirrung. »Ich habe überlegt, ob es sich dabei um ein geplantes Vorgehen handelte oder ob sich jemand eine günstige Gelegenheit zunutze gemacht hat. Da ich mir nicht gut denken kann, wie es zu einer solchen Gelegenheit gekommen sein könnte, muss es sich wohl um eine Tat handeln, die geplant wurde, um das Königshaus in Verlegenheit zu bringen oder, schlimmer noch, um Unruhen zu schüren, welche die Urheber dann für ihre Zwecke ausnutzen könnten ...« Sie runzelte die Stirn. »Aber ein solches Verhalten ist ausgesprochen skrupellos. Ich ...« Sie hob kaum merklich eine Schulter. Er sah, wie schmal sie unter der Seide des Morgenmantels war, und war verblüfft über die Stärke, die sich hinter ihrer Zerbrechlichkeit verbarg.

»Da ist noch mehr«, sagte er.

»Das denke ich mir«, gab sie zurück. »Für sich allein genommen ergibt das keinen Sinn. Damit würde nichts Dauerhaftes bewirkt.«

Mit einem Mal hatte Pitt den Eindruck, als wären sie wieder Verbündete. Er schämte sich, an ihrer Großmut gezweifelt zu haben. Dann suchte er nach den richtigen Worten und teilte ihr mit, was Tellman über die tragische Geschichte Annie Crooks und des Herzogs von Clarence berichtet hatte.

Ihr Gesicht wurde noch eine Schattierung blasser, und im Licht des hellen Morgens sah man auf ihren Zügen ihre Schönheit und ihr Alter, die Leidenschaft, mit der sie im Laufe ihres Lebens alles betrachtet hatte. Die Tiefe des Empfindens und Verstehens ließ sich an ihren Augen und Lippen ablesen.

»Und wo hält sich dieser Remus zurzeit auf?«, fragte sie, als er geendet hatte.

»Das weiß ich nicht«, musste Pitt zugeben. »Vermutlich sucht er nach dem letzten fehlenden Glied in der Beweiskette. Wenn er es schon hätte, würde Dismore inzwischen die ganze Geschichte gedruckt haben.«

Vespasia schüttelte leicht den Kopf. »Nach allem, was du gesagt hast, muss ich annehmen, dass die Sache zum selben Zeitpunkt bekannt werden sollte wie Sissons' angeblicher Selbstmord. Das hast du verhindert. Möglicherweise haben wir auf diese Weise einen oder zwei Tage Aufschub erreicht.«

»Um was zu tun?«, fragte er. In seiner Stimme lag wieder ein Anflug von Verzweiflung. »Ich weiß nicht, wem ich trauen darf. Jeder kann zum Inneren Kreis gehören!« Er spürte, wie ihn die Finsternis erneut umgab, undurchdringlich und erstickend. Er wollte weiterreden, ihr das unfassliche Ausmaß des Ganzen ausmalen, sah aber keine andere Möglichkeit dazu, als dass er immer aufs Neue dieselben verzweifelten und unzulänglichen Worte wiederholte.

»Sofern der Innere Kreis hinter dieser Verschwörung steht«, sagte Vespasia fast ebenso sehr zu sich selbst wie zu ihm, »wollen die Leute die Regierung und den Thron stürzen, um selbst die Führung des Landes zu übernehmen, und das vermutlich als Republik.«

»Ja«, gab er ihr Recht. »Aber dies Wissen verhilft uns nicht dazu, sie aufzuspüren, und schon gar nicht, das zu verhindern.«

Mit leichtem Kopfschütteln erklärte sie: »Darauf will ich gar nicht hinaus, Thomas. Angenommen, der Innere Kreis will eine Republik ins Leben rufen, können das nie und nimmer die Leute sein, welche die tragische Eheschließung des Herzogs von Clarence geheim gehalten und dafür gesorgt haben, dass man fünf unglückliche Frauen getötet hat, um zu erreichen, dass die Sache auf keinen Fall ans Tageslicht kam.« Sie sah ihn mit ihren silbern glänzenden Augen unverwandt an.

»Dann gibt es also *tatsächlich* zwei Verschwörungen ...«,

flüsterte er. »Aber wer sind dann die anderen? Dahinter steckt doch nicht etwa ... das Königshaus?«

»Um Gottes willen, nein«, gab sie zur Antwort. »Zwar kann ich das nicht beschwören, aber ich denke, es sind die Freimaurer. Sie besitzen die Macht, und ihnen liegt daran, Krone und Regierung zu erhalten.«

Er versuchte, das in sich aufzunehmen. »Aber würden sie ...«

Sie lächelte kaum wahrnehmbar. »Menschen tun nahezu alles, wenn sie von einer Sache hinlänglich überzeugt sind und Eide geleistet haben, die sie nicht zu brechen wagen. Natürlich ist es ebenso gut möglich, dass diese Leute nicht das Geringste damit zu tun haben. Unter Umständen werden wir nie erfahren, wer dahinter steckt. Aber irgendjemand hat seinen Eid gebrochen oder war ungewöhnlich sorglos, und ein anderer war klüger, als sich voraussehen ließ, denn jetzt besitzt der Innere Kreis die Macht, alles zu zerschlagen – und es sieht ganz so aus, als ob er gewillt wäre, das auch zu tun.« Sie holte tief Luft. »Du bist ihnen in den Arm gefallen, Thomas, hast sie auf ihrem Weg aufgehalten, doch zweifle ich, dass sie sich geschlagen geben werden.«

»Und damit habe ich die Hälfte der Juden in Spitalfields in Gefahr gebracht und fast mit Sicherheit erreicht, dass man einen von ihnen für ein Verbrechen hängt, das er nicht begangen hat«, fügte er hinzu. Der Abscheu vor sich selbst, der in seiner Stimme lag, war ihm schon in dem Augenblick zuwider, als er ihn hörte.

Sie warf ihm einen ärgerlichen Blick zu.

»Gibt es eine Möglichkeit festzustellen, ob diese Geschichte mit Clarence der Wahrheit entspricht?«, fragte er. Er war nicht sicher, worauf er hinauswollte, doch war ihm bewusst, dass Nichtstun gleichbedeutend war mit Kapitulation.

»Ich glaube nicht, dass das noch erheblich ist«, sagte sie, während der Zorn aus ihren Augen schwand. »Möglich ist es, und ich zweifle, dass jemand sie widerlegen könnte. Mehr braucht der Innere Kreis aber auch nicht. Bei der allgemeinen Empörung, zu der es käme, wenn das bekannt würde, hätte niemand Gelegenheit, auch nur eine Sekunde lang Tatsachen abzuwägen oder zu beurteilen. Wer verhindern will, dass die

Öffentlichkeit davon erfährt, muss dafür sorgen, bevor sich irgendjemand außerhalb des Inneren Kreises darüber geäußert hat.« Der Anflug eines Lächelns legte sich auf ihre Lippen. »Ganz wie du bin ich nicht sicher, wem ich trauen kann. Infragen der Moral vermutlich niemandem. Es gibt Zeiten, in denen man allein steht, und womöglich ist dies ein solcher Augenblick. Aber ich glaube die Interessen bestimmter Menschen gut genug abschätzen zu können, um zu wissen, wie sie handeln werden, wenn sie unter Druck geraten.«

»Sei vorsichtig!« Er hatte Angst um sie. Während ihm diese Worte entschlüpften, war ihm klar, dass er sie nicht hätte sagen dürfen. Es war anmaßend von ihm, doch das war ihm jetzt einerlei.

Sie machte sich nicht die Mühe, darauf zu antworten. »Vielleicht solltest du besser zusehen, ob du etwas unternehmen kannst, um deinen jüdischen Freunden zu helfen. Ich glaube nicht, dass es sinnvoll ist, feststellen zu wollen, wer wirklich den armen Sissons umgebracht hat. Offensichtlich war Sissons von Anfang an der Betrogene und hat sich das unter Umständen bis zu einem gewissen Grade auch recht gern gefallen lassen. Mit seinem Tod dürfte er nicht gerechnet haben. Er hatte wohl keine Vorstellung davon, mit wie großer Tücke die Verschwörer vorgehen würden, mit denen er sich eingelassen hatte. Es gibt so viele Idealisten, in deren Augen der Zweck die Mittel heiligt, Männer, die mit hehren Zielen beginnen ...« Sie ließ den Satz unvollendet, mit dem sie auf die Geister der Vergangenheit angespielt hatte.

»Was wirst du tun?«, fragte er sie besorgt. Er hatte ein schlechtes Gewissen, weil er gekommen war.

»Ich weiß nur eins«, sagte sie und sah dabei nicht auf ihn, sondern in die Ferne, als sehe sie dort eine Vision. »Es gibt zwei widerwärtige Verschwörungen. Wir müssen dafür sorgen, dass sie gegeneinander kämpfen, und Gott bitten, dass das Ergebnis für sie vernichtender ist als für uns.«

»Aber –«, begehrte er auf.

Mit leicht gehobenen Brauen wandte sie sich ihm zu. »Hast du einen besseren Einfall, Thomas?«

»Nein.«

»Dann geh nach Spitalfields zurück, und tu, was du kannst, um dafür zu sorgen, dass nicht Unschuldige den Preis für unsere Katastrophen zahlen müssen. Das ist der Mühe wert.«

Er erhob sich gehorsam und dankte ihr. Erst draußen, mitten im morgendlichen Straßenverkehr, merkte er, dass er nach wie vor nicht gefrühstückt hatte. Die Dienstboten waren zu rücksichtsvoll gewesen, als dass sie ihr Gespräch mit so banalen Dingen wie Speise und Trank unterbrochen hätten.

Nach Pitts Weggang läutete Vespasia dem Mädchen. Während sie frischen Tee trank und Toast aß, ging sie im Geiste alle Möglichkeiten durch. Eine bestimmte Vorstellung schälte sich heraus, der sie sich aber noch nicht stellen wollte.

Zuerst würde sie sich mit dem beschäftigen, was unmittelbar zu erledigen war. Eigentlich war es unerheblich, dass Sissons dem Kronprinzen in Wahrheit kein Geld geliehen hatte. Entscheidend war, dass der Innere Kreis diesen Anschein erweckt hatte. Ihrer festen Überzeugung nach hatten diese Männer die Situation so manipuliert, dass alles auf einen Betrug hinwies. Das Ergebnis würde sein, dass die Zuckersiedereien schließen mussten, denn das war der tiefere Sinn, der hinter dem Mord stand. Unter den einfachen Leuten in Spitalfields würde es nur dann zu Ausschreitungen kommen, wenn sie ihre Arbeitsplätze verloren.

Mithin musste sie etwas tun, um das auf jeden Fall einstweilen zu verhindern. Im Laufe der Zeit würde man eine andere Lösung finden … möglicherweise sogar eine große Geste des Kronprinzen? Das würde ihm Gelegenheit geben, zumindest teilweise etwas wieder gutzumachen.

Sie ging nach oben und kleidete sich mit großer Sorgfalt an. Sie wählte ein blaugraues Kostüm, dessen Kragen und Ärmel reich bestickt waren. Nachdem sie einen dazu passenden Sonnenschirm ausgesucht hatte, ließ sie ihre Kutsche vorfahren.

Sie traf um halb zwölf am Connaught Place ein. Zwar war das keine Uhrzeit, zu der man Besuche machte, doch handelte es sich um einen Notfall, und das hatte sie Lady Churchill auch am Telefon gesagt.

Randolph Churchill erwartete sie in seinem Arbeitszimmer

am Schreibtisch. Er erhob sich bei ihrem Eintreten, sein glattes Gesicht streng, bereit, jeden Augenblick Missfallen zu zeigen. Im Augenblick aber veranlassten ihn seine guten Manieren und vielleicht auch die Neugier, ihr Gehör zu leihen.

»Guten Morgen, Lady Vespasia. Es ist stets ein Vergnügen, Sie zu sehen, doch muss ich gestehen, dass Ihre Mitteilung eine gewisse Beunruhigung ausgelöst hat. Bitte nehmen Sie ...« Bevor er das Wort »Platz« sagen konnte, hatte sie sich bereits gesetzt. Sie dachte nicht daran, sich von irgendjemandem, und sei es Randolph Churchill, in eine ungünstige Ausgangsposition bringen zu lassen.

»... und sagen Sie mir, was ich für Sie tun kann«, beendete er seinen Satz, bevor er sich wieder setzte.

»Es gibt keine Zeit mit Belanglosigkeiten zu vertun«, sagte sie knapp. »Vermutlich ist Ihnen bewusst, dass man vor zwei Tagen den Zuckerfabrikanten James Sissons in Spitalfields ermordet hat.« Sie wartete nicht auf seine Bestätigung. »Eigentlich sollte es wie ein Selbstmord aussehen, und so hatten interessierte Kreise auch einen Abschiedsbrief vorbereitet, in dem er seinen Ruin darauf zurückführte, dass er dem Kronprinzen Geld geliehen und dieser sich geweigert habe, es zurückzuzahlen. Das habe dazu geführt, dass seine drei Fabriken zugrunde gerichtet seien und mindestens eintausendfünfhundert Familien in Spitalfields vor dem Nichts stünden.« Sie hielt inne.

Churchills Gesicht war aschfahl.

»Ich sehe, dass Sie den Ernst der Lage verstehen«, sagte sie trocken. » Es könnte nicht nur äußerst unangenehm werden, wenn es zu diesen Schließungen kommt, sondern sogar zum Sturz der Regierung und des Throns führen, ohne dass irgendjemand die Möglichkeit hätte, etwas dagegen zu unternehmen.«

»Aber ...«, protestierte er.

»Ich bin alt genug, um noch Menschen gekannt zu haben, die Zeugen der Französischen Revolution waren, Randolph«, sagte sie mit eiskalter Stimme. »Auch sie waren überzeugt, so etwas könne keinesfalls geschehen ... und sie haben es nicht einmal dann geglaubt, als sie die Schinderkarren über die Straßen rollen hörten.«

Er ließ sich ein wenig zurücksinken, als hätte ihm die Angst die Kraft genommen aufzubegehren. Seine Augen waren weit aufgerissen, sein Atem ging flach. Die schönen glatten Hände auf den polierten Schreibtisch gelegt, blickte er sie aufmerksam an. Zum ersten Mal in ihrem Leben sah sie ihn verstört.

»Glücklicherweise haben wir Freunde«, fuhr sie fort, »von denen einer zufällig eben der ist, der Sissons' Leiche entdeckt hat. Er war so vorausschauend, die Waffe und den Schuldschein beiseite zu schaffen und den Abschiedsbrief zu vernichten, damit Sissons' Tod wie Mord aussah. Das aber ist nur eine vorläufige Lösung. Wir müssen dafür sorgen, dass die Fabriken weiterarbeiten und die Männer bezahlt werden.« Mit einem leichten Lächeln auf den Lippen hielt sie seinem Blick stand. »Ich nehme an, dass Sie Freunde haben, die ebenso denken wie Sie und bereit sind, ihren Beitrag dazu zu leisten. Das wäre eine durchaus aufgeklärte Handlungsweise, die überdies in Ihrem ureigenen Interesse läge – von ihrem Wert als moralische Geste ganz zu schweigen. Wenn die Öffentlichkeit davon erfährt, kann ich mir vorstellen, dass beträchtliche Dankbarkeit die Folge wäre. Beispielsweise hätte der Kronprinz die Möglichkeit, der Held des Tages zu sein und nicht wie sonst der Schurke im Stück. Finden Sie nicht auch, dass darin eine gewisse ironische Verlockung liegt?«

Churchill holte tief Luft und stieß sie langsam wieder aus. Er war erleichtert; das war seinem Gesicht anzusehen, obwohl er es zu verbergen versuchte. Wider Willen war er zutiefst beeindruckt, und auch das war zu spüren. Einen Augenblick lang erwog er auszuweichen, so zu tun, als müsse er sich die Sache durch den Kopf gehen lassen, dann aber verwarf er diesen Gedanken als absurd. Ihr wie ihm war klar, dass er es tun würde, weil ihm keine andere Wahl blieb.

»Eine glänzende Lösung, Lady Vespasia«, sagte er so steif, wie es ihm möglich war, hatte jedoch seine Stimme dabei nicht ganz in der Gewalt. »Ich werde dafür sorgen, dass man sie sogleich verwirklicht ... bevor größerer Schaden entsteht. Es ist – es ist ein wahres Glück, dass wir einen ... Freund ... hatten, der diese Wende ermöglicht hat.«

»Und der den Mut hatte zu handeln, obwohl es mit beträchtlicher Gefahr für ihn selbst verbunden war«, fügte Vespasia hinzu. »Es gibt Menschen, die ihm das Leben äußerst schwer machen werden, wenn sie je davon erfahren sollten.«

Churchill lächelte trübselig, wobei seine Lippen eine schmale Linie bildeten. »Wir denken, dass es nicht dahin kommen wird. Jetzt aber muss ich mich um diese Angelegenheit mit den Zuckerfabriken kümmern.«

»Selbstverständlich. Es gibt keine Zeit zu verlieren.« Ohne ihm zu danken, dass er sie empfangen hatte, stand Vespasia auf. Beiden war klar, dass das mehr in seinem als in ihrem Interesse lag, und sie war nicht bereit, so zu tun, als wenn es sich anders verhielte. Er war ihr nicht sonderlich sympathisch; außerdem verdächtigte sie ihn, in die Morde von Whitechapel verwickelt zu sein. Auch wenn es keine Beweise gab, war sie sich ihrer Sache beinahe sicher. In der gegenwärtigen Situation benutzte sie ihn und wollte keinesfalls den Eindruck erwecken, als verhalte es sich anders. Sie neigte den Kopf leicht, als er die Tür öffnete und sie ihr aufhielt, während sie hinausging.

»Guten Tag«, sagte sie mit einem angedeuteten Lächeln. »Ich wünsche Ihnen Erfolg.«

»Guten Tag, Lady Vespasia«, antwortete er. Er war dankbar, aber nicht etwa ihr, sondern den Umständen, dem gemeinsamen Interesse.

Jetzt blieb noch ein Punkt zu klären, doch noch war sie nicht bereit, sich dieser weit schmerzlicheren Aufgabe zu stellen.

Auf dem Rückweg nach Spitalfields überlegte Pitt hin und her, wie er verhindern konnte, dass irgendein Unbeteiligter für den Mord an Sissons herhalten musste. Er hatte auf den Straßen allerlei Gerüchte darüber gehört, wen die Polizei verdächtigte. Die jüngsten Zeichnungen ähnelten Isaak immer mehr. Es konnte höchstens noch eine Sache von Tagen, wenn nicht von Stunden sein, bis man seinen Namen nannte. Dafür würde Harper sorgen. Die Polizei musste jemanden festnehmen, um den zunehmenden Volkszorn zu besänftigen. Isaak Karansky eignete sich glänzend als Sündenbock. Sein Verbrechen bestand darin, dass er Jude war und sich von anderen unterschied. Er stand an der Spitze einer klar umrissenen Gruppe von Menschen, die sich um ihre Glaubensbrüder kümmerten. Sissons' Tod war nichts als ein Vorwand. Zinswucher galt als gemeinsamer Feind. Auch wenn es sich um einen unbewiesenen Vorwurf handelte, saß die Vorstellung seit Jahrhunderten fest in den Köpfen der Menschen, wurde durch Hörensagen überliefert und galt als Wurzel eines Dutzends auf andere Weise nicht erklärbarer Übel.

In einem Punkt war Pitt im Vorteil: Er war als Erster am Tatort gewesen, und als Zeuge konnte er einen Grund finden, Harper noch einmal aufzusuchen und mit ihm zu sprechen.

Als er an der Aldgate Street aus dem Zug stieg, hatte er sich bereits entschieden und legte sich genau zurecht, was er sagen wollte.

Er schritt rasch aus. Wie Vespasia gesagt hatte, dürfte Sissons' Mörder dem Inneren Kreis angehören. Höchstwahrscheinlich würde sich nie ermitteln lassen, um wen es sich dabei handelte, denn Harper würde alle ihm zu Gebote stehenden Mittel aufbieten, das zu verhindern.

Angst lag in der Luft. Die Menschen waren gereizt, unfähig, sich auf ihre alltäglichen Aufgaben zu konzentrieren. Es kam zu Streit über Nichtigkeiten: falsch herausgegebenes Geld, ein Mann, der einen anderen aus Versehen angerempelt hatte, eine herabgefallene Wagenladung, ein störrischer Gaul, ein ungeschickt abgestelltes Fuhrwerk.

Mit grimmiger Miene patrouillierten die Streifenpolizisten durch ihr Revier, ihre Schlagstöcke schwangen bei jedem Schritt. Männer und Frauen bedachten sie mit Schimpfworten. Von Zeit zu Zeit schleuderte ihnen ein etwas Wagemutigerer einen Stein oder ein Stück verfaultes Gemüse nach. Kinder jammerten, ohne zu wissen, wovor sie Angst hatten.

Ein Taschendieb wurde von der Menge gefasst und blutig geschlagen. Niemand trat dazwischen oder rief die Polizei.

Nach wie vor wusste Pitt nicht, ob er Narraway wirklich trauen konnte, doch gab es vielleicht eine Möglichkeit, etwas von ihm zu erfahren, ohne dabei selbst etwas preiszugeben. Der Mann konnte dem Inneren Kreis angehören oder Freimaurer sein. Was wusste Pitt, ob er nicht zu allem bereit war, um die bestehende Ordnung und die gegenwärtigen Machtverhältnisse zu bewahren und den Thron zu schützen. Ebenso war es möglich, dass er keins von beiden war, sondern lediglich das, was er zu sein behauptete: ein Angehöriger des Sicherheitsdienstes, der sich bemühte, den Anarchisten das Handwerk zu legen und einen Aufruhr in den Straßen Londons zu verhindern.

Pitt fand ihn im üblichen Hinterzimmer. Er wirkte müde und angespannt.

»Was wollen Sie?«, fragte Narraway kurz angebunden.

Obwohl Pitt ein Dutzend Mal hin und her überlegt hatte, was er sagen wollte, fehlten ihm die richtigen Worte. Aufmerksam musterte er Narraways Gesicht – die geraden Augenbrauen, die tief liegenden klugen Augen und die tief eingegrabenen Linien, die von der Nase zum Mund liefen. Es wäre sicherlich ein Fehler, diesen Mann zu unterschätzen.

»Karansky hat James Sissons nicht umgebracht«, sagte er übergangslos. »Harper hat sich die Beschreibung des Täters aus den Fingern gesogen und die Zeugen unter Druck gesetzt, um jemanden zu haben, dem er die Sache anhängen kann.«

»Sind Sie sich dessen sicher?«, fragte Narraway mit ausdrucksloser Stimme.

»Sie etwa nicht?«, wollte Pitt wissen. »Sie kennen Spitalfields und haben mich zu Karansky geschickt. Haben Sie ihm da etwa einen Mord zugetraut?«

»Wenn der Preis hoch genug ist, kann man den meisten Menschen einen Mord zutrauen, sogar einem Isaak Karansky. Falls Ihnen das nicht bekannt sein sollte, haben Sie den falschen Beruf.«

Pitt nahm den Vorwurf hin. Er hatte die Frage zu plump gestellt, er war überreizt.

»Waren Sie je der Ansicht, dass er einen Aufruhr plante oder die Bestrafung von Gläubigern, die keine Wucherzinsen zahlen?«, korrigierte er sich.

Narraway verzog den Mund. »Nein. Ich habe ihn nie für einen Geldverleiher gehalten. Er steht an der Spitze einer Gruppe von Juden, die sich um ihre Glaubensbrüder kümmern. Dabei geht es nicht um das Geschäft, sondern um Wohltätigkeit.«

Pitt war verblüfft, als er merkte, dass Narraway davon wusste. Seine Anspannung ließ ein wenig nach.

»Harper glaubt, dass er ihm die Sache in die Schuhe schieben kann. Es wird von Stunde zu Stunde gefährlicher für ihn«, sagte er mit Nachdruck. »Man wird ihn festnehmen, wenn sie auch nur ein einziges weiteres Indiz gegen ihn konstruieren können. Angesichts der gegenwärtigen antijüdischen Stimmung dürfte das nicht schwer sein.«

Narraway wirkte müde. In seiner Stimme schwang Enttäuschung. »Warum sagen Sie mir das, Pitt? Meinen Sie etwa, ich wüsste das nicht?«

Pitt sog scharf die Luft ein, bereit, seinem Gegenüber Untätigkeit, Pflichtverletzung oder gar Ehrlosigkeit vorzuwerfen. Dann aber sah er ihm etwas aufmerksamer in die Augen und erkannte die Desillusionierung des Mannes, die Mattigkeit, die auf eine Vielzahl von Niederlagen zurückging, und er stieß den Atem wieder aus, ohne zu sagen, was ihm auf der Zunge lag. Sollte er ihm die Wahrheit anvertrauen? War Narraway ein Zyniker, ein Opportunist, der sich auf die Seite derer schlagen würde, denen er den Sieg zutraute? Oder war er einfach durch zu viele Verluste, kleine Ungerechtigkeiten und Verzweiflung erschöpft? Womöglich wusste er zu viel über ein Meer von Armut – in unmittelbarer Nachbarschaft immensen Reichtums. Es erforderte einen ganz besonderen Mut weiterzukämpfen, wenn man genau wusste, dass man nicht gewinnen kann.

»Stehen Sie nicht nutzlos hier herum, Pitt«, sagte Narraway ungeduldig. »Ich weiß, dass die Polizei einen Sündenbock sucht und Karansky sich hervorragend dafür eignet. Die Leute haben es noch nicht verwunden, dass es ihnen nicht gelungen ist, die Morde von Whitechapel vor vier Jahren aufzuklären. Den Mordfall Sissons werden sie unter allen Umständen lösen – auf Biegen oder Brechen, wenn es sein muss. Sie brauchen einen Täter, mit dem sie ihr Ansehen in der Öffentlichkeit aufpolieren können, und dafür ist Karansky genau der Richtige. Ich würde ihn retten, wenn mir das möglich wäre. Er ist ein ordentlicher Mann. Das Beste, was man ihm raten kann, ist, aus London zu verschwinden. Er soll das nächste

Schiff nehmen, das ausläuft, egal wohin, ob nach Rotterdam, Bremen oder sonstwo.«

Die Gedanken überstürzten sich in Pitts Kopf: War das mit der Ehre vereinbar? Durfte man der Anarchie und Ungerechtigkeit einfach nachgeben? Konnte man noch von Recht sprechen, wenn es so gehandhabt wurde, wie in diesem Fall zu befürchten stand? Seine Bedenken verblassten, bevor er sie formulierte. Bestimmt hatte Narraway all das bereits selbst erwogen. Für Pitt waren diese Fragen neu. Sie erschütterten seinen Glauben an die Grundsätze, die ihn sein Leben lang geleitet hatten, untergruben den Wert von allem, wofür er gearbeitet hatte, erschütterten all seine Annahmen über die Ordnung in der Gesellschaft, als deren Bestandteil er sich ansah. Wenn dem Rechtssystem eines Landes in einer kritischen Situation keine bessere Lösung einfiel, als die Empfehlung an einen grundlos Beschuldigten, er möge davonlaufen – warum sollte dann jemand die Gesetze achten oder ihnen trauen? Die Ideale, die dahinterstanden, waren hohl – klangen hochtrabend, waren aber inhaltslos, von der nutzlosen Schönheit einer schimmernden Seifenblase, die bei der leisesten Berührung platzte.

Er ließ die Schultern sinken und stieß die Hände in die Taschen.

»Die haben von Anfang an gewusst, wer der Mörder von Whitechapel ist und was dahinter steckt«, sagte er entschlossen, »haben die Sache aber vertuscht, um den Thron zu schützen.« Er wartete auf Narraways Reaktion.

Dieser saß reglos da. »Ach, tatsächlich?«, fragte er leise. »Und inwiefern hätte es Ihrer Ansicht nach dem Thron geschadet, wenn der Täter gefasst worden wäre?«

Es überlief Pitt kalt. Er hatte einen Fehler begangen. Im selben Augenblick war ihm klar, dass Narraway zu den Freimaurern gehörte – wie Abberline, der stellvertretende Polizeipräsident Warren und weiß Gott wer noch ... auf jeden Fall Sir William Gull, der Leibchirurg der Königin. Einen Augenblick erfasste ihn Panik, das nahezu unwiderstehliche körperliche Bedürfnis, kehrtzumachen und hinauszulaufen, irgendwo in den grauen Gassen zu verschwinden. Zugleich war ihm klar, dass er sich auf keinen Fall würde verstecken können, ohne dass man ihn fand. Er wusste nicht einmal, wer außer ihm noch für Narraway arbeitete.

Hinzu kam, dass er eine Wut empfand, die viel stärker war als seine Panik, und so stieß er hervor: »Die Morde wurden begangen, um zu verhindern, dass die Eheschließung zwischen dem Herzog von Clarence und einer Katholikin namens Annie Crook sowie die Existenz eines gemeinsamen Kindes der beiden bekannt wurde.«

Narraways Augen öffnete sich kaum wahrnehmbar, so wenig, dass Pitt nicht sicher war, ob er das gesehen oder es sich eingebildet hatte. War es Überraschung? Weil Pitt Bescheid wusste, oder über die Tatsache als solche?

»Haben Sie das hier in Spitalfields ermittelt?«, fragte Narraway. Er leckte sich die Lippen, als wäre sein Mund ausgetrocknet.

»Nein, man hat es mir berichtet. Ein Journalist, der bis auf zwei alle Beweisstücke in seinem Besitz hat – oder hatte. Es ist denkbar, dass er inzwischen alle hat. Allerdings haben die Zeitungen es noch nicht veröffentlicht.«

»Ich verstehe. Und Sie haben es nicht für richtig gehalten, mich von Ihrem Wissen in Kenntnis zu setzen?« Narraways Gesicht war eine undurchdringliche Maske. Seine Augen glänzten unter den gesenkten Lidern. Er sprach sehr leise. In seiner Stimme lag eine gefährliche Höflichkeit.

Pitt entschloss sich, ihm alles zu sagen. »Die Sache sieht so aus: Die Freimaurer stehen dahinter, und der Innere Kreis spielt dem Journalisten die Einzelheiten Stück für Stück zu, damit er die Geschichte zu dem Zeitpunkt veröffentlichen kann, der ihnen geeignet erscheint. Die Hälfte der mit der Aufklärung des Falles betrauten höheren Polizeibeamten waren in das Verbrechen eingeweiht. Den Mord an Sissons hat der Innere Kreis veranlasst. Woher soll ich wissen, ob Sie nicht der einen oder der anderen Gruppe angehören? Es gibt für mich keine Möglichkeit, das festzustellen.«

Narraway holte tief Luft und sank dann in sich zusammen. »In dem Fall wären Sie aber damit, dass Sie es mir jetzt gesagt haben, ein gewaltiges Risiko eingegangen, oder etwa nicht? Sie wollen mir doch nicht weismachen, dass Sie eine Schusswaffe in der Tasche haben und mich umlegen, wenn ich die falsche Entscheidung treffe?«

»Nein.« Pitt setzte sich ihm gegenüber auf den einzigen anderen Stuhl im Raum. »Meiner Ansicht nach lohnt es sich, das Risiko einzugehen. Falls Sie Freimaurer sind, werden Sie dem Inneren Kreis in den Arm fallen oder es zumindest versuchen. Falls Sie selbst dem Inneren Kreis angehören, werden Sie die Machenschaften der Freimaurer enthüllen. Zwar würden Sie damit den Thron stürzen, doch müssten Sie dazu Sissons' Tod als Selbstmord hinstellen, und das würde zumindest Karansky das Leben retten.«

Narraway straffte sich. Seine schmalen Hände ruhten entspannt auf dem Tisch, aber sein Zorn war unverkennbar, als er in scharfem und warnendem Ton sagte: »Vermutlich müsste ich Ihnen dankbar sein, dass Sie es mir endlich gesagt haben.« Der unüberhörbare Spott galt ihm selbst ebenso sehr wie Pitt. Einen Augenblick lang sah es aus, als wolle er etwas hinzufügen, dann unterließ er es aber.

Pitt überlegte, ob Narraway die gleiche Art von Wut empfand wie er, die gleiche Bestürzung darüber, dass hier nicht nur das Rechtswesen versagt hatte, sondern es auch keine höhere Gerechtigkeit gab, keine höhere Instanz, an die man sich wenden konnte. Das System war bis ins Mark verrottet.

»Gehen Sie, und tun Sie für Karansky, was Sie können«, sagte Narraway ausdruckslos. »Für den Fall, dass Ihnen nicht klar sein sollte, wie das gemeint ist – das ist eine dienstliche Anweisung.«

Fast hätte Pitt gelächelt. Immerhin, ein schwacher Lichtschimmer in der Finsternis. Er nickte, erhob sich und ging. Er würde sich sofort zur Heneagle Street aufmachen. Er empfand es als bitter, dass er, der sein ganzes Erwachsenenleben hindurch der Gerechtigkeit gedient hatte, für einen Unschuldigen im Augenblick nichts anderes tun konnte, als ihn zu warnen und ihm zur Flucht zu verhelfen, weil ihm das Gesetz keine Sicherheit und keinen Schutz bot. Er würde sein Heim zurücklassen müssen, seine Freunde, die Gemeinschaft, der er gedient hatte, sein ganzes Leben, das er sich in einem Lande aufgebaut hatte, von dem er überzeugt gewesen war, dass es ihm Zuflucht und die Möglichkeit eines neuen Anfangs bieten würde.

Aber Pitt würde es tun, und wenn er selbst für die Leute packen und mit ihnen zum Anleger gehen, ihre Fahrkarten auf seinen eigenen Namen lösen und einen Frachterkapitän bestechen oder auf andere Weise dazu bringen musste, sie an Bord zu nehmen.

Draußen auf der Straße war es heiß und staubig. Säuerlich hing der Gestank von Abwässern in der Luft. Schornsteine stießen Rauch aus, der so dicht war, dass er die Sonne verdunkelte.

Pitt eilte in Richtung Süden. Er wollte Isaak unverzüglich aufsuchen und vor der drohenden Gefahr warnen. Er kam an einem Zeitungsverkäufer vorüber und warf einen Blick auf die Schlagzeilen. Es war immer noch dieselbe Zeichnung, darunter aber stand jetzt in großen schwarzen Buchstaben: ZUCKERFABRIKMÖRDER GESUCHT, wohl für den Fall, dass jemand dessen Angriff auf die Gemeinschaft übersehen hatte. Mit jeder neuen Ausgabe der Zeitungen schien sich das Bild ein wenig zu verändern und jedes Mal Isaak ein wenig mehr zu ähneln.

Pitt beschleunigte den Schritt, vorüber an Straßenhändlern, an Männern, die Karren schoben, an Bettlern, an einem Bänkelsänger, der bereits eine Schauerballade über den Mord an Sissons vortrug. Darin wurde formuliert, was ohnehin fast alle dachten: Der Täter müsse ein Geldverleiher sein, der einem säumigen Schuldner eine Lektion erteilt hatte. Die Ballade war raffiniert gebaut. Zwar kam das Wort ›Jude‹ darin nicht vor, dennoch wurde klar, wer gemeint war.

In der Heneagle Street angekommen, ging Pitt sofort in die Küche, ohne sein Zimmer aufzusuchen. Lea stand am Herd und rührte in einem Topf. Der Geruch nach Kräutern hing angenehm in der Luft. Isaak saß am Tisch; neben ihm am Boden standen zwei fleckige Tuchtaschen.

Bei Pitts Eintreten fuhr er herum. Seine Augen waren stumpf vor Erschöpfung, tiefe Linien hatten sich in sein Gesicht eingegraben. Pitt brauchte nicht zu fragen, ob er die Anschläge gesehen und ihren Sinn verstanden hatte.

»Sie müssen fort!«, sagte er mit einer Stimme, die schroff klang, obwohl er es nicht so meinte. Er merkte, dass Furcht und Wut darin mitschwangen. Sie befanden sich in England. Die Karanskys hatten nichts getan. Wieso mussten sie da vor dem Gesetz fliehen?

»Wir gehen schon«, sagte Isaak und zog seine alte Jacke an. »Wir haben nur noch auf Sie gewartet.«

»Ihr Abendessen steht auf dem Herd«, teilte ihm Lea mit. »In der Speisekammer ist Brot. Saubere Hemden liegen auf Ihrer Kommode –«

Man hörte ein lautes Klopfen an der Tür.

»Gehen Sie«, sagte Pitt mit erstickter Stimme.

Isaak nahm Lea am Arm und schob sie zum großen Fenster im hinteren Teil des Raumes.

»Im Schrank ist Seife«, sagte sie zu Pitt. »Sie finden –«

Das Donnern an der Haustür wurde lauter.

»Sie erfahren über Saul von uns«, sagte Isaak, während er das Fenster öffnete und Pitt in den Flur ging. »Gott schütze Sie.« Er half Lea hinaus.

»Sie auch«, antwortete Pitt.

Inzwischen wurde so kräftig an die Tür gehämmert, dass sie jeden Augenblick aufspringen konnte.

Ohne weiter zu den Flüchtenden hinzusehen, trat Pitt durch den kurzen Flur zur Tür und schob den Riegel gerade in dem Augenblick zurück, als ein weiterer Schlag gegen das Holz geführt wurde, der die Tür womöglich aus den Angeln gerissen hätte.

Vor ihm stand Harper, neben ihm Wachtmeister Jenkins, der äußerst kummervoll dreinsah.

»Ach, Sie wieder!«, sagte Harper mit einem Lächeln. »Das ist ja eigenartig.« Er stürmte an Pitt vorüber in die Küche. Sie war leer. Er sah verwirrt drein und verzog die Nase über den Geruch der ihm unbekannten Kräuter. »Wo sind die Leute? Wo ist Isaak Karansky?«

»Ich weiß es nicht«, sagte Pitt und tat überrascht. »Seine Frau hat vor kurzem das Haus verlassen, weil sie noch etwas holen wollte, was sie zum Abendessen brauchte.« Er wies auf den Topf, der auf dem Herd vor sich hin brodelte.

Aufmerksam sah sich Harper in der Küche um, enttäuscht, aber noch nicht misstrauisch. Er steckte die Nase in den Kochtopf und musterte alles, was es in der Küche gab. Karanskys beste Jacke hing an einem Haken hinter der Tür. Im Stillen dankte Pitt Gott für das Bewusstsein der Angst, das Isaak veranlasst hatte, sie zurückzulassen, obwohl sie für ihn sicher sehr wertvoll war. Er sah Harper mit einem Hass an, den er nicht verbergen konnte. Die Situation schmerzte ihn, als ob ihm jemand ein scharfes Messer im Leibe herumdrehte.

Harper zog sich einen der Stühle herbei und setzte sich. »Dann warten wir eben, bis die zurückkommen«, erklärte er.

Pitt trat an den Herd und rührte im Topf. Er verstand zwar nichts vom Kochen, nahm aber an, dass es nicht gut sei, das Essen anbrennen zu lassen. Mit seinem Tun verlieh er der Szene einen Anflug von Normalität, und er brauchte auch Harper nicht anzusehen.

Jenkins trat wortlos von einem Fuß auf den anderen.

Die Minuten vergingen.

Pitt zog den Topf an den Rand des Herdes.

»Was wollte sie denn holen?«, fragte Harper mit einem Mal.

»Ich weiß nicht«, sagte Pitt. »Irgendwelche Kräuter, glaube ich.«

»Und wo ist Karansky?«

»Ich weiß es nicht«, wiederholte er. »Ich bin gerade selbst erst zurückgekommen.« Wahrscheinlich wussten die beiden, dass das der Wahrheit entsprach.

»Es empfiehlt sich nicht, mich zu belügen!«, mahnte ihn Harper.

Weiterhin mit dem Rücken zu ihm fragte Pitt: »Warum sollte ich das tun?«

»Um die Leute zu decken. Vielleicht hat er Sie bezahlt?«

»Damit ich sage, dass seine Frau aus dem Haus gegangen ist, um Kräuter zu kaufen?«, fragte Pitt ungläubig. »Er konnte doch gar nicht wissen, dass Sie kommen. Oder doch?«

Harper stieß einen Laut tiefen Widerwillens aus.

Weitere zehn Minuten vergingen.

»Sie lügen!«, brach es aus Harper hervor. Er sprang auf und schlug auf den Tisch. »Sie haben die Leute gewarnt, und jetzt sind sie weg! Ich nehme Sie fest wegen Beihilfe zur Flucht von Tatverdächtigen! Sie werden ziemlich viel Glück brauchen, damit nicht auch noch Beihilfe zum Mord hinzukommt!«

Jenkins räusperte sich. »Das könn' Sie nich tun, Sir. Sie ha'm keine Beweise.«

»Ich habe so viele Beweise, wie ich brauche!«, giftete Harper. »Mischen Sie sich da nicht ein. Tun Sie, was man Ihnen sagt, und nehmen Sie den Mann fest.«

Jenkins rührte sich nicht. »Wir ha'm 'nen Haftbefehl für Karansky, aber nich für Pitt.«

»Genügt Ihnen meine Anweisung nicht, Mann? Wenn Sie nicht selbst in der Haftzelle landen wollen, tun Sie, was ich Ihnen gesagt habe!«

Kopfschüttelnd und mit widerwillig verzogenem Mund teilte Jenkins Pitt mit, dass er vorläufig festgenommen sei, und legte ihm Handschellen an, nachdem ihm Harper einen auffordernden Blick zugeworfen hatte. Dann nahm er ganz vorsichtig den Topf vom Herd und legte den Deckel fest darauf, damit sich Lea bei ihrer Rückkehr nicht über eine verdorbene Mahlzeit zu ärgern brauchte.

Pitt dankte ihm.

Auf der Straße sah ein rundes Dutzend Männer und Frauen zu, wie er abgeführt wurde. Sie machten einen verängstigten und aufgebrachten Eindruck und begnügten sich damit, den beiden Polizeibeamten Blicke unverhüllten Hasses zuzuwerfen. Auf dem ganzen Weg bis zur gut einen Kilometer entfernten Polizeiwache, den die drei Männer zu Fuß zurücklegten, sagte keiner von ihnen ein Wort. Harper war sichtlich erbost darüber, dass ihm Isaak entwischt war, auch wenn er sich für den Augenblick damit abgefunden zu haben schien.

Sie kamen an mürrisch dreinblickenden Männern und Frauen vorüber und an Verkäufern, deren Zeitungen jetzt ganz offensichtlich Isaaks Bild zeigten. Gerüchte waren im Umlauf, dass man die Zuckersiedereien schließen würde.

Auf der Polizeiwache wurde Pitt in eine Haftzelle gebracht.

Gut zwei Stunden später kam Jenkins mit breitem Lächeln

zurück. »Die Zuckerfabriken werden doch nicht geschlossen«, sagte er von der Zellentür aus. »Lord Randolph Churchill und 'n paar andere ha'm das Geld aufgebracht, sie in Gang zu halten. Is das nich großartig?«

Pitt war verblüfft und erleichtert. Gewiss war das Vespasias Werk!

»Und Sie geh'n jetzt besser nach Hause«, fügte Jenkins mit noch breiterem Lächeln hinzu. »Für den Fall, dass die Karanskys zurückkommen.«

Pitt stand auf. »Werden die denn nicht mehr gesucht?« Er konnte es kaum glauben.

»Doch! Aber wer weiß denn, wo die sind? Vielleicht schon auf hoher See.«

»Und Inspektor Harper will mich gehen lassen?« Noch hatte Pitt keinen Schritt in Richtung auf die Tür getan. Er konnte sich Harpers Wut und Rache nur allzu gut vorstellen. Es wäre den Angehörigen des Inneren Kreises mehr als recht, Pitt auf einige Jahre mit der Begründung ins Gefängnis zu bringen, er habe Sissons' Mörder zur Flucht verholfen.

»Will er nich.« Jenkins platzte fast vor Freude. »Aber er muss, weil man ihm das von ganz oben gesagt hat. Sie müssen Freunde in den höchsten Kreisen haben. Die können Sie aber auch brauchen.«

»Danke«, sagte Pitt geistesabwesend, während er zutiefst verwirrt in die Freiheit hinausschritt und aus den Händen des wachhabenden Beamten seine wenigen Habseligkeiten in Empfang nahm. Steckte Vespasia etwa auch hinter seiner Freilassung? Wohl kaum ... sonst hätte sie ihm diese Erfahrung von vornherein erspart. Narraway! Nein, auch er hatte weder die Macht, noch wusste er von seiner Festnahme.

Die Freimaurer ... die andere Seite der Verschwörungen um Whitechapel. Mit einem Mal schmeckte ihm die Freiheit nicht nur süß, sondern zugleich bitter.

Er würde in die Heneagle Street zurückkehren und dort die von Lea zubereitete Mahlzeit essen. Anschließend würde er Saul aufsuchen, sobald das möglich war, ohne beobachtet zu werden, und zusehen, was er tun konnte, um Geld für Isaak und Lea aufzubringen, ihnen Hilfe zukommen zu lassen.

Charlotte war nach wie vor entschlossen, weitere Papiere zu finden. Wie Juno war sie fest davon überzeugt, dass Martin Fetters sie irgendwo verborgen hatte. Nachdem sie an allen Stellen nachgesehen hatten, die ihnen eingefallen waren, überlegten sie jetzt in der Bibliothek, was sie noch unternehmen konnten. Es war Charlotte schmerzlich bewusst, dass ein Mann, den Martin Fetters für seinen Freund gehalten und dem er getraut hatte, ihn nur wenige Schritte von der Stelle entfernt getötet hatte, an der sie sich gerade befand. Das Bild, das sie von diesem entsetzlichen Augenblick hatte, hing wie eine kalte Drohung in der Luft. Sie malte sich aus, wie es gewesen sein musste: wie er seinen bevorstehenden Tod in Adinetts Augen gesehen und gewusst hatte, was geschehen würde, dann der rasche Schmerz und die Bewusstlosigkeit. Sicherlich stand Mrs. Fetters all das noch viel deutlicher vor Augen als ihr.

Nacht für Nacht schlief Charlotte allein in ihrem Zimmer, sich der leeren Stelle im Bett neben ihr bewusst. Sie machte sich Sorgen um Pitt, hatte Angst um ihn. Wie viel schlimmer musste es Juno Fetters gehen, die nicht nur allein schlief, sondern wohl stets an das dachte, was wenige Räume weiter geschehen war. Bei ihr war das Schlimmste, was sie befürchten konnte, bereits eingetreten.

»Die Papiere müssen hier sein«, sagte sie jetzt verzweifelt. »Martin hatte keinen Grund, sie zu vernichten, und Adinett hatte nicht genug Zeit dafür. Bei seinem Weggang trug er nichts bei sich, ich habe ihn ja selbst gesehen. Natürlich könnte er etwas mitgenommen haben, als er zurückgekommen ist ...« Sie sprach nicht weiter.

»Wann hatte er denn Gelegenheit, sich danach umzusehen?«, überlegte Charlotte laut. »Falls Ihr Mann sie herausgelegt hatte, müsste Adinett sie erst unauffällig beiseite geräumt und dann wieder hervorgeholt haben, als er zurückgekehrt ist. Sie sagten, dass er keine Tasche bei sich hatte, sondern lediglich einen Stock. Wie hat Ihr Mann lose Blätter normalerweise transportiert – oder nehmen Sie an, dass er alles in ein gebundenes Notizbuch eingetragen hat?«

Juno sah sich im Zimmer um. »Ich weiß es nicht. Ich weiß nur, dass es weit mehr Entwürfe gegeben haben muss, habe aber weder eine Vorstellung davon, wie aussieht, was wir suchen, noch, wie viel es sein könnte. Die Männer waren keine Träumer, sondern wollten ein bestimmtes Ziel erreichen. Von Zeit zu Zeit haben sie sich getroffen, um miteinander über ihre Vorstellungen zu reden. Wer etwas erreichen will, muss sich über das genaue Vorgehen im Klaren sein.«

»Dann hätte also Adinett als Monarchist den Wunsch gehabt, diese Pläne zu vernichten, um ihre Verwirklichung zu verhindern?«, fragte Charlotte nachdenklich. Sie ließ den Blick über die Bücherreihen wandern. »Ich wüsste nur gern, wo er nachgesehen hat.«

»Alles schien an seinem Platz zu sein«, gab Juno zurück. »Natürlich außer den drei Büchern, die am Boden lagen. Aber wir hatten ja von Anfang an vermutet, dass die mit Absicht dort hingelegt worden waren, damit es so aussah, als wäre Martin von der Leiter gefallen, als er sie aus dem Regal genommen hat.«

»Vermutlich hat die Polizei gründlich gesucht.« Wieder spürte Charlotte, wie ihr die Hoffnung entglitt. »Wenn sich auf den Borden etwas hinter den Büchern befunden hätte, wäre das sicher recht bald entdeckt worden.«

»Wir könnten doch alle Bücher herausnehmen«, schlug Juno vor. »Wir haben ohnehin nichts Besseres zu tun, ich meine, ich.«

»Ich auch nicht«, sagte Charlotte rasch und warf einen prüfenden Blick auf die Regale. »Was wir suchen, befindet sich wohl auf keinen Fall hinter den Büchern, die er regelmäßig herausgenommen hat«, sagte sie. »Das wäre wohl zu sehr aufgefallen, wenn man ihn zufällig beobachtet hätte. Nehmen die Hausmädchen die Bücher von Zeit zu Zeit heraus, um sie abzustauben?«

»Das weiß ich nicht«, sagte Juno kopfschüttelnd. »Möglich, aber ich glaube nicht. Sicher haben Sie Recht. Die Papiere müssen hinter irgendwelchen Büchern versteckt sein, die normalerweise niemand herausnimmt. Immer vorausgesetzt, sie sind überhaupt da.«

Wieder spürte Charlotte Enttäuschung. »Falls er sie in ein Buch gelegt hätte, würde sich der Deckel so wölben, dass man es sogleich sehen könnte. Wir suchen ja wohl nicht nach einem oder zwei Blättern.«

»Wie wäre es …« Juno hob den Blick zu den obersten Regalbrettern, auf denen große Nachschlagewerke standen.

»Ja? Was?«, fragte Charlotte eifrig.

Mit einer müden Bewegung strich sich Juno die Haare aus der Stirn.

»Und wenn er sie nun tatsächlich *in* einem Buch versteckt hat, das er dafür eigens ausgehöhlt hat? Mir ist klar, dass das nach entsetzlichem Vandalismus klingt, aber in einem solchen Versteck wären die Papiere wirklich sicher aufgehoben. Wer außer ihm selbst würde da nachsehen?« Bei diesen Worten wies sie auf das oberste Brett am Fenster, auf dem eine Reihe von Lebenserinnerungen obskurer Politiker aus dem achtzehnten Jahrhundert und ein halbes Dutzend Bände mit Statistiken zu Ausfuhr und Seeverkehr standen.

Charlotte ging zur Bibliotheksleiter hinüber, schob sie an die angegebene Stelle und stieg hinauf, wobei sie mit der einen Hand ihren Rock raffte und sich mit der anderen an der Stange festhielt. »Vorsichtig!«, rief ihr Juno mit ängstlicher Stimme zu und trat unwillkürlich einen Schritt vor.

Charlotte hielt – recht unsicher stehend – mitten in der Bewegung inne. Sie lächelte Juno zu, deren bleiches Gesicht noch durch das stumpfe Schwarz ihres Kleides unterstrichen wurde.

»Tut mir Leid«, entschuldigte sie sich und wich wieder ein Stück zurück. »Ich –«

»Ich weiß«, sagte Charlotte. Die Leiter war ziemlich standfest, dennoch kam ihr unwillkürlich der Gedanke daran, dass man anfänglich die Ursache von Fetters' Tod in einem Sturz von deren oberster Stufe vermutet hatte. Wenn sie hier ihr Gleichgewicht verlor, würde sie an nahezu derselben Stelle enden, wo man ihn gefunden hatte, nur dass ihr Kopf in der entgegengesetzten Richtung läge.

Rasch verscheuchte sie den trüben Gedanken. Diese Geschichte war Welten von dem entfernt, womit sie es inzwischen zu tun hatte. Sie griff nach oben und nahm den ersten Band herunter, ein hoffnungslos veraltetes hochformatiges Buch über Seewege. Aus welchem Grund würde jemand derlei aufbewahren, es sei denn, er hatte vergessen, dass es da war? Sie reichte Juno das schwere Buch hinunter.

Diese blätterte es durch. »Genau das, was draufsteht«, sagte sie und bemühte sich, ihre Enttäuschung zu verbergen. »Martin hat das bestimmt vor zwanzig Jahren gekauft.« Sie legte den Band auf den Boden und wartete auf den nächsten.

Charlotte holte einen nach dem anderen herunter. Jeder einzelne wurde gründlich untersucht und auf den Boden gelegt, wo die Stapel immer höher wuchsen. Sie fuhren damit fort, weil keiner von beiden eine bessere Möglichkeit einfiel, die Sache anzugehen.

Nach gut zwei Stunden erklärte sich Juno geschlagen. Sie und Charlotte waren reichlich mit Staub bedeckt, und ihre Arme schmerzten.

»Bei jedem dieser Bücher stimmt der Inhalt genau mit dem Titel überein«, sagte Juno mit so kläglicher Stimme, dass sie Charlotte Leid tat. Wäre es um nichts weiter als um den Wunsch gegangen, etwas zu erfahren, sie hätte ihr vielleicht geraten, einfach nicht weiterzusuchen. Irgendwann müssen Kummer und die Bemühung zu verstehen aufhören, muss man zulassen, dass der Heilungsprozess beginnt.

Aber Charlotte wollte der Welt beweisen, dass Pitt in Bezug auf John Adinett Recht gehabt hatte, und so nahm sie alle Kräfte zusammen, um weiterzumachen.

»Setzen Sie sich eine Weile«, sagte sie. »Vielleicht sollten wir eine Tasse Tee trinken?« Sie stieg von der Leiter, und Juno streckte ihr hilfreich die Hand entgegen. Ihre Finger fühlten sich kühl und fest an, aber ihr Arm zitterte ein wenig, und auf ihren Zügen war die Anspannung zu erkennen. Sie mied Charlottes Blick.

»Vielleicht sollten wir Schluss machen«, sagte Charlotte entgegen ihrer eigentlichen Absicht. Das Mitleid quälte sie zu sehr, als dass sie auf die Stimme der Vernunft hätte hören können. »Vielleicht gibt es gar nichts zu finden. Möglicherweise waren es nur Träume.«

»Nein«, sagte Juno leise, den Blick nach wie vor abgewandt. »So war Martin nicht. Ich habe ihn gut gekannt.« Sie stieß ein kurzes Lachen aus. »Zumindest in manchen Dingen, denn bestimmte Wesensmerkmale kann man nicht verbergen. Martin hat immer alles getan, um seine Träume in die Wirklichkeit umzusetzen. Er war zwar ein Romantiker, aber sogar, wenn es um etwas so Banales ging wie seine Absicht, mir zum Geburtstag Rosen zu schenken, hat er nicht locker gelassen, bis er seinen Willen bekam.«

Inzwischen hatten sie die Tür erreicht, und Juno öffnete sie.

Rosen zum Geburtstag schienen Charlotte kein besonders bemerkenswertes Geschenk. Sie fragte sich, warum Juno das angesprochen hatte.

»Und er hat ihn bekommen?«

»Aber ja. Er hat allerdings vier Jahre dazu gebraucht.«

Charlotte war verblüfft. »Rosen sind doch problemlos. Ich hatte sogar noch zu Weihnachten welche im Garten.«

Juno lächelte fast unter Tränen. »Mein Geburtstag ist der 29. Februar. Wer um diese Jahreszeit Rosen auftreiben will, muss schon sehr findig sein. Er hat darauf bestanden, dass ich nur alle vier Jahre feierte, mir dafür aber jeweils eine Geburtstagsgesellschaft ausgerichtet, die vier volle Tage dauerte, und mich maßlos verwöhnt. Er war ausgesprochen großzügig.«

Mit einem Mal hatte Charlotte einen Kloß in der Kehle. »Und woher hatte er die Rosen?«, fragte sie mit belegter Stimme.

Juno schluckte und lächelte unter Tränen. »Er hat einen Gärtner in Spanien gefunden, der sie zur richtigen Zeit gezogen und mit dem Schiff hergeschickt hat. Sie haben zwar nur zwei Tage gehalten, aber ich habe das nie vergessen.«

»Das würde wohl keine Frau«, stimmte ihr Charlotte zu.

»Wir haben uns alle Bücher angesehen, die infrage kommen«, kehrte Juno zum Gegenstand ihrer Suche zurück und schloss die Tür zur Bibliothek hinter sich. »Es war wohl von vornherein ein törichter Gedanke. Ich hätte es besser wissen sollen. Martin liebte Bücher. Nie und nimmer hätte er mutwillig eines beschädigt, nicht einmal, um etwas darin zu verstecken, sondern mit Sicherheit eine andere Möglichkeit gefunden. Er hat Bücher sogar selbst repariert. Das konnte er sehr gut. Ich sehe ihn noch vor mir, wie er mit einem beschädigten Buch in den Händen dastand und mir einen Vortrag darüber hielt, wie unzivilisiert es sei, Bücher schlecht zu behandeln, etwas hineinzuschreiben, Seiten einzureißen oder ein Buch so weit zu öffnen, dass der Rücken bricht.«

Auf dem Weg nach unten sahen sie ein Dienstmädchen im Vestibül, und Juno sagte: »Dora, servieren Sie bitte Tee im Gartenzimmer.«

Erst jetzt merkte Charlotte, wie trocken ihr Mund war, als hätten all das Papier und der Staub sie ausgedörrt. Eine Tasse Tee konnten sie jetzt wirklich gut gebrauchen.

»Manche hat er vollständig neu eingebunden«, fuhr Juno fort.

»Eingebunden?«, fragte Charlotte rasch.

»Ja, warum?«

Charlotte blieb auf der untersten Stufe stehen.

»Was haben Sie?«, erkundigte sich Juno.

»Wir haben uns nicht die Bücher angesehen, die er eingebunden hat …«

Juno begriff sofort. Ihre Augen öffneten sich weit. Sie rief dem Mädchen zu: »Dora! Warten Sie noch mit dem Tee. Ich sage Ihnen Bescheid!«, dann wandte sie sich Charlotte zu. »Kommen Sie! Wir gehen zurück und sehen sie uns an! Das wäre das ideale Versteck!«

Sie eilten die Treppe empor, so rasch sie konnten, die Röcke gerafft, um nicht zu stolpern, zurück in die Bibliothek.

Fast eine halbe Stunde mussten sie suchen, aber schließlich hatte Juno es gefunden: ein von Hand in unauffälliges Leder gebundenes schmales Buch, auf dessen Rücken Goldbuchstaben anzeigten, dass es darin um das Wirtschaftssystem Trojas ging.

Nebeneinander stehend, lasen sie eine Seite, die sie willkürlich aufgeschlagen hatten.

Natürlich hat man die Sache mit dem Darlehen sorgfältig eingefädelt. Die Einzelheiten werden in einem Brief stehen, den man bei seinem Tod findet. Sobald er bekannt gegeben ist, wird man dem Journalisten das letzte Beweisstück im Hinblick auf die Geschichte von Whitechapel zuspielen.

Beides zusammen wird dann alles Notwendige bewirken.

Juno sah Charlotte fragend an.

Charlottes Gedanken überschlugen sich. Sie verstand zwar nur zum Teil, worum es ging, aber der Hinweis auf Remus sprang ihr förmlich aus dem Buch entgegen.

»Er hat im Voraus vom Tod eines Menschen gewusst«, sagte Juno leise. »Das ist wohl ein Teil des Plans zum Sturz der Regierung?« In ihrer Stimme lag unüberhörbar die Bitte, Charlotte möge das mit einer frommen Lüge bestreiten.

»So sieht es aus«, sagte diese stattdessen und versuchte zu überlegen, auf wen sich der Hinweis beziehen konnte. »Sie haben Recht, es gehört zur Verschwörung für die Revolution. Ich weiß übrigens, wer dieser Journalist ist.«

Juno schwieg. Ihre Hände zitterten, während sie umblätterte. Auf den nächsten Seiten fanden sich Zahlen darüber, wie viele Menschen bei den verschiedenen Revolutionen des Jahres 1848 auf dem europäischen Kontinent verletzt worden und umgekommen waren. Anhand ihrer hatte man geschätzt, wie hoch die Zahl der Opfer in London und anderen größeren Städten Englands voraussichtlich sein würde, wenn es dort zur Revolution käme. Niemand konnte missverstehen, was das zu bedeuten hatte.

Juno war weiß wie ein Laken, ihre dunklen Augen lagen tief in ihren Höhlen.

Auf die nächsten Seiten warfen die beiden Frauen nur einen flüchtigen Blick. Sie enthielten Pläne und Möglichkeiten für die Umverteilung des Wohlstandes sowie von Haus- und Grundbesitz jener, die selbiges ererbt und nicht durch eigene Bemühungen erworben hatten. Das Dokument umfasste mindestens ein Dutzend Seiten.

Ganz zum Schluss fand sich der Entwurf einer Staatsverfassung. An der Spitze sollte ein Präsident stehen, der einem Senat verantwortlich war – ähnlich wie in Rom zur Zeit der Republik, vor dem Kaiserreich. Der noch nicht durchformulierte Entwurf bestand lediglich aus einer Reihe von Vorschlägen, doch konnte kein Zweifel daran bestehen, wer als Erster für das Amt des Präsidenten vorgesehen war. Er enthielt einen Hinweis auf mehrere bedeutende Idealisten der Vergangenheit, in erster Linie Mazzini, sowie auf Mario Corena, der zwar in Rom gescheitert war, aber Großartiges geleistet hatte. Die Führung in England wollte der Meister selbst übernehmen.

Charlotte brauchte nicht zu fragen, ob es sich um Martin Fetters' Handschrift handelte; sie sah auf den ersten Blick, dass sie es nicht war. Es bestand nicht die geringste Ähnlichkeit. Fetters hatte kräftig und flüssig geschrieben, ein wenig unordentlich, als wäre seine Begeisterung seiner Hand davongeeilt. Diese Schrift hier war von pedantischer Exaktheit: die Buchstaben fast senkrecht, und kaum ein Größenunterschied zwischen Groß- und Kleinbuchstaben, keine Abstände zwischen den Sätzen.

Sie hob den Blick zu Juno und versuchte sich vorzustellen, was sie selbst empfinden würde, wenn sie so etwas in Pitts Zimmer gefunden hätte. Aus dem Dokument sprachen neben glühender Leidenschaft und Idealismus auch Willkür und die Bereitschaft zur Gewalttätigkeit. Überdies ging es von völlig falschen Voraussetzungen aus. Nie und nimmer durfte ein Betrug wie der hier geplante, bei dem Wut und Lügen die Unruhe im Lande schüren sollten, Grundlage einer Reform sein. An keiner Stelle war die Rede davon, das Volk nach seinem Willen zu fragen oder allen Menschen offen zu sagen, ein wie hoher Einsatz nötig sein würde, um die geplante Reform durchzusetzen.

Sie erkannte auf Junos Zügen Entsetzen, Verwirrung und einen Kummer, der alle Schmerzen der vergangenen Tage überschattete.

»Ich habe mich geirrt«, flüsterte sie. »Ich habe ihn überhaupt nicht gekannt. Was da geplant wird, ist ungeheuerlich. Er – er hat seinen ganzen wahren Idealismus eingebüßt. Ich weiß, dass er überzeugt war, zum Besten des Volkes zu handeln. Er hat jede Form der Tyrannei verabscheut... aber er hat nie gefragt, ob die Leute eine Republik wollten oder bereit waren, dafür zu sterben! Er hat für sie entschieden! Das ist keine Freiheit, sondern eine andere Art der Tyrannei.«

Charlotte konnte nichts dagegen sagen, und ihr fiel auch kein tröstendes Wort ein. Juno hatte Recht: Das war der Gipfel der Anmaßung, ein unüberbietbares Despotentum, ganz gleich, was für idealistische Gedanken dahinter stehen mochten.

Juno sah in die Ferne; in ihren Augen standen Tränen. »Danke, dass Sie nichts Abgedroschenes gesagt haben«, brachte sie schließlich heraus.

Charlotte traf die einzige Entscheidung, der sie sicher war. »Ich denke, wir sollten jetzt den Tee trinken. Mir kommt es vor, als hätte ich Papier gegessen!«

Juno stimmte ihr mit einem halben Lächeln zu. Gemeinsam gingen sie nach unten, und binnen fünf Minuten kam Dora mit dem Teetablett. Eine Weile sagte keine der beiden Frauen etwas. Es schien nichts Sinnvolles zu geben, worüber man sprechen konnte. Schließlich stellte Juno ihre Tasse hin, stand auf und trat ans Fenster. Sie sah hinaus auf die kleine Rasenfläche, die im Sonnenschein lag.

»Ich habe mich in John Adinetts Gegenwart immer unbehaglich gefühlt und ihn gehasst, weil er Martin umgebracht hat«, sagte sie langsam. »Gott verzeih mir, ich war sogar froh, als sie ihn gehängt haben. Aber jetzt verstehe ich, warum er geglaubt hat, es tun zu müssen. Mir ... mir ist das sehr unangenehm ... aber ich denke, mir bleibt nichts übrig, als die Wahrheit zu sagen. Das macht Adinett zwar nicht wieder lebendig, wird aber die Schmach tilgen, die jetzt auf seinem Namen liegt.«

Charlotte war nicht sicher, was sie empfand. Auf jeden Fall war sie voll grenzenlosen Mitleids und voller Bewunderung. Was aber war mit Pitt? In gewisser Hinsicht war inzwischen zumindest verständlich, warum Adinett es für gerechtfertigt gehalten hatte, Fetters zu töten. Hätte man während des Prozesses seine Gründe gekannt, wäre er nie zum Strang verurteilt worden. Möglicherweise hätte man sogar Pitt Vorwürfe gemacht, weil er den Fall weiterverfolgt hatte.

Doch Adinett war zu keinerlei Erklärungen bereit gewesen. Woher also hätte man wissen sollen, was dahinter steckte? Nicht einmal Gleave hatte etwas gesagt. War es denkbar, dass auch er nichts gewusst hatte? Dann aber fiel ihr ein, mit welchem Gesichtsausdruck er Juno nach Martins Papieren gefragt hatte. Zwar hatte er nicht gedroht, doch sie und Juno hatten wie Kälte in ihren Knochen eine Drohung gespürt, die eindeutig in der Atmosphäre gelegen hatte.

Er wusste also Bescheid, hatte aber auf Fetters' Seite gestanden! Der arme Adinett hatte niemanden gehabt, an den er sich wenden, niemanden, dem er trauen konnte. Kein Wunder, dass er keinerlei Versuch unternommen hatte, sich zu retten, und schweigend in den Tod gegangen war. Vom Augenblick seiner Festnahme an war ihm wohl klar gewesen, dass nicht die geringste Aussicht bestand, die Sache zu seinem Vorteil zu entscheiden. Er hatte gehandelt, um sein Land vor einer Revolution zu bewahren, im vollen Bewusstsein dessen, dass es ihn das Leben kosten würde. Das Mindeste, was er verdiente, war, dass man die Wahrheit ans Licht brachte, um sein Tun nachträglich zu rechtfertigen.

»Ja«, gab ihr Charlotte Recht. »Wenn ich darf, würde ich gern als Oberinspektor Pitts Frau mitkommen.«

Juno wandte sich ihr zu. »Aber natürlich. Ich hätte Sie ohnehin darum gebeten.«

»Wem wollen Sie es sagen?«

»Ich denke, Charles Voisey. Er ist Richter am Berufungsgericht, hat den Fall mitentschieden und ist mit allen Einzelheiten vertraut. Ich kenne ihn ein wenig, von den anderen aber keinen. Ich will sehen, ob ich heute Abend zu ihm kann. Ich möchte das so schnell wie möglich erledigen ... es – es fällt mir sehr schwer zu warten.«

»Das verstehe ich«, sagte Charlotte rasch. »Ich komme dann.«

»Ich werde um halb acht mit der Kutsche da sein, es sei denn, er kann uns nicht empfangen. Ich sage Ihnen noch Bescheid«, versprach Juno.

Charlotte erhob sich. »Ich werde bereit sein.«

Sie trafen kurz nach acht in Charles Voiseys Haus am Cavendish Square ein und wurden in ein prächtiges Gesellschaftszimmer geführt. Es war streng konservativ gehalten, Rot und sanftes Gold herrschten vor, dunkle, warme Töne. Exquisite arabische Messingarbeiten setzten dem Raum Glanzlichter auf: Tabletts, Krüge und Vasen, auf deren gravierten Oberflächen sich das Licht fing.

Voisey empfing die Besucherinnen höflich. Falls er auf den Grund ihres Kommens neugierig war, zeigte er das nicht. Andererseits bemühte er sich auch nicht um eine Konversation im Plauderton. Als sie Platz genommen und die ihnen angebotenen Erfrischungen dankend abgelehnt hatten, wandte er sich fragend an Juno.

»Was kann ich für Sie tun, Mrs. Fetters?«

Sie hatte sich bereits dem Schlimmsten gestellt, indem sie sich eingestanden hatte, dass Martin nicht der Mensch gewesen war, den sie während all der Jahre ihrer Ehe geliebt hatte. Das einem anderen mitzuteilen war schwer, aber vielleicht sogar eine Erleichterung, wenn man es mit dem richtigen Gegenüber zu tun hatte.

Sie saß aufrecht und sah ihn an, während sie begann: »Wie ich am Telefon schon angedeutet habe, habe ich in Papieren meines Mannes, die von der Polizei nicht gefunden wurden, weil sie so glänzend versteckt waren, eine Entdeckung gemacht.«

Voisey wurde kaum merklich abweisend. »Ach ja? Ich hatte angenommen, man habe sehr gründlich gesucht.« Er warf einen raschen Blick auf Charlotte. Es kam ihr vor, als freue er sich darüber, dass Pitt diese Papiere nicht gefunden hatte, und sie musste sich große Mühe geben, ihn nicht offen in Schutz zu nehmen.

Das übernahm Juno. »Sie waren in ein Buch eingebunden. Mein Mann hat seine Bücher selbst gebunden, müssen Sie wissen. Er konnte das ziemlich gut. Sofern man nicht jedes einzelne Werk in der Bibliothek in die Hand nahm und durchsah, gab es keine Möglichkeit, diese Papiere zu finden.«

»Und das haben Sie getan?« In seiner Stimme lag Überraschung.

Sie lächelte trübselig. »Ich habe nichts Besseres zu tun.«

»Ach so ...« Er ließ diesen Ansatz zu einer Äußerung unbeendet in der Luft hängen.

»Ich wollte wissen, welches Motiv John Adinett für seine Tat gehabt haben könnte, denn ich hatte ihn stets für den Freund meines Mannes gehalten«, fuhr Juno mit bemüht unbeteiligter Stimme fort. »Jetzt kenne ich es und halte es für ein Gebot des Anstandes, das auch öffentlich zu machen. Meiner Ansicht nach sind Sie der richtige Adressat für diese Mitteilung.«

Voisey saß reglos da und atmete langsam aus. »Aha. Und was steht also in diesen Papieren, Mrs. Fetters? Vermutlich gibt es keinen Zweifel daran, dass es seine sind?«

»Es handelt sich um Briefe und Denkschriften im Zusammenhang mit einem Vorhaben, an das er ganz offensichtlich glaubte. Sie sind zwar nicht in seiner Handschrift abgefasst, aber er hat sie gebunden und in seiner Bibliothek versteckt«, gab sie zur Antwort. »Vermutlich hat John Adinett ihn getötet, als er erkannt hat, worum es dabei ging.«

»Das scheint mir ... eine äußerst extreme Handlungsweise«, sagte Voisey nachdenklich. Ohne noch auf Charlotte zu achten, konzentrierte er seine Aufmerksamkeit völlig auf Juno. »Wenn es dabei um etwas ging, was Adinett so scharf missbilligte, warum hat er dann nicht einfach die Öffentlichkeit davon in Kenntnis gesetzt? Vermutlich war es etwas Gesetzwidriges oder zumindest etwas, das andere hätten verhindern können.«

»Wenn diese Pläne an die Öffentlichkeit gelangt wären, hätte das Panik ausgelöst und möglicherweise Gesinnungsgenossen auf den Plan gerufen«, gab sie zurück. »Mit Sicherheit hätte es zu großer Freude unter den Feinden Englands geführt und ihnen unter Umständen Möglichkeiten aufgezeigt, wie man uns schaden könnte.«

Voisey sah sie mit zunehmender Spannung an. Als er jetzt sprach, klang seine Stimme härter; Besorgnis schwang darin mit. »Und warum hat Adinett das Ihrer Ansicht nach nicht diskret an die richtigen Stellen weitergeleitet?«

»Weil er nicht wissen konnte, wer noch in die Sache verwickelt war«, gab sie zur Antwort. »Es handelt sich nämlich um eine weit verzweigte Verschwörung.«

Seine Augenbrauen hoben sich leicht. Seine ineinander verschränkten Finger spannten sich. »Eine Verschwörung? Was hatte die zum Ziel, Mrs. Fetters?«

»Den Sturz der Regierung, Mr. Voisey«, sagte sie. Angesichts der Bedeutung der Aussage klang ihre Stimme erstaunlich gleichmütig. »Und zwar auf dem Wege der Gewalt – kurz, eine Revolution mit der Absicht, die Monarchie abzuschaffen und einen Präsidenten an ihre Stelle zu setzen.«

Er schwieg eine Weile, als könne er kaum glauben, was er da hörte, und sei davon wie vor den Kopf geschlagen.

»Sind Sie sich ... Ihrer Sache ganz sicher, Mrs. Fetters? Kann es nicht sein, dass Sie da etwas missverstanden haben und es in Wahrheit um ein anderes Land geht, während Sie glaubten, es handele sich um England?«, fragte er schließlich.

»Sie dürfen mir glauben, dass mir nichts lieber wäre.« An der Aufrichtigkeit ihrer Empfindungen konnte er keinen Zweifel haben. Er sah zu Charlotte hin.

Sie hielt seinem Blick stand und erkannte darin neben einer tiefen Intelligenz die Kälte einer nahezu unbeherrschbaren Abneigung, die sie erstaunte. Sie merkte, dass sie Angst hatte, obwohl sie sich keinen Grund dafür denken konnte. Sie war dem Mann nie zuvor begegnet und hatte ihm nichts getan.

Mit scharfer Stimme fragte er: »Haben Sie diese Papiere auch gesehen, Mrs. Pitt?«

»Ja.«

»Und sind es auch Ihrer Ansicht nach Umsturzpläne?«

»Ja. Bedauerlicherweise.«

»Wie sonderbar, dass Ihr Gatte sie nicht entdeckt hat, finden Sie nicht auch?« Jetzt war die Verachtung unverkennbar, und sie begriff, dass das Gefühl, das er ihr gegenüber nicht verbergen konnte, in Wahrheit Pitt galt.

Spitz gab sie zurück: »Ich nehme nicht an, dass er nach Plänen zum Sturz der Monarchie und zur Einführung einer republikanischen Verfassung gesucht hat. Zwar wäre es insgesamt gesehen besser gewesen, wenn er das Motiv hätte finden können, aber erforderlich war es nicht«, fügte sie abweisend hinzu. »Außerdem war es Adinetts eigener Entschluss, sich lieber hängen zu lassen, als die Pläne bekannt zu geben – was auf seine Überzeugung hinweist, dass die Verschwörung ziemlich weite Kreise gezogen haben musste. Er kannte wohl niemanden, dem er zu trauen wagte, obwohl es um sein Leben ging.«

Das Blut war Voisey erkennbar in den Kopf gestiegen. In seinen Augen lag ein sonderbarer Glanz.

Charlotte überlegte, ob er sich Vorwürfe machte, weil er als Richter in der Berufungsverhandlung am Todesurteil gegen den Mann mitgewirkt hatte, von dem er jetzt zugeben musste, dass es sich bei ihm um ein Opfer und einen Helden handelte. Sie bedauerte, so schroff gesprochen zu haben, brachte es jedoch nicht über sich, das zu sagen.

»Und hat er sich da geirrt, Mrs. Pitt?«, fragte er mit leiser Stimme. Er wirkte angespannt. »Hätte ihm Ihr Gatte Glauben geschenkt und geholfen, wenn ihm Adinett seine Gründe für die Tötung Fetters' mitgeteilt hätte?« Er sprach die andere Hälfte seiner Frage nicht aus.

»Falls Sie damit andeuten wollen, mein Mann sei Revolutionär oder könne der Verschwörung angehören ...« Sie hielt inne, als sie sein boshaftes Lächeln sah. Sie wusste genau, was er dachte: Auch Juno hatte an die Schuldlosigkeit Martin Fetters' geglaubt – und sich geirrt. »Ich bin überzeugt, dass er getan hätte, was er konnte, um die Verschwörung aufzudecken«, fuhr sie fort. »Aber ich verstehe, was Sie sagen wollen – auch er hätte nicht gewusst, wem er trauen sollte. Die Betreffenden hätten einfach das Beweismaterial aus dem Weg geräumt und ihn mit dazu. Doch da er nichts davon gewusst hat, stellt sich die Frage nicht.«

Voisey wandte sich erneut Juno zu. Der Ausdruck seines Gesichts änderte sich, zeigte wieder Mitgefühl. »Was haben Sie mit dem Buch getan, Mrs. Fetters?«

»Ich habe es mitgebracht«, sagte sie und hielt es ihm hin. »Ich denke, wir sollten dafür sorgen ... nun, ich finde, dass es meine Pflicht ist ... John Adinett zu rehabilitieren, damit man sich seiner nicht als eines Mannes erinnert, der grundlos seinen Freund getötet hat. Es ... es wäre mir natürlich im Interesse meines Mannes lieber, wenn sich das vermeiden ließe, aber dazu sehe ich keine Möglichkeit.«

»Sind Sie sicher, dass Sie das wollen?«, fragte er freundlich. »Sobald Sie mir das Beweisstück ausgehändigt haben, darf ich es Ihnen nicht mehr zurückgeben und muss die Sache amtlich machen. Wollen Sie es nicht lieber vernichten, damit der Name Martin Fetters in guter Erinnerung bleibt als der eines Mannes, der auf seine Weise für die Freiheit aller Menschen gekämpft hat?«

Juno zögerte.

»Ist es wirklich im Interesse der Öffentlichkeit, wenn

bekannt wird, dass es in unserem Lande Männer gibt«, fuhr Voisey fort, »deren Namen Sie nicht nennen können und deren Ziel es ist, die beiden Kammern unseres Parlaments mitsamt unserer Monarchie abzuschaffen und an deren Stelle einen Präsidenten und einen Senat zu setzen, von denen niemand weiß, welches Ausmaß an Freiheit oder Gerechtigkeit sie bieten? Für den Mann auf der Straße sind das sonderbare Gedanken, die er nicht versteht. Trotz aller Mängel und Ungerechtigkeiten fühlt er sich sicher mit dem Bestehenden, denn das kennt er. Immerhin ist es möglich, dass Adinett geschwiegen hat, weil ihm klar war, welche Unruhe die Kenntnis einer solchen Verschwörung hervorrufen kann, und nicht nur, weil er nicht wusste, wem er trauen konnte. Haben Sie sich das überlegt?«

»Nein«, sagte Juno leise. »Nein, der Gedanke ist mir nicht gekommen. Möglicherweise haben Sie Recht. Vielleicht ... falls er Angst hatte zu sprechen, wäre es ihm jetzt vielleicht auch lieber, dass wir es für uns behalten. Er war ein Mann von vornehmer Gesinnung ... ein bedeutender Mann. Ich verstehe, warum es Sie so sehr bekümmert, dass er tot ist. Es tut mir Leid, Mr. Voisey ... und ich schäme mich.«

»Dazu haben Sie keinen Anlass«, sagte er mit einem flüchtigen traurigen Lächeln. »Es ist nicht Ihre Schuld. Ja, er war ein bedeutender Mann, und vielleicht wird man das im Laufe der Zeit auch noch erkennen. Jetzt aber scheint es mir nicht angezeigt, diese Sache öffentlich bekannt zu machen.«

Juno erhob sich, ging zum Kamin hinüber und ließ den schmalen Band ins Feuer fallen. »Ich danke Ihnen aufrichtig für Ihren Rat, Mr. Voisey.« Sie sah Charlotte an.

Auch Charlotte stand auf. In ihrem Kopf wirbelte alles durcheinander. Sie wusste nicht, was sie denken sollte, doch eines war ihr mit greller Deutlichkeit klar geworden: Charles Voisey war an maßgeblicher Stelle an der Verschwörung beteiligt! Er kannte den Inhalt der Papiere besser als die beiden Frauen. Juno hatte lediglich von einer Präsidentschaft gesprochen, aber weder einen Senat noch die Abschaffung von Ober- und Unterhaus erwähnt.

»Mrs. Pitt ...« Seine Stimme riss sie aus ihren Gedanken.

Er sah sie an, aufmerksam musterten seine klugen Augen

ihr Gesicht. Hatte er etwa erraten, dass sie ihn durchschaut hatte?

Sie zwang sich zu sagen: »Vielleicht haben Sie Recht.« Mochte er denken, dass sie enttäuscht war, weil eine Aufdeckung der Verschwörung Pitts Namen reingewaschen hätte. So würde er sich das zurechtreimen, denn er hasste Pitt. Nur fort von diesem Mann, in die Sicherheit des eigenen Heims, so schnell wie möglich!

Aber bot das eigene Heim Sicherheit? Martin Fetters war in seiner Bibliothek ermordet worden! Sie würde Juno von ihrem Verdacht berichten und dafür sorgen müssen, dass sie aus London verschwand und irgendwo auf dem Lande untertauchte, wo sie niemand kannte. Dort würde sie so lange bleiben müssen, bis es eine Möglichkeit gab, sie zu schützen, oder bis es nicht mehr nötig war.

»Ich denke schon«, sagte er mit schiefem Lächeln. »Eine Rehabilitierung Adinetts würde mehr Schaden anrichten als Gutes bewirken ... immerhin hat er seinen guten Namen aus eigenem Entschluss für das Wohl des Landes geopfert.«

»Das leuchtet ein.« Sie wandte sich der Tür zu. Trotz ihres kaum zu unterdrückenden Bedürfnisses davonzulaufen, bemühte sie sich, langsam zu gehen. Vermutlich nahm er nicht nur an, dass sie es begriffen hatte, er wusste es! Auf keinen Fall durfte er ihre Angst spüren! Sie blieb sogar stehen, als er aufstand, um den Damen die Tür zu öffnen, obwohl er ihr damit näher kam, als ihr lieb war. Dann folgte sie Juno ins Vestibül.

Es kam ihr vor, als würden sie nie bis zur Haustür kommen. Juno blieb noch einmal stehen, um sich von ihm zu verabschieden und ihm für seinen guten Rat zu danken.

Endlich waren sie an der frischen Abendluft, stiegen in die Kutsche und fuhren ab.

»Gott sei Dank!«, stieß Charlotte erleichtert aus.

»Wieso Gott sei Dank?«, fragte Juno mit müder und enttäuschter Stimme.

»Er hat alles gewusst!«, gab Charlotte zurück. »Sie haben nichts von einem Senat gesagt – er aber hat davon gesprochen!«

In der Dunkelheit griff Juno nach Charlottes Hand; ihre Finger gruben sich vor Entsetzen tief ins Fleisch.

»Sie müssen London verlassen«, sagte Charlotte entschlossen, »und zwar noch heute Abend. Er weiß, dass Sie die Schrift gelesen haben. Sagen Sie niemandem, wohin Sie gehen. Schicken Sie ein Lebenszeichen an Lady Vespasia Cumming-Gould – nicht an mich!«

»Ja ... das werde ich tun. Großer Gott, in was für ein Spinnennetz sind wir da geraten?« Sie ließ Charlottes Hand nicht mehr los.

Kapitel 13

Vespasia stand im Frühstückszimmer und sah durch das Fenster auf die gelben Rosen, die auf der anderen Seite des Rasens in voller Blüte standen. Der Augenblick war gekommen, in dem sie sich der Frage stellen musste, die sie zutiefst schmerzte. Sie fürchtete sich vor der Antwort, hatte aber stets nach dem Grundsatz gelebt, dass Mut der Eckstein aller anderen Tugenden ist. Ohne ihn gab es keine Integrität; nicht einmal Liebe konnte ohne ihn überdauern, denn wer liebt, setzt sich Gefahren aus, und irgendwo oder irgendwann verursacht sie Schmerzen.

Sie hatte Mario ein halbes Jahrhundert lang geliebt. Diese Liebe hatte ihr das tiefste und vollkommenste Glück beschert, ihr zugleich aber auch den größten Schmerz zugefügt, den sie je erlebt hatte – doch nie Enttäuschung. Sie versuchte sich einzureden, dass es dazu auch jetzt nicht kommen würde.

Sie stand noch da, als das Mädchen eintrat, um ihr mitzuteilen, dass Mrs. Pitt gekommen sei und mit ihr sprechen wolle.

Diesmal wäre sie lieber nicht gestört worden. Zwar bot der Besuch einen Vorwand, die hässliche Sache aus ihren Gedanken zu verbannen, aber sie wollte keinen Vorwand. Es würde nichts ändern. Andererseits wollte sie Charlotte auch nicht abweisen.

»Bitten Sie sie herein«, sagte sie daher und wandte sich von den Rosen ab. Es musste etwas ganz Dringendes sein, wenn Charlotte schon so kurz nach dem Frühstück kam.

Sobald sie Charlottes Gesicht sah, war ihr klar, dass sie mit ihrer Vermutung Recht hatte. Mit Ausnahme zweier leuchtend roter Flecken auf den Wangen war ihr Gesicht totenbleich. Sie sah aus, als ob sie fieberte. Mit raschen Schritten trat sie in den Raum, und kaum hatte sie die Tür hinter sich geschlossen, als die Worte schon aus ihr hervorsprudelten, ohne dass sie Vespasia wie sonst höflich begrüßt hätte.

»Guten Morgen. Entschuldige bitte, dass ich so früh komme, aber gestern haben Juno Fetters und ich die Papiere entdeckt, die ihr Mann versteckt hatte. Er hatte eine Revolution in England geplant, bei der nicht nur der Thron gewaltsam gestürzt werden sollte, sondern auch die ganze Regierung ... das Parlament, einfach alles. Stattdessen sollten ein Senat und ein Präsident eingesetzt werden. In den Plänen wurde nicht nur mit Gewalttätigkeit gerechnet, es stand auch die Zahl der voraussichtlichen Todesfälle darin, außerdem enthielten sie den Entwurf einer neuen Verfassung, die zahlreiche Reformen vorsah.«

»So, so«, sagte Vespasia leise. »Es überrascht mich in keiner Weise, dass es solche Dokumente gibt. Nur hatte ich nicht angenommen, dass sich Martin Fetters an so etwas beteiligen würde, wenn bekannt war, dass es zu Gewalttätigkeiten kommen sollte. Ich hatte ihn immer für einen Reformer und nicht für einen Umstürzler gehalten. Das A und O einer guten Regierung ist eine breite Basis der Zustimmung im Volk. Es tut mir wirklich Leid, das zu hören.« Damit war es ihr ernst. Es war bitter, zu erfahren, dass noch ein Mann, den sie bewundert hatte, seinen Grundsätzen untreu geworden war.

Charlotte stand dicht neben ihr, ihr Blick wirkte gequält.

»Mir auch«, sagte sie mit einem betrübten Lächeln. »Ich kannte ihn zwar nur aus seinen Schriften, aber er war mir sehr sympathisch. Für seine Frau war es einfach vernichtend, zu merken, dass der Mann, den sie geliebt hatte, in Wirklichkeit gar nicht existierte.« Sie sah suchend auf Vespasias Gesicht, ihre Augen waren ängstlich und verwirrt.

»Setz dich.« Vespasia wies auf einen der Sessel und nahm selbst Platz. »Ich vermute, dass du in dieser Sache etwas unternehmen willst.«

»Das habe ich bereits getan«, sagte Charlotte mit erstickter Stimme. »Juno Fetters hat gleich begriffen, dass darin das

Motiv für John Adinett lag, ihren Mann zu töten, und auch, warum er niemandem etwas darüber sagen konnte, nicht einmal, um seine Haut zu retten. Wem hätte er denn trauen sollen?«

Vespasia wartete. Was sie da hörte, war ihr zutiefst unbehaglich.

»Also hat sie beschlossen, Adinetts Namen reinzuwaschen, indem sie die Sache bekannt machte«, schloss Charlotte.

»Wem?«, fragte Vespasia. Eine plötzliche Angst durchschnitt sie wie ein scharfes Messer.

Was sich auf Charlottes Gesicht spiegelte, ließ auf ähnliche Empfindungen schließen.

»Charles Voisey«, sagte sie. »Wir waren gestern Abend bei ihm. Sie hat ihm einen Großteil dessen berichtet, was in den Papieren stand, aber nicht alles.«

»Ich verstehe …«

»Nein!« Charlottes Gesicht war jetzt weiß wie ein Laken, ihre Augen hatten sich geweitet. »Vermutlich nicht. Unmittelbar, bevor wir gegangen sind, hat er Mrs. Fetters überredet, das Dokument zu vernichten, damit die Öffentlichkeit nicht dadurch beunruhigt würde, dass man die Verschwörung bekannt gab, ohne die Namen der an ihr Beteiligten nennen zu können. Das klang auch ganz sinnvoll«, fügte sie rasch hinzu, »doch hat er in der Hitze des Augenblicks Angaben aus dem Dokument erwähnt, über die wir gar nicht gesprochen hatten! Tante Vespasia, er gehört zum Inneren Kreis – möglicherweise ist er sogar der führende Kopf, denn ein anderer würde kaum so viel darüber wissen.« Sie schüttelte leicht den Kopf. »Nur an der Spitze weiß man alles. Die Leute sind in lauter kleinen Gruppen organisiert, und damit kein Verrat möglich ist, weiß jeder nur so viel, wie unbedingt nötig ist.«

»Ja …« Vespasias Gedanken jagten sich. Was Charlotte da sagte, ergab in ganz entsetzlicher Weise einen Sinn. Sie konnte sich Charles Voisey genau als den Mann vorstellen, der an die Spitze eines neuen revolutionären England treten sollte. Er war viele Jahre lang Berufungsrichter gewesen, alle Welt hatte gesehen, wie er dem Recht zur Geltung verhalf, falsche Entscheidungen unterer Instanzen revidierte, weder persönliche Ziele noch solche von Parteien verfolgte. Trotz seines großen Bekannten- und Kollegenkreises hatte er sich aus allem Parteienhader herausgehalten, sodass ihm die öffentliche Meinung nicht unterstellen konnte, seinen persönlichen Vorteil zu suchen.

Während Vespasia alles durch den Kopf ging, was sie über ihn wusste, begriff sie, dass es mit Charlottes Vermutung durchaus seine Richtigkeit haben konnte. So manches andere ergab jetzt einen Sinn: Fetzen von Unterhaltungen, die sie zufällig gehört hatte, Dinge, die Pitt ihr gesagt hatte, sogar ihre Zusammenkunft mit Randolph Churchill.

Dann fiel ihr etwas anderes ein, und der winzige Zweifel, an den sie sich hoffnungsvoll geklammert hatte, schwand dahin.

»Tante Vespasia …«, sagte Charlotte leise und beugte sich vor.

»Ja«, wiederholte Vespasia. »Das meiste, was du sagst, stimmt. Aber ich denke, dass du eins falsch gedeutet hast. Sofern du eine Möglichkeit hast, das Mrs. Fetters mitzuteilen, wird sie das sehr trösten. Allerdings müssen wir vor allem an ihre Sicherheit denken, und falls sie das Buch besitzt, fürchte ich, dass man sie nicht in Ruhe lassen wird.«

»Sie hat es nicht«, sagte Charlotte rasch. »Sie hat es verbrannt, in Voiseys Kamin. Aber was soll ich falsch verstanden haben?«

Vespasia seufzte mit gerunzelten Brauen. »Angenommen, Adinett hat an jenem bewussten Tag in Fetters' Bibliothek Kenntnis von dem Dokument und von der Beteiligung seines Freundes an der Verschwörung zum Umsturz erlangt – warum hat er es dann nicht einfach mitgenommen?«, fragte sie.

»Er wusste nicht, wo es war, und er hatte keine Zeit, danach zu suchen«, gab Charlotte zur Antwort. »Es war äußerst gut versteckt. Martin Fetters hatte es so eingebunden, dass es genauso aussah wie …« Dann riss sie die Augen weit auf. »Ach so, natürlich. Wenn er es gesehen hatte, wusste er auch, wo es zu finden war! Warum hat er es nicht mitgenommen?«

»Wer hat es geschrieben?«

»Das weiß ich nicht. Es waren zwei oder drei verschiedene

Handschriften. Willst du etwa darauf hinaus, dass das Buch gar nicht Fetters gehörte?«

»Ich vermute, dass Adinett einen Teil des Textes geschrieben hat«, sagte Vespasia, »Voisey möglicherweise einen weiteren, und unter Umständen war auch Reginald Gleave beteiligt. Ich denke, dass Fetters' Handschrift keinesfalls darin zu finden ist.«

»Aber er hat es eingebunden!«, gab Charlotte zu bedenken. »Immerhin hat er eine Republik befürwortet und nie etwas anderes behauptet.«

»Das tun viele«, sagte Vespasia gelassen, bemüht, den Schmerz nicht zu zeigen, den sie empfand. »Aber die meisten wollen sie nicht mithilfe von Gewalt und Täuschung errichten. Sie werben ausschließlich mit Argumenten dafür, versuchen mit Leidenschaft oder Vernunftgründen zu überzeugen – oder mit beidem. Falls Martin Fetters zu dieser Art von Vertretern der Republik gehörte, mussten ihn seine Mitstreiter sofort zum Schweigen bringen, als er entdeckt hatte, dass sie weit radikaler vorzugehen gedachten als er.«

»Und das hat Adinett getan«, schloss Charlotte. In ihren Augen lag Angst. »Kein Wunder, dass Voisey aggressiv reagiert hat, weil Thomas so beharrlich Beweismaterial gegen Adinett gesammelt und mehr oder weniger dafür gesorgt hat, dass er in eine Situation geriet, in der Voisey selbst Adinetts Berufung verwerfen musste! Da sich bereits drei seiner Kollegen gegen eine Revision des Urteils ausgesprochen hatten, hätte er mit einem abweichenden Votum lediglich seine Karten aufgedeckt, ohne Adinett damit retten zu können.« Einen Augenblick lang legte sich ein bitteres Lächeln auf ihre Züge. »Das hat seine Haltung nur noch verschärft.« Dann wurde ihr Gesicht sanfter. »Ich bin aber wirklich froh, dass Martin Fetters nicht zu diesen Leuten gehört hat. Ich habe ihn gleich gut leiden können, als ich gelesen hatte, was er schrieb. Vor allem aber wird seine Frau erleichtert sein, wenn ich ihr das sage. Gibt es irgendeine Möglichkeit, dafür zu sorgen, dass sie in Sicherheit ist, können wir ihr irgendwie helfen?«

»Ich werde darüber nachdenken«, sagte Vespasia. So wichtig diese Frage war, anderes war vordringlich und beschäftigte sie noch mehr.

Charlotte sah sie aufmerksam und besorgt an.

Vespasia war nicht bereit, mit ihr über das zu sprechen, was ihr durch den Kopf ging; vielleicht würde sie das nie tun. Manche Dinge gehören ausschließlich zu einem selbst und lassen sich nicht in Worte fassen.

Sie stand auf. Sogleich erhob sich Charlotte; ihr war klar, dass Vespasia allein sein wollte.

»Thomas war gestern hier«, sagte diese. »Es geht ihm gut.« Sie sah die Erleichterung auf Charlottes Zügen. »Ich habe den Eindruck, dass man sich in Spitalfields gut um ihn kümmert. Seine Kleidung wirkte sauber und ordentlich«, fügte sie mit einem kurzen Lächeln hinzu. »Danke, dass du gekommen bist, meine Liebe. Ich werde gründlich über alles nachdenken, was du gesagt hast. Zumindest ist mittlerweile manches klarer. Sofern Charles Voisey an der Spitze des Inneren Kreises steht und John Adinett sein Stellvertreter war, verstehen wir jetzt wenigstens die Hintergründe des Mordes an Martin Fetters und wissen, dass Thomas Recht hatte. Ich werde sehen, was ich tun kann, um Mrs. Fetters zu helfen.«

Charlotte gab ihr einen flüchtigen Kuss auf die Wange und ging.

Jetzt musste Vespasia handeln. Sie wusste genug, um zu rekonstruieren, was geschehen war. Die Geldschuld des Kronprinzen war fiktiv, das hatte sie an dem Schuldschein erkannt, den Pitt mitgebracht hatte. Er war eindeutig gefälscht – zwar glänzend, würde aber vor einem Gericht nicht bestehen können. Sein Zweck bestand darin, die Verängstigten, Hungernden und Mittellosen von Spitalfields davon zu überzeugen, dass die Ursache für den Verlust ihres Arbeitsplatzes die Verschwendungssucht des Thronfolgers gewesen sei. War der Aufstand einmal losgebrochen, kam es auf Wahrheit oder Lüge ohnehin nicht mehr an, zumal Lyndon Remus seine Geschichte über den Herzog von Clarence und die Morde in Whitechapel veröffentlichen würde. Ob der Wahrheit entsprach, was darin stand, oder nicht – sie würde auf jeden Fall dafür sorgen, dass aus dem Aufruhr eine Revolution wurde. Der Innere Kreis würde all das so lange steuern, bis es für seine Mitglieder Zeit war, an die Öffentlichkeit zu treten und die Macht zu übernehmen.

Vespasia fiel der Opernbesuch mit Mario Corena ein, bei dem sie Sissons als Langweiler bezeichnet hatte. Er hatte ihr mitgeteilt, sie irre sich in dem Mann. Wäre ihr da bekannt gewesen, was sie jetzt wusste – sie hätte seinen Mut zur Selbstaufopferung bewundert. Es war, als hätte Corena gewusst, dass Sissons sterben würde.

Dann musste sie an Pitts Beschreibung des Mannes denken, den er beim Verlassen der Zuckersiederei beobachtet hatte – ein älterer Mann von durchschnittlicher Größe, silbrige Strähnen im schwarzen Haar, dunkler Teint, ein fein geschnittenes Gesicht, ein Siegelring mit einem dunklen Stein darin. Die Polizei war der Ansicht gewesen, ein Jude habe die Tat begangen. Sie irrte sich: Ein Römer war es gewesen, ein leidenschaftlicher Verfechter der Republik, der in Sissons womöglich einen willigen Parteigänger gesehen hatte.

Damals, im Sommer vor fünfzig Jahren, als sie ihn in Rom kennen gelernt hatte, wäre er nicht auf den Gedanken gekommen, einen Menschen zu töten. Aber seither war für beide ein ganzes Leben vorübergezogen. Menschen ändern sich. Enttäuschung und der Verlust von Illusionen setzen ihnen zu, und nur die Allerstärksten haben die Kraft, dem Widerstand zu leisten. Eine zu lange aufgeschobene Hoffnung kann in Verbitterung umschlagen.

Vespasia kleidete sich an. Sie entschied sich für ein exquisites Kleid aus silbergrauer Moiréseide. Dazu trug sie einen ihrer Lieblingshüte mit breiter Krempe, denn diese Art Hut hatte ihr schon immer gut gestanden. Anschließend ließ sie ihre Kutsche vorfahren und nannte dem Kutscher die Adresse Mario Corenas.

Mario empfing sie sichtlich erfreut. Er war überrascht, da sie sich erst für den kommenden Tag verabredet hatten.

»Vespasia!« Sein Blick erfasste ihr Gesicht, den sanften Schwung ihres Kleides. Als er den Hut sah, musste er lächeln. Auch wenn er sich, wie immer, nicht zu ihrer Erscheinung äußerte, ließ sich an seinen Augen ablesen, wie sehr sie ihm gefiel. Er sah sie aufmerksamer an, und mit einem Mal schwand die Freude aus seinen Zügen. »Was gibt es?«, fragte er leise. »Sag bitte nicht, es sei nichts. Ich sehe, dass das Gegenteil der Fall ist.«

Es gab keinen Grund mehr, sich etwas vorzumachen. Zwar hätte sie sich in diesem schönen Raum, von dem aus der Blick auf den stillen Platz fiel, auf die im sommerlichen Laub prangenden Bäume, eine Grünfläche hier und da, gern der Zufriedenheit hingegeben, die sie in seiner Nähe stets empfand, doch über kurz oder lang würde das Ende kommen, und sie musste sich dem unausweichlichen Augenblick stellen.

Sie wandte sich ihm zu und sah ihm in die Augen. Einen Moment schwankte sie. Er hatte sich nicht verändert. Es war, als wäre der Sommer in Rom gestern gewesen. Zwar hatten die Jahre den Körper geschwächt und ihre Spuren in beider Gesicht hinterlassen, aber in ihren Herzen lebten nach wie vor die Leidenschaft, die Hoffnung, der Kampfeswille, die Opferbereitschaft, die Fähigkeit, zu lieben und Schmerzen zu ertragen.

Sie schloss die Augen. »Mario, die Polizei beabsichtigt, Isaak Karansky oder einen anderen Juden wegen des Mordes an James Sissons festzunehmen. Ich werde das nicht zulassen. Sag bitte nicht, dass es dem Wohl des Volksganzen dient, einen zu opfern, damit es allen besser geht. Wer zulässt, dass ein Unschuldiger gehängt wird und seine Frau in Trauer um seinen Verlust allein zurückbleibt, macht die Gerechtigkeit zum Gespött. Was kann, wer auf diese Weise schuldig geworden ist, der neuen Ordnung bieten, die wir erschaffen wollen? Wenn wir unsere Waffen einsetzen, um verwerfliche Ziele zu erreichen, büßen wir die Kraft ein, Gutes zu bewirken. In dem Fall haben wir uns auf die Seite des Feindes geschlagen. Ich dachte, das sei dir bekannt.«

Er sah sie schweigend mit umschatteten Augen an.

Während sie auf seine Antwort wartete, steigerte sich der Schmerz in ihr ins Unerträgliche.

Er holte tief Luft. »Das ist es auch, meine Liebe. Vielleicht habe ich eine Zeit lang vergessen, wo genau der Feind steht.« Er senkte den Blick. »Sissons wollte sich um der Sache willen das Leben nehmen, das Ziel hieß mehr Freiheit. Von Anfang an war ihm bewusst, dass er das dem Kronprinzen geliehene Geld nicht wiedersehen würde. Er wollte ihn als den zügellosen

Schmarotzer entlarven, der er ist. Ihm war klar, dass das viele Männer den Arbeitsplatz kosten würde, aber er war bereit, mit seinem Leben zu zahlen.« Erneut hob er den Blick zu ihr und sagte eindringlich und mit leuchtenden Augen: »Im letzten Augenblick hat ihn dann seine Entschlusskraft verlassen. Er war nicht der Held, als der er sich gesehen hatte. Und, nun ... ich habe ihn tatsächlich getötet. Es geschah rasch und sauber, ohne Schmerzen und ohne Angst. Er hat nur einen flüchtigen Augenblick lang gewusst, was ich tun würde, dann war es vorbei. Ich habe den von ihm selbst verfassten Abschiedsbrief liegen lassen, in dem er erklärt hat, dass es sich um Selbstmord handelte, und auch den Schuldschein des Prinzen. Beides muss die Polizei unterschlagen haben. Ich verstehe nicht, wie das geschehen konnte. Wir hatten unseren eigenen Mann dort, der für eine Bestätigung des Selbstmordes und dafür sorgen sollte, dass kein Unschuldiger in Gefahr geriet.« Verwirrung lag auf seinen Zügen. Furcht und Schuldbewusstsein schienen ihn zu bedrücken.

Ohne ihn anzusehen, sagte Vespasia: »Das hat er auch versucht, aber er ist zu spät gekommen. Ein anderer hat Sissons gefunden und den Abschiedsbrief vernichtet, weil ihm klar war, welche Unruhen ausbrechen würden. Es hätte ohnehin kein Selbstmord sein können, denn Sissons konnte Zeige- und Mittelfinger seiner rechten Hand nicht benutzen. Das wussten die Nachtwächter, die an Ort und Stelle waren.« Sie sah ihn erneut an. »Den Schuldschein habe ich gesehen – er ist nicht vom Prinzen geschrieben, sondern eine gekonnte Fälschung, die für den Zweck hergestellt wurde, für den du sie verwenden wolltest.«

Er setzte zum Sprechen an, sagte aber nichts. Ganz langsam trat Verstehen auf sein Gesicht, dann der Ausdruck von Bekümmernis und schließlich Zorn. Er brauchte ihr nicht zu erklären, dass man ihn hintergangen hatte, sie hatte es an seinen Augen und seinem Mund erkannt, und Schmerz erfüllte sie.

Es kostete sie große Mühe, nicht nachzugeben. Doch wenn sie jetzt einlenkte und sagte, es sei nicht so wichtig, er und sie könnten die Sache auf sich beruhen lassen, würde sie ihn verlieren – und, was noch schwerer wog, vor allem sich selbst.

Sie schloss und öffnete die schmerzenden Augen.

»Ich muss etwas wieder gutmachen«, flüsterte er. »Lebewohl, Vespasia. Ich gehe, aber ich werde dich in meinem Herzen tragen, wohin auch immer mich mein Weg führt.« Er hob ihre Hand an die Lippen. Dann wandte er sich um und verließ den Raum, ohne sich noch einmal umzusehen – mochte sie hinausgehen, wenn sie so weit war, die Kraft aufbrachte, zu ihrem Lakaien, der Kutsche und in die Welt zurückzukehren.

Gracie ging die Geschichte des Prinzen Eddy und Annie Crooks nicht aus dem Kopf. Sie stellte sich Annie vor, eine ganz normale junge Frau, die in nicht viel besseren Verhältnissen lebte als viele, denen Gracie während ihrer Kindheit auf den Straßen begegnet war – vielleicht war sie nicht ganz so schmutzig wie diese, konnte sich ein wenig besser ausdrücken, hatte aber letztlich auch kein anderes Los zu erwarten als ein trostloses Leben, das aus Arbeit, Ehe und immer wieder Arbeit bestand.

Dann eines Tages war sie mit einem gut aussehenden schüchternen jungen Mann bekannt gemacht worden. Rasch dürfte sie dahinter gekommen sein, dass es sich bei ihm um einen feinen Herrn handelte, auch wenn ihr nicht sogleich klar war, dass er ein Prinz war. Doch er unterschied sich von allen anderen, war durch seine Taubheit und alles, was ihm diese über die Jahre zugefügt hatte, von ihnen getrennt. Sie hatten etwas entdeckt, vielleicht eine Art von Gemeinsamkeit, die keiner von beiden zuvor gekannt hatte, und sich ineinander verliebt.

Doch genau das wurde ihnen zum Verhängnis. In ihren wildesten Träumen hätten sie sich nicht das Grauen ausmalen können, das danach über sie hereingebrochen war.

Nach wie vor stand Gracie unter dem Eindruck dessen, was sie empfunden hatte, als ihr mit einem Mal aufging, dass sie am Mitre Square stand, und ihr beim Anblick von Remus' Gesicht im Schein der Gaslaterne klar wurde, hinter wem er her war. Beim bloßen Gedanken daran zog sich ihr Magen selbst jetzt zusammen, da sie um vier Uhr nachmittags in der warmen Küche in der Keppel Street Tee trank und überlegte, welches Gemüse sie für das Abendessen zubereiten sollte.

Wieder einmal hatte Emily die beiden Kinder ausgeführt. Seit Pitts Abordnung nach Spitalfields hatte sie viel Zeit mit Daniel und Jemima verbracht, was sie in Gracies Wertschätzung gewaltig hatte steigen lassen. Eigentlich hatte sie die Schwester ihrer Herrin für ein wenig verwöhnt gehalten und sah angenehm überrascht, dass sie sich geirrt hatte.

Sie hielt nach wie vor nachdenklich den Blick auf die Reihen blau-weißer Teller auf der Anrichte gerichtet, als ein Klopfen an der Hintertür sie ruckartig in die Wirklichkeit zurückholte.

Es war Tellman. Er trat ein und schloss die Tür hinter sich. Er schien besorgt zu sein und wirkte müde. Sein reinlicher Hemdkragen saß so knapp wie eh und je, doch die Haare waren ihm in die Stirn gefallen, als wäre es ihm zu viel Mühe gewesen, sie wie sonst sorgfältig nach hinten zu bürsten. Außerdem hätte er schon mindestens vor einer Woche zum Friseur gehen müssen.

Ohne ihn zu fragen, ob er Tee wolle, ging sie zur Anrichte und goss ihm eine Tasse ein.

Tellman setzte sich ihr gegenüber an den Tisch und trank. Da kein Kuchen im Hause war, konnte sie ihm keinen anbieten. Sie hielt es nicht für erforderlich, von sich aus das Schweigen zu brechen.

»Ich habe nachgedacht«, sagte er schließlich und sah sie über den Rand seiner Tasse an.

»Ja?« Sie wusste, dass er sich Sorgen machte, konnte es ihm am Gesicht ablesen, an der Art, wie er dasaß, die Tasse hielt, hörte es am Klang seiner Stimme. Wenn sie ihn nicht unterbrach und nicht in ihn drang, würde er von sich aus sagen, worum es ging.

»Sicher haben Sie schon gehört, dass man den Fabrikbesitzer in Spitalfields umgebracht hat, einen gewissen Sissons?«

»Ja. Erst hieß es, vielleicht würden all seine Fabriken zugemacht, dann haben der Kronprinz, Lord Churchill und 'n paar von seinen Bekannten Geld aufgebracht, um sie in Gang zu halten, jedenfalls fürs Erste.«

»Ja. Man sagt, ein Jude soll ihn umgebracht haben, weil sich der Mann von mehreren Juden Geld geliehen hat und es nicht zurückzahlen konnte.«

Sie nickte. Davon hatte sie nichts gehört.

»Na ja, vermutlich sollte dieser Mord etwa zur selben Zeit stattfinden, als Remus die letzten Beweisstücke im Fall des Mörders von Whitechapel in die Hände bekam. Nur hat er bis jetzt nichts bekommen, weil die Sache mit der Zuckerfabrik nicht so gelaufen ist, wie die das wollten.« Er sah sie nach wie vor aufmerksam an. Vermutlich wollte er sehen, was sie von der Sache hielt.

Sie war verwirrt, begriff die Zusammenhänge nicht.

»Ich war wieder bei Mr. Pitt«, fuhr er fort. »Aber er war nicht da. Man versucht, den Mord an Sissons dem Mann anzuhängen, bei dem Mr. Pitt wohnt. Er heißt Isaak Karansky.«

»Und meinen Sie, dass er es war?«, fragte sie und stellte sich vor, was Pitt dabei empfinden würde. Um seinetwillen hoffte sie, dass es sich nicht so verhielt. Sie hatte schon früher gesehen, wie es ihn mitnahm, wenn sich zeigte, dass jemand aus seinem Bekanntenkreis einer entsetzlichen Tat schuldig war.

»Ich weiß nicht«, gestand er. Er sah verwirrt drein. In seinen dunklen Augen lag noch etwas anderes. Vielleicht hatte er Angst – nicht eine vorübergehende Furcht, wie man sie bisweilen empfindet, sondern eine so tiefe und dauerhafte Angst, dass er nicht gegen sie ankämpfen konnte.

Wieder wartete sie.

»Aber darum geht es auch gar nicht.« Er stellte die leere Tasse hin und sah Gracie an. »Es geht um Remus. Ich habe Angst um ihn. Was, wenn er Recht hat und das alles wirklich stimmt? Die Leute hatten keine Bedenken, fünf Frauen in Whitechapel abzuschlachten, ganz davon zu schweigen, was sie Annie Crook und dem Kind angetan haben.«

»Vergessen Sie den armen Prinz Eddy nich«, warf Gracie ein. »Meinen Sie etwa, der is auf natürliche Weise gestorben?«

Tellmans Augen weiteten sich. Sein Gesicht wurde noch bleicher.

»Sagen Sie so etwas nicht! Denken Sie es nicht einmal! Hören Sie!«

»Ja, ich hör. Aber Sie ha'm auch Angst, und sagen Sie mir bloß nich, dass das nich stimmt.« Sie meinte es nicht als Vorwurf. Er wäre in ihren Augen ein Dummkopf gewesen, wenn er keine Angst gehabt hätte. »Sie ha'm also um Remus Angst?«, fuhr sie fort.

»Es würde ihnen nicht das Geringste ausmachen, ihn umzubringen«, gab er zur Antwort.

»Immer angenommen, er hat Recht«, sagte sie. »Was is aber, wenn er Unrecht hat? Wenn es überhaupt nix mit Prinz Eddy zu tun hat und der Innere Kreis sich das alles aus den Fingern gesogen hat?«

»Ich habe trotzdem Angst um ihn«, beharrte er. »Es ist immerhin wahrscheinlich, dass sie ihn erst für ihre Zwecke benutzen und ihn dann beseitigen.«

»Und was könn' wir tun?«, fragte sie schlicht.

»Sie tun überhaupt nichts!«, verwies er sie scharf. »Sie bleiben hier und sehen zu, dass die Tür verschlossen bleibt.« Er drehte sich auf seinem Stuhl um. »Sie hätten die Hintertür abschließen müssen!«

»Um halb fünf am Nachmittag?«, fragte sie ungläubig. »Hinter mir is doch keiner her! Wenn ich da abschließen wollte, würde doch jeder glauben, dass ich nich ganz richtig im Kopf bin.«

Er errötete leicht und sah beiseite.

Ihr Versuch, das Lächeln zu verbergen, das unwillkürlich auf ihre Züge trat, misslang. Seine Angst um sie veranlasste ihn zu übermäßiger Fürsorge. Jetzt war er verlegen, weil er seine Empfindungen gezeigt hatte.

Er sah sie lächeln. Ausnahmsweise deutete er es richtig, und seine Röte vertiefte sich. Zuerst hielt sie das für ein Anzeichen von Verärgerung, doch zeigte ihr ein Blick in seine Augen, dass er sich freute. Auch sie hatte ihm ihre Empfindungen gezeigt. Nun ja ... Irgendwann ist jedes Versteckspiel zu Ende.

»Und was machen wir also?«, erkundigte sie sich noch einmal. »Wir müssen ihn warnen. Wenn er nich auf uns hören will, kann man ihm nich helfen. Aber versuchen müssen wir's, oder mein' Sie nich?«

»Auf mich hört er nicht«, sagte er matt. »Er glaubt, dass er auf der Spur der Zeitungssensation des Jahrhunderts ist. Da lässt er mit Sicherheit nicht locker, ganz gleich, wohin ihn das führt. Er ist ein Fanatiker, das habe ich in seinem Gesicht gesehen.«

Gracie erinnerte sich an Remus' wilden Blick und auch an die Szene im Gasthaus, als er seinen Aal gegessen hatte. »Bestimmt hat er auch Angst. Lassen Sie mich mitkomm'. Wir reden ihm zu zweit zu.«

Tellman zögerte. In sein Gesicht waren tiefe Linien eingegraben. Niemand kümmerte sich um ihn. Er hatte keinen Menschen, dem er seine Befürchtungen oder das Schuldbewusstsein hätte mitteilen können, das ihn heimsuchen würde, wenn Remus etwas zustieß, ohne dass er einen Versuch unternommen hätte, ihn zu warnen.

Sie stand auf. Die Stuhlbeine scharrten über den Fußboden. »Ich hol noch Tee. Wie wär's mit 'ner Portion aufgewärmtem Kohl und Kartoffeln? Es sind noch Unmengen davon da. Ich könnte auch frische Zwiebeln reinschneiden. Wär das was?«

Er entspannte sich. »Meinen Sie?«

»Natürlich nich!«, sagte sie schnippisch. »Ich steh hier rum, weil ich nich weiß, was ich will! Was glau'm Se eigentlich?«

»Passen Sie nur auf, dass Sie sich mit Ihrer Zunge nicht eines Tages schneiden!«, teilte er ihr mit.

»Entschuldigung«, sagte sie kleinlaut. Es war ihr ernst. Sie wusste selbst nicht, warum sie ihn so angegiftet hatte. Vielleicht, weil sie sich gern mehr um ihn gekümmert, mehr für ihn getan hätte, als ihm recht war, als er sich gefallen ließ.

Als ihr das aufging, errötete sie mit einem Mal, und so drehte sie sich rasch um und verschwand in der Speisekammer, um das Nötige zu holen. Während sie am Herd Zwiebeln schnitt und briet, Kartoffeln und Kohl zum Aufwärmen hinzugab und das Ganze rührte, bis es innen glühend heiß und außen knusprig braun war, hielt sie ihm den Rücken zugekehrt. Sie füllte einen vorgewärmten Teller und stellte ihn Tellman hin. Anschließend setzte sie den Wasserkessel erneut auf und machte frischen Tee.

Zum Schluss nahm sie wieder ihm gegenüber Platz.

»Wir suchen also diesen Remus auf und sagen ihm, was für 'ne gewaltige Sache das is? Für den Fall, dass er noch gar nich gemerkt hat, mit wem er's zu tun hat, weil er nich nach links und rechts geguckt hat?«

»Ja«, sagte er mit vollem Mund, wobei er gleichzeitig zu lächeln versuchte. »Aber das mache ich. Nicht Sie.«

Sie hielt den Atem an.

»Sie nicht«, wiederholte er. »Versuchen Sie nicht, mich umzustimmen! Das ist mein letztes Wort.«

Sie seufzte tief auf und sagte nichts.

Er wandte seine Aufmerksamkeit dem Essen zu, das verlockend nach Zwiebeln roch. Er schien nicht zu merken, wie überraschend schnell sie klein beigegeben hatte.

Als er sich gesättigt hatte, dankte er ihr mit ehrlich gemeinter Bewunderung und verließ das Haus nach etwa zehn Minuten durch die Hintertür.

Gracie überlegte, dass es ihr gelungen war, Remus bis Whitechapel auf der Fährte zu bleiben, ohne dass er etwas gemerkt hatte, ihrer Ansicht nach eine beachtliche Leistung. Natürlich würde es sehr viel schwieriger sein, Tellman unauffällig zu folgen, weil er sie kannte. Zu schwer würde es aber nicht werden, denn er dürfte kaum damit rechnen, außerdem kannte sie sein Ziel: Er wollte an Remus' Wohnung auf dessen Rückkehr von seinen Erkundungen warten. Sie nahm Mantel und Hut vom Haken an der Tür und machte sich auf den Weg. Auch wenn sie nicht viel für Lyndon Remus übrig hatte, wusste sie doch inzwischen dies und jenes über ihn, seine Vorlieben und Abneigungen, und war Zeugin seiner Erregung wie auch des Entsetzens gewesen, das er empfunden hatte. Sie wollte nicht, dass ihm ernsthaft etwas zustieß, hätte aber nichts dagegen gehabt, wenn etwas geschähe, was ihn ein wenig auf den Boden der Tatsachen zurückholte. Allerdings war ihr klar, dass in diesem Zusammenhang von keiner Seite Mäßigung zu erwarten war.

Sie hatte nur einen Shilling und fünf Pence bei sich, die sich zufällig in der Manteltasche befanden. Für Charlotte hatte sie rasch mit Bleistift eine kurze Mitteilung auf einer Papiertüte hinterlassen, damit sie sich keine Sorgen machte. Zwar hatte sie noch ihre Schwierigkeiten mit der Rechtschreibung, doch da Charlotte ihr Lesen und Schreiben beigebracht hatte, würde sie wohl auch verstehen, was da stand.

Zielbewusst strebte Tellman der Tottenham Court Road entgegen. Offensichtlich wollte er zur Haltestelle der Pferde-

Omnibusse. Das erschwerte die Sache, denn wenn sie in denselben Omnibus stieg wie er, würde er sie zwangsläufig sehen, wenn sie aber auf den nächsten wartete, würde sie zu spät kommen, denn das konnte ohne weiteres eine Viertelstunde dauern.

Doch sie wusste, wo Remus wohnte. Wenn sie die Untergrundbahn nahm, hatte sie gute Aussichten, etwa gleichzeitig mit Tellman dort einzutreffen. Es war das Risiko wert.

Rasch wandte sie sich in die Gegenrichtung und begann zu laufen. Falls sie Glück hatte, würde ihr Vorhaben gelingen. Das Geld würde auf jeden Fall reichen.

Unruhig schritt sie auf dem Bahnsteig auf und ab und rutschte, als der Zug endlich gekommen war, nervös auf ihrem Sitz herum. Kaum hatte der Zug an ihrem Zielbahnhof angehalten, als sie hinausstürmte und die Treppe emporeilte.

Auf der Straße herrschte viel Verkehr, und sie brauchte eine Weile, um sich zu orientieren. Bei einer fliegenden Händlerin, die süßes Gebäck feilbot, erkundigte sie sich nach dem Weg und eilte im Laufschritt weiter.

Als sie die letzte Ecke umrundete, hätte sie Tellman fast umgerannt.

Er ließ eine Reihe Flüche vom Stapel, die sie ihm nicht zugetraut hätte.

»Wie entsetzlich!«, sagte sie verblüfft.

Er errötete bis über beide Ohren. Es war ihm so peinlich, dass er einen Augenblick lang außerstande war, seine übliche Würde zu wahren und ihr zu sagen, sie solle sich nach Hause scheren. Sie rückte ihren Hut gerade und sah ihn furchtlos an. »Er is also nich da?«

»Nein.« Er räusperte sich. »Noch nicht.«

»Dann warten wir wohl besser«, erklärte sie, wandte den Blick ab und zeigte damit an, dass es ihr an Zeit und Geduld nicht fehlte.

Tellman holte tief Luft, um sie zurechtzuweisen, doch sah er wohl die Sinnlosigkeit ein und hielt inne. Wenn sie nun einmal da war und er keine Möglichkeit hatte, sie fortzuschicken, konnte er sie ebenso gut als Verbündete behandeln.

Nachdem sie fünf Minuten lang schweigend nebeneinander an der Straßenecke gegenüber Remus' Haus gestanden hatten, wobei sie von mehreren Vorüberkommenden neugierig gemustert worden waren, teilte ihm Gracie mit: »Wenn Se nich auffallen woll'n, sollten wir besser miteinander reden. Sonst sieht das aus, wie wenn wir finstere Pläne hätten. Wenn wir nix sagen, können die Leute nich mal denken, dass wir uns streiten. Kein Mensch schmollt ewig.«

»Ich schmolle nicht«, sagte er rasch.

»Dann reden Sie mit mir.«

»Ich kann nicht … einfach so reden.«

»Können Sie doch.«

»Worüber?«, fragte er.

»Irgendwas. Wohin würden Sie fahren, wenn Sie reisen könnten, wohin Sie wollen? Wenn Sie mit jemand aus der Geschichte reden könnten, wer wär das? Was würden Sie dem sagen?«

Er sah sie mit weit geöffneten Augen an.

»Na?«, fragte sie. »Und seh'n Sie nich mich an. Halten Sie Ausschau nach Remus. Dafür sind wir hier. Also, mit wem würden Sie reden?«

Wieder lag auf seinen Wangen eine leichte Röte. »Und Sie?«

»Florence Nightingale«, sagte sie sofort.

»Das war mir klar«, sagte er. »Aber die lebt noch.«

»Macht nix, gehört trotzdem zur Geschichte. Und Sie?«

»Admiral Nelson.«

»Warum?«

»Weil er nicht nur ein bedeutender Seeheld war, sondern auch ein bedeutender Führer. Seine Männer haben ihn geliebt«, gab er zur Antwort.

Sie lächelte. Sie freute sich, dass er das gesagt hatte. Man erfuhr viel über einen Menschen, wenn man wusste, wer seine Vorbilder waren und warum.

Unvermittelt griff er nach ihrem Arm. »Da ist er! Kommen Sie«, sagte er mit Nachdruck und riss sie mit sich. Den Fahrzeugen ausweichend, eilten sie über die Straße und erreichten den gegenüberliegenden Gehweg im selben Augenblick, in dem Remus das Haus betreten wollte.

»Remus!«, rief Tellman und blieb stehen, um nicht auf ihn zu prallen.

Remus wandte sich verblüfft um. Kaum hatte er Tellman erkannt, als sich sein Gesicht verdüsterte. »Keine Zeit, mit Ihnen zu reden«, sagte er und kehrte ihm den Rücken. Er trat durch die Tür und wollte sie hinter sich ins Schloss ziehen.

Tellman stellte den Fuß in die Tür. Er hatte Gracie nicht losgelassen, obwohl sie ihm durchaus bereitwillig folgte.

Zornesröte trat auf Remus' Gesicht. »Haben Sie nicht gehört? Ich habe nichts mehr zu sagen und auch keine Zeit. Lassen Sie mich also zufrieden.«

Tellman spannte sich an, als mache er sich auf einen Schlag gefasst, und blieb stehen, wo er war. »Wenn Sie noch immer hinter dem Mörder von Whitechapel und der Geschichte von Annie Crook her sind, sollten Sie die Finger davon lassen. Das ist für einen allein zu gefährlich.«

»Zu gefährlich wäre es, jemandem etwas zu sagen, bevor ich die Beweise in der Hand habe!«, gab Remus zurück. »Das dürfte niemand besser wissen als Sie.« Er wandte sich Gracie zu. »Und Sie, wer Sie auch sein mögen.«

»Ich weiß, wem Sie trauen können«, sagte Tellman eindringlich. »Lassen Sie diese Menschen das wissen. Es ist die einzige Sicherheit, die Sie haben.«

Mit spöttisch blitzenden Augen gab Remus zurück: »Vermutlich meinen Sie damit die Polizei! Vielleicht sollte ich es gleich Ihnen sagen, was?« Er stieß ein verächtliches Lachen aus. »Jetzt nehmen Sie den Fuß aus der Tür. Ich weiß, wie gefährlich die Sache ist, und der Polizei trau ich zu allerletzt.«

Tellman suchte nach einem Argument, fand aber keines.

Auch Gracie fiel nichts ein. Sie hätte an Remus' Stelle auch niemandem getraut.

»Seien Sie auf jeden Fall vorsichtig«, sagte sie impulsiv. »Sie wissen, was die Leute den Frauen angetan haben.«

Mit einem Lächeln gab Remus zurück: »Und ob ich das weiß. Ich bin auf der Hut.«

»Sind Se nich!«, schleuderte sie ihm entgegen. »Ich bin Ihnen bis Whitechapel gefolgt, hab sogar mit Ihnen gesprochen, und Sie ha'm es nich mal gemerkt. Bis zum Mitre Square bin ich Ihnen nachgegangen, aber Sie waren so vertieft, dass Ihnen nix aufgefallen is.«

Remus erbleichte und sah sie verblüfft an. »Wer sind Sie? Warum sind Sie mir gefolgt – falls das stimmt.« Jetzt lag in seiner Stimme Angst. Vielleicht hatte ihm ihre Erwähnung des Mitre Square klargemacht, dass sie die Wahrheit sagte.

»Das spielt keine Rolle«, sagte sie knapp. »Wenn ich Ihnen folgen kann, können die das auch! Sei'n Se vorsichtig und tun Se, was er sagt.« Bei diesen Worten wies sie auf Tellman.

»Schön, ich werde mich daran halten. Jetzt gehen Sie aber«, sagte Remus und drückte gegen die Tür.

Im Bewusstsein, dass sie alles getan hatten, was sie konnten, traten Gracie und Tellman den Rückzug an.

Auf der gegenüberliegenden Straßenseite blieb Tellman stehen und sah Gracie fragend an.

»Der hat was vor«, sagte sie bestimmt. »Er hat Angst, gibt aber nich auf.«

»Das nehme ich auch an«, sagte Tellman leise. »Ich werde ihm folgen und zusehen, ob ich ihn schützen kann. Sie gehen nach Hause!«

»Ich komm mit.«

»Tun Sie nicht!«

»Ich komm mit oder lauf Ihnen nach.«

»Gracie –«

In diesem Augenblick öffnete sich Remus' Haustür erneut, und er kam heraus. Erst sah er sich aufmerksam um, dann machte er sich auf den Weg, wohl in der Annahme, die beiden seien gegangen. Jetzt war nicht der richtige Zeitpunkt zum Streiten; sie mussten ihm auf der Fährte bleiben.

Nahezu zwei Stunden lang folgten sie ihm: zuerst in den Stadtteil Belgravia, wo er sich etwa fünfundzwanzig Minuten lang aufhielt. Dann ging es südostwärts zur Themse und eine ganze Weile an deren Ufer entlang. Kurz vor dem Tower verloren sie ihn aus den Augen. Offenbar setzte er seinen Weg weiter ostwärts fort. Allmählich wurde es dunkel.

Tellman schimpfte enttäuscht, achtete aber diesmal sorgfältig auf seine Ausdrucksweise.

»Er hat uns mit voller Absicht hinters Licht geführt!«, sagte er wütend. »Wahrscheinlich hat er gemerkt, dass wir hinter ihm her sind. Wir waren wohl zu nahe an ihm dran. So ein Ärger!«

»Schon möglich«, sagte sie. »Vielleicht is es ihm aber gar nich darum gegangen, uns loszuwerden, und er war nur vorsichtig, wie wir ihm das geraten haben.«

Mit finsterer Miene und schmalen Lippen auf dem Gehweg stehend, sah Tellman angestrengt dorthin, wo sie Remus zuletzt gesehen hatten.

»Auf jeden Fall haben wir ihn aus den Augen verloren. Ich möchte wetten, dass er wieder auf dem Weg nach Whitechapel ist!«

Es wurde immer dunkler. Auf der gegenüberliegenden Straßenseite war der Laternenanzünder eifrig bei der Arbeit.

»Hier finden wir ihn nie.« Tellman ließ den Blick über den dichten Verkehr schweifen. Auf dem Pflaster hörte man das Hufgetrappel und das Rumpeln der Wagenräder. Gelegentlich stieß einer der Fuhrleute einen lauten Ruf aus. Jeder schien darauf bedacht, möglichst rasch voranzukommen. Ganz davon abgesehen, dass ihnen zahlreiche Menschen und Pferde den Blick versperrten, konnte man im trüben Licht kaum fünfzig Schritt weit sehen.

Gracie empfand bittere Enttäuschung. Mehr noch als ihre schmerzenden Füße und ihr Hunger beherrschte sie die Befürchtung, Remus habe nicht wirklich verstanden, in welcher Gefahr er sich befand. Sie wünschte, sie könnte ihm das klarmachen.

»Kommen Sie, Gracie«, forderte Tellman sie freundlich auf. »Es hat keinen Sinn – er ist uns durch die Lappen gegangen. Wir wollen irgendwo etwas essen.«

Er wies zu einem Lokal auf der anderen Straßenseite.

Die Vorstellung, sich setzen zu können und die Füße auszuruhen, war für Gracie noch verlockender als der Gedanke an Essen. Da sie wirklich nichts weiter tun konnten, stimmte sie zu und folgte ihm langsam – nicht weil sie gezögert hätte, sondern weil sie völlig erschöpft war.

Es war ein wahrer Segen, sich ausruhen zu können. Sie genoss die Mahlzeit mit ihm im Bewusstsein, dass sie bisher immer in der Küche in der Keppel Street gemeinsam etwas gegessen hatten, was sie zubereitet hatte. Sie unterhielten sich über dies und jenes. Tellman berichtete über seine ersten Jahre bei der Polizei, über Erlebnisse, die zum Teil recht lustig waren, sodass sie laut lachen musste. Bisher war ihr noch gar nicht aufgefallen, dass er auf seine Weise durchaus ein Empfinden für das Absurde hatte.

»Wie heißen Sie?«, fragte sie mit einem Mal, als er gerade den Bericht über ein Abenteuer beendet hatte, durch den sie viel über sein wahres Wesen erfahren hatte.

»Was?« Er war unsicher, wusste nicht, was sie meinte.

»Wie Sie heißen«, wiederholte sie. Jetzt war sie befangen. Sie wollte ihn sich nicht immer als »Tellman« vorstellen müssen, wollte wissen, wie ihn Menschen nannten, die ihm nahe standen.

Sein Gesicht rötete sich, und er sah auf seinen leeren Teller hinab.

»Entschuldigung«, sagte sie unglücklich. »Ich hätte das nicht fragen sollen.«

»Samuel«, antwortete er rasch, wobei er den Namen fast verschluckte.

Ein schöner Name. Er gefiel ihr sehr.

»Hmm. Zu gut für Sie. Das is ja 'n richtiger Name.«

Er hob rasch den Blick. »Gefällt er Ihnen? Meinen Sie, dass er ...«

»Aber ja«, bestätigte sie. »Ich wollt' 'n einfach wissen, nix weiter. Jetzt muss ich aber nach Hause.« Trotz dieser Worte blieb sie sitzen.

»Ja«, sagte er, ebenfalls ohne sich zu rühren.

»Wissen Sie was?«, sagte sie nachdenklich. »Dieser Remus glaubt, dass er jetz die Lösung hat. Er weiß die Wahrheit, das hab ich ihm an der Nasenspitze angesehn. Er wollte nich, dass wir das merken, aber er hat alles zusammen, und morgen steht's in der Zeitung.«

Wortlos sah Tellman sie eine Weile über den Tisch hinweg mit ernstem Gesicht fest an.

»Ja«, gab er ihr dann Recht. »Nur weiß ich nicht, wie ich ihn daran hindern könnte. Es würde nichts nützen, wenn ich ihm sagte, welchen Schaden er damit anrichtet. Er sieht darin seine große Gelegenheit, berühmt zu werden, und die lässt er sich um keinen Preis entgehen.«

»Das wissen die Leute bestimmt auch«, sagte sie und spürte, wie die Angst erneut in ihr aufstieg, kalt und Übelkeit erregend. Auch wenn ihr nichts an Remus lag, wollte sie nicht, dass ihm etwas zustieß. »Ich würde wetten, dass er wieder in Whitechapel is. Das letzte Mal, bevor er die Bombe platzen lässt ... bevor er seinen Artikel für die Zeitungen zu Ende schreibt. Sicher is er noch mal an die Stellen gegangen, wo es passiert is – Hanbury Street, Buck's Row und so weiter.«

An der Art, wie sich seine Augen weiteten, erkannte sie, dass er ihre Annahme teilte. Er schob seinen Stuhl zurück und stand auf.

»Ich gehe dorthin. Sie können eine Droschke nehmen und nach Hause fahren. Ich geb Ihnen das Geld.«

Er begann in seinen Taschen zu suchen.

»Kommt ja gar nich infrage!« Auch sie erhob sich. »Ich lass Sie da nich alleine hin. Machen Sie sich gar nich erst die Mühe, mir das auszureden. Wir nehm' den Streifenpolizist von der High Street mit. Sollte Remus nich da sein, steh'n wir eben dumm da. Sie könn' dem Mann dann ja sagen, dass es meine Schuld war.« Mit diesen Worten ging sie zum Ausgang.

Er folgte ihr und drängte sich unter Entschuldigungen an eintretenden Gästen vorüber.

Draußen hielt er die nächste Droschke an und nannte dem Kutscher die High Street von Whitechapel als Fahrtziel.

Als im Licht der Gaslaterne ein Streifenpolizist auftauchte, ließ er den Kutscher anhalten, sprang herab und ging durch den Nebel auf den hoch gewachsenen Mann mit dem Helm auf dem Kopf zu. Auch Gracie stieg aus und erreichte die beiden gerade, als Tellman seinem Kollegen erklärte, dass ein Informant in Gefahr sei und unverzüglich Hilfe brauche.

»Genau«, sagte sie, heftig nickend.

»Gracie Phipps«, erklärte Tellman rasch. »Sie begleitet mich.«

»Und wo hält sich dieser Informant auf?«, fragte der Beamte und sah sich um.

»Am Mitre Square«, sagte Gracie, ohne zu zögern.

»He!«, meldete sich der Droschkenkutscher. »Was is mit mir?«

Tellman ging hinüber und entlohnte ihn, dann trat er wieder zu Gracie und dem Polizeibeamten. Wortlos gingen sie zur Aldgate Street, von der sie in die Duke Street gelangten. Ihre Schritte hallten in der Dunkelheit. Hier war es deutlich stiller als in der High Street, und die Laternen standen weiter auseinander. Das Straßenpflaster war glatt. Die Feuchtigkeit, die in der Luft lag, war beklemmend.

Gracie merkte, dass ihre Wangen feucht waren. Sie schluckte und konnte kaum atmen. Sie sah Remus' Gesicht vor sich, wie er beim vorigen Mal mit vor Erregung leuchtenden Augen dort gestanden hatte.

Sie musste an die riesige schwarze Kutsche denken, die durch diese Straßen gefahren war und in der etwas unvorstellbar Grausames und Boshaftes lauerte.

Als eine Ratte vorüberhuschte und sich jemand an einer Hauswand bewegte, griff sie nach Tellmans Hand und umklammerte sie fest. Er zog sie nicht fort, sondern erwiderte ihren Druck.

Von der Duke Street bogen sie in das Gässchen vor der Kirche des Heiligen Botolph ein und tasteten sich, dem Lichtkegel der Blendlaterne des Polizeibeamten folgend, dem Mitre Square entgegen.

Die Leere dort wurde von einer Gaslaterne hoch an einer Mauer schwach erhellt. Niemand war zu sehen.

Gracie schwamm der Kopf vor Erleichterung. Es war ihr gleichgültig, dass der Beamte sie für eine Törin halten und zweifellos sehr ärgerlich sein würde. Es war ihr auch gleichgültig, dass auch Tellman – Samuel – zornig sein würde.

Dann hörte sie, wie er scharf den Atem einsog. An der jenseitigen Ecke des Platzes sah sie eine Gestalt, die mit ausgebreiteten Armen am Boden lag.

Schwer atmend eilte der Polizeibeamte hin, wobei er fast gestolpert wäre.

»Nein!«, sagte Tellman und hielt Gracie zurück. Doch im Schein der Blendlaterne sah sie, dass Lyndon Remus ebenso dort lag wie damals Kate Eddowes. Seine Kehle war durchgeschnitten, seine Eingeweide waren herausgerissen und ihm wie bei einem abscheulichen Ritual über die Schulter gelegt worden.

Dieser entsetzliche Anblick brannte sich für immer in Gracies Erinnerung. Sie wandte sich ab und barg ihren Kopf an Tellmans Brust. Sie spürte, wie sich seine Arme schützend um sie legten und er sie fest an sich drückte, als wolle er sie nie wieder loslassen.

Remus hatte die Wahrheit gekannt und mit seinem Leben dafür bezahlt. Jetzt brannte die Frage in ihr: Wie sah die Wahrheit aus? Hatte ihn der Mann, der hinter den Morden von Whitechapel stand, getötet, weil Remus von der Verschwörung zur Vertuschung von Prinz Eddys Mesalliance wusste? Oder stand der Innere Kreis dahinter, weil diesen Männern bekannt war, dass Remus' Annahme nicht stimmte und der Mann mit dem Lederschurz, den der Volksmund Jack the Ripper nannte, ein verrückter Einzelgänger war, wie das die Öffentlichkeit von Anfang an vermutet hatte?

Remus hatte das Geheimnis mit in seinen entsetzlichen Tod genommen, und niemand würde je die Geschichte berichten, auf die er gestoßen war – ganz gleich, wie sie aussehen mochte.

Gracie drängte sich enger an Tellman und spürte seine Wange und seine Lippen auf ihrem Haar.

In Isaaks und Leas Haus war es still. Es schien in ihrer Abwesenheit fast tot zu sein. Pitt hörte seine eigenen Schritte im Gang. Laut klirrte das Geschirr, während er in der Küche sein Abendessen zubereitete. Selbst das Geräusch des Löffels auf dem Boden der Schüssel wirkte störend. Zwar hielt Pitt das Feuer im Herd in Gang, um kochen zu können und zumindest heißes Wasser zu haben, doch die wahre Wärme in der Küche war, wie er jetzt merkte, von Leas Gegenwart ausgegangen.

Er aß allein, und da er nicht wusste, was er sonst hätte tun sollen, ging er früh zu Bett. Er lag noch wach im Dunkeln, als er das gebieterische Klopfen an der Tür hörte.

Sein erster Gedanke war, dass es weitere Schwierigkeiten in der jüdischen Gemeinschaft gegeben hatte und jemand bei Isaak Hilfe suchen wollte. Zwar würde Pitt in einem solchen Fall nichts tun können, aber er konnte zumindest öffnen.

Während er halb angekleidet die Treppe hinabging, fiel ihm auf, dass das Klopfen herrisch wirkte, als hätte der Einlass

Begehrende einen Anspruch auf Gehorsam. Doch war es zugleich zurückhaltender und weniger ungeduldig als kürzlich bei Harper.

Unten angekommen, tat er die drei Schritte durch die Diele und schob den Riegel zurück.

Victor Narraway kam ohne Umschweife herein und schloss die Tür hinter sich. Im Schein der Gaslampe wirkte sein Gesicht abgespannt, die vom Nebel feuchte Luft ließ sein dichtes Haar wirr um den Kopf stehen.

Eine böse Vorahnung erfüllte Pitt. Vor seinem inneren Auge jagte eine scheußliche Vorstellung die andere, und er fragte: »Was gibt es?«

»Ich habe soeben von offizieller Stelle erfahren, dass Voisey Mario Corena erschossen hat«, sagte Narraway mit heiserer Stimme.

Pitt war benommen. Zuerst begriff er nicht recht. Er konnte mit dem Namen Corena nichts anfangen, und Voisey war ihm nicht persönlich bekannt. Ein Blick auf Narraways Gesicht zeigte ihm, dass die Sache von höchster Bedeutung war.

»Mario Corena gehörte zu den ganz großen Helden der 48er Revolutionen auf dem europäischen Festland«, sagte Narraway mit unüberhörbar tiefer Trauer. »Er war einer der Tapfersten und Großherzigsten.«

»Und was wollte er hier in London?« Pitt wusste immer noch nicht, was er denken sollte. »Welchen Grund hatte Voisey, ihn zu erschießen?« Erinnerungen an Dinge, die Charlotte und Vespasia gesagt hatten, stiegen in ihm auf. »Ist das nicht einer der Vorkämpfer für die Republik? Der Name Corena klingt, als ob er Italiener wäre – was geht das Voisey an?«

Narraways Gesicht verzog sich schmerzlich. »Corenas Bedeutung ging über die Grenzen seines Volkes hinaus, Pitt. Abgesehen von allem anderen, war er eine große Persönlichkeit. Er war Zeit seines Lebens bereit, alles, was er besaß, im Kampf dafür aufs Spiel zu setzen, dass allen Menschen ein anständiges Leben möglich ist, dass es überall Menschlichkeit und eine Justiz gibt, die diesen Namen verdient.«

»Und aus welchem Grund hat ihn Voisey getötet?«

»Er behauptet, es sei Notwehr gewesen. Ziehen Sie sich an,

und kommen Sie mit! Wir kümmern uns um die Sache. Beeilen Sie sich!« Pitt folgte der Aufforderung, ohne Fragen zu stellen, und eine halbe Stunde später fuhren sie in einer Droschke vor Charles Voiseys elegantem Haus am Cavendish Square vor. Narraway stieg aus, bezahlte und eilte Pitt voraus zur Tür, die ein uniformierter Wachtmeister sogleich öffnete.

Pitt folgte Narraway auf dem Fuße. Zwei weitere Männer befanden sich im Vestibül. In einem erkannte Pitt den Polizeiarzt, den anderen, der Narraway ansprach, hatte er noch nie gesehen. Er wies auf eine der Türen.

Mit einem Blick bedeutete Narraway Pitt, dass er ihm folgen solle, und betrat dann den Raum, der in helles Licht getaucht war. Der große Schreibtisch und mehrere Bücherschränke, vor denen zwei reich geschnitzte Stühle mit Ledersitzen standen, zeigten an, dass es sich um ein Arbeitszimmer handelte. Am Boden lag ein schlanker Mann mit dunklem Teint und schwarzem Haar, das von weißen Strähnen durchzogen war. Vermutlich hatte er von der Tür aus in Richtung Schreibtisch gehen wollen. Am Ringfinger einer seiner schmalen Hände trug er einen Siegelring mit einem dunklen Stein. Sein Gesicht wirkte durch den friedlichen Ausdruck, den es trug, fast schön. Die Lippen waren in einer Weise verzogen, die man als Lächeln hätte deuten können. Der Tod war ohne Angst und Schrecken zu ihm gekommen, eher wie ein schon lange erwarteter Freund.

Reglos stand Narraway da, erkennbar bemüht, seiner inneren Bewegung Herr zu werden.

Pitt hatte den Mann schon einmal gesehen. Er kniete sich neben ihn und berührte ihn. Er war unverkennbar tot, auch wenn der Körper noch nicht kalt war. Ein Einschussloch in der Brust und ein Blutfleck auf dem Fußboden wiesen auf die Todesursache hin.

Pitt richtete sich auf und wandte sich Narraway zu.

Dieser schluckte und sah beiseite. »Wir gehen jetzt zu Voisey. Er soll uns sagen, wie er das hier ... erklären kann!« Seine Stimme klang erstickt. Die Wut darin war unüberhörbar.

Im Hinausgehen schloss Narraway die Tür leise, als verließen sie eine Art Heiligtum. Er trat durch das Vestibül zu dem zweiten Mann, der wartend stehen geblieben war. Sie verständigten sich mit einem Blick, und der Mann öffnete Narraway und Pitt die Tür.

Der Raum, in den sie traten, war das Gesellschaftszimmer. Den Kopf in die Hände gestützt, saß Charles Voisey auf der Kante des großen Sofas. Er hob den Blick, als Narraway vor ihn trat. Alle Farbe hatte sein Gesicht verlassen, bis auf die bläulichen Spuren, wo seine Finger ins Fleisch der Wangen gedrückt hatten.

»Er ist auf mich losgegangen«, sagte er mit hoher und brüchiger Stimme. »Er war wie verrückt. Er hatte eine Schusswaffe in der Hand. Ich habe mich bemüht, ihm gut zuzureden, aber er hat nicht darauf geachtet. Es war, als ob er nichts von dem gehört hätte, was ich sagte. Er war ... fanatisch!«

»Welchen Grund hätte er gehabt, Sie zu töten?«, fragte Narraway kalt.

Voisey schluckte.

»Er – er war gleich mir mit John Adinett befreundet und aus irgendeinem Grund überzeugt, ich hätte ihn ... sozusagen ... verraten ... weil ich ihn nicht vor der Todesstrafe bewahrt habe. Er wollte nicht verstehen, dass ich dazu keine Möglichkeit hatte.« Er warf einen Blick auf Pitt und sah dann wieder auf Narraway. »Manche Dinge stehen nun einmal höher als eine Freundschaft, ganz gleich, wie man sich ... zu jemandem stellt. Und Adinett war in mancher Hinsicht wirklich ein großartiger Mensch ... weiß Gott.«

»Er war ein bedeutender Vorkämpfer republikanischer Ideen«, sagte Narraway mit einer gewissen Schärfe in der Stimme. Pitt wusste nicht recht, was er von dieser Mischung aus Leidenschaftlichkeit und schneidendem Sarkasmus halten sollte.

»Ja ...«, Voisey zögerte. »Das stimmt. Andererseits ...« Wieder verstummte er. In seinem Blick lag Unsicherheit. Er sah Pitt an, und einen Augenblick erkannte dieser in den Augen des Mannes blanken Hass. Gleich darauf aber beherrschte er sich wieder und senkte den Blick. »Er war überzeugt, dass auf vielen Gebieten Reformen nötig sind, und hat sich mit allem Mut und aller Intelligenz für sie eingesetzt. Aber man kann dem Gesetz nicht einfach in den Arm fallen. Corena war wohl außerstande, das zu begreifen. Er war geradezu ... unbeherrscht, wild. Mir blieb keine Wahl. Er hat sich wie ein Verrückter auf mich gestürzt und geschworen, er würde mich umbringen. Ich habe mit ihm gerungen, konnte ihm aber die Waffe nicht entwinden.« Der Anflug eines Lächelns trat auf seine Lippen, das wohl eher sein Erstaunen als seine Belustigung ausdrücken sollte. »Für einen so alten Mann war er unvorstellbar stark. Dann löste sich ein Schuss.« Er sagte nichts weiter; es wäre auch überflüssig gewesen.

Pitt sah auf Voiseys Hemdbrust Blut in einer Höhe, die zu Corenas Wunde passte. Es konnte stimmen.

»Ich verstehe«, sagte Narraway finster. »Sie behaupten also, in Notwehr gehandelt zu haben.«

Voiseys Brauen hoben sich. »Was denn sonst? Großer Gott – glauben Sie etwa, ich hätte den Mann absichtlich erschossen?« Seine Verblüffung und Ungläubigkeit waren so groß, dass ihm Pitt unwillkürlich glaubte.

Wortlos machte Narraway auf dem Absatz kehrt und ging mit langen Schritten hinaus, ohne die Tür hinter sich zu schließen.

Nach einem weiteren Blick auf Voisey folgte ihm Pitt.

Im Vestibül blieb Narraway stehen. Als ihn Pitt erreicht hatte, sagte er sehr leise: »Sie kennen ja wohl Lady Vespasia Cumming-Gould?« Es war keine wirkliche Frage, und er wartete gar nicht erst auf eine Antwort. »Vielleicht haben Sie nicht gewusst, dass Corena die große Liebe ihres Lebens war. Fragen Sie mich nicht, woher ich das weiß: Es genügt, dass es mir bekannt ist. Ich denke, Sie sind der Richtige, es ihr zu sagen. Sie soll es nicht aus den Zeitungen erfahren oder von jemandem, der nicht weiß, was es für sie bedeutet.«

Es kam Pitt vor, als hätte ihm jemand einen so kräftigen Schlag versetzt, dass er keine Luft mehr bekam. Er hatte den Eindruck, nicht weiteratmen zu können. Alles krampfte sich in ihm zusammen, sodass er seinen Schmerz fast hinausgeschrien hätte.

Vespasia!

»Bitte gehen Sie zu ihr«, drang Narraway in ihn. »Sie darf es auf keinen Fall von einem Fremden erfahren.« In seinen Augen erkannte Pitt, dass er es als Bitte meinte.

Es gab nur eine mögliche Antwort darauf. Pitt nickte, weil er nicht wusste, ob er Worte herausgebracht hätte, und trat dann hinaus auf die stille Straße.

Er nahm die erste Droschke, die vorüberkam, und nannte dem Kutscher Vespasias Anschrift. Ohne etwas zu denken, fuhr er durch die Dunkelheit. Es hatte keinen Sinn, sich zurechtzulegen, wie er es sagen wollte. Es gab keine passenden Worte.

Die Droschke hielt an, und er stieg aus. Kaum hatte er geklingelt, wurde zu seiner Überraschung schon geöffnet.

»Guten Abend, Sir«, sagte der Butler. »Treten Sie näher, ich werde Sie der gnädigen Frau melden.«

»Danke.« Verwirrt folgte Pitt dem Butler wie in einem Albtraum ins gelbe Zimmer, wo er wartend stehen blieb. Er merkte nicht, wie lange es dauerte, bis sich die Tür öffnete und Vespasia eintrat. Statt zwei oder drei Minuten hätten es ebenso zehn sein können. Sie trug ein langes Seidenkleid in gebrochenem Weiß, und ihre Haare waren locker hochgesteckt. Sie wirkte alt, zerbrechlich und war von nahezu ätherischer Schönheit. Es war unmöglich, in ihr nicht die leidenschaftliche Frau zu sehen, die vor einem halben Jahrhundert in einem Sommer in Rom in unvergesslicher Weise geliebt hatte.

Pitt spürte, dass ihm die Tränen in die Augen stiegen. Es kam ihm vor, als schnüre es ihm die Kehle zu.

»Es ist schon gut, Thomas«, sagte sie so leise, dass er es kaum hörte. »Ich weiß, dass er tot ist. Er hat mir geschrieben, was er tun wollte. Er hat James Sissons in der Überzeugung getötet, dass dieser zum Selbstmord entschlossen war, ihn aber im letzten Augenblick der Mut zum Heldentum verlassen hatte.« Sie hielt einen Moment inne, bemüht, ihre Fassung zu wahren. »Du kannst gern Gebrauch davon machen, damit niemand Isaak Karansky ein Verbrechen zur Last legt, das er nicht begangen hat. Möglicherweise kannst du ja erreichen, dass man Charles Voisey für seine Tat zur Rechenschaft zieht, obwohl ich nicht so recht weiß, wie du das anstellen willst.«

Es widerstrebte Pitt sehr, ihr die Wahrheit zu sagen, aber er hätte mit dieser Lüge nicht leben können.

»Voisey sagt, dass er ihn in Notwehr erschossen hat. Ich weiß nicht, wie wir ihm das Gegenteil beweisen sollen.«

Vespasia erwiderte mit einem angedeuteten Lächeln: »Ich bin allerdings davon überzeugt, dass es für Charles Voisey Notwehr war. Immerhin steht er an der Spitze des Inneren Kreises. Hätten diese Leute mit ihrer Verschwörung Erfolg gehabt und die Revolution ausgelöst, wäre er Englands erster Präsident geworden.«

Einen Herzschlag lang war Pitt verblüfft. Dann wurde ihm alles klar: Martin Fetters hatte das Komplott entdeckt, sich Adinett – vermutlich Voiseys Freund und Stellvertreter – in den Weg gestellt und war ermordet worden, weil er zwar Reformen wollte, aber nicht auf dem Wege einer Revolution. Trotz all seiner Macht und den zwischen ihnen bestehenden Bindungen hatte Voisey keine Möglichkeit gesehen, Adinett zu retten. Kein Wunder, dass er Pitt hasste und seinen ganzen Einfluss aufgeboten hatte, ihn zu vernichten.

Auch Mario Corena, ein Mann, den eine reine, schlichte innere Leidenschaft trieb, war getäuscht worden. Sie hatten ihn als Werkzeug benutzt, um Sissons zu töten. Nachdem ihm das zu spät aufgegangen war, hatte er sich an Voisey zu rächen versucht.

»Du verstehst es nicht, nicht wahr?«, fragte Vespasia leise. »Voisey wollte, dass man zu ihm als demjenigen aufschaute, der die Reformen herbeigeführt hatte. Er wollte das Volk in ein neues Zeitalter führen ... Möglicherweise waren seine Ziele ja sogar am Anfang lobenswert, und gewiss standen ihm einige gute Männer zur Seite. Dann aber hat ihn seine Anmaßung veranlasst zu glauben, er habe das Recht zu entscheiden, was für alle anderen Menschen gut ist, und es durchzusetzen, ob sie es nun wollen oder nicht.«

»Ich weiß«, sagte Pitt.

Sie schüttelte den Kopf. In ihren Augen schimmerten Tränen. »Das aber kann er jetzt nicht mehr tun. Er hat den bedeutendsten republikanischen Helden des Jahrhunderts getötet ... einen Mann, der höher stand als die Eigenart oder das Nationalgefühl eines einzelnen Landes.«

»Aber es war Notwehr«, sagte er stockend.

Sie lächelte, und die Tränen liefen ihr über die Wangen. »Er hat es getan, weil die Verschwörung an den Tag gekommen ist, die mithilfe der erfundenen Geldschuld des Kronprinzen und des Mordes an Sissons den Thron stürzen und Aufruhr im Volk bewirken sollte. Als Corena begriffen hat, dass Voisey von all dem wusste, hat er ihn angegriffen, und natürlich musste Voisey schießen. Er ist ein ausgesprochen tapferer Mann! Jetzt steht er als derjenige da, der fast im Alleingang eine entsetzliche Verschwörung aufgedeckt und die daran Beteiligten mit Namen genannt hat. Gewiss werden diese Männer in Ungnade fallen und vielleicht sogar festgenommen. Ihn aber wird die Königin möglicherweise in den Adelsstand erheben … glaubst du nicht auch? Ich muss mit Somerset Carlisle sprechen und zusehen, ob sich das arrangieren lässt.« Dann wandte sie sich ab und verließ den Raum ohne ein weiteres Wort. Es war ihr unmöglich, den Kummer, den sie empfand, und die Sehnsucht, die sie verzehrte, noch länger zu beherrschen.

Pitt stand still, bis ihre Schritte verhallt waren. Dann wandte er sich um und ging zurück ins Vestibül. Dort war niemand außer dem Butler, der ihm die Tür öffnete, damit er auf die von Gaslaternen erhellte Straße hinaustreten konnte.

Fast auf den Tag einen Monat später stand Pitt neben Charlotte im Thronsaal des Buckingham Palace. Er fühlte sich ausgesprochen unbehaglich in seinem neuen Anzug, einem blütenweißen Hemd mit hohem und engem Kragen und korrekten Schuhen. Sogar seine Haare waren ordentlich geschnitten und lagen glatt. Charlotte trug ein neues Kleid. In seinen Augen hatte sie nie schöner ausgesehen.

Doch seine Aufmerksamkeit galt Vespasia, die in ihrem taubengrauen Kleid keine zwei Schritte entfernt stand. Ihr Haar schimmerte silbern, und die Perlenkette und Perlenohrringe schienen farblich genau darauf abgestimmt zu sein. Zwar reckte sie das Kinn empor, doch war ihr schmales Gesicht bleich. Obwohl Somerset Carlisle bereitstand und sie nicht aus den Augen ließ, lehnte sie es ab, sich auf seinen Arm zu stützen.

Nicht weit vor ihnen hatte Charles Voisey ein Knie auf den Boden gestützt, während ihm eine kleine, untersetzte alte Frau eher schwerfällig ein Schwert auf die Schulter legte und ihm gebot, sich zu erheben.

»Uns ist bewusst, welch bedeutenden Dienst Ihr uns, dem Thron sowie der Sicherheit und dem Wohlergehen Eures Landes erwiesen habt, Sir Charles«, sagte sie, jedes Wort deutlich betonend. »Vor aller Welt erkennen wir an, was Ihr, erfüllt von selbstlosem Mut und großer Treue, im Verborgenen geleistet habt.«

Der Kronprinz, der einige Schritte daneben stand, zeigte durch sein Strahlen, dass er den Worten seiner Mutter nicht nur zustimmte, sondern Voisey aus tiefstem Herzen dankbar war. »Der Thron hat keinen treueren Diener oder Freund«, sagte er anerkennend.

Die Umstehenden applaudierten begeistert.

Voisey versuchte zu sprechen, brachte aber kein Wort heraus – so wie sein Mund auch künftig versiegelt sein würde, wenn es um die Frage ging, ob man in England eine Republik errichten sollte.

Es war für Königin Viktoria nichts Ungewohntes, dass Männer in ihrer Gegenwart keine Worte fanden. Sie ging darüber hinweg, wie sich das gehörte.

Während sich Voisey verneigte und zum Gehen wandte, warf er Pitt einen Blick voller Hass zu, wobei er am ganzen Leibe zitterte und Schweißperlen auf sein Gesicht traten.

Charlotte fasste Pitts Arm so fest, dass ihm ihre Finger durch den Stoff des Jacketts ins Fleisch drangen.

Voisey sah zu Vespasia hin. Sie hielt seinem Blick stand, den Kopf hoch erhoben, und lächelte mit der gleichen Gelassenheit, mit der Mario Corena gestorben war.

Dann drehte sie sich um und ging davon. Er sollte ihre Tränen nicht sehen.